Rachel Hore

# *Zomers licht*

2008 – De Boekerij – Amsterdam

*Oorspronkelijke titel:* Angel of Lost Hearts (Simon & Schuster)
*Vertaling:* Fanneke Cnossen
*Omslagontwerp en -beeld:* marliesvisser.nl

ISBN 978-90-225-4943-8

Voor Felix, Benjy en Leo – *non angeli sed angli*

*De waardevolle momenten snellen in de loop van ons leven
langs ons heen en we zien niets dan zand; de engelen komen ons
bezoeken, en pas als ze weg zijn weten we dat ze er waren.*

GEORGE ELLIOT

*De vrouw is als de aartsengel Michaël voor de Engelenburcht in Rome.
Ze is ruim bedeeld met vleugels, alsof ze daarmee riant het luchtruim
boven de aarde zou kunnen kiezen, maar wanneer ze haar vleugels
probeert uit te slaan, wordt ze ingeperkt in steen, haar voeten wortelend
in de aarde, vastgeketend aan de bronzen sokkel.*

FLORENCE NIGHTINGALE

*Londen, 3 september 1993*

Het bordje GESLOTEN hing al bijna een week voor het raam van de glas-in-loodwinkel, hoewel dat mensen er niet van had weerhouden de deurkruk uit te proberen of door het glas te turen, hopend op een teken van leven. Er brandde tenslotte licht, en voorbijgangers werden 's ochtends uit hun slaperige lethargie opgeschrikt wanneer ze in de etalage naar al dat prachtigs keken: de engel als glanzend middelpunt in het gebogen glaspaneel, delicate raamhangers – libellen en elfen – die in een tochtvlaag huiverden, talloze Tiffany lampenkappen die door de hele winkel als weelderig bloeiende bloemen aan het plafond hingen, dat deed denken een met sierknoppen bezet bladerdak van een tropisch regenwoud.

Een heel jonge vrouw, die er elke dag even bleef staan, merkte op dat de deur achter in de winkel soms openstond en dan weer dicht was, dat er soms een paar kartonnen dozen op de toonbank stonden en dan weer geen.

Een man bezocht de winkel die week een paar keer, een man van middelbare leeftijd met een militair voorkomen, gekleed in een tweedjasje en met een priesterboord. Toen hij op een ochtend aan de deur kwam, merkte hij dat die op slot zat. Hij deed een stap achteruit, bestudeerde het glanzende opschrift van MUNSTERGLAS boven de winkelpui en deed zijn bril goed om de openingstijden onder het GESLOTEN-bordje te lezen. Toen fronste hij zijn wenkbrauwen waarna hij door het parkje op het plein terugliep. De volgende dag deed hij een witte envelop in de brievenbus. De derde keer was hij net bezig het op het bordje vermelde telefoonnummer in een notitieboekje op te schrijven, toen een vrouw in een plastic schort en met een dikke portemonnee in haar hand uit het aangrenzende café tevoorschijn kwam.

9

'Zoekt u meneer Morisson?' zei ze terwijl ze de man van top tot teen op-nam alsof ze er zeker van wilde zijn dat hij niet een of andere armoedzaai-er was. 'Het gaat helemaal niet goed met hem. Vorige week is de ambulan-ce geweest.' Meer wist ze niet. Hij bedankte haar evengoed, stopte het notitieboekje in zijn zak en draaide zich om.

Uiteindelijk zeilde halverwege de vrijdagmiddag een zwarte taxi het verkeer uit die voor de winkel stilhield. Een tengere, keurige vrouw met schouderlang donker haar en een bleek gezicht stapte uit en laadde een verzameling bagage op de stoep uit.

In het café keek Anita, terwijl ze wachtte tot het koffiezetapparaat klaar was met een espresso, onderzoekend uit het raam naar de versleten leren reistas en de uitpuilende rugzak, en ze vroeg zich af wat er in die harde, merkwaardig gevormde koffer zat. Het was een of ander groot muziek-instrument, vermoedde ze, terwijl ze een schoteltje pakte. Of, aan de vorm te zien, een heel kleine olifant.

Het meisje stuurde de taxi weg en stond te midden van haar bezittingen weemoedig naar Munsterglas te staren. Door haar korte maatjas en ge-streepte sjaal, en haar sprekende bruine ogen onder haar pony, zag ze eruit als een schoorvoetend schoolmeisje dat na een schitterende zomervakantie naar kostschool terugkeerde. Anita was nieuw in het café, anders had ze misschien kunnen raden wie de jonge vrouw was en zich gerealiseerd dat Fran Morrison, zo in gedachten verzonken voor de winkel van haar vader, haar hele leven voor haar ogen voorbij zag gaan.

# 1

*Zoals engelen tranen plengen zijn ze als een ontketening.*
JOHN MILTON

Soms, als ik op een zomerse ochtend vroeg wakker word, lig ik te dagdromen terwijl de rest van het huishouden sluimert, en denk ik aan hoe het allemaal begon. Ik bepaal dat moment, nu tien jaar geleden, heel nauwkeurig, die precieze milliseconde waarin ik, starend naar de dichte en lege winkel, inzag dat alles was veranderd, onomkeerbaar en voor altijd veranderd. We praten over 'naar huis teruggaan' alsof dat een achteruitgang is, en dat had ik ook geloofd, maar in dit geval bleek het een stap voorwaarts te zijn, naar een nieuw leven. Ik heb er heel veel over nagedacht, over dit verhaal dat mijn verhaal is. Nu ik er zo lang op heb gebroed, de gevolgen heb overzien als rimpelingen die in een vijver uitwaaieren nadat er een steen in is gegooid, is de tijd gekomen om het allemaal op te schrijven. En dus beklim ik elke avond, nu het nog zo lang licht is, de trap naar zolder, ga ik aan mijn vaders oude bureau zitten en neem ik mijn pen ter hand. En al snel ga ik helemaal in mijn taak op.

Thuis was absoluut de laatste plek waar ik die prachtige, zachte herfst wilde zijn. Had ik de keus gehad, dan was ik misschien voor een appartement in een oud palazzo in Venetië gegaan, een keurig stadspension in Heidelberg, of een of ander betoverend hoogbouwhotel in New York of Tokio. Ergens waar het anders was, exotisch, waar ik mezelf kon verliezen, volledig in het heden kon leven en het verleden kon vergeten. Maar soms laat het leven ons geen keus. En zo bevond ik mij weer in Londen, gezien de omstandigheden een troosteloze thuiskomst. Maar nu ik weet wat ik weet, zie ik dat de timing precies goed was.

De vorige dag, toen Zac me eindelijk had opgespoord om me het nieuws te vertellen, was ik in Athene geweest, zat ik op een bloedhete middag in een hostel in het oude stadsgedeelte te doezelen. De zoon van de hotelier, een bedachtzame, zwijgzame jongen van zestien jaar, had op de deur geklopt en me naar de telefoon in een koele betegelde nis in de receptie gebracht.

'Frán. Eindelijk,' riep de stem door de lijn.

'Zac, wat is er aan de hand?' Dat brouwende Schotse accent zou ik overal herkennen. Zac was paps assistent bij Munsterglas.

'Waarom haal je verdorie nooit je berichten op?'

Geen 'Hoe gaat het met je?' of 'Ik heb je in geen maanden gezien'. Sterker nog, hij klonk zo geagiteerd dat ik niet eens de moeite nam te vragen waar hij die berichten dan had achtergelaten of hoe hij aan mijn nummer hier was gekomen.

'Ik heb helemaal geen berichten gehad, daarom. Zac, wat is er?' Maar ik wist al wat er mis was.

En nu stierf de ergernis uit Zacs stem weg en kwam er wanhoop voor in de plaats. 'Je moet naar huis komen. Nu meteen. Je vader ligt in het ziekenhuis. En dit is niet een van zijn nukken. Fran, hij heeft een beroerte gehad, en een akelige ook.'

En dus ging ik, uiteraard. Na het gesprek met Zac zocht ik in mijn tas naar mijn adresboek en vond het nummer van mijn reisbureau. Mijn handen trilden zo erg dat ik het nummer twee keer moest draaien. Maar toen ik ze eenmaal aan de lijn had, werd me medegedeeld dat de eerstvolgende vlucht pas de volgende ochtend zou gaan.

Terwijl ik die avond inpakte, probeerde ik helder na te denken. In Athene was er niemand aan wie ik hoefde te vertellen dat ik naar huis ging. De concerttournee was een paar dagen geleden afgelopen. De daaropvolgende ochtend was het orkest naar alle vier windstreken vertrokken, iedereen had elkaar in de hotellobby luchtkusjes gegeven en beloofd dat ze contact zouden houden. Nick ging ook weg. Ik had een poosje geleden al besloten dat ik iets goedkopers zou zoeken om er nog een paar dagen vakantie aan vast te plakken, en hij zag dat ik ellendig wat rondhing, de opwinding van de anderen benijdend omdat ze weer naar huis gingen. Hij glimlachte, keek me vriendelijk aan, kuste me toen ingetogen op mijn wang en mompelde: 'Nou, dag dan maar. Pas goed op jezelf. Het was...'

'Doe ik altijd. Dag, Nick,' onderbrak ik hem zo koeltjes mogelijk, en ik keek toe hoe hij zijn bagage naar buiten tilde. Om mezelf nog meer te martelen gluurde ik tussen de plantenpotten voor het raam, zag hoe hij zijn cello in de kofferbak van de taxi hees en wegreed, mijn leven uit.

Nadat iedereen was vertrokken, verhuisde ik mezelf, mijn koffers en mijn tuba naar het sjofele Aphrodite Hostel. Oorspronkelijk was ik van plan om een beetje te gaan sightseeën tot mijn agent me zou vertellen waar ik nu weer op kosten van iemand anders zou moeten spelen – een aanlokkelijke plek, hoopte ik, München, Rio of Parijs – maar uiteindelijk zat ik zo in de put dat ik de energie niet kon opbrengen om de toeristische plekken af te struinen. En toen Zac belde veranderde alles opnieuw.

Dus daar stond ik dan, voor onze oude winkel aan Greycoat Square, ik wist de truc met de deursleutel nog. Munsterglas, het huis waar ik geboren ben. Niet letterlijk, natuurlijk. Dat was dertig jaar geleden geweest, in hetzelfde ziekenhuis waar mijn vader nu lag, waarschijnlijk ook hetzelfde ziekenhuis waar mijn moeder was gestorven toen ik nog klein was.

Het was een vreemd, verborgen gebied, dit gedeelte van Westminster, ingeklemd tussen de opdoemende gotische abdij en de barokke Italiaanse katholieke kathedraal, weggestopt tussen de drukke Victoria Street in het noorden en de Theems in het zuiden, een domein met verscholen parkjes als het onze, victoriaanse rijtjeshuizen die door zwarte ijzeren omheiningen van het trottoir werden afgesneden. Bij de kantooringangen prijkten vaak glanzende koperen platen met de meest onwaarschijnlijk klinkende namen: het Londense Theosofische Genootschap, de Koninklijke Orde der Griffioenen, de Boekbinders Gazet. Waarschijnlijk was Munsterglas zelf ook zoiets merkwaardigs. Ik vond het allemaal prachtig.

Een victoriaanse glas-in-loodwinkel met erkers en een betegeld portiek was, hoewel verrukkelijk schilderachtig, in de ogen van de meeste mensen niet het ideale huis. Pap en ik hadden in het appartement boven de winkel gebivakkeerd, een beter woord kan ik niet verzinnen voor de manier waarop we daar losweg ons leven hadden ingericht. Er zou meer dan genoeg ruimte voor ons tweeën moeten zijn: een woonkamer, grote keuken, drie slaapkamers en een enorme zolderruimte. Maar alle lege hoekjes en gaatjes stonden propvol spullen: boeken, dozen, mappen en papieren, die allemaal tezamen de hele geschiedenis van Munsterglas behelsden. Het brandgevaar was immens, in elk geval totdat pap op last van de verzekering branddeuren had aangebracht. Pap hield tenminste alles wat met het feitelijke glaswerk te maken had veilig beneden, anders had ik dit verhaal wellicht niet naverteld kunnen hebben.

In de werkplaats achter de winkel kon je via een deur in het appartement komen. Ik weet nog dat ik op schemerige winterochtenden de kale houten trap af sloop en de donkere hoeken en sinistere, bijtende geuren in de ijskoude werkruimte trotseerde – doodsbenauwd voor paps woede voor het geval ik iets zou breken – om samen met mijn vriendin Jo naar school te lopen. Jo's ouders woonden in een flatgebouw in de buurt, haar vader was een succesvol advocaat in de City die min of meer met zijn werk getrouwd was.

Onderweg naar buiten vond ik het heerlijk om eerst nog wat in de winkel rond te hangen, want het was er prachtig, een droom van voortdurend veranderend gekleurd licht, vooral wanneer de middagzon schuin door het raam viel, de raamhangers van kleur verschoten en stoffige poelen van robijnen, smaragden en saffieren over de houten vloer werden uitgegoten, zodat het er wel een gewijde plek leek.

Het was deze vredige, kerkelijke schoonheid die nu mijn bezwaard gemoed troost gaf, toen ik de sleutel in het onderste spieslot stak, de deurkruk omlaag duwde, naar binnen ging en de bel treurig boven me klingelde. Ik zette mijn tassen neer en bleef staan om de vertrouwde geuren op te snuiven, de muffe lucht van oud hout met daaroverheen een vleug van iets chemisch. En even was ik weer een klein meisje, dansend in die banen kleurig licht met het ronddwarrelende stof.

Mijn oog viel ergens op: op de mat lag een witte envelop. Ik raapte hem op en zag dat er achterop in reliëf een wapen op gedrukt stond, maar hij was aan pap geadresseerd, dus ik legde hem ongeopend op de toonbank.

Ik sloot af – het laatste waar ik nu behoefte aan had was een veeleisende klant – liet mijn bagage in de winkel staan, opende de deur achter de toonbank en liep de werkplaats in.

Zoals de winkel altijd als een verwelkomende kerk aanvoelde, zo was de werkplaats zijn kille crypte. Ik bleef even in de halfduistere stilte staan, voelde hoe mijn hart in mijn keel klopte. Een deel van me verlangde ernaar, verwachtte half en half, om in de gloed van een bureaulamp pap of Zac te zien werken, maar alleen de geesten waren er. Ik deed de plafondlichten aan en het duizelde me even door het felwitte licht. Glassplinters kraakten onder mijn voeten toen ik over de betonnen vloer liep.

Door het rechthoekige raam ving ik een glimp op van het plaatsje en de garage, waar je via een oprit rechts van de winkel, aan de andere kant dan het café, kon komen. Op een werkblad voor het raam, bevestigd op een houten plank zo groot als een theeblad, lag een gedeeltelijk gesoldeerd glas-in-loodraam. Ik liep erheen om het te bekijken en zag dat pap hieraan moest hebben gewerkt toen het gebeurde. Zac zei dat hijzelf in het hokje, dat als kantoor diende, had gezeten toen hij pap had horen kreunen en hem op de grond ineen had zien zakken, terwijl de kruk over het beton rolde.

Ik ging nu met een somber gemoed op die kruk zitten. Ik streek met een vinger langs het Keltische sierknoopwerk dat pap had gemaakt, een van zijn lievelingspatronen om randen en kleine ruimten op te vullen, en dat hij soms als zijn ambachtssignatuur aanbracht. Hij hield ervan, zei hij altijd, omdat je het in een enkele, ononderbroken lijn kon tekenen. Ik stootte onder het werkblad met mijn voet ergens tegenaan, wat wegrolde. Ik bukte om te kijken. Het was de afgebroken punt van een soldeerbout. De rest lag ernaast. Zac moest hem uit het stopcontact hebben getrokken maar in de verwarring hebben laten liggen. Ik pakte de stukken op en bekeek ze van dichtbij, en zag toen dat er tussen de stofvlokken onder de werkbank nog iets anders lag. Waarschijnlijk een stukje glas. Ik raapte het op.

Het was geen glas maar een kleine, gouden broche waarin schitterende blauwe stenen vervat waren. Hij had de vorm van een engel. Sierlijk en misschien waardevol. Ik had geen idee waar hij vandaan kwam, had hem nooit eerder gezien. Ik legde hem op het werkblad naast de kapotte soldeerbout en paps gevlekte precisiemes.

Op het mes zat een klodder verf met paps vingerafdruk erop, en plotseling werd ik me pijnlijk bewust van zijn afwezigheid. Ik begroef mijn gezicht in mijn handen en stond mezelf eindelijk toe terug te denken aan het moment waarop ik hem had gezien, een paar uur geleden.

Niemand was me van het vliegveld Heathrow komen ophalen, maar ik had Zac dan ook niet verteld hoe laat ik aankwam. Ik was rechtstreeks naar het ziekenhuis gegaan, had de aanwijzingen naar een receptie op de derde verdieping gevolgd, waar ik vragen beantwoordde, zoals wie ik was en wat ik wilde. Ten slotte bracht een verpleegkundige me naar een ziekenzaal waar helemaal achteraan, onder een raam met een weids uitzicht, een bed stond.

Het duurde even voor ik me realiseerde dat de gedaante in het bed pap was, mijn paps, zo hulpeloos als ik hem nooit eerder had gezien. Hij had zijn ogen dicht. Slangetjes liepen van canules op de rug van zijn hand met een boogje boven zijn bed langs, en ik vond ze sprekend lijken op de lange repen loodsoldeer die aan haken in zijn werkplaats hingen. Op een monitor naast hem waren de gestaag pulserende, rode zigzaglijnen het enige duidelijke teken van leven. De verpleegkundige drukte op een knop en schreef wat cijfers op een klembord, dat ze aan het voeteneind terughing. Ik was zo verdoofd, dat toen ze iets zei ik moest vragen of ze het wilde herhalen.

'Ik zei dat de dokter zo komt, liefje,' antwoordde ze vriendelijk en ze haastte zich weer weg.

Ik ging op een stoel naast het bed zitten en bekeek het bleke, slapende gezicht eens goed. 'Pap, pappie,' fluisterde ik een beetje ongemakkelijk. Niets wees erop dat hij het had gehoord. Ik raakte zijn wang aan, die koel aanvoelde tegen de rug van mijn hand.

In zekere zin zag hij er nog hetzelfde uit, dacht ik, in een poging mezelf te kalmeren. Zijn spaarzame grijzende haar was zoals altijd keurig naar achteren gekamd, zijn langwerpige gezicht met de hoge jukbeenderen en havikachtige neus straalde nog altijd een zekere waardigheid uit. Maar zijn fletse huid, een draad speeksel tussen de grijsachtige lippen, een trekkend ooglid, door dit alles bekroop me de angst dat nu een afschuwelijk, vreemd wezen zich onder de oppervlakte verschool. Ik vroeg me af, en niet voor het eerst in mijn leven, hoe hij werkelijk was, deze man, mijn vader.

Er wordt wel beweerd dat je iemand nooit helemaal kunt doorgronden, maar grote delen van Edward Morrisons innerlijk leven waren zelfs voor mij, zijn enig kind, verboden terrein waar ik niet binnen mocht dringen. Hij was nooit een hardvochtig man geweest, maar wel vaak afstandelijk, ondoordringbaar, gespeend van tederheid en lichtgeraakt. Hij kon zich aan van alles en nog wat ergeren: iemand die tijdens het eten belde, een naburige winkel die zijn vuilnis buitenzette terwijl het geen ophaaldag was. Met het ouder worden werd dat erger, een feit dat ik aan zijn diabetes toeschreef. Ik vroeg me af hoe Zac daarmee omging.

Op dit moment lag pap er vredig bij. Ik moet een hele tijd bij hem hebben gezeten, wachtend op een golf van emotie, op tranen, op welk gevoel dan ook. In plaats daarvan was ik alleen maar verdoofd.

'We denken dat hij nu wel snel zal bijkomen.' Meneer Bashir, de medisch specialist die even later binnenkwam, was een bedaarde, gezette Pakistaan van middelbare leeftijd. 'Er zijn signalen dat de coma oppervlakkiger wordt. Maar de scans geven wel aan dat het een ernstige beroerte is geweest. We weten niet hoe hij eraan toe is wanneer hij wakker wordt.'

'Hij is nog maar eenenzestig,' wist ik uit te brengen. 'Is dat niet een beetje jong voor zoiets?'

'Helaas komt het wel vaker voor. Vooral omdat je vader diabetes type I heeft. En de hoge bloeddruk heeft er ook aan bijgedragen.' Hij leed al sinds zijn tienertijd aan suikerziekte. Ik herinnerde me de nare signalen bij de zeldzame keren dat hij zijn insuline-injecties te laat had genomen. Maar deze beroerte was nog onbekend terrein.

Nadat dr. Bashir weg was, staarde ik uit het raam naar het uitgestrekte, heldere firmament. Pap zou wanneer hij wakker werd – en hij zóú wakker worden, drukte ik mezelf op het hart – in elk geval de lichtveranderingen kunnen zien waar hij zo van hield, hoe de vogels en wolken de hemel doorkruisten, de schemering zien overgaan in duisternis, de knipperende vliegtuiglichten tussen de sterren.

En terwijl ik fluisterend afscheid nam en over zijn droge en vereelte hand streek, troostte die gedachte me.


Pas laat in de middag herinnerde ik me de officieel uitziende brief die ik op de toonbank in de winkel had laten liggen. Ik had het appartement geïnspecteerd, dat netjes maar niet erg schoon was, het bed in mijn oude kamer opgemaakt, mijn koffers uitgepakt, en was toen bij de buurtsuper een paar boodschappen gaan doen. Pas toen ik met mijn boodschappentassen terugkwam, zag ik de brief weer. Met dat wapen erop was het misschien belangrijk. Ik scheurde de envelop open.

Op het enkele vel papier prijkte het briefhoofd van 'De pastorie, St. Martin's Kerkgemeente, Westminster', de brief was klaarblijkelijk door de dominee zelf getypt want er was geen aandacht besteed aan lay-out of kantlijnen.

Beste Ted,

Ik ben gisteren bij je langs geweest, maar de winkel was dicht. Misschien ben je er even tussenuit? Als dat zo is, dan hoop ik dat je bij terugkomst deze brief vindt. Misschien kun je me zodra je gelegenheid hebt bellen, want ik heb iets ontdekt wat je waarschijnlijk wel interessant zult vinden en waar zeker jouw expertise voor nodig is, omdat een paar van onze gebrandschilderde ramen van jouw firma afkomstig zijn. Dit is wellicht ook een mooie gelegenheid om de ramen te komen inspecteren, in het verlengde van wat uit onze recente vijfjarige bouwrapportage naar voren is gekomen, waar ik het al met je over heb gehad.
Ik hoop snel iets van je te horen. Ik geniet zo van onze gesprekken.

Hartelijke groet,

Jeremy
Eerw. Jeremy Quentin

Een beetje bevreemd las ik de brief nog een keer. Ik had me niet gerealiseerd dat pap, die altijd erg op zichzelf was, met de plaatselijke dominee zo'n relatie had dat ze elkaar tutoyeerden. Maar gezien zijn werk had het me niet moeten verbazen.

St. Martin's was de zandstenen victoriaans-gotische kerk in Vincent Street die de tegenoverliggende hoek van Greycoat Square schampte en ruwweg parallel liep met Victoria Street. Ik herinner me niet dat ik ooit in de kerk ben geweest – hij was altijd dicht als ik erlangs kwam – maar achter een paar traliewerken die de ramen afschermden had ik wel het gekleurde glas gezien en me vagelijk afgevraagd welke taferelen erop stonden. Bij nader inzien had pap me inderdaad een keer verteld dat Munsterglas ze in de victoriaanse tijd had gemaakt.

Bovendien was ik als baby in die kerk gedoopt, vertelde hij me, maar bij die gelegenheid heb ik natuurlijk niet erg op mijn omgeving gelet. De enkele zondag waarop we in mijn jeugd een kerkdienst bijwoonden, gingen we altijd naar Westminster Abbey. We vonden allebei de muziek zo mooi en pap vond de diensten voegzaam intellectueel. Ik vermoed bovendien dat hij het wel zo prettig vond dat hij na de dienst makkelijk kon wegglippen zonder dat iemand een opdringerig praatje met hem maakte. Geestelijke zaken hield hij, net als al het andere in het leven, liever voor zich. Ik was benieuwd waardoor hij op vriendschappelijke voet was komen te staan met de eerwaarde Quentin.

Ik stopte de brief weer in de envelop en liet hem op de toonbank liggen, terwijl ik mezelf plechtig beloofde dat ik zodra ik tijd had de dominee zou bellen om te vertellen dat pap ziek was geworden.

Deels om mezelf van mijn problemen af te leiden, nam ik die avond het huis eens flink onder handen, ik gooide oud voedsel uit de provisiekast weg, dweilde het verschoten linoleum, schrobde het oude, craquelé bad en stofzuigde zo goed en zo kwaad als het ging met paps jankende, aftandse stofzuiger. Daarna, compleet uitgeput door emotie, de lange dag en omdat ik niet aan lichamelijke arbeid gewend was, liet ik mezelf in de leunstoel naast het raam in de woonkamer vallen en prikte in een kant-en-klare kipsalade.

Toen de schemering inviel, zette de zonsondergang de tuinen in een gouden gloed en daarna baadden ze in het zilver. Overal in de buurt gingen achter de vensters van de huizen één voor één de lichten aan en de trottoirs glinsterden in het zachtgele licht van de zwavellampen op straat. Ik was vergeten hoe prachtig en vredig het plein kon zijn. Je kon je maar moeilijk voorstellen dat het midden in zo'n grote stad lag.

Een stuk of zes deuren verderop was naast een antiquariaat een nieuwe wijnbar gekomen, waaruit mensen de warme, stille avond in stroomden. Boven de roezemoezige stemmen hoorde ik in de verte de tonen van een cello oprijzen. Elgars celloconcert. Ik stond op om te luisteren, terwijl de hartverscheurende passages ergens vanaf de overkant van het plein aan kwamen zweven. En plotseling verlangde ik zo wanhopig naar Nick dat ik de pijn bijna fysiek voelde.

Ik had hem drie weken geleden in Belgrado ontmoet, toen ik me voor een Oost-Europatour bij het Royal London Orchestra had gevoegd. Nick Parton was een paar jaar jonger dan ik, een getalenteerde en uitermate ambitieuze cellist. Een van de dingen die ik het aantrekkelijkst aan hem vond was zijn energie: dat, zijn zachte, plagerige stem, en – omdat ik avond aan avond de gelegenheid had vanaf mijn plek achter in het orkest naar hem te staren – zijn gladde olijfkleurige huid en perfecte profiel. 'Niet te geloven dat je sterk genoeg bent om op dat monster te spelen,' waren de eerste, achteloze woorden die hij tegen me zei terwijl hij naar de in mijn armen geklemde tuba keek.

'Let maar eens op,' zei ik uitdagend. Ik tuitte mijn lippen en leverde zo'n oorverdovende tetter af dat de lichtgeraakte orkestleider vloekend over zijn muziekstandaard struikelde. Nick gooide alleen maar zijn hoofd naar achteren en barstte in lachen uit.

Daarna wist ik dat hij zijn ogen voortdurend op me gericht had. Hij kwam overdreven flirtend naar me toe, bood op plagerige toon aan om mijn instrumentkoffer te dragen omdat ik 'te teer' was, en toen ik dat geërgerd afsloeg, hield hij vervolgens met een galante buiging de deur voor me open om me voor te laten gaan, ondanks het feit dat hij zelf ook een behoorlijk zware last te tillen had. Na een paar dagen van dit gedoe mocht ik van mezelf een beetje ontdooien. We vonden elkaar pas echt toen we, allebei enigszins brak na een laat etentje in een restaurant, samen een taxi terugnamen naar het hotel en een slaapmutsje in de bar dronken.

Daarna bleven we nog één nacht in Belgrado, maar toen reisde het orkest verder naar Praag, Zagreb en Boedapest – de ene schitterende locatie na de andere – zodat onze idylle geen moment een sleur kon worden. Er was echter een probleempje waar ik pas op onze laatste avond in Athene achter kwam: er was sprake van een verloofde, Fiona, thuis in Birmingham. Het kwam erop neer dat Nick ons kleine duet beschouwde als zijn laatste 'uitstapje' voor ze in oktober gingen trouwen. En dus was de laatste avond van de tour ook ons slotstuk, dat eindigde in tranen en beschuldigingen, van mijn kant, en een chagrijnige bui, van zijn kant.

Terwijl ik op mijn gammele bed in dat Griekse hostel lag terug te denken aan alles wat Nick in de afgelopen paar weken had gezegd en gedaan, realiseerde ik me dat hij verschillende keren een kleine hint had gegeven, maar dat ik die gewoon niet had willen horen. Want hoewel ik inderdaad boos en van slag was toen hij me over Fiona vertelde, was een deel van me niet verbaasd geweest, en nu vielen een hoop dingen op hun plek. Bijvoorbeeld het feit dat hij niet nog wat langer met mij in Athene wilde blijven, de hoeveelheid telefonische boodschappen die hij kreeg, dat hij elk gesprek over wat er na de tour zou gaan gebeuren omzeilde.

Ik probeerde mezelf een hart onder de riem te steken door te bedenken dat het voor die arme, bedrogen Fiona verschrikkelijk moest zijn, ik stelde me voor hoe ik me zou voelen als de rollen omgedraaid waren en ik erachter kwam dat míjn verloofde buiten de pot pieste. Ze moest toch zeker iets vermoeden, zei ik tegen mezelf. Was het erger als ze het niet, of juist wel wist, en dat ze dan evengoed met hem zou trouwen? Ik kwam er niet uit. Ik wist nu tenminste de waarheid en had die ontdekt voordat ik er met mijn nek te diep in zat. Maar dit was niet de eerste keer dat ik mezelf zo in de nesten had gewerkt. Je zou zelfs kunnen zeggen dat ik er aanleg voor had.

Ik werd heus niet expres verliefd op onbereikbare mannen, het gebeurde gewoon. Misschien was ik als het ware voorgeprogrammeerd zodat ik reageerde op een of ander vreemd feromoon dat ze uitscheidden, die mannen die getrouwd waren of nooit van plan waren om het door te zetten. Ik was verslaafd aan de bedwelmende, vurige passie waarmee dit soort affaires gepaard ging. En op hun beurt dachten de mannen dat onder mijn gereserveerde houding een mysterieuze inslag schuilde, en werden ze vervolgens schromelijk teleurgesteld.

Ik luisterde naar de oprijzende, hartverscheurende cellomuziek en mijmerde over mijn liefde voor films waarin geliefden elkaar op een zinkend schip vonden, of wanneer een stad in handen van de vijand viel of een asteroïde de aarde dreigde te raken... als er sprake is van een wanhopige liefde, weggerukt, een manier om de ervaring erbovenuit te tillen en afstand te nemen van de eentonige realiteit.

Ik was wel zo volwassen dat ik die pijnlijke cyclus, die ik mezelf steeds maar weer aandeed, herkende. Ik wist dat het tijd werd om die te doorbreken. In mijn eentje in dit sjofele oude appartement, dat ik ondanks alles nog steeds als mijn thuis beschouwde omdat ik nergens anders heen kon, vocht ik tegen de aandrang om Nicks nummer op te zoeken en hem te bellen. De reden waarom ik het uiteindelijk niet deed, was de gedachte dat Fiona kon opnemen. Ik verlangde verschrikkelijk naar Nick. Maar geen Nick die zijn biezen pakte en vertrok. Ik wist nu dat ik iemand wilde die geheel en al de mijne was.

## 2

*En de engel zei: 'Ik heb geleerd dat een mens niet leeft door zich om
zichzelf te bekommeren, maar door liefde.'*

LEO TOLSTOJ

Die nacht sliep ik alsof ik gedrogeerd was, en ik werd beroerd en uitgehongerd wakker. Ik was nog in mijn pyjama bezig een centimeter vet uit
paps koekenpan te schrapen, die ik gisteren tijdens mijn bliksem-
schoonmaakbeurt op een of andere manier had overgeslagen, toen de
telefoon ging. Ik nam hem aarzelend op, me afvragend wie pap in hemelsnaam op dit nummer zou bellen, maar het was het ziekenhuis. Pap
was vannacht heel even bij kennis geweest, zei de zuster aan de andere
kant. De opluchting was overweldigend. Hij werd weer beter. Alles
kwam goed!

Ik werkte een geroosterd broodje naar binnen, schoot mijn broek en
een jasje aan en zette er op Horseferry Road flink de pas in, vroege och-
tendjoggers passerend, evenals een paar vuilnismannen die hun wagen
aan het vullen waren. Een mollige Indiase vrouw was met trage bewegingen de stoep voor een bloemenwinkel aan het vegen en impulsief
vroeg ik haar of ze een bosje fresia's voor me in wilde pakken. Misschien
vond pap ze lekker ruiken, ook al kon hij de kleuren niet goed zien.

Op Lambeth Bridge sloeg een zwiepende wind over de rivier die elk
optimisme in de kiem smoorde. Bij het ziekenhuis aangekomen maakte ik me steeds meer zorgen over hoe ik hem zou aantreffen.

Toen ik naar binnen liep zag ik dat de gordijnen om zijn bed dicht
waren en mijn bezorgdheid sloeg prompt om in paniek omdat hij misschien een terugval had gehad. Een verpleegkundige kwam tevoor-

schijn met een kom zeepwater in haar handen en een handdoek over haar arm. Ze rukte de gordijnen open en glimlachte toen ze langs me liep. Mijn paniek ebde weg, maar dat was te voorbarig. Ik zag meteen dat alles helemaal niet goed kwam.

Pap leek nog precies hetzelfde als de dag ervoor, de ogen dicht, zijn mond open, en hij snurkte licht. Ik trok de stoel bij, ging zitten en keek of er iets was veranderd. Had zijn gezicht meer kleur dan gisteren? Mogelijk. Plotseling deed hij zijn ogen halfopen. Hij knipperde, duizelig van het licht.

'Pap,' fluisterde ik terwijl ik me in zijn gezichtsveld naar voren boog,' en ik wist zeker dat hij me recht aankeek. Hij leek in de war, bij zijn mond vertrok een spiertje alsof hij iets wilde zeggen.

'Doe maar niet,' zei ik ellendig. Zijn linkerhand, die aan mijn kant lag, trilde licht en ik legde de mijne eroverheen. We keken elkaar peinzend aan, hij met de argeloze blik van een heel jong kind. Ik wendde me als eerste af, om de tranen in mijn ogen te verbergen.

Maar één ding was wel goed. Hij herkende me, dat wist ik zeker. Hij was ondanks al mijn angsten zichzelf. En toch had ik het vreemde gevoel dat hij me heel dringend iets wilde vragen, als een in de val zittend dier.

'Pap, het is goed, ik ben er.' Waarmee kon ik hem geruststellen? 'Het komt wel goed met je.' Dat hoopte ik van harte. 'Ik zorg overal voor, maak je geen zorgen. En Zac komt vast ook helpen.' Hoewel ik sinds mijn terugkeer nog niets van Zac had gehoord.

Ik bleef tot pap weer in slaap viel. Mijn wandeling uit het ziekenhuis duurde twee keer zolang omdat ik op Lambeth Bridge bleef hangen om naar het staalgrijze, aanzwellende water onder me te kijken, blij dat de bijtende wind mijn angst verdoofde. Ook in mij was er een opkomend getij, waar zou dat me heen voeren? Ik had geen idee. Mijn leven was hopeloos op drift geraakt.

Toen ik terugkwam was Zac in de werkplaats vormen uit een stuk glanzend rood glas aan het snijden. Hij keek op toen ik binnenkwam, zijn glassnijder in de aanslag, zijn lange magere lichaam gebogen, klaar om het glas te bewerken. Ik bleef in de veilige opening van de dubbele deur staan. Onbeholpenheid wervelde tussen ons in, net als vroeger, zo dicht en mysterieus als mist.

'Hoi, vreemdeling,' mompelde hij ten slotte en hij wist een glimlachje tevoorschijn te toveren. 'Hoe gaat het?'

'Ik ben net bij pap geweest,' zei ik, terwijl ik mijn stem in bedwang probeerde te houden. Hij legde zijn glassnijder neer en keek me onderzoekend aan, afwezig over een eeltplekje op zijn wijsvinger wrijvend.

'Hoe gaat het met 'm?' zei hij met schorre stem, alsof hij sinds gisteren geen woord had gezegd. Dat zou trouwens zomaar kunnen. Ik was nooit veel over paps assistent te weten gekomen, ik had hem maar een paar keer ontmoet, en toen had hij nooit veel gezegd. Hij was vlak na mijn vertrek, twaalf jaar geleden, bij pap komen werken, een man met donkere ogen en een bleke huid, destijds begin twintig met een Glasgows accent, een bos dik zwart haar en omgeven door die mysterieuze Glasgowse broeierigheid. Hij was nogal op zichzelf. En nu, twaalf jaar later, was hij wat steviger en het accent was minder uitgesproken, maar verder was hij nog precies hetzelfde, net als Munsterglas.

Het leek Zac nooit wat uit te maken dat hij van pap op de gekste tijden moest werken, hij vond het prima om in stille tijden middagen vrij te nemen en was bereid om zeven dagen per week te buffelen als ze een strakke deadline moesten halen. In andere perioden kwam en ging hij naar believen, wat hen beiden kennelijk goed uitkwam, hoewel ik dat, als ik zijn baas was geweest, niet prettig zou vinden. Nu pap er niet was, was ik vermoedelijk zijn baas. Dat idee stond me niet echt aan. Wat kon ik Zac in hemelsnaam bijbrengen? Behalve dan een beetje charme. Hij kon in elke geval dóén alsof hij blij was me te zien.

'Je had gelijk over die beroerte, Zac,' zei ik. 'Die is ernstig.' Ik legde uit dat mijn vader bij kennis was geweest, maar dat de dokter die ik vandaag had gesproken – niet de aardige meneer Bashir, maar een jonge vrouw met piekhaar – had gezegd dat ze uit de tests nog niet met zekerheid konden zeggen hoe ernstig de schade was. Ze weigerde iets te zeggen toen ik vroeg hoe snel pap weer op de been zou zijn, maar was het wel met me eens dat het een goed teken was dat hij bij kennis was gekomen.

Zac stopte zijn handen in de zakken van zijn sjofele leren werkbroek en staarde naar de grond. Na een ogenblik zei hij: 'Dat is vreselijk. Wat erg, Fran.' En even later voegde hij er ongerust aan toe: 'Ik heb gedaan wat ik kon, weet je. Zijn pols gevoeld, meteen de ambulance gebeld. Ze waren er binnen een paar minuten. Als ik het misschien anders had gedaan…'

Zijn gezicht straalde pure ellende uit.

'Zac, martel jezelf niet zo. Ik weet zeker dat je alles goed hebt gedaan. En je was tenminste bij hem, dat is het belangrijkste. God mag weten wat er was gebeurd als hij alleen was geweest.'

'Ja, daar heb je wel gelijk in,' zei hij somber. We bleven zo een ogenblik staan, ieder verloren in zijn eigen gedachten, en toen zei hij bars: 'Wat zijn je plannen?'

'Plannen?'

'Ik bedoel, hoe lang blijf je hier? Je weet dat ik zal doen wat ik kan, maar...' Hij spreidde in een hulpeloos gebaar zijn handen uit.

'Daar had ik nog niet over nagedacht. Voorlopig blijf ik nog wel. We weten niet hoe lang het duurt voordat pa weer beter is.' Er viel een korte stilte en ik was me ervan bewust dat hij me meevoelend maar ook onderzoekend aankeek. De gedachte kwam bij me op dat het wel eens heel, heel lang kon duren voordat pa weer aan het werk kon – als dat ooit nog zou gebeuren – maar dat duwde ik weg.

'Er is genoeg werk om de zaak draaiende te houden,' zei Zac zachtjes. 'En ik kan in de winkel wel wat hulp gebruiken.'

De gedachten tolden in duizelingwekkende vaart door mijn hoofd. Is dit wat paps ziekte betekende? Hier blijven, de muziek voorlopig opgeven?

'Over wat voor soort werk hebben we het eigenlijk?' vroeg ik om tijd te winnen.

'Dit hier.' Hij tilde de rode glasplaat op zodat ik de modeltekening eronder kon zien. 'Een raam voor een van die penthouses bij de rivier. De dame wil een zonsopgang. Vindt de echte, waar ze op uitkijkt, zeker niet mooi genoeg. Kijk.' Hij griste een kleine rol papier van een andere tafel. Het was het originele ontwerp dat hij had gemaakt, een kleurentekening van de opkomende zon boven een landschap.

'Prachtig,' zei ik. 'En verder?'

Hij vertelde dat er nog een paar vergelijkbare opdrachten op hem lagen te wachten. Ik liep rond en bekeek de reparatieklussen die op een rij op de schappen stonden: gebroken lampenkappen, stoffige spiegels en schilderijlijsten met afgebrokkelde versiering. Tegen de muur stond een lelijk kamerscherm waarvan het middengedeelte was ingestort. In weerwil van mezelf leken de jaren weg te vallen en merkte ik dat ik het onderhanden werk aan het inschatten was. Waarschijnlijk had ik nog steeds de vakkennis om ze allemaal te repareren, als ik dat wilde.

'En er is een hele waslijst raamreparaties op locatie,' zei Zac.

'Hoe zit het hiermee?' Ik liep naar paps Keltische ontwerp dat nog onder het raam lag. Plotseling wilde ik me nuttig maken. 'Zal ik dat een keer afmaken?'

'Als je dat wilt,' zei Zac en hij keek verbaasd. 'Maar loop niet te hard van stapel. Je bent nog maar net…'

'Als ik even een momentje heb, doe ik het graag. Dat is iets wat ik… voor pap kan doen.'

'Prima.' Hij haalde zijn schouders op. 'Als je wilt kan ik de papieren er wel bij zoeken voor je.'

'Bedankt. O.' Mijn oog viel op de broche die ik naast het onafgemaakte paneel had laten liggen. 'Weet jij hier trouwens iets van? Misschien heeft pa hem laten vallen.'

Zac pakte de broche, bestudeerde hem even en gaf hem toen hoofdschuddend aan me terug. Ik draaide de broche om, vroeg me af wat hij zou kunnen betekenen en stopte hem toen veilig in mijn zak.

Hij liep naar het kantoor waar hij door paps grote logboek bladerde. 'Het ziet ernaar uit dat dat paneel het laatste deel is van een opdracht voor een nieuwe kerk in Zuid-Londen,' zei hij even later.

Een kerk. De brief van de dominee.

'O, nu je het zegt.' Ik haastte me weg om het epistel van dominee Quentin van de toonbank te halen. Het lag er niet, en ook niet op de grond.

'Heb je een witte envelop gezien?' zei ik weer naar de werkplaats teruglopend.

'Zoek je dit soms?' zei Zac terwijl hij de brief uit de zak van zijn werkbroek viste. 'Maak je geen zorgen, ik heb hem al gebeld.'

'O ja?' Ik wist dat mijn ergernis onredelijk was, zeker in het licht van mijn eerdere paniek dat ik er misschien in meegesleept zou worden, maar ik werd kriegel van Zacs laatdunkende toon. 'Waar ging het over?'

'Hij zei niets over de "opwindende ontdekking". Vroeg alleen hoe het met je vader ging. Anita van het café had hem verteld dat hij ziek was. Ik zei dat ik zelf wel naar de kerk zou komen om te bekijken hoe het met de ramen gesteld is. Ik ga er maandag om vijf uur heen.'

'Is het dan nog licht genoeg om ze goed te bekijken?' zei ik scherp.

Het leek misschien belachelijk, maar ik voelde me buitengesloten. Ik had tenslotte de brief opengemaakt, mijn vader was een vriend van de briefschrijver en als ik de dominee had gebeld, wist ik zeker dat ik wel uit hem had gekregen wat die mysterieuze ontdekking was.

'Ik denk dat het wel goed komt.' Plotseling draaiden we als een stel boksers om elkaar heen. Idioot gewoon. Ik wist dat hij alleen maar zijn werk deed, maar een klein koppig stukje van me wilde de overhand hebben.

'Ik ga met je mee,' zei ik om een eind aan de discussie te maken en ik liep de winkel in voordat Zac kon protesteren.

Er volgde een stilte, en even later klonk het tandenknarsende geluid van glas dat met wolfram wordt bewerkt. Ik wist dat ik grof tegen hem was geweest en ik schaamde me ervoor. Maar nu ik erop terugkijk, zie ik in dat ik niet redelijk kón zijn, daarvoor was ik te ongelukkig en te bezorgd om pap.

Ik probeerde het goed te maken door hem te helpen, deed de winkel open en de plafondlichten aan. Onze groothandel had een paar dozen glas afgeleverd, die op de vloer stonden opgestapeld. Ik sneed de bovenste doos open. Vandaag, zei ik tegen mezelf, gaat alles bij Munsterglas gewoon zijn gangetje. Ik zou mijn vaders plaats achter de toonbank innemen, want daar had Zac een hekel aan.

Ik zette de gekleurde vierkanten op hun zijkant in hun vakken op de schappen, zodat je er net als ouderwetse grammofoonplaten makkelijk doorheen kon lopen. Zo nu en dan kwam Zac binnen om iets te halen en zo te zien was hij blij me daar te zien.

Langzaam drong het tot me door dat hij me precies had waar hij me hebben wilde, betrokken bij de zaak.

Ik pakte een partij kleine sierspiegels uit en hing ze aan de achterwand terwijl ik aan mijn tuba boven dacht. Ik had hem nu al een paar dagen niet uit zijn koffer gehaald. En ik had ook Jessica, van het impresariaat dat mijn boekingen regelt, niet gebeld om te vertellen wat er was gebeurd en waar ze me kon bereiken. Ik dacht aan pap, zoals hij in zijn ziekenhuisbed lag, en opnieuw rees dat donkere opkomend getij in me op, verstikte me. Ik was doodsbang voor pap, maar ook, misschien een tikje egoïstisch, bang voor mezelf. Mijn leven stond in de wacht. Maar wat kon ik daar aan doen? Voorlopig niets, behalve afwachten en glas uitpakken.

Zac ging tegen lunchtijd weg, mompelde iets over een zakelijke afspraak en dat hij op weg daarnaartoe bij pap langs zou gaan. Ik zag hem snel door het park op Greycoat Square lopen en was blij dat ik alleen was.

Die middag was het rustig in de winkel. Toen ik de voorraden van verkocht gereedschap had gecontroleerd en had genoteerd wat ik moest bestellen, parkeerde ik mezelf aan een tafel die nog net in de werkplaats stond en vanwaar ik iedereen die binnenkwam zou kunnen zien, stak de soldeerbout in het stopcontact en probeerde een lampenkap te repareren. Ik had zo lang geen lood gesoldeerd dat ik eerst met een paar soldeerlijntjes op afvalglas met folie moest oefenen voor ik een poging waagde en een fijne lijn over de naden van de kap trok. Ik bekeek mijn werk aandachtig en vond het resultaat nog niet eens zo gek. Ik zette de kap weg en begon aan een spiegel waarvan de rand kapot was. Het was troostend werk, waar ik helemaal in opging.

Er kwamen niet veel klanten. Een kleine jongen kocht met zijn vader een spiegeltje voor zijn moeders verjaardag. Een vrouw van middelbare leeftijd met verschoten rossig haar en oorringen wilde wat glas voor een avondschoolproject. Ze bekeek elk stuk glas in de winkel voordat ze een heel gewoon, gestreept kathedraalblauw vierkant uitkoos. Een jonge vrouw in joggingbroek, met verward zwart haar en donkere ogen, hing buiten rond, staarde nagelbijtend naar de etalage. Toen ik naar buiten liep om bij het naburige café een cappuccino te halen, beantwoordde ze angstig mijn glimlach en liep toen snel weg. Ze bleef in de schaduw lopen en keek af en toe achterom. Net een zwerfkat, dacht ik, terwijl er een golf medelijden door me heen ging. Eraan gewend om te worden weggejaagd.

Die avond werd ik door eenzaamheid overvallen en ik haalde mijn adresboekje uit mijn handtas tevoorschijn. Ik belde het nummer van een vriendin van het conservatorium die ik in geen jaren had gesproken, maar die bleek met onbekende bestemming te zijn vertrokken. Daarna belde ik een collega-koperblazer in Zuid-Londen, vervolgens een vrouw van het concertpromotieteam met wie ik bevriend was geraakt, maar het was zaterdagavond en het leek wel alsof niemand thuis was behalve ik.

Toen ik door de beduimelde bladzijden bladerde, besefte ik plotseling dat ik oude vriendschappen te makkelijk had laten sloffen. Ik had er bijna geen een meer over.

Ik was bij de P aanbeland en zag de naam van mijn oude school-vriendin Jo Pryde staan. 11 Rochester Mansions, het appartement van haar ouders, was nog steeds het enige adres dat ik had. Maar ik had Jo in geen jaren gezien, dus ze als ze was verhuisd, had ze waarschijnlijk niet de moeite genomen om dat aan me door te geven. Ik overwoog het nummer te bellen, maar stelde me een stuntelig gesprek met een van haar ouders voor. Misschien was er te veel tijd overheen gegaan. Ik had sinds we van school waren geen contact meer met haar gehad, haar net als alle anderen laten vallen sinds mijn zwervende arbeidsbestaan een aanvang nam. Ik voelde me er nu vervelend onder, maar toen had ik het nodig om de benen te nemen, banden te verbreken en het helemaal zelf uit te zoeken.

Ik gaf het op om oude vrienden op te sporen en liep in plaats daar-van naar boven om een zak te halen waarin ik paps spullen kon stoppen die ik morgen mee zou nemen naar het ziekenhuis.

In zijn slaapkamer, achter in het huis, hing een verdrietige, verlaten atmosfeer. Het bed was opgemaakt en ik legde de broche van de gouden engel op zijn nachtkastje, naast de foto van mij, twaalf jaar oud, op een Welsh pony, genomen tijdens een zeldzame vakantie in de buurt van Aberystwyth. Ik keek om me heen naar de boekenplanken aan de muur en zag dat dit eigenlijk de enige echte persoonlijke spullen waren die er stonden. Er hing een schilderij aan de muur – een ingelijste reproductie van een doek van Alma Tadema – van een badende, onnatuurlijk bleke vrouw in klassieke setting, het water in de poel was sprookjesachtig blauw. Perfect uitgevoerd, maar ik vond Alma Tadema's werk altijd wat kil, gespeend van elke emotie. Misschien vond pap het daarom wel mooi, want ook hij toonde zijn gevoelens maar zelden. En toch was ik er altijd van overtuigd geweest dat hij geen kille man was. Hij had eer-der zijn gevoelens weggeborgen, alsof hij iets verstopte. Ik dacht wel te weten waarom hij zo was geworden. Doordat hij mijn moeder had ver-loren.

Er stonden geen foto's van mijn moeder, al van jongs af aan had ik erover getobd hoe dat kwam. Ik kon me haar eenvoudigweg niet herin-neren en pap zorgde er wel voor dat niets in huis me aan haar deed den-ken. Hij had het bijna nooit over haar en zelfs de keren dat ze wel ter sprake kwam, leidde hij mijn vragen van het onderwerp af. Een keer za-ten we aan tafel te eten en ik had het over een vriendin op de basisschool die op eerste kerstdag jarig was. 'Ik vind het zo gemeen,' zei ik. 'Sommige mensen geven haar toch maar één cadeautje.' Ongerust zag ik dat hij een verdrietig gezicht trok.

'Daar klaagde je moeder nou ook altijd over,' mompelde hij terwijl hij zijn mes en vork neerlegde. 'Zij was ook op eerste kerstdag jarig. Ze was van streek toen ik dat een keer deed. Haar maar één cadeautje gaf, bedoel ik.' Hij staarde naar het eten dat ik voor hem had klaargemaakt, verloren in verdriet. En toen, alsof ik er niet was, stond hij langzaam op, schoof het eten in de vuilnisbank en ging de kamer uit. Ik bleef in mijn eentje aan tafel zitten, liet de ongeziene tranen langs mijn wangen druppelen, wetend dat ik iets verkeerds had gezegd maar niet waarom ik daar de schuld van moest krijgen.

Ik moest aan deuren luisteren om iets te weten te komen over hoe ze was gestorven. In mijn eerste jaar op de middelbare school kregen we bezoek, op zichzelf al een zeldzaamheid. Het was mevrouw Webb, mijn klassenlerares, die pap wilde spreken omdat hij het toestemmingsformulier niet wilde tekenen voor een werkweek in het Peak District. De rest van de klas had wel toestemming van de ouders gekregen, maar pap maakte zich zorgen omdat ik zo lang weg zou zijn. 'Ze is het enige wat ik heb,' hoorde ik hem vanaf mijn schuilplaats buiten de woonkamerdeur tegen mevrouw Webb zeggen, en ik gloeide van blijdschap omdat ik dit als een bewijs van liefde opvatte. Als hij het niet kon verdragen dat ik weg was, vond ik het niet erg om thuis te blijven. Maar ik raakte danig in de war van wat ze daarna bespraken.

Mevrouw Webb vroeg wat er met mijn moeder was gebeurd. 'Een ongeluk toen Frances nog klein was.' Paps stem dreef bijna onhoorbaar naar me toe. 'Ze is in het ziekenhuis gestorven. Ik heb er met mijn dochter niet over gepraat, ze zou er alleen maar door van streek raken.'

Pap ging niet in op waar het ongeluk was gebeurd of andere details, maar mevrouw Webb haalde hem over om het formulier te tekenen en was wel zo tactvol er geen vragen meer over te stellen.

Mijn moeder. Ik wilde zo verschrikkelijk graag meer over haar te weten komen, maar ik wist niet goed waar ik moest beginnen. Uit respect voor mijn vader had ik het nooit geprobeerd.

Hoewel ik me haar niet kon herinneren, was ik me er altijd scherp van bewust dat ze er niet was. 'Maak een kaart voor moederdag,' kon een leraar zeggen, totdat hij de verwarde uitdrukking op mijn gezicht zag en gegeneerd stamelde: 'Eh, wat dacht je voor een oma, Frances?' en dan staarden de andere kinderen me nieuwsgierig aan.

Soms lag ik als kind tussen slapen en waken in en probeerde ik me iets van haar te herinneren, wat dan ook, maar het lukte me niet. Van tijd tot tijd werd mijn aandacht onverhoeds getrokken naar een dessin van een jurk in een liefdadigheidswinkel of een vleug van een bepaald parfum... maar nog voor ik de herinnering bij de kladden kon grijpen, was ze alweer weg.

Eén keer – ik moet zo'n tien jaar zijn geweest – raapte ik de moed bijeen om aan pap te vragen hoe ze eruitzag en hij zei: 'Net als jij', wat me plezier deed. Maar toen voegde hij eraan toe dat hij niet naar foto's van haar kon kijken. Daar werd hij zo verdrietig van. Destijds accepteerde ik dat. Het kwam niet bij me op dat ik ergens recht op had. Ik was nog te jong om in de mysterieuze wereld van volwassen verdriet binnen te dringen. Halverwege mijn tienertijd werd ik boos, opstandig, zei tegen mezelf dat ik hem haatte, want het was zonneklaar dat mijn verdriet er niet toe deed.

Het moet vrij kort na het gesprek zijn geweest dat ik als tienjarige met hem had, dat ik een fotoalbum vol foto's van mezelf ontdekte, eerst als baby, later als een mollige lachende peuter. Er waren hier, daar en overal, open plekken in het album, waar foto's uitgescheurd waren. Foto's van haar, vermoedde ik. Ik moest me ermee tevredenstellen dat ik mijn moeder in stukken en brokken leerde kennen: haar armen om me heen, een elegant paar benen omdat ze achter me stond terwijl ik mijn eerste wankele stapjes deed, een waterval van golvend donker haar, een paar gebogen lippen boven mijn babykrullen.

Toen op een dag, een paar maanden later, stuitte ik op een schat. Ik kreeg belangstelling voor paps werk en las over kunstgeschiedenis in de vele boeken die we daar thuis over hadden. Ik pakte van een hoge plank een buitenmaats boekwerk over Edward Burne-Jones en sloeg het open. Op het titelblad stond geschreven:

Voor mijn eigen, jarige lieveling van een Edward
Heel veel liefs, Angie, 29 maart 1963

Verwonderd draaide ik de bladzijden om, voelde het kostbare gewicht van dit bewijs van de wederzijdse liefde van mijn ouders, tot ik bij een serie schilderijen over engelen kwam. Daar, ingeklemd tussen een doek dat *Vertrouwen* en een ander dat *Hoop* heette, lag een kleine zwart-wit-foto van een vrouwengezicht. Ik kende die lachende lippen ergens van, die cascade van haar. Wie kon het anders zijn dan mijn moeder? Ik legde de foto weer tussen de bladzijden terug, maar stopte het boek onder mijn bed, genoot ervan dat het elke nacht bij me was. De eerste keer dat ik wegging, verhuisde ik het boek voor de veiligheid naar een plank in mijn klerenkast, samen met een tas concertprogramma's en een stapel schoolspullen. Nadat ik paps ziekenhuistas had ingepakt, ging ik kijken. Het boek lag er nog. Ik ging op bed zitten en bekeek de foto aandachtig.

Hij was in een studio genomen, iets van onderaf, zacht licht viel op haar opgeheven gezicht. Ik vermoedde dat de foto was geretoucheerd, want haar huid was zo smetteloos, hoewel niemand kon ontkennen dat ze prachtig was, met het lange haar dat aan de voorkant in een lange pony was geknipt, zoals in 1963 de mode was. Dit soort foto's zag je in concert- of theaterprogramma's, en het schoot door me heen dat ik me eigenlijk nooit had afgevraagd wat ze deed voordat ze mijn moeder werd. Voor mij was ze altijd in de eerste plaats mijn moeder geweest, nooit een op zichzelf staand persoon met een eigen verhaal. Nu pap zo ziek en hulpeloos was, verlangde ik er meer dan ooit naar dat verhaal te horen.

Hoe moet ik de eenzaamheid uit mijn jeugd beschrijven? Mijn vader hield van me, dat wist ik doordat hij me alles gaf wat ik nodig had, en door hoe hij me beschermde. Later toonde hij dat door de gedegen opleiding die ik in de werkplaats van hem kreeg, doordat hij me gaandeweg meer verantwoordelijkheid gaf. Hij liet me in de winkel bedienen, ik mocht in opdracht mijn eigen ontwerpen maken die hij dan ernstig uitvoerde, en bij de klanten gunde hij mij de eer, terwijl hij die ook zelf had kunnen opstrijken.

Een de ene kant vertrouwde ik hem, keek ik tegen hem op, maar hoe hij werkelijk over iets dacht, wat er door zijn hoofd ging op de dagen dat hij uitgeput en gedeprimeerd was of me geërgerd afsnauwde, heb ik nooit kunnen ontdekken. En ik leerde dat ik die vragen niet moest stellen. Het was misschien anders gegaan als ik een broer of zus had gehad met wie ik de last van de eenzaamheid had kunnen delen, zelfs een andere volwassene die zich om me had bekommerd, maar pap was zelf enig kind geweest, zijn ouders waren allebei al gestorven voordat ik geboren werd en als er nog familieleden van mijn moeder in leven waren, nou, dan hadden we met hen het contact verloren. Ik kende geen oma voor wie ik een moederdagkaart kon maken. In plaats daarvan maakte ik er altijd een voor pap.

Het was moeilijk te bedenken dat hij hulpeloos in het ziekenhuis lag, terwijl ik me hem herinnerde als een trotse, waardige man die zich goed kleedde, onder zijn werkkleren droeg hij een overhemd met das en zijn leren schoenen waren altijd gepoetst. Zelfs op zijn zestigste was het duidelijk waarom vrouwen, en vooral mijn moeder, zich tot hem aangetrokken konden voelen. Zijn diepliggende ogen hadden een dromerige, niet te duiden blik, zijn zachte, donkere, welsprekende stem deed een onaangeboorde passie vermoeden. Door zijn fysieke voorkomen – hij was ruim een meter tachtig – en zijn onmiskenbaar gereserveerde houding was hij iemand die het waard was een tweede blik te gunnen en mensen gingen omzichtig met hem om.

Ik geloof dat hij na mijn moeder nooit naar een andere vrouw heeft omgekeken. Zijn werk was zijn grote liefde en hij gooide zichzelf volledig en vol overgave op het ontwerpen en creëren van schitterend gebrandschilderd glas, altijd strevend naar de hoogste kwaliteit. Door dat vakmanschap kregen hij en ik iets gemeenschappelijks. We konden het uren hebben over obscure gebrandschilderde kerkramen en waar die te vinden waren, hij had een fenomenaal geheugen. Daarnaast had hij grote belangstelling voor klassieke muziek, en hij stond erop dat ik eerst piano leerde spelen, daarna mocht ik zelf een muziekinstrument uitkiezen. Hij leek enigszins verrast toen ik met een koperen blaasinstrument kwam aanzetten, maar hij betaalde de lessen en kwam naar elk schoolconcert waarin ik meespeelde, hoewel hij me na afloop zijn kritiek niet spaarde zodat ik bijna wenste dat hij niet was gekomen. Over de meer persoonlijke en emotionele aspecten van mijn opvoeding zei hij weinig tot niets. Ik kan me niet herinneren dat hij ooit tegen me heeft gezegd dat hij van me hield.

Een paar keer weet ik nog dat Jo's moeder of een lerares ingreep toen mijn vader zich even geen raad met me wist. Mevrouw Pryde hielp me op een dag vlak na mijn dertiende verjaardag toen ik mezelf in tranen in hun badkamer had opgesloten, mijn broek en rok waren doorweekt van bloed terwijl ik daar niet op voorbereid was. De slungelige gymlerares, juf Wendy Brangwyn – we noemden de arme meid Bendy Wendy – fluisterde me een keer iets in over deodorant, onze relatie is dat gesprek nooit meer te boven gekomen, zo gegeneerd voelden we ons, maar intussen was ik haar wel dankbaar.

Pap was openlijk jaloers op vriendjes. Op mijn zestiende had een medehoornblazer uit het plaatselijke schoolorkest de moed verzameld om me mee uit te vragen. Ik was zo verbijsterd dat iemand een bres in mijn verlegenheid had geslagen dat ik ja zei. We gingen een paar keer naar de film en naar een concert, maar de relatie wankelde nadat pap erop stond dat Alan me thuis kwam ophalen zodat hij kennis met hem kon maken. Bij die afschuwelijke gelegenheid was pa kribbig en Alan gedwee en geïntimideerd, dus de arme jongen verschrompelde in mijn ogen helemaal en niet lang daarna maakte ik het uit. Maar sinds die keer bleef ik op mijn hoede voor pa en wilde ik nooit meer iemand mee naar huis nemen, en zo nam ik de gewoonte aan om mijn relaties verrukkelijk geheim te houden.

Ik moet de problemen ook weer niet overdrijven. Meestal konden pap en ik goed met elkaar overweg. Dus waardoor sloot ik mezelf dan voor hem af en wilde ik zonder hem mijn leven leiden? Ach, als ik dat allemaal eens fatsoenlijk aan mezelf kon uitleggen, om het over Zac maar niet te hebben. Die patronen zijn al in mijn jeugd geweven, de pieken en dalen van relaties zijn niet altijd in woorden uit te drukken, maar ik ga het proberen.

Ik vermoed dat ik me steeds meer bewust werd van de steeds groter wordende poel van stilte en misleiding die tussen ons in lag. Toen ik opgroeide en nieuwe ervaringen wilde opdoen, moest ik veel voor hem verbergen, net zoals hij altijd dingen voor mij had verborgen. Ik nam het hem kwalijk dat hij ongelukkig was omdat ik opgroeide, dat hij het hardnekkig vertikte om veranderingen te accepteren. Dus ook als we op mijn achttiende niet zo'n verschrikkelijke ruzie hadden gehad, was het denk ik onvermijdelijk geweest dat ik moest vertrekken. Destijds moest ik gewoon weg, net zoals ik nu terug moest komen.

# 3

*Welbeschouwd is het leven op een of andere manier
groter dan welke geschilderde engel ook.*

OSCAR WILDE

De volgende ochtend werd ik wakker, zoals ik elke zondag in mijn jeugd
werd gewekt door de klanken van beierende kerkklokken in de buurt en
verder weg in de stad. Toen ik voor een bezoek aan pa naar het ziekenhuis liep, riep de enkele, heldere klok van St. Martin vasthoudend op tot
de eredienst.

Pap zat rechtop tegen een paar kussens met een verdrietige, troebele
blik uit het raam te staren. Het was akelig te zien dat één kant van zijn
gezicht slap hing. Hij was tenminste wakker, en toen ik zijn aandacht
trok, beeldde ik het me absoluut niet in dat zijn ogen oplichtten.

Ik liet hem de tas zien die ik de vorige avond had ingepakt, haalde
zijn waszak, schone pyjama's en een kamerjas tevoorschijn. Ik had er
zelfs een avonturenroman van een lievelingsauteur van hem bij gestopt,
zodat ik hem kon voorlezen als hij daaraan toe was. Hoe lang zou dat
duren? Ik legde het op het nachtkastje naast de vaas met fresia's.

Onder in de zak sloot ik mijn hand over een prop tissuepapier. Ik aarzelde even, pakte de blauw met gouden broche uit en stak hem naar voren.

'Is die van jou?' vroeg ik.

Zijn ogen zeiden van ja, ze stonden duidelijk verontrust.

'Is hij bijzonder?'

Hij antwoordde met een smartelijk keelgeluid.

'Zeg maar niets,' zei ik snel. 'Ik laat hem niet hier, hier kan hij gestolen worden. Ik leg hem thuis op een veilige plek.'

Ik zocht koortsachtig naar een ander gespreksonderwerp. De man in het volgende bed schreeuwde plotseling in zijn slaap, als een kind dat naar droomt.

'Het gaat prima met de winkel,' waagde ik, terwijl ik mijn valse opgewektheid probeerde te temperen. 'Ik ben dat raam voor je aan het afmaken.' Aan die taak zou ik me die middag zetten. 'En Zac werkt aan een prachtige zonsopgang. Gister heb ik wat glas verkocht.' Ik ratelde nu maar door, vertelde hem alles wat in me opkwam. Over de roodharige mevrouw die zo lang had rondgekeken, de lampenkap die ik had gerepareerd, dat Anita van het café naar hem had gevraagd.

Na een tijdje vielen zijn ogen dicht. Ik wachtte nog een paar minuten, maar hij zonk weg in een diepe slaap. Ik pakte de broche weer in, stopte hem in mijn handtas en drukte toen mijn lippen op zijn wang. Hoeveel jaar geleden had ik dat voor het laatst gedaan? Hij rook sterk naar hospitaalzeep.

Ik wilde vragen hoe hij eraan toe was, maar er was nergens een arts te bekennen. Onderweg naar de uitgang vroeg ik het aan het personeel in het zusterstation en mij werd verteld dat ik 's ochtends moest bellen, dan had dokter Bashir dienst.

Pas toen ik onder aan de trap was – de liften zaten ergens vast – schoot het me te binnen dat ik pap niet had verteld over dominee Quentins mysterieuze ontdekking en dat we St. Martin's een bezoek gingen brengen.

Na een snelle lunch bestudeerde ik de papieren voor het Keltische raam en controleerde de precieze afmetingen die vereist waren. Toen mat ik het paneel dat pap in elkaar had gezet en paste hier en daar nog iets aan voor ik de verbindingen zou vastsolderen. Ik was behoorlijk tevreden over het resultaat. Kennelijk was ik niets van mijn touch kwijtgeraakt. Of dit ook het geval zou zijn met mijn tuba was een andere zaak. Ik liep prompt naar boven, haalde hem uit zijn koffer en bracht een plezierig uurtje door met hem uit elkaar te halen, grondig schoon te maken, de kleppen in de olie te zetten en een paar oefeningen te doen.

Laat in de middag ging ik een wandeling maken, langs het ministerie van Binnenlandse Zaken en even verder naar Parliament Square. Pap en ik liepen vaak deze kant op, en soms moest hij vertellen hoe het er vroeger in deze buurt uitzag. 'Waar wij nu wonen zijn ooit boomgaarden geweest,' zei hij dan. Of: 'In het victoriaanse tijdperk stond op de plek van dat hotel het Koninklijk Aquarium.'

Vandaag liep ik op de terugweg langs de St. Martin's kerk, waar de avonddienst duidelijk al gaande was. Ik bestudeerde de buitenkant met hernieuwde belangstelling. Op een steen boven de ingang stond dat hij in 1851 was gesticht. Wanneer precies zou Munsterglas de ramen hebben gemaakt? Wie was de kunstenaar? vroeg ik me af, terwijl ik eenzaam naar huis wandelde. Dat moest ik zien uit te vinden.

Pap deed voor zulke opdrachten altijd heel zorgvuldig onderzoek, en ik wist dat het op een bepaald moment belangrijk voor ons zou worden dat we de originele papieren zouden vinden, zodat we konden bepalen welke materialen en procedures we moesten aanhouden om de restauratie correct uit te voeren. Tegenwoordig golden voor dit soort zaken strikte regels. Conserveren – verdere aantasting tot staan brengen – was het sleutelwoord. Restauratieprocessen moesten worden gedocumenteerd, en onopvallend en reversibel zijn.

Munsterglas bestond al sinds 1865. Dat wist ik als tiener al, lang geleden toen ik er tevreden mee was dat ik, mits mijn huiswerk het toeliet, pap in de winkel hielp, de technieken leerde van glassnijden, schilderen, het loodwerk en de toepassing van koperfolie, en verhalen over de geschiedenis van de winkel aanhoorde. Dat was niet lang voordat ik met gemak de verschillende soorten gekleurde glasspecie kon herkennen en de hoeveelheid lood kon berekenen die nodig was om zelfs een ingewikkeld ontwerp tot een goed einde te brengen. Ik wist dat mijn grootvader na de oorlog had meegewerkt aan de beglazing van de nieuwe Coventry-kathedraal. En dat, nog verder terug, zijn grootmoeder Munsterglas had gerund nadat mijn overovergrootvader na een val van een steiger was gestorven.

De boeken, papieren en archiefmappen waar onze flat van uitpuilde vertegenwoordigden voor het merendeel de papieren weerslag van de geschiedenis van het bedrijf, hoewel pap als enige wist waar alles was. Op de een of andere manier had het het vocht en de blitzkrieg overleefd, evenals de overgang van vader – of moeder – op zoon, op kleinzoon. Nadat opa stierf, een paar jaar voor ik werd geboren, bouwde pap de enorme zolder om tot extra kantoorruimte. Daar bewaarde hij onder andere de originele tekeningen en handgeschreven logboeken waar elke opdracht die het bedrijf ooit had uitgevoerd in opgetekend stond.

Een jaar geleden haalde Zac hem over om in het kantoor beneden een computer te installeren. Maar pap hield nog steeds liever zijn logboeken bij, schreef daarin met sierlijke, zwarte krulletters de bijzonderheden van elke opdracht. 'Veel sneller dan te moeten wachten tot die onzin is opgestart,' gromde hij toen ik hem een paar maanden geleden vanuit Parijs belde na een van zijn duizeligheidsaanvallen.

Toen ik terug was van mijn wandeling beklom ik de smeedijzeren wenteltrap en duwde de branddeur naar de zolder open. Hij gaf met een zuchtje mee.

Door het daklicht baadde de ondergaande zon de dozen en archiefkasten, die de reusachtige ruimte van planken vloer tot aan het schuine plafond vulden, in een oranje gloed. Ik deed het enkele lichtpeertje aan en de lange zwarte streep logboeken kwam op de brede muurplanken in beeld.

Er was een gat op de plek waar de twee vroegste delen hadden moeten staan. Het duurde niet lang of ik zag ze op paps mahoniehouten bureau liggen, tussen de andere boeken, papieren en kartonnen mapjes die her en der op het leren blad lagen opgestapeld.

Eén boek lag open. Toen ik het naar me toe trok, kwam er een ander, met stof bekleed boek onder tevoorschijn, waarvan de bladzijden, bevrijd van het gewicht, plotseling opwaaierden. Ze stonden vol paps typische, zwarte handschrift.

Ik pakte die zonderlinge vondst op én sloeg het voorblad om. Daar stond in gedrukte hoofdletters een zorgvuldig onderstreepte titel. Ik was verbaasd toen ik het las. Pap had me niet verteld dat hij de geschiedenis van Munsterglas aan het schrijven was.

Ik sloeg een willekeurige pagina open en mijn oog viel onmiddellijk op een bekende naam:

'In januari 1870 werd meneer Ashe door beschermvrouwe lady Faulkham verzocht om drie ramen te maken voor het koor aan de noordzijde van de St. Barnabas-kerk in Wandsworth, met als thema Het laatste avondmaal. Hij schreef onmiddellijk naar Edward Burne-Jones met het verzoek hem ontwerpen op te sturen. De kunstenaar kwam binnen twee weken met een aantal op de proppen, maar uit een brief van lady Faulkham bleek dat ze bezwaar had tegen de gezichten…' De firma had werkelijk geprobeerd Edward Burne-Jones in de arm te nemen, mijn lievelingskunstenaar! Dat had ik nooit geweten.

Ik trok een dun, gescheurd kartonnen mapje uit een stapel op het bureau en keek erin. Het bevatte tekeningen voor een heiligendrieluik. In de map daaronder vond ik rekeningen en brieven, allemaal in een dikke, vergeelde, door ouderdom omgekrulde bundel. Pap had duidelijk zijn huiswerk gedaan. Ik bladerde nogmaals door zijn notitieboek en bekeek de eerste bladzij.

De eerst vermelde datum was mei 1865 toen, zoals ik al heb opgemerkt, ene Reuben Ashe het bedrijf stichtte. Maar pap was nog verder teruggegaan in de tijd en had Ashes carrière nog verder achterhaald. Dat was een paar pagina's voordat hij terugkeerde naar de voortgang van het nieuwe bedrijf aan Greycoat Square. Ik maakte een sprong naar het punt waar hij in het boek met schrijven was gebleven.

Hoewel het dikke notitieboek al halfvol was geschreven, was hij nog maar bij... nee, dat kon niet waar zijn. Het duurde even voor ik het toeval in de gaten kreeg. Ik keek nogmaals. Pap was bij 1880 en de laatste paragraaf die hij had opgeschreven ging over uitgerekend het gebouw waar Zac en ik zouden gaan kijken, de St. Martin's kerk. Toen herinnerde ik me de brief van Jeremy Quentin, waarin hij repte over de discussies die ze hadden gehad, en begreep dat het dus toch niet zo verbazingwekkend was.

Ik las verder.

'De fondsen voor de bouw van St. Martin's Westminster zijn door een weldoenster bijeengebracht die erop gebrand is de duizenden goddeloze armen te bedienen, die in de schaduw van Westminster Abbey en de parlementsgebouwen, onder de opgetrokken neuzen van de rijken en machtigen, in hun krotten op een kluitje zitten.

Het grote oostelijke raam, een machtige afbeelding van de kruisiging, werd in 1870 voor Munsterglas ontworpen door Charles Kempe, daarmee patronen van Jezus' geboorte vervangend die in die tijd als afgezaagd en ouderwets werden beschouwd. Toen kreeg in 1880 de predikant, ene heer James Brownlow, de gelegenheid om nieuwe ramen voor de Mariakapel te bestellen...' Frustrerend genoeg eindigde het verslag hier, hoewel pap in een kantlijn een paar aantekeningen had gekrabbeld. *Controleer wanneer Burne-Jones voor Morris & Co. werkte,* was er een, en: *Wie was Laura Brownlow?* was een andere.

Ik sloeg het logboek open om een paar aantekeningen te vergelijken. Het bleek dat het oostelijke raam in 1870 in opdracht van een predikant Truelove was gemaakt. Het duurde wat langer voor ik de andere had gevonden. Die waren van april 1880: 'Twee glas-in-loodruitjes voor St. Martin's, Westminster, in opdracht van meneer Jas Brownlow, thema's nog bespreken.' Maar dat was alles.

Ik keek bedachtzaam naar de stapels op het bureau. Ergens in deze papierbergen zat waardevolle informatie. Ik begon de stoffige dossiermappen te rangschikken waarbij ik ervoor zorgde de volgorde waarin ze lagen niet in de war te sturen. Er was niets bij wat duidelijk van belang was en aangezien ik sowieso niet goed wist waar ik naar zocht, gaf ik het algauw op.

Ik deed het licht uit en nam paps notitieboek mee naar de woonkamer, waar ik me in de stoel bij het raam opkrulde en begon te lezen.

Reuben Ashe, zo kwam ik te weten, was zijn bedrijf bescheiden begonnen in een tijd waarin gekleurd glas weer populair werd. Overal werden kerken gebouwd, waardoor een pas ontdekte victoriaanse obsessie voor de middeleeuwen opbloeide. Pap beschreef kleine restauratieprojecten, bescheiden opdrachten voor openbare gebouwen, daarna enkele kerkramen aan de overkant van de rivier in Vauxhall, een paar voor de kapel bij een groot landhuis in Essex, een drieluik voor een stadhuis.

De firma groeide in rap tempo en kreeg steeds meer bekendheid totdat ze het naastliggende gebouw – waar nu het café was – erbij trokken. Halverwege 1870, schreef pap, had Ashe af en aan een man of tien in dienst en ze werden gevraagd voor grotere opdrachten: loodwerk voor de nieuwe voorstedelijke kerken en openbare gebouwen die zich gestaag over de groene velden buiten Londen uitrolden. Ze kochten hun glas bij fabrikanten als James Powel in East End.

Pap beschreef veel van die opdrachten tot in de kleinste details. Te nauwgezet, dacht ik ontroerd, terwijl ik de bladzijden omsloeg en moest denken aan zijn favoriete aforisme: de duivel zit in het detail. Elke lezer die deze branche niet kende zou algauw verveeld raken bij de materiaallijsten en geciteerde brieven van architecten. Ik zag hem voor me, uur na uur alleen op zijn zolder zittend, zoals meneer Casaubon in *Middlemarch*, de eenzame uren vullend met gedetailleerd onderzoek naar het stoffige verleden. Misschien had ik het mis en was hij niet eenzaam, maar daardoor voelde ik me nog schuldiger omdat ik hem in de afgelopen elf of twaalf jaar zo weinig had gezien.

De paragrafen over het raam met de kruisiging waren interessant. Munsterglas mocht het beste antieke glas gebruiken, op geld werd niet beknibbeld, en het schitterende resultaat had nog meer kerkopdrachten opgeleverd. Ik vroeg me af om welke ontwerpen de victoriaanse dominee Brownlow had gevraagd. Nou, daar zou ik morgen achter komen. Het verbaasde me dat ik me zo op dat bezoek verheugde. Ik was vooral nieuwsgierig naar de mysterieuze ontdekking. Dit alles zette me aan het denken. Misschien zou het me goed doen als ik een tijdje thuisbleef. Een poosje maar.

Ik kon niet weten welke ontdekkingsreis een aanvang had genomen.

# 4

*Engelen zijn intelligente reflecties van licht, van het originele*
*licht zonder oorsprong. Ze brengen verlichting. Ze hebben geen tong*
*of oren nodig, want ze kunnen communiceren zonder te spreken,*
*met hun gedachten.*

JOHANNES DAMASCENUS

'Wist je dat pap de geschiedenis over de firma aan het schrijven was?' zei ik maandagochtend tegen Zacs rug, tussen het knarsende lawaai van de elektrische slijpmachine door. Zac had alle stukken voor het raam met de zonsopgang gesneden en was nu de ruwe randen aan het bijvijlen.

'Dat heeft hij me verteld, ja,' zei Zac en hij liet zijn werk even rusten. Vanochtend was hij niet vriendelijker dan hij zaterdag was geweest, en dat begon me behoorlijk te irriteren.

'Is hij daar al lang mee bezig? Hij is kennelijk nog niet erg opgeschoten.'

'Een paar weken, geloof ik, maar ik weet het niet zeker.' Hij startte de slijpmachine weer.

'Zac!' zei ik met stemverheffing. Hij hield op met slijpen.

'Mmm?' zei hij zonder zich om te draaien.

'Zac, hou even op en luister. Ik heb zitten denken.' Ik wist dat ik nerveus klonk. 'Ik blijf hier en ga je helpen. In elk geval tot pap een beetje beter is. Maar ik kan mijn muziek niet al te lang laten sloffen.' Mijn woorden klonken niet erg overtuigend. Ik vervloekte mezelf, want ik had de halve nacht wakker gelegen om dit allemaal op een rijtje te krijgen.

Zac draaide zich eindelijk naar me om, maar hij droeg een veiligheidsbril dus ik kon zijn gezichtsuitdrukking niet onderscheiden. Plotseling rukte hij de bril in een onverhoedse beweging los en schudde zijn hoofd om hem van zijn donkere krullen te bevrijden. Zijn ogen ontmoetten de mijne en ik schrok, want ze stonden razend.

'Daarna vertrek je zeker weer en zien we je pas weer terug als het koninkrijk komt.' Zijn woorden kwamen aan als een plens ijskoud water.

'Doe niet zo raar, Zac,' snauwde ik terug. 'Waarom ben je zo boos? Je ziet toch wel in dat wat ik zeg redelijk is?'

'Je doet maar waar je verdomme zin in hebt. Maar daar ga ik niet over, wel?'

'Waar ga je niet over?' Hoe waagde hij het zo grof tegen me te zijn?

'Wanneer je komt en wanneer je gaat. Je vader heeft het gewoon te lang in zijn eentje moeten bolwerken. Hij is al jaren niet in orde.'

'Hij was niet in zijn eentje. Hij had jou toch.'

Zac rolde met zijn ogen en zei: 'Wat ben je toch traag van begrip. Sorry dat ik het zo bot zeg. Ik heb het niet over werk. Hij heeft familie nodig, Fran. Hij heeft jou nodig. Je zou vaker bij hem moeten zijn. Ik draag mijn steentje bij, hou een oogje op hem, maar dat valt niet mee. Het is niet aan mij om hem eraan te herinneren dat hij zijn medicijnen moet nemen of aan zijn hoofd te zeuren dat hij goed moet eten.'

Dus daarom was hij boos. Omdat hij vond dat ik mijn taken als dochter had verzaakt. Nou, tot op zekere hoogte had hij wel gelijk, maar hij kende de achtergrond niet. Ik had het toen aan hem moeten uitleggen, maar ik was te boos en te trots. Ik had nooit echt met iemand over mijn relatie met mijn vader gepraat, zelfs niet met mijn beste vriendin Jo. Dat was allemaal te persoonlijk, te ingewikkeld.

In plaats daarvan zei ik met zachte stem: 'Je begrijpt het niet. En over mijn leven, Zac? Ik heb gedaan wat kinderen nu eenmaal doen. Ze groeien op, vertrekken, zoeken hun eigen weg in de wereld.'

'Ja, maar ze horen niet hun ouders zomaar in de steek te laten. Hij had verder geen familie.' Hij keek me kwaad aan, had zijn handen op het werkblad voor hem neergeplant.

'Zac, je gaat over de schreef. Hoe dan ook, jij zit ook een eind weg van Glasgow. Hoe zit het dan met jouw ouders?'

'Sorry dat ik er geen doekjes om wond. Mijn moeder is lang geleden overleden… twaalf jaar alweer. Mijn vader is met een veel jongere vrouw hertrouwd. We kunnen het niet erg goed met elkaar vinden, Sally en ik. Het idee dat pa al zo oud is dat hij een zoon van in de dertig heeft, staat haar niet aan, denk ik zo. Hij heeft mij in elk geval niet nodig. Dat is niet te vergelijken.'

Dus zijn familieleven was al net zo eenzaam als het mijne. Maar toch vond ik dat hij niet het recht had om me op mijn verantwoordelijkheden te wijzen.

Ik probeerde hem nogmaals mijn kant te laten inzien. 'Zac, als je muzikant bent, moet je gaan waar je werk is.' Daar had hij ook een antwoord op.

'Je had vaak genoeg de gelegenheid om tussen je werk door naar huis te komen. Of, ik weet het niet hoor, kon je niet bij orkesten in Londen gaan spelen? Hoe dan ook, in al die jaren dat ik hier heb gewerkt ben je nauwelijks op bezoek geweest.'

'Jawel, hoor.'

'Sinds de voorlaatste Kerstmis heb ik je hier niet meer gezien. En daarvoor... kan ik me het niet herinneren.'

Ik ook niet op dat moment, maar daar ging het niet echt om. Ik werkte. Of reisde. Deed de dingen die je moest doen als je jong was en een carrière moest opbouwen.

Tegelijkertijd kon ik er niet omheen dat de laatste keren dat ik pap had gesproken hij een beetje kwetsbaar was overgekomen. Ik weet dat ik meer mijn best had moeten doen om naar huis te gaan. Zac had gelijk. Ik had pap net zo verwaarloosd als ik mijn oude vriendinnen had verwaarloosd. Zodra ik dat inzag, werd ik overvallen door een troosteloos gevoel. Waardoor was ik zo eenzaam geworden, zo alleen?

Ik zei vermoeid: 'Zac, ik ben er nu toch? Ik ga bij hem op bezoek, regel van alles. En zoals ik je heb verteld, help ik je voorlopig de zaak draaiende te houden...'

'En wat gaat er gebeuren als... wanneer,' corrigeerde hij zichzelf, 'hij uit het ziekenhuis komt en hij fulltime zorg nodig heeft? Je weet wel, verplegen en dat soort dingen.'

'Ik...' Bij die gedachte raakte ik in paniek. 'Nou, dan blijf ik natuurlijk en zal ik hem helpen waar ik kan. Maar in verplegen ben ik niet zo goed.' Het idee dat ik voor een chronisch invalide man moest zorgen, zeker in die sjofele omstandigheden boven, was afschrikwekkend. 'Hoor eens, Zac. Ik weet het niet. Dat zien we wel als en wanneer dat zich voordoet. Maar zover zijn we nog niet, wel?'

Zac zuchtte. 'Nee,' zei hij, 'zover zijn we nog niet.' En plotseling verdween de vechtlust uit zijn lijf. 'Het spijt me. Misschien had ik dat niet allemaal moeten zeggen. Ik ben van streek, dat is alles. Ik vind het verschrikkelijk om je vader zo te zien. Gisteren in het ziekenhuis… Hij lijkt nog maar een schaduw van zichzelf.'

'Ik weet het.' Ik werd verscheurd door het verdriet op Zacs gezicht en ik vergaf hem.

'Je vader is goed voor me geweest. Je zou misschien wel kunnen zeggen dat hij me heeft gered.'

'O ja?' vroeg ik geïnteresseerd. Misschien zag Zac een andere kant van pap. Uitgerekend op dat moment maakte de tingelende winkelbel een eind aan het gesprek. 'Sorry, Zac, ik moet gaan kijken wie daar is.'

'Uiteraard,' zei hij en hij ging verder met slijpen terwijl ik naar de winkel liep om de klant te helpen.

Uiteindelijk werd het toch nog een drukke dag, maar we kregen het voor elkaar om de winkel vlak voor vijven te sluiten voor een bezoek aan de St. Martin's kerk. Zac pakte zijn gereedschapskist en we gingen op weg, staken door het park het plein over naar de hoek ertegenover en Vincent Street. Ik moest denken aan zijn snelle tred van gisteren en ik was opgelucht toen hij zich aan mijn tempo aanpaste. Dat gaf me een gevoel van kameraadschap. Ons gesprek had absoluut de lucht geklaard.

'Heb je de man die we gaan opzoeken ooit ontmoet?' vroeg ik hem.

'Dominee Jeremy Quentin? Nooit gezien. Klonk aan de telefoon wel oké.'

'Ik ken hem ook niet. Maar in zijn brief lijkt het wel of pap en hij dikke vrienden zijn. Raar, vind je niet? Volgens mij is pap hem gaan opzoeken vanwege die geschiedenis waar hij aan werkt. Hij was namelijk midden in een stuk over St. Martin's blijven steken.'

'Ik wist ook niet dat Munsterglas daar een paar ramen heeft gemaakt,' zei hij. 'Je vader heeft het er nooit over gehad. Je weet hoe gesloten hij kan zijn.'

'Breek me de bek niet open,' zei ik meevoelend. 'Stel je voor, misschien ligt de geschiedenis van die ramen wel ergens op die zolder op ons te wachten,' zei ik. 'O, en realiseer je je dat Burne-Jones werkelijk een paar ontwerpen voor Munsterglas heeft gemaakt? Burne-Jones! Is dat niet schitterend?'

'O, ik weet van je obsessie voor Burne-Jones,' zei hij, zijn ogen glinsterden van pret. 'Dat heeft je vader me verteld.'

Ik lachte en vroeg me af wat mijn vader deze man nog meer had verteld. Tenslotte was hij de afgelopen twaalf jaar dichter bij hem in de buurt geweest dan ik. Zac had ook zo zijn geheimen. Waarom was hij daar vanmiddag eigenlijk over begonnen? Dat pap hem had gered? Ik wilde het vragen, maar toen waren we al bij de kerk.

De St. Martin's kerk en zijn hal bleken met elkaar verbonden te zijn door een lobby waarvan de dubbele, op de straat uitkomende deur voor beide als hoofdingang fungeerde. Die deuren stonden open en we liepen via de lobby regelrecht door de deur die naar de achterkant van de kerk leidde. Een diep vredig gevoel kwam over ons toen we van het zonlicht de schemering in liepen en de verkeersgeluiden plotseling werden gedempt. We dwaalden door de reusachtige ruimte en luisterden naar de weergalmende stilte, ademden de zwakke wierookgeur in die in de lucht hing. Ik wilde dat ik geen hoge hakken had aangetrokken want ze tikten heel akelig op de tegels.

Er was geen spoor van predikant Quentin te bekennen, dus we scharrelden op ons eentje wat rond, bewonderden de hoge, heldere ramen in het schip, de puntige victoriaans-gotische bogen, de gewelfde plafonds die boven ons als reusachtige, versteende woudbomen samenkwamen. Aan de crèmekleurige stenen muren prijkten gedenktekens voor gesneuvelde soldatenzonen, voor weldoeners en vroegere predikanten. Het hoge, gebrandschilderde boograam boven het hoge altaar trok ons onverbiddelijk naar de oostkant.

'Dat zou er wel eens een van ons kunnen zijn,' fluisterde ik tegen Zac. 'Kom mee.'

Zac liep tussen de houtbewerkte koorbanken achter me aan tot we bij het altaarhek kwamen en omhoog keken. En we stonden als aan de grond genageld.

Het was Kempes kruisigingsscène. Geen ongebruikelijk onderwerp. Maar deze behelsde geen saai, gestileerd tafereel met een slap hangende Christus van wie de armen als in een zegening gespreid waren. Hier sprak de volslagen marteling van het stervensmoment uit, de centrale figuur hing er gekweld en uitgeput bij. Aan de ene kant smeekte zijn moeder Maria vergeefs tot God, die niet leek te luisteren, aan de andere kant stond de heilige Johannes met een blik vol smartelijk medelijden naar hem te staren, terwijl aan de voet van het kruis een hysterische, worstelende Maria Magdalena door verbijsterde soldaten werd teruggetrokken. Het fletse namiddaglicht benadrukte de witte gezichten. Smaragd-, robijn-, blauw- en goudkleurig licht glansde sprankelend. In het volle ochtendlicht moest dit een spectaculair tafereel zijn. Lange tijd stonden we daar sprakeloos, er helemaal van in de ban.

Het geluid van een opengaande kerkdeur bevrijdde ons uit onze trance.

'Sorry dat ik jullie heb laten wachten.' De warme en vitale stem van de predikant kwam ons door het schip tegemoet. Hij legde wat meegebrachte boeken op een stapel achter in de kerk, schakelde een paar lichten aan en uit tot hij tevreden was en snelde het gangpad door om ons te begroeten, onder zijn arm stak een blauwe plastic map. Die legde hij op een kerkbank.

'Ook al hebben we onze plannen nog zo goed geregeld, er komt altijd wel wat tussen, hè?' zei hij, terwijl hij ons de hand schudde. Zijn hazelnootbruine ogen stonden helder in zijn levendige, doorgroefde gezicht. 'Deze keer ging het om een paar meisjes uit het tehuis voor thuislozen, die waren ergens helemaal in rep en roer over. Gelukkig handelt mijn vrouw Sarah dat af.' Hij had mijn hand in zijn beide handen vast en keek me recht in de ogen. 'Wat vreselijk naar voor uw vader, miss Morrison.'

'Fran.' Ik kon alleen maar een fluistering uitbrengen, ontroerd als ik was door zijn verdrietige gelaatsuitdrukking.

'Fran. Zijn vriendschap betekent zo veel voor me en het is hartverscheurend als je bedenkt hoeveel interesse hij had in mijn nieuwste vondst. Die wilde ik per se aan hem laten zien, moet je weten. Maar ik ben blij dat ik eindelijk kennis met je kan maken, liefje. Edward heeft me zo veel over je verteld.'

Hij klopte een paar keer troostend op mijn hand, rechtte toen zijn rug en wendde zich tot Zac. 'Welnu, meneer McDuff, laten we ter zake komen. Het rapport, het rapport.' Hij pakte de map op, haalde er een paar vellen papier uit en keek ons beiden vaderlijk over zijn bril aan, alsof hij zo een preek zou gaan afsteken.

'Jullie weten misschien dat anglicaanse kerken verplicht zijn om elke vijf jaar een volledige bouwinspectie te laten uitvoeren. Hier heb ik het rapport van de laatste. De architect heeft een paar vragen over de ramen gesteld. Ik wil graag dat jullie allereerst bepalen hoe het altaarraam eraan toe is.'

Hij las de algemene opmerkingen van de architect over de slijtage aan het oostelijke raam voor, en daarna schoven Zac en Jeremy Quentin de zware altaartafel naar voren. Zac ging op een erachter staande stoel staan, vanwaar hij de onderste gedeelten van het raam kon inspecteren, maar hoger kon hij niet komen.

'Ik had de ladder willen halen. Willen jullie me daar even mee helpen? We moeten dan wel de voorbereidingen van de zangvereniging hiernaast storen.' Zac liep achter hem aan de hal in. Ik hoorde de deur naar de tegenoverliggende hal opengaan, een gedempte echo van stemmen, een hoop gestommel en geschraap, voordat ze terugkwamen met een lange aluminium ladder.

Een paar minuten later riep Zac van een sport halverwege de ladder: 'Hier en daar is de verf zeker aangetast. Kijk, hier, bij het hoofd van de heilige Johannes. En hier ook, bekijk die soldaat maar eens. Aan een kant van het gezicht verdwijnen de details. Maar ik heb het wel heel wat erger gezien. Met een beetje geluk hoeven we het glas er niet eens uit te halen.'

'Dat soort nieuws hoor ik nou graag,' zei de dominee.

Nadat Zac wat aantekeningen in zijn zakboekje had gemaakt, duwden we de altaartafel weer op zijn plaats.

'De andere ramen zijn hier.' De dominee opende de deur naar een kleine zijkapel aan de zuidkant van het schip. 'Dit is de Mariakapel, opgedragen aan de gezegende Maagd, uiteraard,' zei hij terwijl hij zijn hoofd boog voor het eenvoudige koperen kruis op het kleine altaar. Aan een kant stond een houten Mariabeeld en het was beschamend om te zien dat ze behoorlijk beschadigd was: over haar hele nek zat een barst.

We keken omhoog naar de twee gebrandschilderde ramen. Het raam in de zuidelijke muur viel me nauwelijks op, behalve dat ik een moeras van groen- en geeltinten registreerde. Maar het andere, boven het kapelaltaar, was zo mooi, zo ontroerend, dat het me de adem benam.

Terwijl ik ernaar staarde leek de wereld om me heen te verdwijnen.

Het was het prachtigste raamtafereel van de Maagd met het Kind dat ik ooit had gezien. Het kind – en dit was niet een van die misvormd geschilderde baby's waardoor je betwijfelde of de kunstenaar ooit goed naar een kind had gekeken – zat op zijn moeders schoot en had zijn mollige armpjes om haar hals geslagen. Maria hield hem voorzichtig, beschermend vast. Ze keken elkaar in de ogen, hun serene gezichten in vervoering. Bijna, maar niet helemaal, aandoenlijk. Ze werd zo helemaal in beslag genomen door het kind, dat het leek alsof ze op de wereld was alleen om hem te koesteren. Ik moest denken aan de Maria op het raam met de kruisiging. Haar zoon – een volwassen man maar ook nog altijd haar kind voor wie ze alles over zou hebben – van haar weggerukt, verminkt, voor haar ogen beestachtig vermoord. Het contrast was te groot. Maar iets anders in het beeld maakte wat in me los, een scherp verlangen naar mijn eigen moeder.

'Gaat het wel, Fran?' zei Zac zachtjes terwijl hij met zijn vingers licht mijn schouder aanraakte.

Ik draaide me om, zag dat ze me allebei vragend stonden aan te kijken. 'Het is prachtig, vind je niet?' stamelde ik ten slotte.

'Treffend,' zei de dominee instemmend. 'Zo jammer dat dit...' vervolgde hij en ik probeerde mezelf ertoe te zetten me met de technische details van het raam bezig te houden. Hij wees naar Maria's gewaden, waar aan de andere kant van het raam iets van schimmel aan het groeien was, precies over het weelderige, bloemrijke patroon heen.

'Absoluut,' zei Zac. 'Heel bijzonder. Dit moet ik van de buitenkant bestuderen, als we hier klaar zijn.' Deze keer kon hij het grootste deel van het raam vanaf de onderste sport van de ladder onderzoeken.

Hij legde het vergrootglas weg en maakte wat aantekeningen, waarop hij het tweede raam ging bestuderen.

Mijn eerste indrukken waren juist geweest. Artistiek gesproken was het middelmatig, een gedenkteken aan de Tweede Wereldoorlog in bruin- en geeltinten, waarop een bezadigde Brittannia met een sombere regimentsvlag zwaaide. VOOR DE DAPPERE MANNEN VAN DE KERKGEMEENTE DIE TIJDENS DE STRIJD OM HUN VADERLAND HET LEVEN LIETEN, 1939-45 stond er in gotische letters onder. Ik neem aan dat de rouwende gezinnen er tevreden mee waren. Maar ze werden er waarschijnlijk niet door geroerd.

'Over dit raam wilde ik met je vader praten,' zei de dominee die naast me was komen staan.

'O,' zei ik teleurgesteld. Ging hier al die opwinding over? Dit saaie, oude oorlogsmonument?

'Of liever gezegd,' vervolgde hij, 'het gebrandschilderde raam dat hier vroeger heeft gezeten.'

'Was er dan een ander raam?' zei ik, meteen een stuk opgewekter.

'Dat dacht je vader tenminste,' zei hij. 'En ik denk dat ik het bewijs heb dat hij gelijk heeft. Kijk.' Hij ging op zijn hurken voor het altaar zitten, tilde het witte kleed op en trok er een grote, verzakte kartonnen doos uit die grijs van het vuil was. Ik schoot hem te hulp en vroeg me af wat daar in hemelsnaam in kon zitten.

'Terwijl hij met zijn inspectie bezig was,' ging Jeremy verder, 'vroeg onze opzichter of we alles onder de trap hiernaast wilden weghalen zodat hij bij een vochtige plek kon komen die hij in de buitenmuur had ontdekt. Dat was een heel werk want er stond zo veel rommel. Maar toen vonden we dit.'

Het deksel van de kartonnen doos, slap van ouderdom, ging er makkelijk af. De dominee haalde een oude krant weg en we keken allemaal in de doos.

'Wat is het?' zei ik teleurgesteld. Dit was een rotzooitje, een janboel van verwrongen metaal en gebroken glas. Toen haalde de dominee er met beide handen een stuk uit. Hij hield het omhoog en plotseling zag ik waarom hij zo opgewonden was. Licht glinsterde op een groene lijn bezet met witte bloemen en iets wat leek op tenen in een sandaal. Ik was verbaasd. In de doos zat een gebroken, verminkt glas-in-lood-raam.

'Ik vermoed dat het tijdens de blitzkrieg is verwoest,' zei de dominee, terwijl hij het glas weer in de doos terugdeed. 'Op de krant staat ergens een datum. Kijk maar eens.'

Zac pakte de krant, streek hem glad en las: '14 september 1940. Ja,' zei hij met een geconcentreerde frons in zijn voorhoofd, 'misschien is het op die datum wel gebeurd en heeft iemand de stukken gered.'

Over Zacs schouder bekeek ik de krant. Het was de voorpagina en ik kon nog net zien dat op de vergeelde foto brandweermannen stonden afgebeeld die zich een weg door de puinhopen van een gebombardeerd gebouw baanden.

'Ik ben het archief in gedoken,' haastte Jeremy zich verder, 'maar ik ben niets bruikbaars tegengekomen behalve de papieren over deze Brittania die ervoor in de plaats is gekomen. Sinds de oorlog zorgt de Mothers Union voor het onderhoud.'

'Ik vraag me af of een van je gemeenteleden zich het oude raam nog herinnert,' zei Zac, terwijl hij op zijn hurken ging zitten, zonderlinge stukken uit de doos haalde en ze alle kanten op draaide.

'Misschien een of twee, ja,' mompelde de dominee. 'Ik zal eens wat rondvragen.'

'Ik vraag me af of pap hier alles van wist,' bracht ik in het midden. 'Ik bedoel niet destijds. Toen was hij nog maar een jongetje. Maar daarna. Hij wist zo veel over de zaak.'

'Daarom dacht ik dat met name hij er zo in geïnteresseerd zou zijn, Fran. Tijdens het onderzoek voor zijn boek had hij gelezen dat vóór dit raam er een ander gebrandschilderd venster heeft gezeten. Hij zei dat hij uit wilde zoeken wat dat was geweest. Maar dat was de laatste keer dat ik hem heb gezien.'

We keken elkaar verdrietig aan. Ik herinnerde me wat ik tussen zijn papieren had gelezen. 'Ik denk dat deze Maagd met Kind een van de ramen is die rond 1880 zijn gemaakt in opdracht van een vroegere predikant,' zei ik tegen hem.

'Inderdaad. Maar volgens je vader is er misschien tegelijkertijd nog eentje gemaakt.'

'En dat zou dit gebroken raam kunnen zijn geweest?' zei Zac. Hij hield een robijnkleurige glasscherf omhoog, dat adembenemend opflitste in het namiddaglicht.

'Precies.'

'Je hebt gelijk,' fluisterde ik verdrietig. 'Pap had dit dolgraag willen zien.'

'Hoe gaat het met de arme kerel?' vroeg de dominee zacht, en opnieuw werd ik geroerd door het oprechte meegevoel in zijn ogen. 'Ik wil hem graag bezoeken. Is dat wel gepast? Ik mag je vader bijzonder graag. Hij is een interessante man, een heel interessante man, en moedig.'

Moedig? Wat bedoelde hij daarmee? Aarzelend zei ik: 'Ik moet bekennen dat ik niet wist dat jullie op vriendschappelijke voet stonden.'

'O, we hebben elkaar nog maar pas leren kennen, hoor.'

'Hij is… geen makkelijk man om mee om te gaan…' zei ik me afvragend hoeveel mijn vader hem had verteld, en de dominee legde precies de vinger op de zere plek.

'Of om mee te leven, stel ik me zo voor,' zei hij zachtjes. 'Hij is behoorlijk op zichzelf, hè? En dat respecteer ik natuurlijk. Denk je dat hij een bezoekje aankan?'

'Ik weet zeker dat hij het op prijs stelt je te zien, maar hij kan geen gesprek voeren. Ik maak me zo veel zorgen om hem.'

Zac liep tactvol weg, zei dat hij de ramen aan de buitenkant wilde bekijken. Hij nam de ladder mee en algauw hoorden we hem rondstommelen en de metalen beschermtralies losschroeven. Ik praatte nog een tijdje met Jeremy over paps toestand en daarna gingen we allebei naar buiten om te helpen.

Toen Zac klaar was en de ladder had weggezet, gingen we we naar de Mariakapel terug. De dominee zei: 'Moet je horen, ik heb over een idee zitten nadenken. We hebben onlangs een legaat gekregen dat we misschien aan het gebroken raam kunnen besteden. Glas-in-lood is belangrijk. Naar mijn mening dragen de ramen veel bij aan de eredienst. In de middeleeuwen werd wel beweerd dat gebrandschilderde ramen extatische visioenen opriepen.'

Ik keek weer naar de moeder met kind, dacht nogmaals aan de smart op het raam met de kruisiging, hoe elk tafereel een verschillende kant van volmaakte liefde vertegenwoordigde, en begreep wat hij bedoelde. Niemand kon toch onberoerd blijven wanneer hij deze ramen op zich in liet werken?

'En als jullie de doos mee zouden willen nemen,' zei Jeremy tegen ons, 'en bekijken wat jullie van de inhoud kunnen maken, zou dat geweldig zijn. Zoek om te beginnen uit om welk tafereel het gaat. En als jullie denken dat het gerestaureerd kan worden, dan moeten we uiteraard de kerkenraad en het bisdom raadplegen. Die administratieve rompslomp is zo lastig als je met kerkelijk bezit te maken hebt…' Zijn stem stierf weg en hij staarde naar de doos. Ik vermoedde dat we allemaal hetzelfde dachten. Was dit al die moeite wel waard? Konden we deze glas-en-loodpuinhoop werkelijk weer tot een prachtig geheel maken?

'Nou ja, misschien kunnen we je ten minste een idee geven van wat het is,' zei ik, 'en vandaar gaan we dan weer verder.'

'Ja, dat is goed,' zei de dominee begripvol.

'Je hebt zeker niets wat ons op weg kan helpen… afbeeldingen bijvoorbeeld? Oude kerkboeken?'

'Ik zal ernaar kijken. Maar ik heb nooit iets gezien.'

Ik stelde me voor wat er wellicht tussen de dossiers op paps zolder vol papieren kon liggen. Ik werd bepaald niet blij bij de gedachte dat ik me daardoorheen zou moeten werken.

Zac keek op zijn horloge en schraapte nadrukkelijk zijn keel. 'Denk je niet dat we voor vandaag genoeg hebben gezien?'

Ik knikte. Hij bukte om de doos dicht te doen en probeerde hem op te tillen.

'O, dat moet je niet doen, in hemelsnaam,' zei de dominee. 'Wij hebben hem met z'n tweeën uit de hal hierheen moeten tillen.'

'Ik ben bang dat de doos uit elkaar valt,' zei Zac. 'Weet je wat, ik kom morgen wel met de bestelbus langs.' De twee mannen spraken een tijdstip af, schoven de doos weer onder het altaar en de dominee streek het altaarkleed glad.

'Dan neem ik nu afscheid van jullie,' zei Jeremy. 'Ik moet een paar dingen uitzoeken in de consistoriekamer.'

Het was na zessen en we hoorden al een tijdje bedrijvigheid in de entreehal. Mensen druppelden in groepjes binnen en liepen naar de hal ertegenover.

Zac en ik waren op weg naar de uitgang toen hij zei: 'Ga jij maar vast. Ik heb mijn notitieboek laten liggen,' en hij liep weer naar de kapel terug.

Ik besloot te wachten en dwaalde naar de kerkdeur om te zien wat er aan de hand was. Iemand speelde schallende akkoorden op de piano in de hal. De hal was stampvol mensen. Niemand sloeg acht op het feit dat ik binnen was gekomen.

'We betalen contributie aan Dominic. Hij is de secretaris,' zei een City-type met blozend gezicht tegen iemand anders. 'Hij levert de muziek. Een paar mensen hebben hun eigen exemplaar natuurlijk al. De *Droom* is zo'n populair stuk.'

'Ik heb hem voor deze periode geleend, want ik ben nog een nieuweling,' zei de tweede man.

Dit moest de zangvereniging zijn waar de dominee het over had gehad. En ze oefenden *De Droom van Gerontius*, een van Elgars beroemdste werken. En, net zoals zijn celloconcert, een van mijn favorieten. Ik liep door de deuropening om het beter te kunnen zien.

Iemand zei: 'Franny, ben jij dat?'

Een jonge vrouw in een slobberige cargobroek en werkkiel en met slordig blond haar was de hal in komen lopen. Door het tegenlicht kon ik even haar gezicht niet goed onderscheiden, maar die stem zou ik overal herkennen. En niemand anders noemde me ooit Franny.

# 5

*Naast elke mens die op aarde wordt geboren, betrekt een*
*engelbewaarder zijn post om hem door de mysteriën des levens te*
*leiden.*

MENANDER VAN ATHENE

'Jó! Wat doe jij hier?' riep ik uit.

Ik zag haar vertrouwde glimlach, waardoor haar hele gezicht tot leven kwam, en het was alsof ik haar gisteren nog had gezien.

Mensen duwden zich langs ons heen, mopperend vanwege de opstopping, dus we verhuisden naar het pad buiten. Een paar seconden keken we elkaar nerveus aan, maar toen stak ze haar armen uit en boog ik me naar voren om haar stevig te omhelzen. Te bedenken dat ik gisteravond had geaarzeld om haar te bellen, en nu was ik verbaasd hoe goed het me deed om haar weer te zien.

'Je bent geen spat veranderd,' zei ik, haar van top tot teen opnemend. Mensen zeggen dat wat lichtvaardig, maar deze keer was het bijna de waarheid. Hetzelfde ronde figuur, hetzelfde kroezige rossige haar dat borstel of conditioner trotseerde, hetzelfde sproetige gezicht zonder make-up, kortom, dezelfde Jo.

'Jij anders ook niet,' zei ze, iets minder overtuigend, en we wisten allebei dat toen we elkaar voor het laatst hadden gezien, twaalf jaar geleden, ik heel anders was geweest: een verlegen, onbeholpen schepsel met afgekloven nagels, slechts geïnteresseerd in muziek en kunst, bij vreemden nauwelijks in staat mijn mond open te doen. En nu, nou ja, laten we zeggen dat die twaalf jaren me eerder geleerd hebben hoe ik mezelf moest presenteren dan hoe ik kunstzinnig een das moest strikken. Maar ik beet nog steeds op mijn nagels.

'Wat heb jij gedaan?' vroeg ze. 'Het laatste wat ik hoorde was dat je muziek studeerde. Je vader zei dat je het zo goed deed.'

Met schuldgevoel herinnerde ik me dat ze me vanaf de universiteit een paar brieven en ansichtkaarten had geschreven en dat ik er niet een had beantwoord. Op welke universiteit had ze ook nog gezeten? Sussex? Ik wist het niet meer, behalve dat ze al heel lang sociaal werker wilde worden. Wilde altijd al gewonden verzorgen, zo was onze Jo, altijd oprecht in haar verlangen goed te doen.

'Ik ben nog een paar keer bij de winkel langs geweest, weet je,' zei ze terwijl ze haar onschuldige ogen met blonde wimpers op mijn gezicht liet rusten. 'Maar hij zei dat je weg was.'

'Ik was freelancer, speelde met elk orkest dat me nodig had mee,' legde ik uit. 'Ik moet met die tuba wel een paar keer de wereld rond zijn geweest.'

'Dan komt het daardoor,' zei ze schouderophalend. 'Nou, je wilde altijd al reizen.'

Op dat moment baande Zac zich een weg door de menigte. Hij keek naar Jo en, zich realiserend dat we in gesprek waren, mompelde: 'Zie je morgen.' Hij beende met zijn gereedschapskist op zijn schouder weg in de richting van de Vauxhall Bridge Road.

'Wie is dat?' vroeg Jo terwijl ze hem nakeek.

'O, dat is Zac,' zei ik. 'Paps assistent. De dominee wilde we dat we naar de kerkramen kwamen kijken. En wat doe jij tegenwoordig?'

'O, ik werk in het St. Martin's hostel.' Ik wist nog vaag dat daar jonge dakloze vrouwen verbleven over wie de predikant het had gehad, verderop in de straat, voorbij de kerk. 'Ik ben een van de beheerders.'

'Woon je intern?'

'O nee,' zei ze. 'Dat zou te veel van het goede zijn. Eigenlijk woon ik nog steeds in de flat van pap en mam. Ze hebben inmiddels een huis in Kent maar ze wilden Rochester Mansions aanhouden omdat pap nog steeds redelijk vaak in Londen moet zijn. Het is misschien een beetje raar dat ik nog steeds thuis woon, maar als je weet wat ik verdien, begrijp je het wel.'

'Ik woon ook thuis,' zei ik om haar gerust te stellen, en ik vertelde haar dat pap zo ziek was.

'Jeetje, wat akelig,' zei ze. Er klonk zo veel medeleven in haar stem door dat het me overrompelde. 'Als ik iets kan doen...'

'Natuurlijk,' zei ik met hese stem. 'Bedankt...'

Iemand achter ons riep: 'Is dat niet die nieuwe vent die nu de straat in komt lopen?' We rekten allemaal onze hals, maar ik wist niet naar wie ik moest uitkijken, want het was druk in de straat.

'Sorry, Fran,' zei Jo. 'De dirigent is er. Ik kan maar beter in de rij gaan staan om mijn muziek op te halen.'

'Hoe heet het koor?' vroeg ik.

'De St. Martin's Zangvereniging. Dit is pas mijn tweede jaar, maar ik vind het heerlijk. We geven twee keer per jaar een concert in de kerk. Het volgende is in december. Ben is de nieuwe dirigent. De vorige moest er-mee ophouden. Hé, waarom doe je niet mee? We doen *De droom*, en ik weet dat we nog een sopraan nodig hebben. Jij bent toch een sopraan?'

'Ja, maar ik weet niet zeker of ik me op dit moment aan zoiets moet binden.' Maar ik vond het wel verleidelijk. Ook al ben ik een instrumen-talist, ik heb zingen ook altijd heerlijk gevonden. 'Mag ik erover naden-ken? Hoe lang duurt de repetitie trouwens?'

'Twee uur. Begint om half zeven en daarna gaat een stel nog naar de pub. Waarom zing je vandaag niet mee? Iedereen is echt heel aardig.'

'Hoi, Ben,' riep iemand. 'Mooie zomer gehad?'

Een man was door het hek gelopen en ik bekeek hem belangstellend. Hij was jongensachtig, had een heel lichte huid, was lang, had koren-blond haar en fijnbesneden trekken. Het was zo'n soort gezicht dat ik eerder ergens had gezien: op Italiaanse renaissanceschilderijen. Ja, hij zou een perfecte engel van Botticelli kunnen zijn. Hij had iets waardoor hij de aandacht van mensen trok.

'Ben, hallo,' riep Jo toen hij langsliep. Hij bleef staan, draaide zich om en keek haar onderzoekend aan. Een beetje buiten adem zei ze: 'Ik ben Jo, je kent me niet. Maar ik heb hier nog een sopraan voor je. Dit is Fran, een oude schoolvriendin van me.'

Ben bestudeerde haar ernstig. 'Jo,' zei hij terwijl hij haar hand pakte. 'Natuurlijk, ik weet het weer.' Jo bloosde en ik glimlachte inwendig om zijn bestudeerde charme.

Van dichterbij zag ik dat Ben iets ouder was dan ik aanvankelijk had gedacht, eerder van mijn leeftijd, een jaar of dertig. Zijn huid had de glans van de extreem jeugdigen verloren en onder zijn ogen zaten lich-te schaduwen. Maar als hij er daardoor aardser uitzag, maakte dat hem alleen nog maar aantrekkelijker.

'Fran,' zei hij en hij keek me even diep in de ogen, en nu was het mijn beurt om van mijn stuk te raken.

'Ik weet het nog niet zeker…' wilde ik zeggen, maar hij praatte snel door.

'Geweldig kennis met je te maken. Zing vanavond alsjeblieft mee. Na afloop kunnen we misschien even praten. De auditie is helemaal niet eng, echt niet.' En hij vloog weg. Alsof ze aan een hogere macht gehoorzaamden, weken de mensen uiteen om hem door te laten. Ik was in de war en gefascineerd tegelijk.

'Nou…' zei ik tegen Jo, de beslissing was kennelijk al voor me genomen.

'Dus je doet mee?' zei ze met een gretig gezicht. 'Je moet natuurlijk wel auditie doen, maar daar zie ik geen enkel probleem, Fran. Ik ben er tenslotte ook doorheen gekomen en juf Logan heeft me een keer gezegd dat mijn stem klinkt als een stel bakstenen in een cementmolen.'

Lachend moest ik terugdenken aan de oudere, aristocratische muzieklerares die ons jeugdkoor leidde.

Wilde ik me wel bij een koor aansluiten? Dat was een verantwoordelijkheid erbij. Ik dacht aan het alternatief: naar huis gaan, de zoveelste avond in mijn eentje. Nou, waarom ook niet? Tenslotte hoefde ik niet terug te komen als ik dat niet wilde.

Dus liep ik achter Jo aan de hal weer in.

'Hoi, Dominic, hoe gaat het met je? Dit is Fran, een vriendin van me van school,' zei Jo tegen een grote glimlachende man met een rond gezicht, blonde babykrullen en in maatpak, die aan een schraagtafel zat waarop muziekpartituren lagen opgestapeld. 'Na twaalf jaar kom ik haar hier weer tegen. Verbazingwekkend, hè?'

'Leuk kennis met je te maken, Fran,' verzekerde Dominic me, terwijl hij beleefd opstond om me de hand te schudden, zijn blauwe ogen keken me net zo direct en argeloos aan als die van Jo. Hij schreef mijn naam en telefoonnummer op, en gaf me met een enigszins zwierig gebaar een exemplaar van *De droom*. Toen zei hij opzettelijk terloops tegen Jo: 'Ga je na afloop nog mee wat drinken?'

'O ja,' zei ze, 'natuurlijk.'

'En jij ook, Fran?' voegde hij eraan toe. Ik glimlachte en knikte, vrijblijvend, hoopte ik.

De kleine hal was voor driekwart gevuld met stoelen. De rest van de ruimte voor het met gordijnen afgeschermde, kleine toneel werd in beslag genomen door een vleugel en een verhoging voor de dirigent. Ik schatte dat er wel zestig of zeventig man aanwezig waren, die hun jassen en vestjes uitdeden, flesjes water onder stoelen stopten, hun muziek doorkeken of met vrienden kwebbelden die ze sinds de vorige periode niet hadden gezien. Jo en ik vonden een paar vrije zitplaatsen op de achterste rij van de tweede sopraansectie, we praatten over haar werk en nieuwtjes over oude schoolvriendinnen, tot een jonge vrouw vooraan zich omdraaide en haar aandacht trok. Nadat Jo me had voorgesteld, bleef ik zwijgend zitten terwijl zij nieuws uitwisselden, en deed ik alsof ik door de vertrouwde muziek bladerde, maar de hele tijd hield ik uit mijn ooghoek de intrigerende Ben in de gaten, die nu op zijn verhoging was geklommen en zijn muziekstandaard goed zette.

Ben leek zich niet bewust van de ruimte vol mensen terwijl hij ongeduldig de bladzijden van zijn partituur omsloeg, voor zichzelf verschillende ritmes klopte en her en der potloodaantekeningen krabbelde. Hij had zijn jasje en stropdas uitgedaan en leek nog jongensachtiger met zijn overhemd tot het derde knoopje open en zijn mouwen tot aan de ellebogen opgestroopt. Zijn golvende haar dat over de rechtopstaande kraag krulde, glinsterde meer dan ooit als goud tegen het wit van zijn shirt.

Na een snelle woordenwisseling met de pianist, een korte, grijsharige man die Jo Graham noemde, was Ben plotseling zover. Hij ging rustig staan en fronste zijn wenkbrauwen naar een paar laatkomers die stiekem achterin binnenglipten. Toen begon hij te praten, ik luisterde maar half naar zijn woorden maar was gecharmeerd van het zachte, muzikale timbre in zijn stem en de precieze uitspraak van de medeklinkers. Hij kwam zo weloverwogen, zo elegant over.

'Oké, *De droom van Gerontius*,' zei hij en iedereen hield onmiddellijk zijn mond. 'We hebben maar, hoeveel, twaalf repetities, ja? en we moeten een hoop materiaal doornemen. Dus als jullie in de verleiding komen om een repetitie over te slaan, om welke reden dan ook, dan is de boodschap: doe dat níét. Het is voor ons allemaal een belangrijk concert en ik wil volledige overgave, ik kan me niets minder veroorloven.' Hij keek de ruimte rond, niemand leek zich door deze directe benadering beledigd te voelen, integendeel, veel mensen gingen rechtop zitten en knikten in alle ernst.

'Wie van jullie heeft dit al eerder gezongen?' Hij liet zijn ogen langs de opgestoken handen gaan. 'Ongeveer een kwart. Oké. Voor degenen die het niet weten: het is Elgars beroemdste koorzang. Samen met *De Messiah* en *Elijah* is het een van de populairste koorstukken. Dat betekent echter dat het publiek het kent en hooggespannen verwachtingen heeft van onze uitvoering.

Ik zal jullie wat achtergrondinformatie geven. *Gerontius* werd voor het eerst in 1900 uitgevoerd. Elgar stopte absoluut alles wat hij had in deze compositie en schreef dan ook de beroemde woorden dat die het beste in hem naar boven had gebracht. Helaas draaide de eerste uitvoering om verschillende redenen op een complete ramp uit, wat ik absoluut niet van plan ben te herhalen.' Ik bewonderde Bens timing. Hij wachtte niet tot de lach was weggestorven, maar ging verder. '*De droom* is de muzikale vertolking van kardinaal Newmans beroemdste gedicht over de reis van de mens door het onbekende terrein na de dood, de grootste aller heroïsche reizen. Sommigen beweren dat Elgar met de muziek zijn katholieke geloof wilde uitdrukken. Het is zeker een reactie op de verschrikkelijke dood van een heroïsche tijdgenoot van hem, generaal Gordon, tijdens het beleg van Khartoem. Gordon was zelf een bewonderaar van Newmans gedicht. Het thema van het gedicht moet een componist, die helemaal in de ban was van de grote heroïsche sagen, in hoge mate hebben aangesproken. Degenen die het nog niet eerder hebben gezongen, zullen al snel verschillende muzikale invloeden herkennen, van wagneriaanse opera en anglicaanse psalmodie tot militaire bands en victoriaans variété. Dus voor elk wat wils.

We beginnen op bladzijde elf met het Kyrie. Wil het semi-koor alsjeblieft de hand opsteken zodat ik jullie kan zien? Mooi. Crispin...' hij wees naar een lange, magere tenor met een lange nek, '... is zo vriendelijk om tijdens de repetities de rol van Gerontius op zich te nemen. Ik kan met veel plezier melden dat ik na enig aandringen mijn vriend Julian Wrigh, van wie sommigen van jullie wel gehoord hebben, zover heb gekregen om tijdens de uitvoering die rol te vertolken voor een fractie van zijn normale gage.' Hierop klonk goedkeurend gemompel, en terecht, want als je Julian, een prachtige tenor, kon strikken, had je echt een slag geslagen.

'Elgar introduceert een aantal leitmotiven in de orkestrale prelude. Het is van belang dat jullie je daarvan bewust zijn en ik vraag Graham om de prelude nu helemaal voor jullie te spelen...'

Oordeel, Angst, Gebed, Slaap en Wanhoop. Terwijl Graham alle the-ma's doorliep, herinnerde ik me alle fasen die Gerontius op zijn sterfbed ervoer terwijl wij, het koor, tot God zongen opdat hij hem genadig zou zijn. Crispin viel met het semi-koor in, de eerste regel onzeker, maar hij won al snel aan zelfvertrouwen, en de schoonheid en kracht van de mu-ziek rolde over me heen, hield me gevangen. De twee uur waren in een mum voorbij.

Tijdens de pauze vroeg Ben of eventuele nieuwkomers die auditie moesten doen na afloop even wilden blijven, dus toen de repetitie afge-lopen was en een groep door Dominic opgetrommelde mannen de stoelen aan het opstapelen was, wachtten twee van ons bij de piano tot Ben naar ons kon komen luisteren. De andere kandidate, een Jamai-caanse vrouw van middelbare leeftijd met een warme alt, was als eerste aan de beurt.

'Dat is prachtig, Elizabeth,' zei Ben tegen haar, 'je bent een natuur-talent,' en ze knikte opgetogen, wenste me fluisterend 'veel succes' en vertrok om haar trein te halen.

'Zien we jullie nog in de Bishop?' riep Dominic toen hij met Jo naar buiten ging, een doos muziekpartituren meesjouwend, en zij wuifde naar me en zei: 'Je komt toch wel, hè, Fran?'

En plotseling waren Ben en ik alleen. Hij speelde een paar klinkende akkoorden op de piano. Ik kweelde me een weg door een reeks arpeg-gio's.

'Sorry, kikker in m'n keel,' mompelde ik. 'Maar dat zal iedereen wel zeggen.' Ben glimlachte flauwtjes terwijl hij door de muziekoefeningen bladerde.

'Probeer deze eens,' zei hij en hij gaf me de partituur. Ik wachtte niet tot hij op de piano de juiste toonhoogte gaf, maar zong de melodie die hij aanwees foutloos.

'Ben je musicus?' zei hij en hij keek aandachtig naar me op.

'Koperblazer. Tuba is mijn hoofdinstrument.'

'Mmm, dat kom je niet vaak tegen.' Ik was dankbaar dat hij vlak voordat hij 'bij een vrouw' zou gaan zeggen ophield, zoals ik gewend was van de meeste mensen, die er vaak nog aan toevoegden: 'en hele-maal voor zo'n kleintje als jij', alsof een meter vijfenvijftig een unicum was.

'Ik ben met de Franse hoorn begonnen. Toen liet iemand op college me zijn tuba uitproberen en die vond ik veel makkelijker te bespelen. Het bredere mondstuk past beter bij me.'

Zijn ogen bleven even op mijn mond rusten. Ik vervolgde snel: 'En ik hou ook van zijn rol in het orkest.'

'Het geluid ondersteunt alles, hè?'

'Precies.'

'Waar heb je gespeeld?'

Ik somde een paar orkesten op waarmee ik had opgetreden. 'Welk orkest heb je voor het concert gekozen?' vroeg ik en hij noemde een behoorlijk goed gezelschap dat gespecialiseerd was in de begeleiding van amateurzangverenigingen.

'En je hebt een prachtige stem. Het zou geweldig zijn als je meedeed, geen enkel probleem,' zei Ben terwijl hij zijn boeken in een oude aktetas propte. Hij ontmoette nogmaals mijn ogen en ik had het merkwaardige gevoel dat hij tot diep in mijn ziel keek. 'Ga je nog mee wat drinken? Ik moet hier de boel afsluiten, als je het niet erg vindt om even te wachten.'

Ik hing rond terwijl hij afsloot.

'Ik ben de nieuwe organist van St. Martin's,' antwoordde hij op mijn vraag wat hij verder nog deed, terwijl we door de donker wordende straten naar de Bishop-pub in Rochester Row liepen. 'Dirigent van het koor maakt deel uit van de baan. En verder ben ik pianist en geef ik privéles aan leerlingen op een school in de buurt.'

Nu hij zijn dirigentenrol had afgelegd, was hij heel ontwapenend, compleet anders dan de maestro-act op het podium. En toch was er nog iets, een scherpte, een zekere arrogantie, en ik was absoluut op mijn hoede voor die blik waarmee hij me zo onderzoekend had aangekeken, maar ik merkte dat ik hem steeds aardiger ging vinden.

'Hoe komt het dat je je door Jo naar het koor hebt laten meeslepen?' vroeg hij en ik legde uit dat ik pas onlangs was thuisgekomen en haar toevallig was tegengekomen.

'Mijn vader is eigenaar van de winkel in gebrandschilderd glas aan Greycoat Square,' vertelde ik hem. 'Vanmiddag heb ik de ramen in de kerk bekeken.'

'Ah, dus dan heb je met Jeremy Quentin kennisgemaakt,' zei hij. 'Wat vind je van hem?'

'Hij lijkt… aardig. Toch?'

'Hij deugt.'

Hij leek niet erg enthousiast en ik vroeg me af of er nog iets anders achter die woorden schuilging. Op dat moment waren we bij de pub.

Hij hield de deur voor me open en zijn arm streek per ongeluk langs de mijne toen ik erdoorheen liep. Toen werden we opgeslokt door een warme en verwelkomende groep koorleden.

Ik zag Ben die avond nauwelijks meer, hoewel ik hem één keer met twee of drie andere mannen bij de bar zag staan, een lange, elegante gestalte die geanimeerd in gesprek was.

Iemand van de groep rond de tafel schoof op zodat ik op de hoek naast Jo kon aanschuiven. Dominic stond op om een glas witte wijn voor me te halen.

Daar zat ik dan, alweer midden tussen een groep mensen, aardige mensen, maar op Jo na allemaal vreemden die mijn bestaan ongetwijfeld zouden vergeten zodra de avond was afgelopen. Zo veel nieuwe mensen, die allemaal tegelijk praatten en me steeds dezelfde vragen stelden over waar ik Jo van kende en wat ik van het koor vond. Het was uitputtend, verbijsterend. De wijn smaakte zuur en ik voelde paniek opkomen, wilde alleen zijn. Misschien had ik sowieso niet mee moeten gaan. Misschien was het koor niets voor mij.

Ik stond op en wilde zo snel mogelijk vertrekken. Ik zei iedereen gedag, kuste Jo en sprak met haar af dat ik haar de komende week zou bellen. Bij de deur aangekomen, raakte iemand mijn arm aan. Het was Ben. Ik was verrast hem te zien en vroeg of hij ook wegging, maar nee, aandoenlijk genoeg was hij speciaal gekomen om afscheid te nemen.

'We zien je volgende week toch weer?' Opnieuw die onderzoekende blik.

'Natuurlijk,' wist ik uit te brengen. Al mijn eerdere twijfels over het koor verdwenen op mysterieuze wijze. 'Je hebt ons op het hart gedrukt dat we geen enkele repetitie mochten overslaan.'

'Prachtig,' zei hij warm. 'Fijn dat je met ons meedoet,' terwijl hij de deur voor me openhield. 'Hou je haaks.'

Ik werd weer kalm van de paar minuten durende wandeling naar huis. Terug in de vredige veiligheid van Munsterglas was ik blij met mijn eigen gezelschap. Maar het appartement was als altijd vol herinneringen. Ik ging op bed liggen en dacht aan pap, waarschijnlijk in slaap, een oude man omgeven door andere oude mannen in de glanzend witte nieuwigheid van het ziekenhuis. Ik dacht aan de ramen van de St. Martin's kerk, dat ik Jo weer had gezien, over de luidruchtige camaraderie waar ik vanavond kort deel van uitmaakte. Ook al had ik er niets voor gedaan, een nieuw leven was zich om me heen aan het opbouwen. Ik werd door dat alles meegesleept. Ik wist niet zo goed wat ik ervan moest vinden.

Toen ik eindelijk in slaap viel, droomde ik dat ik in de armen lag van een grote engel die hoog boven de stad vloog, met de lichtjes als twinkelende edelstenen, het donkere fluwelen lint van de rivier, de zilveren kerktorens, glinsterend glas van de hoge kantoorgebouwen, allemaal onder me uitgespreid. We waren zo hoog dat het enige geluid dat ik kon horen het ritmische slaan van de vleugels was.

# 6

*Houd de gastvrijheid in ere, want zo hebben sommigen zonder*
*het te weten engelen ontvangen.*

HEBREEËN 13:2

In mijn late tienerjaren liep ik in de schoolvakanties, wanneer ik niet mijn muziekoefeningen deed of pap niet in de winkel hoefde te helpen, naar de Tate Galerie, slechts een paar straten naar het zuiden in de richting van de rivier. Ik was het liefst in de zalen waar de prerafaelitische en laatnegentiende-eeuwse schilderijen hingen, en het schilderij dat ik het allermooiste vond was, uiteraard, van Burne-Jones: *King Cophetua and the Beggar Maid*. Op dat doek zit de bedelaarster in een boudoir naar de toeschouwer te staren, haar voorkomen is ondanks de vodden die ze aanheeft, als van een koningin. Op de trap onder haar zit de knappe koning, hij heeft zijn kroon afgezet, die nu op zijn schoot rust, en hij kijkt aanbiddend naar haar op. Maar ze keurt hem geen blik waardig. In plaats daarvan heeft ze een bosje anemonen in haar hand en door middel van de bloemen laat ze hem weten dat ze zijn liefde afwijst.

Deze dramatische voorstelling van een onbeantwoorde passie maakte zo veel diepe gevoelens in me los dat ik in het boek over Burne-Jones, waarin de foto van mijn moeder verstopt zat, alles over het schilderij ging lezen.

Het was gebaseerd op een oude legende over een koning die ontdekte dat zijn liefde voor een beeldschoon bedelaarsmeisje belangrijker was dan al zijn macht en weelde bij elkaar. Burne-Jones had waarschijnlijk Tennysons gedicht 'The Beggar Maid' gelezen en vervatte dat in een door de vijftiende-eeuwse Italiaanse schilderkunst geïnspireerd tafereel. Waar het om gaat is dat het schilderij waarschijnlijk een speciale en diepzinnige betekenis voor hem had. Hij creëerde het nadat hijzelf een periode met ernstige huwelijksproblemen had gehad en sommigen zeggen dat de kunstenaar de koning is en het bedelaarsmeisje Georgiana, zijn vrouw, die hij bedroog met Frances Graham, een meisje met wie Burne-Jones een intens romantische vriendschap onderhield en die, tot zijn verdriet, in 1883 trouwde terwijl hij aan het schilderij werkte. Wilde hij met het schilderij zijn gevoelens over het verlies van Frances uitdrukken? Er zat absoluut nog een andere betekenis in, die algemeen werd herkend uit de periode waarin het werk voor het eerst tentoongesteld werd want het was een algemeen laat-victoriaans thema: dat liefde belangrijker was dan rijkdom of macht.

Ik kocht een poster van het schilderij en hing die aan de muur van mijn slaapkamer. In die tijd kwam mijn vader uit respect voor mijn vrouw-zijn zelden in mijn kamer, maar een keer deed hij dat wel om me een tijdschrift te geven dat met de ochtendpost was bezorgd. Hij staarde met een verbijsterde uitdrukking op zijn gezicht naar mijn poster. Toen ik hem vroeg wat er aan de hand was, snauwde hij: 'Niets' en als altijd sloegen de luiken dicht.

Toen ik de volgende dag van school thuiskwam, was de poster verdwenen en ik heb, hoewel het misschien vreemd mag lijken, de zaak niet eens ter sprake gebracht. Ik was boos, ja, absoluut van streek, maar ik had in mijn zelfzuchtige tienerziel nog net genoeg compassie om me te realiseren dat mijn poster een verschrikkelijk verdriet bij hem had losgemaakt. Dus beet ik op mijn lip en liet de zaak rusten.

De dag na ons bezoek aan St. Martin's kwam Zac om negen uur naar de winkel, maar tot mijn verbazing trok hij zijn jas niet eens uit.

'Ik moet vanochtend een paar ramen zetten,' zei hij. 'Wil je me helpen ze in de bestelbus te zetten?'

'O. Ja, natuurlijk.' Dit betekende dat ik op de winkel moest letten, maar ik slikte mijn verzuchting in en ging hem helpen met het poetsen en inpakken van twee panelen, waarop een paar schitterende pauwen afgebeeld stonden, die in de garage op ons plaatsje hadden staan drogen. Toen haalden we de zonsopgang, die hij gisteren had afgemaakt, en paps Keltische knoop tevoorschijn en zetten die ervoor in de plaats. Hij reed met een vaart achteruit de oprit af. Ik deed de garagedeur op slot en liep binnendoor om de winkel te openen.

Het was een schitterende ochtend, het soort ochtend waarop ik vroeger stiekem spijbelde van mijn muziekoefeningen en niets deed, maar vandaag dwong ik mezelf in de winkel te gaan zitten en raamhangers te maken. We hadden gisteren een libel en een elf verkocht uit de etalage en ze waren makkelijk te vervangen, met inspiratie van paps oude patronenboek. Eenvoudige glasvormen uitsnijden, ze met koperfolie omzomen en ze vervolgens in de vorm van elfen, vogels of vlinders aan elkaar solderen en je bevestigt er een koperen lus aan waaraan ze opgehangen kunnen worden; het ging me allemaal zo natuurlijk af dat het bijna een meditatieve bezigheid was.

In het heldere zonlicht leek alles smerig, dus nadat ik mijn raamhangers in de etalage had uitgestald ging ik met een borstel en zachte doek de winkel schoonmaken, dat onderbrak ik alleen om een besluiteloze klant met zachte hand over te halen een stel lampenkappen met klaprozenpatroon te kopen als huwelijkscadeau voor haar nichtje.

De winkel was duidelijk in geen tijden fatsoenlijk schoongemaakt, want algauw moest ik hoesten van het stof dat ik met mijn bezem opdwarrelde. Ik zette de deur op een kier om frisse lucht binnen te laten, haalde een voor een de spullen uit de etalage en veegde ze zorgvuldig af. Toen ik onze prachtige engel loshaakte van de kettingen waaraan ze hing, keek ik door het raam en zag ik een paar donkere ogen. Het was dat zwerfkatmeisje dat ik een paar dagen geleden had gezien, maar terwijl ze toen op haar hoede leek, was ze nu in alle staten. Nog voor ik de engel op de toonbank legde, was ze naar de open deuropening gelopen.

'Hallo,' zei ik zo vriendelijk mogelijk. 'Kan ik je ergens mee helpen?'

'U gaat 'm toch niet verkopen, hè? O, alstublieft, niemand anders mag hem hebben.' Ze zei het met trillende stem en haar ogen met de lange wimpers waren reusachtige smekende poelen.

'Ik maak 'm alleen maar schoon,' zei ik vriendelijk, en ik liet haar de doek zien, en ze bedaarde wat.

'O, ik dacht… nou, dan is het goed.' Ze glimlachte en het was onmogelijk om niet terug te glimlachen, er was zoiets liefs en kwetsbaars aan haar. Als ik haar leeftijd had moeten schatten, zou ik haar zeventien of achttien jaar hebben gegeven, maar het was moeilijk te zeggen. Ik was me ervan bewust dat ze toekeek terwijl ik de engel op de toonbank legde en de laag vettig vuil begon weg te poetsen.

Nu ze in de winkel was, leek het meisje niet goed te weten of ze moest blijven of weggaan. Ik zei: 'Je vindt haar mooi, hè? Nou, ze is ook prachtig. Mijn vader heeft haar gemaakt. Bekijk haar maar eens van dichtbij.'

Weer verlegen liep ze naar binnen, ze keek om zich heen naar de spiegels, de lampenkappen en de glazen schappen alsof ze Alice was die Wonderland binnenging, haar mond een beetje open van verbazing. Toen liep ze op haar tenen, voor zover iemand met gymschoenen op zijn tenen kon lopen, naar de toonbank. Ik tilde het boograam een beetje op, hield hem iets schuin tot het licht het tot leven bracht en samen bestudeerden we de engel.

Gekleed in wit, roze en goud, de vleugelpunten ook roze, stond ze in een bloemenveld, haar amberkleurige haar wapperde om haar hartvormige gezicht. Pap had haar kort voordat ik van huis wegging gemaakt, volgens eigen ontwerp, min of meer in jarenzeventigstijl, wat je zag aan de manier waarop het haar over het gezicht golfde.

'Weet je eigenlijk wel hoe gebrandschilderde ramen worden gemaakt?' vroeg ik rustig aan het meisje.

Ze schudde haar hoofd. 'Nee. Ik... ik hou gewoon van engelen. En het glas... dat is zo mooi. Ik wilde echt dat ik haar kon kopen. Is ze heel duur?'

'Ze is helaas niet te koop,' zei ik en ik zag aan haar gezicht dat teleurstelling en opluchting om de voorrang streden. Uiteindelijk won de opluchting.

'Dan kan ik haar tenminste altijd komen bekijken.'

'Inderdaad. Ze zal er zijn.'

'Want weet u, ze is mijn engel.'

Nu was ik van mijn stuk gebracht.

'Iedereen heeft een beschermengel, wist u dat niet? En zij is de mijne.'

'Ik ben ervan overtuigd dat iedereen wel een beetje extra hulp in zijn leven kan gebruiken,' zei ik, terwijl ik het meisje niet wilde aanmoedigen noch in de war wilde brengen.

'Inderdaad.' Door haar glimlach veranderde haar gezicht compleet. Al haar voorzichtigheid was nu verdwenen. 'Onze engelen waken over ons, waar we ook zijn. Zodat ons geen kwaad wordt aangedaan, weet u. Of...' Ze zweeg en keek de andere kant op. 'Ze helpen ons als ons wel kwaad is aangedaan...'

Ze leek plotseling zo ongelukkig dat ik wist dat ze het over zichzelf had. O, verdikke, nu kwam ze vast met een of ander vreselijk verhaal waarvan ik niet zou weten of ik dat moest geloven en vervolgens niet zou weten wat ik er aan moest doen. 'Hoe heet je?' vroeg ik voorzichtig en ik vertelde hoe ik heette.

'Amber,' antwoordde ze. 'Ik woon in St. Martin's,' zei ze. 'Kent u het hostel?'

Ik knikte langzaam. 'Mijn vriendin werkt daar. Ken je Jo Pryde?'

'O ja, zij is aardig.' Dit antwoord verbaasde me helemaal niet. Ik kon me niet voorstellen dat iemand Jo niet aardig zou vinden.

'Ik woon daar tot ik alles weer op de rails heb. Aan werk zien te komen en zo.'

'Natuurlijk,' zei ik. 'Nou, Amber, ik moet weer verder. Het was leuk even met je gepraat te hebben.'

'Bedankt dat u me de engel hebt laten zien.' En weg was ze, ze glipte in een sprankelend stofwolkje naar buiten. Een speling van het licht natuurlijk.

Ik dacht na over beschermengelen terwijl ik deze engel verder schoonmaakte, en die ik nu moest beschouwen als die van Amber. Het was een sentimenteel idee, iets uit een victoriaans kinderboek. Maar hoe zat het dan met al die kinderen die in het vuur vielen, onder paardenhoeven terechtkwamen of aan roodvonk stierven? Keken hun engelen op dat moment even de andere kant op? Pap zei altijd dat engelen een inspiratiebron zijn. Soms, als hij een goed idee had voor een ontwerp, zei hij: 'Er is vast een engel over me heen gevolgen.'

Echt, zei ik tegen mezelf terwijl ik onze engel weer in de etalage hing, ze waren schitterend, maar de wereld ging verder. Engelen hoorden thuis op plaatjes en in verhalen – en dromen – maar daar bleef het dan ook bij.

Pas laat in de middag hoorde ik Zacs bestelbusje het plaatsje op rijden. Ik maakte de achterdeur open en zag dat hij een doos uit de achterbak kantelde. Ik schoot hem te hulp. Ik was vergeten dat hij het gebombardeerde raam had opgehaald. De doos stulpte vervaarlijk uit en ik greep de scheurende zijkant vast. Samen brachten we hem naar binnen en zetten hem op een tafel.

We bleven er even naar staan kijken, toen maakte Zac de kartonnen flappen open, schoof de krant opzij en haalde het bovenop liggende lange, verwrongen stuk eruit. Onmiddellijk dreigde er een stuk glas uit te vallen, dus we legden het hele ding weer in de doos terug.

'Ik heb nu toch geen tijd om ernaar te kijken,' zei hij terwijl hij paps logboek pakte, maar hij kon zich er niet van weerhouden een verlangende blik op de doos te werpen. Ik zou het zelf aan een nader onderzoek hebben onderworpen als de winkelbel op dat moment niet had geklingeld.

Ik sloot de winkel om vijf uur met de bedoeling meteen daarna bij pap op bezoek te gaan. Maar toen ik Zac gedag ging zeggen, was hij net stukken glas en lood uit de doos aan het halen waarna hij ze op een stuk zacht behangselpapier legde dat hij op tafel had vastgeplakt.

Waarom deed hij altijd precies wat hij wilde? Waarom had hij niet even kunnen wachten? Ik zette mijn tas neer en besloot later naar pap te gaan.

'Zal ik helpen?' vroeg ik aarzelend en ik was blij dat Zac glimlachte.

'Ben je goed in puzzels?' zei hij, terwijl hij met zijn lange, sterke vingers de stukken over het papier verschoof.

In stilte dachten we na over de onderdelen die hij had verzameld. Er waren een stuk of wat goudkleurige fragmenten die duidelijk stof moesten voorstellen. Een paar witte en rode scherven waren herkenbaar als een hand die een stok vasthoudt. Een stuk met een witte kleurschakering beschilderd met golvende lijnen moesten haren zijn. Zac schoof deze rond tot ze ergens lagen waar ze waarschijnlijk thuishoorden en toen probeerden we het beeld met behulp van de kleinere stukken op te bouwen.

'Deze stof is net als blauwe lucht in een legpuzzel,' kreunde ik. 'O, hier is een stuk van een oog, kijk, en dit moet de neus zijn. Zitten daar nog meer stukken van het gezicht in?'

Zac haalde alle grotere stukken uit de doos en begon zorgvuldig tussen de scherven op de bodem te zoeken.

Uiteindelijk pasten we een groot deel van het gezicht in elkaar, maar dit gedeelte van het raam had de grootste schade opgelopen. Ooit moest het uit één stuk glas hebben bestaan, maar de helft van de stukken lag aan scherven. Het was net alsof je naar een gezicht keek dat schuilging achter een rijk geschakeerde, kanten sluier, onmogelijk om het als één geheel te omvatten. We staarden er een tijdje mistroostig naar. Toen vouwde Zac het zachte lood open van een groter, goudkleurig beschilderd stuk dat zo duidelijk veren moest voorstellen dat we naar elkaar grijnsden en tegelijkertijd zeiden: 'Een engel.'

Engelen, zo leek het wel, waren zich overal om me heen aan het verzamelen.

We werkten er nog een half uur aan, maar op een bepaald moment hadden we geen onderdelen meer terwijl de afbeelding nog maar voor driekwart compleet was. Hier en daar konden we grote delen van de geschakeerde achtergrond en de gewaden niet plaatsen en we konden ook niet precies bepalen waar handen, voeten of hoofd zouden moeten komen, ook al had Zac de ergst verwrongen stukken lood weten terug te buigen waardoor we een poging konden wagen.

'Eigenlijk is het meeste glas er niet eens zo slecht aan toe,' zei Zac. 'Ik denk dat het raam door de kracht van een explosie in de buurt naar binnen is geblazen, en niet rechtstreeks is geraakt. Wat denk jij? Het is nergens zwartgeblakerd, hè?'

'Hoe dan ook, zonder een afbeelding komen we niet verder,' verzuchtte ik.

Zac leunde op de achterkant van het werkblad en sloeg zijn armen over elkaar. Hij zag eruit alsof hij het helemaal gehad had. 'Dan moeten we er maar op hopen dat de dominee een oude handleiding vindt of we moeten bibliotheken afstruinen. Hé, ligt hierboven niet nog ergens iets? Zei je niet dat je vader alle papieren tevoorschijn had gehaald?'

'De originele afbeelding, bedoel je? Misschien wel. Ik kijk wel als ik terug ben. Maar niet nu. Ik moet ervandoor.'

Toen ik van mijn bezoek aan pap thuiskwam – ik had in de ziekenhuiscafetaria soep en een salade gegeten – was het bijna negen uur en de telefoon ging. Ik liet de tas met boodschappen op de keukentafel vallen en griste de hoorn van de haak, onverklaarbaar ongerust dat het misschien over pap ging. Maar het was Jo.

'Het was zo leuk om je gisteravond te zien,' zei ze. 'Morgenavond ben ik vrij. Zullen we dan iets afspreken?'

'Dat zou ik enig vinden,' zei ik opgewekt.

Nadat ik de hoorn op de haak had gelegd, oefende ik een tijdje toonladders en arpeggio's op mijn tuba. Vanavond was het geluid overweldigend in die kleine ruimte. Joost mocht weten wat Anita's kamerbewoner hiernaast wel niet dacht. Ik stopte het instrument weer in zijn koffer.

Ik moest aan de gebroken engel denken en klom naar zolder, ging aan paps bureau zitten en, met een soort voorgevoel dat dit een groot werk zou worden, begon ik met het doorzoeken van de stapels oude dossiers. Op sommige stond in vervaagde blokletters de datum, op andere stonden krabbels van pap – VOORNAMELIJK REKENINGEN of ST. ETHELBERGA's of alleen een datum. Andere bestonden slechts uit stukken papier die met een wegterend lint bijeengebonden werden en ik rolde er een paar van uit. Raamontwerpen, maar geen ervan was wat ik zocht. Ik wist dat in een reusachtige kast aan de overkant van de zolder nog honderden andere zaten. En grote stalenboeken. Het gezegde 'een speld in een hooiberg' ging in dit geval zonder meer op.

Wat wist ik tot nu toe? Het logboek vermeldde dat de ramen van de Mariakapel in de St. Martin's kerk in 1880 waren gemaakt en dat het er twee waren geweest. Er werden verder geen details vermeld, dus ik pakte een paar uit 1880 daterende dossiers en begon ze systematisch door te werken, waarbij ik probeerde niets te scheuren en ervoor te zorgen dat de bladzijden in de juiste volgorde bleven.

Zoals ik al vreesde, was dit geen simpele opgave. Zo te zien had Munsterglas elk snippertje papier dat met zijn opdrachten te maken had bewaard. Het meeste materiaal was niet erg spannend – rekeningen van leveranciers, begrotingen – ik hoefde er maar een blik op te werpen om verder te gaan, maar toen kwam er iets interessanters tevoorschijn: een brief van de toenmalige predikant van St. Martin's, de eerwaarde Brownlow die al eerder in paps Geschiedenis was voorgekomen. Hij dateerde van april 1880.

Mijne heren,

In vervolg op onze recente gesprekken ben ik eindelijk in staat u het verzoek te doen om meneer Philip Russell opdracht te geven om twee raamontwerpen te schetsen voor de Mariakapel van de St. Martin's kerk, een voor boven het altaar met in volle glorie de Maagd en het Kind en de andere voor het zuidelijke raam, waarop een engel moet worden afgebeeld.

Ik hoop zo spoedig mogelijk van u te horen.

Hoogachtend,

James Brownlow (Eerw.)

Een engel. Ons gebroken raam was echt een engel. Eindelijk had ik een draad gevonden die naar het verleden terugging. Een draad waarmee ik, als ik eraan zou trekken, misschien een verhaal zou ontrafelen.

Terwijl ik de brief zorgvuldig weer in het onhandige dossier op zijn plek legde, glipte het hele ding uit mijn handen. Ik ving het op voor het viel en schoof de inhoud weer veilig terug, maar een stukje stevig papier ontsnapte en dwarrelde op de vloerplanken.

Ik pakte het voorzichtig tussen duim en wijsvinger op. Toen ik het omdraaide, zag ik meteen dat het waarschijnlijk een stukje uit een schetsboek was. Er stond een ruwe pentekening op van een boograam. Een beschouwende studie, vermoedde ik, want het stond vol aantekeningen en figuren die alleen voor de kunstenaar iets betekenden.

Er stonden andere schetsen op het vel papier. In één hoek het gezicht van een jonge vrouw, in een andere een soort vorm. Die deed me ergens aan denken – paps Keltische knoop – en toen realiseerde ik me dat het dat ook was, een Keltische knoop. Het handelsmerk van Munsterglas. Genietend van deze vondst werd mijn aandacht getrokken door het portretje van het meisje. Ze was knap getekend, ze had een krachtig, open en levendig gezicht dat ze iets schuin hield, in haar directe blik stonden intelligentie en humor te lezen. Dik haar was van haar voorhoofd naar achteren geborsteld. Ze was geen conventionele schoonheid, maar ze had de bloesem van de jeugd nog in zich en haar gelaatsuitdrukking had iets treffends. De kunstenaar had er in zijn rare hanenpoten iets onder gekrabbeld. Het had 'Lana' kunnen zijn geweest, of Laura, of een ander woord, dat begon met een B. Een aantekening in mijn vaders handschrift knaagde aan mijn geheugen. Wat had hij ook alweer in zijn aantekenboek opgeschreven? Wie was Laura nog wat…? O, natuurlijk, de naam in de brief die ik zojuist had gelezen. Brownlow, dat was het. 'Wie was Laura Brownlow?' had pap geschreven. Hij moest deze schets ook hebben gezien en zich dat hebben afgevraagd. Dus wie was Laura Brownlow? Misschien de vrouw van James Brownlow? Of zijn dochter? En waarom had deze kunstenaar van Munsterglas haar getekend?

Ik bestudeerde het portret nogmaals en haar ogen leken in de mijne te staren. Alsof ze zou gaan praten, me haar verhaal kon vertellen.

Ik legde het vel papier in de map terug en de map weer boven op de stapel bij de andere. Ik wist niet goed waar ik nu verder moest zoeken.

Ik was trouwens toch moe. Misschien kon ik maar beter een paar mappen in hun la terugdoen.

Ik stond op, rekte me uit, stijf als ik was nadat ik zo lang gebogen over het bureau had gezeten, en liep toen naar de rijen hoge metalen archiefkasten. De la met '1879-81' was van een ervan de bovenste. Hij ging makkelijk open, voelde licht aan en toen ik over de rand gluurde zag ik waarom. Alleen in de hangmappen achter in de la zaten mappen.

Ik liep terug naar het bureau en sorteerde de mappen op datum, nam ze mee en liet ze een voor een in hun hangmap glijden. Maar toen ik bij de map van 1880 kwam, waarin ik de brief van dominee Brownlow en de schetsboekbladzijde had gevonden, lukte dat niet. Ik legde hem boven op de kast en stak mijn hand in de hangmap.

Mijn vingers schraapten over iets hards, een boek of zo. Ik haalde het eruit. Het was zo groot als een ingebonden roman, en toen ik de pagina's omsloeg zag ik ogenblikkelijk dat het een dagboek of aantekenboek was, helemaal volgeschreven met een keurig vrouwelijk handschrift. Op het schutblad stond een naam, en even drong die niet tot me door.

Het was dezelfde naam die ik al eerder had gezien, de naam onder de schets van de jonge vrouw, de naam die paps nieuwsgierigheid had gewekt. Laura Brownlow. *Wie was Laura Brownlow?* Het zag ernaar uit dat ik dat nu zou ontdekken.

Het dagboek begon in juni 1879, maar de eerste bladzijde was wat vervaagd en moeilijk te lezen. Ik ging weer aan het bureau zitten en in het licht van paps lamp begon ik het sepiakleurige, gelijkmatige, schuine handschrift te lezen.

Zondag 18 mei 1879

Lieve Caroline,

Gefeliciteerd met je verjaardag, lieve zus van me! Te bedenken dat je achttien jaar wordt! We hebben vandaag in de kerk een speciale dienst aan je opgedragen, mama en papa, Harriet, George en ik. En Tom was uit Oxford thuisgekomen. Heb je ons gezien en gehoord? Volgens mij wel. Je leek zo dichtbij, alsof je er echt was, tussen lucht en engelen in, net buiten ons bereik.
Ik denk nog steeds de hele tijd aan je. Als ik opsta moet ik mezelf vertellen dat de slaapkamer naast me leeg is, dat ik vandaag niet

naar je toe hoef om je voor te lezen of een spelletje met je te spelen. 's Nachts word ik wakker en weet ik zeker dat ik je mijn naam hoorde roepen, en de werkelijkheid is voor mij zo zwaar als de duisternis.

Zoveel kleine dingen doen me aan jou denken. Een flard van een liedje dat je altijd zong, de nauwkeurige schakering van een meisjeshaar. Vorige week vond mevrouw Jorkins een paar oude laarzen van je en ze vroeg aan mam of ze die weg mocht geven, maar van mij mocht dat niet en ik moest erom huilen. Je bent nu al drie maanden weg en de verdoving die ik vlak na je heengaan voelde is wat minder geworden. In plaats daarvan is er de voortdurende pijn van dat ik je moet missen, het bewustzijn dat onze tijd samen verleden tijd is, achtergebleven in de woelige levensstroom. Toen ik die laarzen zag, wist ik even zeker dat ik weer greep op je kon krijgen. Maar ik had het mis.

Ik sloeg de pagina's langzaam om, ontroerd door het rauwe verdriet van de schrijfster. Dus Laura Brownlow moest de dochter van dominee James Brownlow zijn, de man die opdracht gaf voor de ramen in de St. Martin's kerk. Maar ze richtte zich in haar dagboek tot Caroline, de gestorven zus voor wie het engelenraam ter nagedachtenis was gemaakt. Laura schreef naar Caroline alsof ze nog steeds leefde, of alsof ze geloofde dat ze haar over haar graf heen kon bereiken. Wat moest ze intens verdrietig zijn geweest.

Ik las door. Ze schreef slechts sporadisch, alsof ze dat alleen deed als ze daar behoefte aan had of een belangrijke gebeurtenis aan Caroline moest vertellen. In juni 1879 schreef Laura over het succes van haar broer Tom op de universiteit. In augustus rapporteerde ze dat er een gedenksteen op het graf van het overleden meisje was gezet. In november kwam het opwindende nieuws dat hun getrouwde zus Harriet in april volgend jaar een kind zou krijgen.

Maar in het jaar 1880 begon Laura vaker te schrijven en ook langere stukken, en algauw ging ik helemaal in haar verhaal op.

# 7

*De engel in het huis*
COVENTRY PATMORE

## Laura's verhaal

Op deze kille februariochtend hoopte Laura dat ze het leeuwenwelpje weer zou zien. Tijdens de wandeling naar Westminster Hospital liepen ze via Victoria Street naar de abdij, en toen ze daar gisteren langskwamen, hadden zij en mama gezien hoe een broodmagere jongen met een gebroken neus en een opstandige uitdrukking op zijn gezicht het arme beest rond het Koninklijk Aquarium had gesleept. De welp, zijn puppytijd nog maar net te boven, had eerder verward dan angstig geleken. Hij sprong aan zijn touw en struikelde over zijn te grote poten. De knaap trok hem met een stuurs gezicht mee en schold een handvol boefjes uit die van veilige afstand om beurten sarrende geluiden maakten en kiezelsteentjes naar het dier gooiden.

'O, dat arme dier.' Laura had haar moeder tot staan gebracht om er even naar te kijken, diep geraakt dat dit beest was gevangen in een leven waar het niet thuishoorde. Was een kooi in een Engelse winter het enige thuis dat hij had gekend of had hij ooit de hete Afrikaanse zon en vrijheid meegemaakt? Hoe dan ook, het werd nu zonder twijfel gedwongen met de andere leeuwen voor een joelende menigte te paraderen. Niet dat ze ooit een menigte had meegemaakt, trouwens. Ze had nog nooit een stap in het Aquarium gezet om naar het circus of de freakshows te kijken, om er op de ijsbaan te schaatsen of naar de vissen te staan gapen. 'Derderangs amusement voor derderangs mensen,' zo drukte haar opgeblazen zwager George het uit toen ze het onderwerp de avond ervoor tijdens het diner ter sprake bracht, maar door de schreeuwende koppen op de affiches kon ze zich overal een voorstelling van maken.

Tot haar teleurstelling was de welp er vandaag niet. Misschien was een straatje om in de ijskoude mist een stap te ver bij de wreedheden die hij normaal al te verduren kreeg. Als dat de reden was, dan was Laura daar blij om. Maar misschien was de leeuwentroep gewoon weer verder getrokken en hadden ze de welp meegenomen. Ze bleef even staan om een folder aan te pakken van een rillende knaap: deze dag waren er kennelijk 'Twee verbazingwekkende luchtacts'. Geen woord over leeuwen.

'Treuzel niet zo, Laura, liefje,' riep mama, haar stem klonk dof in de ijskoude lucht. 'Kom, ik neem de tas wel.' Laura gaf haar dankbaar het zware canvas hengsel en liep in het kielzog van haar moeder naar de trap van het volgende gebouw, dat haar met zijn borstweringen en vaandels eerder aan een kasteel dan aan een ziekenhuis deed denken.

Hun bezoek aan de vrouwen op de afdeling voor ongeneeslijk zieken in het Westminster Hospital bleek twee keer zolang te duren als mama van plan was geweest, want na het gebruikelijke Bijbellezen en de gebeden stortte een angstige jonge vrouw haar hart bij mama uit omdat ze zich zo zorgen maakte om haar familie, en een andere vrouw dicteerde Laura een onsamenhangende afscheidsbrief voor een zoon die op zee was en die ze in geen jaren had gezien.

Moeder en dochter kwamen ten slotte weer buiten toen de in de mist ingezwachtelde Big Ben gedempt elf uur sloeg. Laura vroeg hoopvol: 'Hebben we nog tijd om te winkelen, mama?' Haar moeder had haar stof beloofd voor een nieuwe kamgaren jurk in plaats van haar al vier jaar oude jurk waar de gaten bijna in vielen, maar omdat de ochtend al bijna om was, kon ze het antwoord wel raden.

'Ik ben bang dat de jurk tot een andere dag moet wachten, lieverd. We hebben nog amper tijd om langs de Coopers te gaan en je weet dat papa meneer Bond voor de lunch heeft uitgenodigd.'

Laura zuchtte, maar toen ze zag dat de twee zorgenrimpels tussen haar moeders wenkbrauwen dieper werden en ze haar mond onwrikbaar vertrok als iemand die zichzelf een moeilijke taak had opgelegd, slikte ze haar teleurstelling in.

Ze baanden zich een weg terug door de menigte op Victoria Street, waar op bijna elke voordeur een koperen naamplaat van architecten en

advocaten – ook een van meneer Bond – glansden, voordat ze links af-
sloegen naar het zuiden en in de richting van de rivier liepen. Bijna onmiddellijk kwamen ze in een heel andere wereld terecht, ze liepen door
smerige hoofdstraten waar mannen rondhingen die net zo grijs en
groezelig waren als de gore straat, en waar straatkreten, paardenhoeven
en het vrolijke getingel van koperen versieringen het aflegden tegen een
deerniswekkende kakofonie van huilende kinderen, vermoeide ruziënde
stemmen en het slaan van slecht opgehangen deuren. De stank was onbeschrijflijk. Laura had altijd het idee dat wanneer ze in de sloppenwijken van haar vaders gemeente was geweest, haar kleren nog heel lang
daarna bleven stinken. In haar ogen waren deze achterbuurten de meest
desolate contreien van de Hades, in het boek over de Griekse mytholo-
gie dat ze haar jongere zusje had voorgelezen in die akelige, lange periode dat Caroline zo ziek was geweest.

De beide vrouwen zochten een weg tussen de modderige vuilnis. Een
dikke pummel hing in een deuropening en riep iets onbegrijpelijks,
dreigends en walgelijks, en Laura keek hulpzoekend naar haar moeder.
Mama hield haar hoofd stijf rechtop, als een raspaard aan een strakke
teugel, maar twee boze rode vlekken op haar wangen verraadden haar
ergernis.

'Kom mee, Laura,' zei ze bits terwijl ze haar meetrok langs een bouw-
plaats waar een paar al te bouwvallige huizen waren gesloopt om ruimte te maken voor nieuwbouw, maar waar op het bouwterrein hele gezinnen waren neergestreken die daar in geïmproviseerde onderkomens
bivakkeerden. En langs de haveloze school, waar je door het gebroken
raam een glimp kon opvangen van de vogelachtige juf Pilkington, die
met een aanwijsstok naar een aftandse kaart op de muur wees. Door een
nog smallere, donkerder straat, een kapotte deur door en een trap op
naar een piepkleine hal waar het naar vocht en verrot hout stonk, boven
op weer andere, walgelijker geuren. Laura herinnerde zichzelf eraan dat
ze alleen door haar mond moest ademen toen ze achter haar moeder
aan nog een trap op klom.

De deur naar de kamers van de Coopers stond op een kier, maar
mama klopte beleefd aan en wachtte. Een mager meisje gluurde angstig
naar buiten voor ze hen binnenliet.

'Hallo, Ida,' zei mama. 'Dit is mijn dochter, miss Laura. Hoe gaat het
vandaag met je moeder, liefje?'

'Niet zo goed, m'vrouw, maar ze hep 't brood gegeten dat u en de andere dame hadden achterlaten, m'vrouw,' zei het kleine meisje terwijl ze verlegen naar Laura gluurde. De laatste keer had mama Polly, hun dienstmeid, meegenomen.

Laura's ogen raakten gewend aan het groezelige licht en ze zag dat de kamer vol was met verlegen schuifelende lijven, kinderen lagen op weerzinwekkend uitziende strozakken of zaten in gerafelde dekens gewikkeld op de kale houten vloerplanken, en keken met hongerige ogen naar de bezoekers. Laura herinnerde zich dat mam had gezegd dat Ida, in haar vieze, gescheurde jurk, twaalf jaar oud was. Voor acht zag ze er nog miezerig uit.

Mama gaf Laura de tas en Laura pakte er twee broden en braadvet uit die door mevrouw Jorkins, de kokkin, waren ingepakt, en deelde ze aan de kinderen uit, die nauwelijks de kracht hadden om het aan te pakken. Er was ook een fles melk bij, Laura schonk die in emaillen bekers en gaf die aan de kleinste kinderen. In een oogwenk was het op. Nu, wist ze, moest ze Ida vragen haar te helpen om ze te wassen, maar intussen kon ze zich er niet van weerhouden te kijken waar haar moeder was gebleven.

Door de deuropening van de andere kamer zag ze een vrouw met een massa verschoten rood haar en een koortsig, verhit gezicht onder een dunne deken op een matras op de grond liggen. Mama schudde een schoon beddenlaken uit en Laura hielp haar de zieke vrouw voorzichtig om te rollen zodat mama het vuile beddengoed kon wegtrekken. Laura walgde toen ze een glimp van het verse bloed opving.

'We moeten de dokter erbij halen, Molly,' zei mama zachtjes, en vervolgens, toen de vrouw iets over de kosten murmelde: 'Maak je geen zorgen, daar zorgen wij wel voor. Jij moet om jezelf denken. En de baby.'

Laura knielde bij de kleinste Cooper, een pasgeboren jongetje dat stilletjes in een houten kist naast het matras lag, zijn huid zag vaalgeel, zijn ogen zwierven ongericht rond, alsof hij iets zocht wat hij nooit zou vinden in dit verwaarloosde huis waarin hij tot zijn ongeluk geboren was. Ze tilde het kind er voorzichtig uit, zich met bitterzoete pijn herinnerend hoe ze ooit haar kleine broertje Ned had vastgehouden toen hij nog een zonnige, mollige baby was, en haar hart liep over van medelijden voor dit kleine, stille mormeltje. De doek waarin hij gewikkeld was,

was bevuild. Ze riep naar Ida dat ze water moest halen en zocht in de tas naar schone luiers.

Nadat iedereen te eten had gekregen, was gewassen en verschoond, gingen ze weg, en mama beloofde nogmaals dat ze de dokter zou sturen.

'Werk zoeken, dat zegt ze altijd als ik naar hem vraag,' was mama's bittere antwoord toen Laura vroeg waar meneer Cooper eigenlijk uithing, terwijl ze zich over Greycoat Square naar huis haastten. 'Ik heb die ellendeling in elk geval nog nooit gezien, dat is een ding dat zeker is.' Laura schrok van de woede die ze in haar moeders stem hoorde, die normaal mild klonk.

Na dit bezoek waren ze allebei wat gelaten, maar Laura bedacht dat haar moeder minder gespannen leek, ook al was ze vast moe.

'Dank je wel dat je met me mee bent gegaan, Laura. Je voelt van nature met de mensen mee en je ziet wat er allemaal in deze gemeente gebeuren moet.'

'Ja, mama,' verzuchtte Laura, zich onmiddellijk schuldig voelend dat ze niet gloeide van voldoening, maar eerder opgelucht was dat ze op weg naar huis waren. Ze liepen langs een jongen met een sjofele pup aan een lijn en ze dacht aan de leeuwenwelp, in de war, gevangen in een wereld waarin hij niet thuishoorde. Net als de pasgeboren baby Cooper, met ogen die glansden als het sterrenlicht, die wellicht slechts een kort bezoek aan deze wereld beschoren was. Er was te veel ondraaglijke pijn in deze wereld.

Dominee James Brownlow was Laura's vader en het gezin had acht jaar in de pastorie van St. Martin's aan Greycoat Square gewoond, om de hoek van de kerk in Vincent Street. Het plein zelf was rustig en deftig met in het midden een parkje waar 's zomers kindermeisjes achter kinderwagens liepen en kinderen over het gras renden. Onder hun buren waren artsen, advocaten, ondernemers, hier en daar een parlementslid, maar de meesten van hen gingen naar de chiquere St. Mary's kerk aan de overkant. St. Martin's, daarentegen, was zo'n dertig jaar geleden door middel van schenkingen voor de armen gesticht. Hij stond met de rug naar de welgestelde stadshuizen aan het plein, toegekeerd naar de sloppenwijken van Old Pye Street en Duck Lane, die nu eindelijk werden opgeknapt, maar langzaam, te langzaam voor gezinnen als de Coopers.

Nadat Laura haar werkjurk had uitgetrokken, met haar neus opgetrokken vanwege de vieze vlekken en de stank – echt of ingebeeld – keek ze uit haar slaapkamerraam. Een knulletje dribbelde hand in hand met zijn kindermeisje over het parkpad op het plein. Een jongen met een glanzende bos goudblond haar, die lachte en aan de hand van het meisje trok. Voor de tweede keer die dag werd ze aan Ned herinnerd.

Hij was ongeveer net zo oud geweest, nog maar vier, toen hij stierf. Nu stond hij in haar geheugen gegrift als een stralend lachend kind dat nooit ouder zou worden maar net zozeer in haar gedachten was als Tom, haar oudere broer, die nu op Exeter College in Oxford theologie studeerde, en zich voorbereidde om in de voetsporen van hun vader te treden.

Ze keek naar het kind tot het uit het zicht was en toen in haar kleine spiegel (klein, omdat haar moeder het niet goed vond dat iemand zijn eigen uiterlijk al te goed bekeek), ze bezag eerst de ene kant van haar hoofd en toen de andere, en schoof de losse spelden opnieuw in haar haar.

Het was stil in huis, het was vrijdag tijdens de grote vastenperiode, en dus was het een vastendag, en de misselijkmakende stank van gekookte vis fladderde de trap op. Op de overloop bleef Laura even bij Carolines kamer staan, ze merkte dat de deur, die normaal dicht bleef, op een kier trilde. Ze duwde er even tegen en gluurde eromheen, half en half verwachtend haar moeder te zien, of Polly in haar duster, maar er was niemand. Ze liep naar binnen en deed de deur achter zich dicht, snoof het vage aroma van bijenwas op.

Daarbinnen was alles nog zoals Caroline het had achtergelaten. Het bed was netjes opgemaakt, de haard aangeveegd, de meubels afgestoft. Carolines verzameling kinderlijke schatten – een teddybeer, haar pop met het witte porseleinen gezicht, een doos mooie knopen – lag op de ladekast. De merklap waarop ze op haar achtste nauwgezet haar naam en geboortedatum had geborduurd: 18 mei 1861. Boeken, plakboeken, een verzameling droogbloemen, stonden op de boekenkast. Op het kanten kaptafelkleedje, dat ze zelf had geklost, lagen in een waaier de zilveren haarborstel, kam en spiegel die ze op haar zestiende verjaardag had gekregen.

Het leek alsof Caroline zelf zo binnen kon lopen.

Maar Caroline zou nooit meer die deur door lopen.

Laura ging op bed liggen, voorzichtig om het beddengoed niet in de war te brengen, en sloeg het beddensprei een beetje terug zodat ze haar wang tegen het kussen kon drukken. Met haar ogen dicht rook ze er hoopvol aan, maar er was geen spoor van Carolines favoriete viooltjes-eau de cologne achtergebleven. Ze ademde uit, mimede 'Caroline' en luisterde, maar er was geen geest die iets terugfluisterde

Het was nu een jaar geleden dat Caroline op zeventienjarige leeftijd was gestorven, na een lang, slepend ziekbed. Ze leed al jaren aan een sluipende bloedaandoening, die haar van een levendig kind met een rond gezichtje had doen wegkwijnen tot een bleek, tenger meisje dat nooit tot een vrouw zou uitgroeien.

Met kleine Ned was het daarentegen snel gegaan. Op de ene dag had hij nog in de wilde pastorietuin in Hampstead achter de door het hek geglipte hond van een buurman aan gerend, en de volgende dag lag hij in coma, terwijl de roodvonk zich als een brand onder zijn volmaakte glanzende huid verspreidde. Dat was acht jaar geleden gebeurd en toen kon hun moeder het niet meer verdragen om in het huis te moeten wonen waarin hij gestorven was, en had hun vader zich hiernaartoe laten overplaatsen. James Brownlow had gehoopt dat als zijn geliefde Theodora helemaal in beslag zou worden genomen door haar andere kinderen en zichzelf met hart en ziel aan de verpauperde gemeenteleden kon wijden, ze van haar lijden zou genezen.

Misschien was dat ook gebeurd als Caroline niet ziek was geworden…

Laura voelde een traan langs haar wang glijden en hoorde hem op Carolines kussen vallen.

Ergens ver in huis klingelde de deurbel en mevrouw Jorkins riep: 'Polly? Waar is die meid? Pólly.'

Toen het gerammel van de deurgrendel en een bulderende mannen-stem, stampende laarzen. Meneer Bond was gearriveerd. Laura duwde zichzelf overeind en veegde haar ogen af met de muis van haar hand. Ze trok het beddengoed recht, sloot de deur zachtjes achter zich en ging naar beneden.

Anthony Bond, papa's advocaat en belangrijkste kerkvoogd, was vijfen-dertig jaar oud, niet mooi en niet lelijk, niet klein noch lang, niet dik of dun. Hij was zonder meer en in alle zichtbare opzichten middelmatig. Zijn steile bruine haar en baard waren netjes verzorgd, hij bewoog zich elegant, noch onbeholpen. Er was niets boeiends of aanstootgevend aan hem. Wanneer je op straat langs hem zou lopen, zou je hem geen tweede blik waardig keuren, wat Laura vaak overkwam.

Papa had hem, heel ongebruikelijk, voor de lunch uitgenodigd omdat hij en Bond het een en ander te bespreken hadden voor een bijeenkomst met de kerkarchitect die middag. Laura had met de bezoeker te doen omdat hij het vrijdagse vastenmenu kreeg voorgeschoteld, maar omdat er een gast was, mocht mevrouw Jorkins een witte saus bij de verplichte vis serveren en bij de griesmeelpudding zou pruimenjam zijn.

Toen ze naar beneden sloop, merkte ze dat papa de gast had meegenomen naar zijn studeerkamer. Ze bleef even naar hun stemmen staan luisteren – papa's heldere klanken en de donkere tonen van Bond – die door het gekletter uit de keuken heen op- en neergingen.

Die dichte deur was maar al te vertrouwd. Sinds Carolines dood trok papa zich steeds vaker in zijn studeerkamer terug. Hij schreef een geschiedenis over de Engelse Kerk, had hij hun verteld, maar toen ze hem een keer voor het eten moest roepen, had ze hem diep in slaap in zijn leunstoel aangetroffen. Ze had het boek dat uit zijn hand was gevallen opgeraapt en het omgedraaid. Het was kardinaal Newmans gedicht over de reis van een ziel, en het lag open op de bladzijde waar de engelbewaarder de ziel van de overleden man naar het laatste oordeel meeneemt. Ze las de woorden van het lied van de engel:

*O me was given*
*To rear and train*
*By sorrow and pain*
*In the narrow way.*

Arme papa. Ze keek naar hoe hij doorsliep, de lijnen van zijn verdriet en pijn in zijn gezicht geëtst. Onder het laagje dat ze dapper aan de wereld lieten zien, leken haar ouders sinds Caroline hun was ontvallen zo... verzwakt. Natuurlijk hadden ze hun andere kinderen, maar Tom was van huis weg, zou worden ingezworen en zijn eigen 'smalle pad' betreden. En Harriet was getrouwd, verwachtte haar eerste kind, en had haar handen vol aan haar praatzieke schoonmoeder. Alleen zij, Laura, was er nog, 'mijn ongeplukte roos', zoals haar vader soms plagend tegen haar zei. Misschien was ze wel voorbestemd om bij hen te blijven en nooit te trouwen. Vond ze dat erg? Een beetje wel. Ze was nog maar tweeëntwintig. Het zou fijn zijn om te weten hoe het was als je door een man werd begeerd.

Tijdens de lunch haalden zij en mama het korrelige zwarte vel van hun kabeljauw af, terwijl meneer Bond en papa de voorstellen van meneer Gladstone bespraken: of getrouwde vrouwen meer wettelijke en eigendomsrechten zouden moeten krijgen. Meneer Bond had zijn bedenkingen, leek het wel, maar hij was een pragmaticus. Papa maakte zich ongerust dat wanneer vrouwen onafhankelijker werden, er nog meer van het heilige huwelijk zou worden afgeknabbeld, waarin man en vrouw één van lichaam waren.

Mama zat in haar eten te prikken, de twee rimpels in haar voorhoofd werden dieper. Kreeg ze weer een hoofdpijnaanval? vroeg Laura zich bezorgd af. Wanneer die kwam, was Theodora Brownlow meestal veroordeeld tot een paar dagen bedrust met de gordijnen dichtgetrokken. Maar mama at tenminste een paar happen vis, en dat was een goed teken. Ze zou wel moe zijn.

'Hoe moet een man leidinggeven over een vrouw met een eigen wil?' Pap vroeg het aan niemand in het bijzonder.

'Waarom zou een ontwikkelde vrouw geen zeggenschap over haar eigen rijkdom mogen hebben, papa?' vroeg Laura bedaard. Haar vader slikte een mondvol door en fronste zijn wenkbrauwen.

'Je bent nog te onwetend om zoiets te beweren, lieve Laura,' zei hij. 'Als je wellicht met een man was getrouwd die je met hart en ziel vertrouwt, zoals mama dat met mij doet, zou je inzien wat een verstandig principe er momenteel heerst.'

Hij wisselde een paar blikken met meneer Bond, die een ergerlijk lachje liet horen. Ze had toch helemaal niets grappigs gezegd? vroeg Laura zich af.

'Een ontwikkelde en plichtsgetrouwe vrouw is uitstekend in staat haar echtgenoot van advies te dienen, miss Brownlow,' zei meneer Bond vriendelijk. 'En hij kan dan de beslissing voor hen beiden nemen.' Hij nam zijn laatste hap vis, legde zijn mes en vork op het bord en depte zijn mond met zijn servet af. 'In de meeste gevallen,' vervolgde hij, 'zal de harmonie in het huwelijk de overhand hebben. Het nieuwe parlement zou het wellicht noodzakelijk kunnen vinden om een en ander recht te zetten in die paar monsterlijke gevallen waarbinnen een man zijn verantwoordelijkheden veronachtzaamt of, eh, er misbruik van maakt.'

Laura had geen trek meer in het rommeltje graten en schubben op haar bord en terwijl ze beleefd wachtten tot mevrouw Brownlow was uitgegeten, dwaalden haar gedachten af naar een verhaal dat ze wilde schrijven over een vrouw die door haar echtgenoot in de steek was gelaten. Misschien zou ze er die avond aan beginnen, nu het altaarkleed, waaraan ze vele lange avonden had geborduurd, klaar was voor de paastijd.

Toen ze het gesprek weer volgde, had meneer Bond het over een legaat dat onlangs aan de kerk was nagelaten. 'De neef van mevrouw Fotherington heeft me haar testament laten zien. Een glas-in-loodraam voor de Mariakapel, zo specificeerde zijn tante het, "met een passende voorstelling".'

Laura miste Sarah Fotherington, die nog geen twee weken geleden tijdens een zendingsbijeenkomst voor vrouwen zomaar dood was neergevallen. Niet omdat ze haar zo graag had gemogen – mevrouw Fotherington kon een behoorlijke ouwe tang zijn – maar omdat ze een deel van het gemeentewerk van mama overnam en met de zondagsschool hielp, en kennelijk werd van Laura verwacht dat ze die taken nu van haar zou overnemen. Niemand had het haar gevraagd, er werd gewoon aangenomen dat ze dat zou doen.

Mama legde eindelijk haar mes en vork neer, ze had het grootste deel van haar eten laten staan, en Polly kwam de borden afruimen. Mama zei met een dromerige stem: 'Een moeder met kind. Dat zou goed zijn voor de Mariakapel, de Maagd met het kind.'

Laura en papa keken elkaar geschrokken aan, gevoelig als ze waren voor zowel haar daadkrachtige als haar melancholieke buien. Maar mama keek nog steeds resoluut uit haar bruine ogen, ernstig, geen spoor van tranen.

'Een heel toepasselijk idee, liefste,' zei papa troostend.

Mevrouw Jorkins kwam gejaagd met kommen griesmeelpap binnenlopen en zette toen plechtstatig een grote pot van haar beste pruimenjam op tafel.

Meneer Bond keek ongerust beurtelings naar man en vrouw. Hij zei: 'Ik kan mevrouw Brownlows idee met mevrouw Fotheringtons neef, meneer Stuart Jefferies, bespreken, als u dat wilt, predikant.'

'Ja,' zei meneer Brownlow terwijl hij de jam aan meneer Bond doorgaf. Laura zag dat hij een beleefde hoeveelheid nam. Hij keek alsof hij eigenlijk wel meer wilde nemen. 'Jefferies lijkt me een geschikte kerel.'

'En, James, zijn er niet meer ramen in de Mariakapel?' zei mevrouw Brownlow zacht terwijl ze een piepklein beetje jam nam.

'Inderdaad, liefje, maar daar staat een kast voor. De Maagd met Kind kan wellicht boven het kapelaltaar, denk je niet?'

'O ja, en het kind. James, dan moeten we met zorg een kunstenaar uitkiezen, iemand die baby's kan portretteren.'

'Je hebt er zulke lelijke baby's bij,' zei Laura terwijl ze royaal pruimenjam over de gehate griesmeelpap lepelde. 'Het lijkt wel alsof de grote kunstenaars meer belangstelling hadden voor hun vrouwelijke model dan voor de uitbeelding van het Christuskind.'

'O, Laura,' zei haar vader glimlachend. 'Maar natuurlijk is het belangrijk hoe het kind eruitziet. We zullen wel advies inwinnen, Theodora.'

'Dank je, James. Nog één ding. Het geld dat mijn vader me heeft nagelaten. Zou dat genoeg zijn voor een tweede raam?'

James wuifde de jam die Laura hem aanbood weg en fronste zijn voorhoofd. 'We hebben nog niet besproken hoe we dat geld zouden besteden,' zei hij. 'We hebben ook nog de, eh... ergerlijk groeiende onkosten van Tom.'

'Dat weet ik, maar ik wil graag een raam voor Caroline, als aandenken,' vervolgde mama en er zat een klein barstje in haar stem.

'O, papa,' riep Laura uit, 'wat een schitterend idee van mama. Laten we er nog een raam bij doen.'

Meneer Brownlow schonk zijn vrouw zo'n medelijdende blik dat meneer Bond, die geduldig op het teken wachtte dat hij kon gaan eten, rood aanliep.

'Het is een prachtidee dat we misschien eerst samen moeten bespreken, Dora,' zei meneer Brownlow resoluut en hij pakte eindelijk zijn lepel.

'Een engel, James,' fluisterde mevrouw Brownlow, een gelukzalige glimlach veranderde haar vermoeide, gespannen gelaatstrekken compleet. 'Denk je eens in. Dan is het Carolines engel.'

'Het is ter meerdere eer en glorie van God, Dora.' James Brownlow corrigeerde haar vriendelijk en grimaste bij zijn eerste hap klonterige melkpap zonder jam.

Het was na elven toen Laura's vriendelijk stem in mijn geest wegstierf. Ik moest wel ruim een uur gelezen hebben, maar ik had niets van de tijd gemerkt, zo was ik in haar dagboek opgegaan. Wanneer je haar verhaal las, was het net alsof je een andere wereld binnen ging.

Ik wilde er meer van weten, maar ik was zo moe. Ik legde de laatste map in de archiefkast terug, sloot de la en liep naar beneden, het dagboek had ik op het bureau laten liggen. Morgen zou ik verder lezen, beloofde ik mezelf. De opmerkingen over de voorgestelde kerkramen intrigeerden me. Misschien vond ik iets in het dagboek wat ons bij onze restauratie kon helpen. Ik moest Zac en Jeremy over mijn ontdekking vertellen.

# 8

*Ik zit lange tijd op de zevende tree*
*en ik weet zeker dat de engel er is.*
*Ik kan hem alles vertellen wat je je vader en moeder niet kunt*
*vertellen.*

FRANK MCCOURT

De volgende ochtend belde ik Jeremy. Ik wilde hem over onze voortgang met het gebroken raam vertellen en over Laura's dagboek, maar hij onderbrak me.

'Ik ben gisteren bij je vader geweest,' zei hij.

'O ja? Dank je wel, dat vind ik heel fijn. Was hij wakker? Hoe... vond jij dat hij eraan toe was?'

'Ja, hij was wakker. Ik weet bijna zeker dat hij me herkende. Hij wilde iets zeggen, maar daar raakte hij zo door van streek dat ik tegen hem zei dat hij dat maar niet moest doen. Ik heb een tijdje bij hem gezeten, de arme kerel. Fran, volgens mij ligt hij daar heel comfortabel. Ze zorgen goed voor hem. En veel mensen herstellen weer aardig goed. We moeten de hoop niet opgeven.'

'Nee,' zei ik mat. 'We moeten de hoop niet opgeven.'

'Het is heel moeilijk voor je, Fran. Dat vind ik echt erg. Als Sarah en ik iets kunnen doen om je te helpen, dan weet je ons te vinden.'

'Bedankt. Fijn om te weten.'

We zwegen beiden even, bezig met onze eigen gedachten, en toen wist ik weer waarom ik hem had gebeld.

'Zac en ik hebben geprobeerd het raam in elkaar te zetten. Er zijn engelenvleugels en goudblond haar...'

'Dus het is een engel, hè? Dat dacht ik al en ik zou me zo kunnen voorstellen dat het Gabriël is.'

'Omdat Gabriël aan Maria is verschenen om haar te vertellen dat ze Jezus ter wereld zou brengen?'

'Inderdaad. Kijk eens of hij een lelie draagt, dat is Gabriëls symbool. Ja, een engel past heel goed bij het raam van de Maagd met Kind. Ik zal hier eens naar oude kerkboeken zoeken, maar als ik niets vind, moet ik misschien iemand van het bisschoppelijk archief vragen of die wat wil spitten en kijken wat dat oplevert. Dat gaat ongetwijfeld tijd kosten.'

'Er is nog iets anders. Ik heb een dagboek gevonden. Dat was kennelijk van Laura, de dochter van dominee Brownlow.'

'O ja?'

'Daarin wordt gerept over de plannen om het raam te laten maken. We hebben er nog niet veel aan, maar ik lees verder.'

'Interessant. Hou me op de hoogte.'

Toen ik de hoorn neerlegde, ging ik neerslachtig zitten, terwijl ik nadacht over pap die zich langs de grenzen van het land der schaduwen bewoog. De dominee had natuurlijk gelijk. Veel mensen herstelden goed van een beroerte, maar het ziekenhuis had me in paps geval daarin niet gerustgesteld. We moesten gewoon hopen. En afwachten.

Uiteindelijk vergat ik Zac over het dagboek te vertellen. Ik zag hem die dag trouwens amper. Hij was weer voor verschillende klusjes met zijn bestelbus de hort op. Hij moest in Clapham zijn voor een prijsopgave, zei hij, en daarna moest hij speciaal materiaal ophalen bij de glas-in-loodwerkplaats van een vriend in Noord-Londen.

Ik was de hele dag in de winkel, deed tussen de klanten door wat reparatiewerk. Ik maakte de post open en vroeg me af wat ik moest doen met de binnenkomende rekeningen en betalingen. Toen Zac binnenkwam, keek hij er kort naar en nam toen de dagomzet en een paar cheques mee om die op de bankrekening te storten.

Later sloot hij voor me af, ik ging naar het ziekenhuis en zat aan mijn vaders bed. Deze keer werd hij even wakker en terwijl ik hem over mijn dag vertelde, keken we elkaar aan. Ik ging pas weg toen hij sliep, blij dat ik die avond met Jo had afgesproken.

Om half acht verruilde ik mijn jeans voor een leuke broek en jasje, en daarna liep ik door het park op Greycoat Square naar een tapasbar waar we op voorstel van Jo hadden afgesproken. De stille bomen vormden een mooi filigreinpatroon tegen de avondlucht en een eenzame merel zong uit volle borst een schitterend lied.

Toen ik langs het zwarte hek van de St. Martin's kerk kwam, zag ik dat de kerkdeur openging en er een man naar buiten kwam. Ik zag zijn prachtige bos blond haar en riep: 'Ben?'

'Hallo,' zei Ben, zich omdraaiend en kennelijk even in de war. 'Het is... Fran, toch? Verdikke!' Hij probeerde een grote sleutelbos uit zijn zak te halen en een paar muziekbladen die hij bij zich had dwarrelden plotseling op de grond. Ik schoot toe om ze te helpen oprapen.

'Is dit voor zondag?' zei ik toen ik zag om welke gezangen het ging.

'Ja. Ik neem de stukken graag eerst thuis door voordat het kerkkoor vrijdag oefent,' legde hij uit. 'Waar ga jij zo opgetut naartoe? Ik ben op weg naar huis, dat is hier om de hoek.'

'Ik ga naar Victoria Street, ik heb met mijn vriendin Jo afgesproken. Ik wist niet dat jij ook op Greycoat Square woonde. Aan welke kant zit jij?'

'Hier, ik laat het je wel zien.' We bleven op de hoek van het plein staan. Ben zei: 'Nummer 61, daar links. Het is een fluitje van een cent om even langs te wippen en op het kerkorgel te oefenen, maar op mijn eigen piano is het nog makkelijker.'

'Uiteraard,' zei ik en ik vroeg me af waar hij precies in de lange rij victoriaanse huizen woonde.

'Niet lachen, hoor,' vervolgde hij, 'maar soms kan ik 's ochtends na vijven niet meer slapen en dan is het heel troostrijk om kerkmuziek te spelen.'

'Dat begrijp ik wel,' zei ik. Ik stelde me de subtiele akkoorden voor die in het zilverachtige licht van de dageraad tussen zijn lange vingers doorglipten en ik voelde een verrukkelijke huivering. 'Maar dan slapen de buren zeker ook niet?'

'Gelukkig heb ik aan één kant dikke muren. En de oude dame aan de andere kant is stokdoof. En waar woon jij?'

'Zie je die zwart met zilveren winkel op de hoek aan de overkant, naast het oranje cafébord? Dat is Munsterglas. Ik woon in het appartement erboven. Als ik tenminste bij mijn vader ben.'

Hij volgde mijn vinger en fronste zijn wenkbrauwen. 'Ach, ja, natuurlijk, dat ben jij. Munsterglas,' zei hij. 'Jeremy heeft me over dat raam verteld dat hij heeft gevonden. Wat maak jij daarvan?'

'Nog niet heel veel, hoewel we wel weten dat het een engel is. We hebben echt een afbeelding of zoiets nodig, zodat we een leidraad hebben.'

'Ik kan me voorstellen dat dat lastig is,' zei hij. 'Als je het mij vraagt is het een hopeloze toestand.'

'O ja?' Ik vond het vreemd dat zijn stem zo bitter klonk.

'Veertig jaar geleden is het orgel voor het laatst gereviseerd,' zei hij. 'Maar zij – Jeremy en de kerkenraad, bedoel ik – stellen het steeds maar uit. En nu heeft hij het over de restauratie van oude ramen. Hoe kunnen ze verwachten dat ik prachtige muziek maak als het orgel kraakt en kreunt als een vastzittend varken?'

'Ja, dat is vast frustrerend. Het is zeker of of, hè? Het raam of het orgel?'

'Nou, zo sterk zou ik het niet willen stellen. Maar het is zonder meer vervelend dat een stapel oud glas, waarvan we niet eens wisten dat die bestond, plotseling op de agenda terecht is gekomen. Jeremy houdt veel van muziek maar van zijn gebrandschilderd glas houdt hij meer.'

'Wat naar,' zei ik verbijsterd. 'Ik weet dat ik in het glas-in-loodkamp zit, maar omdat ik ook een collega-musicus ben, weet ik wel hoe je je voelt.'

Hij schonk me een brede glimlach, woelde met zijn hand door zijn dikke haar en keek me nogmaals met die onderzoekende blik van hem aan. 'Moet je horen,' zei hij op warme toon, 'dat is vast behoorlijk grof overgekomen, net alsof ik jouw werk bekritiseer, en dat is mijn bedoeling niet. Ik bewonder mooi glas, net als iedereen. En aangezien we bijna buren zijn, moet je een keer komen eten.'

'Dank je wel, dat lijkt me leuk,' zei ik blij.

'Mooi, dat spreken we een keer af, Fran. Ben je een Frances of een Francesca?'

'Frances, maar niemand noemt me zo. Niet als ze het willen overleven.'

'Hetzelfde geldt voor mijn naam. Benedict. Gadver.' Hij trok een gezicht. 'Fran, dan…'

Op dat moment keek hij over Greycoat Square en zwaaide driftig. 'Ah, daar heb je Nina voor onze sessie. Ik moet ervandoor. Zie ik je maandag bij het koor?'

'Ja, absoluut,' zei ik. Ik volgde zijn blik. Voor de deur van, naar ik aannam, nummer 61 stond een jonge vrouw te wachten. Ze had een vioolkist bij zich. Waarschijnlijk alleen maar een leerling, bedacht ik. Maar toen hij bij haar was, legde ze in een zelfbewust gebaar haar hand tegen haar wang en haar gezicht lichtte op van vreugde. Op dat moment wist ik al dat Ben speciaal voor haar was.

Ik zag dat hij haar op de wangen kuste. Toen draaide hij zich om en zwaaide naar me. Ik zwaaide terug, voelde me lusteloos, buitengesloten, en liep toen verder Vincent Street af, net zoals daarstraks maar ook weer niet. Wat was er met me aan de hand? Ik was blij dat ik in de straat kwam die Jo me had doorgegeven en die uitkwam op de drukke Victoria Street. De tapasbar was op de hoek en ik liep naar binnen. Geen spoor van Jo.

Ik kreeg een tafeltje aan het raam en nipte tijdens het wachten van een rioja Arjone terwijl ik mijn gedachten op een rij trachtte te krijgen. Ik was alleen maar in de war vanwege pap, concludeerde ik, voelde me kwetsbaar en was overal onzeker over. Ik moest me echt vermannen.

'Het spijt me zo,' verzuchtte Jo toen ze zich twintig minuten later op de stoel tegenover me liet vallen. 'Ja, graag,' zei ze, toen ik vroeg of ze een wijntje wilde. 'Zullen we gelijk eten bestellen? Je hebt vast razende honger. Anders ik wel.'

'Was er iets op je werk?' vroeg ik en ik schoof het mandje brood naar haar toe.

'Een vergadering waar geen eind aan kwam.'

Ze gebaarde naar de ober. Het eten kwam snel en we bedienden ons hongerig van de gevulde olijven, bergham en calamares. We kwebbelden aan één stuk door en probeerden de twaalf verloren jaren in te halen. Jo had met een paar meisjes van school nog contact en terwijl zij over die in stand gebleven vriendschappen vertelde, had ik spijt dat ik die banden had doorgesneden. 'De volgende keer ga je mee,' zei ze attent. 'Ze vinden het enig om je weer te zien.' Maar ik vroeg me af of dat na zo'n lange tijd wel zo makkelijk was.

We kregen het over haar werk. 'Ik ben nu twee jaar begeleider op St. Martin's,' vertelde ze. 'Daarvoor werkte ik met aidspatiënten en toen deze baan langskwam, leek het een geweldige kans.' Haar ogen begonnen te glanzen. 'Waar ik het meest van houd is het luisteren naar de verhalen die mensen te vertellen hebben en ze proberen te helpen. Je wil niet geloven wat sommigen van die meiden hebben doorgemaakt. En het is zo goed voor ze als ze met iemand kunnen praten.'

'Ik denk dat jij een perfecte engel bent.' Ik bewonderde wat zij deed.

'O, wat een onzin,' zei ze hoofdschuddend, maar ze voelde zich toch gevleid.

'Over engelen gesproken, gisteren heb ik een meisje uit jouw hostel ontmoet,' zei ik, me haar plotseling herinnerend. 'Komt de naam Amber je bekend voor?'

'Gut, ja,' zei Jo. 'Amber Hardwick. Hoe ben je haar tegengekomen?'

'Ze wandelde gister mijn winkel binnen. Leek overal heel erg in geïnteresseerd te zijn, vooral in de engel in de etalage.'

'Dat lijkt inderdaad op Amber. Heeft het altijd over engelen. Ze heeft het momenteel moeilijk. Een paar lastige meiden hebben de pik op haar, weet je, stelen haar spullen, schelden haar uit.' Ze zuchtte. 'Het is echt heel naar. Het ergste wat je Amber kunt verwijten is dat ze er voor haar negentien jaar jong uitziet. Ali – zij is de leider van dat groepje – kan het niet weerstaan daar misbruik van te maken. Een paar dagen geleden hadden we een akelig incident waarbij een heel mooi sieraad van Amber weg was, een hanger. Ze werd gewoon hysterisch. We vonden het uiteindelijk in een afvalbak. Iedereen weet dat Ali het heeft gedaan, maar we kunnen het niet bewijzen.'

'Ze is een verschrikkelijk lieve meid, maar je hebt gelijk, ze is nogal jong voor haar leeftijd. Hoe is ze in hemelsnaam in dat hostel terechtgekomen?'

Jo schonk nog meer wijn in.

'Eigenlijk zou ik je dit soort vertrouwelijke dingen niet mogen vertellen, maar, ach wat zou 't ook, aan wie zou je het kunnen doorvertellen? Zij is een van die kinderen die door alle vangnetten heen zijn gevallen. Een kinderbeschermingsklantje. Haar moeder was op een of andere manier gehandicapt, zat in elk geval in een rolstoel, en Amber spijbelde steeds om voor haar te zorgen. Maar in plaats van dat ze voor hen beiden hulp zocht, bleef de moeder tegen de leerplichtambtenaar liegen, zei dat Amber ziek was. Wat er ook aan de hand was, ze werden niet door de radar van het maatschappelijk werk opgepikt. De moeder stierf toen Amber veertien was en Amber ging bij haar grootmoeder wonen, die vorig jaar naar een tehuis moest. De gemeente vorderde het huis terug. Amber was achttien en had in haar eentje geen recht op zo'n grote woning. Ze heeft veel scholing gemist en had ook niet veel contact met leeftijdsgenootjes, dus komt ze maar moeilijk aan werk.'

'Hemeltje, wat een verhaal. Wat heeft ze allemaal gedaan?'

'O, supermarkt, catering. Ze zou voor allebei wel geschikt zijn. Ze is heel praktisch, maar kan niet zo goed tegen druk. Ze is ook artistiek, vindt het leuk om van draad en kralen sieraden te maken. Misschien zou ze de volgende keer eens zoiets moeten proberen. Ik zal het aan haar maatschappelijk werkster voorstellen.'

'Gisteren leek ze glas-in-lood wel leuk te vinden,' zei ik.

'O ja?'

'Ja, ik legde haar een beetje uit hoe dat met het loodwerk zat en dat kon ze heel goed volgen.'

'Dat is misschien een idee.' Ik zag lichtjes in Jo's ogen verschijnen en ik realiseerde me dat ik een val voor mezelf had gezet en er met open ogen in was getrapt.

'O nee, sorry, ik ben niet in een positie om wie dan ook iets bij te brengen.' Het laatste wat ik momenteel nodig had was de verantwoordelijkheid voor een leerling op m'n nek.

'Ze zou voor jou en Zac op de winkel kunnen passen, en van jullie kunnen leren. Je zou haar niet veel hoeven te betalen en ze is heel lief en meegaand. Met klanten is ze vast fantastisch.'

'Jo, moet je horen...' zei ik lachend. 'Je gaat te snel.' Ik herinnerde me nu dat zij op school altijd degene was die je voor het hondenasiel in Battersea zakgeld aftroggelde, die zorgde dat je een petitie tekende tegen de vossenjacht, je overhaalde om uit liefdadigheid te zwemmen.

'Denk erover na, Fran. Denk er alleen maar over na.'

'Hou op, door jou ga ik me schuldig voelen. Ik heb momenteel genoeg op mijn bordje.'

'Uiteraard. Sorry. Ik had er niet over moeten beginnen.'

Jo zag er nu zo beteuterd uit dat ik zuchtte. 'Oké, ik zal erover nadenken. Nou goed? Maar ik beloof niets.'

Ze glimlacht blij. 'Het is een goed idee, dat weet ik zeker.'

Ik betwijfelde het en veranderde resoluut van onderwerp. 'Hoe gaat het met je ouders?'

'O, wel goed. Eigenlijk nog hetzelfde. Ze zijn nu dat gigantische huis op het platteland aan het opknappen, vlak bij Tunbridge Wells. Gaan helemaal op in de gemeenschap daar. Ik denk wel eens dat ik ze min of meer teleurgesteld heb, omdat ik met de minder bedeelden werk.'

'Ze zijn vast trots op je.'

'Ze zijn nog steeds fanatieke tory's. Pap is dat omdat hij zich op eigen kracht heeft opgewerkt en – weet je nog dat hij altijd zei dat hij in een gemeentewoning was opgegroeid? – waarom zouden andere mensen "in de watten moeten worden gelegd?", zoals hij het uitdrukt.'

Ik glimlachte, zag Jo's vader voor me, een charmante, aardige man. Ik was bij hem en zijn vrouw altijd van harte welkom geweest. Maar als je een ambitieuze bedrijfsadvocaat bent, brengt dat waarschijnlijk niet je zorgzaamste kant naar boven, en Brett Pryde voelde zich al snel gekleineerd, wilde altijd per se bewijzen dat hij 'net zo goed was als een ander', zoals ik het hem eens heb horen zeggen.

'En mam maakt zich zorgen dat ik niet genoeg verdien om me te kunnen "settelen". Zij denkt dat ik me in verkeerde kringen beweeg en daardoor niet de juiste man tegenkom. Daarmee waarschijnlijk iemand bedoelend die genoeg verdient om "voor me te zorgen". Maar ik ben dol op mijn werk. Ik weet dat ik geluk heb, omdat ik in de flat mag wonen, bedoel ik, en dat mijn ouders voor me in de bres springen als ik financieel heel erg in de knel kom. Ik zou het echt niet erg vinden als ik het op eigen houtje zou moeten redden. Ik geef namelijk niet om geld, moet je weten.'

Ik zuchtte afgezien van het feit dat ik er niets aan af wilde doen dat Jo zo onzelfzuchtig was, voelde ik me ook een beetje bedrukt. Zij had het tenslotte nooit echt zonder geld hoeven doen, en ze moest in het hostel genoeg wanhopige gevallen hebben gezien om te weten wat armoede werkelijk inhield.

Maar Jo had me ingehaald. 'O, moet je me toch horen ratelen,' zei ze, terwijl ze de fles pakte en ons nog eens een royaal glas wijn inschonk. 'Die zilveren lepel zit me voortdurend in de weg.'

We lachten allebei en ze raakte mijn arm op die natuurlijke, aardige manier aan waarom ik haar altijd zo had benijd. 'O, het is zo fijn om je weer te zien.'

En plotseling kon ik vergeten dat ik het mezelf zo had verweten dat ik onze vriendschap net als al het andere had verwaarloosd. Jo was altijd zo lief geweest dat ik me daardoor slecht ging voelen. Twaalf jaar hadden ons gescheiden, maar nu waren we individuen met elk een eigen weg in het leven. Misschien waren we zover dat we opnieuw konden beginnen.

'Vertel me eens iets over die ongeschikte mannen,' plaagde ik haar.

'O, je kent dat wel,' antwoordde ze met een gekunsteld lachje. 'Niks serieus, hoor. Mam zit gewoon te wachten op die grote, witte bruiloft, vermoed ik.' Het was me een raadsel waarom ze zo verdrietig keek.

'Misschien ontmoet je iemand op je werk of bij het koor,' zei ik, en ik dacht aan de manier waarop Dominic naar haar had gekeken, en ik moest een gevoelige snaar hebben geraakt, want ze bloosde.

'O, in het hostel zijn alleen vrouwen,' zei ze, 'behalve Ra en hij is verloofd met een lief meisje dat door zijn familie voor hem is uitgekozen.'

'Mij leek Dominic van het koor wel leuk,' zei ik bemoedigend.

'O ja. Heel leuk.'

'Maar je voelt verder niks voor hem?'

'We zijn gewoon vrienden. Ik geloof niet dat hij op die manier belangstelling voor me heeft. Maar Ben is wel verrukkelijk, vind je niet?'

'Verrukkelijk, daar heb je 't absoluut mee gezegd,' zei ik en ik vroeg me af of zij interesse in hem had. 'Eigenlijk te verrukkelijk voor ons stervelingen.'

'Ik begrijp wat je bedoelt,' zei ze zuchtend. 'Heb jij momenteel een speciaal iemand in je leven?'

Ik sloeg theatraal mijn ogen ten hemel maar het was een soort tweede natuur van me geworden om daar geheimzinnig over te doen. 'Dat is een rampgebied geweest. Dat wil je niet weten. Hoe dan ook,' zei ik, op een ander onderwerp overstappend, 'ik heb op dit moment meer dan genoeg andere dingen aan mijn hoofd.'

Ze knikte, zette haar kin in het kommetje van haar hand en keek me meevoelend aan. 'Hoe gaat het met je vader?'

Ik plukte aan een paar kaarsvetklodders op het tafelkleed. 'Als, en áls is hier het juiste woord, er al verbetering op gang komt, dan gaat het langzaam. Hij is soms bij kennis, maar ik... ik weet eigenlijk niet of hij wel begrijpt wat ik zeg.'

'O, Fran, wat naar.' Ze slaakte een meelevend kreetje. 'Maar het kan nooit kwaad om tegen hem te praten, toch? Ze zeggen dat het helpt.'

'Dat weet ik. Dat doe ik ook. Het is gewoon zo moeilijk... nou ja, je kunt je waarschijnlijk nog wel herinneren dat we niet altijd zo heel dik met elkaar waren.'

Jo knikte. Hoewel ik nooit veel over mijn relatie met mijn vader had gezegd, en evenmin over het verdriet dat ik over mijn moeder had, had ze als ze bij ons was wel vaak meegemaakt dat hij uit zijn humeur was, en ze had me vaak getroost wanneer hij me van streek had gemaakt.

'Sinds ik van huis ben gegaan, heb ik hem niet vaak meer gezien, Jo.' Ik plukte nu driftig aan het halsstarrigste stukje kaarsvet.

Jo boog zich naar voren, richtte haar ernstige, blauwe ogen op me en vroeg: 'Waarom ging je eigenlijk zo plotseling weg, Fran? Had je er een speciale reden voor? Je leek gewoon... te verdwijnen, alsof je jezelf van alles en iedereen afsneed.'

'Ik weet het,' zei ik. 'Het was niet mijn bedoeling om het contact te verliezen. In de muziekbusiness moet je verschrikkelijk hard werken. Ik moest me erop concentreren, mezelf erin onderdompelen. Er was niet veel energie over voor iets anders.'

'Was dat een excuus? Is er dan iets anders gebeurd? Met je vader, bedoel ik. Toen ik de eerste keer met de kerst van de universiteit thuis was, ben ik naar de winkel gegaan om te kijken of je er was. Toen ik vroeg of je terug zou komen, haalde hij zijn schouders op, zei dat hij het niet wist, hij deed behoorlijk kortaf tegen me. Ik dacht toen dat jullie ruzie moesten hebben gehad.'

Ik had nooit aan iemand verteld wat er was gebeurd, maar plotseling wilde ik dat heel graag. Ik wist dat Jo het zou begrijpen.

'O ja? Nou, je had gelijk,' zei ik zacht. 'Ik was erachter gekomen dat hij tegen me had gelogen, moet je weten. Over iets heel belangrijks.'

Jo zei niets, maar wachtte af, in haar ogen stond ongerustheid te lezen. En nu, nadat ik die herinnering twaalf jaar had begraven, rolde alles eruit.

'Misschien weet je het niet meer,' zei ik terwijl ik een slok wijn nam om me moed in te drinken, 'maar in ons eindexamenjaar had ik me aangemeld voor een tweeweekse zomercursus muziek in Parijs. In de herfst zou ik gaan studeren aan het Royal College of Music, en Parijs, zei mijn hoornleraar tegen me, zou een unieke gelegenheid zijn om een paar masterclasses te volgen en met studenten uit de hele wereld te spelen.'

'Ik geloof dat ik me dat nog kan herinneren,' zei Jo met fronsend voorhoofd. We hadden zulke verschillende vakkenpakketten dat ik haar soms niet vaak zag.

Terwijl ik Jo het hele verhaal vertelde, tuimelden de pijn en verwarring uit die tijd over me heen alsof het gisteren was.

Het was 1981 en ik was net achttien geworden, volwassen, maar als je pa erover hoorde, zou je dat niet zeggen. In februari zei hij dat ik naar Parijs mocht en hij deed een aanbetaling, maar in mei leek hij er spijt van te hebben. Dat was op het moment dat ik hem vroeg of ik een paspoort mocht aanvragen, dat dreef de zaak op de spits. Hij zei dat hij uiteindelijk vond dat ik nog te jong was om in mijn eentje naar het buitenland te gaan. Ik zei dat dat onzin was en hij heeft een week lang lopen mokken. Ten slotte leek hij te accepteren dat ik zou gaan, dus vroeg ik hem naar mijn geboortebewijs om een paspoort te kunnen aanvragen. Ik kon het niet geloven toen hij zei dat hij het kwijt was. Hoe kon hij nou zoiets belangrijks kwijtraken terwijl hij alle mogelijke documenten over het bedrijf had gehamsterd? Uiteindelijk moest ik naar Somerset House, waar toen nog het geboorte-, overlijdens- en huwelijksregister was, om een kopie op te vragen. Ik verwachtte bijna dat er een of ander afschuwelijk geheim over mijn geboorte zou opduiken, maar dat gebeurde niet. Ik had toen geen benul waar al dat gedoe over ging.

Het duurde even voordat het kwartje bij me viel, zelfs jaren. Kort en goed kwam het erop neer dat hij bang was om me kwijt te raken. Hij wilde niet dat ik opgroeide en het huis zou verlaten. Ik denk dat hij hoopte dat ik zou blijven en samen met hem in de winkel zou werken, dat ik op een dag de zaak zou overnemen, dat de muziek waarvan we beiden zo veel hielden een soort zijspoor zou zijn, geen carrière. Maar tegen mij liet hij daar niets van merken, hij wist niet hoe dat moest. Als dat wel het geval was geweest, dan hadden we er misschien over kunnen praten en de lucht kunnen klaren. In plaats daarvan probeerde hij me te manipuleren en dat was het ergste wat hij had kunnen doen. Ik vertrouwde hem niet meer en wilde wanhopig graag van huis weg.

Ik deed eindexamen en ging naar Parijs, ik had daar een geweldige tijd, en toen ik begin augustus thuiskwam, was ik opgelucht dat pap wat tot bedaren leek te zijn gekomen. Maar toen september verstreek, stak zijn angst de kop weer op. Op een avond kwam ik thuis en trof ik hem half in coma aan, en hij werd haastig naar het ziekenhuis gebracht. Het bleek dat hij een paar insuline-injecties had overgeslagen, wat helemaal niets voor hem was. Destijds was ik alleen maar blij dat ik mijn colleges in de buurt kon volgen, in Kensington, zodat ik thuis kon blijven wonen en een oogje op hem kon houden. Later beschouwde ik dat medische noodgeval als een opzettelijke, manipulatieve zet. Nu ik erop terugkijk, weet ik het niet meer. Misschien was hij oprecht verbijsterd en in de war. Hoe dan ook, hij was snel weer beter.

Toen we weer ruzie kregen, ging het over geld, of liever gezegd, het begon met geld. In september hoorde ik dat ik een gemeentelijke studiebeurs kreeg, inclusief de kosten voor mijn levensonderhoud, maar ik kwam toch nog iets tekort voor muziek en boeken. Toen liet pap de bom echt barsten. Hij toverde een spaarboekje van het bouwfonds tevoorschijn, op mijn naam. Er stond twaalfduizend pond op de rekening.

Twaalfduizend pond! Eerst liep ik over van dankbaarheid, dacht dat hij die al die jaren voor me bij elkaar gespaard moest hebben, maar toen ik het boekje beter bekeek, zag ik dat er los van de rente één keer geld op was gestort, in 1972. Dus daar confronteerde ik hem mee. En uiteindelijk kwam hij ermee voor de dag. Mijn moeders moeder was gestorven toen ik negen was en had me een bedrag nagelaten. En pap had me dat niet verteld, hij had het pas op mijn achttiende op deze rekening gestort. Maar er was nog iets veel ergers. Hij had me niet eens verteld dat mijn oma was gestorven. Nou ja, dat heeft hij wel gedaan, maar pas een paar jaar later, halverwege mijn tienerjaren, toen ik naar haar begon te vragen, en hij maakte me wijs dat ze was gestorven toen ik nog klein was. Ik denk dat hij zich schaamde omdat hij me destijds niets over haar dood had verteld, dus loog hij tegen me. Dat spaarboekje van het bouwfonds was ervoor nodig om alles uit hem te wringen.

Het was moeilijk om aan Jo, wier vader altijd ronduit zei wat hij dacht, duidelijk te maken hoe geschokt en in de war ik door die ontdekking was. Ik had werkelijk het gevoel alsof mijn hele wereld op zijn kop stond, dat onze hele relatie, die van pap en mij, op een leugen gestoeld was.

Ik had hem er toen mee moeten confronteren, moeten eisen dat hij me alles over mijn moeder vertelde, dat hij me de hele waarheid zou vertellen. Maar ik was in te veel opzichten net als hij. Ik koos de makkelijkste weg. De zwijgzaamheid van een martelaar. In de laatste weken voor college spraken we nauwelijks met elkaar. Toen pakte ik mijn spaarboekje, bracht dat naar het bouwfonds en haalde het geld van de rekening voor een kamer in een huurflat.

'Doordat hij mij het geld gaf,' zei ik tegen Jo, 'had pap zichzelf de doodssteek toegebracht. Hij had me de middelen en het motief verschaft om het huis uit te gaan.'

Ik was aan het eind van mijn verhaal gekomen, en uitgeput nadat ik Jo dit allemaal had verteld, en ook zenuwachtig over wat ze van me vond. Ik had me geen zorgen hoeven maken.

'Waarom heb je me dit toen niet allemaal verteld? Dan had ik je geholpen,' fluisterde ze. 'Echt waar.'

'Ik zag je die zomer nauwelijks, ik ging naar Parijs en jij ging met je ouders op vakantie. En ik wist niet… of ik je het duidelijk kon maken. Jij was altijd zo gelukkig thuis, Jo, daar benijdde ik je om, echt waar. Jullie zouden er ruzie over hebben gemaakt, iedereen had zijn zegje kunnen doen en dan zou het allemaal klaar zijn.'

'En toch zou ik naar je geluisterd hebben en geprobeerd hebben om het te begrijpen.'

'Dat weet ik nu ook wel,' zei ik zachtjes. 'Maar toen was ik over alles onzeker. Behalve over muziek, ik was zo blij dat ik me op mijn studie kon gooien. Dat heeft me gered.'

'En je vader? Heb je hem helemaal niet meer gezien?'

'Jawel. Ik kon hem niet helemaal aan zijn lot overlaten. Ik zei tegen hem dat we een poosje niet bij elkaar moesten zijn, maar ik liet een hoop spullen van me thuis en ik ging regelmatig bij hem op bezoek. Maar hij veranderde, werd steeds ellendiger en zwijgzamer, hij gaf me het gevoel dat ik hem had verraden. En door mijn woede verkilde ik. Jarenlang hebben we nauwelijks over iets belangrijks gepraat, en hebben we het nooit over onze ruzie gehad. Pas kort geleden, voordat dit gebeurde, zijn beroerte, leek hij wat te ontdooien. De laatste tijd leek hij aan de telefoon zo… kwetsbaar… wilde hij de verbinding niet verbreken. Misschien had hij een voorgevoel dat er iets ging gebeuren. Als ik hem wel thuis had opgezocht, hadden we misschien…' Ik slikte moeizaam en staarde naar mijn afgekloven nagels.

'Je moet niet denken dat het allemaal jouw schuld is, Fran,' riep Jo uit. Ze boog naar voren en nam mijn handen in die van haar. En opnieuw werd ik diep geraakt doordat ze zo lief was voor me. 'Misschien is het nog niet te laat. Probeer nu met hem te praten. Dat kan jullie beiden verder helpen.'

Ik glimlachte met waterige ogen en knikte. Ondanks het verdriet ging er een enorme opluchting door me heen. Door het aan Jo te vertellen, doordat ik mijn last kon delen, voelde ik me beter. Ik wilde dat ik het haar jaren geleden had verteld.

# 9

*Koester dan mededogen,*
*opdat je geen engel van je voordeur verjaagt.*
WILLIAM BLAKE

Nu ik erop terugkijk, was dat gesprek met Jo duidelijk een keerpunt. Ik had mijn hart gelucht bij mijn vriendin en door haar warme reactie begon de ijspegel, die mijn hart doorboorde en me in een onophoudelijke winter opsloot, eindelijk te smelten.

Ik dacht aan wat ze had gezegd toen ik de volgende dag tijdens lunchtijd bij hem langs ging, Zac onwillig achter de toonbank in de winkel achterlatend. Ik hield van mijn vader. Dat wist ik, zelfs als we ruziemaakten, zelfs nadat ik het huis uit was gegaan en per se mijn eigen leven wilde leiden. Maar ondanks alles bleef hij mijn vader, die me als kind knuffelde als ik verdrietig was, me met zachte aandrang moed insprak als ik in de put zat, die met een enorme vreugdekreet zijn armen in de lucht gooide en zei: 'Wat ben je toch een knappe meid!' wanneer me iets was gelukt, van examens tot een bescheiden rol in een toneelstuk op school.

Nu ik vandaag zo bij zijn bed zat en zag hoe hij worstelde om bij kennis te komen, probeerde ik uit alle macht te vergeten waar we waren – in deze onpersoonlijke, steriele omgeving – en me de dingen te herinneren die hij en ik samen hadden meegemaakt. Dat was moeilijk.

Misschien had Jo wel een beetje gelijk. Op dit moment kon ik het maar beter niet over serieuze dingen hebben, de bitterheid, de geheimen, zoals ik aanvankelijk dacht dat ze bedoelde. Misschien moest ik pap eerst aan gelukkige tijden herinneren en hem ervan verzekeren dat ik van hem hield.

'Weet je nog, pap?' zei ik aarzelend. 'Weet je nog dat ik de mazelen had en jij spelletjes met me speelde en ik altijd moest winnen, en dat je me verhalen vertelde over de tijd dat jij klein was? Je had die hond, toch, die bleef in de winkel, een whippet was het, en hij heette toch Silky? Zie je wel, ik weet het nog.'

Ik wachtte, en op dat moment – was het toeval? – knipperde pap met zijn ogen en keek hij me recht aan. Ik vroeg me wanhopig af waar ik het verder nog over zou kunnen hebben. Het raam met de engel, dat zou hem werkelijk interesseren. Dus verhaalde ik uitvoerig over de vondst van Jeremy Quentin en hoe Zac en ik het raam weer in elkaar probeerden te zetten.

'Kon je ons maar helpen, pap,' zei ik. 'Ik durf te wedden dat je meteen zou weten waar we naar de originele tekening zouden moeten zoeken.'

En weer zweeg ik. Het was raar om tegen iemand te praten die geen antwoord gaf. Ik was nooit goed geweest in het er maar op los babbelen.

Ik was me ook bewust van de kloof die er tussen ons gaapte. We hadden elkaar nog zo veel te zeggen. Ik wilde zo verschrikkelijk graag met hem over mijn moeder praten, maar hoe moest dat? Ik kon niets verzinnen wat niet gekunsteld of goedkoop zou klinken. En als hij me kon horen en begrijpen, werd ik zenuwachtig omdat ik hem van streek zou kunnen maken. Misschien zei ik onbewust wel iets kwetsends of vertelde ik een leugen zonder dat hij daar tegenin kon gaan. Dat zou niet eerlijk zijn. Ik zei alleen maar: 'Als je weer beter bent, pap, moeten we eens goed met elkaar praten. Dan ben ik vaker in de buurt. Echt waar.' Hij had zijn ogen nu op de mijne verankerd, het waren zulke poelen van smart dat ik ervan schrok. Had hij pijn? Maar toen werd zijn gezichtsuitdrukking vrediger. Ik fluisterde, half verstikt: 'Het spijt me, pap. Ik vind het zo erg.'

Toen ik in de winkel terugkwam, was Zac in een diep gesprek verwikkeld met een nogal jong, chic uitziend echtpaar. Of liever gezegd, met de vrouw. De man liep de winkel rond, bekeek met gefronst voorhoofd de prijskaartjes terwijl zij, een energieke honingblonde vrouw met een grote schildpadbril op haar neus, met Zac over een serie foto's babbelde die ze op de toonbank had uitgespreid. Zac bestudeerde ze, knikte, interrumpeerde haar woordenstroom met kritische vragen. Ik herinnerde me dat hij er niet van hield om over opdrachten te onderhandelen. Hij voerde liever het werk uit.

Ik glimlachte vaag naar hem, probeerde langs hem naar de werkplaats te glippen, maar Zac wierp me een wanhopige blik toe.

'Fran, deze mensen vragen of we zoiets als dit kunnen maken. Wat denk je?'

Op de foto's stonden twee glaspanelen, een van een jonge jongen die met een alpinistenhoedje in een meertje staat te vissen, het andere van een meisje in een te korte rok die met een net een vlinder probeert te vangen. De randen waren versierd met teddyberen, poppen, bloemen en vruchten. Heel kitscherig, maar sommige mensen vonden dat nu eenmaal mooi.

'Die hebben we in New Jersey gezien, zo is het toch, liefje?' zei de vrouw. 'Onze vrienden waren nog maar kort geleden in dat huis gaan wonen en ze wisten niet wie ze had gemaakt, dus hebben we een paar foto's genomen en bedacht dat als we ons eigen ontwerp maakten, ze heel mooi in de slaapkamer van de tweeling zouden passen, zo is het toch, liefje?'

'Liefje' stemde daar grommend mee in.

'We kunnen zelf toch met een paar ideeën komen, toch, Zac?' vroeg ik hem.

'Ik heb ze al verteld dat we in de problemen kunnen komen als we ze exact kopiëren, uiteraard. Maar iets wat erop lijkt...'

'Dat zou prachtig zijn,' zei de vrouw terwijl ze met haar klauwachtige nagels op de toonbank tikte. 'Wat gaat het kosten, denkt u? We hoopten dat ze voor de verjaardag van de tweeling klaar konden zijn, dat is eind oktober.'

Zac liet ze foto's zien uit onze eigen portfolio's en noemde een ruw geschat bedrag, gebaseerd op panelen die ongeveer net zo groot en net zo bewerkelijk waren. Ik sloeg de man zorgvuldig gade, maar los van het feit dat hij een paar scherpe vragen stelde over de prijs van de verschillende glassoorten, leek hij de aanslag die dit waarschijnlijk op zijn beurs zou doen te accepteren.

Uiteindelijk vertrokken ze en wij liepen de werkplaats in. Terwijl ik theezette, schreef Zac de opdracht in paps logboek, bestudeerde de foto's nogmaals en schudde zijn hoofd.

'Wat is er?' vroeg ik hem.

'O, niets. Laten we zeggen dat dit niet mijn idee is van kunst met een grote K.'

Ik lachte en zei plagerig: 'Kom op, je maakt er vast iets prachtigs van.'
'O ja,' zei hij. 'Ik doe altijd mijn best.'

'Waar hou je dan het meest van?' vroeg ik, me opnieuw realiserend hoe weinig ik eigenlijk van hem wist.

'Kunstzinnige dingen, mijn eigen ontwerpen. En kerkramen, dan gaat het ergens over. Dat is niet alleen decoratie, hè? Dat heeft een doel.'

'Wat bedoel je met je eigen ontwerpen?' vroeg ik. 'Zoals die zonsopgang?'

'Ik heb getekend wat de dame beschreef. Nee, ik ben nu met andere dingen bezig, maar dat zijn eigenlijk nog experimenten. Daar hebben we hier het gereedschap niet voor, dus gebruik ik het atelier van mijn vriend David.'

'Ik had geen idee dat je nog ander werk deed.'

'Ik doe het niet in de tijd van de zaak,' zei hij, me verkeerd begrijpend. 'En ik betaal de materialen die ik gebruik zelf. Hoewel ik van je vader soms buitengewone stukken glas krijg.'

'Dat is mooi, Zac. Maar ik beschuldigde je heus niet, hoor.'

'Dat weet ik wel, ik wilde alleen duidelijk zijn, dat is alles.'

'Ik zou het leuk vinden om je werk een keer te bekijken.'

'Echt?' zei hij. 'Ik ben met een portfolio bezig. Voor het geval die hier eens te pas komt. Ooit, als die klaar is, dan laat ik je die wel zien…' Zijn ogen schitterden, zijn hele gezicht kwam erdoor tot leven, en het deed me eraan denken dat hij vaak zo melancholiek leek. Ik vroeg me af of dit zijn hele leven was… glasbewerken. Had hij geen familie in Londen, of vrienden en kennissen? Maar ik vroeg er niet naar. Tenslotte was ik bepaald niet in een positie om andere mensen te vertellen wat ze met hun leven moesten doen, terwijl het mijne altijd zo'n warboel was.

Op dat moment klingelde de winkelbel weer.

'O, dat was ik nog vergeten,' riep Zac toen ik ging kijken wie het was. 'Iemand heeft voor je gebeld. Jessica Eldridge? Vroeg of je terug wilde bellen.'

'O, Jessica, ik had haar nog willen bellen,' zei ik me schuldig voelend. 'Zij is mijn impresario.' Toen ik zijn niet-begrijpende uitdrukking zag, legde ik uit: 'Zij regelt werk voor me bij orkesten.' Ik moest haar een keer het nummer van Munsterglas hebben gegeven. 'Bedankt, Zac, ik bel haar straks wel.'

Terwijl ik een jonge kunststudente hielp bij het uitzoeken van goedkope glasresten voor een sculptuur waaraan ze werkte, en de stukken zorgvuldig in krantenpapier wikkelde, zag ik Amber buiten rondhangen.

Ik hield de deur open voor de student, die haar handen vol had, en toen zij weg was zwaaide ik naar Amber en vroeg of ze binnen wilden komen.

'Heb je het druk?' vroeg ze angstig.

Ze liep zijwaarts de winkel in en drentelde Alice-achtig rond terwijl ze alles bekeek. Na een poosje liet ik haar de werkplaats zien en stelde haar aan Zac voor, die druk bezig was met het snijden van korte repen spiegelglas.

'Amber is een vriendin van mijn vriendin Jo,' zei ik.

Zac bekeek Amber vluchtig, op zijn gezicht verscheen een verraste uitdrukking en toen begroette hij haar met een glimlach.

'Wat ben je aan het doen?' vroeg Amber, haar nieuwsgierigheid won het van verlegenheid.

'Ik maak een caleidoscoop,' zei hij en hij gaf haar het uiteinde van het Toblerone-vormige instrument.

Ze hield het tegen het licht en ze zei hijgend: 'O!'

'Hier, draai eens aan de knikker.' Helemaal aan de andere kant van de caleidoscoop zat een grote glazen knikker in een metalen spoel gevangen. Ik wist dat als je aan de knikker draaide, de kleuren in de spiegels binnenin reflecteerden, waardoor je schitterende patronen kreeg.

'Hoe maak je die?' vroeg Amber. Net op dat moment klingelde de winkeldeurbel weer.

Nadat ik een paar klanten had geholpen, keerde ik terug en zag dat Zac en Amber druk in gesprek waren. Zac liet zien hoe je een glassnijder moest vasthouden en Amber probeerde een stuk serreglas dat Zac haar had gegeven te snijden.

'Wees maar niet bang,' was hij net aan het zeggen. 'Het springt heus niet weg en het bijt je ook niet. Behandel het alleen met respect. Ziezo, nu pak je het zo tussen je beide duimen en wijsvingers vast en... je breekt het. Goed zo!'

'Het lijkt wel alsof het glas van suiker is gemaakt.'

'Inderdaad, het vergruist alleen langs de lijn die je hebt gesneden. Niet alle glas gaat zo makkelijk. Sommige soorten kunnen op de verkeerde plek breken en dan kun je weer van voren af aan beginnen.'

'Hoe maak je gekleurd glas? Doen jullie dat hier?'

'O, nee,' zei Zac. 'Dat wordt tegenwoordig bijna allemaal uit het buitenland geïmporteerd. Maar je kunt allerlei soorten verbazingwekkende kleuren, patronen en texturen krijgen.'

'Ik vind dit roze met gouden glas prachtig.' Ze wees naar het glas dat Zac had uitgekozen voor de koker van de caleidoscoop.

'Dat is een van de duurdere stukken. Flitsende kleuren zoals rood zijn dat altijd. Je hebt daar meer kostbare chemicaliën voor nodig – in rood zit vaak echt goud – en de processen zijn gecompliceerd. De blauwe en groene tinten zijn eenvoudiger en goedkoper.'

Zac voelde mijn aanwezigheid en keek op. 'Wat is er?' zei hij.

Ik leunde met mijn armen over elkaar geslagen tegen de deurpost en probeerde niet te grijnzen.

'Niets,' zei ik. 'Ga maar verder. Ik heb je alleen nog nooit zo veel horen praten.'

Door dat zeldzame lachje lichtten zijn ogen op. Hij wendde zich weer tot Amber.

'Moet je horen, als ik dit laatste stuk heb gesneden, laat ik je zien hoe de slijpmachine werkt. En misschien komen we er nog aan toe om je te laten zien hoe je koperfolie moet gebruiken.'

Ik liet ze begaan, blij dat Zac ondanks de drukte tijd had vrijgemaakt om het meisje te helpen.

'Zac,' zei ik toen Amber weg was met een raamhanger van ons die ze voorzichtig in haar tas had gestopt. 'Wat zou je ervan zeggen als ik tegen Amber zei dat ze ons zo nu en dan mag komen helpen?'

'Hier werken, bedoel je? Wat moet ze dan doen?' antwoordde hij omzichtig.

'Op de winkel passen als wij weg zijn, spullen uitpakken, de telefoon beantwoorden, dat soort dingen. Wij hebben dan vaker onze handen vrij. En we kunnen haar eenvoudige creatieve klusjes geven. Patronen laten opzoeken, eenvoudige dingen laten maken.'

'Haar een beetje opleiden, bedoel je? O ja, het is belangrijk nieuwe mensen wegwijs te maken. Ik zal erover nadenken.'

'Ja. En je hebt toch gelijk, pap zal niet meer…'

'Ik weet het,' zei hij zachtjes. Er stond medeleven in zijn ogen te lezen en ik moest de andere kant opkijken. Toegeven dat pap hoogstwaarschijnlijk niet meer aan het werk kon, voelde als verraad.

'Fran, we moeten praten. Heeft je vader ooit een volmacht laten opstellen? Het gaat erom… de rekeningen moeten betaald worden. En voor de zaak ben ik niet tekenbevoegd.'

'Natuurlijk, daar had ik aan moeten denken,' zei ik. 'Dat weet ik niet, Zac. Ik moet met de bank praten. En pa's advocaat.'

Nadat ik de winkel had gesloten en Zac was vertrokken, herinnerde ik me de boodschap van Jessica. Meestal was ze op dit uur nog op kantoor, dus ik ging mijn adresboek halen.

'Fran! Ik geloof dat ik alle nummers die je me hebt gegeven heb gebeld. Ik maakte me al zorgen. Dacht dat je ontvoerd was, of zo. Hoe gaat het?'

Ik verontschuldigde me en legde alles aan haar uit, over paps ziekte en dat ik nu hier nodig was om de boel draaiende te houden. Tijdens ons gesprek schoot het door me heen dat mijn vorige leven, met orkesten de wereld rondtoeren en elke dag in een ander hotel zitten, al eeuwen geleden leek. Al mijn energie, mijn prioriteiten waren nu op thuis gericht.

'Dus ik denk dat ik een tijdje niet beschikbaar ben, nergens voor. Behalve misschien in Londen,' eindigde ik slapjes.

'Dat is jammer, want ik had iets opwindends voor je in de aanbieding, in New York. Het Halliwell is op tournee en een van hun tubaspelers heeft longontsteking. Maar ik begrijp het wel. Als er iets in de buurt is, bel ik je, maar anders wacht ik tot jij contact opneemt.'

'Bedankt, Jess.'

'Laat het niet te lang sloffen, hè?' voegde ze er luchtig aan toe, maar ik pikte de bedekte waarschuwing op.

'Nee, zeker niet,' zei ik. In de muziekbusiness was je zomaar vergeten.

Ik legde de telefoon met een mengeling van spijt en opluchting neer. Spijt omdat ik nog altijd bij die wereld wilde horen. Opluchting omdat ik leerde te accepteren dat, voorlopig, het leven me ergens anders heen leidde.

Ik was als avondeten een tosti aan het maken toen de dominee belde.

'Mijn vrouw Sarah heeft de afgelopen dagen alle dozen en archiefkasten in de consistoriekamer en het kantoor doorgespit,' zei hij tegen me.

'Wat goed van haar,' zei ik. 'Iets gevonden?'

'Ze heeft een geschiedschrijving van de kerk gevonden uit 1927, maar daarin worden alleen de ramen beschreven. Er zijn helaas geen foto's. Dus ik heb een kennis van me, die bij de bisschoppelijke archieven werkt, gevraagd of hij daarin wil rondneuzen, maar hij zegt dat dat wel even kan duren, wat ik al dacht.'

'Wat staat er in die beschrijving?' vroeg ik.

'Ik zal het voorlezen. Wacht even. Ah. "De Mariakapel. Kleurrijk glas van Munsterglas uit het einde van de negentiende eeuw van de 'Heerlijke Maagd met Kind, oostelijk kapelraam, donor sir John Hansford... Engel' in zuidelijk raam, ook door Munsterglas, donor de eerwaarde Jas. Brownlow, ter nagedachtenis aan zijn dochter Caroline." Dat is alles.'

'Oké.' Ik moest een zucht geslaakt hebben, want hij voegde eraan toe: 'Sorry. Hier heb je niet veel aan, hè?'

'Het maakt niet uit. Straks sleep ik mezelf wel weer naar boven en kijk ik paps spullen nog eens door.'

Ik had nu alle mappen van het bureau doorgewerkt, dus ik opende een paar archiefkastlades tot ik bij de la was waar pa alles uit had gehaald. De la was nog steeds halfvol, en ik verhuisde alles wat ik al bekeken had netjes naar de vloer, haalde de overgebleven mappen er één voor één uit en begon ze door te spitten.

Ik had ongeveer een uur gezocht en toen had ik geluk. Wat ik vond werd in vakjargon een vidimus genoemd, wat 'wij hebben gezien' betekent. Het was een kleine kleurenschets voor het moeder met kindraam, die de ontwerper wellicht aan zijn begunstiger had laten zien om een idee te krijgen van hoe het raam eruit zou komen te zien. Het was prachtig gedaan en de kleuren glansden.

Tot mijn verbazing zat er een notitie aan vastgeklipt die me doorverwees naar een grote kast achter in de ruimte. Hierin zaten honderden veel grotere tekeningen, die modeltekeningen werden genoemd. Twintig minuten later haalde ik er met een voldane kreet een uit waarop stond: 'Glorieuze Maagd met Kind, St. Martin's kerk', ik vouwde hem open en spreidde hem op de vloer uit. Het was een grotere versie van de vidimus die ik net had gevonden, net zo groot als het feitelijke raam, maar alleen de contouren, zonder de kleuren. Deze diende als patroon voor het raam. Het toonde duidelijk in welke vorm elk stuk glas moest worden gesneden, de details van gelaatslijnen en draperieën, en waar de dwarsdragers moesten komen die de hele constructie ondersteunden.

Ik keek van de gekleurde vidimus naar de reusachtige modeltekening en vroeg me af of ze soms door dezelfde hand waren getekend, wat heel ongebruikelijk was. Meestal kreeg een kunstenaar de opdracht om alleen het originele kleurenontwerp te vervaardigen, dat dan aan ambachtslui werd overgedragen die het vervolgens uitvergrootten en het raam maakten. Tenzij de kunstenaar daar echt in geïnteresseerd was, zag hij waarschijnlijk pas nadat het raam was voltooid wat er van zijn ontwerp was geworden.

Ik bestudeerde de gezichten op de modeltekening, de zorgvuldig getekende lijnen, de zorg die aan de details van licht en schaduw was besteed. Het vreugdevolle licht in de ogen van de Maagd werd in die van haar kind weerspiegeld, en ik verwonderde me erover dat de kunstenaar in staat was geweest om emotie te herscheppen. Ik vouwde beide tekeningen voorzichtig op en stopte ze terug in hun respectieve mappen. Toen zocht ik verder naar de engel. In een zijvak van de map waarin ik de vidimus van de Maagd met Kind had gevonden, zaten verschillende brieven, rekeningen en lijsten van materialen die betrekking hadden op dat raam, maar niets over de engel. Het was frustrerend. Maar toch zouden deze mede helpen duidelijk maken hoe de kunstenaar met de engel te werk was gegaan, en daar moesten we op afgaan.

Ik ruimde op en nam Laura Brownlows dagboek mee naar de zitkamer. Daar zocht ik in het bureau naar een vergrootglas en ging weer zitten lezen. Laura schreef zo levendig dat je je nauwelijks kon voorstellen dat alles meer dan honderd jaar geleden was gebeurd. Ik had bijna het idee dat ik erbij was.

# Laura's verhaal

Zondag 15 februari 1880
Lieve Caroline,

O, ik wou dat je hier was. We zouden elkaar zo veel te vertellen hebben, want ik heb eindelijk mijn eerste huwelijksaanzoek gehad! Maar, Caroline, ik heb hem afgewezen, want ik kan niet van hem houden of zelfs maar enige genegenheid voor hem voelen. Het gaat om meneer Anthony Bond, papa's advocaat, die herinner je je misschien nog wel, een vooraanstaande en rijke gentleman en die, zoals mama me verzekerde, in de verte familie is van de hertogen van Norfolk! (Zo ver, dat ik ze waarschijnlijk alleen met een toneelkijker kan zien!)
Ik zal je precies uitleggen hoe dit allemaal zo is gekomen. Ik was helemaal verbaasd, want meneer Bond had mij helemaal niets van zijn bedoelingen laten merken. Vrijdag kwam hij bij ons lunchen en diezelfde avond vertelde papa me dat hij zondag bij ons zou komen eten, dat hij graag met mij wilde praten en dat ik heel serieus over zijn voorstel moest nadenken.
Het was nooit bij me opgekomen dat zijn regelmatige bezoekjes aan ons ook maar iets met mij te maken zouden kunnen hebben. Op zijn gezicht is zelden enige emotie te zien, behalve als hij zich in verlegenheid gebracht voelt. Geloof het of niet, maar ik dacht dat hij alleen maar wilde praten over een boek dat ik hem had geleend.

Toen hij er was, verontschuldigde mama zich en werden we in de ontvangkamer alleen gelaten. Hij leek behoorlijk zenuwachtig, morste thee op zijn schoteltje. Ik wilde het kopje van hem overnemen, maar in plaats daarvan pakte hij mijn uitgestoken hand vast en gromde: 'O, miss Brownlow, Laura,' met zo'n rare, schorre stem dat ik er bang van werd en mijn hand met een ruk terugtrok. We zaten elkaar in afgrijzen aan te kijken. Toen schraapte hij op die nerveuze manier van hem zijn keel en fluisterde: 'Heeft je vader met geen enkel woord over mijn intenties gerept?' en ik schudde mijn hoofd, me plotseling realiserend wat hij bedoelde. Hij werd vuurrood.

'Ik had gehoopt…' zei hij maar ik las de paniek op zijn gezicht. 'Nee, meneer Bond, zeg alstublieft niets meer. Dat kan niet,' riep ik in paniek uit. En ik was woedend omdat papa en mama me niet hadden voorbereid, waardoor het voor die arme meneer Bond erger was dan nodig.

Ik dacht dat ik bij mijn eerste aanzoek opgetogen zou zijn. Weet je nog dat we ons altijd afvroegen hoe dat zou zijn? In plaats daarvan was ik verdrietig. Ik heb meneer Bond pijn gedaan, ook al is dat niet mijn schuld. Ik heb nooit naar zijn attenties verlangd.


Maandag 16 februari

Lieve Caroline,

Ik ben eindelijk met mijn nieuwe verhaal begonnen. De jonge vrouw is een wees en trouwt uit liefde met een jonge man die gelooft dat zij onafhankelijk en rijk is, wat later onterecht blijkt te zijn. Wanneer hij erachter komt dat haar landgoed onvervreemdbaar erfgoed is en hij niet aan het geld kan komen, verlaat hij haar en zij verliest haar maatschappelijke status. Ik weet nog niet zeker hoe het verhaal zich zal ontwikkelen, maar ik wil dat ze haar eigen leven vormgeeft, ook al wordt ze publiekelijk veroordeeld.

Lieve Caroline,

Gisteravond kwamen we thuis van een etentje bij George en Harriet toen we een afschuwelijk tafereel aantroffen. Mevrouw Jorkins had ruzie met een dronken man die, naar later bleek, de mysterieuze meneer Cooper was. Weet je nog dat ik je over de Coopers heb verteld? Het is zo verdrietig. De baby is gestorven en de dokter heeft de arme Molly Cooper in het ziekenhuis laten opnemen.

Meneer Cooper vloekte en schreeuwde, zoiets heb je nog nooit gehoord, en eiste geld. Papa was wel zo verstandig hem niets te geven, dat zou hij toch maar aan drank spenderen. In plaats daarvan duwde hij ons allemaal naar binnen en dreigde dat hij er een politieman bij zou halen. Gelukkig droop de man af, maar we hoorden hem tegen hekken slaan en de hele straat bij elkaar schreeuwen. Mama was behoorlijk geschrokken, maar je kunt wel raden waar ze meteen aan dacht. 'Nu zijn de kinderen helemaal alleen, James,' zei ze huilend. Ze wilde niet naar bed, maar zich omkleden en onmiddellijk naar het in de steek gelaten gezin toe gaan, maar mijn vader verbood het haar. 'Voor morgenochtend gebeurt er heus niets,' zei hij. 'Wat kun je nu voor ze doen? Het wordt je dood nog, als die vent ons tenminste niet eerst vermoordt.'

Dus stonden we vroeg op en gingen we bij de Cooperkinderen kijken. Zo verschrikkelijk. Geen spoor van hun liederlijke vader, en ook al had Ida haar best had gedaan om de jongsten nog wat moed in te praten, hadden ze niet gegeten sinds het bezoek van de dokter gisteren. Ik moest van mama blijven om te helpen terwijl zij met Ida naar het ziekenhuis ging, maar vanavond kwam er nog slechter nieuws. Molly Cooper is aan haar koorts bezweken, en ze mogen dan wel een vader hebben, feitelijk zijn de kinderen wezen en morgen beslissen de autoriteiten over hun lot.

Vrijdag 19 februari

Lieve Caroline,

Alweer een afschuwelijke dag, de vijf jongste Coopers zijn naar het weeshuis gebracht en Ida helpt in de keuken tot we hebben bedacht waar ze naartoe moet. Ze zit alleen maar in de keuken te huilen, het arme schaap. Mevrouw Jorkins is zo lief om haar onder haar hoede te nemen.

Zaterdag 20 februari

Lieve Caroline,

Die schurk van een Cooper is weer aan de deur komen schreeuwen, wilde per se zijn dochter zien, schold mama en papa uit dat ze zijn gezin van hem hebben afgepakt, terwijl hij alles had verwaarloosd en zij dat alleen maar hebben goedgemaakt. Hij beschuldigde mama er zelfs van dat ze zijn vrouw heeft vermoord, de man is krankzinnig. Uiteindelijk hebben twee agenten hem gearresteerd, en wie weet wat er nu met hem gebeurt. Ida wilde kennelijk niet met hem praten, zo bang was ze voor hem. Ze heeft mama verteld dat hij als hij dronken was hun moeder sloeg. Mama wist zich geweldig goed in te houden, zoals ze dat altijd op dit soort momenten doet, maar ze heeft dezelfde uitdrukking op haar gezicht als de Gezegende Maagd op het raam met de kruisiging: van gekwelde zelfopoffering. Is het wreed van me dat ik dit opmerk? Ik weet niet hoe lang het duurt voor haar gezondheid eronder gaat lijden.

Hierna sloeg het dagboek een paar maanden over. Het vervolgde op 15 april 1880. En ik las verder.

# 10

*We zouden voor de engelen moeten bidden want zij zijn ons
gegeven om over ons te waken.*

ST. AMBROSE

## Laura's verhaal

De kruk gaf soepel mee, de deur zwaaide met een zucht open en Laura
stapte de kerk binnen. De lucht, die scherp naar lelies en wierook rook,
was koel na de lentezonneschijn en het duurde even voor haar ogen aan
de schemer gewend waren. Ze bleef staan, luisterde naar de stilte, tastbaar, galmend… 'dat is de aanwezigheid van God', had haar moeder
ooit tegen haar gefluisterd. De straatgeluiden – de cadans van een ve-
gende bezem, de ongeduldige tred en het ratelen van een passerende
paardenkoets, het ritmisch geblaf van een hond aan een ketting – deden
de stilte nauwelijks rimpelen.

Laura liep op haar tenen door het middenpad, haar rok ruiste over de
tegels. Bij het altaar, met zijn nieuwe kleed, boog ze haar hoofd, sloeg
een kruis en knielde toen onhandig op de voorste kerkbank. Ze staarde
omhoog naar de verstarde marteling van het kruisigingstafereel en probeerde haar zorgen opzij te zetten zodat ze kon bidden.

Meneer Bond had nogmaals gevraagd of hij haar onder vier ogen
mocht spreken, haar gesmeekt met hem te trouwen. Deze keer was hij
openhartiger geweest, had haar zijn liefde verklaard met een passie die
ze niet van hem had verwacht. Hoe had ze bij deze saaie, ernstige man
zo'n vurige hartstocht kunnen opwekken? Zij, die altijd zo gewoontjes,
zelfs onelegant gekleed ging, zonder opsmuk, die niet zoals Harriet be-
koorlijk kon flirten en ook Carolines bleekgouden kwetsbaarheid niet
had. 'Je bent prachtig,' zei haar moeder altijd tegen haar oudste dochter,

maar Laura zag in haar spiegeltje een eerlijker oordeel. Ze had de gloed van de jeugd en was gezond, had glanzend kastanjebruin haar, heldere ogen en gelukkig een mooie huid. Minder fortuinlijk was dat haar mond te breed was, ze had een knobbelneus en wist dat ze zich onbeholpen, weinig elegant bewoog.

'Denk er goed over na, liefje,' had haar vader gezegd toen hij haar waarschuwde dat meneer Bond van plan was haar nogmaals een aanzoek te doen. 'Hij is een goed en welgesteld man. Je mama en ik zouden hem van harte accepteren. Luister naar wat hij te zeggen heeft, dat is alles wat we vragen, maar we zullen je niet dwingen.'

'Maar ik voel helemaal niets voor hem…'

'Liefde kan groeien, lieverd. Met Gods hulp kan liefde groeien. Wij denken dat dit een heel gunstig huwelijk is. Hij is een goed mens. In de kerkgemeente steun ik op hem.'

Toch voelde Laura dat haar vader niet blij was. Hij klopte haar op de schouder alsof hij haar wilde troosten. Ze was verbijsterd.

'We zullen je missen, liefje,' zei haar moeder. 'Maar je moet over je geluk nadenken en we moeten dankbaar zijn dat zowel jij als Harriet bij ons in de buurt woont.'

Laura bekeek het gezicht van Maria dat spookachtig wit in het raam opgloeide. Maria, die alles nam zoals het kwam. Welk leven zou zij kiezen? Een man trouwen voor wie ze geen warmte voelde, waarmee de hoop op liefde wellicht zou vervliegen, of bij haar ouders blijven, hen steunen bij hun zware arbeid, hen helpen bij hun werk?

'Heb je ooit wel eens iemand graag gemogen, schatje?' had Harriet haar bij Laura's laatste bezoek geërgerd gevraagd. Harriet kwam nog zelden buitenshuis nu het kind in haar schoot was ingedaald.

'Niet zo heel graag,' antwoordde Laura. Maar wel papa's jonge hulppriester, Gilbert Osborn, die twee jaar geleden was vertrokken. Een poosje had het erop geleken dat hij haar het hof maakte, maar toen werd plotseling aangekondigd dat hij met zijn achternicht uit Hampshire zou trouwen en hij werd teruggeroepen en moest onder het toeziend oog van de vader van het meisje gaan wonen. Was het niet duidelijk, had Harriet opgemerkt – zij wist immers hoe het eraan toeging in de wereld – dat die twee gebeurtenissen iets met elkaar te maken hadden? Laura vermoedde dat ze gelijk had, maar toch kon ze niet slecht over hem denken. Ze herinnerde zich zijn mooie, donkere ogen, zijn plagerijtjes, hoe hij haar voortdurende angsten om Caroline kon doen vergeten. Na het nieuws van zijn verloving huilde ze een week lang elke avond stilletjes in haar kussen.

Uit de schaduwen van de Mariakapel hoorde ze een zucht, het kraken van hout op steen. Daar was iemand. Ze duwde zichzelf overeind en trok haar rokken recht, in de veronderstelling dat het de koster moest zijn. Maar de gedaante die door de deuropening van de kapel werd omlijst was niet de enigszins gebogen, oude meneer Perkins, maar iemand die rechtop stond, en veel langer en jonger was.

'Het spijt me dat ik u stoor, ik wist niet dat er iemand was,' zei de man met vriendelijke stem, hij sliste enigszins. Hij maakte een kleine buiging. In zijn ene hand hield hij zijn hoed vast, in de andere een groot boek. Hij liep langs haar heen en zijn haar glinsterde goudkleurig in een plotselinge lichtstraal, als een openbaring. Ze hield scherp haar adem in en sloeg haar ogen neer. Het boek, zag ze nu, was een schetsboek.

Nieuwsgierig flapte ze eruit: 'Nee hoor, u stoort helemaal niet. Was u de kerk aan het tekenen?'

Hij bleef staan, draaide zich om en keek haar weifelend aan, en toen naar het boek alsof hij over iets nadacht. Ten slotte zei hij: 'Een paar ideeën voor een opdracht. Nog maar beginschetsen.'

Hij stapte in het volle licht en de adem werd haar bijna ontnomen, zo mooi was hij. Zijn huid stak bleek af tegen zijn goudbruine haar en snor. Ze keken elkaar aan en zijn ogen waren hazelnootbruin met groene vlekjes erin. Hij opende het boek en ze bekeek de pagina die hij haar liet zien. Op een met potlood getekend boograam met de contouren van een figuur stonden kriskras kriebelige aantekeningen.

'Mijn hemel, dan moet u meneer... Russell zijn,' zei ze, zich de naam herinnerend die haar vader had genoemd. 'De kunstenaar van de ramen.'

'Dat ben ik inderdaad,' zei hij. 'En u bent...?'

'De dochter van predikant Brownlow,' zei ze haastig, 'miss Laura Brownlow.'

'Nou, dan is dit een gelukkige ontmoeting, miss Brownlow,' zei hij. Hij pakte even haar hand vast. Zelfs door haar handschoen heen voelde ze zijn warmte.

'Dit is mijn eerste bezoek aan de kerk,' zei meneer Russell. 'Ik mag graag afwachten, kijken en luisteren, mezelf in de atmosfeer van een gebouw onderdompelen voor ik aan het werk ga.'

Ze zag hem voor zich, als een stenen heilige stilzittend in de halfschemering, onzichtbaar, kijkend en luisterend.

Aangezien ze niets zei, ging hij verder. 'Het is belangrijk om de kerk op verschillende tijdstippen van de dag te bekijken, vind ik. Om te zien hoe het licht door de ramen valt.'

'Dat snap ik,' zei ze.

'En om de specifieke kleurschakeringen van de kerk in te schatten, me voor te stellen wat het beste past: warme robijnrode of zilverachtig witte tinten.'

'En wat ziet u hier?'

'De kalksteen vraagt om zachte kleurtinten. Niet te fel of te scherp.'

'Dan moet u de andere ramen zeker ook bestuderen?'

'Inderdaad, ja. Dit is een mooi exemplaar, dit altaarraam. Van meneer Kempe. Ziet u zijn signatuur, de korenschoven, bijna verstopt daar in de hoek, links van Magdalena?'

Hij liep naar voren en nu viel rood, blauw en groen licht door het raam op hem, alsof hij werd gezegend.

Laura stapte ook in de kleurenvloed, volgde de lijn die zijn wijsvinger maakte en knikte. 'Dat had ik nog niet gezien.' De mouw van zijn jas, zag ze, was iets omgeslagen en ze werd onverklaarbaar geroerd door het feit dat zijn manchet gerafeld was, hoewel het bonte licht de rafels in iets moois omtoverde.

'Hebt u een signatuur, meneer Russell?' zei ze en ze keek met vaste blik naar hem op.

Hij glimlachte naar haar, tilde toen in een vloeiende beweging zijn jasslippen op en ging op de voorste kerkbank zitten. Hij was linkshandig, zag ze, zijn vingers tijdens het tekenen als een krabbenschaar gekromd. Een snel, zwierig gebaar en het was gebeurd. 'Dit vind ik mooi.' Hij gaf haar het boek.

Laura bestudeerde het ingewikkelde knooppatroon dat hij had getekend. Ze draaide de tekening rond. 'Het is aan alle kanten hetzelfde,' zei ze verwonderd.

'En ik kan het tekenen zonder mijn potlood van het papier te halen,' zei hij. 'Je ziet ze wel op oude Keltische kruisen, hoewel deze mijn eigen ontwerp is. De oneindige lijn, dat vind ik een mooie gedachte.'

Laat niet los de dingen die oneindig zijn… had haar vader uit het oude gebed voorgelezen, met zijn diepe, zuivere stem die in haar hoofd weergalmde.

'Dat vind ik ook mooi,' zei ze ernstig tegen meneer Russell. 'Het doet me denken aan de belangrijke dingen van dit leven, de mooie dingen die we hebben verloren, die na deze wereld tot in der eeuwigheid blijven voortduren.'

Beiden zwegen een ogenblik, Laura stelde zich haar broer Ned voor, een kleine jongen die voor altijd lachend over een grasveld rende. Ze vroeg zich af waar meneer Russell aan dacht. Er lag een gespannen uitdrukking op zijn gezicht en een ader in zijn keel klopte snel. Ze keek de andere kant op, bang dat hij haar blik had gezien.

'Voor mijn geestesoog zie ik een beeld van het raam met de Maagd met Kind,' zei hij ten slotte. 'Maar het ontwerp voor de engel… Ik meen dat dat raam ter nagedachtenis aan uw zusje is.'

'Caroline, ja.'

'Kunt u me iets over haar vertellen? Als u dat tenminste aankunt, natuurlijk.'

'Ik praat graag over haar. Dan is het net alsof ze nog bij ons is. Caroline was vier jaar jonger dan ik, en zestien, bijna zeventien toen ze stierf. Er was iets met haar, ik kan het niet verklaren. Ze had iets liefs, iets goeds.'

Russell, die tijdens het luisteren snel iets in een hoek van zijn papier tekende, knikte bemoedigend.

Ze vertelde verder. 'We waren nooit jaloers op haar. We hebben altijd van haar gehouden. Verbazingwekkend, hè, voor broers en zussen? Met Harriet maakte ik soms wel ruzie… zij zit tussen Caroline en mij in. En dan is Tom er nog, de oudste. Hij leert in Oxford voor dominee, net als papa. We hadden nog een broer. Ned was de jongste, maar hij is aan hersenkoorts overleden.'

Ze haalde adem en zag dat meneer Russell haar met zo'n teder meegevoel aankeek dat haar adem in haar keel stokte.

'Mama zegt dat je het nu niet meer zou zeggen omdat hij zo grijs is, maar papa had ooit heel lichtblond haar. Carolines haar was net zo, voordat het allemaal begon uit te vallen. Door haar ziekte werd ze heel mager, moet u weten, haar huid was doorschijnend. Je kon het bloed door haar aderen zien vloeien.'

'Kan ik misschien een foto of een schilderij van haar zien?'

'Er waren wel foto's, maar mijn moeder heeft ze weggeborgen. Ze kan het niet verdragen ernaar te kijken. Ik wil het haar wel vragen, als u wilt.'

'Zou ze willen dat de engel haar aan uw zus doet denken, wat denkt u?' Nu leek hij ongerust. 'Of is dat misschien... te pijnlijk?'

Laura wist niet wat haar moeder zou willen. Wat dacht ze er zelf van? Het zou wel gek zijn om Carolines gezicht in het raam te zien. 'Dat weet ik niet,' zei ze. 'Misschien moet u haar dat zelf maar vragen.'

'Dat zal ik doen,' zei hij. Hij deed zijn schetsboek dicht.

Laura stond op om weg te gaan en trok haar omslagdoek om zich heen. Hij stond ook op, en toen ze de kerkbankleuning greep om haar evenwicht te bewaren, greep hij haar bij de arm om haar steun te geven. Even was hij zo dichtbij dat ze er duizelig van werd.

'Komt u al gauw?' vroeg ze hem.

'Natuurlijk. Dinsdagochtend, misschien, als dat uitkomt.' Hij maakte een lichte buiging, deed een stap naar achteren en liet haar passeren.

'O, baby heeft weer de hik. Kijk!'

Harriet lag languit op een bank waar zuster Stephens haar met kussens onder haar voeten en hoofd te ruste had gelegd. Laura staarde gefascineerd naar de dikke buik van haar zus, als een heuvel duidelijk zichtbaar onder haar wijde rokken. Na een ogenblik trilde de heuvel een beetje en ze moesten allebei lachen.

'O, Laura, het is zó vervelend om hier te liggen. Ik zie nauwelijks iemand. En Georges moeder stuurt me bij elke postbestelling advies. Als ze me nog eens schrijft dat George zo'n geweldige baby was omdat zij geen vet voedsel at of veel frisse lucht kreeg of... weet ik veel, hem alleen maar pudding met bitterkoekjes te eten gaf, dan ga ik gillen, ik zweer het je. O, help me even overeind, wil je. Ik heb pijn in mijn onderrug. Dat heb ik de hele dag al. Zo raar. O, dat is beter, baby ligt nu anders. Moet je hier voelen, liefje, daar zit z'n voetje.'

Laura legde aarzelend haar vingers op Harriets buik. Wat is die hard, dacht ze verwonderd. 'O!' De baby schopte tegen haar hand.

'Harriet!' Ze drukten opgewonden hun handen tegen elkaar.

'Denk je dat het heel erg pijn gaat doen? Als de baby komt, bedoel ik?'

'Zuster Stephens zegt van wel, maar dat is nu eenmaal het lot van elke vrouw en ik moet dapper zijn. Ik voel me niet heel erg dapper, Laura.'

Harriets ooit zo mooie teint, die de laatste tijd zo vlekkerig als havermoutpap was, kreeg nu de kleur van wei.

'Ik geloof niet dat ik dat ooit zou kunnen,' fluisterde Laura, eerder tegen zichzelf dan tegen haar zusje. 'Maar als mama er is, komt het misschien wel goed.'

'Ik hoop dat ze kan, maar de zuster zegt dat het misschien van de dokter niet mag. Laura, ik ben zo bang.'

'Je moet mama laten halen zodra je haar nodig hebt. Het helpt als je weet dat ze tenminste in de buurt is.'

'Volgens mij is dat al gauw. Ik voel me vandaag zo raar. Je zult het niet geloven, maar ik ben doodzenuwachtig.'

'Arme jij. Dan babbelen we wat, dan word je van die rarigheid afgeleid.'

'Dank je, liefje, dat vind ik fijn. Laura, ik popelde om je het te vragen. Mama zei dat meneer Bond je weer een aanzoek heeft gedaan. Wat heb je gezegd?'

'Ik heb nog geen antwoord gegeven. Ik geloof dat mijn hoofd ja zegt, maar mijn hart zegt nee.'

'Ik wilde dat je ja zei. Dan kon ik je helpen met je trouwkleren en je huis op orde brengen, en je zou in de buurt wonen, en o, we zouden zo'n pret hebben.'

'Maar ik woon al vlakbij, en ik geloof niet dat ik pret wil hebben, Harriet. Niet het soort waar jij op doelt, bij mensen op bezoek gaan en ze thuis ontvangen. Ik wil tijd voor mezelf, om te lezen, te schrijven en na te denken. Hoe dan ook, ik hou niet van meneer Bond. Ik geloof dat ik hem niet eens graag mag. Ik zou hem niet "mijn liefste lief" kunnen noemen zoals jij wel tegen George zegt, en het bed met hem delen.'

Harriet lachte. 'Ik hield niet van George toen hij mij vroeg. En dat doe ik nu wel.' Ze glimlachte geheimzinnig, kromp toen ineen en legde haar hand op haar buik.

George was een opgeblazen man en vond altijd dat hij gelijk had, maar Laura had al vanaf het begin een vonk tussen hem en Harriet gezien. Harriet wist hem vakkundig naar haar hand te zetten, dacht Laura altijd, betoverde hem met haar plagerijen, maar bespotte hem nooit, althans niet in het openbaar. De vonk tussen hen was overgesprongen en nu was het oplaaiende vuur van hun liefde overgegaan in een warme, stabiele vlam.

Tussen haar en meneer Bond was geen vonk, concludeerde Laura, helemaal niet. Het interesseerde haar gewoon niet dat hij zich tot haar aangetrokken voelde. Maar kennelijk vond niemand dat dat er iets toe deed, behalve zijzelf.

'Dan blijf je misschien wel voor eeuwig thuis wonen,' zei Harriet met getuite lippen. 'Mama's hoofdpijnen verlichten en ruziemaken met mevrouw Jorkins over hoe je rundvlees moet braden en alle Coopers in de gemeente bezoeken.'

'Meneer Bond of de Coopers,' zei ze nu luchthartig. 'Mmm, dat is helemaal geen keus.' Maar ze voelde zich niet prettig toen ze dit zei. De Coopers van deze wereld hadden mensen als de Brownlows nodig. Papa had gelijk. Om Gods werk te doen, moest het eigenbelang sterven.

Maar ze had genoeg van sterven. Ze wilde leven.

En plotseling wilde het kind van haar zus dat ook, want Harriet slaakte een scherpe kreet van de pijn.

'Gaat het gebeuren? Zal ik mama laten halen?' zei Laura terwijl ze haar zus hielp om comfortabeler te zitten en zuster Stephens haastig met afkeurende blik binnenkwam.

Het jongetje werd geboren toen het eerste ochtendgloren de hemel beroerde. Nadat de dokter was vertrokken, mochten Laura en mama de kamer binnen komen waar ze een uitgeputte Harriet aantroffen, die niettemin brood en melk verordonneerde. De gezette George hing ongerust rond en staarde met zijn handen in zijn zakken in de wieg. Laura keek naar kleine Arthur (genoemd naar Georges overleden vader), heerlijk ingebakerd en vast in slaap, en ze had het gevoel dat de wereld om zijn as draaide. In één klap was haar zus moeder, haar moeder grootmoeder en zijzelf tante geworden. Het gezin Brownlow had een stap in de toekomst gezet.

'Vijf minuten, niet langer,' bitste zuster Stephens die als een schildwacht bij het bed stond. 'Moeder heeft rust nodig.'

Ik las Laura's dagboek tot de nette schuine letters voor mijn ogen begonnen te dansen. Het was trouwens heel veel leesvoer; ik was blij dat ik kon ophouden en nadenken over alles wat ik had gelezen. Ik hoorde haar stem nog steeds in mijn hoofd, had bijna het gevoel dat ze in de schemerige kamer aanwezig was.

Wat moest Laura eenzaam zijn geweest, opgesloten in een huis met twee treurende ouders, hen elke dag weer bij hun werk te moeten helpen. Misschien was schrijven het enige waarmee ze daaraan kon ontsnappen.

Laura had een natuurlijke schrijfstijl, ze verstond de kunst om een tafereel met gevoelige observaties, gelardeerd met een sprankje humor, tot leven te brengen. Maar toch was haar verslag doortrokken van een diep verdriet, haar gezin was in de rouw, verdeeld, niet alleen door de dood maar ook door andere natuurlijke ontwikkelingen in het leven – de nog levende kinderen gingen verder, trouwden, maakten carrière – en door stilte. En Laura was alleen achtergebleven, misschien voorbestemd om voor haar ouders te zorgen, hoewel ze ten minste één kans had gehad om te trouwen, zo leek het. Toen ik het boek naast de logboeken op het bureau legde, vroeg ik me opnieuw af hoe het hier in Munsterglas terechtgekomen was. En of pap er vanaf wist, dat was van belang. Doordat het onder in de la had gelegen, was het niet waarschijnlijk, en zijn krabbel 'Wie was Laura Brownlow?' duidde daar ook op. En toch waren alle mappen in de kast keurig met zijn zwarte handschrift van een label voorzien, waardoor ze weer moeilijk kon geloven dat hij het niet was tegengekomen. Misschien was hij dat wel, maar realiseerde hij zich niet hoe belangrijk het was voor zijn verhaal.

# 11

*Elke keer dat je een bel hoort klingelen,*
*betekent dat een engel net zijn vleugels heeft gekregen.*
IT'S A WONDERFUL LIFE

Vrijdagochtend merkte ik tot mijn ergernis dat ik alweer bijna de hele dag op de winkel moest passen. Zac kwam om half negen, maar vertrok meteen weer met de bestelbus om een paar schetsen weg te brengen die hij voor het huis in Clapham had gemaakt. Daarna, zei hij, zou hij verder naar het zuiden rijden om paps Keltische raam te installeren. Jo's idee om Amber in dienst te nemen werd steeds aanlokkelijker.

Ik was met mijn gedachten nog steeds bij Laura's buitengewone dagboek toen ik de brief vond die Jeremy Quentin aan mijn vader had gestuurd en ik belde het nummer van de pastorie. Terwijl ik mijn naam en nummer insprak, zag ik het adres boven aan de brief. Dat was 44 Vincent Street. Wat raar. Ik wist zeker dat Laura had geschreven dat de victoriaanse pastorie aan Greycoat Square stond.

Het was druk die ochtend. Ik wilde dolgraag het dagboek van boven halen en verder lezen, maar kennelijk waren de avondcursussen van start gegaan, want hobbyisten bleven gestaag met lijsten binnendruppelen en wilden gereedschap, glas en advies. Net toen ik met de klanten bezig was, bezorgde onze groothandel een grote bestelling die, toen ik even tijd had om haar te controleren, was misgegaan.

Ik zat in een weinig flatteuze houding, wijdbeens op de grond, omgeven door open dozen en polystyreenverpakkingen in de portable telefoon te praten, toen er een schaduw over het raam viel. Ik keek op en zag Ben. Ik kwam overeind en gebaarde hem binnen te komen, terwijl ik aan die idioot van een knul aan de andere kant van de lijn probeerde uit te leggen dat ze ons het verkeerde iriserende glas hadden geleverd en dat een Tiffany blauweregenlampenkap dat met de beste wil van de wereld niet was en hetzelfde voor een met papavers gold.

Ben liep de winkel rond, bekeek alles voordat hij een oude houten stoel bijschoof, daar schrijlings op ging zitten en me met een glimlachje om zijn lippen gadesloeg. Ik kon me maar moeilijk concentreren op wat ik zei.

'Dus dinsdagochtend vroeg ben je hier zonder mankeren terug,' zei ik resoluut in de hoorn en ik verbrak de verbinding.

'Jou zou ik op een slechte dag niet graag tegen me in het harnas jagen,' zei Ben.

'Meestal gaat het prima,' zei ik terwijl ik de telefoon in de handset terugzette en de dozen weer ging inpakken. 'Kennelijk is er een nieuwe werknemer die er niets van begrijpt. Leuk om je te zien. Kom je met een speciale reden of waai je gewoon even langs?'

'Half en half,' zei Ben terwijl hij zijn blik naar de deur van de werkplaats liet glijden. 'Ik vroeg me af of... eh... ik dat beroemde ontplofte raam mocht zien.'

'Heeft de dominee je dat niet laten zien?' zei ik.

'Alleen de doos waar het in zat. Dat hele ding zag eruit als een puinhoop, eerlijk gezegd.'

'Dat is nog steeds zo,' zei ik ontmoedigd.

De delen van de engel lagen nog net zo zorgvuldig op het behangpapier uitgespreid als we ze achter hadden gelaten. Ben bekeek ze kritisch, hij hield zijn corduroy jasje aan een vinger over zijn schouder. Hij droeg een zacht, lichtblauw linnen shirt waar ik steeds vanuit mijn ooghoek naar keek vanwege het effect in combinatie met zijn haar. Als rijp graan tegen een zomerse hemel.

'Ik kan het mis hebben,' zei hij, me weer terug naar aarde brengend, 'maar dit lijkt me onbegonnen werk. Ik bedoel, dit is niet een kwestie van alle stukken in elkaar passen, toch? Hoe weet je om te beginnen waar alles moet komen en wat eraan ontbreekt?'

'Ik weet dat dat zo lijkt,' legde ik verdedigend uit. 'Je moet het zien als een startpunt. Als we aan een foto kunnen komen of de oorspronkelijke tekening kunnen vinden, dan kunnen we een goede poging wagen...'

'Er zit al schitterend gebrandschilderd glas in dat raam. Heeft iemand bedacht wat daarmee gaat gebeuren?'

'Dat weet ik niet. Dat moet het kerkbestuur maar beslissen, vind je niet?' Ik kon me voorstellen dat hij geërgerd was omdat hij het orgel gerepareerd wilde hebben, maar dat hoefde hij niet op mij af te reageren.

'De Parochial Church Council? Ja, dat zal wel.'

Ik sloeg hem gade terwijl hij in de werkplaats rondliep, de deuren van de kalkoven openmaakte en erin keek, tegen verfblikjes en zakken cement duwde en vroeg wat dingen waren. Ik hield een van Zacs caleidoscopen tegen het licht en hij uitte mompelend zijn verbazing toen hij erdoorheen keek en aan de knikker draaide.

Een man kwam de winkel in om het scherm dat ik voor zijn vrouw had gerepareerd op te halen, en toen ik in de werkplaats terugkwam, was Ben een rij prachtige, veelkleurige, ruitvormige stukjes facetglas aan het bestuderen, die Zac op een plank had laten liggen. Dat smeltglas was heel populair bij mensen die hun eigen sieraden maakten, en het was leuk om iets te fabriceren en dat in een kleine microwave kalkoven te verhitten, hoewel het instellen van precies de juiste temperatuur en tijdsduur lastig was.

Ben was vooral gecharmeerd van een stuk dat blauwgroen glinsterde, zo iriserend als een vlindervleugel en in een impuls gaf ik het aan hem.

'Weet je het zeker?' zei hij. 'Heel erg bedankt, zeg.' Hij stopte het veilig in zijn jasje en haalde een van die zielonderzoekende blikken van hem van stal. Ik begon er nu aan te wennen.

Ik liep achter hem aan naar de deur, half en half verwachtend dat hij weer over ons etentje zou beginnen. Maar hij zei alleen maar: 'Bedankt,' en voegde eraan toe: 'tot bij het koor.' En weg was hij. Ik begreep niet waarom hij eigenlijk langs was gekomen.

Ik zag hem de straat oversteken, maar toen hij bij het parkpad op het plein kwam, draaide hij zich om, hij zag dat ik nog stond te kijken en zwaaide even naar me.

Toen Zac 's middags terugkwam, liet ik hem Laura Brownlows dagboek zien en vertelde hem dat de kunstenaar Philip Russell was geweest.

'Nooit van gehoord,' zei hij met gefronste wenkbrauwen. Hij nam het boek van me over en probeerde het handschrift te lezen, maar gaf dat al gauw op en gaf het me weer terug.

'Je moet me alles vertellen wat je verder over de ramen ontdekt.'

'Dat doe ik, en ik moet het echt aan de predikant laten zien,' zei ik. Ik belde de pastorie nogmaals, maar deze keer was de lijn in gesprek. Er was kennelijk iemand thuis, dus wellicht kon ik even langsgaan. Ik had tenslotte hier al de hele dag opgesloten gezeten. Zac wilde wel een oogje op de winkel houden terwijl ik naar de pastorie liep met het dagboek in een tas. 44 Vincent Street bleek een tamelijk klein rijtjeshuis van rode baksteen in edwardiaanse stijl. Absoluut niet de vroegere predikantswoning van Laura's vader.

Jeremy was er niet, maar Sarah Quentin vroeg of ik binnen wilde komen, me ervan verzekerend dat hij elk moment thuis kon zijn.

'Hij was met het fotokopieerapparaat bezig in het kantoortje,' zei ze. Ze was een kleine, mollige vrouw van in de vijftig die een zekere rust uitstraalde.

Dat moment werd twintig minuten, ik dronk thee aan de grote tafel in haar rommelige keuken en toen ik iets zei over een stapel papierwerk die ze aan het uitzoeken was, vertelde ze dat de gemeente een grote subsidie had aangevraagd om de faciliteiten voor de daklozen uit te breiden.

'We wachten op een beslissing over onze subsidieaanvraag,' zei ze. 'Je moet een eindeloze hoeveelheid papierwerk door. Jeremy is er voortdurend over aan het vergaderen.'

Ze keek me zo nu en dan nieuwsgierig aan. Plotseling zei ze iets waardoor ik me bijna in mijn thee verslikte.

'Weet je dat je heel erg op je moeder lijkt?'

'Mijn moeder!' riep ik uit. 'Kende u mijn…?'

'Nee,' zei ze haastig. 'Ik heb haar nooit ontmoet. Maar je vader heeft ons ooit een foto van haar laten zien.'

'Een foto?' herhaalde ik. Natuurlijk, mijn vader had vast ergens foto's die hij me nooit had laten zien. Maar hij had ze wel aan… vreemden laten zien.

Mevrouw Quentin zag onmiddellijk dat ze me van streek had gemaakt en zei vriendelijk: 'Misschien wist je niet dat Jeremy en je vader behoorlijk goede vrienden zijn geworden. Ik heb geen idee waarover ze praatten, omdat Jeremy het zelden over iets vertrouwelijks heeft, zelfs niet tegen mij. Maar toen je vader op een dag hier was, had hij een foto van je moeder bij zich en ik zag hem op het bureau liggen toen ik de mannen thee kwam brengen. Hij viel me onmiddellijk op, want ze was buitengewoon mooi, donker haar en net zulke ogen als de jouwe. Je bent net als zij, weet je. De vorm van je gezicht, en iets in je gezichtsuitdrukking. O, ik weet het ook niet. Ik heb schoonheid altijd bewonderd. Aan mij is niet veel te zien. En nu, nou ja, niets meer te verliezen, nu word ik gewoon ouder.' Ze lachte terwijl ze haar gerimpelde, onopgemaakte gezicht aanraakte. Nee, ze was niet mooi in de klassieke zin, maar ze was lief, bezat een zachte bescheidenheid waardoor mensen absoluut meer werden aangetrokken dan door uiterlijk.

'Schoonheid kan ook een vloek zijn, hè?' mompelde ik afwezig terwijl ik met de gedachte worstelde dat mijn vader waarschijnlijk vreemde dingen had opgebiecht, die ik, zijn dochter, hoorde te weten. Vooral als het om mijn moeder ging. Het troostte me dat ik op haar leek en ik herinnerde me dat mijn vader dat ook een keer had gezegd. En toch, desondanks, zou ik niet willen beweren dat ik die opzienbarende schoonheid bezat waar zij het over had. Mijn haar was dan wel donker, maar het was fijn en het sprong alle kanten op, en ik had een hekel aan mijn mond, hoewel volle lippen fantastisch waren als je tuba speelde.

'En anderen zeggen dat mooie mensen hard en oppervlakkig zijn,' zei Sarah instemmend. 'Als je over sommige supermodellen leest... ik begrijp niet wat mannen in ze zien terwijl er leuke meiden als je vriendin Jo in de buurt zijn.'

Ze kende Jo natuurlijk van het hostel. Inwendig glimlachte ik. Mevrouw Quentin was duidelijk net als Jo's moeder van mening dat een leuk meisje gelukkig getrouwd moest zijn.

Daar klonk het geluid van de opengaande voordeur, toen een dwingende stem: 'Nou, ga je naar binnen of hoe zit 't? Ik heb niet de hele dag de tijd.' Een grote witte kat glipte de keuken in. Hij keek me met grote groene ogen vol minachting aan en schoot door het kattenluik weg.

'O, Lucifer!' schold Sarah. 'Hij houdt helaas niet van vreemden.'

Jeremy kwam met een kordaat 'hallo, hallo' binnen en gooide een grote bruine envelop op tafel. 'Die ellendige rotkat vindt niemand aardig,' merkte hij op.

'Ik dacht dat een Lucifer zwart zou zijn.'

'Helemaal niet. "O, Lucifer, heldere Morgenster",' dreunde hij op, en hij voegde er verdrietig aan toe: 'Niemand kent meer het Oude Testament. In het boek Jesaja wordt de duivel afgeschilderd als een rebelse engel, Fran, en zijn naam betekent lichtdrager. Onze kleine kat Lucifer is absoluut rebels. Komt en gaat zoals het hem belieft. Is er nog wat thee over, lieverd? Sorry dat ik zo lang weg was. Mevrouw Taylor wilde even een babbeltje maken.' Hij ging aan tafel zitten en begon zijn post te sorteren terwijl Sarah een kop thee inschonk. 'Hoe dan ook, Fran, fijn om je te zien.'

'Ik zal niet lang beslag op je tijd leggen,' zei ik. 'Je hebt het duidelijk druk. Ik wilde je dat dagboek laten zien waarover ik je heb verteld.' Ik pakte mijn boodschappentas, haalde het in leer gebonden boek eruit en gaf het aan hem.

'Dit vond ik in een archiefkast. Laura moet de dochter van predikant Brownlow zijn geweest, en ze heeft een dagboek aan haar zus Caroline geschreven, zie je, en de engel is ter nagedachtenis van haar. Dus misschien staat daar het hele verhaal van het raam in, hoewel ik nog niet alles heb gelezen.'

Jeremy bladerde door het boek en las zo nu en dan een stukje. Ten slotte deed hij het boek dicht en gaf het terug. 'Dat lijkt me echt interessant,' zei hij, 'en ik wil er graag goed naar kijken als je het uit hebt. Ik heb iets over Brownlow gelezen. Hij was hier in de jaren zeventig en tachtig van de negentiende eeuw predikant.'

'Bedoel je feitelijk hier?' vroeg ik twijfelachtig. 'Dit huis is toch recenter?'

'Ja, natuurlijk. Ze vonden het oude huis aan Greycoat Square uiteindelijk te groot. Het is nu in maisonnettes onderverdeeld. Een is door de kerk aangehouden voor de hulppriester, maar die hebben we momenteel niet, dus onze organist woont er nu.'

'Bedoel je Ben?'

'Ben woont daar sinds hij in juni bij ons is gekomen. Maar inderdaad, destijds woonde het gezin Brownlow daar. Naar wat ik ervan heb gehoord, heeft hij het behoorlijk zwaar te verduren gehad. Was zeer begaan met zijn missie jegens de armen, maar de dingen gingen verschrikkelijk verkeerd.'

'O? Welke dingen dan?'

St. Martin's is altijd een anglokatholieke kerk geweest. Hij benadrukt het mysterie Gods, het belang van de sacramenten, eigenlijk de mystieke kant.'

Ik knikte. 'Ja, dat begrijp ik.'

'Nou, Brownlow nam dat allemaal heel ernstig op – zoals je ook zou mogen hopen – maar hij werd evenzeer aangetrokken door de idee van de kerktraditie en -doctrine. Ik heb een keer een nogal droog boek over kerkgeschiedenis van hem gevonden. Hoewel hij anglicaan was, werd hij ook aangetrokken tot veel aspecten van de rooms-katholieke kerk en hij las heel veel geschriften van figuren uit de anglokatholieke Victorian Oxford Movement, met name van John Newman, die, zoals je wellicht weet, uiteindelijk een katholiek kardinaal werd. In een later stadium in zijn ambtstermijn voelde Brownlow zich geroepen om dingen in St. Martin's te doen die sommige gemeenteleden buiten de perken vonden gaan. Hij zette bijvoorbeeld Maria- en heiligenbeelden in de kerk en voerde rituelen uit die sommigen van hen als buitensporig beschouwden. "Afgoderij", zo noemden zekere minder erudiete gemeenteleden dat. Brownlow vond juist dat dit alles ter meerdere eer en glorie van God was. En ik geloof dat er een confrontatie plaatsvond.'

'En al die goede dingen die hij had gedaan, kon ze dat dan niets schelen?' Nadat ik Laura's visie had gelezen, koos ik onmiddellijk partij voor haar vader.

'Ik geloof dat ze dat in de verwarring helaas vergaten. Het is altijd belangrijk dat de clerus onthoudt dat ze dienstbaar zijn aan hun parochie. Als een priester zijn eigen zin gaat doen en zijn parochianen niet mee weet te krijgen, vraagt hij om moeilijkheden.'

Arme meneer Brownlow. Ik keek naar het dagboek van zijn dochter, me afvragend hoe dit allemaal was afgelopen. Langzaam zei ik: 'Een van de raadsels is natuurlijk hoe dit boek in hemelsnaam in Munsterglas is beland.'

'Ik heb geen flauw idee,' zei Jeremy Quentin. 'Misschien heeft het iets te maken met de vervaardiging van het raam.'

'Zou kunnen.'

'Nu ik het nog weet zal ik je het meteen vertellen. Ik maakte een praatje met een van mijn dames uit het bejaardenhofje,' zei hij. 'Mevrouw Muriel Trask, heet ze. Ze heeft haar hele leven in de parochie gewoond, dus ik ga altijd naar haar toe als ik plaatselijke achtergrondinformatie nodig heb. Ze komt vooral goed van pas als ik begrafenisredes moet houden, dat kan ik je wel vertellen. Ze heeft een geheugen als de spreekwoordelijke olifant. Hoe dan ook, zij weet nog dat het raam met de engel werd opgeblazen. Een bom verwoestte in 1940 een van de huizen achter de kerk en onze engel werd in de klap meegesleurd.'

'Dat is verbazingwekkend. Heb je haar gevraagd hoe het raam eruitzag?'

'Ja, natuurlijk, maar daar was ze een beetje vaag over. Ze heeft nogal de neiging om details van mensen te onthouden, je weet wel, wie met wie ruzie had, wiens zoon met wiens dochter er in 1957 vandoor is gegaan, dat soort dingen. Maar ze zei wel iets interessants. Niet dat we er veel aan hebben.'

'O?'

'Dat het heel mooi was, helemaal goud en wit en glanzend. Ze kreeg er een heel vredig en liefdevol gevoel bij. En iets over dat ze nog een kind was en dacht dat het een echte engel was, niet zomaar een afbeelding. Een echte engel. En ze zei dat ze moest huilen toen het brak.'

'Mmm,' zei ik. 'Het is in elk geval inspirerend te horen dat het zo mooi was. Maar ze kon het niet beschrijven?'

'Niet echt. Het arme ouwe wijfie wordt behoorlijk blind en doof. Ik weet niet zeker of het de moeite waard is om haar verder van streek te maken.'

Ik wist dat de predikant het druk moest hebben, dus ik stond op. Maar er was nog één vraag die op mijn tong brandde en toen ik van Jeremy naar zijn vrouw keek, had Sarah Quentin in de gaten dat ik hem onder vier ogen wilde spreken.

'Wil je me verexcuseren?' zei ze elegant. 'Het was enig om je weer te zien, maar ik moet de was binnenhalen.' Ze ontgrendelde de achterdeur en we keken haar allebei door het raam na, hoe ze ondanks haar mollige figuur met kalme en gracieuze bewegingen de kleine tuin overstak.

'Zij vooral vindt het fijn om met je te praten,' zei de predikant. 'Ze mist onze meisjes verschrikkelijk.'

'Hoeveel hebben jullie er?'

'Twee. Fenella is vijfentwintig. Zij werkt nu in Manchester. Is daar verloofd met een heel fijne jonge vent. En Miranda. Zij zit in Bristol op college. Nou ja, dat zou eigenlijk moeten, maar ze is er een jaar tussenuit. Miranda heeft ons helaas een hoop problemen gegeven.' Hij zweeg somber. 'Dat heeft ons leven danig in de war gestuurd. Maar ik moet niet zo doorrateln. Volgens mij wilde je me iets vragen.'

'Ja, inderdaad, hoewel ik het van je dochter heel akelig vind.' Ik wachtte even en haalde diep adem. 'Jeremy, hoe goed ken je mijn vader eigenlijk?' Ik moest de waarheid weten terwijl ik er tegelijk bang voor was.

Even zei hij niets, hij vouwde zijn bril op en stak die in zijn borstzakje.

'Ik ben blij dat je het vraagt, liefje. Voor vorig jaar hebben we elkaar een paar keer beroepshalve ontmoet. Hij was heel erg geïnteresseerd in de ramen. Maar vorig jaar kwam hij me opzoeken, hij had iets op zijn lever. Hij wilde mijn advies als geestelijke. We hebben een paar keer met elkaar gepraat. En ik had inderdaad het gevoel dat er een vriendschap ontstond. We zijn praktisch even oud en, zoals ik al zei, hij is een uitermate interessante man. Hij weet extreem veel details van de geschiedenis van zijn vak... behoorlijk fascinerend. Wist je...'

'Ja, ja,' onderbrak ik hem, en hij moest mijn wanhoop hebben opgemerkt, want hij was plotseling een en al aandacht voor me.

'Weet je,' vervolgde ik, 'ik ben natuurlijk dol op mijn vader, maar hij is altijd een soort mysterie voor me geweest en we zijn wat... van elkaar vervreemd geraakt. Ik kan niet zeggen dat ik hem echt ken.'

'We kunnen nooit zeggen dat we iemand echt kennen,' zei Jeremy kalm.

'Nee. Maar hij heeft een hoop voor me verborgen gehouden, vooral als het gaat om mijn moeder. Dingen waarop ik naar mijn mening het recht heb om te weten.'

'Je vraagt me nu te onthullen wat hij me in volstrekt vertrouwen heeft verteld,' zei hij ernstig. 'Ik was er al bang voor dat je dat zou doen. Nou, het spijt me zeer, maar dat kan ik niet. Je moet je realiseren...'

'Dat doe ik ook, echt. Maar je hebt zelf gezien hoe hij is. Misschien wordt hij niet meer beter.'

'Maar, met Gods wil, misschien ook wel,' zei Jeremy met onmiskenbaar meegevoel. 'Ik leef diep met je mee, dat doe ik echt. Maar de richtlijnen van mijn roeping zijn in dit opzicht glashelder. Ik zou zijn vertrouwen schenden.'

'En ik dan? Moet ik onder dat principe lijden?'

'Fran, liefje. We hopen allemaal dat je vader weer beter wordt en het lijkt verkeerd om iets anders te geloven zolang de artsen nog niet duidelijk zijn. Stel dat hij beter wordt en er vervolgens achter komt dat ik zijn diepste geheimen heb onthuld? Dat zou zijn relatie met jou voor altijd kunnen veranderen, en mij zou hij zeker nooit meer vertrouwen. Ik weet dat dit ongelooflijk moeilijk voor je is…' Hij klonk oprecht van streek.

Ik was woedend toen ik uiteindelijk de straat op struikelde, absoluut woedend. Ik wist dat Jeremy gelijk had, hij kon zijn vertrouwensbelofte niet breken, maar in dit specifieke geval leek het allemaal zo oneerlijk. En hoe kon pap Jeremy wel in vertrouwen nemen en mij niet? Wat had mijn vader in hemelsnaam gedaan, dat hij zijn eigen kind niet kon vertellen? Een andere gedachte kwam bij me op en ik proefde bitterheid in mijn mond. Misschien zou ik pap pas na zijn dood leren kennen. Maar ik wilde niet dat hij zou sterven. Wat was dan het alternatief? Misschien bleef hij nog jaren en jaren leven en zat ik in een ongewisse situatie met hem opscheept, precies wetend wat zijn lichaam nodig zou hebben, maar als persoon zou ik nooit, maar dan ook nooit een spat dichter bij hem komen, en ook nooit meer over mijn moeder te weten komen. Nooit in het reine komen met wie ik was.

Zac had de winkel gesloten en was de dagomzet aan het optellen toen ik terugkwam. Hij liet me in de winkel en mijn gezicht moet wel op onweer hebben gestaan, want hij liep met een grote boog om me heen en ging kort daarna naar huis.

Ik deed alle deuren op slot en klom de trap op. Een bezoek aan pa kon ik vanavond niet opbrengen en ik had een hekel aan mezelf omdat ik zo verongelijkt was. Maar een soort vermoeid, verlamd gevoel bekroop me. Uiteindelijk opende ik een stoffige fles bordeaux die ik in een kast vond en kroop in de leunstoel bij het raam om een beetje te huilen. Toen pakte ik Laura Brownlows dagboek en las weer verder.

# 12

*Hoe materialistischer wetenschap wordt, hoe meer engelen ik*
*zal schilderen. Hun vleugels zijn mijn getuigenis ten faveure van de*
*onsterfelijkheid van de ziel.*

SIR EDWARD BURNE-JONES

## Laura's verhaal

*April 1880*

Meneer Russell kwam op de dinsdagochtend na de geboorte van de kleine Arthur bij de Brownlows langs. Hem werd verteld dat de eerwaarde Brownlow er vanwege een dringende zaak niet was, maar dat mevrouw Brownlow en Laura hem in de zitkamer zouden ontvangen. De beide dames waren moe omdat het de vorige avond laat was geworden, mevrouw Brownlow legde uit dat ze bij een gezin van een parochiaan waren geweest die gisteren bij een ongeluk in de leerlooierij was omgekomen.

Op Russells aarzelende verzoek haalde mevrouw Brownlow uit een afgesloten la van haar schrijfbureau twee ingelijste foto's van Caroline tevoorschijn. Een was een portret uit de tijd voordat ze ziek werd, de andere, helaas iets onscherp, was een paar weken voor haar dood in de tuin genomen. Meneer Russell bestudeerde ze een paar minuten en zijn gelaatstrekken werden zachter. Hij zei op heel vriendelijke toon: 'Op de eerste is ze een kind, en op de tweede – nou, het is buitengewoon – bijna een broze ziel.' Hij schudde zijn hoofd alsof hij woorden tekortkwam en gaf de foto's aan mevrouw Brownlow terug.

'Mijn man heeft er speciaal om verzocht dat u de ramen zou ontwerpen, meneer Russell.' Theodora Brownlows ogen waren reusachtig in haar vermoeide gezicht.

Meneer Russell boog ernstig zijn hoofd om zijn erkentelijkheid te tonen. Laura had tot nu toe niet veel gezegd, maar keek naar hem, zijn expressieve handen rustten op zijn bovenbenen. Hij straalde zo'n lichtheid uit, dacht ze, alsof voor zijn lichaam de normale zwaartekrachtregels niet golden. Hij zat met rechte rug, zijn hoofd iets naar voren gericht en hij concentreerde zich volledig op mevrouw Brownlow. Toen hij over zijn kortgeknipte baard streek, rossig blond tegen de bleke huid, voelde Laura door het licht raspende geluid een prikkeling langs haar nek.

Mevrouw Brownlow zat achterover in haar stoel. Ze zag er uitgeput uit en omdat ze geregeld over haar slaap wreef, vermoedde Laura dat er weer een hoofdpijn kwam opzetten. Ze bezwoer zichzelf dat ze haar moeder zou overhalen om weer naar bed te gaan zodra meneer Russell was vertrokken, maar op dit moment was aan de glanzend stralende blik in Theodora's ogen te zien dat ze nu ze het over Caroline had uit een diepe energiebron putte.

Ze vervolgde: 'Meneer Brownlow en ik hebben uw ontwerpen voor St. Aloysius gezien.'

'Ah, de Mariaramen,' zei hij.

'Ja. We hebben ze bewonderd, meneer Russell. Heel erg. Ik neem aan dat zij ook door Munsterglas waren gemaakt.'

'Ik heb ze zelf gemaakt, in hun atelier, mevrouw Brownlow. Als u me toestaat zal ik uitleggen hoe ik het liefste werk.'

Ze knikte. 'Graag,' zei ze.

'Weet u, ik geloof dat een ambacht slechts het stadium van echte kunst bereikt wanneer het hele kunstvoorwerp niet alleen ontworpen maar ook vervaardigd wordt door een en dezelfde man. Zo wil ik voorkomen dat de kunstenaar gefrustreerd raakt omdat diens geïnspireerde visie wordt gehinderd door de onkunde van je reinste werklui die zijn visie gestalte moeten geven. Vroeger was ik vaak boos en gefrustreerd wanneer een gezichtsdetail, precieze kleur of de spirituele energie die ik in mijn tekening probeerde te leggen niet in het uiteindelijke resultaat naar voren kwam. Dus heb ik het ambacht zelf geleerd en creëer ik mijn ramen zelf.'

'Ik begrijp het,' zei mevrouw Brownlow afwezig.

Laura zag dat haar aandacht was afgedwaald naar Carolines foto's op haar schoot. 'Dan bent u wat dit betreft net als meneer William Morris,' merkte ze op, en ze voelde dat hij haar met een warme blik aankeek.

'Mijn vrouw is in de verte familie van meneer Morris, ik heb vaak met hem over dit onderwerp gesproken,' zei hij. 'Zo nu en dan doe ik opdrachten voor zijn firma.'

Verbaasd hoorde ze hem 'mijn vrouw' zeggen, hoewel ze niet wist waarom ze had gedacht dat hij vrijgezel was. Misschien had het iets te maken met de gerafelde manchetten van zijn overhemd.

'Wilt u helemaal geen hulp wanneer u de ramen aan het maken bent?' vroeg ze.

'Ik kan natuurlijk niet zelf het glas maken. Maar ik vraag graag raad als het gaat om de precieze kleuren, ik schets de modeltekening zelf, snijd het glas, beschilder het en brand het resultaat. Een andere vakman helpt me dan bij het in elkaar zetten en installeren van het raam, maar dat is gewoon handwerk, en ik houd zelf de supervisie.'

'Hebt u een atelier?' vroeg Laura.

'Ja, miss Brownlow. Ik schilder op de zolder van mijn logement in Lupus Street, maar vanwege het glas moet ik voor mijn werk vaak bij Munsterglas zijn, want zij hebben het gereedschap en de materialen die ik nodig heb.'

'Je engelen,' zei mevrouw Brownlow van haar foto's opkijkend. 'Dat zijn levendige schepsels, geen tere luchtgeesten. Ik denk graag dat Caroline…' Ze stokte, alsof ze niet in staat was de juiste woorden te vinden.

'Hoe denk je graag aan Caroline, mama?' fluisterde Laura terwijl ze zich naar voren boog en haar moeders hand aanraakte.

'Dat ze ergens is waar het mooier is dan hier. Uitgegroeid tot de volwassen vrouw die ze had moeten worden. Warm en vol leven… niet een lichaamsloze geest.'

Er viel even een stilte, toen boog meneer Russell zijn hoofd en zei: 'Ik denk dat ik haar voor mijn geestesoog kan zien, mevrouw. Maar willen u en uw man dat de gelaatstrekken van de engel u op enigerlei wijze, eh, aan uw dochter doen denken? Het gezicht op de tweede foto, weet u, is onscherp, en wellicht vindt u het sowieso niet gepast…' Hij onderbrak zichzelf, maar hij had een tedere uitdrukking op zijn gezicht en Laura zag dat hij ontroerd was door het diepe verdriet van haar moeder.

Mevrouw Brownlow zat met haar hoofd gebogen. Laura schrok van een lichte trilling door haar schouders, want ze zag dat haar moeder huilde. Ze stond snel op.

'Mijn moeder is heel moe want ze heeft een onrustige nacht gehad. Dat begrijpt u zeker wel…'

Meneer Russell stond onmiddellijk op en zei: 'Natuurlijk. Ik moet nu toch naar een andere afspraak… Mevrouw Brownlow… ik leef met uw verdriet mee. Ik verzeker u dat ik voor dit gedenkteken het beste uit mezelf zal halen, ten behoeve van uw dochter.'

Hij maakte een buiging, prevelde een afscheidswoord en liep achter Laura aan naar de hal, waar Polly gelukkig onmiddellijk met zijn hoed en jas aan kwam lopen. Hij pakte met beide handen die van Laura vast en ze sloeg haar ogen neer. Een knoop hing aan een draad aan zijn jas. Misschien had zijn vrouw dat niet gezien.

'Dank u wel. Ik denk dat mama u ook had willen spreken over het ontwerp van het andere raam. En ik weet dat papa u graag had willen ontmoeten...'

'Mooi, verzeker uw ouders er alsjeblieft van dat ik deze opdrachten met hart en ziel zal uitvoeren. En wat de Maagd met Kind betreft, ik heb zoals afgesproken een ontmoeting met de neef van de weldoenster, meneer Jeffrey...'

'Jefferies.'

'Inderdaad, meneer Jefferies. Morgenmiddag. Ik ben van plan de kerk 's morgens nogmaals te bezoeken om de maten verder op te nemen. Ik vraag me af, miss Brownlow, als het niet te belastend is, of iemand van de familie me daarbij van advies kan dienen.'

'Ik weet zeker dat dat kan worden geregeld. Vader gaat elke ochtend om acht uur voor in het gebed maar is om half negen klaar. Waarom komt u dan niet?'

'Ik ben er misschien op tijd voor het ochtendgebed. Ik zou meer aandacht moeten schenken aan de dingen die de ziel aangaan.' Zijn ogen schitterden van pret. 'Goedendag, miss Brownlow.'

En daarmee was hij verdwenen. Toen Polly eenmaal naar beneden was gegaan, haastte Laura zich naar de zitkamer om door het raam te gluren, maar de bakker zette net zijn kar voor de deur waardoor ze van een laatste blik op hem werd beroofd.

# 13

*Ik stuur een engel voor jullie uit om je op je tocht te beschermen en
je naar de plaats te brengen die ik voor jullie bestemd heb.*

EXODUS 23:20

Zaterdag was ik alweer een hele week thuis, hoewel het veel langer leek,
zo veel was er gebeurd. Na enig heen en weer gepraat namen Zac en ik
een beslissing, namelijk om Amber een parttimebaan aan te bieden. Het
werd steeds duidelijker dat we hulp in de zaak nodig hadden. Als Zac
eropuit moest, was ik aan de winkel gebonden. Dat was soms eenzaam,
en het betekende dat ik nergens anders aan toekwam, zoals de financiën
uitzoeken of pap bezoeken. Dus in het weekend belden Jo en ik een paar
keer heen en weer, Amber kwam zondag naar me toe, en er werd afgesproken dat ze op maandag bij ons zou beginnen. Ze zou achttien uur
per week werken, op tijdelijke basis en een deel bestond uit een prak-
tijkopleiding.

De eerste dag was ze zenuwachtig, maar dat was van opwinding, omdat ze zichzelf wilde bewijzen in iets wat ze leuk vond, dus ik zag haar
kleine vergissingen – ze nam een telefonische boodschap aan zonder
het nummer te noteren, maakte een duur stuk glas kapot – door de vingers als een bewijs dat ze eerder overenthousiast dan onvoorzichtig was.
Ze was in tranen toen het glas brak; ik kon onmogelijk boos op haar
worden.

Ze was een verlegen maar van nature vriendelijk meisje en ik zag precies wat Jo had bedoeld toen ze zei dat ze de klanten om haar vinger kon
winden. Maar ik maakte me wel zorgen dat ze zo goed van vertrouwen
was.

'Kun je een beetje met de andere meiden in het hostel opschieten?' vroeg ik haar, terwijl ik verwachtte dat ze zou klagen dat ze haar altijd op de huid zaten.

'Het gaat wel,' antwoordde ze schouderophalend. 'Eigenlijk moet ik wel om ze lachen.' Of ze nu een soort misplaatste loyaliteit voelde of dat de situatie was verbeterd, dat wist ik niet, maar tijdens het praten schoot haar hand naar haar sleutelbeen waar een merkwaardig gevormde hanger boven de hals van haar T-shirt rustte.

'Wat een mooie halsketting, Amber. Wat hangt eraan?' Ze liet het me zien. Het was een kleine zilveren engel met gebogen hoofd en zijn vleugels in een punt boven zijn hoofd gevouwen. 'Van oma gekregen. Ik draag het altijd. Hij waakt over mijn veiligheid.'

Amber amuseerde en verbijsterde Zac tegelijk. Hij voelde zich gevleid omdat ze zo'n interesse in zijn werk toonde. Op een rustig moment keek ik toe hoe hij haar leerde het glas met koperfolie te omranden en hoe je een eenvoudige raamhanger maakte door de stukken aan elkaar te solderen. Ze kletste honderduit van opwinding. 'Heb ik dit goed gedaan? Hou je zo de… o! Sorry, hoor! Ik heb er een puinhoop van gemaakt, hè?' Hij liet het haar nog een keer proberen tot ze het goed deed, met het geduld en de rust van een zorgzame vader met zijn jonge dochter.

Hij was verbijsterd dat ze zo nu en dan zo schrander uit de hoek kon komen, net als ik, trouwens. Op de eerste ochtend kwamen we er al achter dat ze, hoewel ze in bepaalde opzichten heel jong en onschuldig was, een ongelooflijke voelspriet voor andermans gevoelens had.

'Je bent dol op je werk, hè?' hoorde ik haar op een bepaald moment tegen hem zeggen. 'Je gezicht licht als het ware op als je ermee bezig bent.'

Ik sloeg Zac vanaf dat moment nauwlettend gade wanneer ik door de werkplaats liep. Amber had gelijk. Wanneer hij geconcentreerd patronen aan het tekenen of glas aan het schilderen was, dan was Zacs normale norsheid verdwenen.

Die ochtend zat er bij de post een elektriciteitsrekening waarop overdwars onheilspellend 'laatste aanmaning' stond gedrukt, en dat was de reden waarom ik in actie kwam om mijn belofte aan Zac na te komen en de financiën uit te gaan zoeken. Ik had het idee dat ik Amber veilig een paar minuten alleen in de winkel kon laten terwijl ik me naar boven haastte.

Hij had voorgesteld dat ik paps advocaat zou bellen, maar ik wilde eerst zijn persoonlijke papieren bekijken. Ik trok ze onder zijn bed vandaan, borstelde het stof eraf en merkte dat de vergrendeling op slot zat. Ik zocht in de la van zijn nachtkastje en vond daar een krom sleuteltje. Ik morrelde er even mee in het verouderde slot en wist de kist open te krijgen.

Het was vreemd om die keurige rij mappen te zien, op de tabbladen prijkten woorden als 'Bouwfonds', 'Gezondheid', 'Testamenten etc.', 'Aktes' en een martelend 'Diversen' achterin. Ik had sterk het gevoel dat ze belangrijke aanwijzingen over pap en waarschijnlijk mijn moeder bevatten, en toch moest Jeremy Quentins kleine preek over integriteit gisteren invloed op me hebben gehad. Ik wist dat ik mijn vader zou verraden als ik in zijn leven zou wroeten terwijl hij hulpeloos in een ziekenhuisbed lag. Ik zou hem niet recht in de ogen kunnen kijken. Maar er was nog een andere, belangrijkere reden om terughoudend te zijn: ik was eenvoudigweg bang voor wat ik zou aantreffen. Dus was ik zo fatsoenlijk om meteen de papieren achter het plastic tabblad met 'Testamenten, etc.' te pakken. En daar vond ik wat Zac en ik nodig hadden.

De map bevatte een lange smalle, bruine envelop en een paar grote witte. Op de bruine stond getypt: 'Laatste wil en testament van Edward James Morrison'. Op een van de witte stond met balpen 'Notariële Mtg' gekrabbeld. Op de derde las ik met een merkwaardig, kriebelend gevoel: 'Levenstestament'.

Ik legde het testament ongeopend in de kist en las de andere twee documenten snel door. Met de notariële machtiging kreeg ik de volmacht om namens pap op te treden wanneer hij daar niet toe in staat was. Dat was mooi. Toen ik het levenstestament las, was ik even buiten adem en verontwaardigd.

Daarin had hij bij alle vakjes die erover gingen dat hij niet op het allerlaatste moment gereanimeerd wilde worden de naam Jeremy Quentin ingevuld: die zou daarover moeten beslissen. Jeremy, en niet ik! Mijn verbolgenheid ebde weg toen ik bedacht dat het wel eens lastig kon zijn als de erfgenaam macht kreeg over leven en dood van de erflater. En waarschijnlijk liet pap zijn bezittingen aan mij na.

Ik haalde de twee documenten uit de kist, sloot die weer af, zette hem onder het bed terug en liep naar beneden om de noodzakelijke telefoontjes te plegen om de notariële volmacht te effectueren. Het levenstestament zou ik die avond met me meenemen naar het ziekenhuis.

Ik bleef de hele middag met Amber in de winkel, liet haar tussen het bedienen van klanten door alle verschillende soorten glas zien en wat het kostte, evenals het gereedschap dat we verkochten en dat in de winkelkasten zat opgeborgen. Ze was gefascineerd door alle verschillende kleureffecten die je met glas kon bereiken, fluisterde als een mantra de verschillende soorten en varianten.

Ze was ook gefascineerd door het gebroken raam met de engel. 'Het is zo jammer,' fluisterde ze toen Zac haar de stukken liet zien die lagen uitgespreid op de tafel die uit de weg in een hoek was geschoven. 'Kunnen jullie dit werkelijk weer repareren?'

'Dat weten we niet,' zei hij. 'We zijn wanhopig op zoek naar meer aanwijzingen over hoe het eruit moet zien.'

Het was bijna vijf uur en ik ging de sleutels uit het kantoor halen om de winkel af te sluiten. Toen ik terugkwam, stond Amber nog altijd de gebroken engel te bestuderen. Ik zag hoe ze een stuk van het gouden glas oppakte en het tevergeefs aan een ander stuk probeerde te passen.

'Kom,' zei ik tegen haar. 'Het is tijd om te gaan. Je hebt het vandaag heel goed gedaan.'

'Dank je,' zei ze en ze glimlachte verlegen naar me. 'Het was geweldig.'

'Tot morgen,' zei Zac.

'Fijne avond,' zei ze tegen me, toen ik haar door de achterdeur uitliet.

'Dat hoop ik ook,' antwoordde ik en een aangename rilling ging door me heen toen ik bedacht dat ik om half zeven koorrepetitie had.

Nog net even tijd voor een kort bezoekje aan mijn vader.

Toen ik in het ziekenhuis aankwam, schrok ik dat er een plastic kapje op paps gezicht zat. De verpleegkundige, die het levenstestament meenam om het te kopiëren voor paps dossier, vertelde me dat hij oppervlakkig was gaan ademen en dat zijn zuurstofspiegels waren gezakt, hoewel die zich nu weer herstelden.

Maar hij was wakker en hij keek me fel over het kapje heen aan toen ik op de stoel naast zijn bed ging zitten. Ik vertelde hem over Amber en over mijn bezoek aan de pastorie, maar wilde liever niet zinspelen op het feit dat ik van zijn gesprekken met Jeremy Quentin af wist. Deze keer vertrok ik schoorvoetend. Het gevoel bekroop me, sterker dan ooit tevoren, dat elk moment dat ik bij hem was heel kostbaar was.

Ik nam snel een broodje in het ziekenhuisrestaurant en liep in de schemering terug naar huis, en had het merkwaardige gevoel dat de energie uit me was weggevloeid. Mijn enthousiasme van eerder die dag was verdwenen. Ik wilde bijna niet meer naar het koor, maar dwong mezelf toch te gaan. Ik zou maar mismoedig thuis rondhangen en me akelig en schuldig gaan voelen. Bovendien, van zingen kikkerde ik altijd op, zelfs nu. Onze zanglerares van de basisschool zei dat vroeger altijd, en ik heb al vaak gemerkt dat ze gelijk had.

Toen ik er eenmaal was, wat aan de late kant, was ik blij dat ik was gegaan. Deze keer ging Ben snel door naar het Duivelskoor, waarin demonen zich voor het gerechtshof verzamelen om 'hongerig en woest hun bezit op te eisen' en de pas gestorven ziel bespotten. Wanneer het goed gezongen wordt, is het angstaanjagend, maar vanavond lazen veel van de bassen van bladmuziek en de rest van het koor kreeg elke keer dat de mannen hun lage, beschimpende 'ha-ha's' zongen de slappe lach.

'Jullie klinken eerder als een stel zielige kerstmannen dan duivels,' barstte Ben op een bepaald moment uit. 'Leg er verdorie toch wat meer schwung in.' Veel mensen moesten lachen, maar in zijn stem klonk oprechte ergernis door en ik hoorde iemand in mijn buurt fluisteren: 'Hij neemt het wel serieus, hè?'

Na afloop wist Jo me te verleiden om mee te gaan naar de pub en dat bleek uiteindelijk de juiste beslissing, want iedereen wilde het na zo'n zware repetitie per se leuk hebben. Sommige anekdotes van Dominic maakten me tot tranen toe aan het lachen.

Hij werkte bij Binnenlandse Zaken en, zonder dat hij iets onthulde waardoor hij in problemen kon komen, had hij een paar prachtige verhalen over persoonlijke aanvaringen met welbekende politici en over bureaucratisch geklungel. Onwillekeurig zag ik hoe vaak hij naar Jo keek. Ze glimlachte wel terug, maar leek verder niets te merken.

Ben nam zijn gebruikelijke plaats in aan de bar, ontfermde zich over een pint en praatte met een van de tenoren, een lange, magere man in een elegant maatpak. Hij was ongeveer net zo oud als Ben, met kortgeknipt, vroegtijdig grijzend, zwart haar en een intelligent, levendig gezicht. Hij keek me met een sardonische uitdrukking aan toen ik me een weg naar de bar baande.

'Hoi, hoe gaat het met je?' zei Ben nadat ik mijn rondje had betaald en de drankjes aan Dominic had meegegeven. 'Heb je al met Michael kennisgemaakt?'

'Nee. Hallo,' zei ik en we schudden elkaar de hand.

'Michael zit in de koorcommissie,' zei Ben. 'In het echte leven is hij de zoveelste ambtenaar, vrees ik.'

'Hier in Westminster kun je niet aan ons ontkomen,' voegde Michael eraan toe. Hij had iets wellevends, maar volgens mij zat onder dat masker een gevoelig karakter, want zijn stem klonk gespannen en zijn mond stond enigszins strak.

'Buitenlandse Zaken, dat zie je toch zo,' teemde Ben. 'Vind je dat niet ten voeten uit? Michael en ik hebben trouwens op dezelfde school gezeten. Hij weet al mijn diepste geheimen. Waar de lijken begraven liggen, hè, Michael?' Ze bekvechtten met elkaar op een manier waarvan ik een vieze smaak in mijn mond kreeg. Onder die plagerijen was iets dieps, duisters gaande.

'Waar hebben jullie dan op school gezeten?' vroeg ik beleefd.

'Wellingsbury, ken je dat?' zei Michael.

'Ik heb ervan gehoord,' zei ik tegen hem. Het was een privéschool in Worcestershire.

'Ik logeerde tijdens de schoolvakanties altijd bij zijn ouders thuis,' vervolgde hij. 'De mijne zaten in het buitenland, weet je, en die schat van een moeder van Ben kreeg medelijden met me. Dus we leerden elkaar aardig goed kennen. Zijn ouders hadden een schitterend groot huis in Herefordshire. Overal antiek en beelden. Ik voelde me er altijd net Charles Ryder als die op Brideshead logeert.'

Ben schoot in de lach. 'Hij maakt het een stuk mooier dan het werkelijk was,' zei hij tegen me. 'En jammer genoeg moesten mijn ouders het uiteindelijk verkopen. Geld was altijd een probleem. Mijn opa moest het schoolgeld ophoesten.'

'En je bent zeker ook niet zo'n afgeleefde dronkaard als Sebastian Flyte in Brideshead,' schimpte Michael.

'Bedankt voor het compliment,' zei Ben zijn ogen ten hemel slaand, en deze keer moest ik tegen wil en dank om dat beeld lachen.

Ik liep niet onmiddellijk warm voor Michael. Hij was heus wel aardig, en amusant, maar hij was ergens heel erg bitter over en ik begreep niet waarom hij Ben, die kennelijk zijn vriend was, in zo'n kwaad daglicht probeerde te stellen. Het was wel interessant om wat meer over Bens achtergrond te weten te komen, maar Michael probeerde hem neer te zetten als een rijk verwend kind. Ik, die hen beiden niet kende, vond dat van slechte manieren getuigen, vooral als Michael zo welkom was geweest bij Bens familie. Ik vroeg me af welk verhaal hierachter schuilging.

'Leuk om kennis met je te maken, maar nu moet ik weer terug naar Jo,' zei ik beleefd, en ik liet de beide mannen aan elkaar over.

Tegen half elf werd ik moe, ik nam afscheid en beloofde Jo dat ik woensdag met haar een borrel zou gaan drinken. Ik was een beetje verbaasd dat Ben tegelijk met mij wegging. Michael was nergens te bekennen.

'Is hij vanwege jou bij het koor gegaan?' vroeg ik aan Ben toen we naar Greycoat Square terugslenterden.

'Hij was al lid. Sterker nog, toen de vorige organist ontslag nam, was Michael degene die mijn naam voor de baan liet vallen,' zei Ben. Dat vond ik merkwaardig. Als Michael jaloers was op Ben, wat volgens mij zo was, waarom zou hij dan iets doen waardoor hij hem zo vaak zou zien? Maar het was duidelijk dat ik Ben niet goed genoeg kende om hem dat te vragen. En Ben stapte trouwens toch op een ander onderwerp over.

'Hoe vond je de repetitie gaan?' Hij leek het oprecht te willen weten.

'Prima,' zei ik, ik was er niet happig op om hem mijn eerlijke mening te geven. 'Nog een beetje vroeg om er iets van te kunnen zeggen, vind je niet?'

'Ja, dat zal wel,' gromde hij. 'Maar we hebben vanavond niet alles gedaan wat ik had willen doen. De tweede repetitie en nu al lopen we achter op schema.'

'Volgens mij halen we dat wel in,' zei ik troostend.

Toen we bij het parkhek op Greycoat Square afscheid namen, zei Ben: 'Ik vroeg me af of je vrijdag tijd hebt. Ik heb kaarten gekregen voor een concert op St. John's Smith Square. Hou je van Berlioz? Ze spelen zijn Symfonie Fantastique. Ze doen ook de Ouverture van Rossini, La gazza ladra, denk ik. En iets van Mozart.'

'Ik ben dol op Berlioz. En Rossini,' zei ik hoewel ik dat absoluut ook had gezegd als het niet zo was geweest. 'Ik ga graag mee.'

'Schitterend. Het begint om half acht. Ik heb eerst nog een koorrepetitie maar die is meestal om vijf over zeven afgelopen. Waarom kom je niet ook naar de kerk, dan kunnen we er van daaruit rechtstreeks heen.'

Toen ik me voorbereidde om naar bed te gaan, dacht ik aan Ben en zijn uitnodiging. Het was volgens mij een goed teken dat ik in de afgelopen week nauwelijks aan Nick had gedacht, maar een stemmetje waarschuwde me voorzichtig te zijn en niet zomaar weer in een nieuwe relatie verzeild te raken. Toch verheugde ik me op het concert. Hoe snel en gemakkelijk gleed ik dit nieuwe Londense leven in, dacht ik toen ik mijn kussens opschudde en Laura's dagboek pakte. En toch was ik me ervan bewust dat onder de oppervlakte mijn angst en onzekerheid over de toekomst nog steeds rondwervelden.

# 14

*Engelen zijn geesten... Ze worden engelen wanneer ze gestuurd*
*worden, want de naam engel verwijst naar hun functie... ze zijn*
*namelijk boodschappers.*

ST.-AUGUSTINUS

## Laura's verhaal

Normaal gesproken verwachtte de dominee niet dat zijn gezin hem
naar het ochtendgebed vergezelde. Per slot van rekening werd thuis om
negen uur gebeden. Maar de ochtend na het bezoek van meneer Russell
ontbeet Laura vroeg met haar vader en liep ze met hem mee naar de
kerk. Ze had Polly strikte instructies gegeven om mevrouw Brownlow
haar ontbijt pas te brengen als ze wakker was, en om haar over te halen
in bed te blijven en uit te rusten. Haar moeders hoofdpijn was de avond
ervoor zo erg geweest dat Laura niet verwachtte dat ze moeilijk te overreden zou zijn.

Bij de kerkdeur kwam meneer Perkins, de koster, hen tegemoet, zijn
magere, gekromde lijf beefde van ontzetting.

'Het zijn dieven en rovers, eerwaarde, rovers en dieven,' zei hij met
trillende stem. 'Niemand heeft meer respect voor het Huis Gods.'

'Wat is er gebeurd, man?' vroeg meneer Brownlow. 'Neem rustig je
tijd.'

Perkins kalmeerde ten slotte en hij vertelde dat hij net had ontdekt
dat in de afgelopen nacht een paar ruitjes in de ramen van het vierkante deurtje aan de noordkant waren ingeslagen.

Duidelijk gealarmeerd liepen Laura en haar vader achter hem aan
naar binnen, voorzichtig hun weg zoekend tussen de verspreid liggende
glassplinters, om de schade op te nemen.

'Ze zijn niet binnen geweest, hè? Is er iets gestolen, meneer Perkins?' vroeg de dominee ongerust, maar de koster schudde zijn hoofd. 'De deur was als altijd op slot, eerwaarde, en ze konden niet door zulke kleine gaten, denkt u wel?'

'Nee, waarschijnlijk niet.' Hij zuchtte en dacht even na. 'Dan halen we er na de dienst een agent bij,' zei hij ten slotte. 'Ik sta niet toe dat een stelletje verachtelijke vandalen mijn dagelijkse eredienst verstoren. Steek alsjeblieft de kaarsen in de Mariakapel aan, meneer Perkins. Daar zijn we ver uit de buurt van dit gebroken glas.' En hij verdween in de consistoriekamer.

Laura wachtte alleen in de kapel en trachtte haar gedachten tot bedaren te brengen. Flakkerend kaarslicht reflecteerde op het glanzende, pas geschilderde beeld van de Maagd op het altaar. Buiten stommelde meneer Perkins rond, veegde het glas op en klaagde luidruchtig over 'rovers en dieven' tegen iemand die de kerk was binnen gegaan.

Even later kwam meneer Bond de kerk in lopen. Toen hij Laura zag, verstijfde hij ogenblikkelijk van verlegenheid en hij trok zich een excuus mompelend terug. Ze riep hem terug, haar gezicht brandde ondanks de koele lucht. Ze zaten verlegen naast elkaar, spraken niet, terwijl zijn huwelijksaanzoek nog altijd onbeantwoord tussen hen in lag.

Ze hoorden een groepje aankomen en even later kwamen mevrouw Fotheringtons nicht miss Badcoe, even streng als haar hoekige, in het zwart geklede verschijning al suggereerde, miss Pilkington, de juf van de vervallen school, meneer Perkins en ten slotte meneer Russell, enigszins buiten adem. Laura's vader, nu in toga, nam hen mee naar binnen en sloot de deur.

'"U hebt u voor mijn aangezicht verootmoedigd en uw klederen gescheurd…"' begon hij met veel te harde stem in de kleine kapel voor te lezen.

Laura, die zich voortdurend bewust was van meneer Bond, die rechts van haar op zijn stoel heen en weer zat te schuiven, en aan haar linkerkant meneer Russell, die door zijn gebedenboek bladerde, hoorde nauwelijks een woord van de dienst.

Na afloop kuierden de oudere vrouwen babbelend weg. Meneer Bond stond op, knikte Laura toe en keek aarzelend naar meneer Russell, die hem beleefd groette. Laura stelde de beide mannen aan elkaar voor en legde de reden van meneer Russells bezoek uit.

'Dan hebt u een ladder nodig,' zei meneer Bond. 'Ik zal meneer Perkins vragen er een te brengen.' Toen verexcuseerde hij zich met een betekenisvolle blik naar Laura. Ze luisterde hoe zijn voetstappen galmend wegstierven.

Ergens vandaan riep haar vader: 'Heb je die brieven gelezen die ik je heb gegeven, meneer Bond?'

Bonds antwoordde met zijn diepe bas: 'Ja. Het is een ernstige zaak, eerwaarde, zeer ernstig. En nu al dit kapotte glas…' De stemmen stierven in de verte weg en de kerkdeur viel in het slot.

Ze was alleen met meneer Russell.

Hij legde zijn hoed neer, pakte zijn schetsboek en begon starend naar de ramen in de kapel op en neer te lopen. Het zonlicht verbleekte zijn huidskleur, glinsterde op zijn haar, veranderde hem in een etherisch wezen.

'Kijk eens hoe het licht door de zuidkant schijnt,' zei hij. 'Het is eerder een heldere gloed dan direct zonlicht. Het werkelijk felle licht, ziet u, komt door het paneel met de Maagd en het Kind, vanuit het oosten. Maar de engel krijgt zachter licht. Ik zie het licht van zijn gezicht glanzend wit met goud, denkt u ook niet? En hier beneden is het warmer, donkerder, mysterieuzer, de kleuren van juwelen, robijnen en donker smaragdgroen.'

Laura knikte, ze kon zich het beeld levendig voorstellen.

Op dat moment arriveerde meneer Perkins met de ladder, daarna verscheen haar vader weer die er verward uitzag. Hij zei: 'Meneer Bond is nu een politieagent gaan halen vanwege het glas en het ziet ernaar uit dat ik, eh… me met een andere dringende zaak moet bezighouden. Meneer Russell, mijn verontschuldigingen, maar ik kan nu toch niet met u praten. Wilt u als u vragen hebt straks in de pastorie langskomen?'

'Vader,' kwam Laura tussenbeide. 'Ik wil best bij meneer Russell blijven terwijl hij de maten opneemt.'

'Als je dat zou willen doen, liefje. Meneer Russell en ik zijn je daar zonder meer dankbaar voor. Nu moet ik gaan.'

Laura hield de ene kant van het meetlint vast en schreef de maten op terwijl meneer Perkins de ladder vasthield. Toen ze klaar waren, strompelde de koster met zijn last weg.

Russell ging zitten en maakte een reeks snelle schetsen met die merkwaardige verkrampte handbeweging van hem.

'Komt u uit een kunstenaarsfamilie, meneer Russell?'

'Mmm? Nee, verre van dat. Mijn vader was een rondreizend, baptisch geestelijke, maar heeft zijn ambt onlangs wegens een slechte gezondheid neergelegd.'

'Bent u dan baptist?' Laura vroeg zich af wat haar vader ervan zou denken als hij wist dat de ramen in zijn kerk door een dissident werden ontworpen.

'Kort voor ik trouwde ben ik in de anglicaanse kerk opgenomen,' zei hij, alsof hij haar gedachten had gelezen. 'Nee, niet alleen omwille van Marie. Ik werd verleid door de schoonheid van de traditionele anglicaanse eredienst, ziet u. In al mijn nederigheid kon ik door mijn werk iets aan die schoonheid bijdragen. Weet u dat de vroeg-christelijke mystici geloofden dat Gods licht via de schare engelen als een waterval in de geest van alle schepselen valt? En ook als optisch licht in halfedelstenen en andere doorschijnende voorwerpen. Bedenk eens wat dat betekent… licht dat door gekleurd glas schijnt komt rechtstreeks van zijn engelen, en uiteindelijk van God zelf.'

'Geloven de baptisten dan niet in engelen?' vroeg ze plompverloren. De zon was achter een wolk verdwenen en ze trok haar omslagdoek om zich heen tegen de plotselinge kilte.

'Nou, natuurlijk wel. Ze zijn de boodschappers van God, de Bijbel zit vol… miss Brownlow, u drijft de spot met me.'

'Nee, nee. Ik ben bloedserieus. Het gaat om de gedachte dat je een godsdienst hebt gekozen omwille van zijn pracht en praal, dát vind ik bespottelijk. Betekent het geloof dat voor u, een kwestie van verleiding?'

'Helemaal niet. Ik voel me gegriefd. Mijn ziel reageert op schoonheid, ja, daar kan ik toch niets aan doen? De sobere religie waarmee ik ben opgegroeid, mag dan voortkomen uit een oprechte wens om zich op spirituele aangelegenheden te concentreren, maar mij heeft ze uitgehongerd. Ik vind dat je God door middel van schoonheid kunt eren.'

'En stel dat er geen schoonheid is? Waar is God dan?' Een beeld van het krot met het gezin Cooper schoot door Laura's hoofd, een ander beeld van haar moeder, het hoofd gebogen terwijl de tranen op haar schoot vallen. 'Waar is God wanneer er slechts armoede, pijn en dood is?'

Ze stonden daar stilzwijgend bij elkaar, hij bestudeerde haar met bezorgde ogen. 'Ik weet wel iets van lijden af, miss Brownlow,' zei hij met zachte stem. 'Kom.' Hij nam haar bij de arm, leidde haar de kapel uit en bracht haar naar het raam met de kruisiging.

Hij zei: 'Vraag het de man die dit gecreëerd heeft. Daar, vertelt hij het ons – daar, te midden van pijn en dood – daar is God.'

'Ik... ik weet het. Dat zegt papa ook. Maar ik... ik zie Hem niet altijd,' fluisterde Laura. 'En dat maakt me bang.'

Achter hen ging de deur van de consistoriekamer open en dicht toen meneer Perkins binnenkwam en weer wegging.

De kerk leek met een zucht tot rust te komen. Buiten ratelde een kar, staal op steen, een vrouw begon te lachen, een rauwe hysterische lach, die steeds maar doorging en in de verte wegstierf.

'Mijn ouders wijden hun leven aan Gods werk, meneer Russell. Ze geven hun levensenergie aan de behoeftigen, aan degenen zonder hoop. En toch hebben ze weinig dankbaarheid ontvangen, ze zijn nauwelijks beloond. In plaats daarvan neemt God hen hun kinderen af. Mijn moeder... mijn moeder, meneer Russell – u hebt haar gezien – is ziek van verdriet. Ze vindt geen genezing in haar werk.'

'Maar denk eens aan de mensen die ze helpen. Slechts een van de tien lepralijders kwam terug om Onze Heer voor zijn genezing te danken, maar dat betekent nog niet dat Zijn daad waardeloos was.'

'Ik denk soms dat de armen en goddelozen graag arm en goddeloos zijn,' zei Laura zachtjes. Ze wist dat dat hardvochtig was. En toch toonden sommigen geen dankbaarheid, inderdaad koesterden ze duidelijk wrok over wat zij beschouwden als bemoeizucht en moraliseren. Ze dacht bitter aan meneer Cooper, pas nog stomdronken, zonder berouw, in de cel, vanwege haar vader.

Haar aandacht werd getrokken door iets op een kerkbank onder het kapotte raam. Het was een kiezel. Ze pakte hem op en liet hem aan hem zien. 'Sommigen hebben een hart van steen.'

'Zelfs steen slijt met de tijd weg.'

'Weet u, meneer Russell, mijn vader krijgt brieven waarin wordt geklaagd over de manier waarop hij zijn geestelijk ambt uitoefent. Beledigende brieven vol haat, waarin wierook, beeldhouwkunst en opsmuk in de kerk openlijk worden afgekeurd, allemaal zonder afzender. Wie deze onbekende ook is, hij ziet niet in dat die dingen symbool staan voor mijn vaders vroomheid. Mijn vader vereert die beelden niet. Hij geeft geen geld aan zichzelf uit, maar ter meerdere eer en glorie van God.'

'Wat akelig. Iedereen die uw vader kent, kan zien dat hij een man Gods is.'

'Hij is de laatste man ter wereld die de slagen verdient die het leven hem heeft toebedeeld. En mijn moeder evenmin. Ze hebben altijd hun plicht gedaan. Ik kan het niet verdragen hen zo verdrietig te zien. Hebben u en uw vrouw kinderen, meneer Russell?'

'Ja. We hebben een zoon van vijf, hij heet John. Hij woont bij zijn moeder.'

'Bij zijn moeder?'

'Mijn vrouw en ik wonen apart. Het is heel akelig…'

'Neem me niet kwalijk, ik dring me op.'

'Dat doet u niet, miss Brownlow. Ik wil dat u hiervan weet. Het was niet mijn beslissing. Ik had het graag anders gezien.'

'En ziet u uw zoon wel eens?'

'Ik doe mijn best, maar het valt niet mee. Hij is te jong om het te begrijpen. Als zijn moeder of kindermeisje niet in de buurt is, huilt hij. Het lijkt wel of ik praktisch een vreemde voor hem ben.'

'Misschien wordt het makkelijker als hij ouder is.'

'Dat moet ik dan maar hopen.'

'Of misschien komt het met uw vrouw wel weer goed.'

'Miss Brownlow. Ik heb dwaas en te zeer liefgehad. Ik aanbad Marie met elke vezel van mijn wezen. Ik aanbid haar nog steeds. Als ik nu niet in een gebedshuis had gestaan en als het geen godslastering zou zijn, zou ik zeggen dat ik haar vereer. En toch bezit ze een wilde schoonheid en een gepassioneerd temperament. Andere, verachtelijker mannen hebben geen weerstand kunnen bieden aan wat van mij is. En dus ben ik haar kwijt.'

'U bedoelt…'

'Dat ze me voor een minnaar heeft verlaten, ja. Hoewel ze momenteel bij haar ouders verblijft want die vent heeft geen rooie cent. Hij heeft ook een vrouw in de steek gelaten, dus er zijn twee gezinnen geruïneerd. Als ik mijn werk niet had gehad, weet ik niet wat ik met mezelf aan zou moeten. Ik zou gek worden, denk ik. Ik ben de hel in gedreven, miss Brownlow. Misschien schrikt u ervan. Als dat zo is, dan spijt me dat. Maar we hadden het over lijden.' Hij sprak op rustige toon en zijn gezicht stond uitdrukkingsloos.

'Nee, ik schrik er niet van. Ik vind het alleen zo erg dat u dit allemaal moet doorstaan.' Laura kon alleen maar fluisteren want ze was bang dat haar stem het zou begeven. Haar hart ging plotseling zo naar hem uit.

'Dank je. Ik ben blij dat je met me meeleeft. Sommigen staan maar al te snel met hun oordeel klaar. Mijn ouders schamen zich. Zij waren sowieso al vanaf het begin tegen dit huwelijk, verweten me dat ik een leven ambieerde waar zij met hun bekrompen horinzonten niet bij kunnen. Het is vooral mijn schuld, zeggen ze. Hun vrienden willen niets met me te maken hebben, niet dat dat nou zo belangrijk is. Ik heb meer verdriet over John, dat hij onbereikbaar voor me is geworden.'

Er klonken voetstappen in de hal en de deur ging open. Ze draaiden zich om en zagen meneer Bond binnenkomen, met achter zich een politieman.

'Jullie zijn hier dus nog,' zei meneer Bond een beetje kortaf terwijl hij meneer Russell boos aankeek, maar die boog slechts zijn hoofd.

'Kijk, ik heb een van de boosdoeners gevonden,' zei Laura snel en ze liet de kiezel zien. Meneer Bond stak zijn hand uit en Laura liet hem in zijn palm vallen. Hun ogen ontmoetten elkaar maar hun vingers raakten elkaar niet.

Een regel uit het verhaal dat ze aan het schrijven was schoot door haar gedachten: ik vroeg om je hart en je gaf me een steen.

Het was alsof ze het hardop had uitgesproken, want plotseling schoot er vertwijfeling over zijn gezicht.

Ze moest hem binnenkort antwoord geven.

# 15

*Al het zichbare in deze wereld is onder de hoede van een engel gegeven.*

ST.-AUGUSTINUS

Jeremy belde dinsdag.

'Ik stel een agenda samen voor de kerkenraadvergadering van aanstaande zondag,' zei hij, 'en ik wil de kwestie van ons raam met de engel ter sprake brengen. Ben je al wat verder gekomen?'

'Ik heb zondag paps papieren nog eens doorgekeken, Jeremy,' zei ik. 'Ik heb meer tijd nodig. Sorry. Zodra ik iets nieuws ontdek, laat ik het je weten.'

'Dank je wel, Fran.' Hij schraapte zijn keel en vervolgde toen aarzelend: 'Ik… merkte dat je vrijdag nogal van streek was, en dat vind ik heel vervelend. Het moet momenteel wel heel moeilijk voor je zijn. Ik denk aan je, dat wilde ik je laten weten.'

'Dank je,' zei ik een beetje stijfjes. Ik was nog steeds erg in de war vanwege het feit dat pap hem wel in vertrouwen had genomen en mij niet, hoewel ik steeds tegen mezelf zei dat ik Jeremy dat niet mocht verwijten.

'Sarah en ik zijn er voor je, moet je weten. Mocht je ons hoe dan ook nodig hebben.'

'Dank je,' zei ik nogmaals, maar deze keer hartelijker. Ze wilden zo graag helpen.

Die ochtend kwam de nieuwe bestelling van de groothandel. Amber en ik deden er een paar uur over om te controleren of die nu wel in orde was, de dozen uit te pakken, het nieuwe glas op te bergen en de lampenkappen op te hangen. Zac ging intussen met allerlei boeken en papieren om zich heen in de werkplaats zitten, omdat hij was uitgenodigd een ontwerp voor een kerkraam in te sturen.

'Dat is prachtig,' merkte ik op toen ik zijn tekening bekeek. Het was een regenboog die een halo vormde boven de ark van Noach waar dieren uit stroomden.

'Ze willen iets eenvoudigs van antiek glas,' vertelde hij me. 'Het is een aanvulling op een middeleeuwse Adam en Eva die in dezelfde muur is aangebracht. Mocht mijn ontwerp worden gekozen, dan moet ik in Davids atelier het fijnere snijwerk en het zandstralen doen.' Terwijl hij dit zei keek hij de werkplaats rond en plotseling zag ik wat hij bedoelde. We hadden de verfijnde techniek die veel moderne stukken vereisten niet in huis. Ik realiseerde me hoe loyaal Zac tegenover mijn vader was geweest, dat hij hier was gebleven en de oude methoden gebruikte. Ik vroeg me af of David hem ooit een baan had aangeboden. Er ging een golf van dankbaarheid door me heen.

'Ik ben zo blij dat je er bent, Zac,' zei ik. Hij moest mijn oprechtheid hebben gevoeld, want hij zei: 'Je vader is zo goed voor me geweest.'

'Ja, dat zei je al.' Ik wachtte tot hij verder zou gaan.

Na een ogenblik zei hij: 'Er was een tijd dat ik helemaal aan de grond zat, geen geld, ik kon nergens heen, en hij nam me in dienst, gaf me een kans. Ik zou hem nooit in de steek laten.'

'Wat is er gebeurd?' vroeg ik hem, in de war. Zac had het nooit eerder over deze periode gehad, maar toen ging de telefoon en we hoorden dat Amber in de winkel opnam. Even later liep ze door het bamboegordijn en zei: 'Het is ene mevrouw Armitage? Wil weten hoe lang het duurt voor haar ontwerpen klaar zijn.'

'Mevrouw Armitage.' Zac en ik keken elkaar aan. Ik begreep het 't eerst.

'O hemeltje. De panelen van de kinderen. Daar hebben we nog niets aan gedaan. Oké, ik praat wel met haar, Amber.'

Natuurlijk was mevrouw Armitage ongerust dat ze niets van ons had gehoord, de verjaardag van de kinderen was al over een paar weken. Kon ze de ontwerpen zo gauw mogelijk zien? Ik zei de juiste geruststellende woorden, verzekerde haar ervan dat er nog tijd genoeg was.

'Ik begin eraan zodra ik hiermee klaar ben,' beloofde Zac, maar hij werkte nog steeds aan zijn ark en zijn stem klonk niet erg enthousiast.

'Wat willen die mensen?' vroeg Amber aarzelend. Ik liet haar de foto's van de Armitages zien, de jongen met de vishengel en het meisje met de vlinder.

'Ze zijn enig,' zei ze ademloos. 'Mag ik proberen iets te ontwerpen?'

Ik was zo verbaasd dat ik zei: 'Oké. Ze begrijpen dat ze niet precies hetzelfde kunnen krijgen, ik heb ze uitgelegd hoe het met copyright zit. Gelukkig zeggen ze dat ze het anders willen dan hun Amerikaanse vrienden.' Ik liet haar een stapel patroonboeken zien waar ze in kon kijken om ideeën op te doen, zij spreidde ze op de toonbank uit en werkte er bijna de hele middag aan.

Het deed me goed dat ze er iets moois van had gemaakt. Het meisje had ze in een groene omgeving getekend waar ze een vogel aan het voeren was. De jongen droeg de clubkleuren van Chelsea en dribbelde met een bal.

'Ik weet niet zeker of ze zoiets bedoelden,' zei ik. 'Ik kreeg de indruk dat ze iets wilden wat meer...' het woord zoetelijks schoot door mijn hoofd, maar ik koos voor 'onwerelds'.

Amber leek het niet erg te vinden dat ik haar ontwerp afkeurde. Ze begon onmiddellijk weer door de boeken te bladeren en na een tijdje liet ze me een tekening zien van een zeilend jongetje op een meer.

'Dat is prachtig!' riep ik uit. 'Moet je kijken, Zac, dit zullen ze mooi vinden, denk je niet?'

Zac bestudeerde de tekeningen en knikte. 'Ze zijn heel goed, Amber. Als ik hiermee klaar ben, zal ik je leren hoe je je ontwerpen in een goed patroon kunt uitwerken. Dan kunnen we naar wat glasvoorbeelden kijken en een projectbegroting maken.'

Amber keek zo gelukkig dat ik dacht dat ze zou barsten van trots.

Nadat ze weg was riep Zac vanuit de werkplaats: 'Fran, ben jij met de engel bezig geweest?'

'Nee.'

'Dan zal Amber er wel mee geknoeid hebben.'

'Hoezo, wat is er aan de hand?'

'Kom maar even kijken.'

Zac legde het behangpapier recht op de tafel en ik zag een beetje geschrokken dat de zorgvuldig gerangschikte glas-en-loodstukken schuin lagen. 'Ik denk dat iemand ertegenaan is gelopen,' zei ik en ik vroeg me af of ik het zelf gedaan zou kunnen hebben toen ik gisteren die plaat had verplaatst. Ik dacht van niet. Ik had het zo voorzichtig gedaan. Zac gromde en begon snel met zijn vingers de stukken te herschikken.

'Oké,' zei hij en hij hield plotseling op. 'Waar is de rest van het gezicht?'

'Wat bedoel je?'

'Er ontbreken een paar stukken. De ogen. De ogen zijn weg.'

'Weet je het zeker? Liggen ze op de grond?'

We keken. Niets.

'In de doos dan.'

Zac haalde de doos van de plank. Samen haalden we er de overgebleven glasfragmenten uit. Tevergeefs.

'O. Nou, dat is raar. Misschien ben ik er per ongeluk tegenaan gestoten, Zac, maar verder ben ik er niet aan geweest, zeker weten.'

'Iemand anders wel, dat is zeker.'

'Maakt het veel uit? Het gezicht was trouwens zo beschadigd dat het toch al moeilijk was geweest om het te reconstrueren.'

'We zouden het geprobeerd hebben. Verdomme, Fran, we hadden beter moeten opletten.'

'Amber heeft gister de werkplaats aangeveegd,' herinnerde ik me plotseling. 'O, ga me niet vertellen dat we de vuilnisbak moeten doorspitten, dat is afschuwelijk.'

Zac schonk me zijn onverbiddelijkste blik, hij was grimmig vastbesloten.

'O, Zac, nee!'

'Ja, dat moet.'

We moesten drie zwarte vuilniszakken door. Stuk voor stuk schudde Zac de inhoud uit op een krant op het achterplaatsje. De wind blies het papier alle kanten op en in een van de zakken zaten de resten van een afhaalcurry. En we moesten tientallen glasscherfjes uitzoeken. We draaiden elk stukje om. Daar zorgde Zac wel voor. Maar de ontbrekende stukjes waren er niet bij. Uiteindelijk gaf zelfs Zac het op.

'We moeten het er maar mee doen, Zac. Het spijt me. Ik weet zeker dat we die stukjes toch niet meer goed hadden kunnen gebruiken. Wie wil nu een engel met een in elkaar geslagen gezicht?'

'Daar gaat het niet om. Verwacht wordt dat we het proberen. De gaten vullen we op met hars.'

'Nou ja, het enige wat ik kan zeggen is dat we nou niet bepaald met dat ding opschieten,' zei ik. We waren nu allebei moedeloos.

Los van een paar uur op zondag had ik geen gelegenheid om boven nog meer dossiers door te werken. Ik zeg niet dat ik het had opgegeven, alleen dat ik door andere dingen werd afgeleid. Zac had zijn aandeel gedaan, hij was naar een paar bibliotheken geweest in de hoop daar een afbeelding te vinden. Maar ook hij was niets opgeschoten.

'De mysterieuze verdwijnende engel,' zei ik nu zuchtend.

'Ja, en nu verdwijnen zelfs de onderdelen,' zei hij terwijl hij zijn schouders optrok en zijn handen in zijn zakken stak.

De hele volgende dag liep hij met zijn ziel onder de arm. Zo nu en dan betrapte ik hem erop dat hij een andere taak in de steek liet en naar de engel staarde, diep in gedachten verzonken. Toen we het haar vroegen, bezwoer Amber bij hoog en bij laag dat ze er niet bij in de buurt was geweest, en er was geen reden haar niet te geloven.

Woensdag gleed voorbij. Om zes uur herinnerde ik me dat ik een afspraak had met Jo, maar ik had haar er niet meer over gehoord. Ik belde haar nummer.

'O, Fran, het spijt me zo. Ik hoorde net dat ik vanavond toch de hele avond moet werken.'

'Wat jammer.' Ik was teleurgesteld.

'Kun je vrijdag?'

'Nee, sorry, Ben heeft me gevraagd of ik meeging naar een concert.'

'Ben?' riep Jo uit. 'Dat is schitterend!'

'Nou niet opgewonden worden,' zei ik. 'Hij heeft alleen maar een kaartje over. Wat dacht je van het weekend, zaterdag?'

'Dan ben ik hoogstwaarschijnlijk druk,' zei ze aarzelend, maar ze zei niet waarmee. 'Zondag kan ook niet. Moet je horen, zullen we het er volgende week over hebben? Het spijt me echt. O, vergat ik nog te vragen,' haastte ze verder. 'Hoe doet Amber het? Ze is dol op haar werk, weet je.'

'We zijn heel gelukkig met haar,' zei ik. 'Ze is een snelle leerling.'

Ik legde de telefoon neer, een beetje van mijn stuk gebracht en niet zo'n beetje gekwetst. Wilde Jo niet afspreken of beeldde ik het me alleen maar in? Ze had in elk geval vrijdag voorgesteld, bedacht ik, en door Jo's opgewonden reactie voelde ik me nog blijer bij de gedachte dat ik Ben zou zien.

# 16

*Terecht wordt gezegd dat muziek de taal der engelen is.*
THOMAS CARLYLE

Vrijdagavond ging ik om kwart over zeven naar de kerk voor mijn af-spraak met Ben en precies op dat moment spetterden dikke regendrup-pels op de stoffige trottoirs. Ik wou nu dat ik geen open sandalen had aangetrokken, maar dat waren de enige schoenen die bij mijn favoriete rode rok en denim jasje pasten, en het was nu te laat om me weer hele-maal om te kleden.

De orgeltonen in de verte werden luider toen ik de hoek van Vincent Street omsloeg en bij het opendoen van de kerkdeur rolden ze over me heen in een groots, opwindend en aanzwellend geluid dat door mijn hele lichaam vibreerde. Het was een Fuga van Bach, in F, wist ik na een ogenblik. De hoge toonladders drukten een opgetogen verering uit die je nooit in woorden kon vervatten.

Vanaf mijn plek in de deuropening rees het oksaal boven mijn hoofd op. Ik liep op mijn tenen het gangpad door en glipte op een koorbank om te kijken en te luisteren, terwijl het grijze avondlicht door de ramen viel en de zware geuren van wierook en lelies de mystieke atmosfeer nog verhoogden. Was het precies zoals toen Laura hier zat, ruim honderd jaar geleden?

Het enige wat ik van Ben tijdens het orgelspel kon zien was zijn lich-te haar, dus ik leunde naar achteren, sloot mijn ogen en liet de muziek door me heen stromen. Toen hij aan het eind van een deel even pau-zeerde, klapte ik.

'Hallo,' riep hij met galmende stem naar omlaag. 'Sorry, liet me meeslepen. Wist niet dat je er was. Wacht even.'

Ik hoorde ritselende papieren en voetstappen op hout voor hij door het houten hek beneden tevoorschijn kwam, de kraag van zijn zilvergrijze sportjasje rechttrekkend.

'Dat was schitterend,' zei ik. 'Ik weet niet zo veel van kerkorgels af, maar dit klonk helemaal niet slecht.'

'Het is verschrikkelijk. Hoorde je dat gepiep niet? De kleppen moeten nodig vernieuwd worden. Maar het is een echte Willis. Niet goedkoop om te restaureren.'

Maar hij glimlachte, net als ik opgevrolijkt door de muziek en de sfeer. Een man in zijn element.

Hij streek met zijn vingers langs mijn arm. 'Kom, we moeten gaan.'

We liepen samen onder een rode paraplu met Schotse ruit, die hij uit de consistoriekamer had bevrijd en liepen gestaag door de striemende regen.

'Jullie vrouwen zijn ook zo dom,' riep hij uit terwijl hij me bij de arm hield en tussen de plassen door leidde. 'Waarom kleden jullie je nooit fatsoenlijk aan?'

'Verstandig schoeisel? Wees elegant of sterf, dat is altijd mijn motto geweest,' kaatste ik terug en hij lachte. Toen we Smith Square bereikten, voegde onze rode Schotse ruit zich bij de sober ogende rij zwarte paraplu's die zich een weg baande naar de St. Johnskerk. Een paar mensen keken ons gealarmeerd aan, waarschijnlijk bang dat we dronken waren, dus we deden ons best ons rustiger te gedragen.

'Ken jij iemand van de muzikanten?' vroeg ik hem toen we op onze plaatsen – goede plaatsen, bijna vooraan – gingen zitten en toekeken hoe het kleine orkest zich opstelde.

'Nou, ik heb van Nina de kaarten gekregen. Jij hebt haar ontmoet, toch? Nou ja, gezien. Ze komt nu op.'

We klapten voor de eerste violiste toen ze binnenkwam en met een kleine, ongemakkelijke steek herkende ik het slanke, bruinharige meisje dat ik op Greycoat Square naar Ben had zien opkijken. Ze boog, ging zitten, controleerde of haar viool gestemd was, en wachtte toen rustig, sereen, tot de dirigent zou opkomen, met haar instrument op haar schoot. Haar ogen zochten Ben en ze knikte hem met een ernstige, blije blik toe. Mij merkte ze niet op.

Het was een prachtig concert, tenminste, dat nam ik aan. Ik miste er een hoop van omdat mijn gedachten steeds naar de naast me zittende Ben afdwaalden. Ik keek uit mijn ooghoek of hij naar Nina keek of naar mij, maar hij leek voortdurend helemaal in de muziek op te gaan, luisterde soms met zijn ogen dicht en een geconcentreerde frons op zijn voorhoofd, dan weer niets-ziend starend naar de donkere holten van het kerkdak.

In de pauze stonden we in de rij voor een drankje en een paar mensen maakten een praatje met Ben. Toen hij ze één voor één aan me voorstelde, realiseerde ik me gaandeweg dat hij het middelpunt was van een muzikale gemeenschap. Ikzelf herkende alleen een medesopraan uit het koor, die hier met haar man was, maar Ben kende hen ook beter dan ik – kennelijk had hun zoon van hem op school les gehad – en daardoor voelde ik me des te eenzamer. Het was een opluchting om iemand gedag te kunnen zeggen die Ben niet kende: een andere koperblazer met wie ik een paar keer in Londen had gespeeld. Maar voordat ik een praatje met hem kon maken, hoorde ik een stem achter me die zei: 'Nou, wat een verrassing. Twee keer in één week. Enig.' Ik draaide me om en zag Bens sardonische schoolvriend Michael, om zijn strakke lippen krulde een glimlachje dat zijn ogen niet helemaal bereikte. Hij maakte spottend een lichte buiging voor me.

'Hallo, Michael,' riep Ben uit. 'Waar zit jij? Ik heb je niet gezien.'

'Dezelfde rij als jij, maar aan de andere kant,' antwoordde Michael. 'Ik probeerde je aandacht te trekken. Ze zijn behoorlijk goed, vind je niet? Nina gooit hoge ogen. Als ik ergens kritiek op zou hebben, dan was het dat ze het laatste stuk van Mozart in galop speelden.'

Dat had ik zelf niet gemerkt en ik vond Michael snobistisch. Maar ik had geen tijd om antwoord te geven omdat Ben mijn lege glas overnam. Het was tijd om naar onze plaatsen terug te gaan.

Na een plezierige tweede helft waarin ik eindelijk werd opgezweept door Berlioz' schitterende Symfonie Fantastique, hoopte ik dat Ben zou voorstellen samen nog gezellig wat te gaan drinken. In plaats daarvan zei hij: 'Ga je even mee Nina gedag zeggen?'

'Natuurlijk,' zei ik, terwijl ik dolgraag het tegendeel wilde doen. Om de een of andere reden wilde ik geen kennis met haar maken. Maar het was wel zo beleefd, aangezien zij hem de kaartjes had gegeven, dus ik liep achter hem aan naar de artiestenfoyer. Michael was daar al en het duurde niet lang of mijn hoop op een rustige borrel vervloog en kwam het zo uit dat we allemaal naar Bens huis zouden gaan.

'Nina, liefje, dat was eenvoudigweg schitterend.'

Ben omhelsde haar hartelijk, terwijl Michael haar nogal formeel op de wang kuste. Ten slotte gaf ze mij een slap handje.

'O, jij zit in Bens koor,' zei ze. 'Ik ben dol op *De droom*, maar ik heb het dit seizoen al zo druk met de viool dat ik gewoon geen tijd heb om te zingen.'

Ze stond heel erg rechtop en ik zag nu dat dat haar natuurlijke houding was, want ze had een lange, elegante rug en een smal middel, perfect voor die vijftiende-eeuwse gewaden die laag op de heupen hingen. Die elegantie, haar lange fijne haar en bleke, etherische bevalligheid gaven haar een inerte, vrouwelijke charme.

We liepen allemaal terug in de richting van Greycoat Square. Het regende niet meer, maar de straten glommen nat. Zoals vaak in een gemengd gezelschap liepen de mannen voorop, Michael droeg Nina's viool, en de vrouwen moesten maar achter hen aan draven.

'Zag ik er zenuwachtig uit?' zei Nina bezorgd toen ik haar met haar optreden feliciteerde. Ik was verbaasd dat ze zich zo kwetsbaar opstelde bij iemand die ze niet kende.

'Helemaal niet,' zei ik. 'Je leek vol zelfvertrouwen.' En dat was ook zo: ze was volledig in de muziek opgegaan.

'Dit was de eerste keer dat ik in een orkest de eerste viool speelde. Een beetje zenuwslopend met Ben en Michael in de zaal. Ze weten zo veel van muziek, weet je.'

'Had je geen familie kunnen uitnodigen?' Ik was benieuwd of zij in net zo'n situatie zat als ik.

'Ik kom van Jersey,' zei ze. 'Dat is een lange reis voor mijn moeder. Mijn vader is een paar jaar geleden gestorven.' Ze kreeg een brok in haar keel zich en ondanks alles raakte ik in haar geïnteresseerd. Ze leek aardig, en heel gevoelig.

'Wanneer ben je van Jersey vertrokken?' vroeg ik haar en ze vertelde me over haar studies in Parijs en Londen.

'Ik ga zo vaak mogelijk naar het eiland,' zei ze. 'Ze steunen me heel erg. Ik probeer elke avond met mijn moeder en zus te praten. Lily heeft net haar tweede baby gekregen, een jongetje, en ik heb hem nog amper gezien.' Dit kleine familieportret raakte een tere snaar bij me.

'Hoe heb je Ben en Michael ontmoet?' vroeg ik. We waren nu in Page Street, waar de zwart-wit geblokte appartementengebouwen nat glommen in de duisternis, als schaakborden uit een nachtmerrie, een dreigende wereld waarin de mannen zelfbewust een halve straat voor ons uit liepen.

'Michael is bevriend met iemand uit mijn kwartet,' zei ze. 'En toen ik zei dat ik op zoek was naar een pianobegeleider, kwam hij met Ben op de proppen. Dus zo is het eigenlijk allemaal gegaan.'

Kennelijk hielp Michael Ben voortdurend. Het was ook Michael geweest die Ben als organist en koorleider had aanbevolen. Ze waren veel dikkere vrienden dan je zou denken. Ik vroeg me af wat Nina bedoelde met 'zo is het allemaal gegaan'. Wat gegaan? Alles aan die drie was zo verwarrend.

Misschien kwam het doordat ik het idee had te worden buitengesloten of door de spottende schaakborden, of doordat Ben en Michael steeds verder weg beenden, maar even voelde ik me afschuwelijk en onmetelijk eenzaam. 'Kom op,' zei ik tegen Nina, die stemming terugvechtend, 'laten we ze inhalen.'


Tegen de tijd dat we bij Bens flat aankwamen, waren mijn schoenen en de zoom van mijn rok doorweekt. Hij nam ons mee de trap op en door de voordeur van het grote victoriaanse huis dat ooit van Laura Brownlow was geweest. Nu was het verticaal in tweeën verdeeld, dus je kon je maar moeilijk voorstellen hoe het er vroeger uit had gezien. Door één deuropening ving ik een glimp op van een glanzend zwarte vleugel, maar Ben bracht ons naar de zitkamer erachter, waarin een paar grote gestoffeerde, gestreepte leunstoelen met een bijpassende bank om een kleine open haard stonden. Langs de muren stonden boeken en de kamer had nog altijd zijn originele, versierde plafond. Nu kon ik niet meer verdoezelen dat ik het steenkoud had.

'Fran,' zei Ben resoluut. 'In hemelsnaam, je rilt helemaal. Boven aan de trap is de badkamer. Droog je daar maar af – er ligt wel een schone handdoek in de kast – en ik steek de haard aan.'

Ik ging naar de badkamer en pelde mijn schoenen af, en pakte een handdoek uit de kast om mijn voeten en de onderkant van mijn rok af te drogen. Nadat ik een paar grote badhanddoeken had afgekeurd, trok ik aan wat ik dacht een kleinere roze handdoek. Toen die opengevouwen op de grond viel, zag ik dat het helemaal geen handdoek was, maar een vrouwenbadjas. Van wie zou die zijn? vroeg ik me af. Van Nina? Of had hij hem voor het geval hij een onverwachte logee kreeg? Ik stopte hem weer in de kast en vond een onschuldige beige handdoek.

Nadat ik op blote voeten in de zitkamer terugkwam, zette Ben mijn schoenen bij het vuur en wees toen naar een leunstoel tegenover Nina. Hij zat op de rand van de bank een fles rode wijn te ontkurken, terwijl Michael, die zich volkomen thuis leek te voelen, onze glazen op de salontafel klaarzette.

'Bedankt,' zei ik toen Ben me mijn glas aanreikte. 'Wat een prachtig huis. Het plafond is victoriaans, hè?' Ik vroeg me af of hij iets van de geschiedenis van het pand af wist.

'Ik denk het, ja. De woning hoort bij de baan. Ik woon hier nu sinds juni, toen ik kerkorganist werd. Het is van St. Martin's, zie je. Hier, Michael.'

'Dank je. Heeft altijd mazzel, die Ben,' zei Michael met dat scheve glimlachje van hem. 'Een baan met woning en al. De rest van ons heeft een torenhoge hypotheek.'

'Of huur,' verzuchtte Nina, van haar wijn nippend en een gezicht trekkend, waarvan ik niet kon uitmaken of dat de wijn of de huur gold.

Ben fronste zijn wenkbrauwen bij Michaels sneer. 'Het maakt het bescheiden salaris en de ongeregelde werkuren goed,' zei hij alleen.

'Weet je,' vroeg ik hem, 'dat dit vroeger de pastorie is geweest? Dat vertelde de predikant me.'

'Ja, dat wist ik. In de victoriaanse tijd, toch?' zei Ben. Hij richtte zich tot de anderen. 'Na de laatste oorlog heeft het bisdom een kleiner edwardiaans huis gekocht, waar de Quentins nu wonen, en dit tot maisonnettes verbouwd. De andere is verkocht, maar de dominee zei dat ze deze voor de hulppredikant aanhouden. Echter, op dit moment kan de bisschop zich een hulppredikant niet veroorloven. Dat dat maar lang zo moge blijven, zou ik zeggen, anders moet ik bij jou in je zitslaapkamer intrekken, Nina.' Zijn ogen twinkelden.

Nina sloeg giechelend haar hand over haar mond. 'O, je bent verschríkkelijk,' zei ze. 'Je zou het er vreselijk vinden. En anders ik wel.'

Ik staarde naar de mooie lijstkransen op het plafond, probeerde me de kamer voor te stellen zoals die honderdtwintig jaar geleden moest zijn geweest, maar dat was moeilijk. Ik kon me niet herinneren of Laura in haar dagboek bijzonderheden over de kamers had opgeschreven, maar ik nam aan dat ze daar geen reden toe had. Mogelijk was dit, omdat het naar het oosten was gericht, de ontbijtkamer. In dat geval kon het de plek zijn waar die arme meneer Bond zijn aanzoek had gedaan, of was dat in de ontvangkamer geweest? Dat moest de ruimte zijn geweest waar ze een glimp van de vleugel had opgevangen. Ik besloot ze over Laura te vertellen.

'Tijdens mijn onderzoek naar het raam…' Ik hield op en keek Ben aan die loom over de bank hing. 'Heeft hij jullie van het raam met de engel verteld?' vroeg ik de anderen.

'Waardoor het orgel niet gerepareerd kan worden? O jeetje, ja,' zei Michael. 'Hij heeft er eindeloos over geklaagd. Of niet soms, Nina?' Michael was tussen de boeken aan het snuffelen geweest, had er zo nu en dan eentje uitgekozen en erdoorheen gebladerd. Nu ging hij tegen de rugleuning van Nina's stoel staan en keek enigszins bezitterig op haar neer. Nina leek hem nauwelijks op te merken.

'Dat vind ik nou zo fascinerend,' dweepte ze tegen mij. 'Een gebroken raam weer in elkaar zetten. Net alsof je een stuk geschiedenis herstelt.'

'Het blijft een stuk geschiedenis tenzij we meer kunnen ontdekken over hoe het eruit heeft gezien,' zei ik. 'Maar ik heb wel een dagboek gevonden, van een vrouw die hier gewoond moet hebben. Haar familie heeft de opdracht voor het raam gegeven.'

'Echt waar? Wie was ze dan?' vroeg Nina, en algauw vertelde ik ze het hele relaas over Laura en de onfortuinlijke, gestorven Caroline.

'Het is nogal griezelig, als je erover nadenkt,' zei Nina, terwijl ze huiverend de kamer rondkeek alsof ze verwachtte dat Laura in een glinsterend ectoplasma zou verschijnen.

'Heb je hier ooit spoken gezien, Ben?' vroeg Michael.

Ben schudde zijn hoofd. Hij leek als enige niet geïnteresseerd te zijn in Laura's dagboek. Hij stond op en morrelde aan de stereo-installatie. Even later werd ons het zwijgen opgelegd door het onstuimige crescendo van Gerschwins 'Rhapsody in Blue' dat de kamer vulde.

'Dat jaagt de spoken wel weg,' zei hij toen hij de muziek weer zachter zette. 'Michael, wil jij nog wat wijn inschenken? Ik pak wat te eten. Ik barst van de honger.'

Hij kwam terug met kaas en toast, en het gesprek ging verder. Michael vertelde een ingewikkeld verhaal over een schoolvriend van hem en

Ben, met de bijnaam Boko, die zichzelf in de nesten had gewerkt met een of andere oplichtingspraktijk en nu tegen een gevangenisstraf aankeek. Nina luisterde met wijd open ogen, alsof dit verhaal ver verwijderd was van haar knusse, in katoenpluis gewikkelde wereldje.

Ik was alleen maar blij dat ik in een warme kamer kon zitten, wijn kon drinken, kaas en toast kon eten en naar Ben kon kijken, die ernstig naar Michaels zielige relaas luisterde, er zo af en toe een gekke opmerking tussen werpend. Ze begrepen elkaar met een half woord, die twee, verbonden als ze waren door hun gemeenschappelijke achtergrond. Ik was jaloers. Ik had dat met niemand, behalve misschien met Jo.

Toen het verhaal was afgelopen, viel er een stilte. Nina gaapte en vroeg: 'Hoe gaat het met Gerontius?'

'Wel goed,' zei Ben terwijl hij iedereen nog wat wijn aanbood. 'Maar ik sta versteld hoe slecht iedereen zich voorbereidt. Op maandag moeten zo veel mensen van bladmuziek lezen. Eigenlijk kan dat niet.'

Michael wuifde de fles wijn weg en zei: 'Zo'n soort koor is het niet, Ben. De meeste mensen zingen voor hun plezier, niet voor een gelikte voorstelling.'

'Maar we moeten een groter publiek bereiken om de kosten te kunnen dekken, Michael. En je kunt vandaag de dag niet van een publiek vragen dat ze voor minder dan een gelikte voorstelling betalen. Ze kunnen in Londen zo veel dingen doen. Hoe dan ook, denk eens aan het plezier dat je eraan beleeft als je er het beste van maakt.'

'Dat is zonder meer waar,' antwoordde Michael en hij nam een keurig hapje van een kaascracker. 'Maar ik raad je aan voorzichtig te zijn. Je wilt ook niet dat de mensen van je vervreemden.'

De klok op de schoorsteenmantel liet een zacht tingeltje horen toen de wijzers naar de elf schoven. 'Christus!' zei hij terwijl hij op zijn horloge keek. 'Ik moet morgen de vroege trein naar Gloucestershire halen. En ik heb nog niet eens gepakt. Nina, zullen we samen een taxi nemen?'

'O, ja,' zei ze, en ze keek van Ben naar Michael en toen naar mij, en zag er enigszins hulpeloos uit. 'Ik denk dat ik maar beter naar huis kan gaan. Op dit uur gaan er niet veel treinen meer naar Wimbledon.'

'En je moet trouwens toch niet alleen reizen,' zei Ben terwijl hij gapend opstond. 'Ik bel een taxi.'

Ze ging weg en vanbinnen ontspande ik wat. Maar toen de taxi arriveerde was de onzekerheid weer terug, want Ben pakte Nina's handen vast, trok haar zacht overeind en gaf haar een klinkende zoen op beide wangen.

'Dag, lieveling,' zei hij.

'Ik moest zelf ook maar gaan,' zei ik nadat Michael een stijf buiginkje naar me had gemaakt. Nina omhelsde me even, kort en afwezig. 'Gewoon enig dat ik je heb ontmoet,' mompelde ze. 'Weet je zeker dat ik niet nerveus was?' Ze geurde licht naar bloemen.

'Je was geweldig,' zei ik ernstig, en zo te zien was ze daar blij mee.

Toen Ben hen had uitgezwaaid en terugkwam, was ik mijn schoenen aan het bestuderen. Ze waren nog steeds vochtig, maar er zat niets anders op dan ze weer aan te trekken.

'O, je gaat toch nog niet?' zei hij.

We bleven elkaar staan aankijken, hij was duidelijk moe en daardoor zag hij er zacht en kwetsbaar uit. In de loop van de avond had hij zijn stropdas afgedaan. Zijn shirt was los gaan zitten. Het zag er verfomfaaid en sjofel uit, maar toch ook uitnodigend. Ik aarzelde en bedacht dat hij alleen maar beleefd was.

'Zaterdag is voor mij een werkdag. Ik moet echt maken dat ik in bed kom,' zei ik.

Teleurgesteld pruilde hij charmant zijn lippen, omhelsde me toen en opende de voordeur.

'Heel erg bedankt voor het concert. Ik heb er verschrikkelijk van genoten.'

'Dat moeten we nog eens doen. Weet je zeker dat ik je niet naar huis moet brengen?'

'Je kunt hier blijven staan en me veilig naar huis kijken, als je dat wilt,' zei ik lachend.

'Dat zal ik dan doen.'

En toen ik bij Munsterglas aankwam, draaide ik me om en zag hem aan de overkant van het plein in zijn halfronde deuropening hangen, omgeven door de halo van het hallicht, alsof een of andere verdorven stenen engel op zijn stek tot leven was gekomen. Ik zwaaide en de engel stak zijn duim naar me op.

# 17

*Waak ervoor ook maar een van deze geringen te verachten.*
*Want ik zeg jullie: hun engelen in de hemel aanschouwen*
*onophoudelijk het gelaat van mijn hemelse Vader.*

MATTËUS 18:10

Op zaterdagmiddag zag ik dat Zac opnieuw de stukken van onze gebroken engel aan het herschikken was. Hij was al de hele dag buitengewoon zwijgzaam geweest, zelfs voor zijn doen, maar nu zag hij er akelig uit. Ik vroeg me af of dit alleen maar kwam doordat de ogen weg waren.

'Niemand anders weet precies welke stukken in de doos zaten,' zei ik hoopvol, 'ze worden heus niet gemist.'

'Het is al genoeg dat wij het weten, Fran. Het gaat aan ons geweten knagen.'

'Ja, dat zal wel. Zac, kop op. Is er verder soms iets aan de hand?'

'Er is niets aan de hand, Fran.' Hij wierp me een van zijn dreigendste blikken toe en beende weg om aan het werk te gaan. Ik begreep de hint en trok me in de winkel terug.

Los van Zacs slechte humeur werd het een rustige zaterdag. Uiteindelijk zei ik om een uur of drie: 'Waarom gaan we niet gewoon vroeg dicht? We kunnen allebei wel wat vrije tijd gebruiken.'

Zac leek de engel niet van zich af te kunnen zetten. Eerder betrapte ik hem erop dat hij de doos weer aan het doorzoeken was, hoewel we dat in de afgelopen paar dagen al twee keer hadden gedaan en hem zelfs hadden leeggeschud voor het geval we iets hadden gemist. Ten slotte had hij het opgegeven en was weer kaarsenstandaards gaan maken. Die verkochten in de periode voor Kerstmis altijd goed. Aan het begin van de middag had hij er een stuk of tien gemaakt en toen zag ik dat hij weer naar de engel stond te kijken, zijn handen in zijn zakken.

'Ik wil graag bij je vader op bezoek,' zei hij opkijkend. 'Of ga jij al?'

'We kunnen samen gaan, als je wilt,' zei ik, en hij keek blij.

'Ja, graag.'

De bladeren aan de bomen op het plein vertoonden nu rood- en goudtinten. Telkens als er een wolk voor de zon schoof, koelde de lucht af. In Horseferry Road was de gevel van de bloemenwinkel één schitterend massa van dahlia's en chrysanten, wat me altijd aan herfst en verval deed denken. Eigenlijk staan chrysanten symbool voor leven en geluk, en pap had hun ingewikkelde structuur altijd bewonderd. Dus ik vroeg Zac even te wachten terwijl ik een bos kocht.

Toen we op zaal kwamen, zagen we dat pap nog steeds aan de zuurstof lag. Zac ging bij het bed zitten en ik ging bij het zusterstation een vaas vragen omdat de kruik met fresia's al lang verdwenen was. Het dienstdoende personeel haalde een grote aardewerken kan tevoorschijn, maar toen ik vroeg hoe het met mijn vader gesteld was, schudden ze hun hoofd en vroegen ze me morgen te bellen, want de dokter was nu niet beschikbaar, vertelden ze me. Ik draaide me gefrustreerd om. Waarom wilde niemand me iets vertellen?

Ik ging met de kan terug en zag Zac voorovergebogen met zachte stem tegen pap zitten praten, kennelijk legde hij iets nogal omslachtigs en ingewikkelds uit. Het leek of pap, bepaald geen man die eropuit was om door anderen in vertrouwen te worden genomen, nu de perfecte uitlaatklep voor geheimen was geworden. En misschien kwamen ze, weliswaar enigzins smartelijk, ook nog in zijn halfbewusteloze staat aan, wie zou het zeggen. Ik sloop weer weg op zoek naar een plekje waar ik de bloemen in de kan kon schikken.

'Waarom ga je ook niet even bij hem zitten?' zei Zac toen ik na een paar minuten terugkwam. 'Ik wacht wel beneden in de cafetaria.'

Vandaag was het enige wat ik kon doen bij pap zitten terwijl hij sliep. Ik dacht aan Gerontius, de oude smekende man, door angst bevangen toen de dood naderbij kwam. Zou pap, met wat nog over was van zijn beschadigde brein, enig idee hebben van hoe hij eraan toe was, of was hij al op drift geraakt? Ik voelde me machteloos. En toch zag hij er zo vredig uit.

Twintig minuten verstreken voor ik bedacht dat Zac beneden zat te wachten. 'Dag, pap. Ik kom morgen weer.' Toen ik een kus op zijn voorhoofd drukte, voelde dat koel en droog tegen mijn lippen.

Zac was verdiept in een dikke paperback toen ik hem aan de andere kant van de drukke cafetaria zag zitten, zich niet bewust van de bewonderende blikken van twee jonge verpleegkundigen aan een tafeltje naast hem.

'Nog een kop koffie, Zac?'

Zac stopte het boek in een slap hangende zak van zijn jasje. 'Ik haal het wel,' zei hij en hij stond op.

Ik zag hem tussen de tafeltjes door naar de toonbank manoeuvreren, een elegante, slanke figuur met zijn eigen, teruggetrokken en peinzende voorkomen. Hij moet naar de kapper, dacht ik moederlijk, en een nieuw jasje zou ook niet verkeerd zijn.

'Wat was je aan het lezen?' vroeg ik toen hij met koffie en een paar Deense gebakjes terugkwam.

'Trollope,' zei hij.

'Anthony of Joanna?'

Hij glimlachte, haalde het boek uit zijn jasje en liet het me zien. Het was een exemplaar van *De Pallisers*. Ik sloeg het open en een envelop die hij als bladwijzer gebruikte gleed eruit en zou op de grond vallen. Zijn hand kwam in botsing met de mijne toen we hem tegelijk wilden opvangen en onze hoofden stootten tegen elkaar.

'Sorry,' zei hij terwijl hij de envelop opraapte. 'Gaat het wel?' Maar hij was degene die gewond leek.

'Ja, hoor. Is er soms iets aan de hand?' fluisterde ik. 'Vertel het me dan.'

Even later zuchtte hij en gaf me de envelop. Ik draaide hem om. Hij was geadresseerd aan een Olivia Donaldson in Melbourne, Australië, maar het adres was doorgehaald met 'adres onbekend, retour afzender' erboven gekrabbeld.

'Olivia is mijn dochter,' zei Zac op doffe toon.

'Je dochter? Zac, ik had geen idee…'

'Dan is het een verrassing voor je.' Dat was het zeker. Ik bestudeerde hem met steelse blik, worstelde om een nieuw beeld van Zac te construeren als gezinsman, bemind, verantwoordelijk. Hij ving mijn blik op en probeerde te glimlachen, maar zijn ogen stonden verdrietig.

Ik slaakte een zucht.

'Je bent zo gesloten als een oester, Zac, waarom heb je me daar nooit eerder iets over verteld?'

'Het kwam gewoon nooit ter sprake.'

'Nee, dat zal wel niet.' Daaruit bleek maar weer eens hoe weinig we met elkaar praatten. 'Hoe oud is ze?'

'Ze wordt twaalf. Deze kaart was voor haar verjaardag.'

Zac had een dochter van twaalf die Olivia heette. Een mooie naam, een naam die ikzelf voor een dochter gekozen kon hebben. Nu herinnerde ik me hoe lief hij voor Amber was. Hij zou een goede, zorgzame vader zijn.

'Ik heb haar niet meer gezien sinds ze drie maanden oud was.'

'O, Zac…'

'Ik heb haar elk jaar een kaart gestuurd, maar tot nu toe hoorde ik er nooit iets van. En nu dit…'

We staarden beiden naar de envelop. *Adres onbekend.* Zijn pijn was bijna tastbaar.

'Ik weet niet eens hoe lang geleden ze verhuisd zijn.' Hij zag er ellendig uit.

Ik gaf hem de kaart terug. 'Hoe kun je het verdragen dat je haar niet ziet?'

'Eerlijk gezegd denk ik er meestal maar niet aan. Maar ik denk wel graag aan haar verjaardag. Geen idee of haar moeder haar de kaarten ooit laat zien. Ik heb nooit antwoord gehad. Dat is nog het ergste… dat ik niet weet of Olivia zelfs maar een vermoeden heeft of ik besta.'

'Zou haar moeder haar dat niet hebben verteld?'

Het was moeilijk om de juiste vragen te stellen. We waren er te veel aan gewend om eerbiedig ons privéleven op een afstand te houden.

Hij haalde zijn schouders op. 'Dat weet ik niet. Ooit hadden we een hechte band, Abbie en ik, maar uiteindelijk sloot ze zich voor me af. Ik wist niet meer wat ze wel of niet zou gaan doen. Ze was veranderd, Fran.' Hij zat daar met een afwezige uitdrukking op zijn gezicht, opgesloten in zijn eigen gedachten. Ik speelde met mijn gebakje. Zac had het zijne niet aangeraakt. Ten slotte zei hij weifelend: 'Ik heb het je vader net verteld, boven. Over de kaart. Dat zal wel dwaas klinken.'

'Nee. Nee, helemaal niet.' Dit ontroerde me nogal. Ik moest aan iets denken. 'Wist hij al van Olivia af?'

'Ja. Hij heeft me geholpen toen ik haar kwijtraakte.'

'Was dat de reden waarom je in de put belandde?'

'Ja. Hij gaf me die baan. Nadat Abbie Olivia mee terugnam naar Australië werd ik een beetje wanhopig. Ik had geen huis en geen fatsoenlijk werk. Je vader heeft me gered, Fran.'

Twaalf jaar geleden. Toen ging ik net naar de universiteit. Ik weet nog dat ik op een dag bij pap op bezoek kwam en met een schok zag dat hij in de etalage een advertentie had opgehangen omdat hij een assistent nodig had. Niet lang daarna kwam ik weer en pap was er niet. Alleen deze stille, verdrietig ogende jonge man was in de winkel aan het werk.

'Ik weet nog de eerste keer dat ik je ontmoette,' zei ik tegen hem. 'Je zei bijna geen woord tegen me.'

'Nee.' Hij glimlachte. 'Je zag er zelf ook uit als een bang konijn.'

'Nietes.'

'Welles.'

In werkelijkheid had ik waarschijnlijk zenuwachtig geleken. Ik had Zac nors, zelfs lomp gevonden. En ik was ontsteld toen pap me vertelde dat Zac in de logeerkamer sliep.

'Ik was verbaasd, dat was alles. En je kon bij pap op kamers wonen. Dat was raar, omdat we daar zo lang met z'n tweetjes hadden gewoond. Ik weet dat ik toen al verhuisd was. Het duurde gewoon even voor ik eraan gewend was, meer niet.'

'Ik ben daar niet lang geweest. Grappig eigenlijk, ik bedacht dat het destijds met mij hetzelfde was als nu met Amber. Ik kon nergens heen. Toen ik je vader had verteld wat er allemaal was gebeurd, zei hij dat ik bij hem kon blijven tot ik mezelf weer op de rails had. En dat heb ik gedaan.'

'Waar woonde je daarvoor dan?'

'Dat is een lang verhaal, zoals dat heet. En dit is waarschijnlijk niet de juiste plek.'

Ik keek om me heen. Het werd behoorlijk druk in de cafetaria. De jonge verpleegkundigen waren weg maar een echtpaar van middelbare leeftijd had hun plaatsen ingenomen. Andere mensen met dienbladen keken rond op zoek naar een vrij tafeltje. Een omvangrijke, vermoeid uitziende vrouw met een sliert donkerogige kinderen wees naar een van de lege stoelen aan ons tafeltje en vroeg in gebroken Engels: 'Oké wij daar zitten?'

'Natuurlijk,' zei Zac. We stapelden ons serviesgoed op om ruimte voor ze te maken. Toen pakte hij zijn boek en fluisterde: 'Zullen we gaan?'

Eenmaal buiten vroeg hij: 'Heb je het nu druk? We kunnen langs de South Bank wandelen en ergens een borrel gaan drinken.'

'Goed idee.' Ik had die avond geen plannen en was nieuwsgierig naar Zacs verhaal.

Het was vroeg in de avond en verrassend genoeg nog steeds zonnig, hoewel er vanaf de rivier een kille bries stond. We kochten twee biertjes bij de bar van het National Film Theatre en gingen op een kruk bij het raam zitten, waar we de motorjachten op de rivier konden zien. Op de boulevard stond een jonge jongleur een paar pathetische capriolen te maken.

'Zelfs ik kan dat nog beter,' zei Zac van zijn bier nippend, en ik glimlachte. Hij haalde zijn portefeuille tevoorschijn, haalde er een kaart uit en gaf die aan mij. Het was een enigszins vervaagde kleurenfoto van een blonde baby met een zonnehoedje op.

'Olivia?' zei ik. Hij knikte en ik zag de trotse flits in zijn ogen. Een mooi kind, deze baby, een glimlach lichtte haar gezichtje op.

'Ze is prachtig, Zac,' zei ik en ik meende het. 'Echt prachtig. Maar deze moet genomen zijn...' Jaren geleden, dacht ik verdrietig.

'Dat was haar eerste verjaardag. Abbie heeft hem uit Australië naar me toegestuurd. Dat was de laatste keer dat ik iets van haar hoorde.'

Ik gaf de foto aan hem terug en keek hoe hij hem in zijn portefeuille opborg.

'Jij en Abbie,' peilde ik voorzichtig, in de hoop dat ik me niet opdrong. 'Waren jullie... getrouwd, of zo?'

Hij schudde zijn hoofd. 'Nee. Hoewel ik het haar wel een keer heb gevraagd.'

'Is ze in Australië geboren? Hebben jullie elkaar daar ontmoet?'

Hij lachte. 'Ik ben nooit verder geweest dan Frankrijk. Zij komt uit Melbourne en we kwamen elkaar in Glasgow tegen, we waren allebei twintig. Ik werkte toen al een paar jaar, was daar leerjongen bij een glas-in-loodatelier. Abbie werkte achter de bar in een pub waar ik altijd heen ging. Bekostigde daarmee de universiteit. Ze was zo mooi en sprankelend, en zo makkelijk om mee te praten.' Ik stelde me voor hoe zij Zac aan het praten kreeg. Hij moet destijds nog verlegener zijn geweest.

'Ik wist niet wat ze in me zag.' Zijn gezicht kwam plotseling tot leven toen hij aan haar dacht. Ik moest aan de twee verpleegkundigen denken die in het ziekenhuiscafetaria zijn aandacht probeerden te trekken en plotseling zag ik het. Met zijn donkere ogen, die witte huid, de donkere baardzweem en zijn peinzende voorkomen was Zac ongetwijfeld voor een hoop vrouwen aantrekkelijk. Ik had het gewoon niet eerder opgemerkt, maar aan de andere kant had Zac ook nooit enige moeite gedaan om me erop attent te maken. Hij merkte dat ik hem zat aan te staren en ik zei snel: 'Dus jullie kregen verkering met elkaar?'

'Ja. Ik heb je toch verteld dat mijn moeder is gestorven? In die tijd werd ze net ziek, moest een heleboel ziekenhuistests ondergaan, en toen bleek dat Abbies vader ook ziek was, dus we hielpen elkaar als het ware, zij en ik. Onze zorgen schiepen een band tussen ons. We begrepen wat de ander doormaakte, zie je. Ik kon niet goed overweg met mijn vader en ik had geen broers of zussen. Het was geweldig dat ik met iemand kon praten.'

Ik dacht aan mijn eigen vader. Hoe moeilijk het kon zijn om in het reine te komen met de ziekte van een ouder. Zac nam een lange teug bier. Buiten had de jongleur het opgegeven en was bezig op te breken om naar huis te gaan.

'We waren bijna haar hele laatste jaar aan de universiteit samen,' vervolgde hij. 'Zij was mijn eerste echte vriendin en ik was tot over m'n oren verliefd op haar. Toen ze erover begon dat ze naar Londen wilde verhuizen, kon ik dat niet accepteren. Tegen die tijd was bij mam de diagnose motore-neuronziekte gesteld en ik had Abbie zo hard nodig. Nu ik erop terugkijk, had ik de signalen moeten herkennen en haar moeten laten gaan. Ze was rusteloos, wilde verder. Maar ik dacht dat daar een toekomst voor ons lag.'

'En hoe zat het met haar vader?'

'Die had hartproblemen, de arme man, maar hij had net een operatie ondergaan, het leek beter te gaan, dus ze had niet het gevoel dat ze snel naar huis hoefde te gaan. Ze wilde dolgraag een poosje in Londen wonen, dat wilde ze meemaken. Uiteindelijk gaf ik mijn baan op en ging met haar mee. Voelde me schuldig omdat ik mijn moeder achterliet, maar ik zei tegen mezelf dat ik haar vaak zou gaan opzoeken. Ik dacht niet na over wat er op de lange termijn wellicht kon gebeuren. Of Abbie naar Australië terug zou gaan en wat ik dan zou doen. Als je jong bent, leef je bij het moment, jij ook?'

Ik knikte. Ik had jarenlang precies hetzelfde gedaan. Leven bij het moment, niet wetend waar je verder op moet hopen. En nu leek tijd zo kostbaar. Tijd met pap, tijd om over mijn toekomst na te denken. Ik peinsde daarover terwijl Zac naar de bar ging om nog een drankje te halen.

Toen hij terugkwam, zei ik onmiddellijk: 'Je vertelde dat je naar Londen verhuisde.'

'Ja. We vonden een flatje in Cricklewood. Abbie kreeg een baan bij een reisbureau ergens in de buurt van Oxford Street, maar ik had geen geluk. Ik had mijn leertraject niet afgemaakt, zie je, en het was begin jaren tachtig. Er heerste een recessie, dus mensen werden eerder ontslagen dan in dienst genomen. Het was moeilijk. En Abbie en ik, dat begon mis te gaan. Ik was nog steeds gek op haar, maar ik wist dat zij niet meer zo enthousiast was. Ze had er een bloedhekel aan dat ik de hele dag in huis rondhing. Vond dat ik haar te weinig hielp. Wat waarschijnlijk ook zo was, maar thuis had mijn moeder altijd alles gedaan. Ik zag het niet als de vuilnisbak vol zat of dat de afwas al of niet was gedaan. Ik vond dat ze zeurde.'

Ik moest lachen. 'Bij jou moet ik dus niet gaan wonen.'

'Maak je geen zorgen. Ik ben nu een volleerd huisman. Hoe dan ook. Toen kondigde Abbie aan dat ze zwanger was. Ik was verbijsterd. We hadden het niet gepland, weet je. Toen ik wat van mijn verbazing was bekomen, was ik eigenlijk heel blij. Ik dacht dat Abbie en ik nu wel bij elkaar zouden blijven. Maar het pakte anders uit.'

'Wilde ze de baby houden?'

'Ja, uiteindelijk wel. Haar pap had weer een hartaanval gehad en ze maakte zich zorgen of ze naar huis moest gaan. De baby nam de beslissing voor haar. Dus ten slotte kun je zeggen dat Olivia ons niet bij elkaar heeft gehouden... maar ons uit juist elkaar gedreven heeft. Abbie vertrok toen Olivia drie maanden oud was. Ik had toen een baantje bij een buurtsupermarkt en toen ik op een dag van mijn werk thuiskwam, was ze vertrokken.'

'Zonder het jou te vertellen? Zac...' Ik was verbijsterd.

'Ze had een briefje met haar adres in Melbourne achtergelaten maar vroeg of ik niet achter haar aan wilde gaan. Ze kon het niet aan om me te vertellen wat ze van plan was, zei ze, omdat ze zo in de war was. Omdat zíj zo in de war was.' Hij had zijn vuisten gebald en ik zag aan zijn gezicht dat zelfs nu nog, na twaalf jaar, de pijn van die dag hem altijd is bij-gebleven.

'Wat heb je in hemelsnaam gedaan?' fluisterde ik. 'Ik zou gek gewor-den zijn.'

'Ik denk dat ik dat ook ben geweest. In de paar maanden daarna leef-de ik in een waas. Ik miste ze zo erg, Fran, Abbie en Olivia. Bovendien verdiende ik niet genoeg om de huur te betalen, ik had problemen met mijn uitkering en het geduld van de huisbaas raakte op.'

'Waarom ben je niet naar Glasgow teruggegaan?'

'Dat had ik bijna gedaan, maar tegen die tijd was mam al gestorven… ze stierf een paar weken voordat Olivia werd geboren. Ik wist trouwens dat pap er weinig voor voelde om me weer in huis te nemen. Ik had hem sinds de begrafenis niet meer gezien. Mijn baan in Glasgow zou toch al vergeven zijn en ik vond dat als ik terugging om vervolgens niets te doen, ik zou toegeven dat ik was mislukt. Ik zat compleet aan de grond.

Nu ik erop terugkijk, zie ik wel in dat ik verdriet had, om mam, Ab-bie en Olivia, en ik kon er totaal niet mee overweg, kon me nergens op concentreren. Ik maakte fouten aan de kassa in de supermarkt, en ten slotte kwam ik niet eens meer opdagen. Uiteindelijk zette de huisbaas me met bijna niets op straat. Die avond ging ik naar het hostel van het Leger des Heils in Westminster. De volgende ochtend nam ik een be-sluit. Ik zou Londen nog een week geven, dan zou ik mijn pa bellen en vragen of hij me geld voor de trein naar huis wilde sturen. De dag daar-op zag ik de advertentie op de deur van Munsterglas. Je vader bood me de baan onmiddellijk aan.'

'Ongelooflijk,' zei ik zacht. Geen wonder dat hij zo loyaal was aan pap.

'Een tijdje mocht ik in het appartement bivakkeren, maar ik had wel in de gaten dat hij het niet trok met een kamerbewoner erbij. Een klant hoorde dat ik iets zocht. Zij had een vriendin in Lambeth die haar flat wilde onderverhuren terwijl zij in Spanje ging wonen. Ik greep het met beide handen aan. Het appartement staat in een wat verwaarloosde buurt maar voor mij is hij perfect.'

'En sindsdien heb je Olivia of Abbie nooit meer gezien?'

'Nee,' zei hij zachtjes. 'Ik heb Abbie mijn nieuwe adres gestuurd en na een paar weken kreeg ik een lange brief terug waarin ze alles had opge-schreven wat ze me recht in mijn gezicht had moeten zeggen. Dat het haar speet maar dat ze wist dat het toch niet goed zou uitpakken en dat het geen zin had om elkaar nog te zien. Haar vaders laatste operatie was weliswaar geslaagd, maar het ging nog steeds helemaal niet goed met hem. Ze zouden in Melbourne blijven en ze zei nogmaals dat ik haar niet moest gaan zoeken. De enige keer dat ik daarna nog iets van haar had gehoord, was toen Olivia één jaar werd. Toen stuurde Abbie deze foto.'

Hij pakte hem weer uit zijn portefeuille en we keken er samen naar. 'Abbie schreef dat ze op haar lijkt toen ze zelf zo oud was. Van mij dus geen spoor te bekennen.' Hij klonk bitter.

Ik staarde naar zijn kleine verloren engel. Uiteraard zou Olivia er zo niet meer uitzien – er waren elf jaar verstreken – en toch vertegenwoordigde de foto van dit prachtige kleine meisje iets wat altijd voortduurde. Verlies. Doordat de afdruk vervaagd was, leek ze in tijd en plaats verder weg, alsof we op aarde een kind hadden verloren dat nooit zou opgroeien, maar in een gelukkig doosje in onze verbeelding zat opgesloten, buiten ons bereik.

Toen ik de foto weer aan Zac teruggaf, stond zijn gezicht doods.

'Heb je nooit pogingen ondernomen om in contact met haar te komen?'

'Nee. Ik zat aan de grond, maar als Abbie niet zo stellig had gezegd dat ik niet mocht komen, had ik het geld wel ergens vandaan weten te halen. Maar ze wilde per se niet dat ik kwam. Ik had steeds van die akelige dromen waarin ik als een gek op haar drempel opdook en Abbies familie me wegjaagde. Ik heb zo mijn trots.'

'Je trots zou je niet in de weg moeten staan als het om je dochter gaat, Zac,' zei ik zachtjes.

Hij dacht een ogenblik na en zei: 'Misschien niet, maar het is moeilijk om ergens heen te gaan waar je niet welkom bent. En ik denk dat Abbie nu wel iemand anders heeft. Dat zou nog vervelend kunnen worden, kom ik opdagen, sta ik oog in oog met een andere vent.'

'Hou je nog steeds van haar, Zac?'

Hij schudde zijn hoofd. 'Maar ik weet niet wat ik zou voelen als ik haar weer zou zien. Niet dat daar veel kans op is. Ik weet niet eens waar ze zijn.'

'Er moet een manier zijn om ze op te sporen.' Ik was kwaad. Ik begreep niet waarom Zac zijn dochter niet mocht zien. 'Heb je Abbie nooit geschreven en feitelijk geëist om Olivia te zien? Je hebt toch zeker wettelijke rechten…'

Hij schudde zijn hoofd. 'Dat geloof ik niet. Waarschijnlijk is het zo voor iedereen makkelijker.' Hij klonk verslagen en daar werd ik verdrietig van. Hij dronk zijn glas leeg. Zijn sterke vingers om het flesje zaten onder de littekens, de nagels waren kortgeknipt. En toch had ik hem breekbare stukken fonkelend glas zien bewerken, verfijnde details van lippen, ogen en bloemblaadjes zien schilderen, en kon ik me voorstellen dat hij de hand van een klein kind vasthield.

# 18

*Toen kreeg hij een droom. Hij zag een ladder die op de aarde stond
en helemaal tot de hemel reikte, en daarlangs zag hij Gods engelen
omhoog gaan en afdalen.*

GENESIS 28:12

Die nacht sliep ik rusteloos, opgejaagd door dromen van een verloren
kind. Ik herinnerde me de akelige bliksem, en toen, vlak daarna, ging de
telefoon en sleurde ik mezelf uit een diepe slaap het felle zonlicht in.
Met afgrijzen zag ik op mijn reiswekkertje dat het tien uur was.

'Ik vind het zó erg dat ik woensdag moest afzeggen,' zei Jo toen ik de
telefoon opnam. 'Ik vroeg me af of je vandaag vrij bent. Ik weet dat ik
heb gezegd dat ik het dit weekend druk zou hebben, maar al mijn afspraken gingen de mist in. Toen belde ik mam om vandaag bij mijn
ouders te gaan lunchen, maar ze zei dat dat niet kon omdat ze weggingen.'

Ik moest lachen om Jo's verontwaardigde toon. Ik had vaag het idee
gehad om mijn zondag te besteden aan het uitzoeken van meer Mun-
sterglaspapieren tot het tijd was om naar het ziekenhuis te gaan, maar
nu hoorde ik mezelf zeggen: 'Ik ben in geen jaren in Tate geweest. Zullen we daarheen gaan?' Ik wilde dolgraag mijn geliefde schilderij *Koning
Cophetua* weer eens zien.

'Schitterend idee,' zei ze. 'Hoe was het vrijdag trouwens, met Ben?'

'Interessant,' antwoordde ik en ik vertelde dat we naar zijn huis waren gegaan. 'Er was nog een stel bij: Michael van het koor en een violiste, Nina.'

'Maar je mag hem graag?' drong ze aan.

'Ja,' zei ik tegen haar, en ik voegde daar resoluut aan toe: 'maar alleen
als vriend.'

Ik was opgelucht dat *Koning Cophetua* op zijn normale plek hing. Ik zou verontwaardigd zijn geweest als ze hem aan een of andere tentoonstelling hadden uitgeleend. We vergaapten ons aan Burne-Jones' prachtige bedelaarsmeisje, koninklijk, onaanraakbaar, met aan haar voeten de koning die haar vereert en genegeerd wordt, en ik vroeg me opnieuw af waarom mijn vader het niet had kunnen verdragen dat de poster in mijn kamer hing.

Jo werd meer aangetrokken door *The Golden Stairs*, een raadselachtig schilderij van achttien mooie vrouwen die van een gouden trap afdalen. 'Ze zijn als betoverde geesten in een droom,' zei ze zuchtend.

'Burne-Jones gebruikte voor de lichamen één enkel model,' zei ik. 'Vind je dat niet grappig? Een Italiaanse, Antonia Cavia genaamd.' Maar veel van de gezichten waren van verschillende vrouwen uit Burne-Jones' kennissenkring. 'Het lijkt net alsof hij ze tot de engelenstatus verheft, vind je niet? Kijk, deze hierboven is Burne-Jones' dochter Margaret, die hij aanbad. Hier heb je Frances Graham, destijds zijn geliefde en dit is May Morris, William Morris' dochter, op wie Ruski, George Bernard Shaw en Stanley Baldwin allemaal verliefd werden.'

'Het lijkt me heerlijk om mooi te zijn en tot zo'n soort liefde te inspireren,' verzuchtte Jo toen we vertrokken. Ik wilde een luchtig antwoord geven, tot ik zag dat ze het meende.

'Jo, je weet toch dat dat onzin is. Dan loop je het gevaar een "ding" te worden, een lustobject, in plaats van een persoon. Ik zou denken dat May Morris uiteindelijk al die aanbidding behoorlijk irritant begon te vinden. Naar verluidt was ze als mens heel ontevreden.'

'Toch, aanbeden worden klinkt mij prima in de oren.' Jo klonk zo ellendig dat ik haar vroeg: 'Is er soms iets aan de hand?'

'O, niets,' zei ze schouderophalend. 'Let maar niet op mij. Ik heb gewoon een offday. Zelfs mijn ouders geven vandaag niets om me.' We moesten allebei lachen.

Ik kneep haar in de arm. 'Je bent leuk, precies goed zoals je bent,' zei ik.

'Bedankt,' zei ze, 'en ik veronderstel dat ik... ik weet het niet, me nuttig maak. Maar ik ben liever knap. Zoals jij.' Ze glimlachte verdrietig.

'Nu word ik echt boos,' zei ik. 'Ik ben helemaal niet "knap", zoals jij het uitdrukt.'

Ze lachte. 'Ga je nog mee lunchen?' vroeg ze me. 'Effie van mijn werk belde me nadat ik jou had gebeld. Ze heeft vanmiddag geen hulp, dus ik zei dat ik er rond drieën zou zijn, maar…'

'Dan moet ik toch naar pap toe,' zei ik snel, 'maar lunchen lijkt me fantastisch.' Bij een kleine supermarkt haalden we een paar boodschappen.

Het appartement van Jo's ouders was op de eerste verdieping van een gigantisch, degelijk gebouwd edwardiaans flatgebouw met een breed, gestoffeerd gemeenschappelijk trappenhuis. De woning was bijna nog precies zoals ik me die kon herinneren: weelderig ingericht met Sanderson behang en stijve brokaatgordijnen die aan de zijkant bijeen waren gebonden om nog wat licht uit de schemerige straat binnen te laten.

We aten in de keuken, die over een gemeenschappelijke tuin uitkeek waar op een bank twee islamitisch geklede vrouwen geanimeerd zaten te praten. Drie kleine kinderen met donkere ogen, de meisjes in een witte jurk, speelden op het gras vlakbij.

'Het is grappig,' zei Jo terwijl ze me de schaal met sla aangaf, 'ik had altijd gepland dat ik tegen mijn dertigste zelf kinderen zou hebben. En die kans doemt nog niet in de verste verte aan de horizon op. Wil jij ooit kinderen, Fran?'

Ik grimaste. 'Ik word al doodsbenauwd bij het idee. Denk maar eens aan mijn rare opvoeding. Stel dat ik er ook een puinhoop van maak?'

Jo legde haar vork neer en zette met gefronst voorhoofd haar vingers tegen elkaar. 'Maar je vader heeft zijn best gedaan, Fran. Het is niet zijn schuld dat je mam is gestorven…'

'Nee, dat zal wel niet. Maar het was wel zijn schuld dat hij alle herinneringen aan haar heeft uitgewist en mij met een… leegte liet zitten.' Ik moest aan mijn gesprek met Zac denken. Zijn vriendin Abbie had hetzelfde met hun dochter gedaan. Haar haar vader afgenomen.

'Hebben jouw ouders ooit iets over mijn moeder gezegd?' vroeg ik me plotseling af. 'Ik bedoel, pap moet toch soms met andere volwassenen over haar gepraat hebben? Ik hoorde een keer dat een van de leerkrachten naar haar vroeg.'

Jo, mond vol, schudde langzaam haar hoofd. Het had me als kind altijd verbaasd hoeveel macht volwassenen hadden in situaties waarin ik me behoorlijk machteloos voelde. Ik herinnerde me nog hoe snel pap mijn eerste pianolerares had weggestuurd toen ik hem vertelde dat dat

*178*

erbarmelijke mens met een liniaal op mijn hand sloeg als ik een verkeerde noot speelde. Ik had er spijt van dat ik me er eerst weken zorgen over had gemaakt, bang als ik was dat hij mijn lijden niet serieus zou nemen. Maar ouders hielden ook dingen voor je achter, zoals ik maar al te goed wist, en geheimen die zij als onbelangrijk afdeden, konden tot enorme proporties uitgroeien. Mevrouw Pryde had laten doorschemeren dat ze precies wist waarom een stil, leergierig meisje, Kathy geheten, na een korte vakantie in een hete zomer niet op school was teruggekeerd, maar 'het zou tegenover haar moeder niet eerlijk zijn om dat rond te bazuinen, meisjes', was het enige wat ze zei toen Jo haar smeekte het te vertellen.

'Hoe is het met dat meisje, die Kathy Maybury afgelopen?' vroeg ik Jo, die uiteraard wat in de war was omdat ik zo plotseling op een ander onderwerp overstapte. 'Weet je nog dat we dachten dat ze zwanger moest zijn, aan de drugs was geraakt of dat ze iemand had vermoord?'

'O, Kathy. Het was belachelijk dat iedereen daar zo geheimzinnig over deed. Nu zou het allemaal zo normaal zijn als wat. Het arme kind had gewoon te hard gewerkt, was daar ziek van geworden. Maar toen dacht iedereen dat het iets verschrikkelijks was, een zenuwinzinking. Dan kreeg je het stempel opgedrukt dat je mislukt was. Ze ging na de zomervakantie gewoon naar een andere school. Mam hoorde dat ze het uiteindelijk heel goed deed.'

De woorden 'ziek van verdriet' dwarrelden door mijn hoofd. Ze kwamen uit Laura Brownlows dagboek en Laura had het over haar moeder gehad. 'Heb ik je al verteld over dat dagboek dat ik heb gevonden?' vroeg ik nu aan Jo. Ze schudde haar hoofd, schoof haar bord van zich af, en ik zag dat ze haar eten maar voor de helft had opgegeten. Ik legde het uit.

'Laura's moeder, Theodora, verloor twee kinderen, aan een ziekte. Ongetwijfeld brak er toen iets in haar, maar in die tijd wist niemand hoe je daarmee om moest gaan.'

'Dat moet onbeschrijflijk zijn geweest,' zei Jo met grote, bezorgde ogen. 'En wanneer ze hun kinderen verloren, zeiden de mensen vervolgens dat dat "Gods wil" was.'

'Tegenwoordig klinkt ons dat harteloos in de oren, hè? Maar hoe moest je er anders mee omgaan in een tijd dat er geen remedie was tegen de normaalste kinderziekten? Laura's ouders bleven door hun geloof op de been. Denk eens aan die grafstenen waarop staat dat kinderen "in slaap gevallen" waren, of graven met beelden van kinderen in de armen van engelen. Het komt ons nu sentimenteel voor, maar het heeft de ouders vast geholpen om hun verdriet te kunnen uiten.'

Uit de tuin beneden klonk een kreet. Het jongetje was gevallen en lag te huilen. Een van de vrouwen raapte hem op en wiegde hem in haar armen alsof hij het kostbaarste kleinood ter wereld was. Ik keek naar Jo. Ze keek bezorgd. Ze keek op haar horloge en zei: 'We hebben nog een uur.' Toen stond ze op en begon onnodig haastig de borden af te ruimen.

Ze vroeg of ik thee wilde zetten. 'Heb jij al iets voor het koor van morgen gedaan?' vroeg ik. 'Ben heeft dat in de gaten, hoor. Hij mopperde over mensen die tijdens de repetities van bladmuziek lezen.'

'Geen tijd gehad,' zei ze nors. 'Hoe dan ook, wij hebben geen piano zoals jij. Ik had een van die bandjes moeten bestellen waar Val mee aan kwam zetten, maar ik realiseerde me niet dat het allemaal zo serieus was.'

'Was de vorige dirigent ook zo?' vroeg ik.

'Nee, die was veel laconieker. We dachten dat Ben ook zo zou zijn. In juni hebben we een proefrepetitie met hem gedaan en toen leek hij heel relaxed.'

'Maar kennelijk is hij nu serieuzer?'

'Ja, hij heeft absoluut meer ambitie dan we dachten. Het punt is dat veel mensen alleen komen omdat ze zo graag zingen. De meesten van ons zijn geen musicus of zoiets. We willen niet al onze vrije tijd aan repeteren spenderen. Mensen vinden het niet leuk als de dirigent ze te veel onder druk zet.'

'En jij vindt dat Ben dat doet?'

'Mogelijk. We zien wel hoe hij morgen is. Maar als hij zo doorgaat, geloof ik niet dat ik er nog met veel plezier naartoe ga.'

'Dat is jammer,' zei ik. In een ondeugende opwelling voegde ik eraan toe: 'Dominic zal je missen.'

'Doe niet zo raar.'

'Echt. Hij kan zijn ogen niet van je afhouden.'

'Larie. Hij is alleen maar aardig. Hij heeft nog nooit ook maar iets...'

'Neem het nou maar van me aan, ik zie die dingen. Niet als het om mezelf gaat, helaas, maar wel bij andere mensen.'

Ze glimlachte verdrietig en begon aan een nijnagel aan haar duim te plukken. 'Hij is heel erg aardig. Maar ik denk dat je het mis hebt, en trouwens, ik ben niet geïnteresseerd.'

Ik dacht aan Dominic, een van die mannen die je onmiddellijk voor je innemen, die goedheid en eerlijkheid uitstraalden. En hij zag er nog leuk uit ook. Niet knap in de klassieke zin, of, en dat viel me nu pas op, sexy zoals Ben. Hij was zich er niet van bewust dat hij aantrekkelijk was, zoals met Ben wel het geval was. Hij was gewoon iemand die je meteen graag mocht. Een aantrekkelijke man die helemaal bij Jo paste.

'Waarom ben je niet geïnteresseerd?' drong ik aan, maar ik merkte dat ik te ver was gegaan.

Ze trok aan de nijnagel en scheurde hem eraf. Bloed welde op. 'O, wie weet nou waarom iemand zich wel of niet tot iemand aangetrokken voelt? Ik kan het niet verklaren.'

'Sorry,' zei ik, maar in plaats van dat ze zich uitputte in verontschuldigingen, wat ze meestal deed als ze bang was dat ze iemand had beledigd, zoog ze alleen maar met een peinzende uitdrukking op haar gezicht aan haar duim terwijl ze de thee inschonk.

Ze zette met een klap een mok voor me neer.

'Zo, hoe gaat het met Amber?' vroeg ze, terwijl ze ging zitten.

'Amber? O, die gaat als een speer,' antwoordde ik. 'Ze windt Zac om haar vinger. Hij is echt onder de indruk van haar vorderingen. Weet je, ze heeft voor twee kinderkamerramen de ontwerpen gemaakt, en ze zijn prachtig.'

'Ik ben zo blij,' zei Jo. Ze was weer de oude, optimistische Jo en haar ogen glansden. 'Ik merk dat dit echt heel belangrijk voor haar is. Ik geloof niet dat haar leven in het hostel er veel makkelijker op is geworden, maar ze lijkt er beter mee overweg te kunnen. Ze ging gisteren kleren kopen. Ik ben benieuwd wat ze voor zichzelf heeft gekocht.'

'Niet veel met wat ik haar kan betalen,' zei ik. 'Moet ze het hostel geen huur betalen als ze geld verdient?'

'Dat is maar heel weinig,' zei Jo. 'Moet je horen, heb je het hostel ooit gezien? Ga even met me mee als je nu tijd hebt, voordat je bij je vader op bezoek gaat.'

'Ja, leuk,' zei ik.

Toen we op het punt stonden het huis uit te gaan, ging de telefoon. Jo griste de hoorn van de haak, maar toen zei ze: 'Mam,' en er trok een geërgerde uitdrukking over haar gezicht. 'Het gaat prima met me, echt waar. Fran is hier, maar we staan op het punt om weg te gaan. Ik moet aan het werk.'

Ze legde de telefoon neer. 'Ze belde van het feestje waar ze heen moesten, ongerust bij het idee dat ik in mijn eentje zou zijn. Echt waar.'

Ik moest weer denken aan de verontwaardigde toon waarop Jo had gezegd dat haar ouders hun eigen leven zouden moeten hebben, en wachtte me er wel voor om commentaar te geven.

Het moderne bakstenen gebouw waarin het St. Martin's vrouwenhostel huisde moest in de plaats zijn gekomen van de nogal grimmige jarendertigkantoren die ik me herinnerde uit de periode dat ik van huis wegging. Om een of andere reden had ik me een beeld gevormd van kale, schoolse slaapzalen of een ouderwetse jeugdherberg met stapelbedden. Het was een aangename verrassing toen ik langs vrolijk ingerichte eenpersoonskamers werd rondgeleid die bezaaid lagen met vrouwenspullen, en vaak met een badkamer erbij. Op de begane grond waren een keuken en een café waar je op bepaalde uren snacks kon krijgen, een grote woonkamer met de onvermijdelijke tv die in een hoek stond te blèren.

'Het is echt enig,' zei ik tegen Jo.

'De meisje verblijven er tijdelijk,' zei ze. 'Ze kunnen hier wonen tot ze er weer bovenop zijn en verder kunnen. We hebben ongeveer dertig plaatsen en je zult begrijpen dat er een wachtlijst is. Maar als ze de regels overtreden, vliegen ze eruit. We kunnen hier geen illegaal drugsgebruik, dronkenschap, geweld of dat soort dingen hebben.'

Het was zondagmiddag, dus er waren niet veel mensen. Alleen een klein groepje meisjes zat in een hoek van het café frisdrank uit de automaat te drinken. Een van hen, gekleed in een T-shirt en in wat eruitzag als een pyjamabroek, leunde tegen de witgestuukte muur en rookte een sigaret, haar zwarte korte haar omlijstte een bleek gezicht met een veeg felrode lippenstift. Ze had kleine, knappe gelaatstrekken, maar een harde trek om haar mond en spelonkachtig donkere schaduwen onder haar ogen. De blik waarmee ze Jo en mij aankeek toonde zo veel minachting dat het pijn deed. De andere meisjes zaten met hun voeten omhoog op de stoelen om ons heen en keken kort op toen Jo gedag zei.

'Dit is mijn vriendin Fran. Ik geef haar een rondleiding. Ali, je weet dat je hier niet mag roken. Doe dat buiten, alsjeblieft.'

Er viel een gespannen stilte die maar leek aan te houden. Toen nam Ali langzaam een laatste lange trek van haar sigaret en gooide de peuk in een colablikje. Ze liep weg in de richting van de trap, alle ogen op haar gericht. Niemand zei iets.

'Zo,' zei Jo tegen niemand in het bijzonder, en de spanning week.

'Heb jij vanavond dienst, Jo?' vroeg een van de andere meisjes, een mollig, ongelukkig ogende blondine met een kleine-meisjesstem, en een dikke laag make-up die de akelige acne niet kon verhullen.

'Inderdaad, Cassie,' antwoordde Jo. 'Weet iemand of Amber in de buurt is? De vader van Fran is eigenaar van de winkel waar Amber werkt.'

De meisjes bekeken me nu met meer belangstelling. Even later zei Cassie: 'Zij en Ali hebben ruzie gehad. Amber is kwaad weggelopen. Weet niet waarheen.'

'Ah,' zei Jo. 'En waar ging die ruzie over?'

'O, altijd hetzelfde liedje. Ali scheldt Amber uit voor onderkruipsel of zoiets en dan begint Amber te zeuren. Ze is nog zo'n kind.'

'O, Cassie…' begon Jo.

'Het zou prima met haar gaan als ze een beetje van zich af zou bijten,' zei een mager meisje dat haar haar op gespleten punten afzocht. 'Daar heeft Ali zo'n hekel aan, dat Amber niet terugvecht.'

Jo en ik liepen door naar de hal bij de ingang. 'Het blijft niet bij uitschelden, daar maak ik me zorgen over,' zei Jo met zachte stem. 'Ali kan zo gemeen zijn en de anderen zijn bang voor haar. Het zijn geen slechte meiden, maar ze worden door haar gekoeioneerd en doen wat ze zegt. Maar we komen er wel.'

Met een omhelzing nam ik afscheid van Jo, ik bedankte haar en ging op weg naar mijn vader.


Pap droeg vandaag geen zuurstofmasker en een verpleegkundige vertelde dat hij een stuk beter ademhaalde. Hij lag tegen een stapel kussens en keek me met ongeruste ogen aan. Een keer opende hij zijn mond en dacht ik dat hij iets wilde zeggen, maar het werd een gaap.

'Ik heb je over Amber verteld, toch?' vroeg ik hem. 'Zij is dat meisje dat ons is komen helpen in de winkel. Ze woont in het kerkhostel. Ik ben daar vanmiddag geweest. Het is er heel anders dan je zou verwachten.

Jo had gelijk dat we Amber in dienst moesten nemen,' zei ik tegen hem. 'Ze heeft feeling voor het glaswerk. Ze werkt zelfs voor Zac aan een paar ontwerpen. Hij doet al het moeilijke werk, maar zij helpt hem bij het uitkiezen van het glas.'

Paps ogen glansden belangstellend, of verbeeldde ik het me maar? Hoe dan ook, het stimuleerde me om verder te gaan. 'Nu Amber er is wordt alles wat makkelijker, hebben we wat meer ruimte. En de klanten mogen haar graag.' Ze was goed in het praten over koetjes en kalfjes, over de gezondheid van mensen en het weer, waar pap en Zac bepaald niet in uitblonken.

Ik herinnerde me dat Zac pap over Olivia in vertrouwen had genomen. 'Zac vertelde me waardoor je hem om te beginnen in dienst hebt genomen,' zei ik tegen pap. 'Destijds heb je me daar niks over gezegd. Ik vind het geweldig, zoals je hem hebt geholpen.'

Ik zweeg even, alsof ik verwachtte dat hij antwoord zou geven. Wat zou hij hebben gezegd? 'Hij was duidelijk de juiste man voor de baan.' Of: 'Dat leek me het beste.' In elk geval iets prozaïsch, waarin geen ruimte was voor emotie.

Ben belde vroeg in de avond.

Toen ik de telefoon opnam liep ik naar het woonkamerraam en gluurde over het plein, me afvragend of ik hem kon zien. Maar het avondlicht reflecteerde op zijn ramen.

'Kom je morgen naar het koor?' vroeg hij.

'Nog geen kudde olifanten kan mij daar vandaan houden,' zei ik gevat.

'Mooi. Ik belde je om je advies te vragen als collega-muzikant. Wat vind jij van zangoefeningen?'

'Zangoefeningen?'

'Ja, voor het koor. Als we, laten we zeggen, het eerste half uur ademhalings- en ontspanningsoefeningen doen, en toonladders, dat soort dingen.'

'Mmm.' Ik probeerde me voor te stellen of Jo dat wel zo leuk zou vinden.

'Het kan voor het optreden alle verschil uitmaken.'

'Waarom vraag je dat aan mij? Ik ben nieuw. Ik ken nauwelijks iemand.'

'Daarom juist, jij kijkt nog met enige objectiviteit tegen de hele zaak aan. En, zoals ik al zei, jij bent musicus.'

'O, oké. Nu je het vraagt, denk ik dat ze het voor een paar minuten niet zo erg vinden, maar als je het langer doet, gaan ze het misschien zien als hard werken en vinden ze het wat saai. Een half uur is te lang.'

Ben ademde scherp in en zei: 'Dat denkt Michael ook. Jullie zullen wel gelijk hebben. Oké, ik probeer het tien minuten.' Toen zei hij zachtjes: 'Het spijt me trouwens van vrijdagavond.'

'Wat bedoel je?'

'Het moet behoorlijk vermoeiend zijn geweest, luisteren naar verhalen over mensen die je niet kent. Nina is nu aan ons gewend, natuurlijk...'

'Nee, het gaf niets, echt niet. Maar het is wel fijn dat je het zegt.' Zijn bezorgdheid ontroerde me.

'Mooi,' zei hij. Er viel een korte stilte en ik vroeg me af of hij een andere reden had om te bellen, maar toen zei hij: 'Ik moet ophangen. Over twintig minuten is er een kerkenraadsvergadering. Zie je morgen. Misschien kunnen we iets organiseren.'

'Ja, moeten we doen,' zei ik in de hoop dat hij nu meteen ergens mee zou komen. Maar hij hing op.

Ik legde de telefoon neer, niet zeker of ik me gelukkig of geërgerd voelde, of ik moest denken dat er al of niet iets tussen ons was. Hij was aantrekkelijk, dat kon ik niet ontkennen. We hadden een gezamenlijke interesse in muziek en ik dacht, maar misschien had ik het mis, dat er een vonk tussen ons oversprong.

Als ik er nu op terugkijk, realiseer ik me dat ik heel snel over Nick heen was. Zo diep had dat helemaal niet gezeten. Maar ik was er wel heel gevoelig door geworden. Om die reden en door mijn angst om pap was ik kwetsbaar.

Ik kwam die avond nergens aan toe. Ik probeerde op de oude piano wat van Gerontius door te nemen, maar hij was verschrikkelijk vals. Ik mijmerde over mijn tubakoffer die in de hoek stond, maar ik had geen zin om het instrument tevoorschijn te halen. Het appartement zag er erbarmelijk uit met zijn verschoten meubilair en desolate atmosfeer. Flarden herinneringen uit mijn jeugd schoten me te binnen. Uiteindelijk slofte ik mistroostig naar de zolder. Dat bleek het beste wat ik had kunnen doen, want ik ging al snel helemaal op in mijn zoektocht door overgebleven mappen in de kast waar ik Laura's dagboek had gevonden.

Tegen de tijd dat ik weer boven water kwam, gaf mijn horloge elf uur aan, maar ik had niets gevonden. Ik had mappen uit de laden uit 1880, 1881 en zelfs uit 1882 voor de dag gehaald en ze niet één keer, maar een paar keer doorgespit, had elke brief en elk ontvangstbewijs omgedraaid, eindeloos tekeningen opengevouwen op zoek naar een modeltekening van het raam met de engel.

Ik vond schetsen van heiligen en discipelen, kruisigingen, de heilige familie, van scheppingen en apocalypsen, en van engelen, ja, tientallen engelen. De Engel van de Heer – waarvan aangenomen wordt dat die de personificatie van God zelf is – die Sadrach, Mesach en Abednego uit hun Babylonische smeltoven redt, engelen die als boodschapper maagden en herders bezoeken, hele engelenkoren die God in de hemel bejubelen, maar mijn engel niet.

Ik vouwde voorzichtig een gescheurde schets op van cherubijnen die een rondedansje maken en legde die weer op zijn plek, gearchiveerd onder: 'juni 1882'. Los van die brief van dominee Brownlow leek Laura's engel uit de officiële analen te zijn verdwenen. Elke verwijzing naar zijn vervaardiging was verdwenen. Waarom?

Waar kon ik verder nog kijken? Er moest ergens een plaatje in een oud boek staan. Of misschien… plotseling herinnerde ik me het glas-in-loodmuseum op Ely. Misschien konden zij me helpen.

Ik zei tegen mezelf dat ik ze de volgende dag zou bellen en liep naar beneden om een paar bladzijden uit Laura's dagboek te lezen.

# 19

*Vier engelen aan mijn bed,*
*Vier engelen om mijn hoofd,*
*Een om te waken en een om te vragen,*
*En twee om mijn ziel weg te dragen.*

THOMAS ADY

## Laura's verhaal

De eerste brief van meneer Russell kwam eind april en Polly bracht hem naar de ontbijttafel. Laura herkende het merkwaardige, stakige handschrift op de envelop onmiddellijk en ze raakte een beetje gespannen. Het was alsof een diep weggestopt stukje van haar geest hierop had zitten wachten. Ze mompelde een excuus tegen haar moeder en nam het epistel mee naar haar kamer, waar ze het voorzichtig opende en haar adem inhield van pret. In de marges van het dikke roomkleurige papier wemelde het van grappige tekeningetjes van engelen en dieren.

'Vergeef me alsjeblieft dat ik u schrijf, miss Brownlow,' had meneer Russell geschreven, 'maar ik heb dringend uw advies nodig. Het is het eeuwenoude probleem waarbij je moet proberen om het twee meesters naar de zin te maken, en aangezien u in dit geval beide partijen kent, wilt u misschien wel zo goed zijn om voor koning Salomo te spelen.

Het gaat om mijn ontwerp voor het raam van Moeder met Kind. Ik heb het naar de neef van de weldoenster gestuurd, meneer Jefferies, en moest vandaag tot mijn verdriet vernemen dat het zijn goedkeuring niet kan wegdragen. Als het een glorieuze Maagd met Kind moet worden, zo schrijft hij in zijn brief, dan wenst hij er meer van die glorie in terug te zien. Harpen, cherubijnen en roze wolken, en alle mogelijke sentimentele narigheid waar zijn overleden tante kennelijk zo van hield, maar daar begin ik niet aan. Je vader heeft vorige week mijn ontwerp gezien en het goedgekeurd, dus nu zit ik in een lastig parket. Hoe moet het nu verder?'

Verbaasd las Laura de brief nog een keer. Meneer Russell hechtte waarde aan haar advies! Ze had het betreffende ontwerp gezien, een kleurenschets die hij aan Laura en haar moeder had gegeven. Ze hadden de eenvoud, het ongekunstelde ervan bewonderd. Ze gaf vol vertrouwen antwoord. Ze ging aan haar schrijfbureau zitten en pakte haar pen.

'Mijnheer,' schreef ze, 'uw Maria is al getooid met verzadigd blauw en goud zoals dat bij een koninklijke status past. Misschien kan een eenvoudige kroon, om haar positie als Koningin der Hemelen aan te geven, meneer Jefferies tevredenstellen zonder uw artistieke fijngevoeligheid geweld aan te doen? Twee cherubijnen, zoals die mooie exemplaren die u onder aan uw brief hebt getekend, zouden de kroon boven haar hoofd kunnen houden. Verder hoeft er niets veranderd te worden.'

Maar Russell liet zich niet zo makkelijk ompraten. 'Mijn hemel, cherubijnen en kronen vertegenwoordigen de ergste uitspattingen in de barok,' schreef hij die middag terug. 'Misschien kunnen we met elkaar afspreken en bekijken hoe de zaak kan worden geregeld. Als het zacht weer is, kunnen we wellicht een wandeling in het park maken. Komt morgen om twee uur uit?'

Met een vaag achterbaks gevoel gaf ze een tijdstip op voor de volgende dag waarvan ze wist dat haar vader weg zou zijn en haar moeder naar een bijeenkomst moest. Laura wist niet waarom, maar ze wilde Philip Russell alleen ontmoeten.

De volgende dag was hij er stipt om twee uur en ze nam hem mee naar de studeerkamer van haar vader. Opmerkelijk genoeg was zijn ergernis over het raam als de laatste plukjes grijze ochtendwolken verdwenen. Hij had zelfs een nieuwe schets bij zich waarin Laura's suggesties verwerkt waren, hoewel op een andere manier dan zij het zich had voorgesteld: de engelen waren eerder androgyne jongelingen dan kleine kinderen. 'Laat het maar hier, zodat mijn vader ernaar kan kijken,' stelde ze voor en Russell stemde daar graag mee in.

'Nou, zullen we gaan wandelen?' zei hij, 'het is buiten wel winderig, maar heel aangenaam.' Ze haalde haar bonnet en een paisley sjaal en ze gingen op weg.

Terwijl ze door St. James' Park dwaalden, naar kinderen keken die tikkertje op het gras speelden en naar een giechelende groep met een bal spelende jonge vrouwen, bedacht Laura dat ze zich nog nooit zo gelukkig had gevoeld.

Ze praatten gemakkelijk met elkaar, zij en Russell, over schilderijen en boeken die ze mooi vonden. Aarzelend vertelde ze hem over haar eigen schrijfpogingen. 'Ik weet niet of het wel wat is,' bekende ze. 'Ik heb een keer een verhaal van me naar een tijdschrift gestuurd, maar het kwam terug met een brief dat ze er geen plaats voor hadden.'

'Ik wil uw verhalen wel lezen, als het mag,' zei hij. 'Ik lees zo nu en dan voor een bevriend uitgever van me, dus ik weet hoe het werkt.'

'Dat is heel vriendelijk van je,' zei ze, 'als het je tenminste geen moeite kost.' Ze voelde zo'n genegenheid voor hem dat ze er onbewust op vertrouwde dat hij haar epistels serieus zou nemen. Ze bewogen zich in zulke verschillende milieus, hij tussen kunstenaars en schrijvers, rijke weldoeners tegenkomend zoals de familie van zijn vrouw Marie, en toch hadden ze zo veel gemeen. Ze waren kinderen van kerkelijk geestelijken en dat schiep een band tussen hen.

'Wij zijn vaker verhuisd dan jullie,' zei hij. 'Mijn vader was een rondreizende dominee en zelden thuis. Elke twee of drie jaar werd hij naar een andere regio gestuurd en mijn arme moeder was dan altijd buiten zichzelf van de zorgen over andere gordijnen en het passen en meten van het meubilair voor het volgende huis, ze klaagde over de ligging van de kamers of dat de buurt niet al te best was en hoe moeilijk het was om weer een kokkin te vinden. Op mijn achtste werd ik naar kostschool gestuurd en hoefde zo die onrustige verhuizingen niet meer mee te maken, maar daarna leek het of ik nergens meer een thuis had.' Hij kwam ook uit een gezin met vijf kinderen, maar hij was de enige zoon. 'Mijn ouders zijn verbijsterd over mijn beroep, laat staan over de vrouw van mijn keuze.'

'Waarom hebben ze dan bezwaar tegen haar?'

'Voor hen is ze vreemd, exotisch, ze gaat hun bekrompen beleving te boven. Haar moeder is Italiaanse en Marie is met de anglicaanse kerk opgevoed, maar als u mijn vader over haar hoorde zou u hebben gedacht dat ze de paus in eigen persoon was.' Op dat moment voelde Laura zijn woede, zijn bitterheid. Zo te horen was zijn loyaliteit aan zijn vrouw nog altijd onwrikbaar, ondanks de wond die ze hem had toegebracht. Maries vader was een rijke scheepsmagnaat, vertelde hij Laura, en ze had haar moeders gepassioneerde, labiele aard geërfd. 'Soms denk ik dat ze er zelf niets aan kan doen,' zei hij verdrietig. 'Ze oefent een enorme aantrekkingskracht op mannen uit.'

Na hun ontmoeting keek Laura uit naar weer een brief van hem. Die kwam de volgende dag, en opnieuw nodigde hij haar uit om hem haar verhalen te laten lezen. Ze pakte haar aantekenboek in en stuurde het hem met een schietgebedje toe dat hij ze maar mooi mocht vinden. Dat deed hij en een paar dagen later schreef hij terug en vroeg of hij ze aan zijn vriend de uitgever mocht laten zien. 'Het kan misschien even duren,' waarschuwde hij. 'Mijn vriend heeft het vaak razend druk.' Ze stelde zich tevreden met te wachten, en al helemaal omdat hij in een naschrift voorstelde om over twee dagen weer te gaan wandelen.

Die keer kwamen ze op straat twee vrouwen van de kerk tegen, die Laura begroetten en meneer Russell uiterst nieuwsgierig opnamen, zodat Laura tijdens het hele uitstapje bang was dat ze in de gaten werden gehouden. Toen ze op Greycoat Square afscheid van elkaar namen, wist ze zeker dat ze achter hen, aan de overkant van de straat, een glimp zag van meneer Bond, en ze haastte zich naar binnen zodat ze hem niet hoefde te ontmoeten.

Niet dat ze met de wandelingen met meneer Russell ook maar iets verkeerds deed, verzekerde ze zichzelf, terwijl ze naar boven glipte om een andere jurk aan te trekken omdat deze met modder bespat was. Op een openbare plek converseren met een getrouwde man van veertig, een vriend die de familie kende, kon je nauwelijks een schande noemen. Maar er was iets waardoor ze er niet zeker van was of haar ouders het ook zo zouden zien. Ja, hij was een vriend en alleen maar een vriend. Dat accepteerde ze, maar ze was zich bewust van een groeiende genegenheid tussen hen, een intimiteit die haar zowel voldoening schonk als van haar stuk bracht.

Terwijl ze haar haar goed deed, zei ze tegen zichzelf dat ze hem hielp door te luisteren naar zijn ontboezemingen over zijn verdriet over Marie en dat ze hem daarin kon troosten. Zij op haar beurt merkte dat ze openhartiger werd, dat ze hem haar eigen verdriet toevertrouwde over het verlies van Caroline, iets waar haar ouders zelden over praatten. Meneer Russell luisterde teder en doordat ze steeds dichter naar elkaar toe groeiden, realiseerde ze zich hoezeer ze goede vrienden miste, vooral nu Harriet helemaal opging in het moederschap. Toen ze naar haar verhitte gezicht in de spiegel staarde, moest ze toegeven dat ze er nu al naar verlangde hem weer te zien.

Nadat meneer Russell de schets van de Moeder met Kind opnieuw had getekend, liep het werk aan de ramen vertraging op. Meneer Brownlow keurde de veranderingen goed, maar meneer Jefferies moest voor zaken naar het buitenland voor hij ze had kunnen zien. Tegen de tijd dat hij terugkwam, was het meneer Russells beurt om te vertrekken. Hij en Laura hadden opnieuw op een middag met elkaar afgesproken, maar 's ochtends ontving ze een haastig geschreven briefje van hem.

'Ik heb slecht nieuws van het thuisfront ontvangen,' stond er, 'en kan onze afspraak helaas niet nakomen. Mijn vader is ernstig ziek en ik vertrek onmiddellijk naar Manchester.'

Laura was teleurgesteld en moest zichzelf eraan herinneren dat ze voor Russell senior zou bidden.

De toon van zijn volgende brief, vijf dagen later, was ziedend. 'Mijn reis had weinig zin. Mijn vader heeft zich godzijdank opmerkelijk van zijn attaque weten te herstellen. Hij is duidelijk op krachten aan het komen want hij gaat voortdurend tegen me tekeer. Hij geeft mij, míj, de schuld van het feit dat Marie is weggegaan, zegt dat ik nooit met haar had moeten trouwen. Ik kan hier niet meer tegen en keer zodra mijn verplichtingen jegens mijn ouders het toelaten naar Londen terug.

Zeg alsjeblieft tegen uw vader,' eindigde hij, 'dat ik vastbesloten ben onmiddellijk het werk aan de ramen weer ter hand te nemen.'

# 20

*Heilig, heilig, heilig*
*De God der hemelse machten*
*Vol zijn hemel en aarde van uw heerlijkheid.*
LOFZANG DER ENGELEN

'Zijn engelen meisjes of jongens?' vroeg ik de dominee toen hij maandagochtend vroeg de winkel binnen kwam. 'Dat vind ik maar knap lastig.'

'Ah,' zei hij met gefronst voorhoofd. 'Religieuze teksten spreken meestal van "hij" maar traditioneel wordt aangenomen dat ze geslachtsloos zijn. Het wordt nog verwarrender door het feit dat ze in de kunst vaak vrouwelijk worden afgebeeld. Ik vrees dat ik je daar niet erg bij kan helpen. Maar ik ben hier vanwege onze engel. Slecht nieuws, helaas. We hadden gisteravond onze kerkenraadsvergadering, zoals je weet, en... nou, we zijn weggestemd.'

'En dat betekent?'

'Dat ze het onzin vinden om het raam te restaureren.'

'O nee.'

'Toch wel. Ze hebben wel een punt, denk ik. Die plek wordt nu ingenomen door een gedenkkraam. De dames van de Mothers Union zouden heel erg beledigd zijn als dat zou worden weggehaald. Maar het belangrijkste aspect is geld. Ons wordt voortdurend gevraagd om onze thuislozenprojecten uit te breiden en bovendien is mij onder de aandacht gebracht dat het orgel een keer gerestaureerd moet worden. Onder die omstandigheden is het moeilijk argumenten te vinden om het raam met de engel te laten repareren. Hoewel we onze onderhoudsverplichtingen moeten nakomen, is verfraaiing van het kerkgebouw ten koste van de hulp aan de armen tegenwoordig niet erg populair. Een ruime meerderheid was tegen, moet ik tot mijn spijt zeggen.'

Hij staarde mistroostig naar de grond.

'Dus ik veronderstel dat ik hem... of haar, of het...' Plotseling moest hij lachen... 'van je terug moet vragen. We kunnen het werk dat je eraan hebt niet betalen, behalve dan wat je tot nu toe hebt gedaan, evenals het reparatiewerk aan de andere ramen.'

'Dat is jammer,' zei ik. Terwijl dit nieuws tot me doordrong, merkte ik tot mijn ontsteltenis hoe terneergeslagen ik was dat ik de queeste moest opgeven. 'Heel erg jammer. Ik weet niet wat ik moet zeggen...'

'Dus kom ik een keer met de auto om de doos op te halen... tenzij Zac zo vriendelijk wil zijn met zijn bestelbus langs te komen?'

'Juist,' zei ik afwezig. Ik dacht koortsachtig na, op zoek naar een oplossing.

De predikant staarde ongelukkig naar paps engel in de etalage.

Ik dacht aan Laura's dagboeken. Ik had het gevoel dat ikzelf als het ware op reis was, de geschiedenis van de engel ontrafelde, in de ban raakte van de zoektocht naar hoe die eruitzag, en zodoende te weten kwam over Munsterglas. Misschien ging ik wel verder met paps boek.

Ik zou het heerlijk hebben gevonden om het raam weer in elkaar te zetten. En Zac ook. Het geld zou welkom zijn geweest. Maar ik had ontdekt dat pap een gezond saldo op de bank had staan, dus dat deed dat er eigenlijk niet toe.

'Jeremy?'

'Hmm?'

'We kunnen nog steeds iets doen, weet je. Dat wil ik graag. Het raam restaureren, bedoel ik. We hoeven er niet voor betaald te worden. De hele zaak intrigeert me, dat is het gewoon. Ik voel me op een of andere manier bij het verhaal betrokken, helemaal nu ik Laura's dagboek aan het lezen ben.'

'Dat begrijp ik wel, maar dat kan ik niet van je vragen,' zei hij. 'Het is zo veel werk, en de materiaalkosten komen er nog bij.'

Het zou tijd kosten, daar was ik het niet mee oneens. We moesten onderzoek doen naar het ontwerp van het raam en, nog los van de methoden die we zouden moeten toepassen, uitzoeken waar we het juiste glas en lood konden krijgen. En dan moest het nog in elkaar gezet worden. Maar stel dat we dat allemaal voor elkaar zouden krijgen?

'We zouden het verschrikkelijk graag willen doen,' zei ik. 'Dit is het soort werk dat pap ook zo graag had willen doen, het soort werk waarvan hij zou genieten als hij gezond was geweest. Hij zou heel blij zijn als we het deden, dat weet ik zeker.'

'Weet je, dat denk ik eigenlijk ook. Fran, het is een schitterend voorstel, het overvalt me nogal. Zoals je weet is het voor mij ook een troetelproject geworden. Als ik de kerkenraad er niet van kan overtuigen om er gemeentegeld aan te besteden, nou, dan kunnen Sarah en ik misschien privé wat bijdragen.'

'Daar kunnen we het nog wel over hebben, maar ik ben al blij dat je ermee instemt dat wij het gaan doen. Ik moet het wel nog aan Zac vragen, natuurlijk.' Ik lachte. 'Hij moet tenslotte het meeste werk doen.'

'En ik moet het aan de kerkvoogden vragen omdat het raam eigendom van de kerk is. Maar ik zou niet weten waarom iemand het er niet mee eens zou zijn, jij wel?'

'Er is nog één ding,' zei ik. 'Als we dit doen, zou ik het fijn vinden als de engel ook ergens terechtkomt. Ik begrijp dat je het gedenkkraam niet wilt ontmantelen, maar ik zou verschrikkelijk teleurgesteld zijn als de engel helemaal geen thuis kreeg en onzichtbaar ergens in een museumkelder blijft liggen.'

'Ik begrijp wat je bedoelt. Mmm. Ik zie al meteen een paar mogelijkheden, maar ik moet eerst goed bekijken of dat wel gaat lukken. Eigenlijk is er nog een raam, naast dat van de Mothers Union, maar daar staat momenteel een kast voor. Volgens mij heeft het de juiste afmetingen, maar dat moet ik controleren. En bedenken waar we de kast dan kwijt moeten. En vervolgens moeten we natuurlijk nog toestemming vragen. Maar, nou ja, liefje, ik ben heel blij dat je er zo op reageert. Wat een royaal aanbod. Ik ben helemaal opgevrolijkt.'

Toen hij wegging en met fikse pas door het park wegbeende, glimlachte ik toen ik zag dat hij plotseling zo dartel als een dertig jaar jongere man naar opzij sprong en een verdwaalde bal naar een peuter terugschopte.

Ik deed de lichten in de werkplaats aan en, opgemonterd door mijn aanbod aan Jeremy, besloot ik meteen mijn belofte van gisteravond in te lossen. Ik ging het kantoor in om het telefoonnummer van het glas-inloodmuseum op te zoeken. Toen de telefoon werd opgenomen, vroeg ik iemand van de staf te spreken. Ik vertelde haar het hele verhaal en ze vroeg me verschillende namen te spellen en datums uit te leggen. 'Ik bel je zo gauw ik kan terug,' zei ze, en ik legde de telefoon neer met de gedachte dat ik nu misschien wat vooruitgang zou boeken.

'Natuurlijk doen we het,' was Zacs onmiddellijke reactie op het nieuws dat we niet betaald zouden worden voor de reconstructie van de engel.

'We zullen het naast alle lopende opdrachten moeten doen,' zei ik. 'En je loopt nu al over van het werk.'

'Sommige klussen zijn gewoon de moeite waard,' zei hij zonder tegenspraak te dulden. 'Ik vind het leuk om te doen.'

Goeie ouwe Zac. Niet dat ik echt had verwacht dat hij iets anders zou zeggen.

Die avond was kooravond en Ben was tot de tanden toe gewapend.

'We pikken het op vanaf het tutti op pagina 41. "Ga, in de naam van engelen en aartsengelen". En het is fortissimo. We sturen zijn ziel met luid trompetgeschal de wereld af. Ik wil dat hij wordt weggeblazen. Klaar... drie, vier.'

'Ga...' haperden we allemaal, terwijl we moeite hadden om de hoge toon te halen.

'Nee, nee, nee. Ik zeg wegblazen. Zing het nou alsof jullie het ook menen. Graham, geef die A even, alsjeblieft. Nog een keer, drie, vier.'

'GA!' gilden we allemaal. Ben sloeg zijn ogen ten hemel maar liet ons doormodderen.

'Let op jullie timing, tenoren!'

De repetitie was redelijk goed gegaan. Veel mensen keken verbaasd toen het idee werd geopperd om zangoefeningen te doen, maar hadden dapper meegedaan. Maar na tien minuten begon een groep alten, die ik een keer door Michael onaardig had horen betitelen als de 'breiclub', achterin te praten en ik merkte dat een van de bassen nadrukkelijk op zijn horloge keek. Ben voelde de onrust en ging snel over naar Gerontius zelf.

'Dat is helemaal niet zo slecht,' zei hij toen we de oude Geriontius naar zijn dood hadden afgeserveerd. 'Maar sommigen van jullie hebben duidelijk meer gerepeteerd dan anderen.' Ik zag dat de voorste rij met eerste sopranen meer rechtop ging zitten. Zij waren de enthousiastelingen, Val, die het orkest organiseerde, was hun aanvoerder. Jo en ik voelden ons achterin meer op ons gemak, buiten de vuurlinie.

Ik was een beetje verbaasd dat Jo er niet was, temeer omdat ze me er niet over had gebeld. Misschien was het onredelijk om dat van haar te verwachten, maar Jo deed zoiets nou eenmaal, je vertellen wanneer ze niet kwam. Met Jo wist je altijd waar je aan toe was.

Na afloop liep ik met Dominic naar de pub.

'Jammer dat Jo het niet redde,' zei hij, zo verdrietig dat ik me opnieuw afvroeg of ze een speciaal plekje in zijn hart innam.

'Misschien is er op haar werk iets tussengekomen,' waagde ik.

'Toch niks voor haar om een repetitie over te slaan,' zei hij. Toen: 'Ik kan zelf ook niet lang blijven vanavond. Ik heb mijn zus beloofd dat ik het voor elven overneem.'

'O,' zei ik. 'Wat overneem?'

'Op mijn moeder passen,' zei hij en hij trok een quasi-zielig gezicht. 'Ze wordt nu wel heel invalide, ben ik bang. Het is echt een zorg. Als de thuishulp naar huis is, delen mijn zus en ik de verantwoordelijkheid. De maandagavond is meestal mijn vrije avond, maar vanavond kan mijn zus niet langer blijven omdat ze morgen op vakantie gaan, dus moet ik redelijk op tijd terug zijn.'

'Wat vervelend allemaal,' zei ik vriendelijk, nogal geroerd door dit verhaal. 'Daar had ik geen idee van.'

'Eerlijk gezegd, Fran, ik klaag niet graag, maar we beginnen nu op een breekpunt te komen. Mijn zus en haar man verwachten hun eerste kindje, dus we weten niet wat we moeten doen als de baby er is. We moeten aan een tehuis voor mam gaan denken, hoewel dat voor ons allemaal heel verdrietig zal zijn. Ik heb op mijn werk een tijdje vrij gevraagd om dat allemaal uit te zoeken. Het probleem is dat dat nu echt heel slecht uitkomt. Ik had gehoopt dat er een promotie loskwam. Maar wat moet je anders? Je hebt het leven maar te nemen zoals het komt. Ze is een geweldige moeder voor ons geweest en nu ze hulp nodig heeft, willen we haar niet in de steek laten.'

Ik keek naar hem op, zoals hij naast me liep, verwachtte dat hij vreselijk mistroostig zou zijn, maar in plaats daarvan glimlachte hij ondeugend naar me. 'Misschien moet ik haar in een rolstoel meenemen naar mijn werk. Dat wordt nog dikke pret in de metro,' zei hij. 'En waarschijnlijk zou ze hun nog een lesje leren ook. Had een broertje dood aan nonsens, die mam! Ze heeft nog heel wat pit.'

En ze had haar kinderen kennelijk ook nog eens met een sterk plichtsgevoel opgevoed. Ik dacht niet dat veel mannen een kans op promotie zouden opgeven om voor een hulpbehoevende ouder te zorgen.

'Maar veel tijd voor iets anders heb ik niet.' En hij verzuchtte: 'Maandag is mijn enige avondje uit. Het is zo jammer dat ik Jo niet heb gezien.'

Op dat moment waren we bij de pub. Aangezien Ben er nog niet was, werden we onmiddellijk bij een gesprek over de repetitie betrokken. Van de stuk of tien koorleden die om de tafel dromden, vond de helft de zangoefeningen een prima idee. 'Ben heeft gelijk, we moeten professioneler worden,' zei Crispin, onze ernstige Gerontius, die zo dankbaar was dat hij tijdens de repetities de solopartij mocht doen dat hij geen kwaad woord over Ben wilde horen. Maar een paar van de 'breiclub' vonden het een schande. 'Zo gaat het allemaal wel erg op hard werken lijken.' Dominic, tactvol als hij was, zei niet veel maar luisterde naar de anderen.

Toen Ben kort daarna geagiteerd en buiten adem binnenrende, zag ik dat een paar van de klagers opstonden en een geanimeerd gesprek met hem aanknoopten. Op een bepaald moment stak hij beide handen in een sussen gebaar omhoog.

Intussen zag ik Michael in zijn eentje staan, dus liep ik naar hem toe.

'Ik zou niet willen zeggen dat het koor helemaal gelukkig is,' zei hij naar de groep knikkend die zich om Ben had verzameld. 'Nou ja, ik heb hem gewaarschuwd.'

'Het zal wel een storm in een glas water zijn,' zei ik met het gevoel dat ik Ben moest verdedigen. Ik begreep de vriendschap tussen deze twee mannen nog steeds niet. Aan de ene kant leken ze onlosmakelijk met elkaar verbonden, broers bijna. En aan de andere kant schepte Michael bijna genoegen in Bens problemen. Daardoor was ik op mijn hoede.

'Ik vond het erg leuk, die avond laatst,' zei ik om van onderwerp te veranderen. 'Ik hoop dat je 's ochtends je trein nog hebt kunnen halen.'

'Uiteindelijk ben ik toch niet gegaan,' zei hij nonchalant.

'O.'

'Nina vroeg of ik die dag bij haar wilde blijven.'

'Ik begrijp het,' zei ik terwijl ik er helemaal niets van begreep.

'Dat moet verwarrend voor je zijn...' vervolgde hij, me eindelijk aankijkend. Er stond bitterheid in zijn ogen te lezen. 'Voor mij is het dat ook.'

'Zijn jij… jij en Nina, een stel?'

Hij haalde zijn schouders op. 'Ja. Of liever gezegd, dat waren we,' zei hij. 'Tot ze Ben ontmoette. Het was stom van me om haar aan Ben voor te stellen.'

'Gaat ze… dan nu uit met Ben?' Ik schrok van de golf wanhoop die ik door me heen voelde gaan.

'Ik geloof niet dat Ben zo over haar denkt,' zei Michael. 'Zij is blindelings verliefd, dat zie ik zo, maar dat wil ze niet toegeven. Ik zou haar eigenlijk met rust moeten laten, maar ik… geef om haar, zie je.' Michael keek plotseling zo gekwetst, hij was zo kwetsbaar, dat ik voor het eerst genegenheid voor hem voelde.

We stonden stilzwijgend bij elkaar, vanbinnen buitelden de emoties in een chaos over elkaar heen. Ben was niet met Nina. Het was als een blijspel van Shakespeare, en helemaal niet grappig. En daar stond ik, voorlopig van buitenaf naar binnen te kijken. Hoe lang nog? Ik voelde hoe ik naar binnen gezogen werd.

Ik maakte nog even een praatje met Dominic voor hij weg moest, en ging kort daarna zelf ook weg. Toen ik Ben en Michael gedag zei, die nu met elkaar in diep gesprek waren, liep Ben achter me aan naar de deur.

'Sorry dat ik vanavond niet met je heb kunnen praten,' zei hij. 'Heb je tijd om ergens deze week te komen eten? Donderdag, of vrijdag na de repetitie van het kerkkoor, misschien? Het zou fantastisch zijn om je te zien.'

'Op donderdag heb jij het toch niet zo druk?' zei ik, dus spraken we donderdag af.

Ik keek er nu al naar uit. Mijn stemming was zo goed dat ik zelfs wist te glimlachen om een fluitconcert van een groep werklui die zich rondom een ronkende generator aan de rand van het plein had verzameld.

Ik liep de winkel in, deed de lichten aan en ging naar onze engel kijken. Zac had haar tafel naar een hoek van het atelier verplaatst, en ik zag dat hij een paar grotere stukken had gepoetst. Goud- en groentinten glansden in het plafondlicht. Uit de vlakbij staande doos piepte een stuk oud krantenpapier. Ik trok het eruit en streek het glad om de vervaagde foto van de platgebombardeerde plek te bestuderen.

Ik vroeg me af wie in september 1940 in Munsterglas woonde. Mijn grootvader was toen nog een jongen. Ik nam aan dat zijn vader degene was geweest met wie de kerk contact had opgenomen, maar van hem wist ik niet veel. Waar zou de familie zijn geweest op de avond van de aanslag? We hadden geen tuin voor een schuilkeet tegen luchtaanvallen en we zaten een aardig eindje bij een metrostation vandaan. Misschien was het gezin naar een van de schuilgreppels gegaan of zaten ze gewoon weggedoken onder een tafel in de werkplaats tot het alles-veiligsein werd gegeven?

Die avond viel ik in slaap en de verre generatordreun van de werklui moest in mijn hoofd zijn gaan zitten, want mijn dromen zaten vol zoemende vliegtuigmotoren, maar toen loeiden er gillende sirenes, hoorde ik explosies, gebroken glas en een vrouw schreeuwen. Ik werd in het donker wakker, baadde in het zweet en riep om mijn moeder, ik wist zeker dat ik over een afschuwelijke ramp had gedroomd.

Buiten was zelfs de generator ermee opgehouden en klonk in de verte alleen het gebrom van het nachtelijke verkeer.

Ik lag in het donker dat in een stad nooit helemaal donker is, te luisteren naar de stilte die nooit helemaal stil is, en probeerde me mijn droom te herinneren. Flarden kwamen terug. Het had iets te maken met bommen en dat het raam met de engel brak.

Ik stelde me iemand voor, misschien de predikant, die zich de volgende dag een weg zocht tussen de schade door, voorzichtig de glasscherven en het verwrongen lood oprapend. Was het raam dichtgespijkerd zoals het was, of was het overgebleven glas er eerst uit geslagen? Zouden ze zelfs maar de moeite hebben genomen om deskundig advies in te winnen?

Laten we aannemen van wel. Plotseling wist ik bijna zeker waar ik nu moest gaan zoeken.

De hele volgende dag werd ik achtervolgd door mijn curieuze droom, maar het was op het werk zo druk dat ik geen gelegenheid had om iets met mijn openbaring over het raam te doen.

Mijn onrustige nacht werd deels verklaard toen ik naar het naburige café ging. Anita zei iets tegen mij wat haar huurder tegen haar had gezegd.

'Hij heeft gisteravond een vechtpartij op het plein gezien. Politieauto's erbij. Meneer weet-ik-veel van de boekwinkel kwam me vanochtend vroeg vertellen dat er bloed op de straat lag. Had waarschijnlijk iets te maken met dat tehuis voor daklozen.'

'Maar dat is alleen voor vrouwen. Dat lijkt me niet waarschijnlijk.'

'Er is net zo'n plek voor kerels, toch?'

'Het hadden net zo goed dronken stadstypes kunnen zijn geweest, Anita. Hoewel ik moet toegeven dat dat voor een maandagavond ongebruikelijk is.'

'Het enige wat ik weet is dat fatsoenlijke mensen in hun bed niet meer veilig zijn. Nou, vertel me eens hoe het met je arme vader gaat.'

Ik vond het altijd heerlijk om met Anita te roddelen, maar die geijkte opmerkingen vond ik niet prettig. Het was wel heel gemakkelijk om Jo's kudde de schuld te geven van wat er was gebeurd. Helemaal omdat Anita niets over het incident wist. Kennelijk had ik erdoorheen geslapen, hoewel de commotie, evenals de generator van de werklui, wel tot mijn dromen was doorgedrongen.

Toen even later een grote vrachtwagen voor Munsterglas stopte, ging de telefoon in de winkel. Het was Jo.

'Jo! Ik kan niet lang praten. Onze groothandel komt er net aan. Ik heb je gisteravond bij het koor gemist.'

'Daarover bel ik juist. Er kwam iets tussen,' zei ze raadselachtig. 'Heb ik iets gemist?'

'Het was een zware repetitie, maar we hebben het gered,' zei ik.

'Zullen we een andere keer afspreken? Heb je deze week nog een avond vrij?'

'Wat is het nu... dinsdag. Wat dacht je van morgen?'

'Misschien, maar dat weet ik niet zeker. Zal ik je bellen?'

'Natuurlijk,' antwoordde ik, een beetje in de war en gekwetst omdat ze zo weifelde. 'O, Jo?' Plotseling bedacht ik me dat ik haar wilde vragen of de onrust op het plein iets met het hostel te maken had gehad. Maar ze had al opgehangen.

Pas 's avonds, nadat ik bij pap was geweest, kreeg ik de kans om te doen wat ik de hele dag al had willen doen. Ik klom naar zolder en borg de meeste victoriaanse documenten zorgvuldig in hun kasten op om ruimte te maken voor wat ik nu ging doen.

Pap was wakker geweest toen ik eerder die dag bij hem was, en ik had hem alles over mijn droom verteld. Ik wist zeker dat hij het begreep. Zijn mond ging een beetje open en hij maakte een geluid, een soort 'Ah'. Had hij geprobeerd me iets te vertellen wat hij wist? We staarden elkaar aan en ik had gefluisterd: 'Denk je dat ik op het juiste spoor zit, pap?' Maar hij zei niets meer.

Ik opende een la met het label '1940', bladerde door de mappen tot ik bij september was aanbeland, en legde de map open op het bureau. Ik had een eenvoudig idee: als Munsterglas na het bombardement door St. Martin's zou zijn benaderd, hadden ze misschien de bijbehorende papieren opgezocht en het als een nieuwe opdracht gearchiveerd.

Bijna boven in de map lag een dikke manilla envelop met 'btrft: gebroken raam in St. Martin's' erop gekrabbeld. Ik haalde de stapel papier eruit en bladerde er met groeiende opwinding doorheen. Op de vergeelde brief bovenop stond als datum juni 1880. Ik bekeek de lijst met cijfers die naar het materiaal verwezen. Ten slotte, toen ik een groot, dik stuk patroonpapier uitvouwde en de illustratie zag, wist ik dat ik precies had gevonden waar ik naar had gezocht.

Laura's engel.

Even later ging ik bij het raam in de woonkamer zitten. Het had geregend en het plein glinsterde nat in het donker. Ergens langs die rij lichten aan de overkant stond Laura's oude huis. Het leek wel of ik door het verleden werd omgeven toen ik haar dagboek oppakte en verder las.

# 21

*Laura's verhaal*

*Juni 1880*

'O, wat een schatje!' Vanaf zijn witte kanten nestje in haar armen lachte baby Arthur absoluut naar zijn tante Laura, eerst onzeker, maar toen breder en breder.

'Hij kent me, dat weet ik zeker.'

'Natuurlijk kent hij je, mallerd, hij heeft je nu zo vaak gezien. Zeg maar hartelijk gefeliciteerd tegen je tante, Arthur.' Harriet, die zichzelf in de grootste leunstoel had geïnstalleerd, maakte een dwingend gebaar naar Arthurs nieuwe kindermeisje, kleine Ida Cooper, dat ze uit de weg moest gaan en op de kruk onder het raam moest gaan zitten.

Laura keek verbaasd naar haar zes weken oude neefje. Zijn ogen, bij de geboorte marineblauw, waren in een doorzichtig zeeblauw veranderd. Toen ze over zijn smetteloze huid – nou ja, smetteloos als je de kleine melkvlekjes op zijn neus niet meetelde – streek, voelde die nog gladder aan dan meneer Russells cadeau voor haar drieëntwintigste verjaardag: een met zijde bekleed schrijfkistje, dat hij eerder had laten bezorgen. Hij had de rand van het briefje dat erbij zat versierd met een pentekening van vogels en planten.

'Ik vertrouw erop dat je me hierdoor vaak zult schrijven, lieve Laura. Je vriendschap is me dierbaar,' stond in de brief. In de beslotenheid van haar kamer had ze met veel zorg een paar dankwoorden aan hem geschreven, het cadeau in een la opgeborgen en de brief zelf op de bus gedaan.

'Nu is het grootmoeders beurt om hem vast te houden, Laura,' zei Harriet, en Ida haastte zich om Arthur in zijn bundel wit kant naar Theodora's uitgestrekte handen over te hevelen.

Laura voelde haar keel dichtknijpen van emotie toen ze de uitdrukking van pure aanbidding in haar moeders ogen zag. Theodora's vermoeide gezicht glansde van plezier toen ze naar hem teruglachte en tegen hem kirde. Misschien zou mama met een regelmatige dosis Arthur een stuk vrolijker worden.

'Maak je cadeautje open, Laura, kom op,' commandeerde Harriet. Hoe kwam het dat Harriet plotseling ouder leek dan Laura? Het huwelijk en moederschap gaven haar een nieuwe status. Naast haar voelde Laura zich vervagen, krimpen.

Zelfs haar geschenken waren nu extravagant in vergelijking met de bescheiden inktlappen en naalddoosjes die het meisje Harriet vroeger altijd naaide. Laura pakte de reusachtige doos die Harriet naast haar had neergezet, knoopte het lint los en haalde het deksel eraf. Ze schoof het tissuepapier opzij en schudde er een prachtige goudkleurige middagjapon uit.

'O! Harriet!' riep Laura uit. 'Wat mooi.'

'Trek hem aan, Laura,' verordonneerde haar zus. 'We moeten zien hoe hij staat. Mama heeft me je oude werkjurk gegeven, zodat ik zeker wist dat hij zou passen.'

De jurk zat perfect. Laura stond voor de manshoge spiegel in haar vaders kleedkamer de knopen aan de voorkant vast te maken, bewonderde de stroken langs de zijkanten en de geplisseerde lagen die flatteus van de heupen vielen en gewaagd tot een paar centimeter boven de grond uitliepen. De goudgele kleur deed haar gelaatsteint perfect uitkomen, zag ze tot haar plezier, en stond prachtig bij haar kastanjebruine haar. Ze had nog nooit zo'n mooie japon gehad.

'Nou, ik zou nooit...' zei haar moeder, verbaasd haar voorhoofd fronsend toen Laura een paar minuten later verlegen de kamer weer in kwam.

Haar vader zei: 'Laura, hemeltjelief, kind toch.'

Twee heren waren de kamer binnen gekomen. Een knielde neer om Arthur te bewonderen, de ander zat stijf rechtop met zijn rug naar haar toe. Beiden draaiden zich om om naar haar te kijken. In afgrijzen staarde ze van meneer Russell, die nu van de grond opstond, naar meneer

Bond, en ze wilde bijna de kamer uit vluchten. Meneer Bond liet zijn ogen over haar heen glijden, zijn mond in een ronde O van verbazing; meneer Russell bestudeerde haar met een vaag glimlachje. Haar gezicht vlamde op en even kon ze zich niet verroeren. Niemand had haar ooit eerder in het middelpunt van de belangstelling gezet.

'Lieveling, je ziet er eenvoudigweg schitterend uit.' Harriet stond op en pakte haar bij de hand. 'Kom hier naast mama zitten. Ida, je kunt Arthur meenemen. Meneer Russell gaat ons zijn tekeningen laten zien, Laura.'

Meneer Russell schraapte zijn keel en rommelde in een leren portfolio. Laura was rechtop op de bank gaan zitten terwijl ze koortsachtig nadacht. Waarom was die vent Bond hier? En nog wel op haar verjaardag. Hoe kon haar vader zo ongevoelig zijn?

'Het… is goed zo. Harriet, kijk.' Theodora liet haar jongere dochter de tekening zien.

'O!' riep Harriet uit.

Haar gêne vergetend boog Laura zich naar voren om over mama's schouder te kijken.

Het was het ontwerp voor het raam boven het altaar, een gedetailleerdere schets in inkt en waterverf. Maria omarmde teder het kind dat op haar schoot stond. De twee keken elkaar met wederzijdse aanbidding in de ogen aan. Boven Maria's hoofd hielden twee subliem uitziende, zwevende engelen haar kroon vast.

'Het ochtendlicht schijnt als volgt door het raam,' legde meneer Russell uit. 'Haar mantel is dan licht goudkleurig, minder geel dan dit; het maaswerk is antiek goudgeel en wit; haar japon krijgt weelderige blauwtinten. Het lood zal het Christuskind hier en Maria's halo daar omlijsten, waardoor de gezichten zo omkranst worden.'

Er klonk goedkeurend gemompel.

'En Jefferies heeft deze versie gezien?' vroeg Bond.

'Ja,' antwoordde Russell kortaf.

'Hij heeft me gisteren geschreven en zijn goedkeuring gegeven,' zei de predikant tegen Bond. 'Mogen we dan nu de engel zien?'

Russell rolde de tweede schets uit en hield die omhoog. Er viel een korte stilte. Laura staarde ernaar. Het was anders dan ze had verwacht, maar ze kon niet zeggen waarom. Het was een prachtige figuur. Met zijn vleugel boven zijn hoofd gevouwen vulde de lange, tengere gedaante perfect het raam. Het gezicht leek niet erg op dat van Caroline, en het verbaasde haar dat ze daar heimelijk opgelucht over was. Ze hoefde tenslotte niet elke week het gezicht van haar overleden zus in de kerk te zien. Deze engel was een solide, machtig uitziende, geruststellende figuur, die één hand als in een zegenend gebaar omhoogstak. Ze vond het mooi, ze werd er kalm van en voelde zich er veilig bij, alsof ze met licht werd vervuld, maar ze had het niet verwacht en wist niet hoe ze hierop zou moeten reageren.

Het was haar vader die de stilte verbrak, en uit wat hij zei maakte ze op dat zijn verwachtingen weer anders waren dan die van haar. 'Maar dit is niet Gabriël, de boodschapper die aan Maria verscheen, is het wel? Deze engel is gekleed als een reiziger, en draagt geen lelie maar een pelgrimsstaf.'

Russell boog zijn hoofd. 'Ik herinner me niet dat er specifiek om Gabriël is verzocht, eerwaarde.'

'Nee, ik geloof ook niet dat ik dat heb gedaan. Maar omdat het de Mariakapel is had ik me automatisch Gabriël voorgesteld, de engel die aan Maria verscheen om haar te vertellen dat zij het leven aan de Emmanuel zou schenken.'

'Eerwaarde, ik heb kortstondig geworsteld met het idee om Gabriël af te beelden. Maar de moeilijkheid daarvan was dat er in het raam geen plaats is voor Maria. Ik keurde verschillende eerdere versies af voordat ik inspiratie kreeg. Als ik zo brutaal mag zijn mijn mening te geven, dan geloof ik dat Rafaël passend is voor de Mariakapel. Rafaël is de engelbewaarder, de speciale beschermer van de jeugd, van reizigers. De Rafaël die in het Oude Testament de metgezel was van de jonge Tobias. En, eerwaarde, kijk eens naar deze banier aan de voeten van de engel. Op de schets is het niet goed te lezen, maar de betekenis van Rafaëls naam lijkt zo toepasselijk in herinnering aan een dierbare dochter.'

Laura's vader pakte het papier aan en tuurde naar het geschrift bij de voeten van de engel.

'Rafaëls naam betekent "God geneest",' zei hij tegen het hele gezin, en zijn stem klonk merkwaardig schril. Hij schraapte zijn keel en streek met een hand door zijn dunner wordende haar.

'Wat vind jij, lieveling?' Hij gaf de schets aan zijn vrouw.

Een lange minuut ging voorbij terwijl ze de schets bestudeerde, haar gezicht als een uitdrukkingsloos masker alsof ze met haar gedachten heel ver weg was. Toen glimlachte ze plotseling en keek naar haar man op. Het viel Laura op dat haar ogen fonkelden van geluk.

'Rafaël de engelbewaarder. Ik vind het mooi, James,' zei haar moeder. 'Het is goed. Wij zijn allen pelgrims en onze engelen waken over ons. Met name de schakeringen op de vleugels vind ik prachtig, meneer Russell. U hebt in dat detail zo veel moeite gestoken en ik dank u daarvoor.'

'Het was geen moeite, mevrouw,' zei hij met zachte stem.

Laura keek naar meneer Russel en zag dat zijn goudgele ogen op haar gericht waren. Hij wachtte. 'En u, miss Brownlow? Uw mening telt zwaar voor me.'

'Ik vind uw Rafaël mooi,' zei ze na een ogenblik. 'Heel mooi.'

Iedereen leek te zijn vergeten dat de engel op Caroline had moeten lijken. Of misschien waren ze, net als Laura, opgelucht dat dat niet het geval was.

'Waarom heb je dat gedaan, papa? Waarom heb je hem uitgenodigd?' riep Laura uit terwijl ze nadat iedereen weg was achter haar vader aan liep naar de studeerkamer.

Ze keek naar een in bruin papier verpakt pakje in haar hand. Toen hun gasten vertrokken, had meneer Bond het in haar hand gedrukt. '... een klein gebaar voor uw verjaardag,' had hij nors gezegd.

'Je weet hoe ongemakkelijk ik me dan voel. En voor hem moet het een marteling zijn.'

'Laura, ik vind het heel vervelend, maar je moet ook inzien hoe moeilijk het voor mij is. Hij is tenslotte mijn kerkvoogd. Mijn steunpilaar in deze moeilijke tijden. Hij moet meebeslissen over het kerkgebouw van St. Martin's. Hij heeft er recht op de tekeningen te zien. En als het voor hem een marteling was geweest, had hij een excuus kunnen verzinnen om niet te hoeven komen.'

'Maar hem op mijn verjaardag uitnodigen? Bij een familiebijeenkomst, nota bene.'

Haar vader liet zich zwaar in zijn stoel vallen. 'Misschien was het ongevoelig van me,' zei hij. 'Het spijt me, ik heb een hoop aan mijn hoofd. Maar hoewel dit een delicaat onderwerp is, moet ik het met je over iets anders hebben. Meneer Bond kwam onlangs naar me toe omdat hij zich zorgen maakt.'

'Zorgen?'

'Over jou, liefje.'

'Mij? Welk recht heeft die man om zijn zorgen over mij kenbaar te maken?'

'Hij heeft het beste met ons gezin voor. En hij geeft nog steeds om je, Laura. Je moeder en ik schrokken nogal van wat hij te zeggen had.'

'Wat hij…? Wat bedoel je?'

'Dat je je zo openlijk in het gezelschap van meneer Russell vertoont. Nee,' hij stak zijn hand op om te voorkomen dat ze hem onderbrak. 'Ik weet dat je je van geen kwaad bewust bent, liefje. Maar je moet rekening houden met je positie als jonge dame met, eh… hoop en verwachtingen.'

'Meneer Russell is getrouwd, papa. We zijn alleen vrienden. Iets anders is onmogelijk.'

'Ja. Dat weet ik wel. Maar de buitenwereld verdraait nu eenmaal alles wat puur is en wil maar al te graag het ergste geloven. En omdat je een dochter bent van een geestelijke van de anglicaanse kerk moet je, net als Caesars vrouw, boven alle verdenking staan. Bond vertelde me iets wat ik nog niet wist. Meneer Russell zit midden in een publiek schandaal. Zijn vrouw heeft hem verlaten, hoewel ik vermoed dat hij degene is die onrecht is aangedaan. Ik vind het mijn christelijke plicht om de man in huis te ontvangen, maar dat betekent nog niet dat jij je met hem kunt vertonen. Laura, ik heb je nooit kunnen verbieden om wat dan ook te doen, dat weet je. En hoewel je een jonge vrouw bent met een uitgesproken eigen mening, hebben we ons nooit zorgen over je hoeven maken.'

'Papa, dat hoeft nu ook niet.'

'Misschien niet. Maar ik raad je aan voorzichtig te zijn. Hij maakt onze ramen en verdwijnt daarna uit ons leven. En, Laura, ik accepteer je gevoelens als het gaat om meneer Bonds huwelijksaanzoek, maar je zult mijn positie moeten respecteren. Hij is een trouwe steunpilaar binnen onze gemeente en ik kan niet voorkomen dat jullie elkaar zo nu en dan tegenkomen.'

'Ik bedoelde niet dat hij uit de kerk verbannen zou moeten worden, papa. Ik wil alleen niet op mijn verjaardag liefjes en onnozel in onze zitkamer naar hem hoeven glimlachen.'

Hierop schoot haar vader in de lach en hij kneep haar in de hand. 'Ach, schatje, nogmaals mijn excuses. En heimelijk is een deel van me blij dat je nog een tijdje bij ons blijft. Ondanks het feit dat meneer Bond een uitnemend man is. Nu moet ik gaan worstelen met mijn zondag-ochtendpreek. Een bijzonder moeilijk exposé over de Vier laatste dingen.' Hij klopte haar op de schouder en begeleidde haar de kamer uit.

Laura stond in de gang en probeerde haar gevoelens op een rij te zetten. Door de deur van de woonkamer klonken de klaaglijke tonen van Chopins Regendruppelprelude, die haar moeder met alle passie die ze kon opbrengen aan het spelen was.

Waarom moest die man Bond zo nodig tussenbeide komen, iets goeds bezoedelen waar ze plezier aan beleefde? Ze had nog steeds het pakje vast dat hij haar had gegeven. Ze scheurde het papier eraf en zag dat het een exemplaar van *Sesame and Lillies* was van John Ruskin, een geschenk waarmee ze blij zou zijn geweest als het van… iemand anders was geweest.

'O… verdraaide vent…' riep ze uit en ze gooide het boek op een penanttafeltje waar het in aanraking kwam met een metalen beeld van St.-Christoffel met het Christusschild. Het beeld kwam met een klap op de grond terecht.

Chopin haperde. Er viel een lange stilte, toen klonken de dreunende openingsakkoorden van Beethovens sonate Pathétique.

Laura luisterde een poosje, liet zich door de muziek meevoeren. Toen pakte ze het beeld en ze zag tot haar opluchting dat het niet beschadigd was en liep de trap op.

Toen ze nogmaals in de spiegel van haar vader naar zichzelf keek, buitelden haar gedachten over elkaar heen. Je kon het meisje dat nu naar haar terugkeek niet echt mooi noemen, maar ze was sterk en had karakter. Maar aan de vorm van haar kin kon je wellicht zien dat ze koppig was. Nu wist Laura wat haar te doen stond.

Toen de schemering inviel, ging ze in haar kamer aan tafel zitten en schreef een brief aan meneer Russell, waarin ze hem ervan verzekerde dat het gezin opgetogen was over zijn tekeningen. De pen aarzelde even en schreef toen: 'Ik zou heel graag willen zien hoe het raam wordt gemaakt, als je me dat toestaat.'

## 22

*Hij vertrouwt je toe aan zijn engelen,*
*die over je waken waar je ook gaat.*

PSALM 91:11

'Zac! Ik heb het gevonden. Kijk!' De volgende ochtend liet ik hem niet eens eerst zijn jasje uittrekken. Maar hij was net zo opgewonden als ik toen hij de tekeningen zag.

'Fran, dat is precies wat we nodig hebben. Is hij niet schitterend?'

'Denk je dat het een hij is?'

Zac dacht er even over na en haalde zijn schouders op. 'Kan allebei. De gezichtsvorm is mannelijk, vind je niet? Vierkante kaak, zoals de renaissance-engelen. En de handen zijn te breed voor een vrouw.'

'Maar de gelaatstrekken zelf…'

'Zijn delicaat, dat ben ik met je eens. Nee, het zou allebei kunnen.'

'Het is Rafaël, Zac. In Laura's dagboek is er ook een passage over geschreven. Kijk, daar is de pelgrimsstaf en de opgestoken, zegenende hand. En het motto: "God geneest". Gabriël hield een lelie vast.' Ik gebaarde naar de tekening en maakte een dansje waar hij om moest lachen. 'Fantastisch, vind je niet, Zac? Kom op, we moeten Jeremy bellen.'

De dominee beloofde langs te komen zodra hij zich uit een vergadering over de kerkfinanciën kon losrukken.

Amber kwam laat binnen.

'Sorry, de politie kwam vanochtend. Iets over een vechtpartij van gisteravond. Een paar gozers die Ali kent, maar niemand laat iets los.'

'Was er iemand zwaargewond?' vroeg ik en ze haalde haar schouders op.

'Geloof het niet. O, wat is dat?' Ze bewonderde de afbeelding van Rafaël en verklaarde dat de engel een 'hij' was.

Toen Jeremy kwam opdagen bleef hij erbij dat engelen androgyn waren.

'Nou we kunnen de engel geen "het" noemen. Dat klinkt raar,' zei Amber. Uiteindelijk accepteerden we dat het een 'hij' werd en dus bleef Rafaël een 'hij'.

De predikant moest ergens anders heen en kon maar even blijven, dus we spraken af dat we dinsdagochtend weer bij elkaar zouden komen om te bespreken hoe het nu verder moest.

Nadat hij was vertrokken, herinnerde ik me dat Jo en ik die avond hadden afgesproken. Ik had niets van haar gehoord, dus belde ik haar nummer met het idee dat ik een bericht moest achterlaten, maar ze was er. 'O nee, wat verschrikkelijk. Het spijt me zo,' zei ze. 'Ik was het compleet vergeten! Ik heb een dubbele afspraak gemaakt. Ik sta op het punt om weg te gaan, Fran. Iets wat ik niet kan afzeggen.'

'O, Jo, wat jammer.' Ik was teleurgesteld. Vroeger beschouwde ik Jo als vanzelfsprekend. Nu leek het alsof de rollen waren omgedraaid. Maar toen ik het gesprek beëindigde, herinnerde ik me dat ik Ben de avond daarna zou zien en dat kikkerde me weer op.

Om vijf uur was ik eindelijk klaar met het uitpakken van de bestelling van die ochtend en draaide net het 'gesloten'-bordje op de deur om toen de vrouw van het museum belde om te vertellen wat ze over Philip Russell had ontdekt.

'Wat je vooral zal interesseren,' zei ze, 'is de connectie met Munsterglas. Wist je dat Philip Russell uiteindelijk de zaak heeft overgenomen?'

Ik liet de telefoon bijna vallen van verbazing.

'Ik las het ergens in een voetnoot; Reuben Ashe, de eigenaar van de firma, vroeg hem in 1885 partner te worden.'

'Maar dat betekent,' riep ik uit, terwijl ik het tot me door liet dringen, 'dat hij misschien... familie is.' Ik legde uit hoe Munsterglas van generatie op generatie was overgegaan, me tegelijk realiserend dat ik niet wist of mijn voorvaderen Ashe of Russell hadden geheten.

'Tegenwoordig gebeurt dat niet vaak meer,' zei ze instemmend, 'maar, ja, het ziet er wel naar uit.'

'Aangezien we ongeveer van de grond af aan moeten beginnen, wordt dit een uitdaging om dit puur als een oefening in conserveren te behandelen,' zei Zac dinsdag tegen de dominee. 'We gebruiken uiteraard waar mogelijk het originele glas en volgen zo veel mogelijk de ethische richtlijnen voor conserveren.'

We stonden in de werkplaats van Munsterglas, met de engel op tafel voor ons, en we hadden wel een paar chirurgen kunnen zijn geweest die bespraken waar de eerste incisie moest komen bij een onder narcose gebrachte patiënt.

'Maar, tenzij je wilt dat een onvervalst victoriaans, half afgemaakt raam ergens in een museumgewelf terechtkomt, moet ik de gaten met nieuw glas opvullen. En dat moeten we in een bronzen frame inpassen dat voor het huidige, gewone raam wordt geplaatst.'

'Maakt dat wat uit?' vroeg ik.

'Niet echt. We kunnen vastleggen welke glasstukken nieuw zijn, zie je. En die markeren.'

'Wat weten we van de kunstenaar?' vroeg de predikant, terwijl hij onhandig met zijn grote lijf op een kruk verschoof.

'Bedoel je of het raam historische waarde heeft?'

'Ja. Als hij een belangrijke figuur was – ik heb het niet over een man als Burne-Jones, maar zelfs al was hij welbekend in glas-in-loodkringen – zouden we dan als we de gaten opvullen in de puree kunnen komen, om het maar zo uit te drukken? Heb je iets over Philip Russell kunnen ontdekken, Fran?'

Ik had Jeremy al uitgelegd hoe Laura Brownlows dagboek zou kunnen helpen bij het vastleggen van de restauratie van het raam, maar mijn contact uit het glas-in-loodmuseum had op zijn relatie met Munsterglas na me maar heel weinig over Russell kunnen vertellen.

'Net als het raam met de Maagd met Kind in St. Martin's kon ze alleen iets zeggen over twee of drie andere ramen die het hadden overleefd en die rechtstreeks aan hem kunnen worden toegeschreven.' Ze had een raam met de geboorte van Christus in St. Helen's in Brighton vermeld, en een andere stelde een Maria-Boodschap voor en bevond zich in het St. Aloysius in Hammersmith. 'Maar wat vanuit ons gezichtspunt belangrijker is, is zijn connectie met deze firma. Hij werd partner van Reuben Ashe, die destijds de eigenaar was, en heeft uiteindelijk de zaak overgenomen, dus hij was ongetwijfeld op enigerlei wijze verantwoordelijk voor nog veel meer ramen.'

'Daar zou je vader meer van hebben geweten... van weten, bedoel ik,' zei Zac, blozend om zijn vergissing.

'Ja,' zei ik zachtjes, en ik glimlachte naar hem, 'hoewel ik daar in zijn papieren op zolder niets van heb gezien.'

'Hoe was zijn reputatie als kunstenaar eigenlijk?' vroeg Jeremy.

'De vrouw van het museum zei dat hij niet erg bekend is. Maar als je ziet hoe mooi het Mariaraam is, verdient hij absoluut beter.'

'Dus we zijn het er allemaal over eens dat het de moeite waard is om zijn werk te behouden?'

'Absoluut,' zei Zac en 'O, ja,' antwoordde ik, allebei tegelijk.

'Mmm.' We wachtten. Jeremy trommelde met zijn vingers op tafel. Uiteindelijk zei hij: 'Ik denk dat we moeten doen wat Zac voorstelt. Restaureer het met nieuw glas. Ik wil dat raam weer in de kerk terugzien. Ik weet zeker dat we die kast kunnen verplaatsen, zodat we dat andere raam kunnen vrijmaken. Het zal wel wat tijd kosten om alle neuzen dezelfde kant op te krijgen, maar we komen er wel.' Zijn ogen schitterden enthousiast.

'Mooi,' zei Zac. 'Denk je dat dat raam net zo groot is als zijn buurman?'

'Volgens mij wel, maar als je morgen komt, help ik wel met opmeten. Het grootste deel van de ochtend zit ik op kantoor naast de hal.'

'Is dat oké, Zac?' vroeg ik bezorgd. 'Als Amber er zou zijn, zou ik natuurlijk met je mee kunnen gaan. Maar we hebben gevraagd of ze maandag pas weer komt.'

'Ik red het wel,' zei hij. 'Denk je soms dat ik dat niet aankan?' Hij glimlachte niet.

'Natuurlijk niet,' begon ik. 'Ik wilde alleen maar...' Hij lachte en ik fronste mijn wenkbrauwen omdat hij me zo plaagde.

Zac leek die week wat gelukkiger. Ik weet zeker dat dat voor een deel kwam omdat we met de engel opschoten, maar misschien had het ook geholpen dat hij zijn hart over zijn dochter had kunnen uitstorten. Dat hoopte ik maar.

Toen Ben die avond de deur voor me opendeed, droeg hij een schort met allemaal kleine Hoffnung-orkestcartoons en hij kwam nogal chaotisch over. Zijn haar zat in de war, wat ongebruikelijk was, en hij had een verhit gezicht.

'Kom maar meteen mee naar de keuken, Fran,' zei hij, na een snelle kus op mijn wang. 'Ik zit in een cruciaal stadium van het diner. Hoe ben je met bechamelsaus? Ik krijg het nooit helemaal goed voor elkaar.'

Ik liep achter hem aan naar het souterrain, waar de keuken één grote ravage was. Een pepermolen hield een bladzijde open met een recept uit een befaamd, met bloem en geraspte Parmezaanse kaas besmeurd kookboek voor 'Oom Pepes beroemde groentelasagne'. Over de vloer liep van de tafel een spoor van ratatouille naar de gootsteen, waarin tussen het vuile serviesgoed groenteschillen rondzwierven. Ik stapte over een gebroken ei dat op de grond lag en inspecteerde op het fornuis een sauspan met een klonterige witte drab.

'Heb je een zeef?' vroeg ik terwijl ik met een lepel in de saus porde.

Ben veegde het ei met een theedoek op en ik zag met afgrijzen dat hij die met eierschaal en al in de wasmachine gooide. Vanaf dat moment bestond zijn enige substantiële bijdrage uit het in reusachtige glazen inschenken van rode wijn en het mij amuseren met verhalen over zijn hectische dag, terwijl ik de klontersaus zeefde en de lagen groente, bechamelsaus, pasta en ten slotte Parmezaanse kaas in een klaarstaande schaal deponeerde.

'Verwacht je altijd van je gasten dat ze hun eigen eten koken?' vroeg ik, de ovendeur sluitend.

Hij lachte. 'Sorry, hoor. Ik ben hopeloos, hè? Je weet niet hoe dankbaar ik ben.' Zijn boetvaardige kleine-jongetjesuitdrukking was zo vertederend dat ik het onmogelijk erg kon vinden.

'Waar gaan we eten? Ik bedoel, moeten we de tafel niet dekken? Heb je er een salade bij, of zoiets?' Ben sprong op en dook in de bestekla. Eerst verschenen vorken en lepels op de keukentafel, en een groene salade met brood.

'Et voilà. Oké, Fran, neem jij je wijn mee naar boven en ga lekker in de woonkamer zitten, dan ruim ik het hier een beetje op. Of speel een deuntje op de piano, als je zin hebt.'

Ik protesteerde, maar hij wuifde me weg.

'Nee, ik sta erop, je hebt al genoeg gedaan.'

Toen ik de trap op liep en de lange smalle gang door ging, merkte ik dat ik inschatte hoe het huis was ingedeeld, bij mijn vorige bezoek was ik daarvoor te veel afgeleid geweest. Ik probeerde me voor te stellen hoe Laura's huis er oorspronkelijk uit moest hebben gezien.

Ik vermoedde dat de projectontwikkelaars voor de verbouwing van de voormalige pastorie tot maisonnettes alleen het trappenhuis hadden weggehaald en een muur hadden gebouwd waardoor het pand van achter naar voren werd gesplitst. Dus Ben had de helft van de oude hal en de helft van de kamers van het originele huis, uiteraard allemaal aan één kant van de gang met zijn eigen voordeur. Waarschijnlijk was de andere kant, bij de buren, het spiegelbeeld hiervan. Als er al victoriaanse geesten zouden zijn, peinsde ik, zouden ze misschien door de tussenmuur heen en weer lopen, zich afvragend welke idioot die daar had neergezet.

Ik glipte de voorkamer in waar de ebbenhouten vleugel glinsterde in het avondlicht. Het was een vrolijke, rommelige kamer met kale vloerplanken die bezaaid lagen met bladmuziek. Een opstelling van houten stoelen en muziekstandaards duidde erop dat hier pas geleden een kamermuziekensemble had gerepeteerd. Aan één muur hing een indrukwekkende reeks ingelijste diploma's en mastertitels van Ben. Er waren concertfolders en ook een paar posters, waarop piano-optredens op bekende muziekfestivals werden aangekondigd, het meest recente, voor zover ik kon zien, van een jaar of twee, drie geleden.

Ik liep terug naar de piano waar bovenop een agenda openlag, en ik kon mezelf er niet van weerhouden erin te gluren. Nina's naam dook een paar keer tussen de neergekrabbelde afspraken op en ik klapte het boek naargeestig dicht.

Ik zette mijn wijnglas op een tafel en ging op de pianokruk zitten. Het was een prachtige piano, een Bechstein, en onberispelijk onderhouden. Ik sloeg een paar akkoorden aan en speelde toen een hymne uit het boek dat op de muziekstandaard stond. De bovenstem was in het laatste vers lastig – *Engelen helpen ons hem te aanbidden* – maar ik ploeterde voort tot ik me ervan bewust werd dat Ben in de deuropening met over elkaar geslagen armen stond te luisteren.

'Kom, speel jij eens iets,' zei ik, terwijl ik opstond en willekeurig wat muziek pakte van een hoge stapel die op een tafeltje lag. 'Piano is niet echt mijn instrument. Kijk, hier is iets van Ravel. Ken je deze?'

Het was 'Jeux d'Eau', een sprankelend, onmogelijk moeilijk stuk dat als stromend water moet klinken. Toen ik het opensloeg en in de plaats van het hymneboek zette, zag ik dat er op de kaft een naam geschreven stond. Beatrix Claybourne. Hij bleef in mijn hoofd hangen omdat hij zo'n ouderwetse elegantie had.

'Ik heb dat stuk in geen jaren gespeeld,' zei Ben. Maar hij begon er vol zelfvertrouwen en met verve aan, negeerde de enkele misslag terwijl hij de vierenzestigste noten vlotweg speelde. Tegen de tijd dat hij klaar was, moesten we allebei lachen.

'Oké, daar moet ik nog een beetje op oefenen. Zal ik wat anders voor je spelen?'

'Ben je op dit moment iets aan het instuderen?' vroeg ik hem. 'Misschien voor een optreden?'

'Ik begeleid Nina,' zei hij. 'Dat is een belangrijk solo-uitstapje. Het is weliswaar maar een klein muziekfestival in Sussex, maar dat staat hoog in aanzien. Schubert en Brahms.' Hij begon uit zijn hoofd aan een prachtige, vloeiende sonate van Schubert, de treurige melodie maakte diepe emoties los. Toen hij klaar was, bleven we even zwijgend zitten.

Een verrukkelijk kruidig aroma zweefde de kamer in. Kort daarna begon de ovenklok vals te piepen.

'Hoe gaat het met je vader?' vroeg hij me onder het eten, en zijn gezicht stond bezorgd toen ik hem over mijn bezoek van die middag vertelde, en dat er geen verandering was. Ik had het gevoel dat ik hem in vertrouwen kon nemen.

'Het klinkt raar, Ben, maar ik heb het gevoel dat ik nu dichter bij hem sta dan jaren het geval is geweest. We hebben niet altijd een makkelijke relatie gehad, maar nu kan ik bij hem zitten, vertellen wat ik heb gedaan en hoe ik tegen dingen aankijk, en deze keer kan hij niet op een ander onderwerp overgaan of de kamer uit lopen. Dat deed hij vroeger altijd, als ik iets zei waardoor hij zich slecht op zijn gemak voelde. Nu moet hij wel luisteren. Als hij dat tenminste doet, luisteren. Dat weet ik niet altijd zeker. Misschien is hij wel ergens ver weg.'

'Maar ze beweren dat het de patiënt helpt, toch? Praten, ze stimuleren. Je hebt het niet over je moeder. Is zij…?'

'Ze is gestorven toen ik klein was,' zei ik tegen hem.

'O, wat akelig…' zei hij geschrokken.

Ik was aan de reacties van mensen gewend. Soms waren ze uit het veld geslagen, wisten ze niet wat ze moesten zeggen, en dan was ik degene die hen geruststelde, in plaats van andersom. 'Maak je geen zorgen,' zei ik. 'Dat is bijna dertig jaar geleden. Ik kan me haar totaal niet herinneren.'

'Toch, zonder moeder opgroeien… dat is me nogal wat,' zei hij.

'Hoe zit het met jouw ouders?' vroeg ik om van onderwerp te veranderen.

'O, ik ga niet vaak naar Herefordshire en zie ze niet zoveel,' antwoordde Ben, terwijl hij me nog wat salade aanbood. 'Mijn zus Sally woont bij hen in de buurt en houdt een oogje in het zeil. Ik ga er een paar keer per jaar heen, meestal met Kerstmis, maar ik vermoed dat dat met mijn orgelspelverplichtingen moeilijker zal zijn. Sally houdt hen in de gaten. Daar heb ik echt geluk mee.'

'Toch jammer als je ze door je werk niet meer kunt bezoeken.'

'Eerlijk gezegd zijn we niet zo dik met elkaar. Ik werd op mijn zevende naar kostschool gestuurd. Ik ben gewend op mezelf te passen.' Hij schoof met een onbewogen gezicht zijn bord opzij.

'Ik vind zeven wel heel jong,' zei ik prompt.

Ik kende veel mensen die op kostschool hadden gezeten en vol lof zijn over alle voordelen, maar toch vond ik zeven jaar te jong. Voor mijn geestesoog verscheen een beeld van een kleine, engelachtige Ben in shorts en blazer, zittend op zijn koffer op een treinstation, alleen, verlaten, en ik werd overstelpt door een golf moedergevoelens. Arme kleine Ben. De volwassen Ben stond intussen uit het raam te staren, terwijl zijn onaangedane gezicht nu door verdriet werd verzacht.

'Heb je op die school Michael ontmoet?'

'Nee, dat was later, op ons dertiende. Hij had het moeilijker. Zijn ouders waren diplomaten, dat heeft hij je vast wel verteld. 's Zomers vloog hij overal naartoe, afhankelijk van waar ze waren, maar de rest van het jaar werd hij tussen familieleden heen en weer geschoven. Mijn moeder had met hem te doen, dus hij logeerde vaak bij ons thuis. Hij zoekt ze nog steeds op, weet je. Hij is voor hen een betere zoon dan ik.'

Ben keek zo mistroostig dat ik snel zei: 'Ik weet zeker dat dat niet zo is. Zijn werktijden zijn toch regelmatiger dan de jouwe? Vergeet niet dat ik precies weet hoe het is om musicus te zijn, hoe dat je leven kan beheersen.'

'Vertel mij wat,' zei hij vol overgave. 'Ik heb het gevoel dat ik helemaal geen vrije tijd meer heb. Maar ik hou van mijn werk en ik weet niet of Michael dat ook kan zeggen.'

'Vindt hij zijn baan vervelend?'

'O, dat moet je niet verkeerd opvatten, hij vindt hem interessant.

Maar je kunt niet bepaald zeggen dat hij ervoor leeft en hem inademt zoals ik dat met muziek heb. Muziek is mijn leven, Fran.' Terwijl hij dit zei glansde er een gepassioneerd licht in zijn ogen en zelfs toen zag ik al dat voor Ben muziek op de eerste plaats kwam, boven alles en iedereen. Maar op dat moment maakte de passie, de intensiteit, hem alleen maar interessanter.

'Dat heb ik voor mijn muziek nooit gevoeld,' zei ik bedaard. 'Ik hou ervan, ja, maar ik zou best zonder kunnen leven.'

Hij schudde zijn hoofd. 'Dat geldt voor mij totaal niet.'

'Ik vind het fijn dat ik gebrandschilderd glas weer zo leuk vind.'

'Dat zijn al twee dingen waar je goed in bent,' zei hij terwijl hij opstond. 'Zeggen ze niet dat de gelukkigste mensen goed zijn in twee dingen? Nou, heb je trek in zabaglione?'

'Moet ik die zelf maken?' vroeg ik behoedzaam.

'Nee, nee, je hoeft hem alleen maar op te eten.' Hij opende de koelkast en inspecteerde de inhoud van een glazen schaal. 'Maar ik hoop dat het goed is gegaan,' zei hij vertwijfeld kijkend.

Even later glipte ik naar de badkamer boven en toen ik eruit kwam, viel mijn oog op een paar foto's op de overloop, ze waren tegen de muur neergezet alsof ze nog opgehangen moesten worden. Me ervan bewust dat ik weer aan het rondneuzen was, pakte ik de voorste op. Het was een oude schoolfoto met de opdruk: WELLINGSBURY, 1982, en je pikte Ben er zo op de achterste rij uit, waar hij nors door een bos blond haar keek. Achter die foto stond eentje waar ik een paar seconden naar bleef kijken, een diploma-uitreiking van een adembenemend knappe Ben met korter, piekeriger haar, perfect gevormde gelaatstrekken en een donzige kin, en verder nog een paar ingelijste concertfolders. De laatste was van 'een programma van Ravel en Debussy' op een noordelijk muziekfestival vier jaar geleden. Bens naam werd aangekondigd, maar die stond onder de naam van een andere pianist. Weer die naam: Beatrix Claybourne. Dit was een dramatisch uitgelichte foto van een ernstige jonge vrouw met strak naar achteren getrokken, donker haar met een scheiding in het midden. Ik bestudeerde even haar intense uitdrukking, werd er enigszins onrustig van, zette de foto's toen terug en ging naar beneden.

Ben had de gordijnen in de zitkamer dichtgetrokken, waar we als een behaaglijk oud echtpaar ieder in een stoel aan weerskanten van het vuur koffie gingen drinken.

'Wat is er maandagavond na de repetitie in de pub gebeurd?' vroeg ik, terwijl ik mijn schoenen uit liet glijden en mijn benen onder me optrok. 'Je leek wel te worden belegerd.'

'Ah, de breiclub,' zei hij, en hij dronk de rest van zijn kopje in één teug leeg. 'De lieve dames die kussentjes meenemen naar de repetities en plaatsen voor elkaar vrijhouden.'

Ik lachte, maar moest aan iets denken wat Dominic tegen me had gezegd. 'O, Ben, je moet daar niet de draak mee steken, het koor is waarschijnlijk het hoogtepunt in hun leven.'

'Misschien wel, maar zij zijn van het soort dat alles helemaal bij het oude wil laten. Zelfs als de verandering ook een verbetering betekent. Ze zien niet wat er om hen heen gebeurt, dat je je aan nieuwe omstandigheden moet aanpassen, verder moet. Het is daarbuiten een meedogenloze wereld, Fran. Zeker wanneer je achter loterijsubsidies aanjaagt en grotere podia nastreeft.'

'Maar dat doen we niet,' zei ik verbijsterd. 'Of wel?'

'Dat zouden we kunnen doen. Als je erover nadenkt, zit er een hoop potentieel in het koor. We hebben een paar echt goede zangers en musici zoals jij, Val en Crispin. En meer dan genoeg contacten en engagement. Ik vind dat we ambitieuzer moeten zijn.'

'Wat vindt de koorcommissie daarvan?' zei ik vertwijfeld.

Ik had ontdekt dat er regelmatig door een bestuurscommissie werd vergaderd. Michael, Dominic en nog een paar anderen zaten erin. Ze regelden dingen als concerten, bladmuziek en assisteerden Val bij het samenstellen van het orkest.

'De eerste vergadering van het seizoen is morgen, voordat het kerkkoor gaat repeteren. Dan wil ik een paar ideeën voorstellen.'

'Nou, veel succes ermee,' zei ik. Ik onderdrukte een gaap en keek naar de klok. 'Mijn hemel, ik moet gaan. Nu ik op een winkel moet passen, zit ik in een heel nieuw ritme. Ik moet vroeg op.'

Hij lachte. 'Ik moet drie dagen per week vroeg opstaan voor school. Ik haal je jas even.'

Bij het afscheid kuste hij me bij de deur op beide wangen en hield me even dicht tegen zich aan. 'Het was een heerlijke avond,' zei hij met een verrukkelijk zwoele stem. 'Dat is voor herhaling vatbaar.'

Halverwege het plein draaide ik me om en keek naar het huis, en daar stond hij weer in de deuropening, als een aantrekkelijke engel. Ik zwaaide en hij zwaaide terug. Maar toen ik weer achteromkeek, was tot mijn spijt de deur dicht.

Ik liep naar huis terwijl de gedachten door mijn hoofd raasden. Het was een fantastische avond geweest, maar ik kon geen wijs uit Ben. Mocht hij me alleen graag als vriend of beloofde het nog iets anders? Hoe dan ook, na die avond voelde ik me dichter bij hem staan. Ik was nog steeds ontroerd door het beeld van de zevenjarige Ben die naar kostschool ging. Ondanks zijn zelfvertrouwen over zijn werk en ondanks het feit dat hij adembenemend knap was, was Ben nog altijd dat verloren jongetje voor wie ik wilde zorgen.

# 23

*Laat de betere engelen uit onze aard overwinnen.*
ABRAHAM LINCOLN

Zac en ik hadden vrijdagmiddag vrijgehouden om met Rafaël aan de gang te gaan. We sloten om drie uur de winkel en ik hielp Zac een reusachtig vel wit papier uitrollen. Daarop tekende hij de contouren van het raam waarin de engel moest passen, met behulp van de maten die hij die ochtend in de kerk had opgemeten. Daarna zag ik hoe hij een raster op een fotokopie van Russells originele tekening aanbracht en net zo'n raster over de hele modeltekening. Daarmee kon hij de afbeelding vierkant voor vierkant kopiëren, en zo gaandeweg tot een modeltekening op ware grootte uitvergroten. Nadat ik boven nog verder had gezocht ontdekte ik de originele levensgrote victoriaanse modeltekening, maar die was zo vaak gevouwen, uitgevouwen en weer opgevouwen dat die in stukken was gescheurd. 'Misschien is ze als sjabloon voor andere engelenramen gebruikt,' zei ik tegen Zac, maar hij zei: 'Dat had misschien met het originele ontwerp gekund, maar het raster zou alleen op een raam van precies dezelfde afmetingen passen. Dank god maar op je blote knieën dat we die nog hebben, ook al was het maar als richtlijn,' en ik moest het wel met hem eens zijn, want alle vormen van de glasdelen stonden er ook op.

Zac was bijna de hele middag bezig met het tekenen van Rafaëls nieuwe modeltekening, want hij moest voortdurend berekenen en herberekenen, en met de victoriaanse modeltekening vergelijken of hij het wel goed deed. Zo nu en dat schreef hij iets in een notitieboek met harde kaft dat hij hiervoor had gekocht. Hij nam ook foto's.

'Wanneer je een raam restaureert, hoor je alles wat je doet vast te leggen,' legde hij uit toen ik hem ernaar vroeg. 'Voor het geval toekomstige generaties het willen bestuderen of als er nog iets aan gedaan moet worden.'

Onder elkaar noemden we het boek 'het Engelboek'. In de daaropvolgende weken raakten de bladzijden vol met Zacs nette handschrift, illustraties en foto's.

'De vrouw van het museum was heel geïnteresseerd toen ze van onze archieven hoorde,' zei ik tegen Zac. 'Kennelijk zijn er nog maar weinig gegevens over victoriaans gebrandschilderd glas bewaard gebleven. Ze wilde een keer langskomen om alle papieren door te nemen.'

'Heb je eraan gedacht om alles aan het museum te schenken?' vroeg Zac, terwijl hij een randpatroon van Franse lelies overtekende. 'Wij hebben er niet veel aan. We weten hoe moeilijk iets te vinden is. Zij zouden het tenminste nog catalogiseren en toegankelijker maken.'

'Zac!' zei ik gekwetst. 'Het is van pap en hij schrijft er een geschiedenis over. Ik kan het niet allemaal weggeven. Wanneer pap...'

Zachtjes zei hij: 'Je hebt gelijk, Fran. Het spijt me.'

In kameraadschappelijke stilte werkten we verder.

Aan het eind van de middag vroeg hij: 'Vind je het erg als ik morgen kom, ook al is het zondag?'

'Dat meen je toch zeker niet, hè?' zei ik tegen hem.

'Waarom niet? Ik doe verder toch niets bijzonders en het zou mooi zijn als ik er verder aan kon werken.'

'Hoor eens,' zei ik. 'Ik heb ook niet veel te doen, dus als je wilt kom ik je wel helpen.'

'Dat zou fantastisch zijn,' zei Zac.

De volgende dag bracht Zac de volledige tekening over op een groot stuk calqueerpapier en door middel van half overtrekken en half natekenen trok hij de lijnen die aangaven waar het lood moest komen evenals de positie van het ijzerwerk dat het afgewerkte raam zou moeten ondersteunen.

Als bescheiden assistente was mijn taak van nederiger aard: ik ging verder met waar Zac eerder mee bezig was geweest: het oude glas prepareren. Dat was een lastig en vies karweitje waarbij het oude soldeer moest worden weggesmolten, het glas van de verwrongen loodstrips moest worden verwijderd en zowel lood als glas van cement ontdaan moest worden. Wanneer ik met een stuk klaar was, legde ik het weer op zijn plaats op het behangpapier, onder de kritische blik van Zac.

Zo nu en dan, wanneer hij zich wat minder hoefde te concentreren, kwam Zac met belangwekkende snippertjes informatie over de methoden die bij victoriaans gebrandschilderd glas werden toegepast.

'Interessant is dat victoriaanse technieken en materialen nagenoeg hetzelfde waren als in de middeleeuwen.'

'Echt waar? Je zou toch denken dat er door de eeuwen heen wel het een en ander veranderd was,' antwoordde ik.

'Af en toe hebben ze wel kortere methoden geprobeerd. Maar die mislukten meestal. Heb je gehoord van de grote boraxramp in 1870? Een paar ambachtslui hadden verf met borax vermengd, die een lagere ontbrandingstemperatuur heeft, dus ze dachten dat ze iets handigs op het spoor waren. Helaas is borax ook oplosbaar in water, dus toen er aan de binnenkant van de ramen condenswater naar beneden liep, vergoten die lui letterlijk tranen!'

'Wat afschuwelijk. Hoe weet je dat allemaal, Zac?'

Ikzelf las als tiener urenlang alles wat los en vastzat over kunstgeschiedenis uit die periode. Ik vond het fascinerend dat de gotiek opnieuw opbloeide en dat daarmee de middeleeuwen verheerlijkt werden, wat weer leidde tot een heropleving in de vervaardiging van glas-in-lood. Ik las hoe Burne-Jones, William Morris en hun tijdgenoten het decoratieve vakmanschap tot een hoge kunstvorm verhieven en daarmee de zuiverheid van materialen en de romantische waarden uit die eeuw huldigden. Maar ik wist niets van gedetailleerde chemische technieken zoals Zac.

'Het is mijn vak, hè?' antwoordde hij. 'Ik heb erover gelezen, cursussen gevolgd.'

Ik vroeg Zac hoe hij normaal gesproken zijn zondagen doorbracht, half verwachtend dat hij met zijn eigen werk bezig was. Maar in plaats daarvan zei hij: 'Dat verschilt. Bij vrienden op bezoek, naar de film gaan. Ik ben dol op wandelen. Soms pak ik een metro of bus naar ergens in Londen, stap uit en ga lopen. Richmond of Hampstead, Docklands, overal. Ik vind het mooi om al die Hawksmoor-kerken in de East End te bezoeken. Als ze open zijn, tenminste.'

'Jammer dat je vandaag nergens naartoe bent gegaan, het is zulk mooi weer,' zei ik. Eerder op de dag, toen ik me op straat had gewaagd om de achtuursdienst in de St. Martin's bij te wonen, had de zon geschenen. Het was een eenvoudige, voorgedragen liturgie, zonder orgel of kerkzang, dus er was geen spoor van Ben te bekennen, hoewel ik mezelf wijsmaakte dat hij niet de reden was geweest waarom ik erheen was gegaan.

Om een uur of vier waren we aan het opruimen toen de winkeldeurbel drie keer luid belde. Ik zat met beide handen in de gootsteen dus Zac deed open. Het geluid van een deur die werd ontgrendeld weerklonk, gevolgd door mannenstemmen, en hij kwam terug met Ben in zijn kielzog.

'Wilde even kijken of je er was,' zei Ben tegen me. 'Donderdagavond heb je dit laten liggen.' Hij stak mijn gestreepte sjaal in de lucht, die ik niet eens had gemist.

'O, wat stom van me,' zei ik en ik pakte hem aan. 'Bedankt. En nogmaals bedankt voor het eten.' Ik voelde me opgelaten, ik wist dat Zac meeluisterde.

Ben liep door de werkplaats en bekeek alles. Zac sloeg hem behoedzaam gade. Ben bleef staan bij de scherven van de engel, fronste zijn voorhoofd, maar toen hij zijn hand uitstak om hem aan te raken, riep Zac uit: 'Als je 't maar laat...'

Ben bekeek Zac peinzend met vaste blik. 'Sorry, hoor,' zei hij. Hij wendde zich glimlachend tot mij. 'Zo, dus jullie zijn beiden op sabbat aan het werk, hè?'

'Anders jij wel,' zei ik, en glimlachend deed ik alsof ik op een onzichtbaar orgel speelde.

'Touché.' Ben lachte. Hij keek opnieuw naar de stukken glas. Ik wist zeker dat hij op het punt stond iets te zeggen, maar bedacht zich toen. Ik vroeg me af of hij om een andere reden was gekomen, een die niets met de sjaal te maken had.

Zac weigerde te ontdooien. Hij deed een stap dichter naar het werkblad alsof hij de engel tegen Ben moest beschermen.

In een poging de lucht wat op te klaren, zei ik snel: 'We zijn voor vandaag bijna klaar. Hebben jullie zin om boven nog een kop thee te komen drinken? Misschien een glas wijn, of is het daar nog te vroeg voor?'

'Graag,' zei Ben opgelucht. 'Goed idee. Trouwens,' vervolgde hij. 'Ik moet je iets vragen, Fran.'

'O?' zei ik. Ben keek naar Zac, die de hint begreep.

'Ik ruim de boel hier op en kom daarna meteen naar boven,' zei hij vermoeid. Ik had met Zac te doen, maar was ook boos op hem. Hij deed eenvoudigweg geen enkele moeite om vriendelijk tegen Ben te zijn en dat vond ik lomp.

'Je verdwijnt niet zomaar, hoor,' siste ik over mijn schouder naar Zac terwijl ik achter Ben aanliep naar mijn woning, en hij schonk me een van zijn Glasgowse donderwolkblikken.

Ben en ik wilden thee. 'Ik heb met een paar oude schoolvrienden geluncht en daar heeft de drank rijkelijk gevloeid,' verklaarde hij.

We stonden in de keuken te wachten tot het water kookte. Ben keek om zich heen en ik voelde me tegelijk gegeneerd en in de verdediging gedrongen over het sjofele huis uit mijn jeugd.

'Ik had me niet gerealiseerd dat je mijn huis van hieraf zo goed kon zien,' zei hij uit het raam kijkend.

'We kunnen 's avonds met lichten naar elkaar seinen,' grapte ik. Maar Ben leek het idee serieus te overwegen.

'Het licht in het raam, dat voor een minnaar bestemd is. Welke opera is dat?'

'Dat weet ik niet. Bestaat die dan?' zei ik en ik probeerde mijn stem in bedwang te houden.

Ik bleef staan terwijl hij dichterbij kwam. Hij zei zacht: 'En wat zouden we dan naar elkaar seinen, hè?' hij streek met zijn vinger langs mijn hals.

Ik keek de andere kant op, plotseling duizelig, alsof ik de macht over mijn ledematen kwijt was, precies zoals ik me bij Nick had gevoeld, herinnerde ik me. En plotseling wist ik dat ik hier niet klaar voor was. Ik was bang.

'Ik pak de ketel even,' mompelde ik, want die was gaan fluiten, en Ben deed een stap achteruit.

'Wat wilde je me vragen?' bracht ik hem in herinnering in een poging alles weer normaal te krijgen terwijl ik water op de theezakjes schonk.

'O ja,' zei hij, helemaal niet van zijn stuk gebracht door mijn afwijzing. 'We hebben gisteren de koorcommissievergadering gehad. Voorgesteld is dat ik met een grotere groep ga praten over welke richting het koor in de toekomst zal inslaan.' Het klonk een beetje formeel. Wat was er mis met een babbeltje in de pub?

'Ik wil jou er graag bij hebben. Vanwege je muzikale ervaring, je objectieve kijk.'

'O,' zei ik verbaasd, en ik bedacht dat ik aardig op weg was om met Ben de objectieve grens te overschrijden. 'En ik maar denken dat je spontaan op bezoek kwam.' Ik gaf hem een kop thee en we gingen tegenover elkaar aan de tafel bij het raam zitten.

Hij lachte. 'Dat is natuurlijk ook zo,' zei hij, en hij kneep zijn ogen uitermate aantrekkelijk dicht, 'maar dit leek me een goed moment om erover te beginnen.'

'Sloegen je ideeën een beetje aan in de vergadering van gisteren?'

'Ze vonden het verstandig om eerst het oor eens te luisteren te leggen,' antwoordde hij nogal terughoudend. 'Dus, doe je het?' Hij boog zich naar voren en schonk me weer zo'n zielonderzoekende blik van hem.

Ik lachte.

'Wat?' vroeg hij glimlachend. 'Wát?' Hij stak zijn hand uit en streek lichtjes over de mijne.

'O, ik weet het niet. Jij kunt mensen verschrikkelijk inpalmen,' zei ik. 'Dus je doet het?'

'Ik zal erover nadenken. Ik ben niet zo goed in commissies. En trouwens, misschien ben ik het niet in alles met je eens. Wie vraag je nog meer?'

'Val, Dominic, hij is verstandig.' Hij dacht na en tikte op de tafel. 'Nog één erbij, misschien. Crispin, onze solist, dat zou nog het beste zijn.'

'Michael?'

'Ja, misschien.'

'Waarom zo weifelend?'

'Ik weet al hoe hij erover denkt. Hij gelooft niet dat er iets zal veranderen.'

'O,' zei ik, terwijl ik bedacht dat Michaels visie vertegenwoordigd zou moeten zijn. 'Wat gaat die club doen?'

'Brainstormen,' zei hij. 'Natuurlijk moet de dominee er ook bij betrokken worden. Ik moet hem uitnodigen. Maar zolang we de kerk niet om geld vragen, zal hij er zeker geen bezwaar tegen hebben als we onze vleugels een beetje uitslaan.'

'Ben, ik vind het best om advies te geven, maar als je grote veranderingen wilt doorvoeren, moet het hele koor erachter staan, toch?'

'Dat,' zei hij, 'is onderdeel van de uitdaging.' En deze keer ging zijn glimlach gepaard met een vastbesloten schittering in zijn ogen. Ik werd er ongemakkelijk van.

Net op dat moment hoorden we trage voetstappen op de trap, gevolgd door een zacht klopje. Ik stond op en liet Zac binnen.

Hij glimlachte triest naar me en knikte naar de aan tafel zittende Ben. Zijn stemming was dus nog hetzelfde, en dat ergerde me weer.

Er stonden slechts twee stoelen in de keuken, dus ik stelde voor dat we met z'n allen naar de huiskamer zouden verhuizen. Weer terug in de keuken was ik blij dat ik even alleen was, terwijl ik een derde kop thee zette. Ik spitste mijn oren om te horen waar ze over praatten, maar ze zeiden geen woord. Toen ik de melk uit de koelkast pakte, hield ik het pak even tegen mijn verhitte gezicht.

Ben en Zac, Zac en Ben. Ze vertegenwoordigden twee verschillende kanten van mijn leven: muziek en kunst, en met geen van beiden kon ik overweg. En zeker niet wanneer ze samen in één ruimte waren. Ik nam de thee mee en zag ze in een ongemakkelijke stilte staan, ze leken wel de hele kamer te vullen.

'Alsjeblieft,' zong ik opgewekt. 'De drank die opvrolijkt maar niet benevelt.'

Ze keken me allebei nogal bevreemd aan. We dronken in een opgelaten stilte toen Zac zijn halflege kop neerzette en zei dat hij moest gaan. Ik was bijna opgelucht toen Ben even later ook vertrok.

'Oké,' zei ik tegen hem, 'ik doe wel mee aan de discussiegroep.'

'Schitterend!' Hij gaf me snel een kus op de wang en weg was hij.

# 24

*Hoor die klanken toch eens aan!*
*Ze worden gezongen door tedere, engelachtige wezens*
CARDINAL NEWMAN

'Ik heb eens een echte engel gezien, weet je.'

Toen ze maandag op het werk kwam, was Amber verrukt van de reconstructie van Rafaël en ze greep elke gelegenheid aan om te ontsnappen aan de haar toegewezen plek in de winkel en te kijken naar wat Zac en ik aan het doen waren. Terwijl ik verder ging met het schoonmaken van de stukken glas en het loshalen van het lood, pakte hij de stukken waarmee ik klaar was en schoof ermee over het patroon op het calqueerpapier, dat hij over de grote lichtbak had gelegd, die, wanneer die brandde, een handige lichtbron van onderaf was. Na dit stadium zou hij besluiten voor welke gedeelten we nieuw glas zouden moeten vinden.

'Vertel op Amber, over die engel van je,' zei Zac ernstig terwijl hij met de glazen puzzelstukjes rondschoof. Maar zijn ogen stonden vrolijk.

'Ik weet dat je erom moet lachen, maar ik heb er echt een gezien. Hij heeft mijn leven gered.'

Inmiddels waren we wel gewend aan Ambers absurde ideeën. Haar persoonlijke engelbewaarder was een of andere roodgekleurde persoon die speciaal, zoals zij het uitdrukte, over wezen waakte. Maar dit verhaal had ze ons nog niet eerder verteld.

'Dat was nadat mijn mam doodging.' We hielden beiden op om te luisteren. 'Ik was, als het ware, overal en nergens, vergat steeds dingen, liep in een waas rond. Nou, een keer liep ik zonder uit te kijken de weg op en het volgende wat ik weet is dat iemand me een harde duw gaf, en ik op de straat zat. Toen schoot die auto langs me heen. Hij miste me op een haar na. Ik kon het niet geloven.'

'Wat angstig,' zei ik, me afvragend waar ze naartoe wilde. Had de auto haar geraakt en haar teruggegooid? Of had ze op het laatste moment het gevaar zien aankomen en was ze in een reflex weggesprongen?

'Als ik zeg dat iemand me een duw gaf, dan was dat in mijn beleving ook zo. Op het oog was er helemaal niemand, maar ik wist dat er wel iemand was. Het was een engel.'

'Waarom denk je dat?'

'Ik was zo verbaasd dat ik nog even op straat bleef zitten. Ik wist zeker dat ik muziek hoorde, min of meer in de verte. Ik keek omhoog en daar stond die vent midden op de weg met een gitaarkist in zijn handen. En in de lucht dwarrelden witte veren om me heen, een heleboel. En dat is een teken van een engel. Toen ik nog een keer keek, was die man verdwenen, als het ware in rook opgegaan. Ik zou hem hebben zien weglopen als hij... nou ja, menselijk was geweest, toch?'

Zac en ik wisselden een blik met elkaar en hij trok heel licht een wenkbrauw naar me op.

Ik wilde haar niet in de war brengen, en zei: 'Nou, wat het ook was, ik ben heel blij dat daar iets of iemand was die op je gepast heeft, Amber.' Ik vroeg me af wat de dominee van dit verhaal zou maken. Dat zou ik hem moeten vragen. Dominees zouden experts op het gebied van engelen moeten zijn... in de Bijbel wemelde het ervan.

'Verder dan dit komen we niet met de stukken die we hebben,' zei Zac, godzijdank op een ander onderwerp overstappend, en we bekeken alle drie aandachtig het mozaïek van glas dat voor ons lag. Zac was opmerkelijk ver gekomen. Op een of andere manier had hij het grootste deel van het patroon met de originele glasstukken weten in te vullen. Wie na het bombardement de boel ook had opgeruimd, hij had ons geholpen doordat hij grondig te werk was gegaan, hoewel sommige stukken inderdaad te versplinterd of te beschadigd waren om nog te kunnen gebruiken. De kale plekken op het papier waarvoor we helemaal geen glas konden vinden, waren gecentreerd rondom de bovenkant van het gezicht, een deel van het haar en een stuk van een vleugel. Het was jammer dat we de stukjes ooit nooit meer hadden teruggevonden.

'De kleur past precies bij Rafaël,' opperde Amber.

'Engelen zijn vaak in goud gekleed.'

'Rafaëls speciale kleur is goud,' hield Amber vol. 'Of soms smaragd-groen. Zijn kristal is smaragdgroen en lucht is zijn element. Dat is het enige wat ik nog weet, behalve dat hij een aartsengel is. Maar de woor-den kloppen.'

Er zat een barst in het banier, maar het motto was nog net te onder-scheiden: 'God geneest'. Amber zuchtte tevreden. 'Ik vind de schattige engel in je etalage het mooist. Die je vader heeft gemaakt, Fran. Maar deze vind ik ook mooi.'

'Godzijdank,' zei Zac naar haar glimlachend. 'Komt daar soms een klant binnen?'

'Ze is een schat, vind je niet?' mimede ik toen Amber weer naar de winkel was teruggegaan.

'Maar zo naïef.'

'In sommige opzichten wel. Maar ze heeft dan ook veel meegemaakt.'

Nadat Amber naar huis was gegaan, zocht Zac in de winkel naar glas dat geschikt kon zijn om de kale plekken van onze engel op te vullen. Het groen voor het gras onder de in sandalen gestoken voeten was betrekke-lijk eenvoudig te vinden. Hij hield een stuk tegen het licht dat er precies zo uitzag als het oude glas, tot aan de belletjes en onvolkomenheden toe die het schoonheid en karakter gaven. Op de lichtkast legde hij het oude naast het nieuwe en daarop was te zien hoe het op elkaar leek.

Het robijnrode glas was moeilijker. 'De kleur is niet helemaal goed,' gromde hij over de stukken die ik hem aangaf, of 'deze is te transparant', of 'het is dunner, zie je dat dan niet?' Nadat we zonder bevredigend re-sultaat onze hele voorraad hadden afgezocht, pakte hij een paar stukken van de engel zorgvuldig in om ze naar het andere atelier mee te nemen, waarvan hij dacht dat zijn vriend David hem van advies kon dienen.

'Daar ben ik dus morgenochtend, als jij het goed vindt,' zei hij terwijl hij zijn overall uit- en zijn jasje aantrok. 'Het kan erop uitdraaien dat ik er speciaal glas voor moet laten maken.'

'Dan zie ik je wel na de lunch.' Ik was me ervan bewust dat hij zijn ogen op mij gericht hield. Het viel me op hoe onze relatie aan het ver-anderen was. We gingen nu meer ontspannen met elkaar om. Hoewel ik nog steeds boos was omdat hij zich zo lomp jegens Ben had gedragen.

'Heb je het druk vanavond?' zei hij, maar zijn vraag klonk te noncha-lant.

'Koor,' vertelde ik hem.

'Aha.' Ik vermoed dat hij aan Ben dacht, maar het enige wat hij zei was: 'Zing ze. Zie je morgen.'

Ik keek toe hoe hij over het plein wegliep, een eenzame figuur, zijn jasje bij de ellebogen versleten. Ik voelde een steek van verdriet, alsof ik iets was kwijtgeraakt waarvan ik niet wist dat ik er waarde aan had gehecht.

De melancholie bleef de hele avond, als een brok in mijn keel. Ik was al twee dagen niet bij mijn vader geweest en ik voelde me schuldig. Dit maakte er deel van uit. Maar het leek wel alsof de aarde onder mijn voeten verschoof, alsof mijn wereld door een reusachtige meteoor was geraakt en de andere kant op kantelde. Iets daarvan had vast te maken met mijn verwarrende gevoelens voor Ben.

Hoe kwam het dat ik Ben steeds aantrekkelijker ging vinden? Het was alsof ik betoverd was, als een van de smachtende vrouwen van Burne-Jones. Misschien was het die keer in de kerk begonnen, dat ik door de wierook en de geur van lelies, en de opwindende orgelmuziek in zijn aura verstrikt was geraakt. Ik vond het heerlijk dat hij zo bezield kon raken, compleet door de muziek werd opgeslokt, zijn charisma als dirigent, zoals hij van ons koor een eenheid maakte, ons aan zijn wil onderwierp. En hij was zo mooi. Hoe kon je je niet aangetrokken voelen tot een man die eruitzag als de aardse versie van een Florentijnse engel, verrukkelijk ontaard, groots in de passie van zijn kunst, en daaronder toch teder en kwetsbaar? Maar ik had nauwelijks een idee van wat hij voor mij voelde en of er iemand anders in zijn leven was.

Jo was die avond bij de koorrepetitie, zag ik tot mijn plezier, maar ze was te laat en we zaten op verschillende plaatsen. Een paar keer ving ik zijdelings een glimp van haar op. Wanneer ze niet afwezig in de verte staarde was ze driftig door haar muziek aan het bladeren om te kijken waar we waren.

Ben deed tien minuten zangoefeningen met ons, en deze keer deed iedereen daar zonder tegenstribbelen aan mee, en waagde zich toen aan het Koor der Engelachtigen. Hij leek vanavond in een goed humeur, maar dat duurde niet lang. 'Nou, ik weet dat het ingewikkeld is wanneer zo veel partijen tegelijk moeten zingen, maar dit moet absoluut subliem worden. Jullie moeten ervoor zorgen dat het publiek ten hemel rijst. Elgar zat zelf op de grens van extase toen hij Gerontius schreef en had werkelijk het gevoel alsof hij bij de engelen in de hemel was. Jullie moeten allemaal engelen zíjn.' Hierom klonk gegniffel, een paar van de jongere mannen trokken een mal gezicht, maar het gelach stierf al snel weg toen we ons stap voor stap door dit gedeelte heen ploeterden. We moesten van Ben regelmatig opnieuw beginnen als een stempartij de weg kwijtraakte. Uiteindelijk meanderden we door het slot van dit gedeelte, de breed uitgemeten fuga van 'Loof de Heiligste in de hemelen', en we lieten ons dankbaar op onze zitplaatsen vallen.

'Dat,' zei Ben, met een werkelijk gekwelde uitdrukking op zijn gezicht, 'was abominabel. Eenvoudigweg abominabel. Hoe we deze… deze larie in de korte tijd die we nog hebben in iets presentabels moeten omvormen, daar heb ik gewoon geen idee van. Tenoren en bassen, jullie deden maar wat. De tweede alten, op een bepaald moment was het net alsof jullie aan het loeien waren, ja, loeien. Jullie zijn toch zeker geen koeien, in 's hemelsnaam, jullie zijn engelen! En jullie, sopranen. Nou de eersten waren zo slecht nog niet… (hier glimlachte de eerste rij besmuikt) 'maar tweede sopranen, kijk naar mij, wil je? Wat heeft het voor zin als ik hier voor spek en bonen sta? Wat jullie betreft had ik hier net zo goed niet kunnen staan. Nou, iedereen terug naar pagina 95. Graham, begin bij maat 65, alsjeblieft… en let óp, allemaal.'

Ik keek snel de ruimte rond om de algemene reactie van zijn woordenstroom te peilen. Even klonk alleen het geritsel van bladzijden die werden omgeslagen. Een mistroostige wolk was in de ruimte neergedaald. Een paar mensen leken werkelijk van streek.

Ben liet ons die avond zweten. We deden dat ellendige koor opnieuw, nog een keer en weer, tot we het niet meer konden hóren. Maar als je naar hem keek, fonkelden zijn ogen fel van woede, woelde hij met zijn hand door zijn haar, hij telde de maten zelf, verloor zichzelf in de muziek, en plotseling begreep ik wat een goed dirigent hij eigenlijk was. Hij had de wil en visie om absoluut het beste uit ons naar boven te halen. En, sterker nog, hij maalde er niet om of we een hekel aan hem kregen. Ik kon mijn ogen nauwelijks van hem afhouden. Hij was fenomenaal.

'Dat,' zei hij ten slotte, tien minuten over tijd, 'kon er bijna mee door. En dat is het beste compliment dat jullie vandaag, zo niet dit seizoen, van me krijgen. Graham, dank je wel, je was verbazingwekkend.' En hij draaide ons allemaal de rug toe.

Terwijl ik mijn spullen verzamelde, verwachtte ik gemor te horen, maar in plaats daarvan leek het koor verslagen en in berouwvolle overgave.

'Dat was verschrikkelijk,' klaagde de vrouw naast me tegen haar oudere buurvrouw. 'We zijn een puinhoop, hè? Voor de volgende repetitie ga ik echt oefenen.'

'Ik dacht dat ik had geoefend,' zei de oudere dame, terwijl ze haar bril in een breitas wegborg. 'Maar op een bepaald moment was ik volkomen de weg kwijt. Ik ga dat cassettebandje van Deirdre lenen, als ze dat tenminste goedvindt.'

Ik liep naar Jo. 'Wat vond jij ervan, Jo?' zei ik. Ze zat nog steeds ineengezakt in haar stoel, verdwaasd en moe.

'Uitgeput. Eerlijk gezegd heb ik een beetje hoofdpijn.' Ze glimlachte zwakjes. 'Vanavond sla ik de pub maar over, denk ik. Dat kan ik maar beter aan Dominic gaan bekennen.'

Toen ik mijn jasje aantrok, zag ik ze samen praten. Dominic legde beschermend een arm om haar heen. Toen ik afscheid van haar nam, zei Jo tegen me: 'Dominic zei dat hij met me mee naar huis loopt omdat hij zelf ook vroeg terug moet. Ik bel je wel, oké?'

'Ja graag. Ik hoop dat je met een nacht goed slapen van je hoofdpijn af bent,' zei ik en ik keek hoe ze samen weggingen.

'Fran?' riep Ben en hij zigzagde tussen een paar zwaarlijvige baritons, die stoelen aan het opstapelen waren, door naar me toe. Hij keek geërgerd en op zijn voorhoofd parelden zweetdruppels. Zijn haar stond als een golfbreker rechtop. 'Fran, ben je nu druk?'

Voor ik iets kon zeggen, liep Michael naar ons toe en zei: 'Jullie twee gaan zeker toevallig niet naar de Bishop?' Ik keek hem nieuwsgierig aan. Het leek me onbestaanbaar dat Michael ooit zijn hoffelijke kalmte zou verliezen. Uiteraard was dat net zo goed onderdeel van zijn voorkomen als zijn donkere pakken en zijn kostschoolbeleefdheid, maar vanavond was hij van slag. En toen Ben kortaf antwoordde: 'Nee, ik denk het niet,' en de pijn in Michaels ogen schoot, realiseerde ik me dat ze een aanvaring hadden gehad.

'En jij, Fran?' vroeg Michael, nog altijd naar Ben kijkend. Ben greep me bij mijn pols alsof hij wilde voorkomen dat ik met Michael de deur uit zou stuiven.

'Vanavond slaan we de pub over. Ik zie Fran straks thuis, toch, Fran?' zei hij. Ik wist niet wat ik ermee aan moest. Hij keek Michael woest aan. Michael staarde terug, zijn gezicht een uitdrukkingsloos masker. Toen haalde hij zijn schouders op en vertrok.

'Waar ging dat allemaal over?' vroeg ik aan Ben, geschrokken dat hij zo kon zijn.

'Ik heb vanavond totaal geen zin om naar de Bishop te gaan,' zei hij alsof hij me niet had gehoord. Hij griste zijn muziek weg en keek om zich heen. De stoelen stonden nu netjes opgestapeld in een rij, de piano was in zijn hoek teruggeduwd. 'Kun je je voorstellen hoe moeilijk ik het ga krijgen? Een paar van die alten kunnen behoorlijk scherp uit de hoek komen.' We liepen de gang in.

'Doe niet zo gek. Ze zijn dol op je.'

'Ze hebben een rothekel aan me. Niet dat me dat iets kan schelen.' Met een zwierig gebaar hield hij de buitendeur voor me open.

'Maar ze zijn wel gevoelig voor je leiderschap,' zei ik tegen hem. 'Sommigen zien eindelijk waar het om gaat.'

'Denk je dat echt?' vroeg hij terwijl hij me tijdens het op slot doen van de deur aankeek. Lichte mistflarden dwarrelden door de lucht en gaven de gebeurtenissen een onwerkelijke atmosfeer mee.

Ik voelde dat hij gerustgesteld moest worden. 'Ja,' zei ik, 'echt.'

'Maakt niet uit,' gromde hij terwijl hij de sleutels in zijn zak stopte. 'Ik ben dringend aan een borrel toe. Laten we bij mij thuis een fles soldaat maken.' Hij was boos en deed aanmatigend, ik werd er nerveus van, maar raakte er tegelijk door betoverd.

'Ik geloof dat ik beter naar huis kan gaan.'

'Nee. Alsjeblieft?' Het kwam er kregelig uit.

'Misschien moet je even alleen zijn, Ben,' zei ik vriendelijk. Ik wist niet wat ik van hem moest denken, maar ondanks mezelf kon ik toch niet weglopen.

'Dat is wel het laatste wat ik wil. Sorry dat ik je net zo beetpakte. Laat eens kijken, heb ik je pijn gedaan?' Dat had hij natuurlijk niet, maar ik liet hem begaan toen hij mijn mouw omhoog schoof en over mijn pols wreef, zodat mijn huid verrukkelijk tintelde. 'O, ga nou mee wat drinken,' smeekte hij, deze keer milder. 'Als ik je lief aankijk?' Hij tikte met zijn vinger tegen mijn kin zodat ik wel naar hem moest kijken. Hij glimlachte ondeugend en ik kon niet anders dan terugglimlachen.

'O, oké,' zei ik toegeeflijk, wat ik eigenlijk de hele tijd al wilde. 'Eentje dan.' Hij gaf me kameraadschappelijk een arm en we gingen samen in de mist op weg.

Toen we eenmaal behaaglijk met een fles wijn voor het vuur zaten, vroeg ik: 'Waar ging die ruzie met Michael over?'

'Was het zo duidelijk?' zei hij op effen toon.

'Ja.'

'Michael kan soms buitengewoon vermoeiend zijn,' zei hij.

Ik lachte. 'Als we zo gaan beginnen, jij kunt anders zelf ook behoorlijk vermoeiend zijn.'

'Bedankt. Ik zou Michaels houding eerder "bezitterig" willen noemen. Ik zei het je al, Michael denkt dat hij als het ware een goddelijk recht heeft gekregen om zich met mijn leven te bemoeien. Het is heel ingewikkeld, maar ik denk dat het iets te maken heeft met het feit dat mijn ouders hem half geadopteerd hebben, dat hij in onze tienertijd zo vaak bij ons over de vloer kwam. Hij heeft het gevoel dat hij een oogje op me moet houden, me op het rechte pad moet houden.'

'Als een oudere broer, bedoel je.'

'Zoiets, ja. Hoewel hij niet ouder is dan ik en zeker niet mijn broer.'

'Maar hij voelt zich op een bepaalde manier met je verbonden. Hij heeft je toch niet van de verdrinkingsdood gered of zo, hè?'

'Nee, maar hij denkt dat hij me voor andere dingen heeft behoed. Het probleem is dat ik me absoluut niet met hem verbonden voel.'

'Maar jullie zijn toch vrienden?'

'Dat zijn we ook. Waarschijnlijk is hij degene die me het beste van de hele wereld kent. Zelfs beter dan mijn ouders en zus.'

'Dan heb je geluk,' zei ik weemoedig, terwijl ik eraan moest denken dat ikzelf geen familie had. 'Daar moet je niet lichtvaardig mee omgaan.'

'Lichtvaardig is bij Michael onmogelijk, dat kan ik je verzekeren.'

Door de alcohol en de enigszins surrealistische sfeer van de avond werd ik stoutmoedig. 'En wat heb je dan nu weer gedaan waardoor hij zich met je bemoeide?' Half en half hoopte ik dat hij zou zeggen dat het iets met mij te maken had. Een pervers deel van me stond het idee wel aan dat Ben zo veel om me gaf dat hij ruzie om me maakte. Maar na een ogenblik sloeg hij die hoop de bodem in met de woorden: 'Het heeft met Nina te maken. Hij denkt dat ik te veel invloed op haar uitoefen, dat ze door

234

mijn toedoen te afhankelijk van me wordt. Ik neem aan dat hij dat op muzikaal vlak bedoelt, in het licht van haar carrière, hoewel hij me van allerlei vreselijks heeft beticht terwijl ik van de prins geen kwaad weet.'

'Wat ingewikkeld!' zei ik. En plotseling wilde ik er niets meer over horen. Ik maakte mezelf alleen maar belachelijk. Ik dronk mijn glas leeg en stond op. 'Ik moet nu echt gaan.'

Toen we bij de voordeur aankwamen, leken we plotseling geen raad met elkaar te weten.

'Deze keer vergeet ik mijn sjaal zeker niet,' zei ik terwijl ik hem om mijn nek wikkelde en gespannen met mijn handen in mijn zakken bleef staan.

Hij aarzelde, trok me toen naar zich toe en gaf me een snelle kus op de wang.

'Dank je wel dat je vanavond met me opgescheept wilde zitten,' zei hij zachtjes.

'Dat zit wel goed,' zei ik ernstig. 'Ik begrijp het wel.' Hij opende de deur en deed een stap naar achteren om me door te laten.

Dat is het dan, dacht ik buiten mezelf terwijl ik de straat overstak. Waarschijnlijk ben ik nu nooit meer met hem alleen.

Ik was me vaag bewust van een beveiligingsalarm dat over het plein krijste. Ik draaide me om en zwaaide naar Ben, naar mijn idee voor het laatst. Halverwege het parkje keek ik nog een keer achterom, maar de deur was dicht. Ik voelde me leeg.

Het beveiligingsalarm ging maar door. Waarom komt verdorie niemand z'n bed uit om het af te zetten, dacht ik, geërgerd verder lopend.

Gaandeweg begon het me te dagen dat het alarm van mijn kant van het plein kwam en toen ik de straat in liep, bleef ik stokstijf staan. In de etalage van Munsterglas, boven paps engel, zat een gat zo groot als een theeblad. Glasscherven fonkelden op de stoep.

Een lange gekwelde kreet rees boven het alarmgeluid op. Het duurde even voordat ik me realiseerde dat ik die kreet slaakte. Toen ik door het parkje naar Bens flat terugstormde, bleef het alarm maar spottend door janken.

Tegen de tijd dat ik terug was met Ben in mijn kielzog, liepen een stuk of zes mensen buiten Munsterglas rond die allemaal tegelijk begonnen te praten.

'Ik heb natuurlijk de politie gebeld,' zei een oudere man in een pais-ley kamerjas en slippers die ik herkende als meneer Broadbent, de anti-quarische boekverkoper. Hij was een keer in de winkel geweest om te vragen hoe het met pap ging. 'Dat leek me maar het beste. Anders zou geen van ons nog een oog dichtdoen.'

'Het spijt me zo…' zei ik timide, maar een vrouw die in een glittertop met korte mouw stond te huiveren riep hem meteen tot de orde. 'Zij kan er toch zeker niets aan doen dat iemand verdomme een steen door haar ruit heeft gegooid.'

Ben nam de leiding, zei tegen iedereen dat ze nergens aan mochten komen, controleerde achterom of er indringers waren en wist te melden dat dat niet het geval was. Hij wikkelde een omslagdoek om mijn schouders die de vrouw mee naar buiten had genomen, want ik rilde zowel van de schrik als van de kou.

Een paar minuten later arriveerde de politie, een man en een ver-veeld ogende vrouw in een kleine patrouillewagen. Onder hun supervi-sie mocht ik de winkel opendoen en het alarm afzetten. Daarop bleven Ben en ik wachten terwijl de politieman de schade opnam en de politie-vrouw de buren ondervroeg. Niemand had iets verdachts gezien. De politieman riep vanuit de winkel: 'Moet je dit eens zien.'

Binnen kraakte glas onder hun voeten.

'Dit is de boosdoener,' zei de agent, hij bukte zich en raapte met een doek iets op wat op een glazen bol leek. 'Met aardig wat kracht ertegen-aan gegooid, zou ik zeggen.' Hij stopte hem in een plastic zak die hij om-hooghield zodat wij hem konden bekijken. De bal was ongeveer zo groot als een grapefruit en leek gevuld met een roze en paarse mist.

'Een presse-papier, hè?' zei Ben.

'Waar komt die nou vandaan?' vroeg ik me af, 'en waarom is hij niet tijdens de klap kapotgegaan?' Het antwoord op de tweede vraag was makkelijke te achterhalen: hij had een zachte landing gemaakt op de stoel die nu gekanteld en met een grote deuk in de zitting naast de toon-bank lag.

'Dit hebt u voor de verzekering nodig, ik neem aan dat u bent verze-kerd?' De agent krabbelde zijn initialen op het formulier en scheurde het bovenste exemplaar voor mij af.

'Ik denk het wel,' antwoordde ik.

'En u kunt in de toekomst maar beter een traliewerk voor uw etalage laten maken. We nemen contact op als we nog iets te weten komen.'

'Maar… gaat u dan niet uitzoeken wie het heeft gedaan?' vroeg ik verward.

'Uiteraard,' antwoordde de politieman, maar hij keek naar zijn collega, die gespannen in haar radio stond te praten.

'We moeten gaan,' zei ze naar hem knikkend. Ze stapten in de auto en reden nog voor hij het portier helemaal dicht had geslagen met gillende sirene weg.

De boekverkoper haalde wat karton dat we over het gat konden plakken terwijl ik een stoffer en blik ging halen. Iedereen hielp mee. Het duurde niet lang voor alles was opgeruimd en iedereen naar huis was. Op Ben na.

'Wil je vannacht bij mij blijven slapen?' vroeg hij.

'O, Ben. Ik kan de winkel zo niet achterlaten.'

'Nou, zal ik dan maar hier komen pitten?' vroeg hij. 'Ik slaap wel op de bank, beloofd.'

'Dan moet je jezelf in dubbelvouwen. Je hebt zelf gezien hoe klein die is. Je kunt beter het logeerbed nemen.'

Uiteindelijk haalde hij een slaapzak en een paar dingen die hij in een tas had gestopt, en gooide die op het logeerbed. We kropen op de te kleine bank tegen elkaar en dronken thee zonder melk, want die was op. Ben moest hem zetten, want ik rilde nog steeds.

'Het is net de laatste druppel, na pa en zo,' zei ik. 'Wie doet nou zoiets?'

'Een of andere loser. Het gebeurt overal,' zei Ben terwijl hij zijn arm om me heen sloeg. Ik kroop dicht tegen hem aan, om warm te worden of om welke reden dan ook. We zaten in het donker, hoewel zo nu en dan de koplampen van een auto de kamer in schenen.

'Godzijdank was je vlak in de buurt. Anders was ik doodsbang geweest.'

'Dat is ook raar. Je komt altijd zo sterk en onafhankelijk op me over. Je bent tenslotte de hele wereld over geweest.'

'Met de meeste dingen ben ik dat ook wel. Maar dan gebeurt er zoiets als dit en krijg ik het gevoel dat de grond onder m'n voeten wegzakt. Dan val ik en er is niemand die me opvangt.'

'Vanavond was dat genoegen geheel aan mijn kant.'

En toen was het niet meer dan natuurlijk dat ik me naar hem toe boog en hem snel op de wang kuste. 'Ben, dank je wel,' en ik moest verschrikkelijk gapen. 'O, sorry.'

Hij gaf me een kus terug en kneep me troostend in mijn schouders. Ik viel in slaap maar werd bij tussenpozen wakker, terwijl ik mijn verwarde gedachten op een rij probeerde te krijgen. Ben had die avond zo veel verschillende mensen geleken: de gegoten god op zijn sokkel, een tiranniserende ruziezoeker, een verleider. En toen veranderde hij in deze heerlijke, hulpvaardige man die de leiding had genomen en voor me had gezorgd toen ik dat nodig had. Welke persoon was de echte?

Waarschijnlijk waren die allemaal tot één persoon samengesmolten, en trouwens, het kon me niet schelen. Wat wel gebeurde toen ik slaperig in zijn armen lag, was dat ik verliefd werd. Zo simpel en gecompliceerd was het.

Uiteindelijk moest ik in een diepe slaap zijn gevallen. Ik had een vage herinnering dat Ben me half droeg, en dat zijn lippen langs mijn voorhoofd streken, en het volgende moment was het acht uur de volgende dag en lag ik in mijn eigen bed, nog helemaal aangekleed. Geen spoor van Ben, maar toen ik om de hoek van de logeerkamerdeur gluurde, zag ik zijn goudblonde krullen net boven het dekbed uit piepen. Ik weerstond de niet geringe verleiding om mijn hand uit te steken en met mijn vingers erdoorheen te woelen.

Gek genoeg bedacht ik meteen daarna dat het maar goed was dat Zac die ochtend niet zou komen en dus ook niet zou weten dat Ben er was.

Toen bedacht ik dat ik de deur uit moest om iets voor het ontbijt te halen.

# 25

*Zo'n ongelijkheid*
*als bestaat tussen lucht en de puurheid van engelen,*
*zo zal dat immer bestaan tussen de liefde van vrouwen en die van*
*mannen.*

JOHN DONNE

## Laura's verhaal

Eind juni liep meneer Brownlow op een ochtend tijdens het ontbijt met een vermoeide blik de post door en slaakte een opgewekt 'Aha! Een brief van Tom,' verklaarde hij vrolijk. Hij sneed de envelop open en begon te lezen.

'Dora!' fluisterde hij en het licht verdween uit zijn ogen. Laura en haar moeder verstijfden, Laura's kopje bleef halverwege haar lippen steken.

'Wat is er, James?' zei Theodora met angstige stem. 'James?'

Hij las de brief uit en gaf hem aan haar. De uitdrukking op zijn gezicht was als die van een verslagen man.

'Wat is er aan de hand, papa? Vertel,' smeekte Laura.

'Wat heeft die jongen gedaan?' riep hij uit en hij verborg zijn gezicht in zijn handen.

'Papa!' Ze schoof haar stoel naar achteren en snelde naar hem toe om hem bij te staan.

Aan de andere kant van de tafel was mevrouw Brownlow de brief aan het lezen en zei snikkend: 'O, Tommy!'

Nu was het Laura's beurt om het vel goedkoop wit papier over te nemen. Ze las het met groeiend afgrijzen. Haar broer had alle plannen om geestelijke te worden overboord gegooid. En dat niet alleen, hij was uit Oxford vertrokken. 'Tegen de tijd dat jullie dit lezen, zit ik in Liverpool en ben ik van plan me voor New York in te schepen. Kom alsjeblieft niet achter me aan. Ik moet een andere koers in de wereld volgen. In Oxford

239

kreeg ik amper lucht en dwong ik mezelf langs een pad dat ik niet kon, nee, niet mocht gaan. Ik weet zeker dat mijn roeping niet in de kerk ligt. Beter dat nu te veranderen dan wanneer het allemaal te laat is. Ik weet dat ik u hiermee een groot verdriet doe, maar het alternatief, kan ik jullie verzekeren, zou uiteindelijk voor iedereen veel erger zijn uitgepakt. Een ongelovige priester kan zijn kudde slechts schade toebrengen.'

De predikant liet zijn ontbijt staan, vertrok naar het station en nam een trein naar Liverpool in de hoop, met Gods wil, dat hij de haven op tijd zou bereiken om Tom voor zijn dwaasheid te behoeden.

Zijn hoop was tevergeefs. Een onverschrokken ouwe zeeman van het scheepskantoor wees hem op de rookpluimen van de SS Alexandria aan de horizon in de verte. James Brownlow keek het schip na tot het over de rand van de wereld verdween.

Een hele poos was hij niet in staat te bewegen of te spreken. Ten slotte kwam de zeeman naar hem toe, klopte hem op de schouder, liet hem in zijn kantoor plaatsnemen en dwong de dominee bijna een slok brandy te nemen.

Op de terugweg naar huis deed Brownlow Oxford aan waar hij een ontmoeting had met de docent van zijn zoon, in de hoop dat die hem een verklaring voor deze ramp kon geven. De man geneerde zich echter verschrikkelijk omdat hij zelf tekort was geschoten en had er werkelijk geen flauw idee van wat er in zijn intelligente en voorheen zo plichtsgetrouwe pupil was gevaren.

Toen meneer Brownlow de kamer van de man uit liep botste hij bijna tegen een jonge man op die hij onmiddellijk herkende als een van Toms vrienden. Smekend legde hij hem zijn probleem voor. De jongen kreeg medelijden en nam meneer Brownlow mee naar een sjofele zitkamer, gaf hem een kop thee en oudbakken cake en legde in tactische bewoordingen uit wat zijn vriend volgens hem had bezield om deze afschuwelijke stap te zetten.

Tom had zich aangesloten bij een geraffineerd gezelschap, een groep rationalisten die het werk van Charles Darwin bewonderde en waardoor Tom alles in twijfel trok waar de jonge man in geloofde.

'Hij ging niet alleen aan zijn roeping twijfelen, maar zelfs aan het fundament waarop zijn vertrouwen in God gestoeld was,' zei de puisterige jonge man ellendig, wetend dat elk woord een fysieke klap was voor Toms vader.

De volgende ochtend zat er niets anders op dan naar huis terug te keren en op de volgende brief van Tom te wachten. De weken verstreken en er kwam niets.

Als meneer Brownlow al eerder onzeker en neerslachtig had geleken, dan was dit laatste nieuws voor hem de nekslag. De investering die het gezin in Tom had gestoken – niet alleen financieel, hoewel het niet te ontkennen viel dat ze fiks hadden moeten bezuinigen om hem te kunnen laten studeren, maar ook alle hoop die Laura's vader op de toekomst had gevestigd – was voor niets geweest.

Laura lag in haar bed te draaien en te woelen en ze probeerde zich voor te stellen wat er precies in Toms hoofd was omgegaan waardoor hij voor alles en iedereen was weggevlucht. Waarom was hij niet gewoon gebleven en had hij niet alles aan zijn ouders uitgelegd? Werd hij ook geteisterd door de duisternis die op haar familie drukte?

Meneer Brownlow wilde nu niet eens meer Toms naam horen noemen, eerder vanwege verdriet dan uit woede. Steeds meer trok hij zichzelf terug in zijn Geschiedenis van de Kerk en in zijn God.

Hij had nauwelijks de kracht het aanhoudende ontevreden gemopper in zijn gemeente het hoofd te bieden.

Er kwamen nog meer anonieme brieven, waarin werd geklaagd over zaken als wierook en beelden van de Maagd, die de, kennelijk ontwikkelde, schrijver veroordeelde als 'de felrode paapse vodden, heiligschennend, on-Engels'.

Toen verscheen op een avond meneer Perkins, de koster, trillend van de zenuwen aan de voordeur van de Brownlows. 'Ze hebben overal aarde over gegooid, ze hebben overal aarde gegooid!' was het enige wat de Brownlows uit hem konden krijgen. Ze plantten hem in de keuken neer met een glas medicijn van mevrouw Jorkins tot hij kalmeerde, en toen ging meneer Brownlow met hem naar de kerk waar hij tot zijn schrik ontdekte dat iemand inderdaad over het hele altaar straatvuil had gegooid. Maar het ergste moest nog komen. Toen ze de Mariakapel binnen gingen, zagen ze dat het beeld van de Gezegende Maagd tegen de vlakte was geslagen en dat haar hoofd in een hoek tussen de muizenkeutels was gerold.

Er werd onderzoek gedaan. De oude bloemenverkoopster die bijna alle dagen op straat stond, maar bezwoer dat ze nog nooit van haar leven een kerkdrempel was overgegaan alsof het een deugd was, zei tegen een agent dat ze de dag ervoor drie dronkenlappen in het kerkportaal had zien rondhangen, maar zelfs zij kon niet bevestigen of ze ook daadwerkelijk de kerk waren binnen gegaan.

'Zou een van hen die schurk van een Cooper kunnen zijn?' vroeg meneer Bond aan de agent, maar onderzoek bracht aan het licht dat de vader van Ida het kindermeisje in het gevang zat wegens openbare ordeverstoring.

Op bevel van meneer Bond spijkerde meneer Perkins een brief op de deur: 'Wanneer niemand aanwezig is, is deze kerk wegens vandalisme gesloten'. De volgende ochtend bleek de notitie te zijn beklad.

De zondag daarop trok Laura's vader in een felle preek van leer tegen de beeldenstorm die hij hekelde als 'godslasterlijk en anarchistisch'. Tijdens de dienst droeg hij alle aanwezigen die de identiteit van de betrokkenen kenden op om hun namen aan meneer Bond of hem door te geven. De preek bleek een vergissing. Een paar agressieve elementen binnen de gemeente namen er aanstoot aan omdat ze de indruk kregen dat ze verdacht werden. De welvarender leden, die over de anonieme brieven hadden gehoord, waren ontsteld dat een van hen daar wellicht verantwoordelijk voor was. Iedereen begon iedereen te verdenken, ondanks het feit dat de predikant benadrukte dat de vandalen heel waarschijnlijk buitenstaanders waren geweest.

De zondagochtend daarop was iedereen weer even eensgezind, tot de eredienst werd verstoord door een kakofonie van gekletter en geschreeuw buiten.

Meneer Bond en meneer Perkins haastten zich naar buiten en troffen daar een stel knapen aan die bij het hek op steelpannen en kroezen sloegen. 'Rennen, jongens,' riep de aanvoerder, en ze smeerden 'm allemaal, op een na, die door meneer Bond in de kraag werd gevat.

'Ze betaalden ons een kwartje,' piepte het schoelje, maar wie de kinderen had opgedragen om al dat lawaai te maken, kon of wilde hij niet zeggen. Uiteindelijk kreeg meneer Bond medelijden met de half uitgehongerde deugniet en liet hem gaan.

'Sommigen onder de armen koesteren een wrok tegen ons,' zei meneer Brownlow die dag somber tijdens de lunch, 'terwijl ze dankbaar zouden moeten zijn. Nu spotten ze met Gods glorie. In plaats van dat ze met ons de eredienst vieren, sleuren ze alles omlaag naar hun eigen goddeloze niveau en maken het kapot.'

'We moeten niet vergeten dat slechts een paar mensen daarvoor verantwoordelijk zijn, James,' antwoordde zijn vrouw. 'De meesten zijn heel blij met alles wat we doen.'

'Dan moeten we ons tegen die oproerkraaiers verdedigen,' zei James zuchtend. 'We moeten voet bij stuk houden.'

En weer kwam er een anonieme brief. De predikant maakte hem aan zijn bureau open en Laura kon niet anders dan hem lezen.

'Volgelingen van de Scharlakenrode Hoer zullen branden in de hel...' De hoofdletter S van Scharlakenrood was in de vorm van een kleine sierlijke harp getekend. 'Gij zult u geen gesneden beeld maken...' Was de hand die dit had geschreven dezelfde als die welke met aarde had gegooid en het glas had gebroken? Laura was het met haar vader eens dat dat niet waarschijnlijk leek. De schrijver verraadde tenminste nog enige eerbied voor een sobere verering. De vandalen hadden nergens ontzag voor.

'Papa is bij de bisschop ontboden,' zei Laura op een dag buiten adem tegen meneer Russell toen ze hem in een van de werkplaatsen bij Munsterglas kwam opzoeken.

Ze was een paar keer eerder in de winkel geweest en was voorgesteld aan meneer Reuben Ashe, de eigenaar van de zaak, die een mager gezicht had en een bril droeg, en zelf een vakkundig glasschilder was. Voor haar tweede bezoek had Polly, de dienstmeid, zo duidelijk haar afkeer van de viezigheid en chemische stank laten blijken, dat Laura deze keer alleen kwam.

Deze keer had Russell zwarte gordijnen voor de ramen getrokken, met in het midden een streep waar het daglicht doorheen mocht schijnen en waar hij een grote glasplaat op een ezel had neergezet. Hierop waren met bijenwas de stukken gekleurd glas bevestigd waarmee het raam met Maagd en Kind gemaakt zou worden. Vorige week had Laura gezien hoe hij de vormen had uitgesneden en de randen met een buigtang had afgewerkt. Nu liet hij haar zien hoe hij op de achterkant van het heldere glas met lampzwart de lijnen had aangebracht die aangaven waar het lood moest komen. Nu, met het licht dat van achteren door de plaat scheen, stond hij de details op de kleurige vormen te schilderen, de originele tekening lag als voorbeeld naast hem.

Laura zat in het halfduister hem gade te slaan en praatte over alles wat maar in haar hoofd opkwam. Soms had haar vader vanachter een scherm achter in zijn kerk de biecht afgenomen, een ander paaps gebruik waaraan de briefschrijver zich ergerde. Laura had daar zelf nooit gebruik van gemaakt. Nu waren er dingen die ze haar vader niet zou willen vertellen, maar hier, in het halfdonker, terwijl Philip zich op zijn werk concentreerde en niet meer was dan een silhouet tegen het licht, kon ze zich voorstellen hoe het zou kunnen zijn. Voor je het wist zei je te veel. Eenmaal uitgesproken woorden konden niet meer worden teruggenomen.

'Misschien geeft de bisschop papa wel de schuld, moet hij van hem dingen anders gaan doen,' veronderstelde ze. 'Papa is bang voor de schande die dat met zich mee kan brengen.'

Meneer Russell gaf geen antwoord dus ze stond op van de ongemakkelijke houten stoel en liep naar hem toe om van dichterbij te bekijken wat hij aan het doen was. Hij was met de gezichten bezig, die tot nu toe slechts ruwe cirkels van wit getint glas waren geweest. Met een uiterst fijn penseeltje tekende hij de irisomtrek van het oog van de Madonna, toen pakte hij een dikkere kwast uit de kruik, doopte die in de verfpot en schetste een wenkbrauw als de vleugel van een vogel. Terwijl Laura toekeek, ontstond onder zijn hand het hele gezicht. Maar het was niet af, er zat geen diepte of textuur in, het waren slechts zwevende gelaatstrekken.

'De bruine verf moet eerst drogen,' legde hij uit terwijl hij zijn kwast aan een doek afveegde die uit de zak van zijn werkkiel hing. Met een soepele vingerbeweging pakte hij nogmaals de fijne penseel, net een reiger die ze een keer in het park naar vis had zien pikken, dacht Laura. 'Als ik de gezichten klaar heb, ga ik aan de stoflijnen beginnen. Daarna zijn de randen aan de beurt. Morgen kan ik een heel dunne vernis op de huid aanbrengen. Als die droog is, laat ik door middel van een schraptechniek het profiel van het vlees uitkomen.'

'En het haar?'

'Zilvernitraat. Dat wordt tijdens het branden goudkleurig. Dat is het allerlaatste stadium.'

'Dat alles gaat nog dagen duren. Kun je niet iemand om hulp vragen zodat die, ik weet niet, de randen voor je kan schilderen?'

'Dat zou ik kunnen doen,' zei hij bedaard terwijl hij met het fijne penseeltje het rozenknopvormige mondje van het kind schetste. Met haar vingers streek Laura licht over haar eigen lippen zodat ze tintelden. 'Maar zo ga ik liever niet te werk.'

Ze zuchtte ongeduldig. Hij ging nu zo in zijn werk op dat hij haar nauwelijks aankeek. Ze kuierde weer naar haar stoel terug, haar rokken zorgvuldig optillend voor de met verf bespatte blikken en stoffige zakken die langs de plinten en op de werkbladen stonden.

'Je vindt dit vast saai,' zei hij na een poosje.

'Helemaal niet,' zei ze bits. 'Maar ik moet ervandoor. Ik heb mama beloofd dat ik met haar mee zou gaan naar het weeshuis.' Ze namen Ida Cooper mee voor een bezoek aan haar broertjes en zusjes.

'Mmm,' was zijn enige antwoord. Hij stond over het babygezichtje te mijmeren, keek met gefronste wenkbrauwen van de tekening naar het glas.

Ze stond op, schudde haar omslagdoek uit en sloeg die om zich heen. Toen ze gedag zei, legde hij eindelijk zijn kwast neer en draaide zich glimlachend naar haar toe terwijl hij zijn vingers aan de vieze doek afveegde. Hij leek vandaag wel op een gewone arbeider, dacht ze, en ze ergerde zich dat hij niet merkte in wat voor stemming ze was.

Terwijl ze kordaat over het plein beende had ze spijt dat ze zo op hem had neergekeken, schold zichzelf uit omdat ze hem had bekeken door de ogen van haar ouders: in vieze werkkleding en zich ook nog thuisvoelend in een fabriekswerkplaats. En toch kon ze niet verklaren waarom ze zich zo ergerde.

Ze genoot nog steeds van hun ontmoetingen, maar ze was zich ervan bewust dat als ze met elkaar praatten hij zijn gedachten eigenlijk nooit bij haar had.

Wat was daar mis mee? Hij was getrouwd. Ze kon geen aanspraak op hem maken. Er kon slechts van vriendschap sprake zijn, meer was eenvoudigweg niet mogelijk. Ze had er genoeg van dat hij het steeds over zijn vrouw Marie had. Dat was alles. Ze wilde er niet aan herinnerd worden dat hij nog steeds van Marie droomde, ook al had die hem verraden. Misschien zou Marie ooit wel bij hem terugkomen. Laura wist dat het haar nobele plicht was om daarvoor te bidden, zonder erover na te denken wat dit wellicht kon betekenen voor haar vriendschap met hem. Als… als haar hart maar niet sneller ging slaan wanneer het licht op zijn roodgouden haar fonkelde, dan zou ze dat allemaal hebben kunnen verdragen.

Op een zachte middag in juli maakten ze een wandeling langs het Koninklijk Aquarium naar Westminster Abbey. Ze droeg haar goudkleurige jurk, waardoor ze zich altijd aantrekkelijker voelde.

'Ik ben hier een keer met Maria op een bruiloft geweest,' zei hij tegen haar terwijl ze over de duizelingwekkende hoogten aan de westkant uitkeken. 'Het was voor het eerst dat ik besefte dat ze zo'n prachtige zangstem had. En toch zong ze bijna nooit, alleen slaapliedjes. Jammer.' Zijn ogen stonden verdrietig.

Laura voelde een steek van woede door zich heen gaan, ze tilde haar rokken op en rende naar de trap. Een massa duiven schrok hier zo erg van dat ze plotseling opvlogen en ze haar armen voor haar gezicht moest houden.

Ik wil niets meer over Marie horen, dat maakte ze hem duidelijk. Hij greep haar alleen maar vast en trok haar naar achteren. 'Waarom deed je dat nou?' vroeg hij boos.

'O, daar had ik zin in,' antwoordde ze zo vrolijk als ze kon, maar gedwee liet ze hem wederom haar bij de arm nemen.

'Je had wel gewond kunnen raken, liefje,' zei hij zachtaardig alsof hij een kind tot de orde riep. 'En nu heb ik je nieuws te vertellen.' Zijn ogen schitterden. Geen Marie, alsjeblieft, bad ze eventjes, maar het was iets totaal anders. 'Ik heb je verhalen aan mijn vriend bij Millner laten zien. En hij geeft er hoog van op, liefje. Hij kan ze niet zelf publiceren, zegt hij, hij zit niet in dat genre. Maar hij raadt je aan er een paar naar Alfred Losely bij Ladies World te sturen. Hij denkt dat ze precies in zijn straatje passen. Vooral het verhaal met de dode bloemen en de nooddruftige vrouwe, hoe heette dat ook weer?'

Laura keek hem sprakeloos aan, blijdschap en angst streden in haar hoofd om de voorrang. Een echte uitgever vond haar verhalen goed. Maar stel dat de tijdschriftredacteur dat niet vond? Of stel dat hij ze wel mooi vond en ze werden gepubliceerd? Hoe zouden haar ouders daarop reageren? Niet dat ze nog energie overhadden om zich met iets anders dan hun eigen problemen bezig te houden.

'Denk je dat ik dat moet doen? Ze naar meneer Losely sturen?'
'Natuurlijk.'

'Ik zal erover nadenken,' zei ze trots. En toen glimlachte ze naar hem. 'Dank je wel.'

Laura's ouders werden dan misschien te veel door zichzelf in beslag genomen om in de gaten te hebben wat hun dochter deed, maar dat was met haar zus niet het geval.

Toen Laura die middag thuiskwam had ze onverwacht bezoek van Harriet. Terwijl ze haar jas en handschoenen aan Polly gaf, hoorde ze gelach vanuit de zitkamer, en verbaasd realiseerde ze zich dat het haar moeder was. Ze gluurde om de deur en zag mevrouw Brownlow op de bank zitten met Arthur in haar armen, die nu een gezonde baby van vier maanden was en kraaiend van vreugde bokkend op haar schoot zijn sterke beentjes stond uit te testen. Toen Laura de kamer binnenkwam, draaide hij zijn hoofd, staarde haar met grote ogen aan en trok zijn mond toen in een brede, kleverige grijns.

'Laura, waar ben je geweest?' vroeg Harriet van haar stoel springend om haar te omhelzen.

'Gewoon een wandelingetje gemaakt,' zei Laura. 'Is Ida er vandaag niet?'

'Ze is niet zo lekker. Ik heb haar naar Polly in de keuken gestuurd.'

'Ik hoop niet dat ze ziek wordt.' Ze keken allemaal ongerust naar Arthur die nu op Theodora's schoot zat.

'Je kunt haar maar het beste uit zijn buurt houden, Harriet,' zei Theodora terwijl ze haar stem vlak probeerde te houden. 'Wie is mijn schatje dan?' fluisterde ze in Arthurs nek en ze lachte opgetogen toen hij plotseling een luide kreet slaakte die overging in huilen. Algauw werd duidelijk dat hij honger had en Theodora liep naar beneden om te vragen of mevrouw Jorkins een flesje warme melk wilde klaarmaken.

Harriet liep de kamer rond, hem zachtjes wiegend en troostend. 'Waar ben je geweest, Laura?' Haar stem klonk streng.

'Wanneer?'

'Nu net. Ik zag hem door het raam. De glasman.'

'O, meneer Russell. We zijn naar de abdij gewandeld, dat is alles.'

'Waarom heb je Polly niet meegenomen?'

'Ze had het hier te druk. Harriet, lees me niet de les. Ik heb niks verkeerds gedaan.'

'Maar je weet wat vader heeft gezegd. Je moet voorzichtig zijn.'

'Begin jij nou niet ook, Harriet, ik gedraag me volkomen fatsoenlijk.'

'Moeder zegt dat je naar de werkplaats bent geweest. Alleen.'

'Daar zijn wel meer mensen, hoor. Pieker niet zo.'

'Vast ruwe werklui. Laura, we hebben hier al genoeg problemen zonder dat jij de familie nog verder...'

'Dat weet ik. Maar ik zeg toch dat ik niks verkeerds doe. Hij is een vriend, meer niet.'

Op dat moment werden ze gestoord door hun moeder die met een melkflesje terugkwam en al gauw waren alleen Arthurs tevreden sabbelgeluiden nog te horen.

Daarna verstreek er een dag, en nog een, zonder dat ze iets van hem hoorde. Laura voelde zich ellendig. Op de derde dag, toen haar moeder vroeg of ze meeging op ziekenhuisbezoek, snauwde ze: 'Kan een van je dames niet een keer gaan?' en ze voelde zich onmiddellijk schuldig en verontschuldigde zich.

'Ik word gek,' zei ze tegen zichzelf. Ze raakte geïrriteerd wanneer Russell er was en voelde zich kleintjes als hij er niet was. Wat moest ze doen?

Toen kwam er eindelijk een brief. Ze nam hem van het blad in de hal weg voor haar ouders hem zagen en liep regelrecht naar boven om hem te lezen.

'Mijn liefste Laura,' stond er. 'Maria is geschilderd, haar kind en de cherubijnen zijn bijna af. Ik hoef nu alleen nog de omliggende details en randen te doen en dan is het klaar. Het is een helend gevoel om een moeder met kind te schilderen, nee, niet iedere moeder en ieder kind, zelfs niet Marie en onze zoon, maar de moeder van de wereld met onze verlosser. Het is een eer en ik voel me heel nederig.'

Hij was Laura niet vergeten. Maar opnieuw keerden zijn gedachten terug naar Marie.

# 26

'In de hemel is een engel niets bijzonders.'
GEORGE BERNARD SHAW

'Ali heeft het gedaan. Het moet Ali wel zijn geweest. Ze wil me een streek leveren.'

Amber kwam binnen toen Ben net weg was en was verschrikkelijk van streek toen ze de kapotte etalageruit zag.

'Amber, je kunt niet lukraak mensen beschuldigen. Dit gebeurt voortdurend met winkels.'

'Ik weet dat zij het is. Ze heeft een rothekel aan me.'

'Waarom?'

'Weet ik veel. Ik heb haar nooit iets aangedaan. Ze... ze ergert zich aan me, terwijl ik helemaal niets doe. Het is niet eerlijk.'

'Dat is het leven zelden,' zei ik automatisch. En toch vonden we allemaal dat het dat wel zou moeten zijn. Ik wist niet wat Ali allemaal in het hostel had doorgemaakt, maar Amber had het tot nu toe zeker niet best getroffen. Deze baan was waarschijnlijk de eerste echte kans die ze ooit had gekregen en tot nu toe, afkloppen, leek het goed te gaan. Ze had talent voor glasbewerking en meer dan genoeg artistieke flair. Het was inderdaad doodzonde als iemand dat allemaal uit rancune wilde vernielen. Maar misschien vergiste Amber zich?

Ik zuchtte.

'Amber, heb je werkelijk enig bewijs dat Ali gisteravond laat vanuit het hostel hiernaartoe is gegaan en een presse-papier door onze etalageruit heeft gegooid? Als dat zo is, geef ik dat natuurlijk aan de politie door, zeker als ze misschien vingerafdrukken hebben...' Hoewel ik er op een of andere manier aan twijfelde of degene die deze misdaad had gepleegd zo stom was geweest om die op het projectiel achter te laten.

'Maar anders... nou, je maakt het er voor jezelf niet makkelijker op als je haar van iets beschuldigt wat ze niet heeft gedaan.'

'Je zult wel gelijk hebben,' zei Amber, en ze zag er ellendig uit. Los van dat ze geschrokken was van de ruit, voelde ze zich verantwoordelijk. Ik wist dat elke jongere alles op zichzelf betrok, maar zelfs als Ali het had gedaan, en dat vond ik onwaarschijnlijk, dan kon Amber er nog niets aan doen.

'Kun je niet discreet een beetje rondvragen? Uitvinden waar ze gisteravond was?'

'Haar vriendinnen kan ik het niet vragen, wel? Dan vragen ze waarom ik dat wil weten.'

'Degene die dienst had, dan. Jammer dat Jo er niet was... zij had het meteen geweten.' Jo was gisteravond natuurlijk naar koor geweest en daarna regelrecht naar huis gegaan.

'Effie en Ra, zij hadden dienst. Ik kan het Ra vragen. Hij zat in de receptie en zag iedereen weggaan en binnenkomen.'

'Dan moet je het hem op een slinkse manier vragen, zodat hij geen achterdocht krijgt over waarom je het vraagt.'

'Oké, ik bedenk wel wat.'

'Vergeet niet dat, mocht Ali inderdaad nog laat weg zijn geweest, dat nog niets bewijst, Amber. Ze kan gaan en staan waar ze wil.'

'Ja, maar het zou wel raar zijn als ze op een maandagavond om elf uur de deur uit gaat.'

'Naar een club? Een avondbaantje?'

'Ja, dat zou kunnen.'

We braken het gesprek af omdat we een klant moesten helpen en daarna kwamen de glaszetters, dus we moesten snel de etalage-uitstalling weghalen – als door een wonder niet beschadigd – en naar de werkplaats verhuizen, zodat die niet in de weg stond. Amber haalde een paar cappuccino's en daarna hielp ik haar met de volgende fase van de ramen die ze voor de Armitage-kinderen had ontworpen. Ze werden prachtig. Zac had haar geholpen bij het uitsnijden van de glasstukken. En nu, terwijl we het angstaanjagende gehamer en kabaal uit de winkel probeerden te negeren, liet ik haar zien hoe ze van het zachte lood lange, slappe repen kon maken door de ene kant in een bankschroef vast te zetten en er aan het andere kant aan te trekken. Door het rekken maakte je ze rechter en stugger, makkelijker te snijden en te verwerken. Zac of ik zou alles voor haar moeten solderen, want het was belangrijk dat dat netjes gebeurde en als beginneling kliederde ze nog steeds met het gesmolten metaal. Maar ze was opgetogen dat ze al zo veel zelf kon doen.

'Vroeger hielp ik mijn moeder altijd kerstversieringen maken,' zei ze plompverloren toen we het glas in de loodrepen pasten. 'Ze kon niet buitenshuis werken, zie je. Dus dat was haar baan, het hele jaar door, zelfs met Pasen. Elke week kwam die vent met dozen vol spullen – je weet wel, glaskralen, gouddraad en klatergoud – en dan moest zij dat allemaal in elkaar zetten. Wat ze de week ervoor had gemaakt nam hij dan weer mee. Soms, als ze zich niet goed voelde of haar vingers heel stijf waren, bleef ik thuis van school en hielp ik haar, omdat ze bang was dat ze anders geld zou mislopen.'

'Dat moet in de zomer wel gek zijn geweest, buiten warm en zonnig terwijl jij dingen voor Kerstmis aan het maken bent.'

'Ja, maar voor ons was dat normaal. Mam en ik waren dol op Kerstmis. Bij ons hing de kerstversiering het hele jaar door. Ze had er zo'n hekel aan om die weg te halen.'

Ik vond het maar akelig.

'Verveelde het dan nooit?'

'Haar niet. Andere mensen vonden het wel raar, maar dat kon mam niets schelen.'

Het was niet de eerste keer dat Amber een toespeling op haar jeugd had gemaakt. Mij leek het een eenzame jeugd, alleen zij en haar moeder in een sombere torenflat aan Commercial Road, omgeven door ouderwetse kerstversiering. Maar ze praatte er met weemoed over, alsof het een vervlogen, gelukkige tijd was.

'Hoe zit het met je vader?' vroeg ik.

'Ik heb hem nooit gezien,' zei ze. 'Ze hebben elkaar ontmoet in de spreekkamer van de dokter. Dat was voordat ze multiple sclerose kreeg. Mam zegt dat die ontmoeting met hem de meest romantische gebeurtenis is geweest die haar ooit is overkomen. Hij hield de spreekkamerdeur voor haar open en zij kreeg uiteindelijk een lift naar huis in de limousine van zijn baas. Hij was chauffeur, zie je. Hij was een Egyptenaar.'

'Ah,' zei ik, 'dat verklaart je prachtige zwarte haar.'

'Ja. Zíjn moeder heette Amber. Maar het liep niet goed af, want hij had heimwee naar Egypte, waar hij vandaan kwam, maar toen hij terugging, wilde mam niet met hem mee. Ze ontdekte dat hij al een vrouw had. Dat hoefde geen probleem te zijn want daar mag je er meer dan één vrouw op na houden, maar daar wilde mam niet van weten. Dus kreeg ze me in haar eentje.'

Mijn hoofd tolde ervan. Ik vroeg of ze ooit nog iets van hem had gehoord. 'Nooit,' antwoordde ze.

'Vind je dat erg?' vroeg ik, aan Zac en zijn Olivia denkend, maar ze hield vol dat ze niet nieuwsgierig naar hem was. 'Hij heeft vast ook niet veel belangstelling voor mij gehad, stuurde ons geen geld of zo. Hij was gewoon een of andere vent…'

'Die toevallig wel je vader is.' Misschien als ze wat ouder was, zelf een kind zou hebben, zou ze meer over hem te weten willen komen, tenslotte was ze voor de helft Egyptisch. Ik bestudeerde haar lieve, hartvormige gezichtje, die bruine ogen met volle wimpers die zacht glansden in de gloed van de lichtbak, en ik benijdde haar bijna omdat ze zich geen zorgen maakte. Mijn familiegeheimen wervelden daarentegen als een enorme, kwaadaardige maalstroom door mijn hoofd.

'Hoe gaat het nu met je vader?' vroeg Amber en ik voelde die ogen van haar strak op me gericht terwijl ik de broze, bleke cirkels soldeerde die de tenen van de jongen moesten voorstellen.

'Hij gaat niet achteruit, Amber. Maar de artsen willen niet zeggen of en hoeveel beter hij misschien kan worden. Verdomme.' Een klodder soldeersel spatte als een traan op het glas.

'Het is vast verschrikkelijk moeilijk voor je,' fluisterde ze. 'Helemaal omdat je geen moeder hebt en zo.' Ze stak haar hand uit en raakte mijn arm aan. En met dat kleine gebaar maakte ze duidelijk dat ze het echt begreep van pap. Zij had het met haar moeder doorgemaakt. Ze kon niet weten hoe ik me precies voelde, maar ze kon zich er een voorstelling van maken en dat troostte me.

We werkten een poosje geconcentreerd door. Amber mocht een paar stukken glas in de groeven van de loodrepen inpassen, terwijl ik met solderen verder ging en over Ben dagdroomde, alles herkauwend wat hij de vorige avond had gezegd en gedaan, en me afvragend of het hem iets kon schelen. Die ochtend had hij zich moeten haasten, nog steeds duf omdat het zo laat was geworden, maar hij had beloofd te zullen bellen.

'Vind je dit leuk werk, Amber?' vroeg ik na een tijdje.

'O, já,' zei ze. 'Dit heb ik altijd al willen doen. Prachtige dingen maken. Als kind al. Mam zei altijd dat de versieringen die ik maakte het beste waren, het meest smaakvol, dus ik wist dat ik er goed in zou zijn. Maar toen kwam ze te overlijden en moest ik bij oma gaan wonen en voor haar zorgen, en vervolgens verprutste ik mijn examens.'

'Misschien kun je hier een cursus doen, als aanvulling op de opleiding,' zei ik vaag. 'Avondschool of zo.' Misschien wist Zac wel iets.

'Ik ben niet goed in dat schrijfgedoe,' zei ze, en er trok een ongeruste schaduw over haar gzicht. 'Is dat erg, denk je?'

'Ik denk het niet,' zei ik. 'Maar daar kan iemand je bij helpen, toch? Het komt helemaal goed met je.'

Toen Zac tegen lunchtijd met een vierkant pakket in krantenpapier gewikkeld terugkwam, hadden we een prachtige nieuwe etalageruit en waren de glaszetters vertrokken. Amber ik hadden ongeveer de helft van het paneel klaar en zaten weer opgewekt over engelen te babbelen. Kennelijk was het Ambers oma geweest die dat idee over engelen in haar hoofd had geplant, en gekscherend bedachten we wat mijn dierenriemengelen zouden kunnen zijn, hoewel ik moest toegeven dat ik het totaal niet serieus nam.

'Niet dat ik je niet geloof, Amber. Dat je een engel hebt gezien. Het is alleen...'

'... dat je me niet gelooft.' Ze glimlachte en het was me vergeven.

'Er kan ook een andere verklaring voor zijn, dat is alles.'

'Hoe is het met jou gegaan?' vroeg ik aan Zac die er moe uitzag en het kennelijk zat was, terwijl hij zijn overall aantrok.

'O, een beetje frustrerend. David heeft wat glas voor de rand gevonden, maar het goud wordt moeilijker. Hij stuurt er wat van naar een glasmaker in Hongarije, hij denkt dat die wel eens de juiste glassoort zou kunnen hebben. Ik hoop dat het niet te duur is, maar dat zullen we moeten afwachten.'

'Zijn er andere stukken van Rafaël die je in de tussentijd kunt doen?'

'Ja. Ik ga verder met schilderen en branden. Maar het zou het beste zijn als we eerst alle stukken bij elkaar hebben.' Zijn oog viel op ons werk aan de kleine jongen van de Armitages. 'Jullie zijn vanochtend lekker bezig geweest, hè?'

'Ja, hè? Sterker nog, Amber heeft uitgevist dat Ambriël en de aartsengel Uriël mijn sterrenbeeldengelen zijn. En Uriël is ook de hoeder van gebrandschilderd glas. Is dat niet verbazingwekkend?'

'We kunnen die van jou later uitvissen, als je wilt, Zac. Wanneer ben je geboren?' zei Amber.

'Op 3 augustus, maar doe maar geen moeite, hoor.' Zac moest in de gaten hebben dat hij onaardig klonk want hij voegde er vriendelijk aan toe: 'Ik doe daar echt niet aan. Ik vertrouw op mezelf, zo ben ik opgevoed.'

Ik 'deed daar' eigenlijk ook niet aan, maar ik was het aan de andere kant niet met Zac eens. Nu pap ziek was, en ik moest afwachten om te zien welke kant het getij op zou gaan, merkte ik dat ik niet zo op mezelf kon vertrouwen als vroeger. Nu waren er al die nieuwe mensen om me heen – Zac, Jo, Amber en ook Ben, zelfs de predikant en zijn vrouw – die allemaal deel van mijn leven werden, of ik dat nu wilde of niet. Ik voelde me al snel thuis.

Met dit in mijn achterhoofd ging ik de rest van de puinhoop opruimen en de etalage weer inrichten. Het allerlaatst hing ik paps engel voorzichtig terug aan zijn haak en ik liep naar buiten om het resultaat te bekijken. Ze hing niet helemaal recht. Binnen knielde ik neer om hem een tikje te verschuiven en ik zag iets wat ik eerder niet had opgemerkt. In het bloemetjestapijt onder haar voeten was een krullend symbooltje geweven, zo vakkundig dat het op blaadjes leek. Het was een Keltische knoop. Misschien wel dezelfde knoop die, volgens Laura's dagboek, Philip Russell had gebruikt. Wat vreemd. Ik herinnerde me het paneel waaraan pap had gewerkt toen hij in elkaar was gezakt en de penny liet vallen. Pap moest altijd van die knoop hebben afgeweten. Die zat tenslotte in de familie.

Veel later, toen ik het al bijna had opgegeven, ging de telefoon en nam ik op.

'Fran.'

Hij hoefde alleen mijn naam maar op die plagerige toon uit te spreken.

'Ben,' antwoordde ik op dezelfde toon, en we moesten allebei lachen.

'Hoe gaat het nu met je?' zei hij.

'Een beetje moe,' antwoordde ik, 'maar veel beter nu ik je stem hoor.'

'Mooi. Heb je zin om vanavond langs te komen?'

'Ja, maar veel avond is er niet meer over.' Het was al half tien.

'Ik kom net terug van mijn werk. Een feestje op school. Leerlingen-concert, je kent dat wel.'

'O, hoe ging het?'

'Heel goed. De ouders leken tevreden en, laten we wel wezen, dat is het belangrijkste.'

'Zo kun je het ook zien.'

'Dus je komt?'

'Ja,' zei ik zacht, en dat had ik steeds al willen zeggen.


'Nogmaals bedankt dat je me gisteravond hebt gered.'

'Jonkvrouwen in nood zijn mijn specialiteit.'

'Je was heel galant en doortastend.'

'Dank je. Is de ruit weer gerepareerd?'

'Mmm.' We stonden in zijn keuken en ik nam een grote teug van de rosé die hij voor me had ingeschonken, die zo sterk en zoet smaakte dat ik het als vruchtensap achteroversloeg.

'Iets van de politie gehoord?' Ben streek met zijn vinger over de rand van het glas.

'Helemaal niets.'

'Nou ja, wie het ook was, hij heeft niets gestolen. Ik zou het maar vergeten. Het zullen wel kinderen zijn geweest.'

'En toch staat het me niet aan, Ben. Dit is niet zomaar een winkel, het is mijn huis. En ik heb het gevoel dat ik word aangevallen. Amber denkt dat het een meisje uit het hostel is, maar ik weet het niet. Iedereen kan het gedaan hebben.'

'Arme ziel.' Hij omhelsde me even met zijn vrije arm.

We waren op weg naar naar de zitkamer boven toen Ben zei: 'O, dat was ik vergeten. Een datum voor onze koorvergadering. Even m'n agenda pakken.' Ik had half en half gehoopt dat hij die kwestie zou laten vallen. Maar nu kon ik er waarschijnlijk niet meer onderuit.

In de muziekkamer keek hij in zijn zwarte agenda en ik ging aan de piano zitten. Er stond een boek met quatre-mains op de standaard en terwijl ik me door het lage register worstelde stond hij in zichzelf te mompelen. 'Morgen… nee. Vrijdag heb ik kerkkoorrepetitie, het weekend ben ik weg… verdikke, na het koor heb ik een feestje van een collega, dat is niet best. Het zal dinsdag moeten.'

'Bij mij zit het probleem niet, Ben, ik woon hier. De moeilijkheid is vast om de anderen op hetzelfde tijdstip bij elkaar te krijgen.'

'Ik kom bij je terug zodra ik het de anderen heb gevraagd, maar schrijf dinsdag begin van de avond maar vast in je agenda.'

'Prima,' zei ik.

Afkeurend mompelend omdat ik zo nonchalant was, haalde hij mijn glas weg van de wankele plek naast het klavier en ging naast me zitten.

'Na de vierde tel,' commandeerde hij en we begonnen te spelen. Hij, uiteraard, perfect, en ik wist me er nog net doorheen te werken.

'Het komt door de wijn!' zei ik gegeneerd giechelend, toen mijn timing halverwege de bladzijde volkomen de mist in ging.

'Nee, doorgaan, de wijn zou je juist moeten ontspannen,' zei hij doorspelend. Ik schudde mijn hoofd en stond op om hem meer ruimte te geven. Hij schakelde over op iets wat ik na een paar ogenblikken herkende als een prelude van Chopin en die, als ik me niet vergiste, de Regendruppelprelude wordt genoemd. En toen gebeurde er iets krankzinnigs in de kamer, het was alsof het stuk in stereo werd gespeeld. Iets duwde tegen de rand van mijn geest, een lang vervlogen echo, iets wat met Laura te maken had en de hartstochtelijke muziek die haar moeder had gespeeld. Dat was ook de Regendruppelprelude geweest.

Ik stond midden op de vloer met mijn ogen dicht alleen maar te luisteren naar de tonen die over elkaar en door me heen buitelden, tot ik het gevoel had dat ik letterlijk trilde. Toen ten slotte de laatste akkoorden wegstierven en ik mijn ogen opendeed, viel mijn blik op een paar schoenen die in een hoek waren weggestopt. Vrouwenschoenen, zwart, met hoge hakken en puntneuzen. Niet nieuw, sterker nog, behoorlijk afgedragen.

Ben zag me naar de schoenen kijken, stond op en kwam naar me toe. Hij raakte mijn arm aan en ik voelde zijn adem op mijn wang. 'Fran?' Hij probeerde me om te draaien zodat ik hem kon aankijken, maar ik bood weerstand. Het enige wat ik kon zien waren die verdomde schoenen. Ze fascineerden me.

'Van wie zijn die?' vroeg ik.

'O, van Nina,' antwoordde hij luchtig.

'Waarom laat Nina haar schoenen hier staan?'

'Wanneer ze een voorstelling geeft, neemt ze vaak een reservepaar mee. Ze zal ze de laatste keer vergeten zijn.'

'O, zo,' zei ik.

Ik wilde hem geloven, maar dat deed ik niet helemaal. Waarschijnlijk door wat Michael had gezegd. Dat Nina tot over haar oren verliefd was op Ben.

'Ben, sorry dat ik het vraag, maar zijn jij en Nina…?' begon ik. Ik had een droge mond. 'Ik bedoel…'

'Ik ben Nina's begeleider en, hoop ik, haar vriend,' zei Ben stijfjes, 'dat heb ik ook al aan Michael uitgelegd.'

'Heb je het dan met hem bijgelegd?' Hij knikte. 'O, mooi.'

Hij kwam dichter bij me staan.

Een andere vraag schoot me te binnen. 'Van wie is die roze peignoir boven?' Ik flapte de woorden eruit voor ik ze kon tegenhouden, maar ik moest het zeker weten. Ben bestudeerde me stilzwijgend en met gefronste wenkbrauwen. Toen moest hij lachen.

'Nou, jij hebt je ogen ook niet in je achterhoofd zitten. Die is van mijn zus Sally. Toen ze hier voor het laatst was, heeft ze hem laten hangen.'

Het was zo'n voor de hand liggende verklaring, waarom voelde ik me dan nog steeds zo gespannen? Nu ik erop terugkijk, vermoed ik dat het kwam door mijn merkwaardige gewaarwording tijdens de muziek, en doordat ik over die schoenen piekerde. En daar was Bens charmante glimlach weer, zijn ogenschijnlijke betovering die tegelijk aantrok en wegduwde. Ik raakte ervan in de war.

'Fran. Kijk me aan, alsjeblieft.' Het was een bevel.

Ik deed het en hij hypnotiseerde me, staarde me door toegeknepen ogen aan, een vaag glimlachje om die geboetseerde, sensuele mond van hem, een druppeltje wijn als een schoonheidsvlek op de gekrulde bovenlip. Bijna zonder nadenken stak ik mijn hand uit en veegde het met mijn vingertop weg, en hij sloot zijn warme, stevige hand om de mijne.

'Maak je maar geen zorgen,' fluisterde hij terwijl hij mijn andere hand gevangennam. 'Je hoeft je echt nergens zorgen om te maken.'

'Nee,' fluisterde ik. 'Natuurlijk niet.' We bogen naar elkaar toe en plotseling trok hij me naar zich toe en gaf me een lange, geoefende en heel grondige kus. Ik kuste hem terug en hij hield me dichter tegen zich aan. 'Je bent adembenemend,' fluisterde hij toen we weer naar lucht hapten.

'Mmm, jij ook,' murmelde ik en we kusten elkaar weer. En eindelijk kon ik met mijn vingers door de schitterende warboel van zijn goudblonde haar woelen.

Toen ik me ten slotte afwendde en zei: 'Ik moet gaan,' keek hij me smekend aan en zei: 'Blijf nog even.'

Ik glimlachte loom, kuste hem nogmaals en schudde mijn hoofd. Ik kende hem amper.

Hij keek teleurgesteld maar ik maakte mezelf los en pakte mijn handtas.

'Weet je,' bekende ik toen we in de deuropening afscheid van elkaar namen. 'Wanneer je hier zoals nu blijft staan en je kijkt me na terwijl ik door het parkje terugloop, heb ik het gevoel dat je als een engel over me waakt.'

'Engelachtig... dat ben ik ten voeten uit,' fluisterde hij in mijn oor. 'Vanavond al helemaal, nu ik je laat gaan en zo.'

# 27

*Aartsengel Sint-Michaël*
*Verdedig ons in de strijd*
*Bescherm ons tegen de verdorvenheden en verlokkingen van de*
*duivel.*

Die nacht kon ik nauwelijks slapen van geluk. Als ik in de vergetelheid wegdreef, droomde ik van Ben, mijn eigenste aan de aarde gebonden engel.

'Hoe denk jij over engelen?' vroeg ik aan Jeremy toen hij de volgende dag naar Rafaël kwam kijken.

'Of ze echt bestaan, bedoel je?'

'Zoiets ja.'

'Dat is deze week een toepasselijke vraag. Morgen is het 29 september, de feestdag van St.-Michaël en alle engelen.'

'En St.-Michaël is...?'

'Een van de aartsengelen. Vaak afgebeeld met een zwaard terwijl hij Satan op de dag des oordeels afslacht. Rafaël is een andere. En dan heb je Gabriël nog. Over die engelen wordt in de Bijbel het meest gerept. De aartsengelen zijn de boodschappers Gods, zie je. Zij hadden het meest contact met het gewone volk, zoals met Tobias en Maria... wat wellicht de reden is waarom ze in een menselijke gedaante worden afgebeeld, zoals onze Rafaël hier. Maar ze boezemden nog steeds ontzag en angst in bij degenen die ze hebben aanschouwd.'

'Bedoel je dat engelen er misschien niet echt als mensen uitzagen?' Zo had ik er nog niet over nagedacht.

'Wie weet. Misschien zijn het luchtgeesten, meestal zonder zichtbare vorm. Als je over de visioenen leest van sommige profeten uit het Oude

Testament, zoals Ezechiël en Jesaja, bijvoorbeeld, dan worden engelen daarin beschreven als beesten, vliegende slangen die in vlammen de triomfwagen van God dragen of grote levende wezens die elkaar een universele kreet ter ere van God toe schallen. Heel anders dan hoe ze tegenwoordig worden afgebeeld.'

'Als kerstboompoppen,' zei ik, aan het werk van Ambers moeder denkend.

'Of peetmoeders uit sprookjes.'

'Of peetvaders.' Ik moest aan Ambers verhaal denken, over de jonge man die haar van de racende auto had gered.

'Ja, we hebben engelen absoluut gedegradeerd, ze zo gemaakt dat ze in onze eigen handzame kraampjes te pas komen. Mijn lievelingsverhaal, dat ik op de radio heb gehoord, gaat over de parkeerplaatsengel. In Bristol woont een vrouw die elke dag tot haar engel bidt of ze ergens een parkeerplaats mag vinden, zodat ze op tijd op haar werk komt. En op magische wijze duikt die plek ook altijd ergens op. Schitterend!' Hij lachte en schudde zijn hoofd, maar werd toen weer ernstig. 'Ik zeg niet dat engelen niet bestaan. Ik kan niet uit eigen ervaring spreken, maar ik ken mensen die het wel hebben ervaren. Heel betrouwbare mensen, sceptische mensen, die hun ervaringen heel rigoureus binnenstebuiten hebben gekeerd, maar toch tot de conclusie kwamen dat er geen andere verklaring voor was dan iets… buitenaards. Voor mij geldt er nog een test die hierop van toepassing zou moeten zijn, dat engelen niet zichzelf maar alleen God verheerlijken, hun handelwijze is om die reden in overeenstemming met de aard van Christus.'

'Maar vandaag de dag lijkt het zo… belachelijk.'

'Omdat we alles maar wegrationaliseren? We lopen het gevaar dat we alles, maar dan ook alles in materiële termen gaan definiëren. En toch zijn er andere manieren waarop je iets kunt weten. Reis de wereld maar eens rond, praat met allerlei mensen met alle mogelijke achtergronden – met en zonder alle mogelijke religies – over hun ervaringen. Je zult ontdekken dat het universum heel wat groter en vreemder is dan onze geest ooit zal kunnen bevatten. Ik mag graag aan engelen denken als een symbool van alles wat verder reikt dan onze normale perceptie en begrip van de wereld, een deel van het universele loflied dat altijd om ons heen is.'

Ik dacht hierover na. In zekere zin had Jeremy helemaal geen antwoord gegeven op mijn vraag, maar door hem ging ik er wel anders naar kijken.

'En wat moet ik van Ambers verhalen denken?' vroeg ik.

'Dat weet ik niet. Het is duidelijk dat iemand haar heeft geholpen toen ze in extreem gevaar verkeerde. Wie weet of de veren, de muziek en de verschijning van een charmante jonge man allemaal echt waren en dat je die zonder meer met elkaar in verband kunt brengen. Amber gelooft het. Maar ik wil niet in de fuik trappen dat ik ieders geloof zonder slag of stoot accepteer omdat hij of zij er toevallig in gelooft.'

'Denk je dat we allemaal langs verschillende wegen naar hetzelfde worden toegetrokken?'

'Tot op zekere hoogte wel, ja. Tegelijkertijd is ons de macht gegeven om te kunnen redeneren, onze ervaringen te toetsen, en ik geloof niet dat je alle ongebruikelijke dingen die ons overkomen kunt toeschrijven aan magie of wonderen. Om te beginnen is dat heel egocentrisch. Draait het bij de verrichtingen van het universum werkelijk om een werkende moeder die een parkeerplaats nodig heeft? Daar ben ik nog niet zo zeker van.'

'Maar denk je dat er engelbewaarders bestaan, zoals Gerontius, die over ons waken en ons bij elke stap begeleiden?'

'Het is een mooie gedachte. En die wordt nog enigszins door de Bijbel ondersteund ook. Hoewel het voor onze kortzichtige ego's soms lijkt alsof ze de verkeerde kant op kijken. Waarschijnlijk is het wel zo veilig om te denken dat ons leven voor God belangrijk is, maar dat we ook onderdeel zijn van een of andere groter plan dat uiteindelijk goed is voor ons allemaal.'

'Dat klinkt pas bevoogdend, zeg. Alsof ons de verantwoordelijkheid voor onszelf wordt afgenomen en we door een Big Brother worden gecontroleerd.'

'God moedigt ons aan om op te groeien, maar ook te erkennen dat we beperkingen hebben en door hem worden geleid. Wat dacht je ervan om hem als een Almachtige Vader te beschouwen?'

Ik dacht aan mijn eigen vader, niet in staat met me te praten, een verre, liefhebbende figuur, en ik zuchtte.

Jeremy moest het hebben begrepen want hij klopte me op de schouder en zei: 'Denk maar in termen van het ideale vaderschap in plaats van iemands aardse, feilbare vader. De beste vaders helpen hun kinderen opgroeien en een vrij maar verantwoordelijk leven te leren leiden.'

'Soms denk ik dat ik daar op een of andere manier ook naar op weg ben,' zei ik en we moesten allebei lachen.

Ben belde me woensdagavond laat om zich te verontschuldigen dat hij me een paar dagen niet kon zien, en toen weer op zondagavond om me te vertellen dat de vergadering op dinsdag definitief doorging.

'Misschien kun je na afloop nog wat langer blijven?' opperde hij. 'Ik dacht dat we tijdens de bijeenkomst maar voor wat snacks moesten zorgen, want sommige mensen komen rechtstreeks uit hun werk.'

Ik bood aan om wat vroeger te komen en hem bij de voorbereidingen ervan te helpen.

'En ik zie je natuurlijk tijdens de koorrepetitie... hoewel ik daarna nog wat vervelende klusjes moet doen. Het spijt me echt dat ik je zo lang niet kan zien, Fran.'

'Mij ook,' zei ik lusteloos. 'Maar je schijnt het erg druk te hebben.'

Ik moest aan mijn gesprek met Jeremy van afgelopen maandag denken toen we over Gerontius' engelbewaarder zongen die zijn ziel naar het laatste oordeel meenam. Ik zag nu duidelijk in dat het niet de taak van de engel was om de ziel van de oude man van het gevaarlijke pad weg te halen, maar om Geriontius juist door het gevaar heen te loodsen. Misschien was dat wat engelbewaarders werkelijk deden. Meegaan – ondersteunen – door de moeilijkheden des levens, door de vallei van de schaduw van de dood en daar voorbij.

Ben was die avond heel wat stimulerender voor ons. 'Eerder voor zichzelf dan voor ons,' was Dominics commentaar tijdens de pauze halverwege de avond. Maar tijdens de mededelingen aan het eind werd de reden duidelijk. Hij voelde duidelijk de behoefte om ons wat stroop om de mond te smeren.

'Een paar van ons vergaderen morgenavond over de toekomst van de St. Martin's Zangvereniging en zoals het er nu naar uitziet, krijgen jullie volgende week een vragenlijst die jullie allemaal moeten invullen. Een van de punten die ter sprake komen, is de naam van het koor. Wellicht kunnen jullie allemaal nadenken over ideeën voor een naam die, eh, ons een hoger aanzien in de plaatselijke muzikale wereld geeft. Bijvoorbeeld iets als "De St. Martin's Singers"?'

Het verbaasde me dat Ben al dingen in beweging had gezet terwijl we nog niet eens hadden vergaderd.

Hij liet het vervolgens aan ons over om de verwarring van de anderen tot bedaren brengen. 'Tot morgen,' zei hij tegen me toen hij zich weghaastte om tijdens een late-avondvoorstelling naar een collega te gaan luisteren. Dominic en ik deden in de pub ons best om vragen te beantwoorden.

Dominic leek vanavond anders. Jo en ik keken steeds naar hem. Hij had van zijn werk toestemming gekregen om een sabbatical nemen en in plaats van zijn gebruikelijke donkere pak droeg hij jeans en een lichtblauwe kasjmier sweatshirt met daaroverheen een corduroy jasje; zijn dunnende blonde haar krulde in weerbarstige plukjes om zijn gezicht.

'Ik vind dat hij er enig uitziet,' fluisterde ik plagerig naar haar.

'O, hou toch eens op over Dominic,' was het enige wat ze zei, nogal vermoeid, vond ik.


Op dinsdagavond kwam Crispin, onze Gerontius, al vroeg bij Ben aan en begon aan de oesters met bacon die ik had klaargemaakt; zijn prominente adamsappel wipte bij elke hap in zijn lange hals op en neer. Om half zeven verschenen Val en de dominee, toen Michael en ten slotte, wat aan de late kant, Dominic. Hij had gerend en was buiten adem – hij mopperde iets over treinen die niet reden – maar hij bracht zo'n betrouwbare en normale atmosfeer met zich mee dat ik hem wel kon omhelzen.

Het was wat dringen in Bens kleine zitkamer, waar iedereen tegelijk aan het eten, drinken en praten was. Maar uiteindelijk vond hij voor ons allemaal een plekje, samengeperst op de beschikbare stoelen, poefs en banken, en begon.

Ben had me uiteraard een beetje over zijn plannen verteld, maar nu hij ze volledig ontvouwde, realiseerde ik me pas hoe schrikbarend ambitieus ze waren.

'Ik zou het koor graag op zo'n niveau willen brengen dat we het kaliber en de reputatie krijgen van, zeg…' en hier noemde hij een paar van de bekendste amateurzangverenigingen.

'Dat betekent dat we met een derde moeten groeien, daar hebben we een ledenwerfcampagne voor nodig, en we moeten ook naar onze financiële middelen kijken.'

De dominee schraapte nu zijn keel en zei op milde toon: 'Het koor is momenteel uiteraard selfsupporting. Waar moet dat extra geld vandaan komen, denk je?'

'Uit de contributies van nieuwe leden,' zei Ben. 'Maar als we voor grotere podia moeten betalen – de Queen Elizabeth Hall bijvoorbeeld – dan moeten we op grotere schaal fondsen werven. De contributieverhoging is nog maar het begin.'

Dominic, die traag over zijn kin had zitten strijken, bewoog zich nu rusteloos op zijn te kleine zitplaats op de bank. 'Een verhoging van de contributie zou schandalig zijn, Ben. Voor sommige leden zitten we al bijna aan het plafond. Ik heb ontdekt dat we vorig jaar vijf procent omhoog zijn gegaan. We hebben een paar gepensioneerde en wat werkloze leden. Een stuk of zes mensen betalen al in maandelijkse termijnen.'

'Dan moeten we andere manieren bespreken. Misschien kunnen we bijvoorbeeld aan loterijgelden komen. In dit soort zaken ben ik niet thuis. Michael, zou jij daar misschien eens in kunnen duiken?'

Michael fronste zijn voorhoofd. 'Dat is mijn terrein niet,' zei hij, 'maar ik zou wel kunnen uitzoeken wat de procedures zijn.'

'Zijn er nog mogelijkheden om via de kerk fondsen aan te boren, Jeremy? Ik weet dat de kerkenraad voor de restauratie van het orgel heeft gestemd...'

'O ja? Dat wist ik niet, Ben,' zei ik verbaasd.

'Ik weet zeker dat ik het je heb verteld.'

'Dat heb je niet...'

Jeremy keek van mij naar Ben en zei ernstig: 'Dat is vorige week besloten, tijdens de financiële commissievergadering over dat legaat waarover ik je heb verteld. Ik kon er niet bij zijn, maar Ben wel en ik neem aan dat hij al zijn overredingskracht heeft ingezet dat dat geld voor de orgelrestauratie zou worden gebruikt. De raad zelf moet de beslissing nog ratificeren, maar ik heb redenen om aan te nemen dat ze dat wel zal doen. Dit is niet het juiste moment en ook niet de juiste plek, maar ik moet met je praten over de gênante situatie waarin ik nu wat de engel aangaat terecht ben gekomen.'

'O,' zei ik in de war. 'Maar ik dacht dat jullie hadden besloten om het legaat aan de aanvraag van het hostel toe te wijzen?'

'Dat was ook zo. Maar toen de kerkvoogd er vorige week met onze juridisch adviseur over sprak, werd haar medegedeeld dat de voorwaarden van het testament bepaalden dat het geld specifiek aan de kerk zelf moet worden besteed. Het spijt me dat ik daarover onduidelijk ben geweest, maar ik heb het zelf ook nog maar net gehoord.'

Ik dacht aan de tijd en het geld die we al aan het raam hadden gespendeerd en was gekwetst. Dus er was wellicht toch geld voor de engel geweest, maar Ben had dat voor het orgel binnen weten te halen. Ze hadden me ten minste bij de gesprekken kunnen betrekken. Waarom was er niets over gezegd?

Bij Jeremy kwam het vast doordat het voor hemzelf ook onduidelijk was, maar Ben? Misschien zat hij voor zijn gevoel in een lastig parket omdat zijn project van het mijne had gewonnen. Maar evengoed, hij had de moed moeten opbrengen... Helemaal omdat mijn tijd en geld ermee gemoeid waren. Hoe meer ik erover nadacht, hoe meer ik van streek raakte. Ik werd zo door mijn gedachten in beslag genomen dat ik niet hoorde wat Val zei over het orkest dat ze altijd voor de concerten boekte.

Ik luisterde weer mee toen ze uitlegde: 'We hebben goede instrumentalisten nodig en die vragen misschien een hogere gage.' Onwillekeurig klonk er een geërgerde klank in haar stem door en ik voelde met haar mee. Ik wist hoeveel werk het was om een orkest te organiseren, en hoe makkelijk ego's zich gekwetst voelden.

Crispin, die nu zijn weg zocht door een schaal saucijzenbroodjes, hoestte plotseling en we keken allemaal naar hem, verwachtend dat hij iets zou gaan zeggen, maar hij glimlachte slechts bemoedigend naar Ben en ging door met eten. Ik vond eerder dat hij ruimte verspilde. Ik verdacht Ben ervan dat hij hem had uitgenodigd omdat hij zo overduidelijk idolaat van hem was.

Er viel een korte stilte, toen schoof Dominic in zijn stoel naar voren en zei: 'Er zijn een paar goede ideeën geopperd, Ben, en je weet schitterende dingen uit het koor te halen.' Hij glimlachte. 'En vroeger hebben we zeer zeker niet zo hard gewerkt. Maar we moeten onszelf wel afvragen wat het doel is van de St. Martin's Zangvereniging.'

Nu nam de dominee het woord. 'Misschien kan ik op dat punt helpen. Zoals sommigen van jullie weten, was het vijf jaar geleden opgericht als een extra sociale activiteit. Onderdeel van Bens takenpakket als organist is het dirigeren van het koor en we wilden de kerk aantrekkelijk maken voor mensen die in de buurt wonen of werken. En hoewel we niet verwachten dat veel van hen de zondagsdiensten zullen bijwonen, komen ze toch minstens drie keer per jaar naar de kerk om op te treden en zo nu en dan zie ik koorleden bij onze "inloop"-diensten tijdens lunchtijd. Ik maak me nogal ongerust, Ben, dat de uitbreiding die jij voorstelt, hoe bewonderenswaardig qua reikwijdte en verbeeldings-kracht ook, onze oorspronkelijke bedoelingen ver te boven gaat. Het koor zal onvermijdelijk van de kerk worden losgeweekt en bestaande le-den die dat niet kunnen bijbenen of geen hogere contributie kunnen betalen, vallen dan wellicht buiten de boot. En dat zou jammer zijn, heel verschrikkelijk jammer. Maar ik erken dat dit soort dingen demo-cratisch besloten moet worden en ik neem aan dat als de koorleden zelf deze weg willen inslaan, dat het dan, nou ja, onfatsoenlijk zou zijn als ik dat initiatief in de kiem zou smoren.'

Michael kwam tussenbeide. 'Misschien moeten we wachten tot we het de leden hebben gevraagd,' zei hij. 'Ben heeft een vragenlijst in el-kaar gedraaid. Toch, Ben?' Ben knikte.

'Maar ik moet er wel bij zeggen,' voegde de dominee er met stalen stem aan toe, 'dat het hoogst onwaarschijnlijk is dat de kerk extra fond-sen beschikbaar zal stellen. Om de kosten te dekken brengen we het koor momenteel slechts een bescheiden bedrag in rekening voor het feit dat we het kerkgebouw en onze dirigent ter beschikking stellen, maar we hebben slechts een kleine kerkgemeente en veel grote verplichtin-gen, met name wat het sociaal buurtwerk aangaat.' Hij ging achterover in zijn stoel zitten en nam een fikse slok wijn.

Bens gezicht stond op storm. 'Het lijdt geen twijfel,' zei hij, 'dat het le-ven duurder voor ons zal worden. We moeten betere solisten betalen – ik kan niet om gunsten blijven bedelen, zoals met Julian tijdens dit concert – een groter orkest en grotere podia. En dan zijn er ook nog de publiciteitskosten.'

'Ik weet niet waar je met een groter koor moet repeteren,' zei Val zacht. 'Met de hal zitten we al bijna aan onze maximale capaciteit.'

'Er kunnen vast nog wel een paar bij geperst worden...' hield Ben vol.

'Dat moet ik eerst bij de verzekering navragen,' mompelde Jeremy terwijl hij een notitie maakte.

Ben stond op, kon maar nauwelijks zijn frustratie in bedwang houden. 'Oké, is er iemand die het met me eens is?' vroeg hij terwijl hij de kamer rondkeek en iedereen in de ogen keek.

Crispin knikte enthousiast over zijn zoveelste saucijzenbroodje en ik zei snel: 'Ben, je kunt je toch op allerlei manieren onderscheiden? Bedenk dat je het koor hebt laten zien dat ze beter kunnen presteren, dat ze zich kunnen ontwikkelen. Ze komen niet meer alleen voor een plezierige avond, maar nu leren ze ook iets. Het publiek zal dit opmerken en jij zult overal in de belangstelling komen te staan. Is dat niet al een prachtige prestatie?'

'Zou ik wel denken,' zei Dominic. 'Fran slaat de spijker op zijn kop. We mogen ons heel gelukkig prijzen dat we jou hebben, Ben, en je ideeën zijn fantastisch. Natuurlijk moeten we de vragenlijst laten circuleren en peilen wat de leden willen, maar persoonlijk geloof ik niet dat het op dit moment goed is om uit te breiden. Zoals Jeremy al zegt, dan drijven we te ver weg van de reden waarom het koor was opgericht. Oké, ik weet dat dingen veranderen en we mogen daar best flexibel in zijn, maar onze leden hechten veel waarde aan de manier waarop het nu gaat, en het zou jammer zijn om dat overboord te gooien.'

'Ik weet zeker dat iedereen het met me eens is, Ben, als ik zeg dat veel mensen een hoop plezier beleven aan jouw leiderschap,' zei Michael kalm, en er werd instemmend gemompeld. 'Onderschat het belang daarvan niet. Ga voorzichtig te werk.'

Ben stak beide handen in de lucht, liet ze op zijn knieën vallen en zakte in zijn stoel onderuit. 'Oké,' zei hij. 'Ik snap het.'

'We waarderen je echt,' zei Val nadrukkelijk. 'En die vragenlijst is ongelooflijk nuttig.'

'Daar zeg ik amen op,' zei Jeremy op zijn horloge kijkend. Hij ging staan en trok zijn jas aan. 'Ik moet er helaas vandoor. Om acht uur moet ik huwelijksvoorlichting geven.'

Daarna bleef niemand nog erg lang. Crispin propte zijn zak vol petitfours en bedankte met een knik. Zelfs Michael leek te beseffen dat het wel zo tactvol was om weg te gaan. Ben en ik bleven achter en staarden naar de puinhoop. Ik vroeg me af of ik ook moest vertrekken, maar hij zei nors: 'Blijf.'

'Ben,' zei ik terwijl ik naar hem toe liep, maar hij wendde zich af, sloeg zijn armen over elkaar en stond stokstijf stil van ellende. 'Ben, het spijt me. Ik weet hoeveel dit voor je betekent.'

'O ja?' zei hij dof. 'Waarom kreeg ik dan niet meer steun van je? Dat was wel het minste wat je had kunnen doen, achter me staan. Ik dacht dat je aan mijn kant stond, maar je was net als de anderen.'

'Ben, dat is niet eerlijk, dat was niet zo. Ik probeerde het positief te benaderen. Maar ik kon de problemen niet negeren, ik kon niet liegen.'

'Van jou had ik meer steun verwacht. Mensen zijn voor of tegen me, zo kijk ik ertegen aan. Vanavond was jij tegen me.' Hij vertrok geërgerd zijn lippen. Een deel van me was geschokt en het andere deel wilde hem wanhopig graag troosten.

'Ben, doe niet zo raar. Het is niet persoonlijk bedoeld. We probeerden objectief over iets te discussiëren. En iedereen waardeerde jou en alles wat je doet heel erg.'

Bens ogen glinsterden als blauw ijs. 'Jij was tegen me, Fran, en dat heeft me diep gekwetst. Ik dacht dat jij mijn vriendin was.'

Nu was ik kwaad. 'Dat is larie, Ben, werkelijk. Natuurlijk ben ik je vriendin. Stel je niet zo aan. Ik… geef om je. En ik probeerde je te steunen, echt waar. Nu ben je onaardig.' Ik was zowel verbijsterd als boos. Hij was zo anders dan de vorige avond, hij gedroeg zich als een peuter die een woedeaanval krijgt. 'Als het daarom gaat, kan ik me net zo goed door jou in de steek gelaten voelen, achter mijn rug om bedisselen dat het orgel zou moeten worden gerestaureerd in plaats van onze engel.'

'Maar het orgel is belangrijker dan jouw engel. Dat begrijp je toch zeker wel?'

'Het gaat er niet om of je gelijk hebt of niet. Het komt zo… achterbaks over, dat is alles.'

Daar gaf hij geen antwoord op.

'Ben,' zei ik, me vermannend, 'laten we nou geen ruzie maken.'

'Wie maakt er ruzie?' zei hij, en plotseling sloeg zijn stemming om. 'Het is altijd hetzelfde liedje.'

'Wat?'

'Dan weet ik dingen een heel eind voor elkaar te krijgen en vervolgens loop ik tegen een bakstenen muur op. Alsof er altijd iemand is die me wil tegenhouden.'

Ik vroeg me af welke dingen hij bedoelde, muziek misschien. Ik herinnerde me al die posters en folders in de andere kamer, die zijn solooptredens aankondigden. Ze waren allemaal van een paar jaar geleden.

'O, Ben. Wat bedoel je?'

'Bij alles wat ik doe, ik schiet er nooit iets mee op.'

'Maar dat is onzin. Heel veel mensen zouden jaloers zijn op je carrière. Je bent bij van alles en nog wat betrokken.'

'Ja, ja, maar dat bedoel ik niet.' Hij pakte een cassettebandje van een stapel, stopte die met een theatraal gebaar in de recorder en drukte op een knop. Plotseling werd de kamer gevuld met de geluiden van een concertzaal, kuchende mensen, ritselende programmaboekjes, mensen die gaan zitten. Daarna opgetogen applaus toen de artiest het podium op kwam, dat tot een volslagen stilte wegstierf voor de waterval van pianoklanken begon, hartstochtelijk, sprankelend, briljant, hij zweepte je op in de mysterie van de muziek waardoor je ging lachen of huilen, reikte diep naar binnen waar woorden nooit helemaal konden komen, in elk geval niet bij mij.

Ik keek naar het cassettedoosje dat hij in zijn hand had... Ashkenazy, een van 's werelds meest virtuoze pianisten, een man uit duizenden. En Ben had het zelfs niet tot de lagere regionen geschopt. Wilde hij dat soms duidelijk maken?

Een druk op de knop en de muziek brak af. Hij draaide zich om en liep weg. De deur van de kamer ernaast sloeg dicht. Een ogenblik later begon hij Beethoven te spelen, fortissimo.

'O!' Ik wilde tegen iets aan schoppen of wegrennen, maar hield het op tot tien tellen. Ik zou anders net zo kinderachtig zijn als hij. Toen begon ik als een martelaar de borden en glazen op een dienblad te stapelen, verbolgen omdat hij me alles liet opruimen.

Het werkte vertroostend om de borden in de vaatwasser te zetten en de wijnglazen met de hand af te wassen. Voor Bens keukenraam hingen geen jaloezieën en het was donker buiten. Om me heen zag ik vierkante en rechthoekige lichtvlekken terwijl de Londenaren kookten, linnengoed opvouwden, kinderen naar bed brachten of alleen maar met een borrel in de hand naar de hemel staarden. De staartlichten van vliegtuigen knipoogden in de lucht. Het leven ging door.

Toen ik het laatste glas had afgedroogd, stond Ben opeens in de keukendeuropening. Ik keek naar hem in de reflectie van het raam.

Ten slotte mompelde hij: 'Fran, het spijt me.' Ik draaide me om en het laatste spoortje woede verdween toen ik zijn kleine-jongetjesglimlach zag. Hij stak zijn handen in een schaapachtig gebaar omhoog.

'Ben, je hebt me echt op mijn ziel getrapt,' zei ik zachtjes.

'Ik weet het, ik weet het, het spijt me echt.

'Met wat ik tijdens de vergadering zei, probeerde ik alleen maar te helpen en jij valt me vervolgens aan.'

'Sorry, sorry. Ik weet niet wat me bezielde.'

Hij liep op zijn gemak de keuken door, nam voorzichtig het glas van me over en pakte er nog een van het aanrecht. Ik keek toe hoe hij de kurk van een halfvolle fles rode wijn trok, de glazen inschonk en er een naar mij schoof. Hij nam een grote slok uit het zijne en veegde toen zijn mond af met de rug van zijn hand, op zo'n manier dat hij er eerder sexy dan morsig wist uit te zien. Hij stond naar me te grijnzen.

Ik sloeg mijn armen over elkaar. 'Denk maar niet dat je het met een charmante glimlach kunt goedmaken.'

'Jij glimlacht ook.'

'Niet waar.'

Maar het was wel zo. Hij zette zijn wijn neer, liep naar me toe en sloeg eindelijk zijn armen om me heen. Even bleef ik stokstijf staan en toen, terwijl hij me kuste, kreeg ik het onvermijdelijke gevoel dat ik als een bloem opbloeide. Even later zat hij met zijn hand onder mijn top, deed mijn bh uit terwijl zijn lippen zich langs mijn nek bewogen, wat me een wonderbaarlijk tintelend gevoel gaf.

'Ben!' Ik wist weer waar we waren. 'Alle buren kunnen ons zien…'

'Laat ze,' gromde hij en hij kuste me opnieuw. Even later bracht hij me half dragend, half lopend naar de bank in de zitkamer, waar hij me nogmaals uitermate bevredigend kuste. Na een poosje ging hij onze wijn redden en nestelden we ons in de toenemende duisternis.

'Ben, wat bedoelde je nou, over dat mensen je ervan weerhouden dingen te doen?'

Hij trok zijn arm weg en ging rechtop zitten, zei even niets. Net toen ik paniek voelde opkomen, dacht dat ik hem weer had beledigd, gaf hij me een snelle kus.

'Het klinkt raar, maar ik geloof dat ik behekst ben,' zei hij terwijl hij opzijschoof en zo ging zitten dat hij me kon aankijken. 'Net als van-avond. Ik weet dat ik het talent en de ideeën heb. Ik werk er hard aan, maar het schijnt maar niet te gebeuren. Het is alsof er ergens een on-zichtbare kracht is die zegt: "Het mag Ben niet lukken."'

'O, Ben, heel veel dingen zijn je toch wel gelukt? Dirigeren, je bent or-ganist, de piano, al je lesgeven. Mensen vinden je geweldig.'

'Ja, maar dat is niet wat ik wil. Ik was een solist. Dat wilde ik het allerliefst. Maar dat heb ik nooit kunnen bereiken. Een jurylid zou me tijdens een concours wegstemmen, of de opname zou nooit van de grond komen, of er was voortrekkerij in het spel waardoor iemand anders de kans kreeg. Het is niet eerlijk. Ik had dat stukje geluk nodig en dat kwam maar nooit. Ik vind het heerlijk om met Nina te spelen. Die meid heeft zo veel talent, als de mensen dat maar wilden zien. Ze is briljant, Fran, en ze heeft een paar fantastische leermeesters gehad.'

'Ik hoop dat het iets gaat worden... voor jullie allebei,' zei ik zachtjes. Want hoewel hij het over Nina's carrière had, merkte ik dat hij het eigenlijk ook over de zijne had, als haar begeleider.

Die avond voelde ik me als nooit tevoren met Ben verbonden. Hij had zijn hart uitgestort en zocht troost, en dat raakte me diep. Dus wat gaf het als hij humeurig was? Daar was ik vroeger met mijn vader al aan gewend geraakt. Maar terwijl mijn vader me op een armlengte afstand hield, liet Ben me binnen.

Na die avond zagen we elkaar regelmatig, als het even kon elke dag, maar ik had het druk met de winkel en de bezoeken aan pap. Ben had het altijd druk, op school of thuis lesgeven aan leerlingen, kerkkooroefeningen, repetities, soms met Nina. Het was frustrerend. Een paar keer belde ik bij hem aan maar hoorde hij het niet, ging hij helemaal op in een muziekstuk, dus dan boog ik over het hek naar voren en klopte op het raam om zijn aandacht te trekken. Ik wist nooit in welke stemming hij zou zijn. Soms trok hij me bij het opendoen van de deur in een hartstochtelijke kus, me ademloos en lachend achterlatend. Andere keren was hij nog steeds met de muziek bezig en schonk hij me die afwezige glimlach van hem, waarna hij me een tikje formeel de zitkamer binnenliet terwijl hij afmaakte waar hij mee bezig was. Dan had ik het gevoel dat ik op het scherp van de snede balanceerde, me afvragend of hij van me weg was gegaan, dus ik speelde het spelletje mee en was ook koeltjes tegen hem. Niet dat hij dat ooit merkte.

Soms maakten we ruzie, o, over onnozele dingen en dan, wanneer we het goedmaakten, omhelsde hij me alsof het einde van de wereld nabij was. Eén keer zag ik na zo'n ruzie thuis in bad blauwe plekken op mijn bovenarmen. Maar toch werd ik naar hem toe getrokken. Andere keren voelde ik me eerder zijn moeder dan zijn minnares, ruimde voor hem op en troostte zijn onstuimige gevoelens, hoewel ik soms degene was die het vanwege pap wanhopig nodig had om getroost te worden.

Toen ik er veel later op terugkeek, vroeg ik me af waarom ik bleef rondhangen. Het was gedeeltelijk hartstocht, pure fysieke passie. Ik verlangde naar hem en omdat hij mijn gevoelens bespeelde, wilde ik hem des te meer. Maar ik denk dat ik ook om hulp riep, mezelf in een intense relatie gooide om mijn diepe verdriet en eenzaamheid te vergeten.

Iets in ons beiden was hetzelfde, schreeuwde naar elkaar, een wond in ieder van ons, een destructieve duisternis. Hij was een duistere engel. En wie kwetsten we ermee behalve elkaar? Niemand anders, dat dacht ik tenminste, maar ik keek dan ook de verkeerde kant op.

Intussen werden de wolken die zich boven mijn leven samenpakten nog stormachtiger.

Begin oktober zat ik op een middag naast paps bed en hield zijn hand vast. Hij sliep, maar zijn ademhaling ging gepaard met een snel, oppervlakkig snurken.

Een schaduw viel op het bed en er klonk een beleefd kuchje, ik keek op en zag dr. Bashir. Hij keek ernstig toen hij de papieren aan het voeteneind bestudeerde en zijn paraaf erop zette. 'Kom mee,' zei hij en hij bracht me naar een kleine spreekkamer vlak bij de ziekenzaal.

'Mevrouw Morrison,' zei hij. 'We hebben vanochtend wat tests gedaan bij uw vader en het nieuws, vrees ik, is niet bemoedigend. Kennelijk heeft hij nog een kleine beroerte gehad, de laatste in een hele reeks kleinere aanvallen, en hij glijdt af tot een permanente staat van bewusteloosheid.'

Ik kon niets uitbrengen. Ik knipperde alleen maar met mijn ogen naar hem terwijl ik dit tot me liet doordringen.

'Ik vind het heel erg dat ik u moet vertellen dat de prognose niet best is, ik weet niet hoe lang het zal duren, dagen, weken of maanden. We kunnen de medicatie die hij nu krijgt voortzetten, maar waarschijnlijk zal dat alleen maar uitstellen wat onvermijdelijk zal gaan gebeuren. Hij zal verder in bewusteloosheid wegzinken en vroeg of laat treedt er onomkeerbare schade op. Hij zal niet bij ons terugkeren, ben ik bang.'

Hij gaf me een doos tissues want nu zat ik te huilen. 'Kunt u iemand bellen?' vroeg hij en ik schudde mijn hoofd.

'Niemand,' zei ik mechanisch, maar ik realiseerde me onmiddellijk dat dat niet zo was. Ik wist meteen wie ik wilde bellen. Niet Ben, die had pap nooit ontmoet, niet Jo of Jeremy, maar Zac. Ik zou Zac bellen.

Maar dr. Bashir was nog steeds aan het praten. 'En nu moet ik u vragen, miss Morrison, of u erin toestemt dat uw vader uit dit ziekenhuis wordt ontslagen.'

Hij zweeg, en een reusachtige paniekgolf overspoelde me. Ik kon thuis toch zeker niet fatsoenlijk voor hem zorgen, met die trappen en die verwaarloosde oude badkamer, zonder hulp? Dat kon ik niet. Maar toen Bashir verder praatte, kon ik weer ademen. Hij verwachtte niet van me waar ik zo bang voor was, hij zei iets anders.

'In een verpleeghuis krijgt hij de verzorging die hij nu nodig heeft, en we kunnen u een paar aanbevelen, als u dat wenst. De bedden hier, ziet u… dit is een bepaald soort ziekenzaal. En er is dringend behoefte aan…'

'Ja, ja,' zei ik, me schuldig voelend omdat ik aan mezelf dacht en ik was vastbesloten om me nu te gaan bezighouden met wat pap nodig had.

'Het zijn uitstekende instellingen,' vervolgde de dokter. 'Daar zal uw vader het prettig hebben en krijgt hij alles wat hij nodig heeft. Dat zult u wel zien.'

We praatten over paps levenstestament, dat hij had verklaard niet gereanimeerd te willen worden wanneer hem een leven wachtte dat in wezen geen leven was. De tijd en natuur moesten zijn loop hebben, besloten we.

En dus stemde ik ermee in dat het ziekenhuis de nodige maatregelen trof.

In de hal was een telefooncel en het lukte me om het nummer van de winkel in te toetsen. Zac nam bij de tweede keer dat hij overging op.

'Zac?' fluisterde ik. 'Godzijdank. Ik ben in het ziekenhuis, Zac, ik moet je absoluut zien. Het gaat om pap. Hij gaat achteruit.'

'Blijf daar,' zei hij onmiddellijk. 'Ik neem een taxi.'

Ik bleef in de buurt van de hoofdingang rondhangen en keek naar elke taxi die kwam en ging. Ten slotte kwam er een met Zac en toen hij uitstapte was ik zo opgelucht dat ik zijn vertrouwde, magere figuur zag, dat ik er zelf verbaasd van stond. Hij haastte zich naar me toe en we omhelsden elkaar. Nu voelde ik me niet meer alleen. In de vier of vijf korte weken sinds mijn thuiskomst had ik bij Zac het gevoel gekregen dat hij het dichtst als maar mogelijk was in de buurt van familie kwam. Pap en

273

hij hadden elkaar op hun eigen terughoudende manier goed leren kennen en hij gaf net zo veel om pap als ik. Misschien wel meer, dacht ik
soms, want hij hoefde niet zoals ik al die bagage mee te zeulen.

Het verpleeghuis dat we voor pap vonden en dat hem onmiddellijk kon
opnemen, was in Dulwich. Dat betekende een treinreis, maar ik vond de
lommerrijke randgemeente prettig, evenals het gebouw, een elegant edwardiaans herenhuis met eigen terrein eromheen, en het door de ramen
stromende licht werd door de takken van de herfstbomen gefilterd. Pap
lag in een kamer op de begane grond met drie andere patiënten, en dr.
Bashir had de waarheid gesproken toen hij zei dat er goed voor mijn vader gezorgd zou worden. De verpleegkundigen, van wie sommigen non
waren, deden hun werk kalm en efficiënt, hadden in de gaten wat paps
nodig had en respecteerden ons ook. Voor Zac en mij was het een plezierige plek om als hij sliep gewoon bij pap te zitten.

De eerste twee weken in oktober verstreken in een soort vertwijfeling.
De bladeren van de bomen op het plein dwarrelden omlaag en bleven
als een vriendelijk doodskleed liggen terwijl ik mijn vader in een diepe
coma zag wegglijden. Soms sjokte ik er 's ochtends doorheen wanneer
ik melk of een krant ging halen. Later op de dag zouden wind, regen en
mensenvoeten hun delicate schoonheid reduceren tot een glibberige
brij, die door een langskomende straatveger zou worden opgeschept.
   Op de eerste dagen na zijn komst in het verpleeghuis leek pap soms
te bewegen, hoewel hij nooit helemaal bij bewustzijn kwam, en als ik
alle kleine dingen die ik had gedaan had opgesomd – de vorderingen
van de engel, dat Amber het volgende semester een parttime collegecur-
sus ging doen, dat Anita van hiernaast grootmoeder was geworden –
kon ik bijna geloven dat hij me hoorde. Maar toen de dagen zich over de
weken uitstrekten, zonk hij verder in bewusteloosheid weg en wist ik
dat hij me niet meer kon horen.

Zac was de vriend en collega met wie ik mijn dagen doorbracht, maar ik
ging volkomen in Ben op. Als Zac het al van Ben wist, en dat kon niet anders, dan zei hij er niets over. In plaats daarvan werd hij helemaal in beslag genomen door onze engel, en in die periode vorderden we centimeter voor centimeter, stukje bij beetje met de herschepping van Rafaël.

Gelukkig kon Zac aan vervangend glas komen, de glasmaker in Hongarije had aan alle specificaties kunnen voldoen, en op een dag arriveerde er een groot pakket dat Zac naar de werkplaats sleepte. Wij keken toe hoe hij voorzichtig de lagen karton en papiersnippers uitpakte.

En terwijl de schitterende herfstkleuren buiten vervaagden, straalde de werkplaats van de amber- en roodtinten.

'Het is net alsof het licht erin gevangenzit,' zei Amber ademloos, verrukt, toen Zac de duizelingwekkende stukken een voor een omhoogstak.

En zo was het precies. Je werd blij van dit werk. We waren een gebroken engel in elkaar aan het zetten. Maar we schiepen niet alleen een prachtig beeld van glas en licht. Het werd als door een mirakel getransformeerd tot iets wonderlijks, een bevestiging van het leven.

# 28

*Mannen doen soms vreemde dingen,*
*en dan denkt een vrouw nog dat hij een engel is.*
WILLIAM THACKERAY

Op de tweede maandag in oktober kwam Jo weer niet opdagen bij het koor. Ik belde haar de avond daarop, maar ze was niet thuis, en hoewel ik een bericht achterliet, belde ze me niet terug. Daarna werd ik te zeer door andere dingen opgeslokt en belde ik niet weer, en aangezien Dominic haar een exemplaar van de koorvragenlijst had gebracht, had ik niet eens dat excuus om me eraan te helpen herinneren. Dus toen ik de zondagochtend daarop de telefoon opnam, voelde ik me onmiddellijk schuldig bij het horen van haar schorre stem: 'Fran?'

'Jo? Jo, ben jij dat? Gaat het wel goed met je?'

'O nee, Fran, nee. Ik weet me geen raad.'

'Wat is er aan de hand?' vroeg ik haar. Maar in plaats van antwoord te geven, barstte ze in huilen uit en toen ze ondanks verschillende pogingen ontroostbaar bleek, zei ik: 'Blijf waar je bent, ik kom naar je toe.'

Ik schoot een jas aan en haastte me het plein over, ik maakte me echt ongerust. Ik had haar nog nooit zo van streek meegemaakt.

Jo liet me het gebouw binnen en wachtte boven aan de trap op me, een ellendig hoopje mens. Ik vroeg me af of er soms iemand overleden was. Ik geloofde haar toen ze me vertelde dat ze de hele nacht had gehuild, want haar gezicht was vlekkerig en opgezwollen, haar ogen, zonder contactlenzen, waren groot en roodomrand achter haar brillenglazen.

'Je vindt me vast verschrikkelijk,' zei ze terwijl ze zichzelf op een van de banken van haar ouders wierp. 'Je gaat me haten. Ik haat mezelf. Ik weet niet hoe ik erin verzeild ben geraakt, ik had nooit gedacht dat me dat zou gebeuren, mij niet.' Ze begon weer te huilen. Ik ging naast haar zitten.

'Wat heb je in hemelsnaam gedaan?' vroeg ik ontsteld door haar verdriet.

'Het zo erg. En er komt zo veel narigheid van. O, waarom heb ik het ooit zover laten komen?'

Ik wachtte tot ze wat bedaarde, tastte volledig in het duister over wat ze kon hebben gedaan. Jo, de goedheid en onschuld zelve.

'Waarom begin je niet gewoon bij het begin?' stelde ik vriendelijk voor terwijl ik haar een paar tissues uit mijn tas gaf.

Ze slaakte een grote, bibberige zucht, knikte toen en veegde haar ogen af.

'Het begon in juni,' zei ze met doffe stem en ze verdraaide de tissue aan snippers in haar schoot. 'De vierentwintigste. Ik zal die dag nooit vergeten. Hij kwam het hostel bekijken.'

'Wie?'

'Hij is parlementslid en komt op voor de noden van de daklozen. Ik weet niet of je van hem hebt gehoord. Johnny Sunderland?' Ik moest bekennen dat dat niet zo was. 'Eerder dit jaar heeft de kerk een aantal overheidssubsidies aangevraagd voor uitbreiding van het hostel. Johnny zat in de commissie die daarover beslist, dus hij kwam bij ons op inspectie. Ik zat in het team dat hem rondleidde en hij was verschrikkelijk aardig en geïnteresseerd en zo. Stelde ook een paar goeie vragen, alsof hij de problemen waarmee we te kampen hadden werkelijk begreep. Zo bekeek ik hem toen.

Hoe dan ook, een paar dagen later kwam ik hem in Rochester Row tegen. Hij probeerde een taxi aan te houden, maar dat lukte niet en toen ik hem gedag zei, was ik gevleid dat hij nog wist wie ik was. Ik stelde voor dat hij het bij Victoria Station zou proberen en aangezien we dezelfde kant op moesten, liepen we samen op. Maar toen we daar aankwamen, zaten we midden in een discussie over een nieuwe behandeling voor heroïneverslaving waar hij over had gelezen en dus nodigde ik hem bij me uit. We praatten alleen maar en dronken alleen koffie, maar we konden heel goed met elkaar opschieten en hij was zo verschrikkelijk aardig. Hij kon niet lang blijven maar hij beloofde dat hij een kopie van dat artikel naar me zou opsturen.

Een week later, begin juli, belde hij om te vragen of ik zin had om een borrel te gaan drinken. Hij wilde meer bijzonderheden weten, je weet wel, over de mens achter degenen die op de subsidieaanvraag staan vermeld, dat soort dingen. En zo is het begonnen. In de loop van de avond maakte hij toespelingen dat het met hem en zijn vrouw niet goed zat, en ik moedigde hem aan om erover te praten, dacht dat ik misschien kon helpen door alleen maar te luisteren. Ik had met hem te doen, helemaal omdat hij drie kinderen heeft. Het zou doodzonde zijn als het huwelijk zou opbreken alleen maar omdat hij er met niemand over kon praten.'

'O, Jo.' Typisch voor haar om te hulp te schieten. Maar deze keer was ze in een honingzoete fuik getrapt: man in moeilijkheden, die kennelijk slechts de aanraking van een sturende engel nodig had om hem weer op het smalle, rechte pad terug te brengen.

'We ontmoetten elkaar een paar keer, en toen... kreeg ik de schrik van m'n leven. Hij zei dat hij bij zijn vrouw weg wilde. Hij zei het zomaar, plotseling. En dat hij verliefd op me was geworden.'

'Wat heb je in hemelsnaam gezegd?'

'Wat kon ik zeggen? Dat ik natuurlijk heel erg gevleid was, en dat ik hem heel graag mocht, maar dat ik niet wilde dat door mij zijn huwelijk op de klippen zou lopen. Ik kon hem niet meer ontmoeten.'

'Maar dat heb je dus wel gedaan.'

'Ja. Hij bleef maar bellen en bloemen naar het hostel sturen... het was ongelooflijk gênant. Ik weet niet wat de mensen daar ervan dachten.' Maar onder het praten had Jo die domme grijns op haar gezicht en ik vermoedde dat ze het heerlijk vond dat ze één keer in haar leven het middelpunt was van zo veel aandacht.

'Ik heb gezegd dat ik hem alleen wilde zien om te zeggen dat hij ermee op moest houden. Maar je kunt natuurlijk wel raden wat er gebeurde.'

'Hij hield niet op.'

'Ik geloofde hem, Fran. Ik dacht dat hij eerlijk was. Ik weet zeker dat hij dat was. Hij was oprecht ongelukkig met zijn vrouw, hij wilde absoluut bij haar weg. En plotseling waren we verliefd en het was heerlijk. Ik heb dat nooit eerder voor iemand gevoeld. En waarschijnlijk zal dat ook nooit meer gebeuren...' Ze zag er ellendig uit.

'Hoe dan ook, de hele maand daarop vertelde hij me keer op keer dat als hij met het gezin in Toscane op vakantie was geweest, hij het met zijn vrouw zou regelen. Maar hij kwam eind augustus terug en toen had hij de smoes dat zijn dochter een verjaarspartijtje gaf omdat ze dertien werd, ze zou getraumatiseerd raken als hij dat met dit nieuws zou bederven. En zo ging het maar door. Ik hou zo veel van hem en ik dacht dat hij hetzelfde voor mij voelde. Ik dacht echt, echt waar, dat alles op zijn pootjes terecht zou komen…' En Jo begon weer te huilen.

Het oudste liedje van de wereld. Arme ouwe Jo. Ondanks al haar hoogstaande principes was ze er toch ingetrapt.

'Maar dat gebeurde niet?' waagde ik.

'Ik kan niet geloven dat ik dit heb laten gebeuren, Fran, het was zo moeilijk. Hij kon me maar heel af en toe zien. Het was werk dit of de kinderen dat en dan hadden we een afspraak, maar die zei hij vervolgens weer af. Of hij had me vijf minuten van tevoren gewaarschuwd en dan was ik weer degene die mijn afspraken moest omgooien. Ik weet het, ik ben een sufferd. Ik had het verschrikkelijk te kwaad. Elke keer dat de telefoon ging begon mijn hart als een razende te bonzen. Als ik mijn werk niet had gehad en mezelf niet had dwongen dit seizoen toch zo veel mogelijk naar het koor te gaan, was ik gek geworden. Maar misschien is het te laat en ben ik al gek geworden.' Haar stem ging over in een snikkend gepiep.

'Je lijkt heel erg van streek, en je bent jezelf niet, maar gek ben je niet,' zei ik troostend tegen haar.

'Je hebt het ergste nog niet gehoord, Fran. Ik mocht hem nooit bellen, maar vorige week had ik al dagen niets van hem gehoord en ik maakte me ongerust. Dus maandag belde ik hem op zijn werk. Zodra ik zei: "Met mij", aarzelde hij en voor hij antwoord gaf, wist ik dat het goed mis was. Hij kwam na zijn werk hier langs. Hij gedroeg zich vreemd. Hij leek enorme haast te hebben en ik zag zo dat hij niet wilde dat ik hem aanraakte. "Yvonne weet het van ons," zei hij. "Ze confronteerde me ermee en ik moest het wel vertellen." Ze dreigde bij hem weg te gaan en plotseling kon hij met dat idee niet overweg. Hij liet me gewoon… stikken. Hij legt de telefoon neer als ik bel. Hij gumt me gewoon uit. Ik word echt gek. Ik weet niet wat ik moet doen. Jij bent de eerste aan wie ik het heb verteld.'

'Ik wou dat je eerder iets had gezegd,' zei ik terwijl ik moest denken aan de zes weken die waren verstreken sinds we elkaar voor het eerst weer ontmoetten. Nu begreep ik haar vreemde gedrag, haar onduidelijkheid, haar onvoorspelbaarheid plotseling wel. En dat allemaal omdat Johnny haar als een marionet behandelde. Arme Jo.

'Ik wou dat ik het je had verteld. Maar Johnny had tegen me gezegd dat we het geheim moesten houden.' Ik vroeg me af of ze daarvan had genoten, de heimelijkheid, de intrige. Misschien was het een onderdeel van de opwinding.

'Waarom vraag je je ouders niet om hulp?' Ze waren niet makkelijk voor haar geweest, maar ze zouden haar toch wel steunen?

'Dat gaat niet. Pap zou Johnny er waarschijnlijk op de trappen van het Lagerhuis met de zweep van langs geven! Ik had het Dominic bijna verteld toen hij van de week de vragenlijst langs kwam brengen, hij zag dat ik van streek was en hij was zo lief. Ik heb alleen gezegd dat een relatie verschrikkelijk de mist in was gegaan. Hij zette thee voor me en praatte wat met me tot ik een beetje opgevrolijkt was. Hij is aardig, hè?'

'Ja,' zei ik met een zucht. Arme Dominic. Hij was overduidelijk verliefd op haar. Maar ik maakte me nu meer zorgen over Jo.

'Ik wilde alleen dat Johnny me alles fatsoenlijk uitlegde. Wil hij zijn gezin echt niet in de steek laten of zijn zijn gevoelens veranderd? Waarom wil hij niet met me praten? Ik voel me zo machteloos.'

'Ik begrijp waarom je zo van streek bent.' Wat er ook verkeerd of goed was aan hun relatie, hij behandelde haar wel heel wreed. 'Denk je niet dat het heel aannemelijk is dat hij bij zijn gezin wil blijven?'

'Dat weet ik niet. Misschien wel. Maar hij hield van me, Fran. Ik weet dat hij werkelijk van me hield. Hoe kan ik hem terugkrijgen? Wat kan ik doen?' Ze keek me zo mismoedig aan dat ik mijn armen uitstak en haar omhelsde. Ze klampte zich aan me vast en begon opnieuw te huilen.

Toen ze wat gekalmeerd was, zei ik: 'Jo, ik kan je niet vertellen wat je moet doen, maar volgens mij laat hij zijn gezin niet in de steek. Het wordt zwaar, maar op de lange termijn bespaar je jezelf waarschijnlijk een hoop ellende als je dat accepteert en er een punt achter zet.'

Maar het was alsof ze me niet had gehoord. 'Als ik hem maar weer kon zien en het kon begrijpen,' zei ze weer.

'Misschien kan hij je niet ontmoeten,' opperde ik. 'Denk je dat zijn vrouw het hem heeft verboden?'

'Geen idee. Misschien. Of het is vanwege zijn baan.'

'Omdat hij lid van het parlement is? Denk je dat hij bang is dat jullie affaire zijn carrière zou kunnen schaden?'

'Kan zijn.' Ze zat me nu met grote, ernstige ogen aan te kijken. 'Misschien heeft zijn vrouw gedreigd om het aan zijn kiesdistrict te vertellen, of gaat ze ermee naar de krant.'

'Of is hij wellicht bezorgd dat jij ermee naar de krant gaat,' zei ik en ik bedacht dat die verklaring waarschijnlijker was. Zijn vrouw zou zeker niet willen dat de affaire in de publiciteit kwam. Ze zou instinctief zichzelf en de kinderen beschermen.

'O, nee,' zei Jo, verontwaardigd bij het idee alleen al. 'Johnny weet dat dat tegen al mijn principes indruist, dat zou ik nooit doen!'

Heeft Johnny even geluk, dacht ik bitter. Hij zou er waarschijnlijk zonder kleerscheuren af komen. Jo zou nooit wraak nemen. Ze was te goed voor iemand als hij.

Jo keek omlaag naar de tissuesnippers in haar schoot en knikte zwakjes. Ik omhelsde haar kort en zei: 'We gaan hier niet zitten tobben. Laten we iets leuks doen. We gaan ergens heerlijk lunchen, heel veel drinken en, zoals ze dat in New York zeggen: "Over jezelf heen komen".'

'Het lijkt wel of je er ervaring mee hebt,' zei ze en ze snoot haar neus.

'Geloof me, Jo, dat heb ik ook.' Ze moest eens weten hoeveel.

Dus knapte Jo zichzelf op, we namen een bus naar Trafalgar Square en liepen naar een pizzarestaurant vlak bij Covent Garden. Na een paar verrukkelijke cocktails en een heleboel pizza pepperoni, wat volgens eigen zeggen haar favoriete troosteten was, werd Jo opmerkelijk vrolijk en bestelde chocoladecake. 'Voor mij alleen koffie,' zei ik tegen de serveerster.

'Ik wist niet waar ik het zoeken moest,' verklaarde Jo. 'De onzekerheid was moordend. Het is een opluchting als alles weer normaal wordt.' Toen voegde ze eraan toe: 'Maar hij was zo'n schatje,' en ze begon weer te snuffen.

'Hij kan geen schatje zijn als hij je het leven zo zuur heeft gemaakt,' zei ik ernstig, hoewel ik me met een plotseling schuldgevoel afvroeg wat ik mezelf met Ben op de hals had gehaald. 'Weten ze het in het hostel?'

'Ze vermoeden wel dat er iets aan de hand is, maar ik heb niets verteld,' zei Jo. 'Weet je wat? Amber is zo lief geweest. Ik heb haar natuurlijk niet verteld wat er mis was, alleen dat het om een man ging, maar ze is zo... intuïtief en attent, vind je niet?'

'Ze is heel bijzonder,' stemde ik in.

Terwijl ik mijn koffie dronk, keek ik toe hoe Jo haar cake opat en wist ik eindelijk de moed bijeen te rapen om haar over Ben te vertellen. 'Jo, ik vind het waardeloos om je er nu mee te belasten, maar als ik het niet doe denk je dat ik het voor je verborgen heb gehouden. Ik had het je eerder moeten vertellen, maar, ik heb wat met Ben.'

Ik had me geen zorgen hoeven maken dat ik haar van streek zou maken. 'Echt?' zei ze, en ze zette grote ogen op. 'Fran, ik dacht al dat dit kon gebeuren. Dat is geweldig. Ik ben zo blij voor je.'

'Dank je wel. Ik geloof dat ik ook wel blij ben.'

Ze likte haar dessertlepel af en zei: 'Maar het verbaast me dat je je niet bij de aanbiddende eerste rij sopranen hebt geschaard! Je hoeft niet meer met mij achterin te hangen in de hoop dat hij ons niet in de gaten heeft.'

'Ik kan je verzekeren dat ik net als altijd achterin zal hangen,' zei ik lachend.

Het was mooi om haar grapjes te horen maken, haar ogen te zien fonkelen. Misschien had het er toch niet zo diep in gehakt en zou ze er snel overheen zijn.

Maar ik vergiste me in de veronderstelling dat de kwestie Johnny helemaal achter de rug was. Die wachtte alleen maar af, ondergronds, en groeide als een kankergezwel in het donker.

En het duurde niet lang voor ik de waarheid onder ogen moest zien. Dat het tussen Ben en mij niet goed zat.

# 29

*Een prachtige en machteloze engel die met zijn schitterende vleugels in de leegte slaat.*

ARNOLD OVER SHELLEY

Halverwege oktober belde Ben me op een maandag voor de koorrepetitie en zei dat hij Michael en Nina voor de volgende avond te eten had gevraagd. Of ik zin had om ook te komen?

'Moet ik soms komen koken?' vroeg ik luchtigjes.

'Natuurlijk niet! Hoe kun je dat nou denken!' zei hij, en hij klonk oprecht gepikeerd. Maar ik ging er vroeg heen, ik wist immers hoe hij was. En ja hoor, de keuken zag eruit alsof hij platgebombardeerd was. Ben had net zijn duim aan het groentemes gesneden, en als collega-musicus wist ik dat dat doodeng was (hoe vaak had ik er niet aan gedacht dat ik mijn handen ernstig kon beschadigen wanneer ik glas aan het snijden of met het soldeerijzer in de weer was?). Zoals altijd kalmeerde ik hem en stuurde hem naar boven om een pleister te halen, verzon toen wat we gingen eten en voor ik alles snel zou stoven, braadde ik de kip eerst aan, want anders zouden we tot sint-juttemis moeten wachten.

Het was slechts een vervelend begin van een steeds moeilijker wordende avond.

Nina en Michael arriveerden tegelijk, maar het was duidelijk dat er wat spanning tussen hen hing. Nina, die met een wespentaillejurk de elegantie uit de jaren vijftig uitstraalde, zat stijf rechtop op haar stoel, de knobbeltjes van haar wervelkolom langs haar lange rug waren door de stof heen te zien, ze keek nauwelijks naar hem of mij, maar wierp voortdurend korte blikken naar Ben. Michael kon zijn ogen niet van haar afhouden, de narigheid straalde duidelijk van zijn gezicht af. Ben was druk bezig drankjes in te schenken, vertelde intussen aan Michael het commentaar dat de dominee op de koorvragenlijst had en leek zich van geen kwaad bewust. Ik moest eenvoudigweg voor toeschouwer spelen, de schijnvertoning gadeslaan waarvan ik de plot nooit zou kunnen begrijpen, terwijl ik me van en naar de tafel bewoog, het eten serveerde en me naarmate de avond vorderde steeds ongemakkelijker ging voelen. Uit het gesprek leidde ik af dat er iets was gebeurd, iets wat ik wel kon raden, maar niet graag wilde toegeven.

'Je raadt nooit wie ik gisteravond in de Barbican zag,' zei Michael. 'Bea.'

'O ja?' zei Ben, heel even aarzelend terwijl hij zijn vork naar zijn mond bracht. 'Hoe ging het met haar?'

'Ze zag er heel goed uit, vond ik. Ze was met haar man. Ze heeft hem aan me voorgesteld. Ivan of Ian of zoiets. Heel charmante vent. Ik heb begrepen dat ze een zoontje hebben.'

'Mmm,' zei Ben. 'Zie haar naam nauwelijks meer tegenwoordig.'

'O, ze zei dat ze veel in het buitenland speelt. Het had er alle schijn van dat het heel goed met haar gaat.'

'En wie is... Bea?' vroeg Nina opgewekt.

'Een oude vriendin van Ben, uit zijn conservatoriumtijd,' zei Michael snel. Bea. De naam beroerde licht het oppervlak van mijn geheugen.

'Iemand nog meer beaujolais?' vroeg Ben nonchalant. 'Nina, jij ziet eruit alsof je er wel een kunt gebruiken. Kom op, niet zo bescheiden.'

'Ik heb genoeg, Ben, echt,' zei Nina terwijl ze haar hand op haar glas legde. 'Je weet wat dat spul met me doet.' En ze onderdrukte een giecheltje.

Michael keek haar scherp aan. 'Misschien beter van niet,' zei hij tegen Ben.

'Maar wel als ik wil,' zei Nina en ze stak haar glas naar voren. Michael fronste zijn wenkbrauwen.

'Geef mij ook nog maar wat, Ben,' zei ik. Dan werd ik maar tipsy, misschien de beste manier om deze avond door te komen.

Ze vertrokken vroeg, Nina liet zich aan de ene kant van de taxibank vallen en Michael aan de andere.

'Zo te zien is het voor Michael een hopeloze zaak,' merkte ik op toen Ben de deur dichtdeed.

Hij haalde alleen maar zijn schouders op. Ik wist dat het hem zou ergeren, maar de wijn maakte mijn tong losser. 'Ik weet niet zeker of ze mij wel zo aardig vindt.'

'O, hoezo?' zei hij en hij liet zich gapend in een leunstoel vallen.

'O, Ben, je kunt er niet omheen.'

'Wat?' zei hij.

'Dat ze stapel op je is.'

Deze keer lachte of ontkende hij het niet, maar zei slechts op verveelde toon: 'O, dat.'

Ik ging in de stoel tegenover hem zitten. Waarom had ik het zo koud, zelfs bij het vuur? Hij begon met zijn vingers op de stoelleuning te trommelen alsof hij muziek dirigeerde die ik niet kon horen. 1-2-3-4, 1-2-3-4. De klok tikte uit de maat, dus het klonk als 1 tik, 2, 3 tik, 4, 1, tik 2, 3, tik, 4, tot ik er gek van werd. Ik stond op.

'Ik ga opruimen,' zei ik.

'O, laat toch zitten,' zei hij, maar ik zette toch het vaatwerk in de machine. Even later kwam hij de keuken in en hielp bij het wegruimen van de rest. Hij floot zachtjes in zichzelf. Er was iets dromerigs, iets onkenbaars aan hem, en ik wist niets te zeggen wat niet geforceerd over zou komen.

Plotseling sloeg hij tot mijn verrassing zijn arm om me heen. 'Blijf je vannacht?'

Maar ik was boos op hem. 'Lijkt me niet verstandig. Morgen moet ik werken.'

'Een van ons moet altijd vroeg beginnen, welke dag het ook is,' zei hij zorgeloos. Maar hij haalde zijn arm weg en stak zijn handen in zijn zakken. Hij keek verdrietig, kregelig.

Ik had het gevoel dat er tussen ons iets kapot was gegaan. Ik draaide me om, niet in staat om die gedachte onder ogen te zien, en veegde het aanrecht af. Ben droop af en algauw hoorde ik heel zachtjes pianoklanken. Het moest een van de kerkgezangen voor zondag zijn – dat speelde hij altijd op de vroege ochtend – maar toen begon hij een nocturne van Chopin, waarbij hij de dynamiek van 'rustig en krachtig' belachelijk overdreef.

Ik legde het doekje over de kraan en glipte naar boven naar de wc.

Hij had het licht in de badkamer laten branden. Er zat een recente bloedvlek in de wasbak omdat hij zich eerder op de avond had gesneden, en een doos pleisters was van het smalle houten schap erboven gevallen. Ik stopte de witte pakjes weer in hun doos en omdat ik zag dat de badkamerkast half openstond reikte ik omhoog en legde hem op de bovenste plank. Maar tegelijkertijd stootte ik iets om: een houten schaaltje. Ik greep er te laat naar. Het viel en de inhoud viel op de grond.

'Verdomme.' Ik ging op mijn knieën zitten. Iets glinsterde me in het zwakke elektrische licht toe. Ik wist meteen wat het was. Het stukje samengesmolten glas dat ik Ben een keer in de winkel had gegeven. Een paar veiligheidsspelden, een dopje van een tandpastatube, een paar nagelknippers, een gesp van een horlogebandje. Voorzichtig zette ik het schaaltje weer op de plank terug. Het wilde eerst niet recht staan en ik zag dat het half op een of ander obstakel rustte. Ik voelde eromheen en had twee vierzijdige stukken wit geschilderd glas te pakken, elk zo groot als een grote cracker. Terwijl ik hun ruwe vorm bestudeerde, werden ze steeds herkenbaarder. Op eentje zat een patroon. Ik draaide de andere om en geschokt keek ik in een paar me aanstarende ogen. Ze waren van Rafaël.

Beneden speelde Ben met zijn lange vingers een dartelende en snikkende ballade van Chopin.

Ik stond voor mijn gevoel een eeuwigheid in de badkamer naar die twee ogen te kijken, die kalm naar me terugstaarden. Mijn hoofd tolde. Toen sloot ik voorzichtig mijn vingers eromheen, pakte het pauwblauwe stuk en liep langzaam naar beneden.

Ben zat in de gloed van een enkele tafellamp met gesloten ogen te spelen en ging volledig op in de muziek. Ik zag hoe de pleister op zijn duim met het bewegen van zijn vingers op en neer flitste, voelde de harmonieën als een uitzinnige in me tekeergaan. Het lamplicht verzachtte de scherpe hoeken van de muziekstandaards en glinsterde op de ingelijste getuigschriften aan de muren. Ik leunde tegen de piano. Ben voelde dat ik er was en opende verrast zijn ogen, maar bleef wel doorspelen. Ten slotte kwam het stuk tot een uitputtend maar triomfantelijk einde en we luisterden naar de wegstervende akkoorden.

Ik liet hem zien wat ik in mijn hand hield. 'Die heb ik gevonden,' zei ik. 'Je hebt ze weggenomen, hè?'

'O, god,' zei hij, op zijn gezicht tekende zich afgrijzen af. 'Helemaal vergeten. Fran, wat verschrikkelijk. Het spijt me.'

'Ik begrijp het niet. Waarom?'

'Dat was die keer dat ik in de winkel was en je me dat prachtige…' Ik haalde het blauwe stuk glas tevoorschijn. 'Ja, dat,' zei hij. 'Ik nam het mee als een soort symbool, weet je. 'Dat jij… je weet wel, me graag mocht.'

'Dat deed ik ook,' zei ik zachtjes. 'Maar waarom de ogen? We dachten dat we ze per ongeluk hadden weggegooid of zo. Zac heeft dagen gezocht. Waarom heb je ze in hemelsnaam meegenomen? Ik snap het niet. Je moet hebben geweten dat ze belangrijk zijn.'

Hij boog zijn hoofd en schuifelde met zijn voeten op de pianopedalen, hij hield zijn arm gebogen. Ik moest hem nageven dat hij er gekweld uitzag. 'Ik… weet het niet. Het was als een soort grap bedoeld, of zo.' Hij keek op en ontmoette mijn blik. 'Destijds was ik woedend over dat vervloekte raam, en ze keken zo mal, spottend, die geschilderde ogen, op die berg gebroken glas. Ik pakte ze gewoon op en… nam ze mee. Fran, het spijt me zo.'

'Ben…' zei ik, ik zocht naar de juiste woorden. 'Je had ze niet mogen wegnemen, zelfs niet voor de grap.'

'Ik weet het, ik weet het. Het was niet mijn bedoeling ze te houden, maar toen… Nou ja, ik vergat waar ik die verdomde dingen had gelaten. Ik heb overal gezocht. Waar heb je ze gevonden?'

'In het badkamerkastje.'

'Nou, ik zou niet weten waarom ik ze daar heb neergelegd,' zei hij bruusk. 'Stom, eigenlijk.'

'Maar je had me moeten vertellen dat je ze hier had,' zei ik en ik hoorde de klagende toon in mijn stem. 'O, laat ook maar.' Ik probeerde me opgelucht te voelen dat het om een grap ging, in plaats van een doelbewuste, laaghartige zet. Maar dat lukte niet. Het was zo nonchalant van hem.

Hij stond op, sloot de pianoklep, liep om me heen en ging achter me staan, masseerde mijn schouders, begroef zijn gezicht in mijn haar, fluisterde dat het hem speet. Ook al was ik van streek, ik kon mezelf er niet van weerhouden naar hem over te hellen.

'Het was gewoon een malle streek, lieveling, echt,' zei hij.

Het was de eerste keer dat hij me lieveling noemde. Nu ik erover nadenk, hadden we nooit eerder lieve woordjes met elkaar uitgewisseld. En nu lieveling. Maar misschien was het te laat.

Hierna kon ik niet meer bij Ben blijven. Doen alsof er niets was gebeurd. Terwijl ik het plein naar huis overstak, probeerde ik te bedenken wat ik Zac over de diefstal moest vertellen. Uiteindelijk vertelde ik hem de waarheid. 'Ik denk dat het gewoon een stomme grap was,' zei ik, het nog altijd voor Ben opnemend.

'Erg grappig,' zei Zac somber terwijl hij de toegetakelde fragmenten in zijn palm omdraaide. Hij wilde me niet aankijken. Hij liep weg en legde de stukken op de plek waar ze thuishoorden. Ik begreep dat hij in zeker opzicht mij de schuld gaf. En die nam ik op me.

Er was een toevallige ontmoeting met Michael voor nodig, twee dagen na het etentje, om me tot inkeer te laten komen.

Ik had de winkel onder Ambers hoede achtergelaten en liep voor de afwisseling naar St. James' Park. Het was een van die koude, heldere dagen wanneer je merkt dat de herfst vloeiend en zonder aarzelen in de winter overgaat, en ik trok mijn jas dicht om me heen terwijl ik treuzelde om naar Japanse toeristen te kijken die foto's maakten van eenden die een schuiflanding op het meer maakten.

Op een bank vlakbij zat een man. Hij zat over een krant gebogen een sandwich te eten en ik herkende hem niet meteen. Toen hij een bladzijde omdraaide, keek hij op.

'Fran.' Hij vouwde zijn krant op en stond beleefd op terwijl hij de kruimels van zijn jas veegde.

'Hallo, Michael. Vandaag geen zakenlunch met een of andere ambassadeur?'

Hij lachte. 'Je hebt een iets te rooskleurig beeld van wat ik de hele dag zoal doe. Ik kan je verzekeren dat ik maar een gewone pennenlikker ben.' Ondanks het heldere zonlicht hing het verdriet van de laatste avond nog om hem heen. Hij zag er moe uit en zijn gezicht was askleurig, en plotseling had ik met hem te doen.

'Heb je tijd voor een kop koffie?' vroeg ik.

'Lijkt me heerlijk.' We liepen naar het parkcafé en gingen aan een tafeltje met uitzicht over het meer zitten, onze handen aan onze mokken warmend. Ik vroeg hem naar zijn werk en hij had het een poosje over overheidsbevoegdheden en mogelijke reisjes naar het buitenland, maar daarna belandden we onvermijdelijk, onverbiddelijk bij Ben.

'Het spijt me van die avond,' zei hij terwijl hij zijn bovenlip afveegde met een net zo witte en frisse zakdoek als zijn shirt. 'Je zult wel begrepen hebben dat Nina en ik ruzie hadden.'

'O?' zei ik. Er was iets aan Michael, de manier waarop hij met fluwelen handschoentjes om emotionele kwesties heen draaide, wat me aan pap deed denken.

'Ja,' zei hij, met een verwarde uitdrukking op zijn gezicht naar zijn zakdoek omlaag kijkend. Toen stopte hij die langzaam in zijn zak.

'Ik ben heel dol op Nina. Dat heb ik je geloof al verteld.'

'Dat is ook te zien,' zei ik zacht.

'O,' zei hij en hij glimlachte schaapachtig. 'Valt het zo erg op?'

'Ja.'

'Ik dacht... dat ze mij ook graag mocht.'

'Maar ze heeft Ben nog altijd liever.'

'Ja,' zei hij en zijn gezicht verschrompelde bijna.

'En hij... mag mij graag.'

'Zoiets, ja. Weet je, misschien zou ik dit niet tegen je moeten zeggen, maar hij heeft altijd iets met vrouwen gehad. Daar heeft hij slag van.' Hij stiet een droog lachje uit.

'Ik geloof dat ik weet wat je bedoelt.' En nu had ik het zo koud dat ik niet langer stil kon zitten. 'Zullen we een eindje gaan lopen?' zei ik.

'Sorry, ik heb je beledigd,' zei Michael en hij stond ook op.

'Nee, nee, echt niet.' Een deel van me wist dat ik niet zou moeten luisteren naar wat hij ging zeggen, dat ik Ben in zekere zin verraadde. Hij zou me zélf over zichzelf moeten vertellen in plaats van dat ik het van Michael te horen moest krijgen. Maar ik kon mezelf niet tegenhouden.

'Hij is een gouden knul, Ben. Altijd geweest. Maar je moet wel inzien, Fran, dat hij mensen gebruikt.'

Daar schrok ik van. 'Ik dacht dat je zijn vriend was,' zei ik boos.

'Dat ben ik ook. Ik ben er altijd voor hem geweest. En ik zal er altijd zijn. Ik heb hem talloze malen uit de brand geholpen. Weet je, ik loog vroeger voor hem op school. Wanneer hij van gym spijbelde of een alibi nodig had. Een keer, in de zesde klas, ging hij naar een collegefeest in Oxford met een meisje dat hij had ontmoet. Hij glipte 's nachts zonder toestemming de school uit. Hij zorgde ervoor dat ik hem dekte. Dat soort dingen.'

'Waarom deed je dat?'

'Ik was dol op hem. Hij was een soort eigenzinnig klein broertje, hij leek altijd jonger te zijn dan ik, maar in feite is hij drie maanden ouder. En ik was heel erg dol op zijn ouders en zus, ze gaven me altijd het gevoel dat ik welkom was toen ik mijn eigen familie zo miste.'

'Maar als je voor je gevoel zijn oudere broer was, had je je toch zeker verantwoordelijker moeten opstellen? Hem ervan moeten weerhouden dat hij al die dingen deed?' In mijn ogen had Michael doordat hij Bens kwalijke gedrag door de vingers zag bijgedragen aan het probleem.

Michael zuchtte. 'Misschien wel, ja. Maar eigenlijk had ik met hem te doen. Ben blonk altijd uit in muziek, en had niet veel belangstelling voor andere onderwerpen, en zeker niet voor sport. En aangezien we op een school zaten waar ze bezeten waren van rugby en cricket, had hij het van sommige jongens zwaar te verduren. Soms kwam er ook geweld bij kijken. Daardoor zijn we om te beginnen bevriend geraakt.'

'Werd jij dan ook op je kop gezeten?'

'Niet lang… ik leerde ermee om te gaan. Ik deed het op academisch vlak goed, dus ik nam de rol van klassennerd op me en hielp andere jongens bij hun studie. We waren uitzonderlijk gevoelige tieners, Ben en ik. Maar als hij van streek was, kwam hij arrogant over, waardoor mensen hun stekels opzetten, zowel de jongens als de docenten.'

Ik vond het nog steeds een onwaarschijnlijke vriendschap, maar Michael legde het uit. 'We waren voortdurend aan elkaar overgeleverd. We zaten allebei in Magdalen House en deelden een kamer op de Lower Fifth. Onze ouders ontmoetten elkaar dat jaar tijdens de sportdag – die van mij waren die zomer in Engeland – en ik werd voor het eerst bij Ben uitgenodigd. Daarmee is alles begonnen.'

Eindelijk begon ik deze vriendschap te begrijpen. Ben had er niet zelf voor gekozen. Het was hem overkomen. En toch leken ze elkaar erg na te staan, als broers die elkaar ergeren maar evengoed samen blijven, maar in dit geval waren ze door vroegere ervaringen en niet door bloedverwantschap met elkaar verbonden.

Toen zei Michael iets schokkends. 'Ik denk niet dat hij blij zal zijn dat ik het je vertel, maar soms geloofde ik zijn verhalen niet dat andere jongens hem iets hadden aangedaan.'

'Wat bedoel je?' zei ik geschrokken.

'Er zaten snijwonden op zijn dijen, Fran. Je gaat me toch zeker niet vertellen dat iemand anders dat heeft gedaan?'

'O,' zei ik ontsteld terwijl ik dit probeerde te verwerken. 'Wat verschrikkelijk. Eenvoudigweg verschrikkelijk. Arme Ben.' We zwegen een poosje.

'Wat gebeurde er toen jullie van school gingen?' vroeg ik en ik stelde me voor dat ze op de universiteit wel uit elkaar zouden groeien.

'We gingen allebei naar Londen, dus we zagen elkaar vaak. Ik ging naar University College om Engels te studeren en Ben kreeg een studiebeurs voor het Royal College of Music.'

'Daar heb ik ook op gezeten,' zei ik tegen hem. 'Maar ik heb hem daar nooit gekend.' Hij zat er een paar jaar eerder dan ik.

'Ben werkte altijd verdomd hard aan zijn muziek. Maar hij zat ook zomaar in de put en dan moesten wij – zijn familie en ik – hem proberen op te vrolijken.' Ik knikte, dat herkende ik wel.

Toen trok Michael zijn gezicht in een smartelijke uitdrukking. 'Ben is bang om te falen, dat mensen hem uitlachen of medelijden met hem hebben, dus soms geeft hij het op en zoekt hij iemand aan wie hij de schuld kan geven. Het is alsof hij diep vanbinnen een ongenezen wond koestert. Wanneer dingen slecht gaan, kan hij er niet doorheen kijken. Maar als het goed gaat, is hij door het dolle heen, dan komt het beste in hem boven.'

Ik zag hem voor me zoals hij dirigeerde, zijn overduidelijke gedrevenheid en talent, en dacht daarna aan die spiraal van ellende waarin hij na de commissievergadering over de toekomst van het koor terechtkwam. 'Ik geloof dat ik begrijp wat je bedoelt,' zei ik tegen Michael.

'Dit is het ongeveer wel zo'n beetje,' zei hij peinzend. 'Hij hunkert ernaar de vruchten van het succes te plukken, dat hij wordt opgehemeld, maar hij twijfelt aan zijn zelfvertrouwen zodat hij er toch niet voor gaat. En, nou ja, hij manipuleert mensen om zijn zin te krijgen. Ik geloof niet dat hij dat met opzet doet, maar het gebeurt wel. En dan gaat natuurlijk alles mis. Zo ging het ook met Bea.'

'Bea. Je had het die avond over haar. Wie is dat?'

'Beatrix Claybourne.'

Ik herinnerde me de naam in het elegante handschrift op Bens bladmuziek, de ingelijste affiche op de overloop.

'Heeft hij het van haar verteld?' vervolgde Michael. 'Zij was ook een pianist, en uitzonderlijk goed ook. Op het conservatorium ging hij met haar om. Er gingen geruchten dat ze zich zouden verloven. Maar toen werd duidelijk dat zij stukken beter was dan hij. Het ging haar in alles voor de wind… ze won prijzen, was in trek bij de beste docenten. En uiteindelijk kon ze zijn jaloerse woede-uitbarstingen niet meer verdragen. Ze gingen uit elkaar.'

Ik staarde hem aan, wilde hem niet geloven, maar ik moest denken aan iets wat Ben had gezegd over Nina's virtuositeit. Zijn ogen hadden ambitieus geglansd.

'Je zei dat hij mensen gebruikte,' fluisterde ik. Ben zou dit aan zichzelf wellicht niet toegeven, maar het was duidelijk dat hij als Nina's muzikale partner op persoonlijk succes uit was.

'Ja,' zei Michael zachtjes.

'Hij heef Nina via jou leren kennen, hè?'

Hij knikte ellendig.

'Ik heb haar een jaar geleden bij een concert ontmoet en we begonnen met elkaar om te gaan. Ik was zo gelukkig. Maar toen maakte ze kennis met Ben. Haar docent is een kennis van Ben en dacht dat ze samen een goed span zouden zijn. Professioneel gesproken zijn ze dat natuurlijk ook. Maar ik had er rekening mee moeten houden dat ze verliefd op hem kon worden. Hij is min of meer rampzalig aantrekkelijk. Dat weet je best, Fran.'

We bleven staan en gingen op een bank naar een jongen zitten kijken die een stok naar zijn hond gooide. 'Maar Michael,' zei ik, 'als Ben niet op die manier in haar geïnteresseerd is, gaat ze dat op den duur misschien wel accepteren. Het kan niet eeuwig zo doorgaan. Misschien komt ze bij je terug.'

De jongen had zich op het gras laten vallen, had genoeg van stokken gooien. De hond blafte dat hij nog een keer wilde, maar hij schonk er geen aandacht aan.

Toen hij me deze keer aankeek, had Michael een bittere uitdrukking op zijn gezicht. 'Wat is er?' zei ik slecht op mijn gemak, maar ik las het van zijn gezicht. Hij deed zijn mond open, maar kon niets zeggen.

'Michael.'

'Ik moet weer terug, Fran. Ik heb een vergadering.' Hij stond op, zei me gedag en beende over het gras naar St. James' Palace.

Ik keek hem na. Het had geen zin om achter hem aan te gaan, of te smeken of hij het wilde vertellen. Ik had al begrepen wat ik volgens hem moest weten.

'Het was ergens vorige week. Ik ben vergeten wanneer. Ik heb haar alleen gekust,' zei Ben naar de vloer starend. 'Verder niets. We zijn niet… met elkaar naar bed geweest, of zo. Dat zou ik je niet aandoen, Fran.'

Maar hij was onzorgvuldig met Nina omgegaan. Hij hield haar aan het lijntje terwijl ze dolverliefd op hem was, en ze werkte zo intiem met hem samen dat haar verlangen een hoogtepunt had bereikt. Het was verkeerd van hem. Hoe kon hij zo achteloos met wie dan ook omgaan? En waarom had het zo lang geduurd voordat ik het me realiseerde?

Ik kneep mijn ogen dicht in een poging mijn hoofd helder te krijgen. Toen ik ze weer opende, stond hij er nukkig, opstandig bij. En plotseling kon ik me niet meer druk om hem maken. Ik was vrij.

'Ben,' zei ik ernstig. 'Je hebt er werkelijk geen benul van, hè?'

Ik liep door de voordeur naar buiten en trok die achter me dicht met wat naar ik hoopte klonk als een laatste klap.

Dagenlang zat ik in de put, half en half hopend dat Ben zou bellen en me zou smeken terug te komen, vastbesloten dat ik, mocht hij dat doen, niet thuis zou geven. Hij belde niet, waardoor ik nog dieper in de put raakte. Wanneer ik in de winkel werkte, lagen de tranen voortdurend op de loer en als ik alleen was, liet ik ze de vrije loop. Ik was nog steeds boos op Ben en woedend op mezelf dat ik me alweer met iemand als hem had ingelaten, na alles wat ik mezelf had beloofd. Maar voortdurend werd ik onverhoeds door herinneringen overvallen. Ben aan het dirigeren, jasje uit, mouwen opgerold, prachtig, intens, vastberaden. Of aan de piano, ogen dicht, verloren in de wereld van de muziek. Ik droomde van zijn lange, trage kussen en mijn lichaam schreeuwde erom. Ook al kende ik hem nog maar kort, ik had mezelf te snel en te diep laten meeslepen.

Het was rampzalig dat ik zo dicht bij hem in de buurt woonde. Een paar keer betrapte ik mezelf erop dat ik over het plein staarde om een glimp van hem te kunnen opvangen. Een keer, een week na onze ruzie, zag ik dat hij zijn flat uit ging, de lange goudkleurige sjaal om zijn hals wapperde in de wind. Hij keek mijn kant op, maar zag niet dat ik achter het gordijn in de zitkamer stond te kijken. Hij liep haastig in de richting van de kerk. Ik was niet meer in staat geweest om naar de koorrepetitie te gaan. Miste hij me… sterker nog, had hij sowieso aan me gedacht? Ik liet het gordijn vallen en draaide me om.

Ik had wel andere dingen om me zorgen over te maken, zei ik tegen

Jo toen ik bij haar langs ging om mijn hart uit te storten. Zij, die haar eigen gebroken hart moest zien te helen, begreep meer dan wie ook hoe ik me voelde. Maar mijn grootste zorg was pap.

Ik ging nu een paar keer per week bij pap op bezoek. Zac ging vaak met me mee en dan zaten we aan weerskanten van het bed te praten, maakten opmerkingen naar pap alsof hij luisterde, maar dat wisten we niet zeker.

Zac zei nooit een woord tegen me over Ben, maar het moest zonneklaar zijn dat ik niet meer met hem omging. Hij was heel lief voor me en soms keek ik in de winkel op van mijn werk en dan merkte ik dat hij met een bedachtzame uitdrukking op zijn gezicht naar me keek.

Hij had nu al weken aan Rafaël gewerkt, besteedde elk vrij moment aan het raam. Amber en ik hielpen waar we konden, maar wij hadden Zacs vakkennis niet. Hij was nu zover dat de verf moest worden aangebracht, een uitermate delicate aangelegenheid want op de nieuwe stukken glas moesten de hoofdlijnen worden geschetst en op de oude moest de verf, die van ijzeroxide en verpulverd glas was gemaakt, worden geretoucheerd.

'De gouden haarkleur ontstaat wanneer we het glas met zilvernitraat beschilderen en het daarna branden,' zei hij tegen Amber op een ochtend terwijl hij een notitie in het Engelboek maakte. 'Maar eerst moest je de lijnen van de haren en veren rechtstreeks op het glas schilderen en dan branden.' Hij kon het originele glas niet opnieuw branden, voegde hij eraan toe, voor het geval toekomstige generaties zijn beschildering moesten veranderen.

Omdat de ogen ontbraken, had hij niet veel aan het gezicht willen doen, maar nu kon hij aan de reconstructie ervan werken en de gaten met gekleurde hars opvullen. Op Russells vidimus en modeltekening waren de gelaatstrekken regelmatig, maar nietszeggend. Er zat geen leven in het gezicht. En eindelijk kreeg Zac de kans om zijn stempel te drukken.

Eind oktober waren we op een dag alleen in de werkplaats. Zac was me over een klant aan het vertellen die was langs geweest toen ik die ochtend weg was, en die een kristallen staf wilde hebben. 'Je zult het niet geloven,' zei hij. 'Het was voor een of ander idioot magisch ritueel en het stond me helemaal niet aan, dus ik zei dat hij vijfduizend pond kostte, gelukkig ging hij toen weg.'

Ik lachte om Zacs truc en het was alsof ik voor het eerst sinds tijden weer spontaan in de lach schoot. Misschien was ik Ben dan eindelijk toch aan het vergeten. Ik glimlachte opgelucht bij die gedachte en Zac keek me intens aan.

'Zo blijven, niet bewegen,' zei hij. Met een paar snelle lijnen schetste hij iets op een vel papier.

Hij liet me zien wat hij had getekend. 'Vind jij dat ik er zo uitzie?' vroeg ik. Ik was er niet ongelukkig mee want hij had me veel mooier gemaakt dan ik mezelf in de spiegel vond, maar toch, ik geloofde niet dat ik het was.

De volgende dag was Amber de schets aan het bestuderen en ze riep uit: 'De engel lijkt een beetje op jou, Fran.'

'Larie. Het kan iedereen zijn,' zei ik een beetje knorrig. 'Hoe dan ook, het is absoluut niet de bedoeling dat je Philip Russells versie verandert, Zac.' Ik wist niet of ik wel als engel onsterfelijk wilde worden. Dat zou ik nooit kunnen waarmaken.

'De originele schets heeft absoluut overeenkomsten met jou,' zei Zac heel ernstig. 'Het zit in de volle mond die Russell heeft geschilderd. En er is ook iets met de ogen. Precies die van jou.'

'Wie heeft er nou ooit gehoord van een engel die Fran heet?' zei ik.

'Ik heb eens over een gelezen die Eric heette,' zei Amber plechtig. 'Een meisje zag overal de naam Eric om zich heen, en haar spirituele gids vertelde haar dat het niet anders kon dan dat haar engel zo heette.'

Zelfs Amber lachte met ons mee.


Een paar dagen later zei Zac rustig: 'Hij is af.' Amber en ik liepen er snel naartoe om te kijken. Ik geloofde m'n ogen niet, zo mooi had hij het gezicht gereconstrueerd. Het was een ingewikkeld proces geweest waarbij hij ter ondersteuning een achterplaat van gemodelleerd, doorzichtig glas had moeten creëren, daarna had hij de originele stukken beschilderd en met speciale lijm naadloos aan elkaar geplakt. Toen had hij het hele raam in een bronzen frame geplaatst.

Nu tilden we met zijn allen het raam met behulp van een plank naar de lichtbak. Zac haalde de schakelaar om en Rafaël schitterde in al zijn gouden glorie.

Amber slaakte opgetogen gilletjes.

Hij was perfect: van de uiteinden van zijn gouden vleugels die tot een punt boven zijn hoofd waren samengevouwen tot aan zijn in sandalen gestoken voeten te midden van het gras en de bloemen: een hoge figuur met lange ledematen gehuld in goud en wit, golvend blonde lokken omlijstten zijn kalme, enigszins glimlachende gezicht. Hij hield in een zegenend gebaar een hand omhooggestoken, en rechts onderaan stak de inscriptie 'God geneest' helder af tegen de robijnkleurige raamrand, zoals dat honderd jaar geleden ook het geval moest zijn geweest. De barst was nauwelijks te zien.

'En?'

Ik schrok op uit mijn mijmeringen. Zac glimlachte afwachtend naar me.

'Hij is verbazingwekkend. Ik kan niet geloven dat dit niet het origineel is.'

'Dat is hij voor het grootste deel wel. En als hij in de toekomst om wat voor reden dan ook ontmanteld moet worden, dan kan dat.'

Ik pakte het Engelboek van een werkblad en bladerde het door. Zac had heel precies elk detail van elke stap van zijn reconstructie genoteerd, met inbegrip van tekeningen, foto's, beschrijvingen van nieuw glas en lood, de samenstelling van de verf- en harssoorten die hij had gebruikt. Het geheel had hem vijf weken gekost.

'En onder het lood hier,' hij bukte en wees de linker onderhoek in het raam aan, 'heb ik "Munsterglas" geschilderd. En daar is het stuk met de Keltische knoop van Philip Russell, dus toekomstige generaties kunnen ons de schuld geven als dat zo te pas komt.'

'Helemaal niet nodig om ons ergens de schuld van te geven,' zei ik terwijl ik verwonderd mijn hoofd schudde. 'Zac, het is prachtig, fenomenaal. En Jeremy zal het schitterend vinden.'

Hij stond nu weer met de camera te prutsen, dus mijn poging om hem te omhelzen mislukte een beetje. Maar een kort ogenblik omhelsde hij mij ook en voelde ik zijn adem in mijn haar, rook ik de zoutigheid op zijn huid. Ik deed een stap terug, we waren allebei een beetje geschrokken.

'Dank je wel,' zei hij glimlachend. 'Ik hoop niet dat Jeremy ook zo reageert.'

Jeremy kwam die middag, liep een paar keer om de engel heen en zei ten slotte zachtjes: 'Het is schitterend. Heel erg bedankt.' De dagen daarop kwam een gestage stroom gemeenteleden op pelgrimstocht naar de winkel om het raam te bekijken. Ze waren het er allemaal over eens dat het in de kerk moest komen. Nu moesten we nog op officiële toestemming wachten.

In de volgende paar dagen was ik vaak bij de engel te vinden, ik bekeek hem nauwlettend, voelde de kracht van die kalme, krachtige blik. Hoe dicht, vroeg ik me af, had Zac bij het origineel weten te komen? Misschien zouden we dat wel nooit weten.

# 30

*We dwalen nooit zo erg af dat onze engelen ons niet meer kunnen vinden.*

STEPHANIE POWERS

## Laura's verhaal

Het liep tegen het einde van juli toen Philip Russell Laura vroeg hem te vergezellen naar de Grosvenor Galery in New Bond Street, om Burne-Jones' sensationele nieuwe schilderij te bekijken: *The Golden Stairs*. Ze was er nooit eerder geweest. Nog voordat ze zich in de schilderijen kon verdiepen, werd haar aandacht getrokken door de zondagse mensenmenigte en de olijfgroene ruimtes die volgestouwd waren met meubels en versieringen.

Terwijl ze naar het reusachtige, glanzende schilderij omhoog keken vroeg Laura zich af hoe etherisch, hoe gebiologeerd deze vrouwen waren terwijl ze blootsvoets hun eindeloze afdaling maakten op die mysterieus zwevende trap. Hier ging een ander soort mystiek van uit dan de eerbied die ze in haar vaders kerk ervoer. Wat zou hij ervan vinden? Ze kon zich niet voorstellen dat hij dit ietwat heidense tafereel mooi zou vinden of zou proberen te begrijpen. Maar ze kon ook die verrukkelijk verontrustende gevoelens die het schilderij opriep niet benoemen.

Philip vertelde haar fluisterend over de gezichten: dat was van meneer Morris' dochter May, het meisje en profil bovenaan was van het eigen kind van meneer Burne-Jones, Margaret. Laura beeldde zich in hoe het moest zijn om via een schilderij beroemd te worden. Dit was een vorm van onsterfelijkheid die haar vader zonder meer zou afkeuren, concludeerde ze.

Verderop in het vertrek klonk de kabbelende lach van een vrouw. Een lange vrouw in een zwierige grijsgroene japon vol borduursels van vogels en bloemen maakte zich los van een groepje dames dat bij een schilderij van Alma-Tadema stond. Philips adem stokte even. Ze was werkelijk een schoonheid, dacht Laura, met een hoofd vol glanzende donkere krullen die onder in de nek in een knotje in bedwang werden gehouden, prachtige blauw-zwarte ogen, een lange rechte neus, perfect gevormde lippen en een sprankelend gezicht. De blik van de vrouw schoot de kamer door en bleef op Philip rusten. Een ogenblik stond ze volkomen onbeweeglijk, toen liep ze op hen af. Ze zei vriendelijk tegen hem: 'Philip, hoe gaat het met je?' en legde een sierlijke hand op zijn arm. Hij leek geïrriteerd.

'Marie. Het gaat heel goed met me, dank je. Dit is miss Brownlow.' Haar ogen gleden even ongeïnteresseerd over Laura's gezicht en figuur. Laura's wangen brandden.

Een van Maries metgezellinnen riep: 'Marie, heb je de *King Arthur* gezien?' en ze mompelde: 'Nou, dag, zo leuk om je weer te zien...' en toen ze wegliep zag Laura de rij iriserende knopen die de zwoele bewegingen van haar wervelkolom markeerden.

'Was dat...?' murmelde ze terwijl ze zich naar Philip omdraaide, maar ze wist het antwoord al.

Russell knikte, scheurde zijn ogen los van Marie en knipperde er driftig mee alsof hij uit een betovering ontwaakte. 'Mijn vrouw.' Hij keek verwilderd om zich heen. 'Nou, daar is nog een werk dat je zal interesseren,' zei hij terwijl hij haar ruw naar een andere ruimte meetrok.

'Niet doen.' Ze voelde zich als een pup aan een riem.

Alles was bedorven. Ik wil weg, ik wil weg, dreunde het in haar hoofd terwijl ze doelloos langs geschilderde gezichten en landschappen liep, nauwelijks de kunstenaar of het onderwerp opmerkend. Ze dacht eraan hoe laatdunkend Marie haar had bejegend, als een sjofel, bruingeveerd vogeltje naast Maries eigen exotische verenkleed. Toen Philip voorstelde om weg te gaan, stemde ze daar zwijgend mee in.

Ze staken Green Park over, waar vanaf het gras een nevel oprees. Russell was zo diep in gedachten gedompeld dat hij slechts met eenlettergrepige woorden antwoordde op Laura's armzalige pogingen een gesprek op gang te brengen.

Toen ze bij Victoria Street kwamen, leek hij uit zijn melancholie op te schrikken. 'Je hebt mijn atelier nog niet gezien, hè?' zei hij. 'Sommige kunstenaars stellen hun atelier open voor het publiek en ik vraag me af of ik dat ook zou moeten doen. Kom mee en vertel me wat je ervan vindt.'

'Ik moet eigenlijk naar huis. Mijn vader...'

'Toe, ga met me mee. Ik wil niet alleen zijn.' Hij klopte haar onbeholpen vriendelijk op de arm waardoor ze met een hartverscheurend gevoel aan haar broer Tom moest denken, en liet zich vermurwen.

'Heel even dan.'

'Het is niet ver. In Wilton Street, hier, de kant van de rivier op.'

Hij trok haar mee langs het treinstation in een doolhof van witgepleisterde huizenblokken die baadden in het zonlicht van een heiige namiddag. Vogels zongen in kooien voor open vensters. Een klein meisje dat boven hen over een vensterbank hing, zwaaide naar ze. Laura zwaaide terug. Verderop waren uit de diepten van een zitkamer de openingstonen van een prelude van Bach te horen, die steeds maar opnieuw werd gespeeld, en de onzichtbare pianist struikelde elke keer precies op hetzelfde moment op dezelfde plek.

In Lupus Street waren de huizen met bloembakken opgefleurd. Philip leidde haar naar de trap van nummer 13, en daarna een trap op tot helemaal boven in het gebouw waar een reusachtige zolder met uitzicht op de noordelijke hemel als zijn atelier fungeerde.

Langs de muren stonden rijen schildersdoeken in allerlei soorten en maten. Op een tafel lag een schetsboek achteloos open. Ze keek ernaar, toen naar het kleine doek op de schildersezel onder het hemellicht en haar verdriet werd nog eens versterkt. Overal waar ze keek zag ze Maries gezicht. Hij kon zijn vrouw niet daadwerkelijk bezitten, in plaats daarvan had hij haar beeltenis gevangen, steeds en steeds maar weer.

Ze liep achteruit naar de deur en stak haar hand uit naar de kruk. 'Ik had niet moeten komen.' Haar stem klonk te luid in het galmende vertrek.

'Waarom niet?' zei hij. 'Wat is er?'

'Ik kan je geen raad geven of je je atelier zou moeten openstellen. Of... over je vrouw.'

'Mijn vrouw? Wat heeft Marie met jou te maken?'

'Philip, ze is overal. Kijk.'

Hij staarde als betoverd de kamer rond, liep toen naar de ezel en raakte zacht Maries geschilderde wang aan. Hij had haar als een of andere ongetemde geest opgeroepen, dacht Laura, een riviernymf misschien. Hij liet zijn hand langs zijn zij vallen.

'Door dit alles…' ze gebaarde naar de portretten, '… wordt onze… vriendschap heel erg pijnlijk voor me. In jouw leven is geen ruimte voor iemand anders.'

'Ik heb je nodig,' zei hij, met schorre stem van emotie. 'Zelfs mijn oude vrienden laten me nu links liggen. Doe jij dat alsjeblieft niet ook.'

'Maar zie je het dan niet? Je geeft niet echt om me, je geeft om haar. Ik ben… iemand tegen wie je over Marie praat.'

'We praten over allerlei dingen. Laura, ik vind het verschrikkelijk dat je onze vriendschap als… pijnlijk ervaart.' Hij keek haar nu recht in de ogen, pakte haar hand. 'Wat voel je koud aan,' zei hij terwijl hij hem in de zijne verwarmde. 'Ik kan zonder na te hoeven denken met je praten.'

Ze maakte een geluid dat net zo goed een lach als een snik had kunnen zijn. 'Dat vind ik geen compliment, Philip.' Ze trok haar hand weg.

'O, ik bedoelde niet… ik bedoelde alleen maar dat ik me zo bij je op m'n gemak voel. Ik hoef niet voortdurend op mijn woorden te letten, zoals bij… Marie.'

En toch merk je me niet op, niet echt. Je ziet me niet zoals je haar ziet. Je tekent me niet onophoudelijk, zoals je haar wel tekent. Die gedachten schreeuwden het uit in haar hoofd, maar ze durfde ze niet te uiten. Om haar smart te verdoezelen pakte ze een kleine houten vogel van een schap naast de deur, nam hem warm, rond en veilig in het kommetje van haar handen. Hiervoor was ze voorbestemd: troost, geen onrust of opwinding.

Toen ze weer kalm was, zei ze: 'Philip, je moet leren Marie te vergeten. Niet helemaal, dat bedoel ik niet. Ze is je vrouw en de moeder van je kind. Maar je moet afstand leren nemen van je verlies. Het is nu ruim een jaar geleden. Ze komt niet terug. Je drijft jezelf tot waanzin als je dat niet kunt aanvaarden. Denk aan welk schade je je zoon berokkent.'

Zijn gezicht werd als van steen. Een ogenblik lang vreesde ze dat ze te veel had gezegd.

'Ik kan haar niet vergeten, zoals je van me vraagt. Net zomin als jouw familie Caroline kan vergeten.'

'Dat is anders,' riep Laura uit. 'Caroline is dood. In dit leven zullen we haar nooit meer terugzien.'

'Ze is tenminste gestorven in de volle wetenschap dat jullie van elkaar hielden,' riep hij uit. 'Die bevrediging heb je tenminste.'

'Waardoor we haar des te meer missen.' Ze sprak nu met stemverheffing. 'Nee, dat meen ik niet zo,' voegde ze er snel aan toe toen ze zijn pijn zag. 'Alleen dat je ze niet kunt vergelijken. Maar ik weet wel dat het onze plicht is om dankbaar te zijn voor wat we hebben en verder moeten, en het beste maken van wat ons gegeven is. En ik denk dat onze engel ons daarbij helpt. Als hij voltooid is.'

'Hij ís voltooid,' zei Philip. Hij liep weer naar de ezel vanwaar Maries gezicht hem aankeek.

'Wat zei je?'

'Ik wilde het je al eerder vertellen. Je raam is klaar. Als je wilt kun je hem zien.'

'Philip, dat is geweldig.'

'Ik dacht wel dat je blij zou zijn.' Hij haalde het schilderij van de ezel en legde hem in een la. Toen verzamelde hij met trage, nadrukkelijke bewegingen alle andere portretten van zijn vrouw en stapelde ze in een kast. Laura keek verbaasd toe.

Hij sloot de kast, draaide zich naar haar om en glimlachte. Het was een verdoofde, ongelukkige lach, alsof hij eindelijk worstelde om wakker te worden uit de betovering waarin Marie hem gevangen hield.

# 31

*Satan die de hele wereld misleidt... die samen met zijn engelen op*
*de aarde werd gegooid.*

OPENBARINGEN 12:9

Ik had het verhaal compleet gemist als Jo me niet op de achtentwintig-
ste oktober had gebeld, hysterisch snaterend over een krantenartikel.
Nadat ik de telefoon had neergelegd, met de belofte dat ik zou terug-
bellen, ging ik snel een krant kopen en verstopte de sensationele kop
onder mijn jas voor het geval ik een bekende zou tegenkomen. Het
stuk stond op pagina 8, ik spreidde de krant op tafel uit en las het. Er
stond een niet erg vleiende foto in van Jo terwijl ze het hostel uit loopt,
en een geposeerde foto van een stijlvol echtpaar met reusachtige ro-
zetten, zwaaiend te midden van een waterval serpentines. 'Ontheemd
parlementslid vindt ondeugend liefdesnest,' schreeuwde de kop erboven.

'O, verdomme,' fluisterde ik. Het werd nog erger. 'Waarom zou hij alles riskeren voor zo'n Lelijke Lita?' Een citaat van een vriendin van mevrouw Sutherland. Een collega beschrijft miss Pryde als 'oprecht en
dienstbaar. Een echte weldoenster. De laatste persoon van wie je zou
verwachten...'

Toen ik met een zwaar gemoed Jo terugbelde, kreeg ik haar ant-
woordapparaat met de gebruikelijke vriendelijke boodschap, dus ik zei:
'Jo, ik ben het, Fran,' en werd door een mannenstem onderbroken, een
stem die ik herkende. 'Fran. Met Brett Pryde. Fijn om je te spreken. Hoe
is het? Ik neem aan dat je de kranten hebt gezien? We worden hier belegerd. Journalisten, fotografen, het hele verdomde zootje, sorry dat ik

het zo zeg. Ik heb geprobeerd die klootzakken weg te jagen. Jo is bij Carolyn. Wil je horen wat er is gebeurd?'

'Ja graag. Ik heb het stuk nog maar net gelezen. Het is verschrikkelijk.'

'Jo? Josephine.'

Het was een opluchting dat Jo's ouders bij haar waren. Brett Pryde had als advocaat een lange ervaring met het omgaan met de media. Jo was te veel van streek om weer aan de telefoon te komen, maar ik sprak met Brett af dat ik later op de dag bij haar langs zou gaan. Tegen die tijd was de ergste belegering wat bedaard, hoewel ik buiten een woest uitziende man moest ontwijken die snel in een microfoon aan het praten was.

Ik ging op de bank zitten en hield Jo's hand vast. Ze had een onbeweeglijke uitdrukking van afgrijzen op haar gezicht, alsof ze na het zien van een geest in trance was geraakt.

'Ik heb mezelf gezien,' fluisterde ze. 'Wat ze over me hebben geschreven. Misschien is het allemaal waar. Lelijk en waardeloos. Iemand die een huwelijk kapotmaakt.'

'Praat geen onzin,' zei ik resoluut. 'Ze zijn niet geïnteresseerd om je af te schilderen zoals je echt bent. Ze willen alleen maar kranten verkopen.'

'Bravo,' zei Brett afwezig vanaf zijn uitkijkpost bij het raam. 'Haaien en canaille, dat zijn ze allemaal.'

'Ik denk nog steeds dat als we met die *Mail*-journalist praten, Brett, dat Jo dan tenminste haar kant van het verhaal kan vertellen.' Jo's moeder, die vlak bij Jo op de bank zat, was nog precies zoals ik me haar herinnerde, ze verwachtte dat iedereen net zo beschaafd was als zijzelf.

'Caro, wees niet zo naïef. Ze zullen alles wat we zeggen verdraaien.'

Arme Jo. Ik moest terugdenken aan ons gesprek een paar zondagen geleden, toen we van de Tate terugliepen en ze zo vurig had gewenst dat ze mooi was. Ongeveer rond die tijd moest het mis zijn gegaan met Johnny. Jo was altijd zo opgewekt en positief, maar het bleek dat er bij haar, net als bij ons allemaal, ook een breuklijn liep. Ze had geloofd dat ze gelukkiger zou zijn als ze iemand anders was.

'Voor ik Johnny tegenkwam was ik gelukkig,' fluisterde ze nu. 'Was het allemaal maar niet gebeurd.'

Jo ging naar haar ouders in Kent, en ik meende dat het hele gedoe was overgewaaid. Maar toen, vier dagen later, kwam op Halloween de dominee naar de winkel. Hij had een exemplaar van de *Guardian* bij zich en hij keek beheerst gereserveerd.

'Je weet zeker niet hoe je contact met Jo kunt krijgen, hè?' zei hij. 'We weten niet waar ze is. Het is nogal belangrijk.'

'Heeft ze het niet in het hostel doorgegeven? Ze is bij haar ouders thuis,' zei ik. 'Ik zoek het nummer wel even voor je op. Kom erin.' Ik ging mijn tas uit het kantoor halen en hij liep achter me aan de werkplaats in. Terwijl ik door mijn adresboek bladerde, stond hij naar de engel te kijken. Hij raakte het glas voorzichtig aan en wreef er met zijn vingers langs, zo te zien ging hij er helemaal in op. 'Ik hoop dat hij niet veel langer jullie waardevolle ruimte in beslag hoeft te nemen. Ik heb gister de aartsdeken gebeld om te vragen hoe de toestemmingsprocedure vordert. Ah, dank je.' Jeremy pakte het velletje papier met het nummer in Kent van me aan. 'Heb je dit eigenlijk al gezien?' Hij legde zijn krant op de enige vrije plek op het werkblad en wees naar een artikel met als kop: 'Daklozenhostel. Parlementslid beschuldigd van corruptie'.

Ik las het vluchtig door met het merkwaardige gevoel dat ik aan het vallen was.

'In vervolg op de onthulling van het feit dat het Lagerhuislid Johnny Sutherland een verhouding had met een hostelmedewerker, probeerde een subsidiecommissie gisteren antwoord te geven op de beschuldiging dat Sutherland St. Martin's hostel in Westminster, waar zijn minnares, Jo Pryde, welzijnswerker is, een voorkeursbehandeling zou hebben gegeven door het een kwart miljoen pond aan subsidie toe te kennen.'

'We beweren niet dat St. Martin's de subsidie niet waard zou zijn,' zei Mary Coltraine, woordvoerder van het ministerie van Binnenlandse Zaken, 'maar veeleer dat de omstandigheden waarin ze is toegekend onderzocht moeten worden. Alle toelagen van St. Martin's worden hangende het onderzoek voorlopig opgeschort.'

'Jeremy,' zei ik. 'Ik... dit is verschrikkelijk.'

'Wat een narigheid, hè?' zei hij. Ik had hem nog nooit zo down gezien, zelfs niet toen hij kwam vertellen dat de kerk de restauratie van de engel niet wilde betalen. 'Er hing een hoop van die subsidie af. Nu begrijp je waarom we Jo te pakken moeten krijgen.'

'Ze moeten haar ondervragen.'

'Precies.'

Kort daarop bedankte hij me en vertrok. Uit zijn schouders sprak verslagenheid toen hij over het plein terugliep.

Het was een rare dag. Zac kwam helemaal niet opdagen: zijn ontwerp van de Ark van Noach was gekozen en hij had een afspraak met de opdrachtgevers van de kerk. En Amber kwam ook niet, terwijl ik haar wel had verwacht, wat me zorgen baarde, omdat ze altijd trouw kwam.

Op een bepaald moment maakte een magere vrouw met een camera een foto van de winkel, maar toen ik naar buiten stapte om haar tekst en uitleg te vragen, glimlachte ze slechts nonchalant en beende weg. Een jonge Aziatische man in een overjas stapte uit een taxi en stak zijn hoofd om de hoek van de deur, en zei dat 'hij me een paar vragen over Jo' wilde stellen, maar ik poeierde hem af zonder zelfs de moeite te nemen te achterhalen voor wie hij werkte of hoe hij van me had gehoord.

Laat op de ochtend probeerde ik Jo's ouders te bellen, maar hun telefoon was voortdurend in gesprek. En toen belde Dominic.

'Ik hoop dat je het niet erg vindt,' zei hij. 'Ik heb je nummer van de ledenlijst van het koor. Ik zag de krant van vandaag. En natuurlijk maak ik me vreselijke zorgen om Jo. Weet jij hoe het met haar is? Ik bel zelf niet graag want ik wil me niet opdringen.'

'Ik heb niets van haar gehoord, Dominic, maar ik weet zeker dat ze het heerlijk zou vinden als je belde.' Ik gaf hem het nummer in Kent. 'Jij kunt zeker niets doen, hè, Dominic, je werkt immers zelf bij Binnenlandse Zaken?'

'Niets,' zei hij kortaf. 'Ik zou de zaken alleen maar erger maken als ik daar zou rondvragen.'

Denkbeeldige koppen in de roddelpers over corruptie bij Binnenlandse Zaken dansten voor mijn ogen. 'Sorry,' zei ik. 'Je hebt helemaal gelijk.'

'Het zal allemaal wel loslopen,' zei hij zuchtend. 'Doe Jo mijn hartelijke groeten. Ik hou contact.'

'Hoe gaat het trouwens met jou?' vroeg ik voor hij kon ophangen.

'We maken vorderingen, lief dat je het vraagt. We hebben voor mam een verpleeghuis redelijk in de buurt van mijn zus gevonden, en waarschijnlijk komt er volgende week een bed vrij. Dus we zijn druk bezig om deze verschrikkelijke toestand voor te bereiden. Daarna, als ze is verhuisd, moeten we het huis opruimen. Maar dat heeft geen haast.'

'Dat zal een hele last minder zijn voor jullie.'

'Ja, ik denk dat mam zich er wel mee heeft verzoend dat ze erheen gaat. Maar dat wachten is vreselijk. Ze is helemaal ontregeld.'

Ontregeld, dacht ik toen ik de telefoon neerlegde. Zo voel ik me nou ook.

Amber kwam aan het begin van de middag geagiteerd en buiten adem opdagen. Toen ze de winkel binnen kwam, keek ze steels achterom. 'Het zijn Ali's vriendinnen,' zei ze terwijl ze de deur dichtdeed. 'Ik dacht dat ze achter me aan zaten. Maar ze zijn weg. Buiten het hostel wemelt het van de mensen. Kerels met camera's en dat verwaande mens van het tv-nieuws. Effie was naar buiten gegaan en heeft tegen ze ge- schreeuwd, maar dat haalde niets uit. Ali is zo stom. Sinds ik goed ben met Jo doet ze steeds alsof alles mijn schuld is. Maar ze tutte zich even- goed helemaal op en probeerde op de buis te komen.' Nu deed ze een weinig overtuigende impressie van Ali, met haar borst naar voren en over haar haren strijkend. Ik lachte en zei toen vriendelijk: 'Ik ben blij dat je het uiteindelijk hebt gered.'

Amber keek onmiddellijk terneergeslagen. 'Ja, het spijt me, maar ik kon niet eerder. Het was echt moeilijk.'

'Maak je geen zorgen,' zei ik. 'Ik dacht al zoiets. Kun je me helpen met de inventarisatie?'

Het was goed om in deze onrustige sfeer routineklusjes te doen. Toen het licht wegstierf was het nog steeds onrustig, want verspreide groep- jes als heksen, spoken en vampiers verklede kinderen doken op, haast- ten zich van deur tot deur, verzamelden snoep en hun gelach galmde over het plein.

Om kwart voor zes klonk er een krakend geluid, toen een boze kreet en twee jonge knullen in wapperende zwarte gewaden schoten voor onze etalage langs. Meneer Broadbent van de boekwinkel strompelde met gebalde vuist de straat op, terwijl een smurrie van bloem en ei over de gevel met zijn etalageruit droop. Ik ging naar buiten om hem te hel- pen opruimen.

'Het wordt elk jaar erger,' klaagde hij. 'En ik verdom het om ze iets te geven. Toen ik een jongen was deden we niet aan die snoepjes-of-ik- schiet-onzin. Akelige Amerikaanse gewoonte.'

Alleen maar om mezelf te bewijzen dat ik over Ben heen was, vermande ik me en ging naar de koorrepetitie. Na afloop ging ik regelrecht naar huis. Ik kon het nu niet verdragen om in de pub eindeloze discussies te voeren over de gewraakte vragenlijst, om Ben te zien en te doen alsof er tussen ons niets was gebeurd. Dus die beker liet ik aan me voorbijgaan, het was al erg genoeg dat ik hem moest zien dirigeren.

Het was half negen, een maanloze avond. De in gewaden gestoken figuren die ik nu op het plein passeerde waren op weg naar Halloween-feestjes, ze waren ouder en zagen er onheilspellender uit.

Drie mannen waren een fles whisky soldaat aan het maken en een van hen riep: 'Wil je wat liefde?' terwijl de anderen veelbetekenend giechelden.

Ik schudde mijn hoofd, blijer dan ooit dat ik de wijkplaats van de winkel bereikte.

Ik was voor ik naar bed ging de gordijnen aan het dicht trekken, toen een paar straten verderop vuurwerk knalde. Ik keek naar de vonkenregens die korte tijd de hemel bespatten voor ze uitdoofden. Toen ik in slaap sukkelde, hoorde ik in de verte nog steeds de klappen en knallen.

Ik droomde dat ik door een tunnel van wervelend, psychedelisch gekleurd licht liep. Het was warm en er hing een heerlijke geur, iets opwindend vertrouwds, die ik net niet kon plaatsen. Ver weg was een vrouw met een warme, krachtige stem aan het zingen. Terwijl ik door de wervelende tunnel liep, stierf het gezang weg. In plaats daarvan riep iemand teder mijn naam: 'Frances, Frances.' De tunnel verbreedde zich tot een groot dal dat in vuur en vlam stond van de zonsondergang, maar het enige wat ik hoorde was die stem: 'Frances, Frances, wakker worden,' en ik zweefde door de lucht, kwam weer bij bewustzijn. 'Frances.' Ik was wakker. Maar er was niemand.

Ik schoot overeind, voelde onmiddellijk dat er iets mis was. De lucht rook bijtend en het was te warm. Ik hoorde in de verte een ruisend geluid, toen geknetter en een plotseling geraas. Nog voor ik mijn voeten op de grond had gezet wist ik wat het was. Snel trok ik ze weer op. De vloerplanken waren heet. Brand. De winkel stond in brand. Toen hoorde ik beneden een verschrikkelijk geluid van brekend glas.

Het was te donker om veel te zien. Ik tastte om me heen naar schoenen en vond een paar gympen onder het bed. Ik dacht er even over om kleren aan te trekken, maar verwierp het idee onmiddellijk weer. Een krankzinnig deel van mijn brein begon dingen op te sommen die ik moest zien te redden, ik legde dat het zwijgen op en pakte mijn handtas van een stoel. Ik raakte de dichte deur voorzichtig aan. Die was koel, dus ik maakte hem open. Het ruisende lawaai werd luider. Maanlicht scheen door paps slaapkamer op de overloop, kringelende rook tekende zich onder de deur van de woning af. Ik snelde naar de zitkamer en schoof het raam omhoog. Na een korte blik naar beneden deinsde ik voor de hitte terug, maar niet voor ik een glimp opving van de vlammen die aan de muren onder me likten en de brokken glas van de nieuwe etalageruit die op straat aan gruzelementen viel. Ik overwoog mijn opties. Er was er maar één en ik had niet veel tijd. Ik greep eerst het ene kussen van de bank en schoof dat uit het raam, en toen het andere. De kussens vielen verspreid op straat.

Dankbaar dat ik een pyjama aan had en geen nachtpon wurmde ik me op de vensterbank, gluurde even naar buiten om me te oriënteren, kneep mijn ogen dicht en sprong.

Ik miste de kussens faliekant. De pijn was verschrikkelijk. Alles werd zwart voor mijn ogen. Daar lag ik, ik kon geen adem krijgen. Mijn voeten deden pijn, mijn benen staken, mijn longen waren rauw en mijn ogen brandden. Eindelijk kreeg ik een teug lucht binnen, hete, rokerige lucht en ik ging hoestend rechtop zitten om te zien dat de winkel een muur van rook en vuur was. Vlak naast me vatte een kussen vlam. Ik hapte naar adem en kronkelde uit de weg. Hoewel ik een schoen kwijt was, klemde ik tot mijn verbazing nog steeds mijn handtas vast. Midden tussen het gebroken glas lag iets op de stoep. Met een scherpe, kleine pijnscheut realiseerde ik me dat het paps prachtige engel was, gesmolten tot grote tranen van glas en lood.

Engelen. Rafaël. Brandweer. Om de hoek was een telefooncel. Mijn hersens kwamen plotseling in beweging. Toen zei iemand achter me: 'Gaat het een beetje, miss?'

Het was een zachte mannenstem met een Iers accent. 'Geen zorg, de brandweer is onderweg.' Ik schuifelde rond en keek op. Het was een bleke jonge man met kort haar dat in het vuurlicht goudgeel glinsterde. Hij ging op zijn hurken naast me zitten en greep me bij de hand. 'Bent u gesprongen? Dan hebt u geluk gehad dat u hebt kunnen ontsnappen. Iets gebroken, denkt u?'

'Nee, ik geloof het niet.' Ik bestudeerde mijn handen, die pijn deden, en realiseerde me dat ik zat te trillen, niet van de kou maar van shock. De man deed zijn jas uit en drapeerde die rond mijn schouders, en plotseling werd ik kalm.

'Dank u wel. Maar ik moet…' zei ik. Ik kreeg de woorden er niet uit. Ik worstelde me overeind, wuifde hem weg en schoof mijn schoen weer aan. Mijn benen staken, ze waren krachteloos, maar er leek niets gebroken. 'Moet je horen,' zei ik tegen hem, 'ik ben zo weer terug…'

'Niet doen… het is gevaarlijk…' riep hij terwijl ik me half rennend, half hinkelend naar de achterkant van de winkel haastte. Godzijdank zaten de sleutels in mijn tas. Het duurde even voor ik de sloten had opengewurmd, maar ik kreeg de deur van de werkplaats open. Dikke zwarte rook golfde eruit en ik deinsde verstikt terug, de tranen stroomden uit mijn ogen.

Als uit het niets dook de man naast me op en gooide de deur dicht. 'U mag daar niet naar binnen,' zei hij met kalm gezag. 'Haal nu maar adem. Goed zo.' Hoestend en huilend viel ik tegen de muur. Hij wachtte tot ik me herstelde.

'U kunt daar niet naar binnen. Maar het is goed. Ziet u wel? Daar zijn geen vlammen. Alleen rook.' Samen gluurden we door het raam de pikzwarte duisternis in. Hij had gelijk. Het vuur had de werkplaats nog niet bereikt vanwege de dikke victoriaanse scheidingswand en de moderne branddeur. We hoorden allebei in de verte een sirene. Ik voelde zijn hand op mijn arm. 'Kom mee, het komt allemaal goed.' En we liepen samen, ik half op hem steunend, naar de straat terug waar een brandweerauto met gedempt zwaailicht zijn weg langs de geparkeerde auto's zocht.

'Dank u wel,' wist ik tegen de jonge man uit te brengen. Hij glimlachte en liet me los. Ik draaide me weer naar het vuur om en vergat hem compleet.

'Nog iemand binnen, dat je weet, meissie?' schreeuwde een gedrongen brandweerman die als eerste van de wagen sprong. Anderen, die met kluchtige snelheid uit de cabine stroomden, klapten de apparatuur uit, maakte klampen los en trokken slangen tevoorschijn.

'Nee. Alleen ik.' Ik begon weer te beven en trok de jas dichter om me heen.

'Kijk eens hier, miss,' zei een andere brandweerman terwijl hij een

310

deken om me heen legde. Water spoot uit de slangen op de vlammen.

Een politieauto arriveerde. Om het hele plein waren de lichten aangegaan en kwamen mensen uit hun huizen tevoorschijn of hingen uit het raam. Meneer Broadbent van de boekwinkel klopte me op de schouder en nodigde me, enigszins bizar, uit om een kop warme chocola in zijn flat te komen drinken. Ik schudde mijn hoofd.

'Fran,' zei een bekende stem. Ik draaide me met een ruk om. 'Ben.' Ik was nog nooit zo blij geweest om hem te zien. Hij had jeans en een sweatshirt over zijn pyjamajasje aangetrokken. Ik omhelsde hem en zijn ongeschoren kin schuurde over mijn wang. We stonden daar met de armen om elkaar heen en er was geen tijd om aan iets anders dan het heden te denken. Daar was ik dankbaar voor.

De dominee en zijn vrouw voegden zich bij de menigte, wel aangekleed, maar slordig, en daarna de eigenaar van de wijnbar, die eruitzag alsof hij nog geen bed had gezien. Een politieagent maande ons verder achteruit, uit de weg van de brandweerlui, maar het vuur dolf al snel het onderspit tegen de brandslangen en in minder dan geen tijd was het voor elkaar.

Twee brandweermannen klosten door de winkel om te controleren of het vuur helemaal uit was, terwijl een paar andere druk met plastic tape in de weer waren om het pand af te zetten. Een jonge politieman vuurde vragen op me af en vulde met een traag, zorgvuldig handschrift een formulier in terwijl een ambulancebroeder me controleerde.

'Alsjeblieft, mag ik nu naar binnen? Ik moet kijken of...' begon ik; ik maakte me nog steeds zorgen om Rafaël, maar een brandweerman zei: 'Sorry, schatje, het is nog te heet. En je weet maar nooit, de hele boel kan misschien nog instorten.'

We zagen dat een van de mannen zich in de deuropening bukte en wat stukken materiaal opraapte. Hij wenkte een andere brandweerman, die ernaartoe liep om er samen met hem naar te kijken, en ze keken allebei zoekend rond. Na een tijdje kwam hij naar ons toe en liet zien wat hij had gevonden.

'Vuurwerk, miss. Door uw brievenbus gegooid. Een akelige Halloweengrap. Daar hebben we vannacht nog een paar van gehad. Het vuurwerk begint elk jaar eerder.'

'O,' was het enige wat ik kon uitbrengen, me de aanval op meneer Broadbents winkel herinnerend en al die onheilspellende feestgangers die over het plein renden. Het leek zinloos, maar nu was ik uitgeput en ik kwam er niet meer uit.

Een voor een gingen de omstanders weg. Sommigen, zoals meneer Broadbent, kwamen naar me toe en zeiden hoe erg ze het vonden en of ze konden helpen. Ik bedankte ze allemaal, voor de tweede keer in een maand dankbaar dat ik zo veel goede buren had.

Pas toen Sarah Quentin kwam en haar arm om me heen sloeg, stortte ik uiteindelijk in. Ik huilde op haar schouder als een gewond kind en ze troostte me zoals ze dat wellicht met haar dochters had gedaan toen die nog klein waren.

Ben bood aan dat ik vannacht bij hem kon slapen, maar ze onderbrak hem en stond erop dat ik bij hen moest komen, dat ik in de slaapkamer van haar oudste dochter kon logeren en dat ze wel wat kleren voor me zou weten te vinden. Ik wilde graag bemoederd worden, dus gaf ik de politie mijn logeeradres door en de brandweer de deken terug. Op dat moment realiseerde ik me dat ik nog steeds de jas van de vreemdeling aan had. Ik keek om me heen of ik de jonge man met het goudgele haar zag, maar hij was er niet.

'Kom nou maar mee,' zei Sarah resoluut, dus ik gehoorzaamde gedwee en liet me door het parkje wegleiden, met Ben en de dominee een paar stappen achter ons.

Toen we bij Bens huis kwamen, zei hij met intrieste stem: 'Nou, dag hoor. Ik vind het zo erg voor je, Fran. Van je winkel… en… nou ja, alles. Ik bedoel, ik weet dat ik niet…' maar ik onderbrak hem door hem nogmaals snel te omhelzen en op zijn schouder te kloppen. Op dit moment kon ik niet overweg met mooie excuses.

Het was drie uur in de ochtend en ik was klaarwakker, de zenuwen gierden door me heen. Terwijl ik in de keuken van de Quentins een kop thee in mijn handen had, kroop Lucifer op tafel en staarde me verontwaardigd aan, en ik vond het maar zinloos om naar bed te gaan. Maar Sarah Quentin moest iets in mijn thee hebben gedaan, want toen ze me naar boven loodste en me liet zien waar de douche was, en me daarna in een mooie roze met witte slaapkamer in een door een kruik voorverwarmd bed hielp, viel ik onmiddellijk in een diepe slaap.

# 32

*Uit de hemel verscheen hem een engel om hem kracht te geven.*

LUCAS 22:43

Ik had verschrikkelijke dromen, vol geschreeuw, rook en demonisch gelach. Toen ik wakker werd, was het licht en mijn handen en gezicht waren rood en brandden. Toen ik ze onder de koude kraan in de badkamer hield, dacht ik aan Zac. Ik moest hem zien te bellen, hem vertellen wat er was gebeurd. Daarna dacht ik aan Rafaël. We konden hem niet in de werkplaats laten. Dat was waarschijnlijk niet veilig.

Sarah was het ontbijt aan het klaarmaken toen ik in een kamerjas, die ik achter de slaapkamerdeur had gevonden, beneden kwam. Op de klok zag ik dat het bijna acht uur was. 'Amber heeft gebeld,' zei ze. 'We wilden je niet wakker maken. Jeremy is naar het hostel gegaan.'

'Waarom naar het hostel?' vroeg ik, niet een beetje verdwaasd.

'Ze was hysterisch,' zei ze. 'Iemand in het hostel heeft haar over de brand verteld... ze denkt dat het iets te maken heeft met dat meisje, Ali. Jeremy is erheen om olie op de woelige golven te gooien.'

'O,' zei ik. Olie was toch zeker het laatste waar we bij een brand behoefte aan hadden, dacht ik vaag. 'Denkt hij dat Ali de brand misschien heeft gesticht?'

'Ik weet zeker dat Amber voorbarige conclusies trekt. De politie denkt dat het een uit de hand gelopen grap was, toch? Nou, Fran, laten we eens in Fenella's klerenkast gaan kijken. Daar zit vast wel iets bij wat je past.'

De oudste dochter van de Quentins was een paar maten groter dan ik, dus ik voelde me een beetje belachelijk in haar slobberbroek, T-shirt en sweater, maar voorlopig voldeden ze. Het was nu negen uur en ik zei tegen Sarah dat ik voor Zac naar de winkel moest.

Het moest de grootste schok van zijn leven zijn geweest. Zijn bestelbus kwam om 9.15 uur overdwars op de weg tot stilstand en ik haastte me onmiddellijk naar hem toe. 'Hoe is dat verdomme gebeurd?'

'O, Zac,' was het enige wat ik kon uitbrengen, want ik begon weer te huilen.

Hij liet de auto staan waar die stond, daarmee de weg blokkerend, stapte uit en trok me dicht naar zich toe. 'Ik kan het niet geloven,' fluisterde ik.

Hortend en stotend vertelde ik het verhaal.

Tegen de tijd dat ik was uitverteld, stond een andere auto te toeteren die erlangs wilde, dus hij sprong weer in de bus en parkeerde die haastig op onze oprit. Toen stapte hij uit en gingen we de puinhopen van Munsterglas bekijken.

Mensen bleven staan om naar de uitgebrande winkel te staren. Op het eerste gezicht zag het er verschrikkelijk uit, echt verschrikkelijk: een geblakerd moeras van verkoold hout, gebroken glas en verwrongen staal, nog steeds enigszins narokend in de koele ochtendlucht. Iemand had een bezem over de vloer gehaald, het glas lag op een hoop in de deuropening. Zac ging op zijn hurken zitten om stukken van paps engel die uit de stapel staken op te rapen, maar hij schoof ze weer terug. Die konden duidelijk niet meer gerepareerd worden. Amber zou in alle staten zijn.

'Zac,' zei ik zachtjes. 'Kunnen we achterom gaan? Ik wil zien hoe de werkplaats eraan toe is.'

Hij trok zijn wenkbrauwen op. 'Jij denkt hetzelfde als ik, hè?' zei hij. Ik knikte.

Ik stak de sleutel in de achterdeur van de werkplaats, en ontdekte dat ik hem niet meer op slot had gedaan nadat de man me de avond tevoren had geholpen. Ik vroeg me nogmaals af wie hij was. Zijn jas moest nog ergens in de pastorie zijn. Ik zou hem terug moeten geven.

We liepen de werkplaats in waar nog steeds rookflarden in de lucht hingen en zagen dat alle oppervlakken met fijn zwart stof waren bedekt. Maar niets was echt verbrand. Ik durfde amper bij Rafaël in de buurt te komen, maar keek toe hoe Zac erheen liep en licht met een vinger over het glas streek. Hij keek glimlachend op. 'Hij is in orde! Hij is echt in orde. Kom maar kijken.'

Net als al het andere lag Rafaël onder een roetbruine sluier. We hoefden hem alleen maar met een zachte borstel een fikse poetsbeurt te geven, dat zag ik meteen. De opluchting was immens. Opnieuw had de engel het in zijn roerige geschiedenis overleefd.

'En godzijdank had ik dit opgeborgen.' Zac maakte een kast open en haalde het Engelboek eruit.

'Zullen boven gaan kijken?' vroeg ik hem, want nu werd ik overmoedig. 'Ik geloof niet dat de vlammen daar zijn gekomen.' Ik wilde de trap op lopen, maar hij schreeuwde: 'Nee! Doe niet zo stom. We hebben al genoeg risico genomen door hier te komen.'

'Ach, kom nou toch,' zei ik, popelend nu. 'Ik weet zeker dat het vuur de steunconstructie niet heeft vernield.' Was mijn tuba nog heel? En ik had mijn kleren nodig. De gedachten tuimelden over elkaar heen. Hoe zat het met alle boeken, papieren en Laura's dagboek? En de foto van mijn moeder?

Zac beende naar me toe en greep me bij de arm. 'Fran, ik weet dat je m'n baas bent, maar dit is een bevel. Je gaat niet naar boven.'

'O, al goed,' zei ik vinnig terwijl ik zijn arm van me af schudde. Hij keek een beetje gekwetst en ik voelde me schuldig. 'Sorry,' zei ik terwijl ik de werkplaats rondkeek. 'Maar het is gewoon zo verschrikkelijk, vind je ook niet? Te bedenken dat de winkel het anderhalve eeuw heeft uitgehouden en dan gebeurt er dit.' En plotseling kon ik niet meer dapper zijn. Net toen ik dacht dat de dingen niet nog erger konden – eerst met pap, daarna met Ben – kreeg ik deze afschuwelijke klap te verduren. Ik had niet moeten huilen. Mijn ogen, die toch al prikten van de rook, liepen nu over van tranen en deden pijn.

'Kom mee,' zei Zac, mijn arm vastpakkend. Nu waren we beiden aan het hoesten. 'Laten we maken dat we hier wegkomen. We kunnen Rafaël later naar de garage verplaatsen.'

We gingen samen naar het naburige café. Toen ze onze cappuccino's kwam brengen ging Anita bij ons zitten. 'Vandaag is het van het huis, liefjes,' zei ze. 'Dat is wel het minste wat ik kan doen.'

'Ik ben zo blij dat het café er goed vanaf is gekomen,' zei ik. 'Wist je dat het vroeger deel uitmaakte van Munsterglas?'

'Nee. Maar dat moet een hele tijd geleden zijn geweest.'

'Eerste Wereldoorlog, denk ik.' Waarom begon ik nou hierover te bazelen?

'Vertel me wat er gebeurd is,' zei ze en ik begon met te vertellen over hoe ik wakker werd.

'Ik had een heel rare droom,' zei ik en ik zweeg. De droom flakkerde helder aan de randen van mijn geheugen op en stierf toen weer weg. 'Ik werd wakker, het moet van de stank of zo zijn geweest. Of het was het vuurwerk – dat denkt de politie – misschien hoorde ik het afgaan?'

'Had je meteen in de gaten dat er brand was?'

'O ja, de lucht was heet, rokerig en er was een hoop gekraak en geraas.'

'Ik durf te wedden dat je doodsbenauwd was,' zei Anita huiverend. 'Ik zou het wel zijn geweest. Ik zou moord en brand hebben geschreeuwd als het mij was overkomen.'

'Die brand ging anders helemaal vanzelf,' zei ik, 'daar hoefde ik niet voor te schreeuwen. Maar nee, verbazingwekkend genoeg raakte ik totaal niet in paniek.'

'Ik had het raam opengemaakt, was gek geworden en gaan gillen,' vervolgde Anita terwijl haar ogen glansden van opwinding. Maar haar bewondering was misplaatst. Ik had niet geprobeerd dapper te zijn, mijn hersens leken te weten wat ik moest doen. Met zelfmedelijden was ik geen spat opgeschoten.

'Ik deed mijn ogen dicht toen ik sprong. Ik miste de kussens en kwam te dicht bij de brand terecht.' Ik hield even op. 'Ik had iets kunnen breken. Of dood kunnen vallen.' Ik huiverde en Anita kneep in mijn arm.

'Arme meid. Kom, ik haal nog wat koffie.'

Ik vertelde aan Zac wat er daarna gebeurde, over de goudharige vreemdeling die me zijn jas gaf en mijn krankzinnige idee om de werkplaats in te gaan uit mijn hoofd praatte. Ik was te veel in shock geweest om na te denken, maar ik had wel door rookvergiftiging kunnen zijn omgekomen. 'Dus op dat moment kon je bepaald niet zeggen dat ik kalm en beheerst was,' zei ik meesmuilend. 'Sterker nog, volgens mij lieten mijn hersens het volkomen afweten.'

'Volgens mij is dat nog steeds zo, als je bedenkt wat je net in de winkel wilde gaan doen,' zei Zac.

'Leuk hoor,' zei ik en ik gaf hem een licht schopje onder de tafel. Hij schopte terug en een ogenblik lang haakten onze benen in elkaar.

Ik voelde mijn verschroeide wangen nog heter worden.

'Ik kon het nauwelijks geloven toen ik vanmorgen aankwam,' zei Anita met nog meer cappuccino's en een paar gebakjes weer op haar plaats glijdend. 'Ik kreeg de schrik van mijn leven. Je hebt het de laatste tijd al zo zwaar, met je vader en zo.'

Mijn vader. Het was alsof ik door een mes werd doorboord.

'We kunnen het hem niet vertellen, Zac,' fluisterde ik.

'Dat weet ik,' antwoordde hij.


Tegen enen waren we allemaal weer in de pastorie en aten we Sarahs zelfgemaakte prei-aardappelsoep toen Jeremy terugkwam. Hij zag er gespannen en uitgeput uit.

'De politie is net weg,' zei hij. 'Maar ze hebben twee meisjes meegenomen.'

'Ali?' vroeg ik.

'En ene Cassie.'

'Ik geloof dat ik me haar herinner.' Dat mollige meisje met het ziekelijke gezicht en dat kinderstemmetje.

'Ze is een vriendin van Ali. Cassie zegt dat zij en Ali gisteravond met een paar jonge mannen uit waren. Een van de jongens had wat vuurwerk. Zij daagden Cassie uit het te doen en toen heeft ze het gedaan.'

'Maar waarom onze winkel?'

'Ik denk dat Amber de hele tijd al gelijk had, maar niet helemaal. Ali liet heel duidelijk merken dat ze Amber niet mag en ze heeft een uitgesproken mening over Jo's kleine crisis. Jij bent een vriendin van Jo en Ambers werkgever. Perfect motief. Het punt is, als je Ali ondervraagt verraadt ze Cassie zonder zich te bedenken. Ze is een akelig stuk vreten. En nu zou Cassie wel eens de gevangenis in kunnen draaien.'

'Wat vreselijk.' Ik meende het, maar mijn medelijden voor Cassie had zijn grenzen. Ik was bijna paps winkel – mijn winkel – kwijt geweest en ik had wel dood kunnen zijn. Ik was woedend. En zeker niet opgelucht dat er iemand was opgepakt. 'Waarom hebben ze Ali meegenomen?'

'Het kan zijn dat ze haar van medeplichtigheid beschuldigen. Maar er is nog iets anders. Een meisje uit het hostel was zo kwaad dat Ali Cassie zo achteloos had verraden, dat ze nog iets onthulde. Het blijkt dat Amber gelijk had over de kapotte etaleruit.'

'Bedoel je dat Ali inderdaad die presse-papier erdoorheen heeft ge-gooid?'

'Maar het was geen presse-papier. Het was een kristallen bol die Am-bers moeder haar ooit heeft gegeven en die kort nadat Amber in het hos-tel kwam verdween. Toen jij het een presse-papier noemde, snapte ze niet waar het echt om ging. Ze zocht er al niet meer naar. Dus Ali wordt ook ondervraagd over opzettelijke vernieling. Het is verschrikkelijk. Nog meer aangeslagen levens en slechte publiciteit voor St. Martin's.'

'Ik vind het zo erg,' zei ik nogal zwakjes. 'Ik heb je een hoop moeilijk-heden bezorgd.'

'Daar kun jij toch zeker niets aan doen?' zei Sarah lachend.

'En hoe is het met Amber?' bedacht ik. 'Zij is er natuurlijk kapot van. Is de politie met haar klaar?'

'Ik denk het wel, ja. Ze hebben alleen Cassie en Ali naar het bureau meegenomen. Effie, de hostelmanager, is met ze meegegaan. Ze krijgen daar juridische bijstand.'

'Zullen we Amber gaan opzoeken, Zac?' zei ik. Hij knikte en at snel zijn soep op.

Amber zat met een staflid in de zitruimte toen we aankwamen. Ze leek redelijk kalm, maar toen we haar de winkel lieten zien, brak ze in gie-rende snikken uit, pakte de stukken van paps engel en probeerde ze ho-peloos aan elkaar te passen.

'Amber, het geeft niet, echt,' zei ik, me sterker voelend toen ik haar troostte. 'Niemand is gewond en de schade had heel wat erger kunnen zijn.' Terwijl ik dit zei hoopte ik dat dat inderdaad het geval was. In mijn ongeoefende ogen had de brand de binnenkant van de winkel verwoest, maar zich niet door de balken heen gevreten. Het was alleen een walge-lijke puinhoop, dat was alles.

We keerden naar de pastorie terug waar Sarah haar troostte. Deze keer zag ik de jas die ik gisteravond had geleend, hij hing aan de kapstok in de hal en stonk naar rook. Ik zou hem eerst moeten laten reinigen voor ik hem aan mijn redder kon teruggeven, wie dat ook mocht zijn.

'Ik heb gisteravond een engel gezien,' zei ik tegen Amber om haar op te vrolijken, maar ze keek meteen zo betoverd dat ik spijt had dat ik er zo'n gedoe van maakte. Ik vertelde over de jonge man die me had gehol-pen maar toen was verdwenen.

318

'Ken jij iemand in de buurt die er zo uitziet?' vroeg ik aan Zac, maar hij schudde zijn hoofd. 'Hij had een accent,' voegde ik eraan toe. 'Zuid-Iers, denk ik.'

'Hij kon ook een engel zijn geweest,' zei Amber ernstig.

'Hij zag er niet engelachtig uit. Gewoon... normaal eigenlijk.'

'Je zei dat zijn haar goudgeel was. Heb je muziek of zoiets gehoord?'

'Nou nee, dat geloof ik niet, Amber,' zei ik maar er kwelde iets aan de rand van mijn geheugen.

'Er was wel iets, hè?'

'Misschien.'

'Wat dan? Een veer? Of bellen? Bellen is nog zoiets wat mensen horen als ze een bezoeking hebben gehad.'

'Zeer zeker geen bellen.' Maar er was wel gezang geweest. Wanneer was dat geweest?

'Je moet je geest openstellen, Fran,' zei Amber in alle ernst. 'Hij heeft je tenslotte geholpen toen je in de penarie zat.'

'Als ik niet wakker was geworden,' zei ik bedachtzaam, 'had dit alles wel eens heel anders afgelopen kunnen zijn.' En nu herinnerde ik me mijn droom... de zingende vrouw en iemand die mijn naam riep. Was hij dat geweest, de man met het goudgele haar? Nee, ik kwam er niet uit. En hij was niet het enige losse eindje.

Die avond kwam Jo naar de pastorie. De Quentins lieten ons tactvol alleen.

'Ik sprak Jeremy vanmiddag,' vertelde ze, 'hij heeft me verteld wat er is gebeurd. O, Fran, ik ben zo blij dat jou niks is overkomen.' Ze omhelsde me en voegde er toen aan toe: 'Maar ik vind het zo erg van de winkel. Jeremy heeft het van Ali en Cassie verteld. Ik ben niet meer naar m'n werk geweest sinds... al dat gedoe dat ik heb veroorzaakt... dus ik had er eenvoudigweg geen idee van dat dit allemaal aan de hand was.'

'Vreselijk, hè?' zei ik. 'Natuurlijk weet ik nog niet hoe erg het met de schade gesteld is. Morgen komt er een bouwkundig ingenieur kijken.'

'En hier bevalt het je wel?' zei ze terwijl ze de keuken van de Quentins rondkeek. 'Het is lief van Jeremy en Sarah dat ze je onderdak bieden, maar waarom kom je niet een tijdje bij mij?'

'Bedankt,' zei ik, 'maar voorlopig zit ik hier prima. Mag ik erover nadenken?'

'Natuurlijk.'

'En hoe gaat het met jou?' Ik had haar nauwelijks meer gezien sinds het schandaal naar buiten kwam, ze was bijna voortdurend bij haar ouders geweest.

'Herstellende,' zei ze. Ik vond dat ze er moe en een beetje triest uitzag. 'Maar ik heb tegen Jeremy gezegd dat ik m'n ontslag wil indienen.'

'O, Jo, wat jammer. Je bent dol op je baan.'

'Maar ik zie niet hoe ik weer terug kan komen. En jouw brand maakt het nog erger.'

'Hoe bedoel je?'

'Nou, ik denk dat jouw winkel het doelwit was omdat je een vriendin van me bent. En Jeremy is het daarmee eens. Ik heb hem gedwongen het te vertellen.'

'En omdat ik Ambers werkgever ben,' zei ik. 'Maar ik vermoed dat jij jezelf daar ook nog de schuld van geeft omdat jij me ertoe hebt overgehaald. Maar je vergist je. Ali en Cassie zijn de boosdoeners.'

'Ja, maar mijn affaire met Johnny heeft zo zijn uitwerkingen gehad, hè? Die heeft een hoop andere mensen ongelukkig of van streek gemaakt. Zijn vrouw en gezin, zijn partij, iedereen van het hostel.'

'Ja, dat zal wel,' zei ik, 'maar dan nog, jij hebt niet het vuurwerk door mijn deur gegooid.'

'Nee.'

'Waarom neem je eigenlijk ontslag?'

'Omdat ik, bedoeld of onbedoeld, het hostel en zijn reputatie heb bezoedeld. Met die wetenschap zou ik me daar niet meer op mijn gemak voelen.'

Ik zuchtte. Als je het zo bekeek, kon ik haar wel begrijpen.

'Dominic is echt lief geweest,' zei Jo. 'Weet je dat hij me een paar keer in Kent is komen opzoeken?'

'Goed van 'm,' zei ik. 'Sorry dat ik dat niet heb gedaan. Het is hier een gekkenhuis geweest.'

'Maar we hebben elkaar toch telefonisch gesproken? Ik voelde me echt niet in de steek gelaten, hoor.'

'Mooi zo,' zei ik. 'Zo, en wat zijn nu je plannen?'

'Ik zal naar een andere baan moeten zoeken. O, en inhalen wat ik allemaal met het koor heb gemist. Dominic gaat me daarbij helpen.'

# 33

*Wat weten we van de gelukzaligen daarboven behalve dat ze*
*zingen en dat ze liefhebben?*

WILLIAM WORDSWORTH


Op woensdagochtend kwam de bouwkundig ingenieur langs en verklaarde dat het gebouw veilig was. Ik opende angstig de deur van mijn
flat. Het stonk er naar rook en vocht, net als in de rest van het pand.
Toen ik door de kamers op de eerste verdieping liep, sopte het tapijt op
sommige plekken, maar verder was alles, verbazingwekkend genoeg,
het vuur bespaard gebleven.

De woonkamer – uiteraard, omdat ik het raam had opengemaakt om
te kunnen ontsnappen – had de meeste waterschade opgelopen. Het behang hing slap, de bank was doorweekt en, hoewel het meeste nu door
de vloer moest zijn gesijpeld, en had gefungeerd als het ingebouwde
winkelsprinklersysteem dat pap had moeten laten installeren, het tapijt
vormde plasjes waar ik liep.

Boven op zolder was alles bij het oude, hoewel de afschuwelijke
schroeistank klaarblijkelijk overal was doorgedrongen. Misschien
kwam ik daar nooit meer vanaf.

Ik zag meteen dat het weinig zin had om op te ruimen. Vandaag
moest ik me op een reddingsoperatie richten.

Gisteravond hadden Jeremy en zijn vrouw me na het eten tijdens de
afwas ernstig toegesproken. 'We willen graag dat je bij ons blijft,' zei Jeremy. 'Zolang als maar nodig is. Ik kan me niet voorstellen dat je flat op
dit moment bewoonbaar is.' Op dat punt had hij ongetwijfeld gelijk. Ik
zou het gevoel hebben dat ik in een verlaten kraakpand zat, dacht ik

toen ik de keuken rondkeek. En door het vocht zou ik waarschijnlijk ook nog een akelige koorts oplopen.

'Totdat ik iets voor mezelf heb gevonden,' zei ik, hen bedankend, 'zou dat heerlijk zijn.'

'Nu de beide meisjes het huis uit zijn, voelt het huis nogal leeg, vind je ook niet, Jeremy? Het zou fijn zijn weer een dochter in huis te hebben. Je kunt zo lang blijven als je wilt.'

'Dat is lief van jullie. Natuurlijk kom ik jullie tegemoet in de kosten.' Snel maakte ik in mijn hoofd een rekensommetje, me afvragend waar het geld vandaan moest komen. Eigenlijk was er niet veel veranderd. Al die tijd dat ik voor Munsterglas had gewerkt, had ik mezelf geen loon uitbetaald, maar van spaargeld geleefd. Dat kon niet eeuwig zo doorgaan. Ik moest een keer aan werk zien te komen. Maar hopen dat Jessica van het impresariaat nog wist wie ik was.

Ik keek nu in mijn huis rond, vroeg me af wat ik zou meenemen naar de pastorie. Allerlei dingen leken essentieel: kleren, toiletspullen, mijn tuba, Laura's dagboek, alles wat echt van waarde was. En ik moest ook aan pap denken, wat hij misschien nodig had.

Ik haalde kleren uit de klerenkast en laden en legde ze op mijn bed, ik trok mijn neus op bij de rokerige stank die eraf kwam. Mijn kleine koffer had ik boven in de kast gelegd. Die haalde ik van de plank en propte daar onbreekbare dingen in. Toen ik mijn rugzak van de grond pakte, ontdekte ik dat die nat was. De kleine tas die ik vroeger mee naar het ziekenhuis nam, was niet groot genoeg. Zou pap koffers hebben? Ik kon me niet herinneren dat hij er ooit een had gebruikt, want hij ging bijna nooit ergens naartoe.

Ik ging naar zijn kamer. Omdat die helemaal achter in het huis was, was het tapijt daar volkomen droog. Alles leek onaangeroerd. Een korte zoektocht door zijn garderobe en kasten leverde niets op. Ik ging op mijn knieën zitten en keek onder het bed. Daar lag zijn kist met papieren. Die kon ik maar beter meenemen. Daarachter glinsterden de metalen sloten van een koffer. Ik stak mijn arm onder het bed, tastte naar het handvat en trok eraan. De koffer gaf makkelijk mee. Mooi groot en – ik veegde het stof eraf en maakte hem open – leeg. Precies wat ik nodig had.

Ik bukte me en keek nog een keer onder het bed. Daar stond een andere, kleinere koffer, helemaal in de hoek weggestopt, zodat ik me onder het bed moest wurmen om erbij te kunnen. De rand van het metalen bed schraapte pijnlijk over mijn rug. Deze koffer bleef onder de springveren steken en bewoog met tegenzin, maar ik kreeg hem te pakken. Het was eigenlijk een ouderwetse beautycase van Frans blauw leer. Eerst dacht ik dat hij op slot zat, maar de klamp was alleen maar weerbarstig en sprong plotseling los. Ik deed het deksel open.

Onmiddellijk ving ik een vage geur op van hetzelfde parfum dat door mijn diepste onaangeboorde herinneringen spookte. Het steeg op alsof ik door het koffertje open te maken de geest van mijn moeder tevoorschijn had getoverd. Ik zag dat ze daarin al haar make-up had bewaard: aan de zijkant stonden glazen flesjes met nagellakremover en moisturizer, en doosjes oogschaduw, lippenstift en verouderde, verkruimelde foundation, allemaal schoongeveegd, lagen netjes in hun vakjes. Ik haalde ze er een voor een uit, maakte sommige open, herkende bekende namen als Revlon, Max Factor, hoewel de kleuren, texturen en geuren tot een ander tijdperk behoorden. En daar was haar parfum: Arpège van Lanvin. Ik haalde voorzichtig de stop van het flesje en rook eraan. Na al die jaren rook het nog steeds sterk, maar niet precies zoals ik het me herinnerde. Niet zoals het op de glanzende, levende warmte van haar huid moest zijn geweest.

Maar een ogenblik lang ervoer ik iets anders: de sensatie dat ik warm en veilig werd vastgehouden. De lach van een vrouw. Een flard van een omfloerst wiegeliedje, voordat de herinnering wegstierf.

Mijn huid prikte. Ik keek in deze kamer rond en het was vreemd te bedenken dat ze hier had gewoond, mijn moeder. Was dit hun slaapkamer geweest? Nu stond er een eenpersoonsbed, hoewel deze de grootste van de drie slaapkamers was en dus waarschijnlijk van hen was geweest. Niet bepaald romantisch. Had ze dat erg gevonden?

Toen ik de beautycase weer dicht wilde doen, zag ik een lange gleuf in de geplooide blauwe voering. Een zak. Ik stopte mijn vingers erin en voelde papier. Het was een programma, omgekruld van ouderdom, voor een koorconcert in de St. Andrew's Hall in Norwich, in maart 1973. Op de voorkant sprong de naam Angela Beaumont me tegemoet. Koortsachtig draaide ik de bladzijden om tot ik bij de biografieën van de solisten was. En daar was haar foto, dezelfde als die in mijn slaapkamer. Ik bleef een ogenblik diep in gedachten zitten. Mijn moeder was zangeres geweest. Dat had mijn vader me nooit verteld. Of wel en was het nooit tot me doorgedrongen? Ik herinner me dat hij een keer zei dat ik mijn muzikale talent niet van zijn kant van de familie had, maar had hij dan wel gezegd dat het van mijn moeder kwam?

Ik las de biografie.

'Angela Beaumont (alt) heeft met een beurs de Royal College of Music doorlopen, waar ze samen met Nerys Sitwell studeerde en verschillende prijzen heeft gewonnen, met inbegrip van de College Song Recital prijs en een beurs van het Prinses Isabella Fonds. Ze trad zeer regelmatig overal op de Britse eilanden in oratoria en recitals op...' er volgde een lange lijst van de koren waarmee ze had gezongen, opmerkelijke optredens en opnamen waaraan ze had meegewerkt. Het was een indrukwekkende lijst voor een vrouw van nog maar 28 of 29 jaar oud en nog het hoogtepunt van haar carrière moest bereiken.

Zover is ze nooit gekomen.

Ik las het programma nauwkeuriger. Er stonden het Magnificat van Bach op en iets van Händel en Haydn. Ik stelde me haar voor, met heldere, opgewonden ogen voor het optreden, haar haren kammend, het programma in haar koffertje stoppend voordat ze zich naar de nazit haastte of om nog net op tijd de trein naar Londen en pap terug te nemen.

Hoe had pap haar in zijn leven ingepast? Waar hadden ze elkaar in hemelsnaam ontmoet en wat had hen tot elkaar aangetrokken? Mijn moeder: een schoonheid, levendig. Pap: nou ja, ik had foto's van hem gezien, als jonge man in zijn eindexamentoga, poserend bij een gargouille van de Notre Dame, tijdens een rondtoer langs Franse kathedralen eind jaren zestig, lang, ernstig, verlegen, knap op een gevoelige, beschaafde manier. Nu pap ziek was – stervende – zou ik dat misschien nooit te weten komen. De tijd zou het leren.

Paps kist met papieren stond op de grond naast me. Slechts met een zwak protesterend geweten maakte ik hem open en haalde de mappen er één voor één uit. Daar was zijn testament, dat ik snel doorlas. Daarin werd alles aan mij nagelaten op een royale som aan Zac na. Daar had Zac alle recht op. Ik was er blij om. Het levenstestament en de volmacht die ik al had gezien. Die legde ik terug en ik pakte de volgende map. Paps rijbewijs en paspoort, inmiddels al lang verlopen, een stapeltje papieren over zaken die met gezondheid te maken hadden, financiële documenten, aandeelbewijzen en bijzonderheden van zijn spaarrekeningen. Zijn administratieve inslag had hij ook in zijn privéleven toegepast. Alle documentatie die met de zaak te maken had moest hij elders hebben opgeborgen. Zijn huwelijksakte, en nu las ik voor het eerst de namen van mijn grootouders van moeders kant, John en Lily Beaumont, John stond genoteerd als kantoorbeambte. Hier lag een stukje geschiedenis dat ik kon achterhalen.

Ik trok de overgebleven mappen er gretig uit, bladerde door mijn oude schoolrapporten en zwemdiploma's, de doopakte die door een voormalige dominee van St. Martin's was ondertekend. Die legde ik allemaal aan een kant, ze waren tenslotte van mij. En nu was er nog één map over. Ik haalde hem eruit, teleurgesteld omdat hij zo dun was. Toen ik hem opende, dwarrelden er een paar krantenknipsels op de grond. Ik pakte er een op. Het was een overlijdensbericht van mijn moeder in de *Daily Telegraph*. Ik begon het te lezen maar mijn hoofd zat zo vol dat niets ervan tot me doordrong en ik weer opnieuw moest beginnen. De vermelde informatie kende ik al uit het concertprogramma. Het stak de loftrompet over haar warme, krachtige stem en vermeld werd dat ze na een auto-ongeluk in het ziekenhuis was overleden. Een andere, uit *The Times*, vergeleek haar stem met die van Kathleen Ferrier, en weer andere muziekpublicaties waren bijna net zo overdreven. Er was er ook een in het Duits waarin de woorden *'wunderbar Alt'* – prachtige alt – me in de eerste regel opvielen, maar verder reikte mijn talenkennis niet. De klanken van een zingende vrouw speelden door mijn hoofd, en ik herinnerde me mijn droom op de avond van de brand. Vast toeval, kon niet anders.

Ik deed de broze papieren voorzichtig in de map terug, legde die weer in de kist met documenten en controleerde of ik alles had gezien. Dat was zo.

Maar nu ik een paar kruimels had geproefd, hongerde ik naar meer. Ik moest weten of er nog meer was. Van mijn eerdere gewetensbezwaren vanwege paps privacy was niets meer over. Ik schuimde de boekenplanken af, haalde een paar archiefdozen tussen de kunstboeken en romans van vergeten auteurs uit en keek ze door, ik wist niet precies waar ik naar zocht, als het maar over mijn moeder ging.

Pap leek alles te hebben bewaard, behalve waarnaar ik op zoek was. In een doos zaten herinneringen aan zijn tijd op de kunstacademie, kattenbelletjes van vrienden over eetafspraken, folders voor tentoonstellingen, een huurboekje, tekeningetjes op een kladblok. Een paar beduimelde fotoalbums, die ik al eerder had gezien, toonden zijn jeugd in sepiakleur. Daar was hij, ongeveer drie jaar oud, oma's hand vasthoudend, beiden gekleed in een wollen jas die tot aan de kin toe was dichtgeknoopt. Hier was opa in overall, naast een pas vervaardigd boograam in de werkplaats. Verder. Andere mensen die ik niet kende, vrienden of familie misschien. 'Gerry en Cynthia' stond bij een trouwfoto uit de jaren zestig, de mollige bruid in korte jurk met kuiltjes in haar knieën. 'Oudtante Polly/Cuckmere Haven' toonde een kwieke oude dame met een foxterriër aan een lijn met op de achtergrond de witte kalkrotsen van de Seven Sisters.

Ik ging verder, keek paps postzegelalbum door, schoolprojecten met plaatjes, een doos diploma's, met inbegrip van zijn getuigschriften aangaande gebrandschilderd glas. In een andere doos zat een portret van pap als jonge man, door de zachte studiofilter zelfbewust in de camera kijkend. Hij leek zo onschuldig, zo kwetsbaar, zo onaangeraakt door lijden, dat ik wilde dat ik hem zo zou herinneren en niet als de oude, in bed liggende man, uitgeput door pijn en tragiek, verwoest door de littekens van tijd en ziekte.

Ten slotte had ik geen energie meer. Ik was heel weinig over mijn moeder te weten gekomen maar wel heel veel over mijn vader. Misschien moest het zo wel zijn, dacht ik plotseling beschaamd.

Een bestelbus met het logo van onze verzekeringsmaatschappij stopte voor de deur. Twee mannen stapten uit en gingen de winkel binnen, ik hoorde ze dingen verschuiven en met elkaar praten. Ik zette de laatste doos weer op zijn plaats terug en ging naar beneden.

# 34

*Welke engel doorkruist 's nachts die wildernis van bevroren sneeuw?*

EMILY BRÖNTE

Later die dag hielp Jeremy me tassen en dozen over het plein naar de pastorie te slepen en we stapelden ze boven in een van de logeerkamers op. Na een lichte lunch ging ik terug naar de werkplaats, waar ik met Zac had afgesproken. We verplaatsten Rafaël samen naar een afgesloten garage en gingen toen een kop koffie drinken.

Het was rustig in het café en aangezien Anita haar vrije middag had en het jonge meisje dat ons bediende druk met haar vriendje aan de telefoon zat te babbelen, hadden we het rijk alleen.

Zac zag er moe en afgemat uit, alsof hij niet had geslapen. De brand was een verschrikkelijke schok voor hem geweest, misschien nog wel erger dan voor mij, omdat ik voor mijn levensonderhoud niet zo afhankelijk van de winkel was als hij, en ik was er niet twaalf jaar lang elke dag naartoe gegaan.

'Je krijgt natuurlijk gewoon doorbetaald,' zei ik, heimelijk hopend dat de financiën dat toelieten. 'Tot we hebben bedacht wat er gaat gebeuren. Hoe lang het duurt om de boel op te knappen en zo.'

Hij keek me nors aan. 'Wil je beslist de boel draaiende houden?'

Ik had hier in de kleine uurtjes over nagedacht en toen ik vanochtend wakker werd was ik er zeker van geweest. 'Ja,' zei ik resoluut. 'Zelfs als pap niet terugkomt.' Hier moesten we nu eerlijk over zijn. 'Ik wil de zaak runnen, met jou als manager als ik er niet ben.'

Ik keek naar zijn gezicht en was blij te zien dat er iets van de spanning uit wegebde.

Ik raakte zijn hand aan. 'Ik moet weer wat aan muziek gaan doen, Zac. Ik hoop dat ik niet naar het buitenland hoef, vanwege pap, maar dat kan ik niet beloven. Ik moet nemen wat ze hebben, begrijp je.' Sinds de brand had ik hier al een poosje over nagedacht en toen ik erachter kwam dat mijn moeder musicus was geweest, sterkte me dat op een of andere manier in mijn besluit.

'Ja, dat zal wel,' zei hij. 'Maar Fran, denk je dat ik kan doorwerken? Dat ik de werkplaats ook nu kan gebruiken, bedoel ik? Om de continuïteit erin te houden. Dat is belangrijk voor de klandizie.'

'Ik weet niet of dat wel zo prettig is. En misschien is het wel gevaarlijk. Hoe dan ook, op een bepaald moment zit je de werklui in de weg.'

'Ik wilde je nog iets vragen, Fran,' zei hij en hij boog naar voren. 'Als je de boel gaat opknappen, zouden we een paar dingen kunnen doen. Moderniseren. Ik weet zeker dat de elektriciteit sowieso aan de voorschriften moet voldoen. Maar we kunnen alles in een modern jasje steken. En nieuwe apparatuur aanschaffen.'

Ik werd plotseling nostalgisch over onze kleine winkel met het gebogen etalageraam, zijn versleten houten inrichting en betegelde portiek. 'Ja, misschien wel, Zac, maar ik hield ervan zoals het was.'

'We kunnen het uiterlijk zo houden, Fran, maar we maken een moderne werkplaats met prachtige verlichting.'

Ik wist dat hij gelijk had. In plaats van dit als een tragedie te beschouwen, konden we het als een kans zien. Maar daar was ik nog niet klaar voor. 'Laten we daar verder over praten,' zei ik, 'als we iets van de verzekeringsmaatschappij hebben gehoord.'

Het was moeilijk om aan het gevoel te ontkomen dat me alles weer werd afgenomen net op het moment dat ik mijn leven opnieuw had vormgegeven, net nu ik eraan gewend raakte dat ik de winkel runde en wortelschoot. Nou, ik zou ervoor vechten. Ik zou het terugkrijgen. Munsterglas was van pap. En ik zou ervoor zorgen dat het ook van mij werd.

Terwijl we koffie zaten te drinken ging de deur achter de bar open en kwam er een man binnen. Ik bekeek hem toen hij de serveerster begroette, die lang genoeg haar gesprek onderbrak om zijn bestelling op te nemen. Hij was tenger en netjes, had een iets kromme rug, met een onopvallend gezicht en kort rossig haar. Hij haalde zijn portemonnee uit zijn broekzak maar de serveerster wuifde hem weg en begon de bacon te bakken, de telefoon nog steeds tegen haar oor geklemd.

De man draaide zich om en ik realiseerde me dat ik hem kende. Onze ogen ontmoetten elkaar en hij keek me herkennend aan.

'Hallo, hebben wij niet…?' zei hij.

'Jij was hier die avond,' onderbrak ik hem terwijl ik opstond.

'De brand. Ik was gaan kijken. Het was verschrikkelijk. Gaat het nu wel weer met je?' Hij kwam dichterbij, legde een hand op mijn arm en keek me ongerust aan.

'Het gaat prima met me. Zac, dit is…'

'Larry. Larry Finnegan. Ik woon hierboven.' Dus dit was de mysterieuze kostganger waar Anita het soms over had. Helemaal geen engel. Ik barstte in lachen uit, stelde me Ambers teleurgestelde gezicht voor.

'Wat is er zo grappig?' vroeg hij, en dus legde ik het uit.

'Ik, een engel? Nou, mijn moeder in Killarney zou dat een mirakel vinden. Nee, ik ben geen engel. Ik was op weg naar m'n werk en zag de boel in lichterlaaie staan, en jij zat daar alsof je zo uit de lucht was komen vallen.'

'Dat was ik in zekere zin ook.'

Het meisje, nog altijd aan het praten, hield een bord met zijn sandwich omhoog, hij haalde het op en nam het mee naar onze tafel.

'Verschrikkelijk van de winkel,' zei hij tegen ons beiden. 'Ik vind zo erg voor jullie.'

'Gelukkig maar dat je niet in je bed bent verbrand, Larry.'

'Ik was niet eens thuis. Sorry dat ik daarna zo haastig weg moest. Anders zou ik te laat op mijn werk zijn geweest en je leek in goede handen.'

'Werk je 's nachts?'

'In de receptie van het Hyde Park Hotel. Maar binnenkort ga ik een managementcursus doen, dus dan duurt het niet lang meer of ik ben nachtuil af.' Hij had iets vriendelijks, gemakkelijks en charmants.

'Dus dit meisje gelooft in engelen.'

'Ken je haar? Ze werkt in de winkel.'

'Is dat soms die mooie meid met het donkere haar?'

'Die andere mooie meid met het donkere haar,' zei Zac glimlachend.

'Ja, dat is Amber,' zei ik, naar Zac fronsend.

'We zijn nooit aan elkaar voorgesteld, maar ze is een knappe meid,' zei Larry ernstig. 'En ma zou dat gedeelte met die engelen wel mooi vinden.'

'Dan mag Amber je jas terugbrengen, zeg maar wanneer het je het beste uitkomt,' zei ik en zijn vriendelijke gezicht plooide zich in een vrolijke lach.

'Goed plan,' zei hij.

Liever hadden de dominee en zijn vrouw niet kunnen zijn geweest. Sarah Quentin was duidelijk opgegroeid met de gedachte dat goed eten een remedie is tegen liefdesverdriet, want vanavond waren er reusachtige porties steak en nierpasteitjes, en een kruimeltaart met appels uit de eenzame fruitboom van de pastorie. Toen ik ze over Larry vertelde, vond de dominee dat heel amusant. 'Hij doet me denken aan onze beschermheer St.-Martin, die zijn jas aan een bedelaar gaf, vind je ook niet, Sarah?'

'Maak je me voor bedelaar uit?' vroeg ik. 'Nou, je kunt me wel dakloos noemen, in elk geval voorlopig.'

Na het eten stopte Jeremy zijn servet in zijn ring en zei: 'Ik heb vanavond om acht uur een kerkdienst. Een herdenkingsdienst ter gelegenheid van Allerzielen, dan gedenken we de doden. Het gezang is prachtig. Misschien heb je ook zin om te komen, Fran?'

Ik keek vragend naar zijn vrouw maar die zei: 'Ik leid vanavond een counselinggroep in het hostel.'

Dus ging ik achter in de kerk zitten en inderdaad was het een prachtige dienst, waarin Bens kleine zondagskoor tussen de schriftlezingen door passages uit Faurés Requiem zongen. Maar ik merkte dat ik me maar moeilijk kon concentreren, steeds maar weer moest denken aan alles wat er was gebeurd en wat ik over mijn moeder had ontdekt. Ik beloofde mezelf dat ik daarover met Jeremy zou gaan praten.

'Hoe gaat het met je?' vroeg Ben me na afloop, terwijl hij met zijn armen vol robes en gezangboeken naar me toe kwam, zijn wenkbrauwen in een ongeruste frons. Alleen al door naar hem te kijken kreeg ik een brok in mijn keel.

'Nog steeds in shock, geloof ik. Heel erg bedankt dat je me hebt geholpen.'

'Geen dank, hoor. Ik wou dat ik meer had kunnen doen.'

Ik ook, wilde ik zeggen. We keken allebei naar de grond en schuifelden met onze voeten.

'Nogmaals bedankt, Ben, dat was heel ontroerend,' zei Jeremy die uit de consistoriekamer tevoorschijn kwam. 'Nou, Fran, ik wilde je laten zien waar volgens mij de engel moet komen.'

Hij zei tegen Ben dat hij wel zou afsluiten en nam me mee naar de Mariakapel. Het gekleurde glas was donker en levenloos nu er geen zonlicht doorheen stroomde. Hij liet me de lelijke oude kast zien die voor het derde raam was gemaakt. 'Deze kunnen we weghalen, zie je wel? Misschien dat we hem aan de andere kant van deze muur weer kunnen opbouwen, als iemand dat per se wil. En dan is het voor elkaar, dan kunnen we de engel voor dit raam plaatsen.'

Het raam waarnaar hij wees was, voor zover ik kon zien, precies zo groot als dat waar de engel uit weg was geblazen.

'Ik weet dat het op dit moment mal klinkt, maar denk je dat de kleuren goed samengaan met het herdenkingsraam?'

'Nou, dat zouden we bij daglicht moeten bekijken,' peinsde Jeremy. 'Breng Rafaël hierheen, dan zetten we ze naast elkaar.'

'Ik hoop dat het lukt,' zei ik. 'Anders vermoordt Zac me.'

'Ik weet zeker dat het lukt,' zei Jeremy lachend.

De kerk was nu verlaten. Zelfs Ben was verdwenen.

'Jeremy...' ik weifelde.

Tegelijkertijd zei hij: 'Fran...' Hij keek me onderzoekend aan. 'Jij eerst,' zei hij.

'Ik heb vandaag iets gevonden... over mijn moeder.'

'O, nou. Gek genoeg wilde ik daar ook met jou over praten. Zullen we erbij gaan zitten?'

'Ik heb thuis papieren gevonden. Een programma van een concert waarin mijn moeder zong en een paar overlijdensberichten van haar. Jeremy, ik wist niet eens dat ze musicus was.'

'Een prachtige alt, heb ik begrepen,' zei hij. Hij keek bezorgd, vond ik, alsof hij ergens mee worstelde. In de stille schemering werd ik me bewust van Maria op het raam, en hoewel haar gelaatstrekken niet te zien waren, voelde ik haar kalme vreugde.

'Ik moet meer over haar te weten komen, Jeremy.'

Ten slotte leek Jeremy een besluit te nemen.

'Sinds ons laatste gesprek over je moeder,' begon hij, 'heb ik diep over de zaak nagedacht. Ik heb mijn hersens afgepijnigd over wat je vader zou willen. En ik ben tot de conclusie gekomen dat, hoewel er nog wat tijd over is, en ook al is je vader wellicht niet meer onder ons, ik kan rechtvaardigen wat ik nu ga doen. Vorige week heb ik hem opgezocht, naast hem gezeten en hem toestemming gevraagd om je een brief die hij aan je heeft geschreven te overhandigen. Hij wilde dat jij die kreeg in het geval hij zou komen te overlijden. Eerlijk gezegd, weet ik niet of hij me gehoord en begrepen heeft, en ik kan zeker niet zeggen dat hij ermee instemde, maar daarna voelde ik een soort vrede. Ik weet dat omdat hij me een paar maanden geleden heeft verteld dat hij moed wilde verzamelen om met je te gaan praten, dus ik geloof dat ik doe wat hij had gewild.'

'Een brief. Daar heb je het nooit eerder over gehad.'

'Nee, dat had ik misschien wel moeten doen, maar ik wist pas recentelijk dat hij dat zou willen. Ik zal het uitleggen. Ik weet niet of hij een angstig vermoeden had dat hij door een beroerte zou worden getroffen, maar je vader kwam me in mei met een bezwaard gemoed opzoeken.'

'Eerder dit jaar had hij weer zo'n aanval van duizeligheid gehad,' zei ik. 'Daarna was hij…' Ik weet nog dat lange telefoongesprek dat we hadden toen ik in Parijs verbleef. Hij had een beetje eenzaam geklonken en daarom had ik besloten om hem met Kerstmis op te zoeken. '… kwetsbaar,' eindigde ik. Ja, dat leek het juiste woord.

'Je vader zei dat hij iets op zijn hart had, dat hij mij daarover in vertrouwen wilde nemen en waarover hij mijn advies wilde. Hij is me een paar keer komen opzoeken. Ik denk dat alleen al het praten erover, de last waaronder hij gebukt ging aan een ander mens te kunnen vertellen, hem enorm heeft geholpen. Hij voelde zich schuldig, zie je, een diepe schuld die hem vanbinnen verkilde. Ik hoor het hem nog zeggen: "vanbinnen verkilde". Hij vond dat hij daardoor zijn leven heeft verspild.

Ik moest enigszins aandringen voor hij meer wilde loslaten. Zoals je weet, is hij heel erg gesloten en kan hij zijn gevoelens niet goed onder woorden brengen. Wat ik wel begreep was dat hij zich door de jaren heen in zichzelf had opgesloten. Ik geloof dat hij vooral veel spijt had jegens jou… dat hij jou nooit genoeg van zichzelf had gegeven. Hij droeg het verleden altijd met zich mee, weet je. Hij kon zichzelf nooit toestaan dat achter zich te laten, zich te concentreren op de dingen die er in het hier en nu toe doen. En jij vooral.'

'O, pap toch!' riep ik uit. 'Jeremy, waarom heeft het zo lang geduurd voor hij dat inzag?'

'Heel triest, vind je niet? Ik heb geprobeerd hem gerust te stellen over zijn rol als vader, Fran. Kinderen opvoeden is moeilijk, heel moeilijk, en ik betreur veel dingen die ik wel of niet heb gedaan als het om Fenella en Miranda gaat. Maar ik had mijn fantastische Sarah, terwijl hij niemand had die hem bij het opvoeden van jou kon helpen, liefje. En, sorry dat ik het zeg, als ik zo naar je kijk, dan denk ik dat hij, nou ja, het er prima vanaf heeft gebracht.'

Ik moet treurig hebben geglimlacht, want hij klopte me geruststellend op mijn arm voor hij verder ging.

'Voor ik je de brief geef, moet ik je uitleggen in wat voor gemoedstoestand je vader die heeft geschreven. Misschien begrijp je hem dan beter.'

Ik knikte, dus hij ging verder.

'Je vader had het dikwijls over een soort geheim, en ik merkte dat dat de kern vormde van zijn problemen. Hij vroeg me nadrukkelijk welke zonden volgens mij onvergeeflijk konden zijn. Ik probeerde uit te leggen dat er geen zonde bestaat die God de oprecht berouwvolle zondaar niet zou vergeven. Maar dat kon hij niet accepteren, zei dat alleen sorry zeggen toch zeker niet genoeg was, dat je op een of andere manier die vergeving moest verdienen door je daar uit alle macht geestelijk voor in te zetten. En dat het trouwens toch al veel te laat was.'

Nu schudde Jeremy zijn hoofd. 'Uiteraard vertelde ik hem dat oprecht berouw betekende dat hij zich van zijn vroegere geestesgesteldheid moest ontdoen en bereid moest zijn om binnen de Heilige Geest herboren te worden, dat het geen makkelijke opgave was om de kruisweg te bewandelen. Eerst drong ik erop aan dat hij zou biechten, wanneer hij daar klaar voor was, want dat was het eerste stadium: erkennen en begrijpen wat je verkeerd had gedaan, het dode gewicht van je af laten vallen.

En op een dag nam hij die stap uiteindelijk. Hij vertelde me over je moeder en de omstandigheden rondom haar dood.' Jeremy leek nu even buiten adem te raken en sloot zijn ogen alsof hij kracht verzamelde. Ik wachtte, een pervers deel van me wilde niet dat hij verder ging. De dood van mijn moeder. Het enige wat ik wist was dat ze in het ziekenhuis na een auto-ongeluk was gestorven. Stel dat alles ondraaglijk zou veranderen door wat ik nu te horen zou krijgen. Ik was bijna opgestaan en weggelopen. Alsof hij dit aanvoelde, klopte Jeremy me geruststellend op mijn schouder.

'Ze was prachtig, je moeder, adembenemend mooi. Hij heeft me een keer een foto laten zien…'

'Ik weet het,' zei ik ijzig, want het stak me nog steeds dat pap me die nooit had laten zien.

'Ja,' zei hij, terwijl hij met vaste blik de mijne ontmoette, 'ja, natuurlijk. Sarah heeft gelijk. Je lijkt heel erg op je moeder zoals ze op die foto is.'

'Denk je dat dat een deel van het probleem was?' zei ik en dat kwam nu pas voor het eerst in me op. 'Dat ik hem te veel aan haar deed denken?'

'Dat element kan meegespeeld hebben, ja, maar belangrijker nog was dat hij bang was dat je hem niet zou vergeven wat hij had gedaan, namelijk je moeder van je weggenomen.'

'Wat bedoel je?'

'Hij voelde zich verantwoordelijk voor haar dood, Fran.'

Nu was ik bijna ziek van angst, maar ik kon de onzekerheid niet langer verdragen. 'Jeremy,' zei ik, 'waar is de brief? Ik moet hem hebben.'

'Merkwaardig genoeg, Fran, heb ik hem bij me.' Hij haalde een A5-envelop uit zijn binnenzak en gaf die aan mij.

'Frances Morrison,' stond voorop. 'Te openen na het overlijden van haar vader'.

Met een heel lichte aarzeling opende ik de envelop en vouwde het dikke stapeltje papier dat erin zat open. De datum was 1 juli van dit jaar.

'Mijn lieve Fran,' zo begon de brief.

'Als je deze brief leest, komt dat doordat ik er uiteindelijk en voor altijd niet in ben geslaagd mijn plicht te vervullen en je de dingen te vertellen die je hoort te weten. Maar terwijl ik dit opschrijf, bid ik dat je deze woorden nooit hoeft te lezen, dat ik in plaats daarvan de gelegenheid en moed heb gevonden om je ze persoonlijk te vertellen en dat ik deze brief kan vernietigen. Maar ik ben nog steeds bang om je hierover onder ogen te komen, mijn liefste dochter, want ik vrees dat ik de liefde die je nog voor me hebt zal kwijtraken. Ik vrees dat ik je respect zal verliezen. Ik vrees afwijzing. En ik vrees al die dingen juist omdat ik zo veel van je houd. Je zult dit misschien niet geloven van je droge, humeurige oude vader, maar het is waar. Vanaf het allereerste moment dat ik je in mijn armen hield, wilde ik je tegen alle kwaad beschermen, wilde ik je alles geven wat een vader hoort te geven. Ik kon niet voorspellen dat ik je zozeer en zo snel in de steek zou laten.'

Even werden de woorden wazig door de tranen, en ik moest ophouden met lezen. Pap zei eindelijk de dingen die ik nodig had. 'Jeremy,' zei ik, en ik stak hem de brief toe. 'Wil jij hem voorlezen, alsjeblieft? Ik kan niet...'

'Natuurlijk.' Hij pakte de brief aan, hield hem wat schuin zodat het licht erop viel en nadat hij goed zat, las hij met zijn duidelijke, expressieve stem voor.

'Ik ben trots op je, Fran,' ging mijn vaders brief verder. 'Ondanks mijn geklungel ben je opgegroeid tot een prachtige, getalenteerde en onafhankelijke vrouw. Ik weet dat we uit elkaar zijn gegroeid en ik heb spijt als haren op mijn hoofd van mijn stompzinnigheid, mijn leugens en dat ik je niet alles heb verteld. Ik mis je en verlang ernaar dat je naar huis komt. Waarom krijg ik het nooit voor elkaar dat wanneer we elkaar bellen ik mijn trots aan de kant kan zetten en je vraag om naar me toe te komen? Trots, schuld en verdriet hebben me al te lang gevangengehouden. Jeremy heeft me dat laten inzien. Maar misschien is het allemaal al te laat. Het enige wat ik nu kan doen is je de waarheid vertellen, de waarheid die ik je jaren geleden had moeten vertellen, en je om vergeving vragen.

Ik begin met hoe ik je moeder heb ontmoet. Het was tijdens een kerstconcert in een kerk in Noord-Londen. Ze zong *Es ist ein Ros Entsprungen*, zo intens gevoelig dat ik helemaal in vervoering raakte. Die avond zag ze er ook wel heel mooi uit. Ze droeg een lange zwarte jurk, doorregen met dezelfde felrode kleur als haar lippen. Haar opgestoken haar fonkelde van de juwelen.

Na het concert mengden de zangers zich onder het publiek, ze dronken bisschopswijn en aten pasteitjes. Angela stond met een groep vrienden te praten maar zag er een beetje moe uit. De vriend, een musicus, met wie ik erheen was gegaan, betrapte me erop dat ik naar haar staarde en bood aan ons aan elkaar voor te stellen. Van dichtbij leek ze nog mooier en ze had zo'n prachtige glimlach. Ik wist wat vage, intelligente opmerkingen over de muziek te stamelen en merkte dat ik heel makkelijk, heel onbevangen met haar kon praten. We hadden het een tijdje over Bach en haar carrière. Ik maakte uit een paar terloopse opmerkingen op dat ze zich niet helemaal thuisvoelde bij deze elegante, rijke groep mensen. Haar vader was ambtenaar bij de districtsraad van Suffolk en het was een hele strijd geweest om haar opleiding veilig te stellen. Ze maakte zowel beschermende gevoelens als bewondering bij me los. Toen ik wegging, stond ze verloren op de trappen van de kerk. Ik hield een taxi voor haar aan, maar uiteindelijk stapten we daar samen in aangezien Westminster maar een steenworp verder is dan Pimlico, waar ze bij iemand een kamer huurde.

Tegen de tijd dat ik bij Munsterglas uit de taxi stapte, zat het zorgvuldig op het concertprogramma opgeschreven telefoonnummer in mijn borstzakje.

We zagen elkaar geregeld. Angela's opleiding vond op dat moment in Londen plaats en ik ging wanneer ik maar kon naar haar optreden. Andere keren bezochten we samen kunsttentoonstellingen of de opera. Ik maakte haar deelgenoot van mijn liefde voor kerkarchitectuur, kunst en gebrandschilderd glas.

Het duurde niet lang of ik merkte dat ik, volslagen onverwacht, voor de eerste en enige keer in mijn leven tot over mijn oren verliefd was. En ik kon mijn geluk nauwelijks op toen ze vertelde dat ze voor mij hetzelfde voelde.

We hadden een heerlijke verkeringstijd. Vol kunst, muziek en de opwinding van het elkaar ontdekken. We waren een stel naïevelingen. We dachten niet aan de mitsen en maren van de toekomst, alleen maar aan het waarom: dat we samen wilden zijn. Zij was een hartstochtelijk mens, heel impulsief en sprankelend. Ze had ook een broze kant, die zich uitte in een wankel zelfvertrouwen en ik was blij dat ik haar daarbij kon helpen. Ik probeerde sterk en geruststellend te zijn, was er trots op dat ze op me leek te steunen.

We trouwden de eerste kerst nadat we elkaar hadden ontmoet, een rustige plechtigheid in de kerk van haar ouders in Ipswich, haar jongere zusje was bruidsmeisje. Mijn ouders waren allebei dood, en van mijn kant was alleen mijn vaders tante Polly er, en de bevriende musicus die ons aan elkaar had voorgesteld was mijn getuige. We verhuisden naar het appartement boven Munsterglas.

Eerst waren we verschrikkelijk gelukkig samen. Ik werkte de hele dag in de winkel terwijl zij de deur uit ging om te repeteren. 's Avonds ging ik naar haar luisteren. Ze had een stem als van een engel. Angie, mijn engel. Ze heeft me eens een dasspeld in de vorm van een engel gegeven, lapis lazuli in goud vervat. Ik heb hem nog steeds…'

'Dus daar is-ie van,' barstte ik uit. Ik rommelde in mijn handtas naar de kleine broche die ik van de werkplaatsvloer had gered.

'Dat is 'm,' zei Jeremy en hij pakte hem van me aan en hield hem zo vast dat hij glansde in het kaarslicht. 'Hij had hem altijd bij zich.'

Hij gaf hem aan me terug en pakte de brief er weer bij.

'In de daaropvolgende paar jaar zette Angies carrière zich door. Ze werd uitgenodigd om in het hele land op te treden en dit was uiteraard, Fran, nog altijd in een tijd waarin van echtgenotes werd verwacht dat ze hun echtgenoot boven hun eigen werk stelden. Ik deed mijn best haar te stimuleren. Wanneer het werk het toeliet reisde ik met haar mee, maar dat was niet zo vaak. En soms werd ze in het buitenland uitgenodigd en dan ging het al helemaal niet.

Er gingen twee jaar voorbij en er ontstonden spanningen tussen ons. Ze was zo veel weg. Dat kon ik nog wel verdragen, dat ze er vaak niet was. Maar haar houding wanneer ze weer terugkwam kwetste me des te meer. Ik zag dat ze aan het veranderen was. Ze leek minder tevreden met ons leven samen. Ze begon kritiek te uiten. Het was zo moeilijk om iets leuks te maken van het appartement. Konden we niet verhuizen? vroeg ze. Maar in wezen deed ze niet veel moeite. Ze zei altijd dat ze huishouden en koken maar vervelend vond. Ze wilde uit eten in restaurants en plezier maken, waar ik bepaald niet van genoot en wat ik me ook niet kon veroorloven, en vervolgens voelde ik me gekleineerd als ze zei dat zij het wel zou betalen. Ze zei dat we naar iets mooiers moesten verhuizen, zodat we ook mensen konden uitnodigen. Dat idee stond me niet erg aan. Haar muzikale vrienden konden behoorlijk klitten en ik voelde me vaak buitengesloten.

Natuurlijk wilde ik uiteindelijk dat ik had ingestemd met haar wens om te verhuizen, zelfs als we daarvoor heel zuinig hadden moeten doen, maar wie van ons kan in de toekomst kijken? In die tijd leek het alsof ze niet alleen kritiek had op ons huis, maar ook op mij en dus hield ik mijn poot stijf.'

'Maar misschien bedoelde ze het niet zo,' interrumpeerde ik onwillekeurig. 'Misschien wilde ze alleen maar samen met hem de camaraderie van haar opwindende leven beleven.' Het was alleen paps kant van het verhaal en ik voelde de behoefte om voor mijn moeder op te komen. 'Sorry,' zei ik. 'Lees maar verder.'

'En toen,' las Jeremy, 'ontdekte Angela dat ze zwanger was. We waren verbijsterd, we hadden erover gepraat om een gezin te stichten en waren tot de conclusie gekomen dat we dat nog een paar jaar zouden uitstellen.

Je moeder was tijdens de hele zwangerschap verschrikkelijk ongerust. Ze maakte zich zorgen over welke invloed een baby op haar werk zou kunnen hebben, want toen ze je eenmaal had kon ze lang niet meer zo veel reizen. Ze maakte zich zorgen om haar gezondheid, sliep slecht en raakte ervan overtuigd dat er 's nachts als wij in bed lagen zou worden ingebroken. Maar ondanks al die angsten hoopten we natuurlijk dat onze relatie hechter werd wanneer jij geboren was, dat we door jou weer dichter naar elkaar toe zouden trekken.'

'Dat is me nogal een verantwoordelijkheid voor een baby'tje, het huwelijk van zijn ouders redden,' zei Jeremy met een zucht. Hij las verder.

'Na je geboorte ging alles een tijdje meer dan fantastisch. Je was een rustige baby en je sliep bijna meteen de hele nacht door. Haar vriendinnen maakten er altijd opmerkingen over dat je zo'n makkelijk kind was. Na een paar maanden kon je moeder, met hulp van een parttime kindermeisje, weer in Londen gaan zingen. En ze ontdekte dat ze het heerlijk vond om voor een baby te zorgen. Sterker nog, we waren allebei absoluut stapelgek op je.'

De tranen stroomden over mijn wangen en toen Jeremy opkeek en ze zag, zweeg hij. Een van de kaarsen op het altaar flakkerde en doofde met een flard rook uit. Hij keek op zijn horloge en vouwde de brief langzaam op. 'Kom,' zei hij kalm, 'we moesten maar teruggaan. Straks stuurt Sarah nog een opsporingsexpeditie achter ons aan. Zullen we een andere keer verder lezen? Of zelfs morgen?'

'Morgen,' zei ik. 'Ik ben aan m'n eind. En dank je wel,' zei ik tegen hem terwijl hij afsloot. Ik was ongelooflijk dankbaar dat hij bij me was.

Die nacht sliep ik slecht, gedachten aan alles wat in paps brief stond tolden als krankzinnig door mijn hoofd. 's Ochtends haalde ik alles van mijn moeder tevoorschijn wat ik uit het appartement had gered en keek er nu met andere ogen naar. Hier was haar foto, nog steeds weggestopt in het Burne-Jones-boek dat ze aan pap had gegeven. Zo moest ze eruit hebben gezien in de tijd dat ze elkaar ontmoetten, haar ogen vol leven en hoop.

Ik nam de foto en het concertprogramma mee toen ik die middag met Zac bij pap op bezoek ging. Zelfs als pap de foto niet kon zien of niet kon horen wat ik hem te vertellen had, hielp die me om in paps aanwezigheid met Zac over mijn moeder te praten. Wie weet wat pap nog van ons gesprek meekreeg. Zac zei niet veel, alleen: 'Ze is heel mooi,' toen ik hem de foto liet zien.

Die avond trokken Jeremy en ik ons na het eten terug in de bultige leunstoelen in zijn werkkamer. Hij prutste om de gaskachel aan de praat te krijgen en foeterde het ding bepaald onchristelijk uit. Ten slotte tevreden haalde hij paps brief uit zijn bureaula tevoorschijn en nestelde zich in zijn stoel.

'Weet je zeker dat je dit aankunt?' vroeg hij me.

'Ik moet het weten,' antwoordde ik.

En opnieuw begon hij te lezen.

'Toen je een jaar was, liet je moeder je voor een reeks concerten in Duitsland bij mij. Haar moeder kwam bij ons logeren om me uit de brand te helpen, want ik moest werken en trouwens, ik was er bepaald niet gerust op om voor een baby te moeten zorgen. Het was niet zoals tegenwoordig, nu die jonge kerels bij het minste geringste luiers kunnen verschonen. Ik had nog nooit van m'n leven een luier verschoond.

Ze kwam een week later terug en het was onmiddellijk glashelder dat ze anders was. Er was een deur voor me dichtgeslagen. Jou verzorgde ze heel liefdevol, maar bij mij leek ze afgeleid, stiller en ernstiger. Enigszins paniekerig wist ik dat we steeds verder uit elkaar groeiden, maar ik had geen idee wat ik eraan moest doen. Mijn rancune groeide en woekerde.

Elke keer dat ze op toernee ging, liet ze jou bij me achter en ze vroeg niet meer of ik met haar meeging. Sterker nog, ze zei tegen me dat het slecht voor jou zou zijn als je als een boodschappentas overal mee naartoe zou worden gezeuld en dat, hoewel ze je miste, het beter was dat je bij mij thuisbleef. Wanneer je grootmoeder niet kon komen, kon ik op steun van het kindermeisje rekenen, maar ik merkte dat ik steeds vaker alleen aan het roer stond en was verrast dat ik het heerlijk vond om voor je te zorgen.

Dit ging zo door tot na je tweede verjaardag, en toen kwam 23 juni, die afschuwelijke avond. Ik heb hem zo vaak in mijn hoofd afgespeeld dat ik me maar moeilijk kan herinneren wat er precies is gebeurd, maar ik zal mijn best doen. Angela kwam in de vroege ochtenduurtjes thuis en maakte me verschrikkelijk verdrietig wakker. Ze wilde me niet vertellen wat er aan de hand was en we kregen ruzie. Uiteindelijk kwam alles eruit. Ze had een affaire gehad met een musicus, een jonge Engelse tenor die ze op de Berlijntoernee had ontmoet. Ze zei dat ze tot over haar oren verliefd op hem was. Ze zag er bleek en uitgeput uit, maar het kon me niet schelen dat ze verdrietig was. Ik was witheet van woede, maar vastbesloten die niet te laten merken. Ik zei tegen haar dat ze kon vertrekken. Ze kwam nu met een verhaal dat de affaire voorbij was, dat ze was teruggekomen, de dingen wilde goedmaken. Maar ik wilde er niet van horen. Ik was te boos, wilde het niet weten. Ze had alles voor altijd bedorven. Ik had haar aanbeden, haar alles van mezelf gegeven, maar zij had het allemaal weggegooid. Ik kon het niet eens verdragen naar haar te kijken.'

Op dat moment slaakte ik een kreet en Jeremy hield op met lezen. 'Dat is zo typisch pap,' fluisterde ik. Ik herinnerde me de paar keren dat mijn vader echt kwaad op me was, hoe kil zijn woede kon zijn, hoe hij zich dan dagenlang van me terugtrok tot ik uitzinnig was van verdriet, en dan bedaarde hij plotseling weer. Misschien was het zo afgelopen met de weinige vrienden die hij had. Als hij zijn loyaliteit gaf, verwachtte hij daar loyaliteit en gehoorzaamheid voor terug. Net als koning Cophetua, wiens poster hij van mijn muur had gescheurd, had hij zijn bedelaarsmeisje aanbeden, en zij had hem versmaad. Ze kreeg geen tweede kans.

'Ga maar verder,' zei ik tegen Jeremy. Hij ging door waar hij gebleven was.

'Ik ging de kamer uit en kwam een paar tellen later met jou in mijn armen terug. Ik wilde Angela kwetsen, haar laten zien wat ze zou verliezen. Ik zei haar dat ze afscheid van je moest nemen en dan vertrekken. Ik zou echtscheiding en de voogdij over jou aanvragen. En aangezien zij zo vaak van huis was geweest, vond ik het niet meer dan rechtvaardig dat jij aan mij zou worden toegewezen.

Angela slaakte een wanhoopskreet en probeerde je van me af te pakken, maar ik duwde haar weg. Huilend zei ze dat ze nergens heen kon, dus zei ik grof tegen haar dat ze maar naar haar liefje moest gaan. Toen probeerde ze me ervan overtuigen dat die weg voor haar afgesloten was. "Ga dan maar naar je ouders," zei ik buiten mezelf, ik trok haar koffer van de bovenste kastplank en gooide die naar haar toe. Ik keek toe hoe ze een paar kleren inpakte, en toen haar handtas en beautycase oppakte. Ze nam huilend afscheid van je – een smartelijk afscheid dat ik nog altijd in mijn dromen hoor – en liep naar beneden.

Het heeft wellicht geen zin om erover te speculeren dat deze hele toestand misschien wel weer goed was gekomen als wat er daarna gebeurde niet had plaatsgevonden. Geloof maar dat ik de rest van mijn leven mezelf behoorlijk met dit soort veronderstellingen heb gekweld. Onze ruzie lijkt nu zo melodramatisch. Misschien, ooit, wanneer we beiden tot bedaren waren gekomen, hadden we wel een weg gevonden om weer samen verder te gaan. Maar helaas hebben we die kans nooit gekregen.

Ik liep met jou naar het raam. Het tafereel dat zich toen ontvouwde staat voor altijd in mijn geheugen gegrift. Ik zag haar op de stoep verschijnen en verwilderd om zich heen kijken. Toen stapte ze de weg op en draaide ze zich om om naar het raam te kijken, met zo'n diep bedroefd gezicht dat het me nog altijd achtervolgt. Het verdriet ging over in doodsangst toen een auto vol feestgangers met een vaart de hoek om kwam en haar overreed. Ik rende naar de straat maar kon niets meer doen. Ze is die avond in het ziekenhuis gestorven.'

Jeremy hield op. Ik staarde naar de tegenover liggende muur, huilde opnieuw, speelde het in mijn hoofd allemaal af. Ik was erbij geweest, ik had ze horen ruziemaken, maar de herinnering eraan was ik goddank kwijtgeraakt. Ik was bij mijn vader geweest toen hij de straat op rende, toen de ambulance kwam, toen ze haar hadden weggebracht, mijn moeder. Ik stelde me voor dat ik huilde, schreeuwde om haar, dat ik begreep dat er iets verschrikkelijks was gebeurd maar dat ik niet wist wat. Maar van die avond kon ik me helemaal niets herinneren. Ik wist alleen nog hoe ze me dicht tegen zich aan hield, het dessin van haar jurk, haar geur.

'Gaat het wel, liefje?' vroeg Jeremy zachtjes.

Ik knikte mechanisch. Daarna zei ik: 'Hij heeft haar vermoord. Dat dacht hij, hè? Dat hij haar vermoord heeft.'

'Dat is de last die ik al die jaren met me heb meegedragen,' las Jeremy verder. 'Dat ze mede door mijn woede en harteloosheid dood is gegaan. Ik heb je van je moeder beroofd, Fran, en dat kan ik mezelf nooit vergeven. Ik ben altijd bang geweest om je over haar te vertellen, niet alleen omdat het voor mezelf zo pijnlijk was, maar omdat ik bang was dat ik jou ook zou verliezen. Ik dacht dat je me zou haten als je erachter kwam

dat ik haar dood heb veroorzaakt. Als je zou opgroeien zonder dat je iets van haar wist, dacht ik dat je haar ook niet zou missen, dan zou je gelukkig zijn. Kort geleden ben ik gaan inzien dat ik het mis had. Ik betreur de intense stilte tussen ons, de kloof die ik zo graag wil overbruggen. Ik bid voor de moed om hem over te steken voor het te laat is. Ik blijf, ondanks alles,
je liefhebbende vader Edward.'

Jeremy's stem stierf weg. We zaten een hele tijd stilzwijgend bij elkaar.

Mijn vader had de dood van Angela, zijn prachtige engel, veroorzaakt. Ik moest denken aan de engel in de etalage van de winkel, nu een knoeiboel van gebroken glas en verwrongen lood. Die was ter nagedachtenis aan haar, mijn moeder, gemaakt. Dat wist ik plotseling zeker. Een man doodt wat hij liefheeft. Oscar Wilde, toch? Mijn gedachten waren nu verward.

'Wist je wat hij had opgeschreven, Jeremy?' vroeg ik.

'Het meeste heeft hij me verteld, ja,' antwoordde Jeremy.

'Geloof je zijn versie van wat er gebeurd is? Dat hij schuldig was?'

'Ik geloof dat het vooral van belang is dat hij dat zelf vond, jaren later nog. Natuurlijk zal de lijkschouwer er objectiever naar hebben gekeken. Een vrouw liep zonder uit te kijken de weg op en werd overreden door een auto met een dronken man aan het stuur die ongetwijfeld te hard reed. Als je het zo bekijkt, treft je vader geen enkele blaam. De bestuurder van de auto heeft een gevangenisstraf van drie jaar gekregen en heeft daar kennelijk een jaar van uitgezeten. Je vader heeft levenslang in de hel doorgebracht. Het heeft zijn relatie met je moeders familie vernield. Hij kon het niet aanzien dat ze zo leden, dus uiteindelijk was het voor hem het makkelijkst om ze maar helemaal niet meer te zien.'

Ik ben ze ook kwijtgeraakt. Ik herinnerde me de ruzie die ik met pap had over de erfenis van mijn oma, dat hij me niet eens had verteld dat ze was overleden. Ik had helemaal geen herinneringen aan de ouders van mijn moeder.

Ik streek met mijn vingers langs het verschoten chintz van de stoelleuning en trok aan een losse draad.

'Wat heb je tegen hem gezegd?' vroeg ik. Ik wist niet wat ik moest voelen. Was ik boos op mijn vader, had ik medelijden met hem? Mijn leven was bepaald door de gebeurtenissen op die lang vervlogen avond, en toch voelde ik me emotioneel van de hele kwestie afgesneden.

Mijn vader had de schuld op zich genomen. Hij had zijn tijd uitgezeten. Nu was hij een oude, in coma liggende man. Klaar om verlost te worden.

'Ik heb hem een hoop vragen gesteld over hoe hij de gebeurtenissen heeft beleefd,' vervolgde Jeremy. 'Het was belangrijk dat hij er zelf helemaal mee in het reine kwam, dat gevoel heb ik altijd met mensen. Hij leek opgelucht dat hij het iemand had verteld. Het is een oud cliché, hè, "je hart luchten"? Maar zo kan het inderdaad voelen, alsof er een zware last van zijn schouders was afgenomen.

Gaandeweg zag hij wel in dat de toestand ingewikkelder lag dan hij ervan had gemaakt, dat je moeder wellicht ook een aandeel in de schuld had. Het hielp ook bepaald niet dat hij kort na haar dood een brief van Angela's minnaar kreeg, een man die treurde maar die duidelijk elke gewetenslast op je vader wilde afwentelen. Hij legde uit hoe hun relatie tot een eind was gekomen, dat hij haar had gevraagd haar man en kind te verlaten en bij hem te blijven, maar dat ze dat had geweigerd. Deze man suggereerde dat Angela zo bang was voor je vader dat ze hem niet durfde te verlaten. In zijn brief verdraaide hij alles, schilderde Edward af als een soort boeman. En helaas trok Edward zich dat aan, hij geloofde dat door al die beschuldigingen op zichzelf te laden hij de straf kreeg die hij verdiende.'

'Maar hij was geen boeman, hè? Uit jouw woorden maak ik op dat hij dit alles niet heeft verdiend.'

'Kijk in je hart, Fran,' zei Jeremy zacht. 'Wat voor soort man is je vader volgens jou?'

Het duurde niet lang voor ik daar antwoord op gaf. 'Net als de meesten van ons, neem ik aan. In de grond een goed mens.' Pap was nooit een makkelijke man geweest. Soms was hij humeurig vanwege een schommelende suikerspiegel. Hij kon maar moeilijk vergeven en was bang dat hem op zijn beurt geen vergeving vergund was. Ik weet nog hoe lief hij voor me was, maar soms kon hij ook prikkelbaar, streng, zelfs woest zijn. Maar een boeman? Ik ben nooit bang voor hem geweest. Hij was nooit gewelddadig.

'Dat denk ik nou ook,' zei Jeremy. 'Sterker nog, ik weet het wel zeker. En ik ben er zeker van dat hij zich dat is gaan realiseren. Maar hij stond nog maar aan het begin van een lange reis toen hij door die beroerte werd getroffen. Nu moeten we erop vertrouwen dat God hem in Zijn oneindige genade die reis helpt voltooien.'

Ik wilde dolgraag ergens zijn waar ik kon huilen om dat tweejarige meisje dat, lang geleden, haar mooie moeder verloor en wier vader in een zelf gecreëerde gevangenis werd gegooid.

Maar op één vraag had ik tot nu toe nog geen antwoord gekregen. Ik vertelde Jeremy over mijn droom in de nacht van de brand, de vrouw die zo mooi zong en de dringende stem die me wakker maakte.

'Geloof je dat het meer kon zijn geweest dan een droom?'

'Zou kunnen. De Bijbel rept over veel gevallen waarin engelen in dromen tot mensen spreken. Waarom zou dat tegenwoordig niet ook nog gebeuren?'

Ik voelde een golf van opluchting omdat Jeremy me geloofde.

'Ik vind het fijn om te denken dat dat de verklaring is,' zei ik tegen hem. 'Iets anders kan ik er niet voor verzinnen.'

# 35

*Als sommige mensen werkelijk engelen zien waar anderen slechts een lege ruimte zien, laat ze de engelen dan schilderen: maar laat niemand anders denken dat hij ook een engel kan schilderen.*

JOHN RUSKIN

## Laura's verhaal

Het was september en de ramen waren twee maanden geleden voltooid, maar meneer Bond wist niet of hij ze in de algemene onrust die er heerste moest installeren. Mevrouw Brownlow was buiten zichzelf van verdriet. De neef van de weldoenster was een pragmatisch man. Meneer Brownlow werd alle kanten op getrokken.

'Het is niet zo dat de ramen op een bepaald moment niet zullen worden geïnstalleerd,' hoorde Laura haar vader in de huiskamer zeggen terwijl ze in de gang haar hoed opzette en handschoenen aantrok. 'Bond stelt voor dat we het uitstellen, vanwege de mogelijke reactie van bepaalde gemeenteleden.'

'Maar ik dacht dat we niet aan deze mensen zouden toegeven.' Ze moest zich inspannen om haar moeders vriendelijke stem te verstaan.

'Niet toegeven, liefje, dat niet. Maar vergeet de raad van de bisschop niet: we moeten de politie blijven helpen om de boosdoeners te pakken te krijgen, maar we moeten onszelf in acht nemen zodat we wel de vrede bewaren.'

'Maar James, we hebben het raam met de engel zelf betaald en het andere is door een wilsbeschikking gelast. Deze mensen kunnen niet aanvoeren dat we daar kerkgeld aan hebben besteed en zo het brood uit andermans mond hebben gestoten. De kerk is er voor iedereen en iedereen kan van die prachtige ramen genieten.'

'Ik ben het van harte met je eens, Dora. Maar voor deze lieden is dat geen argument. Het risico bestaat dat ze het glas-in-loodraam willen vernielen, en wat doen we dan? Dan zijn al onze inspanningen voor niets geweest. Ik ben de laatste persoon die ons raam onder een stapel zou willen verstoppen, maar ik moet naar de raad van de bisschop luisteren, en overigens is meneer Bond het daarmee eens.'

Laura moest haastig een stap opzij doen toen haar vader uit de zitkamer tevoorschijn kwam. Hij mompelde een excuus en trok zich in zijn werkkamer terug. Ze wist dat dit het laatste was wat ze tot de lunch van hem te zien zouden krijgen. Ze gluurde om de deur van de eetkamer en zag haar moeder over haar schrijfbureau gebogen.

'Mam, heb je Polly vanochtend nodig?'

Haar moeder keek op. 'Ah, Laura, ik dacht dat je was gaan wandelen. Ik ben blij dat je er nog bent, liefje, ik heb een boodschap gekregen van…' Ze keek op een vel dun, geel papier. 'Een meneer Murray. Kennelijk een buurman van onze miss Badcoe. Miss Badcoe moet het bed houden "vanwege haar borst", zoals de man het uitdrukt en hij vraagt naar mij. Aangezien ik vanochtend een bijeenkomst heb met de Zendingscommissie dacht ik dat jij wellicht even kon gaan. Neem Polly gerust mee. Vraag Cook om een mand voor je in te pakken.'

Laura had over de Vauxhall Bridge Road naar Pimlico willen lopen, naar het adres van meneer Russell in Lupus Street, dus ze was door het verzoek van haar moeder danig uit haar humeur. Maar ze kon nauwelijks weigeren, niet in het minst omdat ze dan de ware reden van haar uitstapje zou moeten vertellen.

Ze vrolijkte op bij het lezen van het adres dat haar moeder haar gaf, zich realiserend dat het niet ver uit de route was. Heel goed, ze zou eerst bij de oude dame langsgaan en dan naar Philip doorlopen. In zijn uitnodiging stond dat hij wilde dat ze met iemand kennis zou maken. Ze hoopte dat ze diegene niet zou mislopen, wie het ook was.

Goose Land was een zijstraatje van Greycoat Street aan de andere kant van de kerk, in de richting van Westminster Abbey. Laura had de straatnaam vaak zien staan, die was in beverige hoofdletters op de muur van het hoekpand geschilderd, maar ze was er nog nooit geweest. Het was er modderig, schemerig en stil, de hoge rijtjeshuizen hielden het zonlicht tegen.

Laura en Polly moesten een paar keer de deurklopper laten vallen voordat ze trage voetstappen op de trap hoorden en even later een kromme oude man om de deur gluurde.

'Meneer... Murray?' zei Laura. Het gerimpelde gezicht van de man keek opgelucht toen ze zichzelf voorstelde.

'Pas op de gaten,' zei hij met piepende stem terwijl hij ze mee naar boven wenkte, en ze zwierden met hun rokken over een rommelig gedeelte in de gangvloer waar de planken gespleten waren, wat gerepareerd was door iemand met twee linkerhanden. Ze beklommen een houten trap waar ogenschijnlijk geen eind aan kwam, en meneer Murray moest een paar keer stilstaan om op adem te komen. Toen bleven ze bij een deur op de tweede overloop staan. Meneer Murray klopte twee keer en toen hij een grom hoorde, draaide hij aan de deurknop. Hij liet de dames de kamer in en trok zich terug, de deur achter zich sluitend.

Binnen waren nog meer houten vloerplanken. De stank van vochtige kleren en mottenballen kon die van een ongewassen menselijk lichaam niet verhullen. Op een eenpersoonsbed naast de haard lag onder een stapel dekens en jassen een zwakke figuur weggestopt, die tussen het raspend ademhalen door verschrikkelijk moest hoesten.

'Miss Badcoe, ik ben Laura Brownlow. Mama heeft me gestuurd... ik vind het zo naar voor u dat u ziek bent...' Laura aarzelde toen ze de wanhopige gezichtsuitdrukking van miss Badcoe zag. De miss Badcoe die zij uit de kerk kende was rijzig, formeel en keurig gekleed, zij het in de mode van veertig jaar geleden. Haar laarsjes waren altijd gepoetst, haar handschoenen schoon, haar bonnet keurig op zijn plaats, net als de rest.

Als Laura ooit al meer dan één gedachte aan de vrouw had besteed – wat ze, moest ze bekennen, niet had gedaan – dan had ze zich deze vrouw overal kunnen voorstellen, behalve dat ze hier, in deze kale kamer zou wonen. Het was weliswaar nog geen krot, maar... Laura keek de kamer rond terwijl Polly de oude dame hielp rechtop zitten, het beddengoed in orde maakte en de dunne, klonterige kussens probeerde op te schudden.

Het haardrooster lag vol koude as, de kolenkit was leeg. Er was tenminste een wastafel met een koudwaterkraan, dacht Laura. Die bevond zich bij het enige raam waarvan de gordijnen halfopen hingen en waar een roetbruin raam uitkeek op de grimmige achterkant van net zo'n bouwsel als dit.

'Zal ik steenkool gaan kopen, miss?' vroeg Polly aan haar.

Laura gaf haar wat geld voor kooltjes, melk en zeep en vroeg toen aan miss Badcoe in welke kamer meneer Murray woonde, om te kijken of hij warm water had. Hij bleek ernaast te wonen en beloofde onmiddellijk water te koken. 'Ik heb haar vanochtend thee gebracht,' klaagde hij, 'maar ik kan het zelf nauwelijks meer opbrengen. Ik ben bij een dame geen verdomde knip voor de neus waard, sorry dat ik het zeg, miss.' Zijn ogen glinsterden ondeugend. Laura, die nerveus van hem werd, liep zijn kamer uit. Toen hij een poosje later met een stomende ketel binnenstrompelde, zei ze tegen hem dat hij die bij de kachel moest zetten en liet een paar munten in zijn hand vallen.

Haar gedachten tolden door haar hoofd toen ze zich aan haar taken wijdde, met de restjes uit een theeblikje zette ze een kop thee en ze pakte het eten uit dat mevrouw Jorkins haar had meegegeven. Ze schonk warm water in een kom, vond bij de wastafel een versleten handdoek en een flintertje zeep, waste daarmee het gezicht en de nek van de zieke vrouw, en borstelde haar verwarde askleurige haar. Polly kwam terug en al gauw knetterde er een vuur in de haard, hoewel miss Badcoe door de rook moest hoesten. De schoorsteen moest nodig geveegd worden.

De hele tijd schoten er gedachten over miss Badcoe door haar hoofd: miss Badcoe die bij elke zondagochtenddienst aanwezig was, miss Badcoe die koper poetste, bloemen schikte, miss Badcoe die tijdens het bidden niet op een knielkussen maar altijd zo op de stenen vloer knielde, miss Badcoe, die de nicht was van mevrouw Fotherington, 'van vaders kant', zoals miss Badcoe er graag gnuivend aan toevoegde. Laura kon zich niet herinneren dat de dames ooit zelfs maar naast elkaar hadden gezeten. Ze dacht aan mevrouw Fotherington: levendig, harde stem, stak haar mening niet onder stoelen of banken, en haar mooie huis op Vincent Square. Mevrouw Fotherington, die al haar geld aan de kerk en haar dierbare neef (van moeders kant), Arnold Jefferies, had nagelaten, maar kennelijk niets aan deze verpauperde nicht. Natuurlijk wist ze de achtergrond niet, wie met wie ruzie had gehad of dat mevrouw Fotherington ooit de werkelijke omstandigheden kende waarin de dochter van haar vaders zus leefde, maar toch, onrechtvaardig was het wel, bedacht Laura onwillekeurig.

Ze zocht tussen de rij groezelige voorraadbusjes naar suiker voor de thee. ZOUT, SAGO, SUIKER, stond in een zorgvuldig, stakig handschrift te lezen, de hoofdletter S zo sierlijk als een kleine harp. 'Zout', 'Sago', 'Suiker', de woorden dreunden door haar hoofd terwijl ze de thee in een verrassend mooi porseleinen kopje schonk. 'Zout', 'Sago', 'Suiker', en bracht het naar het bed. 'Zout', 'Sago', 'Suiker'...

Iets aan die sierlijke s'en hinderde haar. Ze had ze eerder in een brief zien staan. Een brief die ze van haar vaders bureau had gepakt. S van Scharlakenrood. 'Scharlakenrode Hoer'.

Plotseling wist ze het. Miss Badcoe was de geheime briefschrijfster. Haar moeders afgetobde gezicht schoot door haar hoofd, ze zag de doffe verslagenheid in haar vaders ogen. Eén woest ogenblik was ze zo boos dat ze de thee wel op de schoot van de vrouw had willen smijten. Toen kon ze weer helder denken en dwong ze zichzelf nogmaals medelijden te voelen voor dit zielige hoopje mens. Hier lag een oude vrouw van wie niemand hield en die niemand had van wie zij kon houden, die kon sterven zonder dat iemand het zou merken of om haar zou rouwen, tenzij zij, Laura Brownlow, er iets aan deed.

Ze knielde naast het bed en hielp miss Badcoe van haar thee te nippen. Achter haar wachtte Polly tot het vuur brandde en ze hing er een kan met vleesbouillon boven zodat die lekker warm werd. Laura zei tegen haar dat ze de waterketel naar meneer Murray moest terugbrengen. Toen de deur dicht was, zei ze: 'Miss Badcoe, u bent het, hè? U hebt die brieven aan mijn vader geschreven, hè?'

De oude vrouw werd zo stil als een oude knoestige boom, haar mond stond zo onbuigzaam als een kwastgat in de schors. Ze zei niets, staarde slechts in de verte. Laura pakte de kop uit haar handen, die geen weerstand boden.

'Miss Badcoe, ik weet dat u het bent. En ik ga het mijn vader vertellen, en die vertelt het aan meneer Bond en dan weet iedereen het binnen de kortste keren.'

Ze wachtte, keek hoe miss Badcoe over dit alles nadacht.

Ten slotte kromp de oude vrouw huilend ineen.

'Wat is er in hemelsnaam aan de hand?' vroeg Polly die in de kamer terugkwam. Toen ze Laura's strenge blik zag, wilde ze de kamer weer uit lopen, maar Laura riep naar haar dat ze een dokter moest halen.

'Miss Badcoe. Waarom hebt u dat gedaan?' snauwde Laura. 'Weet u wel hoeveel verdriet u daarmee hebt veroorzaakt?'

Tussen de tranen en hoestbuien door wist ze een bekentenis uit de oude vrouw te krijgen.

Jaren- en jarenlang had Ivy Badcoe haar plicht in het leven gedaan.

Ze had voor haar ouders gezorgd toen die oud en ziek werden, en stierven, waardoor elke kans op een huwelijk en een eigen gezin te stichten verkeken was. Haar vader was slecht met zijn geld omgegaan en Ivy bleef met praktisch niets anders dan haar trots achter. Elke zondag had ze de eredienst bijgewoond, de schijn opgehouden, haar bijdrage in de collectezak gestopt, in verschillende opzichten haar plicht gedaan. En op een of andere manier was ze niet opgemerkt, werd er niet naar haar omgekeken, met haar onbuigzame trots en formele omgangsvormen had ze iedereen op een afstand gehouden. Ze was een van diegenen voor wie de maatschappij geen andere rol had weggelegd dan anderen te helpen, ze had het gevoel dat ze zelf nergens recht op had, geen liefde, kameraadschap of aandacht. Ze had erop toegezien dat de armen in de gemeente door liefdadigheid werden geholpen en zelf had ze ook gedaan wat ze kon, en ze piekerde er niet over om op haar beurt om hulp te vragen. O nee, haar ouders zouden zich in hun graf hebben omgedraaid.

Verward zag ze hoe de eerwaarde Brownlow de kerk kostbaar aankleedde: prachtig nieuw altaarlinnen, voor elk kerkseizoen één, de gouden kandelaars, een processiekruis met ingelegde juwelen. Haar ogen duizelden bij al die pracht, zei ze tegen Laura, maar naarmate de jaren verstreken, haar ledematen meer pijn gingen doen en ze moeilijker ging ademen, werd ze bang en nam haar verontwaardiging toe. Toen Sarah Fotherington stierf en een deel van haar rijkdom naliet om er een raam van te laten maken – en niets overhad voor haar verarmde nicht Ivy – brak er iets in miss Badcoes hart.

Toen Laura haar ondervroeg, hield ze vol dat ze niets te maken had met de vernielingen van de kerkbezittingen – nee, daar gruwde ze van – maar het vandalisme maakte wel iets los waardoor ze haar gevoelens veilig kon uiten. Anonieme brieven waarin ze haar haat en frustratie kon spuwen zonder dat iemand wist wie het was. Maar nu zou iedereen het te weten komen, besloot ze verdrietig, en dan kon ze net zo goed dood zijn.

'O, zo erg is het nou ook weer niet,' zei Laura zacht, bedenkend dat deze vrouw wel genoeg had geleden. 'Als Polly terugkomt, moet ik gaan,' zei ze. 'Maar u hoeft u geen zorgen te maken. Ik moet het mijn ouders vertellen maar ik zal erop aandringen dat ze uw geheim bewaren. Ik weet dat ze alleen maar medelijden met u zullen hebben. Maar u moet zweren dat u nog één brief schrijft, slechts één: een brief aan mijn vader waarin u zich verontschuldigt. En u moet om één ding vragen.'

Ze bestudeerde de angstige, vochtige ogen die op haar gericht waren.

'U moet ze vragen of u in een van armenhofjes terecht kunt. U kunt hier niet langer wonen.'

Miss Badcoe lag daar even stil over na te denken. Toen zei ze zacht: 'Ik zal doen wat je vraagt.'

Polly kwam terug en kon alleen beloven dat de dokter zou komen, maar stemde ermee in om met miss Badcoe te wachten tot hij er was. Laura drukte de zieke vrouw de hand en vertrok. Ondanks haar haast liep ze voorzichtig de steile trap af. Ze merkte haar omgeving nauwelijks op, zo graag wilde ze nog redelijk op tijd op haar afspraak zijn. Ze wist zeker dat haar vergevensgezinde oplossing voor het probleem met miss Badcoe haar ouders wel zou aanspreken. Ze zouden blij zijn dat de schrijver van die giftige brieven nu bekend was, en zouden het verschrikkelijk vinden als een kwetsbare en verder respectabele oude dame zou worden vernederd. Of ze de arme vrouw een felbegeerde plek in een van de hofjes kon bieden, was een andere kwestie, maar ze zou haar vader vragen zijn invloed bij de commissieleden aan te wenden.

Ze had om tien uur in Russels huis aan Lupus Street afgesproken. Maar het was al half twaalf toen ze er aankwam, buiten adem en duizelig van de honger. Ze wilde dat ze niet tegen Polly had gezegd dat haar ouders met de lunch niet op haar hoefden te wachten.

Een broodmager meisje in verpleeguniform liet haar door de voordeur binnen en bracht haar naar een grote, frisse zitkamer. Laura realiseerde zich dat het meisje het kindermeisje was van Philips zoon, en dat de mysterieuze gast de kleine jongen zelf was. Hij zat op zijn knieën op de grond, zijn donkere hoofd dicht bij het roodblonde haar van Philip, en ze gingen beiden helemaal op in het tekenen van leeuwen en tijgers op een groot vel papier. Het kindermeisje zei dat ze de lunch voor de jongen ging klaarmaken en trok zich terug.

'Laura,' zei Philip terwijl hij stijf opstond, naar haar toe liep en haar beide handen pakte.

'Sorry dat ik zo laat ben…' zei ze. 'Ik kon je geen bericht sturen.' Ze vertelde over de zieke miss Badcoe.

'Je bent er, en daar gaat het om. Laura, dit is mijn zoon, John…'

'Hallo,' zei Laura terwijl ze zorgvuldig de olijfkleurige huid, zijn grote zwarte ogen en perfect gevormde lippen bekeek. Dus hij, dacht ze met een steek, heeft liever zijn moeder dan zijn vader. Hij keek haar ernstig aan en zei: 'Mijn papa gaat een olifant tekenen. Toch, papa?' Hij zei het met zachte stem, articuleerde de woorden zorgvuldig en toch zat er een onderdrukte angst in zijn manier van doen waardoor ze geruststellend zei: 'Natuurlijk doet hij dat. Philip, we willen allebei graag dat je een olifant tekent.'

Nadat een grappig uitziende dikhuid met woedende slagtanden en uitpuilende ogen keurig over het vel papier had gegaloppeerd, bracht het kindermeisje de jongen naar de keuken om brood met boter te eten. Daarna moest hij rusten voordat ze naar buiten zouden gaan.

'Hij is vandaag rustig geweest,' fluisterde Philip terwijl hij een pijp opstak, wat Laura hem nog nooit eerder had zien doen. 'Soms kan hij zich niet concentreren. Ik denk dat hij je wel mag.'

'O, denk je dat?' Ze voelde zich overdreven gevleid.

'Ja. Nou, ik heb hem beloofd dat ik hem de treinen op Victoria Station zou laten zien en dan de paarden van de koningin in de koninklijke stallen. Daarna brengt het meisje hem terug naar zijn moeder op Eaton Square. Heb je zin om mee te gaan?'

Laura stemde maar wat graag in, bedenkend hoezeer hij was veranderd sinds die dag in zijn atelier. Hij leek nu naar haar te verlangen, wilde haar dolgraag plezieren.

Terwijl de jongen sliep aten ze koude vleespastei en om half twee gingen ze op stap met de jongen tussen hen in en het meisje, Kitty, dravend achter hen aan.

Het ontroerde Laura te zien hoe goed ze met elkaar op konden schieten, vader en zoon, terwijl ze toekeken hoe de treinen het station in en uit reden. Philip vond zelfs een bereidwillige machinist die de jongen de stuurcabine en de controlepanelen wilde laten zien.

Toen het tijd was om verder te gaan, stribbelde John eerst tegen, maar zijn kindermeisje hield vol en toen ze over Buckingham Palace Road naar de koninklijke stallen liepen, waarin de koetsen en paarden van koningin Victoria gestald stonden, hield hij zijn vaders hand vast en babbelde hij honderduit.

Aan de overkant van de drukke straat stopte een huurrijtuig om passagiers uit te laten stappen. Een opgedirkte heer met hoge hoed en rottinkje betaalde zo te zien de koetsier. Achter hem stond een dame, haar gezicht was even uit het zicht toen ze de plooien in haar jurk gladstreek. Toen keek ze op. Laura hield scherp haar adem in.

De jongen keek in de richting van haar blik. 'Mama,' riep hij en hij liet zijn vaders hand los en schoot de weg op.

'John!' Philip sprong hem onmiddellijk achterna.

Een ander rijtuig kwam er met een vaart aanrammelen en haalde het eerste in, het gesnuif van de paarden klonk als een dringende waarschuwing. Te laat.

'John, ga terug,' gilde Marie die voor het huurrijtuig schoot.

Philip griste zijn zoon voor de wild zwaaiende hoeven weg. Marie tuimelde eronder. Laura zou haar gil nooit vergeten: langgerekt, schel, dierlijk, toen de wielen over haar heen reden.

Die gil schalde weken-, maandenlang door haar dromen, zodat ze in de vroege ochtend rillend en zwetend wakker werd. Dan lag ze wakker en ze speelde de gebeurtenis steeds maar weer af, wilde dat ze iets had kunnen doen. Ze hadden op Johns geestdrift bedacht moeten zijn, moeten weten dat hij moe en een beetje onrustig was omdat hij een tijdje niet bij zijn moeder was geweest. Als ze Marie maar eerder hadden herkend dan John. Binnen één klein, fataal moment dat ze werden afgeleid hadden ze dit jongetje in de steek gelaten, hem van zijn moeder beroofd. Philip was voor altijd de hoop ontnomen, Maries ouders hadden hun prachtige dochter verloren. Zoveel mensen hadden eronder te lijden.

De wanhoop sloopte haar. Het leek wel of al haar verdriet, haar onzekerheden van de afgelopen tijd, slechts op deze definitieve klap hadden gewacht.

Ze schreef een korte, gebroken zin aan Philip: 'Ik vind het zo ellendig voor jullie beiden… al mijn gebeden zijn voor jullie…' maar ze kreeg geen antwoord, ook al keek ze er bij elke postbestelling naar uit.

De begrafenis was geweest. Harriet las haar het krantenverslag voor. Ze was op het chique St. George's Hanover Square begraven, waar Marie en Philip getrouwd waren. Op de gastenlijst stonden veel beroemde namen: Edward Burne-Jones, William Morris, John Ruskin, Alma Tadema en zelfs de dichter Swinburne was voor het spektakel uit zijn schuilplek tevoorschijn gekomen.

Laura vertelde haar ouders van het ongeluk. Dat moest ze natuurlijk wel, aangezien ze uiteindelijk onder escorte van een politieagent zwijgend en met een bleek gezicht in een rijtuig was thuisgebracht en ze zich huilend in haar moeders armen had geworpen. Maar bij Harriet stortte ze haar hart uit over haar diepste schuldgevoelens, die toen de tijd verstreek en ze ruimte had om erover na te denken, uiteindelijk uitmondden in haar overtuiging dat ze op een of andere manier verantwoordelijk was voor het ongeluk omdat ze erbij was geweest, wat eigenlijk niet had gemogen... maar dat haar achterbaksheid al was begonnen toen ze met haar vriendschap met Philip de grenzen van fatsoen en goede manieren had overschreden.

Fran las in het dagboek Laura's gekwelde ontboezemingen en ze huilde met haar mee. 'Door dit schandaal heb ik iedereen van wie ik hou diep gekwetst,' had Laura geschreven, 'de tere draden die ons verbinden doorgesneden.' Hoewel ze nooit hun afkeuring aan haar lieten blijken, wist ze dat haar ouders teleurgesteld in haar waren. Op zondag in de kerk was het duidelijk dat in de hele gemeente de tragische gebeurtenis om de haarden en eettafels over de tong ging. Een paar vrouwen ontmoetten Laura's blik en de mannen namen haar nieuwsgierig op. Niemand zei iets, maar toen ze knielde om te bidden, voelde ze al hun ogen op haar gericht.

Ze putte zelfs geen troost uit de brief van miss Badcoe die haar vader de dag ervoor de de ontbijttafel had rond laten gaan, waarin ze haar roddels bekende en om genade smeekte.

'De tussenkomst van uw dochter is ervoor nodig geweest om me te laten inzien hoe ik me met mijn beklag wellicht heb vergist. Ik vraag eerbiedig om uw begrip en vergeving. Meer verdien ik niet behalve, bid ik u, dat u discreet zult zijn.' Zelfs nu was de stijve oude dame nog te trots om om praktische hulp te vragen, dus Laura legde dat namens miss Badcoe uit. Meneer Brownlow knikte alleen maar, liep zonder een woord te zeggen langzaam naar zijn studeerkamer en sloot de deur achter zich.

Zijn vrouw was duidelijker in haar gevoelens. 'Ik kan niet geloven dat een dame zulke taal kent, laat staan uitslaat, als zij heeft gedaan.'

'Ze is oud en eenzaam... en misschien een beetje gek, mama,' zei Laura vriendelijk. 'Ze heeft recht op ons medelijden.'

'Is dat zo?' Haar moeder zuchtte en capituleerde, zoals Laura wel had verwacht. 'Maar ik zal haar nooit meer met dezelfde ogen kunnen bekijken. En verklaart dit alle schade die er is ontstaan? Nee. Wat moet er in hemelsnaam van ons worden?'

Ze hoefden niet lang te wachten voordat de rest van het mysterie werd opgelost. Drie nachten later, tijdens het festival van St. Michaël en alle engelen, werd ene Alfred Cooper aangehouden, hij was dronken en hardvochtig. Nog twee ramen waren ingeslagen, zei de politieman die de volgende dag bij de pastorie langskwam, en de zakken van de man zaten vol stenen. Hij had bekend en de namen gegeven van andere schurken die hij in zijn macht had.

Die ochtend stopte er een rijtuig met tweespan voor het huis en Harriet stapte uit. Er was geen spoor van baby Arthur te bekennen. In plaats daarvan sleurde ze een duidelijk weifelende Ida aan de arm met zich mee.

'Ida, vertel aan mijn ouders wat je mij hebt verteld, verachtelijke meid die je bent,' beval ze terwijl ze haar handschoenen uittrok en achterover in haar stoel ging zitten. Meneer en mevrouw Brownlow wisselden een blik met elkaar. Laura stond kalm bij het raam.

'Wat is er, Ida?' zei meneer Brownlow, vriendelijker, en met horten en stoten stamelde de wit weggetrokken meid haar verhaal.

'Ik heb niks verkeerds gedaan, m'neer, ik werd alle kanten op gesleurd. Ik wist niet meer wat goed was.'

'Het gaat om die man die ze gearresteerd hebben,' zei Harriet. 'Haar vader. Ida, schiet op, doe het hele verhaal maar. Ik heb je gisteravond betrapt, hè? Toen je hem eten gaf. Dat ze uit mijn keuken had gestolen.'

'Het spijt me, m'vrouw, ik heb al gezegd dat het me spijt,' piepte Ida. Ze zat ineengedoken van ellende en was bijna in tranen.

'Nou, nou, liefje, hier hoef je geen narigheid te verwachten,' zei mevrouw Brownlow. 'Je kunt ons alles vertellen.'

Stukje bij beetje wisten ze het hele verhaal uit haar te trekken.

'Hij dreigde me. Zei tegen me dat ik mijn broertjes en zusjes van het weeshuis moest redden en het gezin weer bij elkaar moest zien te krijgen, anders zou ik in de hel branden.' Alfred Cooper koesterde een wrok tegen de Brownlows, zo veel was wel duidelijk.

Er werd een politieagent bij gehaald die met Ida praatte.

Tijdens de lunch vertelde meneer Brownlow aan zijn vrouw en Laura: 'De politie zegt dat Cooper had lopen schelden dat mevrouw Brownlow Molly en de baby had vermoord en zijn kinderen van hem had afgepakt.'

'Wat een nonsens!' riep mevrouw Brownlow uit terwijl ze haar servet op haar schoot openvouwde. 'De man was zo liederlijk en ging zich zo erg te buiten dat hij niet voor zijn vrouw en kinderen kon zorgen en vervolgens schuift hij het andere mensen in de schoenen dat zijn gezin zo veel tegenspoed heeft. Nee, hij geeft zelfs de hele kerkgemeente de schuld. Nou, de man zal nu wel afgevoerd worden en dan is daarmee de kous af.'

Laura plukte aan een draad op het tafelkleed en moest terugdenken aan dat smerige kot waar de Coopers hadden gewoond. Net zoals ze miss Badcoe had kunnen begrijpen, vroeg ze zich nu ook af of meneer Cooper een eigen verhaal had. Ja, je kon niet ontkennen dat hij zijn gezin in de steek had gelaten. Hij had gedreigd en was gewelddadig geweest, daar was geen enkel excuus voor. Maar wat voor opvoeding had Alfred Cooper zelf te verduren gehad? Waardoor was hij de man geworden die hij was?

'Wat gaat er met Ida gebeuren?' vroeg ze terwijl ze een lepel soep nam.

'Harriet is verschrikkelijk boos dat ze eten heeft gestolen,' zei haar vader. 'George wil dat ze het meisje ontslaat. Zo'n misdaad kun je niet door de vingers zien. Maar ik heb hem geschreven en dringend gevraagd de zaak nog eens te overdenken. Moet een jong, goedhartig meisje veroordeeld worden omdat ze haar vader gehoorzaamt? Natuurlijk niet. Ik heb voorgesteld dat ze haar op een andere manier straffen, maar dat ze haar niet zonder referenties op straat zetten. Ik hoop dat George de hand over zijn hart wil strijken.'

'Dat hoop ik ook,' zei Laura zuchtend. 'Uit al deze ellende zou toch iets goeds moeten voortkomen.' Welk goeds ooit uit haar eigen achterbaksheid voort kon komen, daar had ze voorlopig geen idee van.

En terwijl ze hierover liep te piekeren, vroeg Anthony Bond haar voor de derde keer ten huwelijk. Rekening houdend met het welzijn van haar familie en omdat hij zo hartverwarmend bleef volharden, beloofde ze hem met Kerstmis antwoord te geven.

Halverwege oktober, toen de bladeren van de bomen op het plein begonnen te vallen, kwam er een brief van Philip.

'Het is alweer een maand geleden sinds het verschrikkelijke ongeluk en nu pas ben ik weer bij zinnen gekomen. Ik moet je zien, Laura.'

Maar ze had nu een besluit genomen. Ze schreef hem terug dat het voor hen beiden het beste was als ze elkaar niet meer ontmoetten.

# 36

*Het is niet ongewoon dat wanneer mensen op het randje van de
dood balanceren, er engelen opduiken.*

GARY KINNAMAN

Nadat ik de brief van mijn vader had gelezen, ging ik elke dag naar het
ziekenhuis. Nu ik paps verhaal kende en begreep wat hij altijd voor me
had gevoeld, wilde ik zo veel mogelijk tijd met hem doorbrengen, om
op een of andere manier die stiltekloof waarover hij het had te overbruggen. Ik vertelde hem dat Jeremy me de brief had laten zien, dat ik
wilde dat hij niet zo veel voor me verborgen had gehouden, dat ik blij
was dat nu ik alles wist.

Mijn gevoelens lagen werkelijk overhoop. Een deel van me was boos
op hem, en hoe langer ik erbij stilstond, hoe verbolgener ik werd over de
manier waarop hij mijn hele leven had beheerst, mijn jeugd met zijn geheimen en schuldgevoelens had vergald. Maar nu was hij een kwetsbare, oude man, niet ver meer af van de dood en het leek misplaatst om
hem met mijn woede op te zadelen. En al snel raakte ik ook gefrustreerd, omdat de naakte waarheid eindelijk tussen ons in stond, maar
dat we niet in staat waren elkaar te vertellen hoe we erover dachten en
voelden. We hadden geen kans meer om de wonden uit het verleden te
helen, de stiltes in te vullen. Uiteindelijk kon ik slechts onsamenhangende, geruststellende woorden tegen hem fluisteren, terwijl hij daar
bewusteloos lag, en hem vertellen dat ik van hem hield en hem alles vergaf. Jeremy zei dat meer niet nodig was en ik geloofde hem op zijn
woord. Wat kon ik anders doen?

Zac ging soms met me mee. Een paar dagen nadat Jeremy me de brief had gegeven, liet ik hem aan Zac zien. Hij las hem in de keuken van de Quentins, onder de onheilspellende blik van Lucifer de kat. Toen hij hem teruggaf, stond zijn gezicht bezorgd. 'Zoiets had ik nooit gedacht,' zei hij. 'Je vader liet nooit iets over zichzelf los.'

'Ik ben zo blij dat hij met Jeremy kon praten,' antwoordde ik, me realiserend dat pap er bijna te laat mee was geweest.

We waren bij pap toen hij stierf, Zac en ik. Op een vrijdagochtend in de tweede week van november belde een zuster uit het verpleeghuis me in de pastorie op om te zeggen dat hij achteruitging. Ik belde Zac en vertelde hem dat ik op weg was naar Dulwich.

We waren er de hele dag, en tijdens die martelende tijd waarin we moesten afwachten dwarrelden voortdurend fragmenten uit *De droom van Gerontius* door mijn hoofd. Pap was zich er waarschijnlijk niet van bewust dat hij ging sterven. Maar aan de andere kant, wie wist dat werkelijk? Misschien was dat belangrijke deel van hem, zijn geest, zich ervan bewust dat hij naar het licht en de vrijheid ging. Misschien kon hij onze aanwezigheid voelen of misschien had hij ons al verlaten, werd hij in de armen van een grote engel de eeuwigheid in gedragen.

Toen de schemer inviel, steeg een vlucht ganzen hevig klapwiekend boven de bomen op, treurig naar elkaar roepend, op hun reis naar het zuiden. Toen ik me omdraaide en weer naar pap keek, zag ik dat hij ook was weggegaan.

Naast me stak Zac zijn hand uit en legde die over de mijne heen. Ik leunde tegen hem aan en huilde.

Afgelopen maandag hadden we met het koor het gedeelte van Geriontus' dood gezongen, het moment waarop de priester en zijn dienaren roepen: 'Ga voort op uw reis... Ga in de naam van engelen en aartsengelen...' Nu ik naar paps verstilde gezicht keek, hoorde ik in gedachten het koor zingen. We spreken over de dood als 'de eeuwige rust'. Maar stel dat pap net als Gerontius na de dood op een lange, dramatische reis ging? Misschien was hij nog niet klaar voor de eeuwige rust, maar ik bad dat hij daar wel zou aankomen.

Ik sprak hierover met Jeremy. Hij leek er net zo over te denken als ik. 'Denk je dat hij mijn moeder weer zal zien?' vroeg ik hem.

'O ja, dat geloof ik zeker.'

'Dan hebben ze een hoop te bespreken.'

'Ja, dat kun je wel zeggen.'

'Ik denk eigenlijk dat ze eerst behoorlijk kwaad op elkaar zullen zijn.'

Jeremy lachte. 'Ja, maar deze keer verwacht ik dat ze het daar wel vol-houden en er samen uitkomen.'

De woensdag daarop was slechts een handvol mensen in het crematori-um aanwezig: ikzelf, Zac, Sarah, Anita, meneer Broadbent de boekver-koper en een klerk van paps advocatenkantoor. Jo kon niet komen en Ben zat niet achter het orgel, omdat hij die dag een zwaar lesprogram-ma had. Maar ondanks het kleine gezelschap en de anonieme omgeving wist Jeremy er toch een bijzondere dienst van te maken, en zijn oprech-te verdriet om het verlies van een vriend verwarmde ons allemaal.

'Ga op reis en dat gij vandaag uw plek in vrede mag vinden,' zei hij toen de gordijnen zich rondom de kist sloten.

Na afloop kwamen we bibberend van de kou buiten bij elkaar en staarden naar onze stijve boeketten die op het gras lagen. Slechts één er-van had ik niet verwacht. Het was een eenvoudig boeketje chrysanten van Amber. Toen ik haar lieve briefje las, zwommen mijn ogen in de tra-nen. Er stond: 'Dat uw engel u maar veilig naar huis mag brengen.'

# 37

*Af en toe, wanneer de kamer verder onverlicht was, verscheen een
mistige, grijze figuur die op die bank in de alkoof ging zitten. Het
was de liefhebbende en melancholieke figuur van een engel.*

TENNESSEE WILLIAMS

In de verwarrende dagen na paps overlijden zagen Zac en ik elkaar vaak.
Ik moest een enorme stapel papierwerk doorwerken, waar hij me mee
hielp, en als er een dag voorbijging zonder dat we elkaar hadden gezien,
belde hij om te horen of het goed met me was.

Toen op een dag, november liep op zijn laatste benen, belde hij niet
en ik miste hem. Ik herinnerde me dat hij de dag ervoor, toen we elkaar
spraken voordat we wat financiële zaken doornamen, bleek en teruggetrokken was geweest, dus pakte ik de telefoon en belde zijn nummer. Hij
ging heel lang over, toen klonk het geluid van een vallende handset en
een gedempte vloek voor een zachte stem stamelde: 'Hallo?'

'Zac? Zac, met mij.'

'Wacht even. Oef.' Er klonk wat geritsel.

'Stoor ik?'

'Ik slaap. Sorry, kon m'n bed niet uitkomen. Griep of zoiets.'

Ik belde hem voor in de middag weer, na mijn orkestrepetitie, en zo
te horen was het erger geworden.

'Ik kom naar je toe,' zei ik zijn protesten negerend en ik dwong hem
me zijn adres te geven. Raar dat ik nooit eerder bij hem thuis was geweest, dacht ik, terwijl ik me voor wat snelle boodschappen door de supermarkt haastte.

De naam Burberry Mansions roept een beeld op van elegante edwardiaanse appartementen zoals dat van Jo's ouders, maar Zacs woning

bleek zich in een sjofel huizenblok in Lambeth te bevinden. Ik nam de krakende lift naar de zevende verdieping, klopte op de deur van flat nummer 12 en wachtte naar m'n gevoel minuten lang op de tochtige betonnen overloop.

Uiteindelijk deed Zac open. Hij zag er verschrikkelijk uit, zijn haar leek wel een vogelnest, zijn bleke gezicht was vlekkerig en zijn ogen straalden onnatuurlijk helder. Het rook er muf en het was er veel te warm. Ik liep achter hem aan naar een zitkamer.

Het duurde even voor tot me doordrong wat ik zag. We werden ondergedompeld in een ware regenboog van licht. Voor de meeste ramen hing gekleurd glas. Er was een paneel van verbluffend mooie medaillons in blauw- en groentinten, die allemaal in een ononderbroken patroon met elkaar verbonden waren. Op een andere zwommen geëtste waternimfen een dromerige, bruin- met amberkleurige rivier over, waarin blauwe vissen opflitsten. Aan het plafond hing een glaspaneel zonder loden lijst die langzaam ronddraaide, de zilveren contouren van een hert leek uit het nevelige blauw te stappen. Ik liep naar de schoorsteenmantel om de erboven hangende reusachtige spiegel te bestuderen die omlijst werd door een werveling van robijnrood, goud en wit glas, als woestijnzand, waarin kleine gouden hagedissen en slangen speelden.

'Die heet droomtijd,' zei Zac en hij hoestte verschrikkelijk.

'Het is… ongelooflijk, Zac, je rilt. Ga onmiddellijk je bed weer in.' Hij wankelde een beetje dus ik hielp hem naar de slaapkamer, waar het donker was, want de gordijnen waren voor de ramen getrokken.

'O, let maar nergens op,' zei hij bijna op zijn bed vallend. 'Het is een bende.' Toen gromde hij omdat ik hem negeerde en een gordijn een beetje opentrok zodat ik de kamer kon zien.

Hij had gelijk, het was een bende. Overal slingerden kleren rond, het beddengoed moest nodig worden verschoond en vuil serviesgoed stond op het nachtkastje en op de grond gestapeld.

'Oké,' zei ik een beetje onzeker. De rol van verzorgster was me bepaald niet op het lijf geschreven. Zac hielp mee doordat hij verbazingwekkend gezeglijk was. Ik hielp hem naar de douche, in de hoop dat hij niet zou omvallen terwijl ik zijn bed verschoonde, vond een schone pyjama en wist wat paracetamol op te diepen. Een soort griep leek de meest voor de hand liggende diagnose, dus gaf ik hem een paar pillen met een glas water en stopte hem in bed, waarna ik me met de keuken ging bezighouden.

Nadat ik had afgewassen, probeerde ik zonder veel succes wat champignonsoep met brood en boter bij hem naar binnen te werken. Terwijl hij sliep luchtte ik de kamers, ruimde op en gooide een lading was in de wasdroogcombinatie. Hij sliep nog steeds toen ik wegging, dus ik legde een briefje naast zijn bed met de belofte dat ik hem de volgende ochtend zou bellen.

Ik ging elke dag naar hem toe tot hij over het ergste heen was. Op de tweede dag belde ik Zacs dokter die zei dat dit zonder meer op een ernstige griepaanval leek en hij vertelde me wat ik moest doen. De eerste paar dagen sliep Zac eigenlijk alleen maar. Wanneer hij wakker was, was hij suf en praatte hij onsamenhangend, maar hij stond toe dat ik hem hielp bij een schone pyjama aantrekken en dat ik zijn haren kamde. Hij zei waar ik zijn reservesleutel van de voordeur kon vinden zodat ik mezelf kon binnenlaten.

Op de derde dag kwam ik op de overloop een Noord-Afrikaanse vrouw met een paar kleine kinderen tegen, die ongerust naar hem vroeg en aanbood 's avonds bij hem te gaan kijken. De volgende ochtend zag ik dat ze een verrukkelijk ogende stoofpot in de koelkast had gezet en ik probeerde hem daar wat van te geven, maar kreeg niet veel naar binnen, dus at ik er zelf maar wat van. Het was ellendig hem zo te zien, mee te maken dat de man aan wie ik de afgelopen paar weken zo veel steun had gehad, die normaal gesproken zo waardig, zo onafhankelijk was, gedwongen was om zichzelf volledig aan de zorg van iemand anders over te geven.

Tot mijn opluchting merkte ik dat hij niet helemaal op zijn eentje was. Los van Etha die naast hem woonde, werd hij door vrienden gebeld. Amber ging een keer met me mee en een andere keer, toen ik in de vooravond aankwam en mijn sleutel in Zacs deur stak, deed een vrij jonge man met dunnend haar open en stelde zich voor als David.

'Jij bent van dat andere glas-in-loodatelier, hè?' zei ik, me de naam herinnerend, 'leuk dat ik je nu eindelijk eens ontmoet.' We gingen op de bank in de woonkamer zitten en praatten fluisterend met elkaar uit angst dat we Zac wakker zouden maken, terwijl we al die tijd tussen de stukken gebrandschilderd glas door naar het prachtige uitzicht over Londen staarden. We konden zelfs de Big Ben zien, die boven de torenflats uit piepte, met daarachter de gotische pinakels van de parlements-gebouwen.

David vertelde me hoe hij Zac had leren kennen, dat Zac op een dag langs was gekomen en hem om hulp had gevraagd bij een opdracht waarvoor mijn vader niet het juiste gereedschap had. Ze waren dikke vrienden geworden en Zac ging vaak bij David en zijn vrouw en kinderen op bezoek. Janie, Davids vrouw, was fluitiste in het Filharmonisch Orkest.

'Zac heeft echt veel talent,' fluisterde David, terwijl we om ons heen naar al dat mooie glas keken.

'Dat weet ik,' zei ik. Ik begon hem over Rafaël te vertellen, maar bedacht dat hij dat al wist omdat Zac hem had gevraagd hem met de materialen te helpen.

Ik vroeg me af of David iets van Zacs achtergrond wist – over zijn dochter – maar ik vroeg het maar liever niet voor het geval dat niet zo was.

Maar het mooiste was wel dat hij aanbood om ons te helpen met de nieuwe inrichting voor Munsterglas en ik nam zijn aanbod dankbaar aan.

'En als Zac weer beter is, moet je een keer op zondag bij ons komen lunchen,' zei hij. 'Janie wil je heel graag ontmoeten.'

Pas op de zesde dag werd Zacs temperatuur weer normaal en het duurde nog een paar dagen voor hij sterk genoeg was om in zijn kamerjas rechtop in bed te zitten. Hij was somber en lusteloos, en snipverkouden, waardoor hij naar zijn zeggen halfdoof en stom werd. Hij was nog steeds te zwak om veel te kunnen doen, zelfs lezen ging niet. Met het verstrijken van de tijd sterkte hij aan, maar er had zich een droefheid in hem genesteld die maar niet leek te willen wijken.

'Het komt door de griep, Zac, die wringt je helemaal uit.'

'Dat zal wel,' verzuchtte hij, maar ik vroeg me af of er niet meer aan de hand was.

Tegen het einde van de week was het een ritueel geworden, elke dag ging ik met de bus naar hem toe. Ik was door een orkest ingehuurd, een van de vaste koperblazers had zijn arm gebroken, dus op de meeste dagen moest ik repeteren en dan kon ik pas laat in de middag, als het al donker begon te worden, naar Zac toe.

Eén keer had hij bij mijn komst in een schetsboek zitten tekenen, maar toen ik het wilde bekijken, gooide hij het schetsboek en potlood op de salontafel naast een pot vroege hyacinten die Janie voor hem had meegenomen.

'Ik kan me nergens op concentreren,' klaagde hij geeuwend en zich uitrekkend, maar toen glimlachte hij en ik realiseerde me met een rare steek dat hij aan de beterende hand was. Nog even en ik hoefde niet meer langs te komen. Ik voelde me plotseling ontheemd.

Om mijn stemming te verdoezelen ging ik naar de keuken en borg het eten dat ik had meegenomen weg: brood en melk, plakken rosbief, satsoema's en zijn lievelingschocoladerepen. Door het raam zag ik een zeemeeuw zweven, bewegingloos, alsof alleen het lot hem midden in de lucht op zijn plaats hield. Ik werd aan mezelf herinnerd. Er was zo veel veranderd dat ik niet meer wist welke kant ik op ging.

'Hoe gaat het met de winkel?' vroeg Zac toen ik hem thee bracht. Hij had gegniffeld om een kindertekenfilm maar schakelde nu de tv uit en schoof een eindje op, zodat ik naast hem op de bank kon zitten. Het was heel natuurlijk om nu tegen hem aan te zitten, zoals ik op de avond dat het etalageraam werd ingegooid tegen Ben had geleund. Vrienden die zich bij elkaar op hun gemak voelen, Zac had nooit te kennen gegeven dat hij meer voor me voelde.

'De verbouwing begint na Kerstmis,' zei ik tegen hem, 'maar er is nog geen precieze datum geprikt.'

Ik vond het fijn om bij hem te zijn. Ik wist nu dat zijn vroegere onbeholpenheid, uit de tijd dat we elkaar nog niet zo goed kenden, voortkwam uit verlegenheid, waar een grote dosis bezorgdheid om mijn vader bij zat.

'Je had gelijk over mij en pap,' zei ik een beetje verdrietig. 'Ik ben niet vaak genoeg bij hem geweest, hè? Je hebt vast gedacht dat het me niets kon schelen.'

Zac moest plotseling niezen en greep een paar tissues. 'O, jeetje,' zei hij, terwijl hij me waterig uit zijn opgezwollen ogen aankeek. 'Ik voel me nog steeds belabberd.'

'Arme Zac.' Hij zag er ook belabberd uit. Zijn neus was dik, zijn huid zo grijs als afwaswater, zijn haar vettig en dof. 'Maar dat verandert gauw genoeg, dat weet ik zeker. Ik moet ervandoor. Vanavond generale repetitie. Het concert is morgenavond, dus dan kan ik niet komen.'

'Ik zal je missen,' zei Zac. 'Maar ik heb een besluit genomen. Ik zit hier nu al tien dagen en morgen ga ik deze flat uit, ook al moet ik naar buiten kruipen. En, Fran,' hij duwde zichzelf overeind om me uit te laten, 'zodra ik daartoe in staat ben, neem ik je mee uit eten. Wil je dat?'

'Natuurlijk,' zei ik. Ik zou hem hebben omhelsd, maar juist op dat moment moest hij weer niezen.

Voor één keer hoefde ik eens niet op de lift te wachten en voor ik er op de begane grond uit kon, dromde een afschrikwekkende troep tieners naar binnen, zodat ik mezelf eruit moest wringen. Automatisch controleerde ik daarna mijn handtas, en ik realiseerde me dat ik nog steeds Zacs sleutel had. Verdorie. Nou ja, ik ging nu niet meer terug. En eigenlijk stond het idee me wel aan om hem te houden.

# 38

*Toe, zeg nog iets, jij engel, want jij glanst*
*Zo heerlijk in de nacht, hoog boven mij –*
*Als een gevleugelde hemelbode.*

WILLIAM SHAKESPEARE

'We hebben toestemming voor ons raam,' riep Jeremy op de laatste zaterdag van november, terwijl hij zijn jas ophing en bij mij en Sarah aan de keukentafel kwam zitten. Hij was naar kantoor geweest om een paar dingen uit te zoeken en had een brief van het bisschoppelijk bureau opengemaakt.

'Dat is nog eens snel,' zei Sarah, 'als je bedenkt hoe lang we hebben moeten wachten voor we een invalidentoilet kregen.'

Een paar functionarissen hadden verschillende keren de kerk bezocht om Rafaël, die nu in de kapel was neergezet, te inspecteren, evenals de plek waar hij zou komen. Ten slotte had Jeremy toestemming gekregen om de victoriaanse kast te ontmantelen en te verplaatsen, en Rafaël te installeren.

'We houden het bestaande glas gewoon,' zei Jeremy terwijl hij een zoetje door zijn koffie roerde. 'Dus, Fran, liefje, ik neem met de timmerman contact op voor de kast, dan kunnen jij en Zac misschien het ijzerwerk voor het raam organiseren. Hoe ga je dat trouwens aanpakken?'

'O, Zac heeft wel een paar vrienden die kunnen helpen, dat weet ik zeker.'

Zac, die nu weer helemaal beter was, David en een paar mannen uit de ijzergieterij hingen Rafaël eind november op een ochtend op, terwijl de dominee, de kerkvoogd en ik toekeken en ons nuttig maakten waar we konden. Even was er een huiveringwekkend moment toen we dachten dat we ons in een afmeting hadden vergist, maar uiteindelijk bleek alles perfect te zijn. Het bronzen frame was zodanig aan de muur bevestigd dat Rafaëls paneel makkelijk kon worden verwijderd voor het geval dat ooit nodig mocht zijn. Nog één poetsbeurt en daarna stonden we er allemaal naar te kijken.

Het effect was adembenemend. In het kille licht van onze noordelijke winter glansde het raam vriendelijk. De engel zweefde boven ons, zegende ons met een opgestoken hand terwijl hij op ons allen neerkeek. Hoe had Zac dat effect weten te bereiken?

'Ik ben zo blij dat hij ruim voor Kerstmis klaar is,' zei de dominee stralend.

'En voor Gerontius volgende week,' bracht ik hem in herinnering. Ons concert zou de volgende zondagavond plaatsvinden.

'Mensen moeten natuurlijk wel speciaal de Mariakapel binnen lopen om hem te zien.'

'We weten dat hij er is. En je kunt de kapeldeur open laten staan,' voegde ik eraan toe.

Op de avond van 13 december was er een inzegeningsdienst voor het raam gepland. 'De dag van St.-Lucy,' zei de dominee. 'Het kerkelijk lichtfeest. Heel toepasselijk.'

Ik had het zo druk gehad, dat ik een tijd niet in Laura's dagboek had gelezen. Maar die avond zat mijn hoofd zo vol Rafaël dat ik het uit de stapel boeken trok die ik had meegenomen. Ik hoefde nog maar een paar bladzijden te lezen. Rafaël was voltooid en mijn reis met Laura was bijna voorbij. Ik zou ze beide missen.

Tot mijn verbazing ontdekte ik dat de datum waarop wij het raam zouden inzegenen precies dezelfde was als de eerste keer dat het werd ingezegend, hoewel het ruim een eeuw later was.

# 39

*Leid me naar het land der engelen.*
CARMINA GADELICA

## Laura's verhaal

Begin december 1880 ging Philip Russell op een woensdag met een paar mannen van Munsterglas het raam installeren. Laura, die niets van Philip had gehoord sinds haar afwijzing op zijn brief in oktober, ging die dag met opzet niet naar de kerk. Maar ze wist dat ze de zondag daarop, de dag van St.-Lucy, niet om de inwijdingsdienst heen kon. Tenslotte was een van de ramen ter nagedachtenis van Caroline en veel vrienden en familie van de Brownlows zouden er zijn.

Maar de dag nadat de mannen waren geweest, glipte ze de kerk in om zelf voor het ochtendgebed naar de ramen te kijken. Het viel haar op dat ze zo veel mooier en levendiger waren nu ze op hun plek zaten in plaats van dat ze rechtop in de werkplaats stonden.

In de schemerige kapel leken ze wel boven haar te zweven. Het was alsof ze een geest bezaten, ze kon bijna hun aanwezigheid voelen. Maar ze verwierp dat idee. Zelfs haar vader, met al zijn liefde voor het mystieke, zou zulke nonsens afkeuren. Maar vooral de gezichten fascineerden haar. Ze had Maria's vreugdevolle blik bestudeerd, de verering die in de gezichtsuitdrukking van de kleine jongen werd weerspiegeld, voordat ze in de gaten kreeg hoe vertrouwd ze haar voorkwamen. Dat had ze nog niet eerder gezien. Maria was Laura's moeder. Ze had die uitdrukking op haar gezicht wanneer ze Arthur op haar schoot liet dansen, en ze wist zeker dat hoewel de heilige baby een beetje ouder leek dan Arthur en Arthurs gelaatstrekken in de afgelopen paar maanden zeker wa-

369

ren veranderd, er iets was met de stand van zijn neus, de vorm van zijn hoofd, waardoor ze dacht dat Arthur door Philips hoofd moest hebben gespeeld toen hij zich het Christuskind voorstelde.

En de engel. Alleen de ogen zouden van Caroline kunnen zijn geweest – groot, zware wimpers, inert – maar deze engel was steviger, had een rechthoekiger gezicht dan dat van Caroline was geweest. Niet zoals Marie, die was een donkere, exotische schoonheid geweest. Nou ja, Philip had vast de keus uit meer dan genoeg andere gezichtsmodellen. Waarschijnlijk bezocht de helft van de vrouwen de Grosvenor Galerie.

Terwijl ze daar zat te kijken en aan Caroline dacht, kwam er een vredig gevoel over haar. De engel leek helderder te glanzen, haar te verwarmen. Dat beeldde ze zich toch zeker niet in? Ze kreeg er een raar gevoel bij. Alsof ze werd gezegend door iemand die heel heilig was en respect afdwong.

Op St.-Lucy's dag ging Laura 's middags met angst en beven naar de kerk in de wetenschap dat ze Philip zou zien.

Het eerste wat ze zag toen ze het gebouw met haar moeder en meneer Bond binnen ging was dat, in tegenstelling tot de felkleurige kleding waar zo'n gelegenheid zeker om vroeg, de achterste kerkbanken vol zaten met oude mannen in het zwart. Waarschijnlijk vrienden en kennissen van de overleden meneer en mevrouw Fotherington, veronderstelde ze. Hoe dan ook, de kerk zat vol. Op elke vensterbank flakkerden kaarsen, want hoewel het middag was, was het toch nevelig, en het interieur van de kerk was gehuld in een winterse schemer.

Voor het moment van de inzegening zelf werd iedereen gevraagd zich in en om de Mariakapel op te stellen, waar Laura's vader de zegenende woorden zou uitspreken. Overal uit de menigte klonken bewonderende kreten toen de mensen de prachtige, serene gezichten in zich opnamen van Maria en het Christuskind boven het altaar, evenals het ernstige gezag van Rafaël met de opgestoken, zegenende hand, glanzend in het zwakke en nevelige licht.

Terwijl de gemeenteleden halsreikend in en om de kapel dromden om de ramen te bekijken, wachtte Laura beleefd achteraan. Op dat moment kreeg ze Philip in het oog die een stukje verderop met zijn rug tegen de kapelmuur stond. Langzaam draaide hij zijn hoofd om. Toen hij zag dat ze naar hem keek, glimlachte hij teder naar haar en knikte ernstig.

Het kaarslicht weerspiegelde in zijn ogen, lichtte zijn roodgouden haar op, verwarmde zijn bleke huid en gaf hem het aura van een engel. Een engel in een geklede jas en witte puntboord. Zijn gezicht loste op in de mist van haar tranen en ze moest de andere kant op kijken.

Na afloop moest ze met een hoop mensen praten, neven die Caroline hadden gekend, vrienden van haar ouders, oude schoolvriendinnen van de Brownlow-zusjes. Uiteindelijk kwam meneer Bond afscheid nemen omdat hij weer naar kantoor terug moest. Ze praatte met Arnold Jefferies, een man met uitgesproken denkbeelden die hij niet onder stoelen of banken stak en zijn rustige dochter Prudence. Ze was blij dat Anthony Bond met meneer Jefferies praatte, zodat zij met Prudence een praatje kon aanknopen.

'Een buitengewoon man, uw vader, miss Brownlow,' verkondigde meneer Jefferies. 'Mijn overleden tante sprak alleen maar goed over hem. En onze kwestie met het raam is heel bevredigend verlopen. U zult merken dat we nu vaker de eredienst zullen bezoeken.'

'En we zijn opgetogen wanneer we u hier beiden mogen begroeten,' verzekerde Anthony hem.

'We gaan meestal naar St. Mary's,' fluisterde de rustige Prudence tegen Laura, 'maar papa is niet erg gecharmeerd van de nieuwe dominee.'

'Je eetlust vergaat je wanneer je zijn verdomde liberale opvattingen hoort,' gromde Jefferies. 'Ik laat me niet de les lezen over hoe ik mijn zuur verdiende geld moet besteden.'

'O, papa,' verzuchtte Prudence. Ze klopte hem op de arm. 'Je vervult je christelijke plicht toch. Luister maar niet naar hem,' ze ze tegen haar toehoorders. 'Mijn vader is de aardigste, grootmoedigste man die er bestaat.'

'U hebt vast gelijk, miss Jefferies,' zei Anthony ernstig, maar met een pretlichtje in zijn ogen.

'Wat zou ik zonder haar moeten?' zei Jefferies met een tedere uitdrukking op zijn gezicht. 'Sinds mijn vrouw drie jaar geleden is gestorven, is ze mijn steun en toeverlaat.'

'O, papa.' Prudence blooste gepast. 'Dat is toch helemaal niet moeilijk.'

'Met recht vrouwelijke deugden,' zei Anthony zachtjes. En hij glimlachte miss Jefferies zo warmhartig toe dat Laura heel even een steek van jaloezie voelde.

Later zag ze hem afscheid nemen, bij de deur bleef hij bij een groepje giechelende meisjes staan en maakte een stijve buiging. Hij was tot vervelends toe serieus maar haar genegenheid voor hem groeide. Elke dag ontdekte ze meer goede eigenschappen in hem. Ze was nog steeds te onzeker om hem haar verhalen te laten lezen, omdat hij misschien de eigenzinnige vrouwen die erin voorkwamen vreesde en ze zijn manlijke visie op de wereld tartten, waardoor hij wellicht van zijn stuk gebracht zou kunnen worden. Ze had ze ook niet naar de tijdschriftenuitgever gestuurd, zoals Philip had voorgesteld. Haar familie kon wel wat minder publieke belangstelling gebruiken, niet meer.

Maar ze gaf niet graag toe dat ze zich, nu Anthony weg was, minder, nou ja, verkrampt voelde. De Jefferies knoopten een gesprek aan met George en Harriet en een tijdje stond ze in haar eentje. Vanuit haar ooghoek sloeg ze Philip gade, die omringd werd door bewonderaars, de mannen schudden hem geestdriftig de hand, de vrouwen spraken hem vertrouwelijk toe.

'Miss Brownlow. Wat fijn dat ik u tref.' Haar gedachten werden onderbroken door miss Badcoe, die inmiddels van haar ziekte was hersteld en weer zo streng was als altijd. De vrouw had zich schokkend onverzettelijk getoond want ze had Laura met geen woord bedankt voor haar bemiddeling. Terwijl ze miss Badcoes zeurende klachten aanhoorde over een buurvrouw in het hofje die haar fijngevoeligheden had beledigd met stuntelige pogingen om vriendschap te sluiten, keek Laura een paar keer rechtstreeks naar Philip en hun blikken ontmoetten elkaar. De tweede keer dat hij naar haar keek leek hij wat dichterbij te zijn gekomen, en ze dwong zichzelf zijn blik vast te houden en een beetje te glimlachen.

'Miss Brownlow?' Miss Badcoe eiste weer haar aandacht op. 'U ziet bleek, meisje. Misschien staat die kleur u niet zo goed.' Ze stond perplex van dat mens.

'Miss Badcoe, ik kan u verzekeren dat het heel goed met me gaat. Veel mensen complimenteren me met het feit dat deze goudgele kleur me zo goed staat. Zwart staat ons niet allemaal goed.'

'Nou, werkelijk, miss Brownlow. Ik wilde u niet beledigen.'

'En toch doet u dat heel vaak, miss Badcoe. Ik hoop dat u het naar uw zin hebt in uw nieuwe onderkomen en uw buurvrouw aardig leert vinden. Goedemiddag.' En voordat miss Badcoe adem kon halen maakte ze zich uit de voeten.

Philip kwam steeds dichter bij Laura tot ze naast elkaar stonden toen de menigte begon uit te dunnen. Nu zag ze de sporen van verdriet in zijn gezicht gegrift, de vermoeide schaduwen onder zijn ogen, dat de kaaklijnen scherper uitkwamen, en dat raakte haar diep. Hij pakte haar hand en hield die met zijn beide handen vast.

'Miss Brownlow,' zei hij. 'Laura. Eindelijk. Hoe gaat het met je?' Voor haar gevoel bekeek hij haar gezicht, bestudeerde hij haar, onderzoekender dan nooit tevoren. Het was alsof hij haar gelaatstrekken in zich wilde opnemen.

'Meneer Russell, alles was geweldig,' kwam Laura's moeder, die plotseling naast haar stond, tussenbeide. Philip liet Laura's hand los. De betovering was verbroken. 'We zijn zo blij met ons raam. Dat betekent zo veel voor ons.' Tijdens het praten greep Laura's moeder haar dochter bezitterig bij de arm.

'Inderdaad,' mompelde Laura. Ze wist dat haar moeder haar alleen maar wilde beschermen. Wat een dwaas was ze geweest dat ze nog steeds zo graag met Philip wilde praten. Nu zouden ze nooit meer samen zijn. Hij zou zijn eigen weg gaan en hun paden hoefden elkaar nooit meer te kruisen. Misschien ving ze nog een glimp van hem op aan de overkant van het plein, wanneer hij Munsterglas bezocht. Maar daar zou het bij blijven.

Haar moeder informeerde naar de gezondheid van zijn vader. Tegenwoordig zag ze er wat gelukkiger uit, vond Laura. De akelige atmosfeer in de kerk was ook opgeklaard. De mensen hadden het nog steeds over alle commotie. Maar velen schaamden zich nu voor de verdeeldheid die de zaak in de gemeente teweeg had gebracht, dat de ene buur de andere verdacht, de arme de rijke verachtte en de rijke de arme botweg veroordeelde. Een paar weken eerder was de bisschop op bezoek geweest om de kerk en zijn altaars opnieuw in te wijden en te bidden voor eenheid en de missie van de gemeente. Langzaam werd het leven weer normaal.

Haar vader was ook aanzienlijk opgewekter nadat ze iets van haar broer Tom hadden gehoord. Die had in New York werk gevonden als onderwijzer. Weliswaar in een van de armere stadswijken en hij verdiende niet veel, maar hij was er vast van overtuigd dat hij een bijdrage leverde aan het welzijn van zijn medemens. Hij schreef dat hij zich onlangs had verloofd, met de dochter van een collega-onderwijzer. Hij vroeg of zijn ouders ermee wilden instemmen. Laura's vader had onmiddellijk geld gestuurd voor zijn onkosten en gezegd dat het hun speet dat ze niet bij het huwelijk aanwezig konden zijn.

'Ja, we hebben veel om God dankbaar voor te zijn,' zei haar moeder tegen Philip. 'Mijn zoon Tom doet het goed in Amerika, hij heeft zijn draai gevonden en is nu gelukkig. Onze kleine kleinzoon Arthur is een gezond kind en we hopen op nog een gelukkige gebeurtenis tijdens Kerstmis. Zo is het toch, Laura?' zei ze, terwijl ze haar dochter met kalme blik aankeek. 'Ik geloof dat u Anthony Bond wel kent, die kerkvoogd is bij mijn man?'

'Mama.' Laura ademde scherp in. Het was nog niet algemeen bekend dat ze zich zou gaan verloven.

Philip, die van de triomfantelijke uitdrukking op mevrouw Brownlows gezicht naar de verlegen uitdrukking van Laura keek, hoefde geen nadere uitleg. Hij zei: 'Daar zou ik graag meer over willen horen.' Er viel een korte, ijzige stilte waarin Laura het liefst door de grond wilde zakken. Maar nu trok haar moeder haar mee.

'Welnu, Laura, we moeten met nicht Clarice praten. Ze kent bijna niemand en ze is nu zo doof, de arme ziel, dat ze wel heel eenzaam moet zijn. Goedendag, meneer Russell.'

'Dag,' fluisterde Laura naar hem. Philips had een vreemde uitdrukking op zijn gezicht, alsof hij zich had gerealiseerd dat hij iets verschrikkelijk belangrijks was vergeten.

De volgende dag kreeg ze een brief van hem.

'Lieve Laura,' stond erin. 'Het gaat niet goed, ik kon de hele nacht niet slapen. Ik moet je dringend spreken, alleen. Waar kan ik je ontmoeten? Zeg maar waar en wanneer. Laura, doe dit alsjeblieft voor mij. Altijd de jouwe, Philip.'

Haar eerste reactie was dat ze zijn verzoek moest weigeren. De tweede was dat ze hem nog één keer alleen zou ontmoeten. Haar derde was een vraag: waar konden ze elkaar ontmoeten waar het privé en toch fatsoenlijk was?

'Lieve Philip,' schreef ze terug. 'Kom om drie uur naar de kerk.'

Ze glipte het huis uit toen haar moeder lag te rusten, en zocht haar weg in het verstilde halfdonker.

Toen de pilaren van het voorportaal van de kerk door de mistige schemer oprezen, had ze plotseling spijt dat ze Polly niet had meegenomen. Zou hij er zijn? Wie zou er nog meer kunnen zijn? Maar binnen wachtte alleen de lange, schimmige gedaante van Philip. Hij stak zijn hand uit en trok haar het voorportaal in. 'De deur is op slot,' zei hij, en zijn stem was warm tegen haar oor.

'Dat doen we tegenwoordig altijd.' Ze drukte een grote sleutel in zijn hand. Toen de deur openzwaaide en ze omgeven werden door de doordringende geur van wierook, moest ze aan die allereerste middag denken, zo veel maanden geleden, toen hij haar verraste en als een versteende heilige uit zijn niche tevoorschijn was gekomen.

De deur sloot met een klik achter hen en ze liepen door de galmende stilte. In de Mariakapel brandden twee dikke kaarsen. Het vernielde houten Mariabeeld was naar een zijtafel verbannen, de reparatie duidelijk zichbaar op haar arme gebroken nek. De figuren op de ramen waren spookachtig opgloeiende gedaanten. Philip keek er even onderzoekend naar, ogenschijnlijk in gedachten verzonken.

'Sorry, maar ik heb ze nog niet in dit licht gezien. Het is vreemd om te bedenken dat ik ze gecreëerd heb. Ze lijken op eigen kracht tot leven te zijn gekomen zonder dat ik er iets mee te maken heb gehad. Het is godslasterlijk, maar het is alsof God leven in het glas had geblazen.'

'Ik denk dat ik wel begrijp wat je bedoelt. Weet je nog wat je over het oude geloof zei, dat Gods glorie in de vorm van een lichtwaterval door doorschijnende voorwerpen valt?'

Ze zwegen een poosje. Laura wachtte rustig tot hij zou vertellen wat zijn bedoeling was.

Uiteindelijk wendde hij zijn gezicht naar haar toe en nam haar beide handen in de zijne.

'Ga je met meneer Bond trouwen?'

Hij sprak zo hartstochtelijk, dat ze er sprakeloos van was. Ze trok haar handen weg en ademde diep in.

'Dat is een persoonlijke zaak. Maar zoals mama al in vertrouwen heeft gezegd, geef ik hem met Kerstmis antwoord.'

'Laura. Doe het niet. Alsjeblieft. Ik kan het niet verdragen... Het klopt niet...'

'Het gaat je niets aan met wie ik trouw, meneer Russell.'

'Vergeef me... Hou je van hem?'

'Nu ga je toch echt te ver. Ik mag hem heel graag.'

'Mogen? Dat is toch geen basis voor een huwelijk?'

Woede vlamde in haar op. 'Ik zou zeggen dat die steviger is dan aanbidding vol passie, dat heb je zelf meegemaakt.'

'Ja, die verdiende ik,' mompelde Philip terwijl hij driftig met een hand door zijn haar woelde. 'Ik pak dit verkeerd aan. Ik... ik ben in de war.'

'In de war?'

'Je hebt me ooit verteld dat ik mijn vrouw moest vergeten,' zei hij.

Het gekletter van paardenhoeven klonk in haar hoofd, die angstaanjagende gil van pijn die steeds en steeds maar doorging. Laura sloot haar ogen om het beeld van de vallende Marie buiten te sluiten.

'Dat was harteloos van me,' mompelde ze. 'Ik wist niet wat er zou gaan gebeuren...'

'Ik leer het wel,' zei hij kalm. 'Ik zal wel moeten, wil ik verder kunnen. Ik moet haar vergeten.'

'Maar hoe zit het dan met John...'

'John woont nu meestal bij zijn grootouders. Dat is makkelijker. Ik zie hem vaak. Zijn oma leert hem Italiaans, weet je. Hij erft ooit een palazzo, in de buurt van Verona. Ik vrees dat hij van me zal vervreemden.'

'Maar hij blijft je zoon, een jongetje dat zijn moeder mist. Het kan niet anders dan dat hij je nodig heeft.'

'Ja, hij mist haar ook, maar daar kan ik niets aan veranderen. Niets. En hoewel het afschuwelijk is om te zeggen, heeft haar dood me ook bevrijd. Soms zie ik nu licht in de duisternis. Het is nog ver weg, dat licht. Maar ik weet tenminste dat het er is.'

'Daar ben ik blij om,' zei ze zachtjes.

'En daar zit 'm de kneep, Laura. Ik heb je nodig. Ik wist het gisteren pas, toen ik je weer zag. Je kunt niet met Anthony Bond trouwen. Doe het alsjeblieft niet.'

'Philip, er is te veel veranderd. Hij houdt van me. Hij is een goed mens en mijn ouders zijn blij als ik met hem trouw.'

'Maar jij, jij mag hem alleen maar graag. Je hebt het niet over liefde.'

'Er zijn veel manieren waarop je kunt liefhebben.'

'Kun je dan niet een manier vinden waarop je... van mij kunt houden?'

'Philip...' Elk woord dat hij zei was een klap, een aanslag op het schild dat ze sinds Maries dood om zichzelf had opgetrokken. En toch had hij haar niet het allerbelangrijkste verteld. Hij had niet gezegd dat hij van haar hield.

'Wat zou ik voor jou betekenen?' zei ze. 'Na Marie? Wat zou ik in hemelsnaam kunnen zijn? Een metgezel. Slechts een schaduw van een liefde.'

'Nee, nee,' zei hij en paniek trok over zijn gezicht. Op dat moment week de mist buiten even uiteen want het licht door het raam met de engel scheen feller, in een gouden poel op de tegels.

En nu voelde ze zich sterk en genadeloos. 'Ik duld geen rivale wanneer ik wil beminnen. Ik moet de enige zijn.'

Ze stapte in de poel van licht, zodat het over haar heen viel als een vriendelijk vuur dat rechtstreeks door God gezonden was en ze voelde Rafaëls helende warmte door zich heen stromen.

Hij staarde naar die transformatie. Laura baadde in het licht, werd erdoor herschapen, en eindelijk vielen hem de schellen van de ogen. Hij zei ademloos: 'Laura. Lieveling.'

En nu, terwijl ze daar zo stond, sterk, goudkleurig en schitterend, wist ze dat zij de macht in eigen hand had.

En nu was ik op de laatste bladzijde van Laura's dagboek aanbeland.

'En dus, Caroline, zal hij de mijne zijn en ik de zijne. Vandaag heeft Philip met papa gesproken en het hele huis is in rep en roer. Mama speelde de hele middag donderend Beethoven en is nu uitgeput naar bed gegaan. Harriet heeft me twee boze brieven geschreven vol onderstreepte woorden en mevrouw Jorkins schudt haar hoofd en bijt op haar lip. Het ergste van alles was mijn ontmoeting met Anthony vanavond.

Ik heb hem heel erg gekwetst. Wanhopig. Hem treft geen enkele blaam. Door te nemen wat we van het leven willen, maken we ook dingen kapot. Daardoor is mama zo boos, denk ik: dat ik zo eigenzinnig, zo zelfzuchtig ben. Misschien heeft ze wel gelijk. Maar het is misschien ook zo dat als we gelukkig zijn we makkelijker goed voor anderen kunnen zijn? Anthony ontmoet vast een vrouw die van hem houdt zoals hij verdient. Caroline, ik hoop zo dat dat gaat gebeuren. Als jij er nog zou zijn, vraag ik me af of je mijn kant zou kiezen. Maar dat ben je niet. Ik denk dat jouw raam alles voor me heeft veranderd. Ik zal altijd aan je denken,

Caroline. Het zullen altijd tedere herinneringen zijn. Maar nu moeten we, net zoals ik Philip heb aangeraden, verder gaan in de toekomst en jou in Gods handen overlaten. Vaarwel, liefste Caroline.'

Dat was het. Alleen nog een paar blanco pagina's.

Dus Laura trouwde met Philip. En nu begreep ik waarom ik het dagboek in het archief van Munsterglas had gevonden. Philip had de zaak van Reuben Ashe overgenomen en Laura was met hem getrouwd. Wat betekende... wat betekende het eigenlijk? Hoe was de zaak door de jaren heen door de familie gegaan? Misschien was Philip meerdere keren overgrootvader en Laura een overgrootmoeder? Niet als Philip en Maries zoon John de zaak hadden geërfd. Hoe kwam ik daarachter?'

Ik was blij voor Laura, maar had met de arme Anthony te doen. Hij was trouw geweest, volhardend en plichtsgetrouw, maar uiteindelijk had hij ernaast gegrepen. Ik vroeg me af wat er met hem was gebeurd. Misschien maakte hij de lieve Prudence Jefferies wel het hof, heeft hij de vrouw gekregen die hij nodig had? Ik hoopte het maar.

# 40

*Elke man mijmert over een engel in zijn toekomstige zelf.*
RALPH WALDO EMERSON

Hoe we onszelf op de zondag van het concert vooraan in de kerk wisten te proppen en toch nog ruimte voor het orkest overlieten, weet ik niet, maar Dominic en Michael kregen het op een of andere manier voor elkaar.

Generale koorrepetities zijn altijd ijzingwekkend, niet in het minst omdat je op een nieuw podium staat met een vreemde akoestiek en iedereen op een andere plek staat dan bij vorige repetities. De krachtigste zangers, die week na week vooraan hadden gezeten, stonden nu om een of andere reden achterin en mensen als Jo en ik, die zich het liefst achterin verscholen, waren nu op de voorste rij beland, open en bloot en gedesoriënteerd, terwijl de violisten hun ellebogen ongeveer in ons gezicht staken.

Ben zag er geteisterd uit, en dat klopte wel. Vorige week maandag was de repetitie een ramp geweest. De meeste mensen kenden hun rol nu wel, maar nog niet zo goed dat ze zonder bladmuziek toe konden.

Vandaag moest hij in elk geval bij het orkest en de aanwezige solisten zijn drift in bedwang houden. Hij en Val hadden het goed gedaan. We hadden niet alleen Julian Wright in de rol van een geweldige gekwelde Gerontius, maar ook een heerlijke mezzosopraan die zijn engelbewaarder speelde, en bovendien een warme basbariton die de engel der wrake was. Van beiden werd in het programmaboekje een verbijsterend cv vermeld. Ik had geen idee hoe Ben en Val hen voor dit amateurconcert hadden weten te strikken.

Aan het eind van de middag herinnerde Val ons eraan wat we tijdens de voorstelling moesten dragen – zwart en wit – en ook dat we voor het acteursfeestje na afloop in de hal eten moesten meenemen. Voor wijn zou gezorgd worden. Babbelend dromden we weg, ik zei Jo gedag en zag met een steek van voldoening dat ze met Dominic vertrok. Maar eigenlijk lette ik alleen maar op Ben. Hij zag er beroerder uit dan ik ooit van hem had meegemaakt. Ik wachtte buiten de deur en greep hem bij de arm toen hij naar buiten kwam.

'O, hoi,' zei hij, en een glimlach vloog over zijn lippen. 'Hoe gaat het?' Hij pakte mijn hand en schonk me een van die zielonderzoekende blikken van hem.

'Prima,' zei ik terwijl ik mijn hand zachtjes losmaakte, 'maar jij ziet er niet erg gelukkig uit. Waren we echt zo vreselijk?'

'Nee. Nou ja, ik word zenuwachtig. Ik weet zeker dat het op de avond zelf prima gaat, zoals ze altijd zeggen.'

'Dat is al over twee uur,' bracht ik hem in herinnering. 'Hoe dan ook, ik moet ervandoor. En jij ook. Je zou even moeten rusten.'

'Met mij gaat het wel beter als ik iets heb gegeten. Fran… je komt na afloop toch ook naar het feestje, hè?'

'Natuurlijk,' zei ik en ik vervloekte mijn trillende stem. 'Voor de winkels dichtgaan moet ik nog wat snacks halen.'

'Dan zie ik je straks wel,' zei hij zacht en ik voelde vanbinnen weer die welbekende tweestrijd. Begon het allemaal weer opnieuw?

Het was weliswaar slechts een optreden van een amateurzangvereniging, maar het was het mooiste concert waar ik ooit aan mee had gewerkt.

Omdat we in de boetvaardige adventstijd zaten waren er geen bloemen om de kerk op te fleuren. Maar op elke vensterbank fonkelden rijen kaarsen, evenals in de reusachtige kerstboom achterin, en de zachte elektrische plafondlampen verzachtten onze witte shirts, waarmee het tafereel werd omgeven met de nostalgie van een victoriaans kerstfeest. Ons publiek leek ook gehypnotiseerd, verstomd keken de mensen om zich heen terwijl ze zich op elke lege zitplaats persten en wachtten tot we zouden beginnen. Bijna vooraan zaten Jeremy en zijn vrouw, achter hen zat Amber met een vriendin uit het hostel en ten slotte… was hij het wel? Ja. Op het allerlaatste moment zag ik tot mijn opluchting Zac naar binnen glippen en zich een weg banen langs een kerkbank vol mensen naar wat de laatste lege vierkante centimeter in de kerk moest zijn.

Toen kwam onder applaus het orkest binnen, gevolgd door de eerste violist – Nina, in weer zo'n middeleeuwse jurk van haar, deze was laag uitgesneden – en daarna kwamen de solisten, de mezzo zag er in schitterend middernachtsblauw betoverend uit, de mannen zaten strak in rok. Maar naast Ben vielen ze allemaal in het niet. Zelfs ik was verbaasd toen hij zich naar zijn plaats haastte, midden op het podium, en theatraal boog, zijn blonde haar viel als een prachtige waterval over zijn hoge witte boord, een sjerp, in dezelfde kleur als de jurk van de mezzo, was om zijn slanke heupen gedrapeerd.

De snaarinstrumenten vielen als eerste in. De dappere tonen van de cello's stegen warm en prachtig in de uitgestrekte ruimte boven ons uit.

Tijdens het zingen besefte ik dat we maar een klein onderdeel waren in een groots, zich ontvouwend drama: het gewichtigste drama van allemaal, het verhaal van leven en dood, de reis van een ziel. Want, hoewel we bij elkaar horen, samen zingen en lachen, huilen en vechten, moeten we uiteindelijk die laatste reis naar het duister alleen maken. Gerontius wees ons de weg, verliet zijn rouwende vrienden, maar daarna droeg zijn engel hem, stond hem terzijde en leidde hem veilig langs de duivels naar het laatste oordeel, ondersteunde zijn reis via berouw naar verlossing en de belofte van eeuwige vreugde.

Ik moest tijdens de hele voorstelling aan mijn vader denken… hoe kon het anders? Voor mezelf had ik dit optreden aan zijn nagedachtenis opgedragen, ik wenste dat ook hij bevrijd zou worden van schuld, en gelukkig zou worden, misschien mijn moeder weer terugvinden, zoals ze elkaar in het begin hadden gekend en liefgehad. Ik moest ook denken aan de droom die ik in de nacht van de brand had gehad. Ik vroeg me af of ik haar werkelijk had horen zingen, of zij de engel was die mijn naam had geroepen.

Tijdens de pauze zocht ik naar Zac, maar hij moest zijn opgegaan in de menigte die naar de hal dromde om een drankje te halen. Dus pakte ik mijn flesje water en bracht ons raam met de engel een bezoekje. Vanavond was hij blind en levenloos in de duisternis. Maar ik wist dat hij er was en bij dageraad weer tot leven zou worden gewekt.

Ik voelde dat er iemand was en draaide me om. Het was Michael die vanuit de deuropening naar me keek, in een hand had hij een glinsterend glas rode wijn, de andere zat in zijn zak.

'Ik weet niet wat jij ervan vindt, maar volgens mij gaat het fantastisch,' zei hij, en zijn ogen glansden in het op het altaar schijnende kaarslicht. 'Die Wright is eenvoudigweg fantastisch.'

'Dat vind ik ook. Ben is vast blij. Heb je hem al gesproken?'

'Nee,' was het enige wat hij erover zei. 'Jullie hebben een schitterend stukje werk afgeleverd,' zei hij naar de engel knikkend. 'Vanmiddag heb ik hem voor de repetitie eens goed bekeken. Het past helemaal bij de andere ramen hier. Gefeliciteerd.'

'Dank je wel,' zei ik. 'Dit raam is heel speciaal voor me.'

'Ja, natuurlijk, je vader,' erkende hij. Onder de formele toon bespeurde ik meegevoel.

'Ja, mijn vader, maar in de afgelopen maanden zijn er nog zo veel andere dingen gebeurd. In een aantal opzichten zijn die een keerpunt voor me gebleken.'

'Hoe gaat het met de winkel?'

'Goed, dank je. De werklui komen meteen na kerst. Ik denk dat ze in februari klaar zijn. Dan kunnen we een grootse opening organiseren.'

'Michael, daar ben je dus. We gaan zo weer beginnen, dus ik zie je na afloop wel.' Het was Nina, ze liet haar hand onder zijn arm glijden en gaf hem een lichte kus op zijn wang. Hij boog zich even naar haar toe en zijn strenge gelaatstrekken verzachtten. Ze glimlachte naar me toen ze de deur uit liep en ik vond dat ze er verdrietig uitzag.

'Zoals je ziet proberen zij en ik het nog een keer,' zei Michael. 'Ben was geschokt toen jij bij hem wegging. Ik maakte hem ervan bewust dat hij Nina ook had gekwetst met zijn spelletjes. Hij had tenminste het fatsoen om haar zijn excuses aan te bieden.'

'Spelen ze nog wel samen?'

'Alleen nog tot hun volgende optreden, dat is na Kerstmis. Maar het is voor geen van ons gemakkelijk.'

'Dat kan ik me voorstellen,' zei ik bedaard, en ik bedacht dat ze nog de meeste kans van slagen hadden als ze sowieso minder van Ben zouden zien. 'Ik hoop dat alles goed komt, Michael.'

'Dank je,' zei hij, maar hij klonk onzeker. We liepen weer terug naar onze plaatsen.

Ben leek in het tweede gedeelte een stuk ontspannener, hij glimlachte zelfs tijdens ons 'Loof de allerheiligste in de hemel', dat min of meer perfect aansloot bij de verrichtingen van het orkest. Toen we met verre stemmen op aarde smeekten: 'Wees genadig, wees mild, spaar hem, Heer', dacht ik aan de engel die mijn vader in zijn 'liefhebbende armen' vasthield, hem in het meer der boetvaardigheid onderdompelde en hem naar het volgende gedeelte van zijn reis stuurde.

De laatste amens stierven weg. Ben bleef stil en met gebogen hoofd staan, en toen barstte het applaus los. Het steeg in een reusachtige geluidsgolf op. Mensen stonden op van de kerkbanken en klapten en juichten. We klapten voor de solisten en Ben tot onze handen beurs waren, het orkest en koor moesten opstaan en weer gaan zitten, opstaan en zitten, tot we eindelijk mochten gaan.

Terwijl mensen in drommen vertrokken, zag ik Jeremy naar voren komen en Bens hand grijpen. 'Goed gedaan!' hoorde ik hem zeggen. 'Fantastisch. Het beste concert dat we hier ooit hebben gehad.' Bens vrienden en collega's dromden om hem heen.

Ik wendde me tot Jo. 'Het was mooi, hè?' zei ze. 'Ik heb er zo van genoten. Dat had ik niet verwacht, weet je, voor m'n gevoel had ik zo veel repetities gemist. Kom, geef mij je muziek maar. Ik geef het dan wel aan Dom, oké? Gina,' zei ze tegen de vrouw achter haar, 'als je wilt kan ik de jouwe ook meenemen.' En vervolgens ging ze de bladmuziek verzamelen, gelukkig, babbelend, zoals ze vroeger altijd was. Ik hoopte dat alles goed zou komen. Jeremy had me gisteravond verteld dat de subsidie-aanvraag voor het hostel weer de hele molen door moest. Hem was verzekerd dat het hoogstwaarschijnlijk wel zou lukken, maar dat deze keer alles open en eerlijk moest gaan. Maar toch betekende dat dat de ontwikkelingen nog weer een jaar vertraging opliepen en dat ze misschien zelfs opnieuw toestemming moesten vragen voor hun planning.

'Had ze maar geen ontslag genomen,' had Jeremy vorige week ernstig gezegd. 'Ik ben er altijd vast van overtuigd dat je er beste uit kunt komen door je erdoorheen te slaan. Jo is een uitmuntend sociaal werkster. Precies de persoon die we op die plek willen hebben.'

'Ze heeft binnenkort een paar sollicitatiegesprekken,' wist ik hem te vertellen. 'Het komt wel goed met haar.'

Nu zag ik haar zigzaggend tussen de muziekstandaards naar de voorste kerkbank gaan, waar ze Dominic hielp met het in dozen stoppen van de bladmuziek. Zijn lange sjaal hing in de weg dus ze bleef even staan om hem om zijn hals te wikkelen. Misschien waren ze alleen maar vrienden – dat had zij me tenminste verteld – maar de manier waarop hij zijn gebogen hoofd ophief en haar aankeek toen ze de franje netjes wegstopte, en die gelukkige blik op haar gezicht, wees erop dat hun vriendschap zich tot iets nieuws aan het ontwikkelen was. Goeie ouwe Dominic. Ik wist zeker dat mevrouw Pryde het prima zou vinden.

Ik gaf mijn stoel aan iemand van Michaels hulpteam en schudde mijn jas uit toen iemand zei: 'Fran.'

'Hallo?' Ik draaide me met een ruk om. 'Zac.' Na een nauwelijks merkbare aarzeling omhelsden we elkaar.

'Je was fan-fabelachtig-tastisch,' zei hij. 'Heb het stuk nooit eerder gehoord maar het is echt waanzinnig.'

'Dank je.' Ik lachte, plotseling heel gelukkig.

'Nou,' zei hij en nu leek hij weer te weifelen. 'Ik vroeg me af of je…'

'Fran, daar ben je.' Ben snelde opgetogen op me af, sloeg een arm om me heen, mompelde voor hij me meetroonde snel tegen Zac: 'Sorry dat ik ertussen kom, kerel.' Ik keek achterom, probeerde pseudoalarmsignalen naar Zac te seinen. Hij keek woedend, maar Ben had me stevig vast en leidde me naar de deur.

'Nu ga je mee naar het feestje, hè?' drong hij aan. 'Ik wil dat je met een paar mensen kennismaakt. Een vent die momenteel dirigent is van het Filharmonisch Orkest en zijn vrouw, zij is iets hoog in het Opera House…' Het was alsof er helemaal niets vervelends was gebeurd. Hij wikkelde me in die charme van hem, die onweerstaanbare betovering. Ik was me bewust van zijn warme, sterke hand, die door de zijde van mijn blouse heen in mijn arm kneep, ik ademde zijn heerlijke bewierookte geur in. We liepen naar de deur. Ik ving een glimp op van de hal en koorleden die plastic folie van etensschalen afhaalden.

Ben ratelde maar door. 'Die man die je gaat ontmoeten heeft me uitgenodigd om orgel te spelen in…'

Op de drempel van de kerk bleef ik dralen, in een flits ervoer ik een déjà vu. Het was nog maar drie maanden geleden geweest dat ik daar op Zac stond te wachten tot hij klaar was in de kapel en toekeek hoe het koor zich verzamelde, Jo weer zag, en een ogenblik later voor het eerst Ben. Ik had op Zac staan wachten…

Ondank Bens knellende arm draaide ik me om, keek achterom de kerk weer in. Zac stond daar, met zijn armen over zijn overjas over elkaar geslagen, zijn anders zo woeste haardos voor vanavond getemd, met gefronst voorhoofd naar ons te kijken, en hij straalde een volslagen eenzaamheid uit.

'Kom mee, Fran,' zei Ben terwijl hij me dwong door te lopen, me meesleepte. Maar het was helemaal verkeerd. Dat wist ik nu. Nu werd ik niet door hem betoverd.

'Ben,' zei ik me lostrekkend. 'Sorry. Ik ga niet naar het feestje. Nog niet, in elk geval.'

'Wat?' zei hij en toen keek hij ook naar Zac. 'O,' zei Ben verbaasd. En toen: 'Dan zie ik je straks wel.' En hij paradeerde de hal in waar een zee van lovende woorden op hem wachtte.

Ik liep langzaam de kerk weer in. 'Sorry,' zei ik tegen Zac, plotseling verlegen wordend. 'Ben laat zich niet zo makkelijk afschepen.' Zacs versteende blik smolt en hij glimlachte. Hij maakte zijn armen in een bevrijdend gebaar los.

'Heb je er zo lang over gedaan om dat in te zien?' zei hij.

Ik moest lachen, mijn zelfvertrouwen was prompt weer terug. 'Zo, waar gaan we heen?' vroeg ik.

'Ik dacht dat je het nooit zou vragen,' zei hij. 'Ik had je een etentje beloofd. Tien uur is wel een beetje laat, maar ik moet met je praten.'

'O. Oké.' Wat geheimzinnig. 'Ik weet een goede tapasbar,' zei ik, me de plek herinnerend waar ik met Jo was geweest. 'Dan hoeven we geen hele maaltijd te bestellen.'

'Lijkt me geweldig. Zullen we gaan?' zei hij terwijl hij me in mijn jas hielp.

'Zal ik me eerst even omkleden?' vroeg ik, en ik keek naar mijn lange zwarte rok.

'Nee hoor, je ziet er prachtig uit.' En hij meende het.

Hij wachtte terwijl ik controleerde of mijn portemonnee nog in mijn jaszak zat en toen haastten we ons zonder het feestje nog een blik waardig te keuren naar buiten, de ijskoude nacht in.

# 41

*Ik zag Gabriël, als een maagd, of als de maan tussen de sterren.*
*Zijn haar viel als dat van een vrouw in lange lokken omlaag… Hij*
*is de mooiste van alle engelen… Zijn gezicht is als een rode roos.*

RUZBEHAN BAQLI

Het was stil op straat. We liepen gearmd, zo stil als geestverschijningen, glipten door poelen geel lantaarnlicht, of vingen gestreepte schaduwen van zwarte leuningen op, net tralies, in de lichtschijnsels uit de ramen. Waar mensen vergeten waren de gordijnen dicht te doen, kon je een glimp opvangen van een tableau van boekenplanken en kerstbomen, evenals opflakkerende tv-schermen. Andere levens, andere werelden. We sloegen een straat in met donkere, kille, oude gebouwen, verzonken in hun geheimen. Een ogenblik lang brak de mist het verleden open en leek het heden flinterdun. Het zou me niets verbaasd hebben als ik nu had gezien dat Laura zich in de mist voorthaastte.

Toen we de deur van de tapasbar openden, liepen we resoluut het heden in: het was er dampig, iemand speelde luidruchtig op een flamencogitaar en er werd druk gepraat. In een hoek achter een tussenschot verliet net een stel een door een kaars verlichte tafel en daar gingen we zitten. De kelner kwam afruimen en voor hij tijd had om te ontsnappen bestelden we eten en drinken. Hij bracht ons de witte wijn meteen.

We praatten over het concert, maakten grappen over de lotgevallen in de pastorie. Die ochtend was Jeremy zijn bril kwijt en was tot ieders ergernis overal aan het zoeken totdat zijn vrouw hem vond op de voor de hand liggende plek waar hij hem had laten liggen.

'Heb je niet het gevoel dat je je daar steeds moet gedragen?' vroeg Zac, terwijl hij ons nog wat wijn inschonk. Door het kaarslicht zag hij er behoorlijk Spaans uit, met zijn zwarte haar, donkere, schitterende ogen en een baard van vijf uur oud.

'In het begin wel,' zei ik, 'maar nu niet meer. Ze zijn eigenlijk heel relaxed en we zijn aan elkaar gewend, dus nu hebben we alleen met de gezinsrituelen te maken.'

Gezinsrituelen. Pap en ik hadden vroeger onze eigen rituelen. Nu hij er niet meer was kwamen de herinneringen terug. Elke dag dacht ik aan meer goede dingen uit het verleden, herinnerde ik me ons speciale zondagse ontbijt toen ik klein was, wandelen langs de rivier met mijn hand in de zijne, kerkbezoeken waar hij over het prachtige gebrandschilderde glas vertelde. De herinneringen waren broos, maar ook dierbaar.

'Jeremy en Sarah missen hun dochters en nu ze mij om zich heen hebben, helpt dat,' vertelde ik aan Zac. 'Ik denk dat als Sarah voor mij kan redderen, ze zich geen zorgen over Miranda maakt.'

'Zij is de jongste, toch?'

'Ja, ze heeft anorexia. Haar ouders weten niet hoe ze haar moeten helpen, dat is heel moeilijk voor ze... zij houdt ze op een armlengte afstand.'

'Wat verschrikkelijk,' zei hij.

'Jo vroeg of ik weer bij haar kwam wonen,' zei ik. 'Maar ik heb nee gezegd.'

'Zou je je bij Jo niet meer thuisvoelen?' vroeg hij.

'Gek genoeg niet, nee. Jo's huis lijkt nog te veel op het huis van haar ouders. Hoe dan ook, bij haar en Dominic wil ik geen vijfde wiel aan de wagen zijn.'

Hij glimlachte en ik vond hem wat afwezig.

'Wat is er aan de hand?' vroeg ik zacht met het gevoel dat eindelijk alle barrières tussen ons geslecht waren. Hij hield peinzend zijn vinger vlak bij de kaarsvlam en na een ogenblik leek hij tot een soort besluit te zijn gekomen.

'Fran,' zei hij. Hij kon me niet aankijken. 'Ik moet het je vertellen. Ik ga weg.'

'Weg? Wat bedoel je?'

'Toen ik ziek was had ik tijd om na te denken. Over Olivia. Ik moet erheen en haar gaan zoeken, Fran.'

Ik probeerde hem te volgen. 'Maar je zei dat je nooit...'

'Dat ik niet ergens heen zou gaan waar ik niet welkom was. Ja, inderdaad. Maar het was door iets wat Amber zei. Ze is een verstandige meid. Ze vroeg aan me of ik er vrede mee had. Dat ik Olivia niet zag, bedoel ik. En ik zei van niet, natuurlijk niet. Ik word erdoor verteerd. En zij zei... ze zei dat ik mijn trots opzij zou moeten zetten, de reis zou moeten maken, vertrouwen hebben en kijken wat er gebeurde. Dat als je van iemand houdt, je daar moeite voor moest doen. En dat, hoewel er een moment kan zijn waarop je een stap terug moet doen en moet afwachten, ik toch eerst mijn best moest doen.'

'O,' zei ik, terwijl ik probeerde het tot me door te laten dringen. 'Maar waar ga je dan zoeken? Ik dacht dat ze verhuisd was. Hoe lang blijf je weg?'

'Ik begin bij het laatste adres dat ik van ze had. Ik weet niet hoe lang ik wegblijf, maar ik heb deze week een vlucht geboekt. Aanstaande vrijdag, om precies te zijn. Daarna is het duurder omdat het dan kerstvakantie is. Ik moest snel beslissen.'

'Vrijdag,' herhaalde ik, terwijl ik het tot me door liet dringen. 'Maar Zac, het is allemaal zo plotseling.' Er kwamen zo veel vragen in mijn hoofd op dat ik niet wist waar ik moest beginnen.

'Ik moet ertussenuit, Fran. Even weg zijn van alles. En ik kan je niet vragen om mijn baan voor me vast te houden. Dat zou tegenover jou niet eerlijk zijn. En misschien moet ik nu verder, sowieso iets nieuws gaan doen. Het is een moeilijke tijd geweest.'

'Zonder jou was ik er nooit doorheen gekomen, Zac.' Nu kwamen de tranen. Ik wendde mijn gezicht af, wilde niet dat hij ze zag. 'Ik wil niet dat je weggaat. Dat is vreselijk.'

'Het is niet vreselijk, Fran. Ik ben er heel gelukkig mee. Ik ga Olivia zoeken. Natuurlijk zal ik niet onaangekondigd of zo bij haar binnenvallen. Ik zoek uit waar ze is en probeer dan Abbie te spreken te krijgen, ga ervoor zorgen dat ik Olivia mag zien.'

'Wat gebeurt er als ze dat niet toestaat?' zei ik, hem nu dapper recht aankijkend. Ik wilde niet huilen. Dat wilde ik per se niet.

Hij nam langzaam een slokje van zijn wijn, staarde in de kaarsvlam alsof daar beelden waren die alleen hij kon zien. 'Dat weet ik niet,' zei hij ten slotte ongelukkig. 'Maar dan heb ik het tenminste geprobeerd. Beter dan hier op mijn krent te gaan zitten kniezen, toch?'

'Wanneer kom je terug?'

'Dat weet ik niet. Mijn visum is drie maanden geldig. Voorlopig houd ik de flat nog aan, maar ik sla mijn spullen op voor het geval dat. David past voor me op het glas. Als ik daar een baan zou kunnen krijgen, daar zou mogen blijven, nou, misschien doe ik dat dan wel. Ik weet het niet. Ik verwacht niet dat het makkelijk wordt. Ik ga op m'n gevoel af.'

'Zac…' Hij zou weg zijn, uit mijn leven. Misschien zou ik hem nooit meer zien. Ik wist nauwelijks meer waar ik was, kon de tranen nu niet meer tegenhouden. Ik probeerde weg te kijken, maar hij stak zijn hand uit en raakte mijn wang aan.

'Hé,' zei hij echt lief. 'Je huilt. Wat is er dan? De wereld vergaat heus niet, hoor.'

'Jawel,' zei ik snikkend. Nu stroomden de tranen in dikke druppels over mijn wangen. 'Je mag niet weggaan. Niet nu.' Ik graaide naar een papieren servet en snoot mijn neus.

'Malle meid. Je redt het best zonder mij. Amber kan je met de winkel helpen. En het is vast niet moeilijk om een vervanger voor mij te vinden.'

'Dat is het niet. Ik zal je missen, Zac.'

Hij zat daar maar en nam mijn verslagen gezicht in zich op. Ik zag hoe het begon te dagen en het was net als de schittering van een opkomend licht.

'Zul je me missen? Echt? Maar je hebt Ben toch?' De uitdrukking van zijn ogen was niet te duiden.

'Nee, Zac, ik heb Ben niet. Eigenlijk is Ben er nooit geweest… Nou ja, ik dacht een tijdje van wel maar toen kwam ik erachter dat ik het mis had.' Wat ik ook voor hem had gevoeld, het was nu verdwenen. Ik had door donker getint glas gekeken, maar nu zag ik de waarheid die erachter stak. 'Ik wist het niet, tot net dan, in de kerk. Het is net als… O, ik weet niet hoe ik het moet zeggen, Zac…' Ik viel stil.

Hij staarde me fronsend vanaf de overkant van de tafel aan. Ik deed heel erg mijn best te glimlachen maar mijn mond wilde niet goed meewerken. Nu maakte ik mezelf pas belachelijk.

'Je wil niet dat ik wegga?' zei hij rustig. 'Echt niet?'

'Ik wil wel dat je Olivia weer ziet, natuurlijk. Het zou egoïstisch van me zijn als ik dat niet zou willen. Maar ik wil niet dat je weggaat. Of liever gezegd, ik wil dat je terugkomt. Heel gauw. Ik heb je nodig. En ik bedoel niet in de winkel. Nou, dat ook, natuurlijk. Maar voor mezelf. Ik heb je nodig.'

Zac staarde me een poosje sprakeloos aan, een hele pantomime van emoties speelde over zijn gezicht. Ten slotte glimlachte hij, een krankzinnige scheve glimlach die in een lach overging. Zijn ogen fonkelden, en ik wist dat alles goed was. Hij pakte mijn hand vast en we bleven hand in hand zitten, dwaas naar elkaar glimlachend.

En toen kwam de kelner met het eten en een vrolijk babbeltje, en we aten zonder veel te zeggen, maar we keken wel veel naar elkaar. Een keer stak hij zijn hand over tafel naar me uit en streelde mijn wang. Ik greep zijn hand en legde hem tegen mijn lippen, beet heel teder in zijn vinger, waardoor hij zijn ogen samenkneep. Ik hield zijn grote koele hand tegen mijn verhitte wang en sloot mijn ogen. Ik voelde me veilig, beschermd.

'Dessert? *Café*?' vroeg de kelner toen hij de lege borden kwam weghalen. Ondanks alles waren we uitgehongerd geweest.

Zac trok vragend zijn wenkbrauw op. 'Nee,' zei ik snel. 'Dank u wel.'

Ik liet Zac de rekening betalen en me in mijn jas helpen, en opnieuw stonden we op straat. Maar deze keer sloeg Zac veilig en warm zijn arm om me heen. Ik was niet meer alleen. Om de hoek, uit het zicht van voorbijgangers, trok hij me een donker portiek van een kantoorpand in en we kusten elkaar. Het waren lange, wanhopige kussen waar ik duizelig van werd en waardoor ik naar meer hongerde. Ik wist nu hoe zijn dikke, springerige haar aanvoelde, zijn ruwe kaak, de glans in zijn ogen, zijn huid spookachtig bleek in het donker. Ik heb geen idee hoeveel tijd er verstreek. We wisten niet van ophouden. Toen we even ophielden en naar lucht hapten, wikkelde hij me stevig in zijn jas, lekker warm tegen de kou. En toch huiverde ik.

'Wat zullen we nu doen?' fluisterde hij. 'Bij mij is het niet gezellig, alles is al ingepakt. Ik slaap op mijn eigen bank.'

Het was bijna middernacht, te laat om hem mee te nemen naar de pastorie. Maar we wilden geen afscheid van elkaar nemen, nog niet.

'Ik weet wat,' zei ik.

In de woning boven Munsterglas was het net zo koud als buiten, de elektriciteit was afgesloten, maar we zorgden voor onze eigen warmte. Op een of andere manier was het fijn om er weer een liefdesnest van te maken, terwijl we samen in een paar dekens op de bank zaten en de stank van vocht en rook probeerden te negeren.

Zijn armen voelden zo warm aan, alsof ik thuis was gekomen, echt thuis, en ik kon het niet helpen dat ik een beetje huilde van geluk en om de afschuwelijke gedachte dat hij wegging.

'Huil maar niet, liefste,' fluisterde hij en hij kuste me weer. Even later murmelde hij in mijn oor: 'Ik hou van je.'

'Ik hou ook van jou,' antwoordde ik tot mijn verwondering, en ik ging achterover zitten om zijn gezicht te bekijken, vreemd en een tikje sinister in het licht dat van de straat binnenviel. Ik streek over zijn stoppelige wang.

'Ik hou al zo lang van je, Fran.'

'Hoe lang?' vroeg ik, hoewel ik het nu wel wist. Zoveel dingen begonnen op hun plek te vallen. Zacs knorrigheid. Zijn diepe ellende. Ik had alles toegeschreven aan pap of Olivia, maar zij waren het niet alleen geweest.

'O, pas sinds je in september door die deur naar binnen wandelde,' zei hij. 'Triest, hè?'

'O, Zac.'

'Ja, maar je zag me niet, wel? Niet echt.'

Waarom had ik het niet gezien? Waarom zien we die dingen nooit? Omdat we ergens anders naar kijken, naar iets anders, daarom. Terwijl wat ertoe doet pal voor onze neus staat.

'Toen wist ik het niet zeker. Eerlijk gezegd werkte je me op de zenuwen. Ik wilde je. Maar ik wist niet of ik je wel aardig vond. Je leek zo egoïstisch.'

Egoïstisch. Drie maanden geleden zou ik dat van de hand hebben gewezen. Nu deed het nog steeds pijn, maar ik zag waarom hij wellicht die indruk van me had gekregen. Ik had vanbinnen op slot gezeten, als een onrijpe noot. 'Je bent me een raadsel, Zac McDuff,' zei ik tegen hem. 'En je bent een akelige vent. Dat je me niet mocht.'

Hij gooide zijn hoofd in zijn nek en moest lachen, zijn ogen flitsten goud licht.

'Maar al die tijd was ik met Ben...' herinnerde ik me. Dat moest vreselijk pijn hebben gedaan.

'Ik kon niet geloven dat je niet door die vent heen keek,' zei hij meedogenloos. 'Op zijn voorhoofd staat levensgroot "geschift" geplakt.'

Ik dacht daarover na. Arme ouwe Ben. Ja, hij was 'arme ouwe Ben', want ook al gebruikte hij mensen op alle mogelijk manieren, zichzelf kon hij niet duidelijk zien. Hij werd verblind door de vlam van ambitie die hem zo fascineerde en die hem uiteindelijk verteerde. Toch moest het moeilijk voor Zac zijn geweest om mij met hem te zien, en niets te kunnen zeggen of doen. En ik had hem zeker zijn plaats gewezen als hij het toch had geprobeerd.

Tot onze verbazing vielen we ondanks de kou samen in slaap tot de zon de volgende ochtend opkwam en we door het verlangen naar voedsel en warm water naar buiten werden gedreven. We gingen uit elkaar en beloofden dat we elkaar die avond weer zouden zien. Ik sloop naar de pastorie terug, liet mezelf binnen en kroop rechtstreeks de trap op, hoewel ik Sarah in de keuken hoorde rondstommelen. Alleen Lucifer zag me, die zat bij de radiator. Hij onderbrak zijn wasbeurt even, een poot in de lucht, zijn ogen glansden beschuldigend. Hij was nu aan me gewend, maar ik kon niet zeggen dat hij me goedkeurde. Jeremy en Sarah zeiden er niets over dat ik weg was geweest. Maar aan de andere kant wisten ze misschien ook niet dat ik niet in m'n bed had gelegen.

De volgende vijf dagen brachten we elk mogelijk uurtje met elkaar door, hoewel dat er niet veel waren omdat ik moest repeteren voor een concert dat ik tijdens de kerstweek in de Wigmore Hall zou spelen, en omdat Zac de laatste voorbereidingen voor zijn reis moest treffen.

'Ik blijf zo lang weg als nodig is,' zei hij terwijl hij over mijn haar streek. Het was dinsdagmiddag en we zaten op een bankje in St. James' Park, dezelfde bank waar ik al die weken geleden Michael had gezien. 'Dan kom ik terug. Beloofd.'

Ik wilde me beklagen, maar zag toen zijn gezicht. Hij hield zijn diepe gevoelens voor zich en ik wist dat ik mijn mond moest houden. Hoewel dit voor mij moeilijk was, was het voor hem nog veel moeilijker. Hij ging alleen op reis en wist niet wat hij zou aantreffen, dus ik moest hem steunen. Zonder iets te zeggen omhelsde ik hem en hij hield me zo stevig vast dat het pijn deed.

Op zijn laatste avond kwam Zac in de pastorie eten. Jo kwam ook, met in haar kielzog Dominic. Hoewel het nooit met zo veel woorden gezegd was, was het me duidelijk geworden dat mijn nieuwe surrogaatouders in de afgelopen paar maanden veel van Zac waren gaan houden. Toen ik een beetje verlegen de verschuiving in onze relatie aan ze uitlegde, nam Sarah ook hem, heel tactvol, onmiddellijk onder haar hoede, ze gaf hem een adres van vrienden van hen die in Melbourne woonden en bij wie hij wellicht zou kunnen logeren. Ze verstelde ook een scheur in zijn oude jasje, een karweitje dat voor mij absoluut te hoog gegrepen was, laat staan voor Zac.

Zowel Jo als Dominic was op een heel verschillende manier veranderd. Jo leek veel gelukkiger te zijn. Sterker nog, ze was bijna weer de oude, opgewekte Jo die ik van school had gekend, hoewel er nu ook een soort behoedzaamheid was. Dominic leek minder zorgelijk. Hij was weer aan het werk en zijn leven was minder stressvol nu zijn moeder in een verpleeghuis zat. Jo zat tussen twee banen in en hielp zijn zus Maggie in Horsham om het ouderlijk huis leeg te halen, aangezien Maggie in deze fase van haar zwangerschap gauw moe werd.

'Wat gaan we volgend seizoen met het koor doen?' vroeg ik Dominic op een bepaald moment.

'De Messiah,' antwoordde hij. 'Dat brengt altijd een hoop mensen op de been en de muziek is overal te krijgen. Ik heb trouwens de vragenlijsten van iedereen bekeken.'

'En…?'

'Behoorlijk wisselend,' zei hij. 'Ben zal zich aan de ene kant gesterkt voelen – iedereen waardeert zijn talenten als dirigent – en aan de andere kant teleurgesteld zijn. De meesten willen wel een hogere kwaliteit nastreven. Een paar zijn het helemaal met hem eens en willen uitbreiden. Maar de meerderheid vindt dat we de boel moeten laten zoals die is. Een aantal moppert dat de contributie nu al te hoog is.'

'Dat had ik wel verwacht,' zei de dominee die gestaag van zijn geroosterde lamsvlees had doorgegeten. 'Ik hoop alleen dat Ben niet gedemotiveerd raakt. Hij is een uitmuntend organist. We hebben met hem verdomd veel geluk.'

'Doe jij volgend seizoen weer mee met het koor?' vroeg Zac me op een rustig moment, nadat Jo en Dominic weg waren.

Ik dacht over de vraag na. Ik wilde het wel. Ik had genoten van het zingen en de camaraderie. 'Zou je het erg vinden?' vroeg ik aan Zac.

Ik zag hoe de emoties in zijn gezicht om voorrang streden. Het was voor hem niet makkelijk te bedenken dat ik Ben zou zien, zelfs niet in de verte op zijn voetstuk. 'Je moet zonder meer doen wat je zelf wilt,' zei hij ten slotte glimlachend. 'Maar voor wat het waard is, nee, ik vind het niet erg.' Hij zei: ik vertrouw je. Daarom hield ik van hem.

'Misschien heb ik trouwens geen tijd. Met mijn orkestafspraken en de winkel. Maar ik wil het wel graag. Ik ben dol op de Messiah.' Die kende ik als mijn broekzak. Misschien maakte het niet uit als ik maar naar een paar repetities ging.

De volgende ochtend namen Zac en ik door de schemering van de vroege ochtend een taxi naar het vliegveld, hoewel de dominee had aangeboden ons te brengen. Het was verschrikkelijk moeilijk om te zien dat hij voor aan de rij bij het beveiligingshek was aangekomen, zich omdraaide en nog één keer zwaaide, en door de menigte in de vertrekhal wegliep.

Kerstmis was een moeilijke tijd. Geen pap, geen Zac, geen thuis. Het was ook moeilijk voor de Quentins. Ze hadden gehoopt dat hun beide dochters op bezoek zouden komen, maar op kerstavond, kort voor Fenella en haar verloofde arriveerden, belde Miranda op. Ze kwam niet. Jeremy en ik zaten aan de keukentafel, hij luisterde met zijn hoofd in zijn handen naar Sarah, die onderhandelde, smeekte en bad, aanbood dat Jeremy haar in Bristol zou komen ophalen, maar ze wilde niet. Misschien konden zij met oud en nieuw komen en haar zien, zei Miranda, maar we voelden allemaal wel dat ze hun een rad voor ogen draaide. Toen het gesprek afgelopen was, huilde Sarah en Jeremy troostte haar. Ik keek naar de foto van Miranda op het dressoir, een gelukkig, innemend meisje in schooluniform, nog geen spoortje te zien van de zorgen om anorexia die eraan zouden komen. Ik vroeg me af hoever Zac met zijn zoektocht naar Olivia was.

In het begin hadden we regelmatig contact. In telefoongesprekken vanuit Melbourne, soms op de gekste nachtelijke uren, klonk hij ellendig en eenzaam. Maar nadat hij een avond bij de vrienden van de Quentins was geweest, klonk hij opgewekter.

Het kostte hem een week om Abbie en Olivia op te sporen, en nog een week voor hij met Abbie mocht praten. Het bleek dat ze al jaren niet meer op het adres van haar ouders, waar hij zijn kaarten naartoe had gestuurd, had gewoond. De oudere buurvrouw die hem dit vertelde wist niet waar ze naartoe was gegaan, maar zei wel dat ze getrouwd was. Abbies vader was twee jaar geleden gestorven en Abbies moeder was de vorige Kerstmis verhuisd naar een kleiner huis aan de andere kant van de stad. Te vroeg voor een vermelding in het telefoonboek, zo ontdekte hij toen hij naar E. Donaldson zocht. Dus belde hij de andere Donaldsons op de lijst en ten slotte, vlak voor Kerstmis had hij Abbies oom opgespoord, hem het telefoonnummer van het hotelletje waar hij verbleef gegeven en gewacht.

Voor ons allemaal was het een moeilijke eerste kerstdag. Op kerstavond laat zweefde Zac door de telefoon tussen zenuwachtig en mistroostig in. Tot mijn opluchting hoorde ik dat hij de volgende dag bij de vrienden van de Quentins zou zijn. Maar ik dacht de hele dag aan hem.

Dagen gingen voorbij terwijl de Donaldson-clan met elkaar overlegde, tot Zac op een avond in zijn hotel kwam en hoorde dat Abbie had gebeld.

Zac belde me even na Kerstmis in de pastorie op met het nieuws dat hij Olivia had gezien. Ik kon niet veel wijs uit hem, zo overweldigd was hij, maar een paar feiten had ik wel begrepen. Abbie was getrouwd met een man die zelf al kinderen had. Toen Olivia ouder werd, zou het redelijk zijn geweest om haar uit te leggen dat haar vader in Engeland woonde, maar dat haar moeder hem niet meer kon zien.

'Ze heeft het niet eens geprobeerd, Fran, dat doet zo'n pijn,' zei hij. 'Ze had contact met me kunnen zoeken, maar heeft dat niet gedaan. Dat vond ze wel zo makkelijk.'

'Maar vandaag mocht je haar wel zien.'

'Haar moeder heeft haar ervan overtuigd dat dat het beste voor Olivia zou zijn. Dat Olivia er anders misschien op een dag achter zou komen hoe graag ik mijn dochter had willen zien en dat ze haar moeder dat nooit zou kunnen vergeven. Abbie wilde niet dat ik naar hun huis toe kwam, dus zijn we met zijn drieën in een café gaan lunchen. Het was vreemd, zo vreemd om haar voor het eerst te zien. Sinds ze een kleine baby was, bedoel ik. Ze lijkt nog steeds heel erg op Abbie, maar de manier waarop ze beweegt, je lacht er vast om, doet me aan mijn moeder denken. En toch hebben zij elkaar nooit gezien. Hoe doen onze genen dat?'

'Geen idee,' zei ik lachend. 'Hoe is ze? Als persoon, bedoel ik?'

'Behoorlijk evenwichtig en serieus. Ze luistert heel oplettend naar je. Ik voelde me… ik weet het niet, als een vreemdeling tegen wie ze beleefd deed. Maar ik denk dat ze blij was om me te zien. Abbie stelt zich heel erg beschermend op maar ik mag haar over een paar dagen weer zien. Ik wist niet waar je een kind mee naartoe kon nemen, maar Abbie stelde rolschaatsen voor. Nu maar hopen dat ik nog weet hoe dat moet.'

Ik lachte en zag Zac al voor me, rondstuntelend op rolschaatsen. 'Kijk alsjeblieft uit,' zei ik, 'in hemelsnaam, zeg. Ik wil je graag heel terug.'

'Je krijgt me heus terug, hoor,' antwoordde hij zacht. 'Maar ik denk dat mijn hart in tweeën ligt, de ene helft is hier bij mijn dochter.'

Ik heb daar lang en diep over nagedacht. Sommige vrouwen zouden dat misschien erg hebben gevonden, maar ik wist hoe het was om met maar één ouder op te groeien. Ik was trots op Zac en op wat hij aan het doen was, en ik zou hem bij elke centimeter op zijn weg steunen.

Ik wilde alleen maar dat hij thuiskwam.

Jeremy en Sarah gingen met oud en nieuw inderdaad naar hun jongere dochter en lieten mij alleen in het huis achter. Het werd een vruchtbare tijd, zo bleek. De werklui zouden op de eerste maandag van het nieuwe jaar in Munsterglas aan het werk gaan en ik moest nog steeds van alles uitzoeken.

Het was vreemd om na zo'n lange tijd weer naar paps zolder te klimmen. Alles was nog precies zoals ik het had achtergelaten: het manuscript met zijn verhaal op het bureau, stapels mappen en papierrollen lagen overal verspreid. Ik wist dat ik moest opruimen.

Ik werd verrast toen ik de bureauladen opentrok op zoek naar elastiekjes, sommige die om de papierrollen zaten waren uitgedroogd en braken steeds. Eén la zat propvol kleine agenda's, van de jaren twintig tot dertig van de vorige eeuw, zag ik. Geen tijd om die nu te bekijken. In een andere zat een verzameling ansichtkaarten van glas-in-loodramen uit de hele wereld. Wie uit mijn familie was 'Jim' geweest, en wie had ze gestuurd?

In de onderste la lag een bal elastiekjes en daar vond ik ook een kartonnen koker waar een rol papier in zat. Het was een stamboom, heel precies uitgeschreven in paps karakteristieke handschrift. Ik legde hem plat op het bureau, en daar waren ze allemaal, Ashes, Russells en Morrisons spreidden zich over honderddertig jaar geschiedenis uit. En het was zoals ik had gehoopt. Laura, getrouwd met Philip, was mijn betoudovergrootmoeder. Haar zoon Samuel, geboren in 1882, was met de kleindochter van Reuben Ashe getrouwd, dus Reuben was ook mijn voorouder.

Pap had de namen onderstreept van iedereen die eigenaar was geweest van Munsterglas en Samuel was een van hen. Philip en Maries zoon John niet. Naast zijn naam had pap tussen haakjes gezet: 'Is in de scheepsfirma van zijn grootvader van moeders kant gaan werken'. Misschien had John dat paleis in Verona ook nog geërfd.

Laura had vijf kinderen gekregen. Ik was blij te zien dat ze allemaal volwassen waren geworden, maar hun generatie kreeg met andere sterfgevallen te maken. Haar derde zoon stierf in 1915 op dertigjarige leeftijd. Uit de eenvoudige grafiek viel onmogelijk op te maken hoe hij gestorven was, maar het zou heel goed aan het front in Frankrijk of België kunnen zijn geweest.

Ik keek de zolder rond, me afvragend welke andere geheimen daar nog verborgen lagen. Misschien lag er ergens een foto van Laura. En als die niet in het archief van de zaak te vinden was, dan misschien wel ergens anders, beneden. Zodra ik meer tijd had, zou ik op zoek gaan. En misschien kon ik op een dag paps geschiedenis van Munsterglas voortzetten. Ik had het gevoel dat hij dat zou hebben gewild.

# 42

*Dat de aartsengel Rafaël ons op onze reis mag vergezellen en dat we in vrede, vreugde en gezondheid naar onze huizen mogen terugkeren.*

KATHOLIEK GEBED

'Je moet het hoger houden. Hoger. Oké, terwijl ik kijk niet bewegen.'

Amber beende naar buiten en bleef met haar hoofd schuin en de handen in haar zij staan om haar oordeel te vellen. Ze maakte een opheffend gebaar met haar hand en Anita's kostganger Larry, die wankelend op een stoel stond, tilde de engel nog eens vijftien centimeter aan zijn ketting omhoog. Amber fronste haar voorhoofd en gebaarde nogmaals. Een centimeter lager, de engel zwaaide vervaarlijk, en ze knikte enthousiast. Hij liet de schakel over de haak boven het raam glijden en stapte duidelijk opgelucht omlaag.

'Deze vrouw is moeilijk tevreden te stellen, die Amber,' klaagde hij terwijl hij over zijn pijnlijke armen wreef.

'Denk maar niet dat je klaar bent, Larry. Als je zover bent mag je de champagne uitpakken,' zei ik glimlachend tegen hem en ik liet hem de flessen naast de glazen op de tafel zetten terwijl ik naar Amber buiten liep.

We keken tevreden naar de engel. Amber had hem helemaal zelf gemaakt. We waren het er samen over eens dat we de kleur en het ontwerp net zo wilden als de engel die in de brand was vernield. Maar onder Ambers handen was hij toch een beetje anders geworden. Hij leek jonger, deze engel, en speelser dan paps jarenzeventigversie.

'Hij is prachtig,' zei ik tegen Amber. En nu hij op zijn plaats hing, was de winkel echt klaar.

Ik keek op mijn horloge. 'Nog een half uur voordat de mensen komen.'

'Ik help Anita wel met de sandwiches,' zei Amber. Ik zag haar het café in lopen en bedacht hoeveel zelfvertrouwen ze in de laatste paar maanden had gekregen. Begin februari had ze zich in de buurt opgegeven voor een cursus van een maand, en ze had veel tijd aan haar speciale project besteed, deze engel. Haar relatie met Larry was teder, bloeide langzaam op, ze gingen zo natuurlijk met elkaar om en waren heel erg gelukkig. Larry was onlangs aan zijn hotelmanagementopleiding begonnen. Ik vroeg me af wat mevrouw Finnegan in County Kerry van een half Egyptisch meisje voor haar dierbare jongste zou denken, en duimde dat Ambers argeloze charme – en haar voorliefde voor engelen – alles goed zou maken.

Ik bekeek de etalage nog een keer en liep toen de winkel weer in om Larry te helpen.

'Dat wordt dringen hier,' zei ik tegen hem terwijl hij met een professioneel, zwierig gebaar de glazen poetste. 'Maar we kunnen altijd naar de werkplaats uitwijken.'

'Of naar buiten,' stemde hij in. 'Het is een prachtige dag voor een feest.'

En zo was het ook. Een prachtige, abnormaal warme zaterdag voor de tijd van het jaar. Toen ik vanochtend vroeg de deur uit was gegaan, had er rijp in het parkje gelegen, maar die was snel weggesmolten en had fonkelende dauwdruppels op de takken en struiken achtergelaten. Nu waren die ook verdampt en alles zag er fris uit.

Het feest voor de heropening van Munsterglas was ook Ambers idee. In de afgelopen vijf weken hadden de werklui ongelooflijk hard gewerkt, ze hadden de bouwconstructie weer in orde gemaakt, op de hele benedenverdieping nieuwe bedrading aangelegd, de vloerplanken en de inrichting gerestaureerd en de hele begane grond geschilderd. In plaats van de oude muffe lucht rook het er naar beits en verf. Op de schappen stonden nieuwe glasplaten, het plafond hing vol gekleurde lampenkappen, aan de muren fonkelden spiegels en glazen schilderijlijsten. In de etalage hingen nieuwe raamhangers. Tafellampen in Tiffany-stijl glansden als juwelen op de vensterbank. Net als Ambers engel was alles zo gerestaureerd dat het op de oude, verdwenen winkel leek, maar er ondanks zichzelf toch nieuw uit wist te zien. Daar kon ik mee leven.

Ik was opgetogen over hoe de winkel zelf was geworden, vooral de nieuwe verlichting. Ik hoopte dat Zac wanneer hij thuiskwam blij zou zijn met de werkplaats, met de nieuwe planken, de modernste werktafels en machines. Áls hij thuiskwam, zei een klein stemmetje binnen in me. Een stem die ik wel de nek om kon draaien.

Op nieuwjaarsdag had hij laat gebeld en gezegd dat hij nog wat rond wilde reizen. 'Ik ben er nu toch, dus ik lijk wel gek als ik het niet doe,' zei hij en hoewel ik teleurgesteld was, probeerde ik dat niet aan hem te laten merken. Zijn stem klonk anders, er zat een lichtheid in die ik niet eerder had gehoord. Hij vertelde me dat hij Olivia nog twee of drie keer in de vakantie had gezien, en had toen in een opwelling een vliegticket naar Sydney gekocht.

Een week later kwam er een ansichtkaart van de haven waarop hij een kruisje op de skyline had gezet: 'Dit is mijn hostel'. Een week daarna gleed een ansicht van een zonsondergang op Ayers Rock op de deurmat van de Quentins. En ten slotte kondigde een school felgekleurde vissen aan dat hij bij het Great Barrier-rif was aangekomen. Op de achterkant stond gekrabbeld: 'Je zult niet geloven wat voor verbazingwekkends ik allemaal heb gezien. Het landschap is spectaculair, het blauw van de zee is als het licht door iriserend glas. Zie je, Zac xxx.'

Ik zette hem op de boekenplank naast de andere, pakte ze één voor één op en bekeek ze zorgvuldig. Nergens repte hij over thuiskomen. Hij had al enkele weken niet gebeld, hij had alleen een paar avonden eerder een bericht ingesproken toen we allemaal weg waren. Hij zei dat hij 'nog leefde' en dat hij wel weer zou bellen. Wat hij niet had gedaan. Ik had geen adres van hem, op dat van de vrienden van de Quentins in Melbourne na. Uiteindelijk kreeg ik er genoeg van om mezelf van alles af te vragen, ik schreef hun en sloot een brief voor Zac bij. Het was een brief vol nieuwtjes, en ik hoopte dat de luchtige toon ervan zou verdoezelen dat ik er zo mee had geworsteld. Ik herinnerde hem eraan hoe mooi Londen was in het bleke januarilicht, vertelde hem dat ik gevraagd was om volgende maand op een muziekfestival in Birmingham het tubaconcert van Vaughn Williams te spelen, en dat hij de groeten kreeg van David. O, en dat de winkel bijna klaar was, en dat we met de opdrachten al achterliepen. Ik vond het niet prettig om hem te smeken terug te komen. Hij had ruimte nodig. Maar ik hoopte dat het idee dat het leven hier zonder hem doorging er wel voor zou zorgen dat hij naar huis wilde komen.

Ik schoof de brief over de toonbank van het postkantoor en draaide me om om weg te gaan. Plotseling wilde ik dat ik warmer was geweest, dat ik hem had gesmeekt om contact op te nemen, thuis te komen. Maar het was al te laat. Ik kon alleen nog afwachten.

Ik maakte de winkeldeur open om Anita en Amber met hun dienbladen vol kleine sandwiches binnen te laten, en hielp ze daarna om alles op de toonbank te zetten, naast de stapel kartonnen bordjes en servetten.

'Ik ben zo blij dat je weer opengaat, liefje,' zei Anita terwijl ze mijn bedankjes wegwuifde. 'Het is niet best voor de zaken als je een uitgebrande winkel naast je hebt. Dit is voor ons allemaal goed. O, ik begrijp niet hoe je het uithoudt met al die spiegels. Ik zou met mezelf geen raad weten.'

Ik lachte.

'Maar daardoor gaat alles zo fonkelen en stralen,' zei Amber terwijl ze een rondedansje maakte.

'Amber…'

'Voorzichtig met de glázen,' riep Larry net op tijd.

'Kijk, gasten!' zei ik toen ik Jo en Dominic hand in hand naar ons toe zag komen lopen. 'En daar zijn de Quentins.' Jeremy hield een enorm boeket in zijn armen.

'Maak je geen zorgen, ik doe altijd voorzichtig met de kurken,' zei Larry toen hij mijn ongeruste blik opving terwijl hij het draad van een champagnefles losdraaide.

Algauw was de winkel vol mensen. Zacs vrienden, David en Janie, hadden hun kinderen meegenomen, die al snel in het park gingen spelen. Ra van het hostel kwam, alles was daar weer tot rust gekomen. Cassie en Ali waren beiden in staat van beschuldiging gesteld vanwege het vernielen van bezittingen en op borgtocht vrij. Zij waren naar een andere instelling overgeplaatst. De vrouw van de dominee had ze een paar keer bezocht. Hoewel Cassie van het zwaarste misdrijf werd beschuldigd, toonde ze zo veel berouw dat er grote kans bestond dat haar misdaad zou worden gezien zoals die was: een onnadenkende streek die verschrikkelijk was misgegaan. Maar Ali was lastiger, zij had zich agressief opgesteld toen haar hulp was aangeboden. 'Maar haar moet je nou juist niet naar de gevangenis sturen,' verzuchtte Sarah, en ik moest haar gelijk geven.

'Amber is nu zo gelukkig,' fluisterde Ra me toe terwijl hij van een glas champagne met sinaasappelsap nipte. 'Verbazingwekkend hoe die meid is veranderd.'

'Zij laat zich makkelijk helpen,' zei ik.

'En ze heeft geluk gehad dat iemand haar een kans wilde geven. Dat is het enige wat sommigen van die jongeren nodig hebben.' Ik glimlachte. Ra kon zelf niet veel ouder zijn dan dertig, maar met zijn ronde ziekenfondsbrilletje en oprechte blik in zijn ogen leek hij wel een vaderlijke figuur.

'Fran, hoe gaat het met je? Dit is allemaal zo fantastisch.' Mevrouw Armitage zeilde in een wolk parfum naar me toe met haar man vlak achter zich. 'Ik heb al mijn vrienden de panelen van de kinderen laten zien, weet je. Wees maar niet verbaasd als je een paar opdrachten krijgt.'

'Nou, dank u wel,' zei ik. 'Amber is vast opgetogen als ze dat hoort.'

Michael en Nina waren er. 'Sorry dat we aan de late kant zijn. Nina moest repeteren,' zei Michael terwijl hij mij de hand schudde. 'Ze gaat met een nieuwe pianist werken,' fluisterde hij me vertrouwelijk toe toen Nina een drankje voor hen ging halen. 'Heb je het gehoord? Van Ben, bedoel ik.'

'Wat?' Ik keek rond op zoek naar Ben. Ik had vreselijk getwijfeld maar hem toch uitgenodigd, maar hij was nergens te bekennen.

Voor Michael antwoord kon geven, werden we onderbroken. 'Een schitterend feest, miss Morrison. De champagne is uitstekend.' Het was de boekverkoper, zijn wilde haar was voor de gelegenheid zorgvuldig gekamd. Hij stelde zichzelf aan Michael voor en algauw waren ze in een geanimeerd gesprek verwikkeld over de eerste uitgaves van James Joyce en ik ging met Jeremy praten, die een lamp in de etalage aan het bekijken was. 'Sarah heeft dit mooie exemplaar staan bewonderen,' zei hij, 'en ik vroeg me af of ze me daarmee een hint gaf om hem voor haar te kopen. Denk je dat ze dat bedoelt?'

'Ik denk dat hij in jullie woonkamer prachtig staat,' zei ik terwijl ik snel nadacht. 'Maar ik wil hem jullie graag cadeau doen. Om jullie te bedanken.'

'O, maar dat is niet nodig, hoor,' zei hij, verschrikkelijk in verlegenheid gebracht.

'Als Sarah hem echt mooi vindt, dan sta ik erop.' Ik glimlachte en draaide me om toen Sarah bij ons kwam staan. Jeremy legde het uit en Sarah was zo opgewonden als een klein kind.

'Dank je wel. Dat is lief van je. Maar weet je, liefje, we hebben ervan genoten dat je bij ons was.'

'En ik heb ervan genoten dat ik bij jullie tweetjes was. Nu ik pap kwijt ben, is het alsof ik een andere familie heb gekregen.'

'Dat weet ik, liefje,' zei Sarah en ze knuffelde me, 'zo voelen wij dat ook, toch, Jeremy? Ik ben erg blij dat de winkel er zo mooi uitziet en je huis wordt vast en zeker ook prachtig. Gaan ze daar volgende week niet mee beginnen?'

'Ja, dus ik zal niet veel langer meer in jullie huis bivakkeren.'

'Je kunt zo lang blijven als je wilt. Dat weet je wel.'

'Dank je.'

Jeremy schraapte zijn keel. 'Ik kreeg vandaag een brief van Ben. Het is... nou ja, een ontslagbrief.'

'O!' Dit moest het nieuws zijn waar Michael het over had gehad. Ik voelde me plotseling raar. 'Waarom?'

'Hij heeft een buitengewone baan in de Verenigde Staten aangeboden gekregen. Hij gaat er een nieuw orkest dirigeren. Boston, stond er geloof ik in zijn brief. Hij begint met Pasen.'

'Boston? Echt waar?' Ik kon het niet geloven. Niet dat hij geen talent had, maar als dirigent was hij niet bekend. Hoe had hij zich in hemelsnaam daarin weten te werken?

Michael dook op en legde het uit. 'Die vent van het Filharmonisch Orkest was bij het concert en was kennelijk heel erg van Ben onder de indruk. Hij dacht aan Ben toen een Amerikaanse collega het erover had dat ze mensen zochten. Heeft een goed woordje voor hem gedaan. Het heeft hier banden met een college, dus hij krijgt het zo in de schoot geworpen.' Michael keek even bitter, maar lachte toen. 'Komt altijd op z'n pootjes terecht, die Ben.'

Ben bofte maar. Weer zwijnde hij naar de volgende kans. Hij hoefde nooit de puinhoop onder ogen te zien die hij achterliet en zou ongetwijfeld nog meer ravage aanrichten. Maar ik moet toegeven dat een deel van me er blij om was. Het was niet gemakkelijk dat hij aan de overkant van het plein woonde en ik voortdurend aan mijn dwaasheid werd herinnerd. En nu hij naar het buitenland ging, kregen Michael en Nina wellicht meer kans samen.

'Voor het koor is het een ramp,' zei ik.

'Ja, en voor de kerk ook. Maar ze hebben nog een paar maanden om het te regelen en er zijn altijd mensen in de buurt die wel een tijdje willen invallen.'

Ik ging met David een praatje maken, die ook niets van Zac had gehoord. Daarna, enigszins in de put, stelde ik me voor aan een vrouw die een vriendin van een van onze beste klanten bleek te zijn. Ze liet de mogelijkheid doorschemeren van een grote opdracht voor een paar luxeflats die zij en haar man hadden ontworpen in een voormalige kapel. 'Het oude glas is niet best en een nieuw ontwerp zou het gemeenschappelijke trappenhuis schitterend doen uitkomen,' zei ze.

'Zo te horen is dat precies iets voor ons,' zei ik beslist tegen haar. 'We houden contact.'

Wie het zonder Zac in de buurt zou moeten ontwerpen, dat wist ik niet precies. Maar dit kon ik niet zomaar voorbij laten gaan. Misschien wilde David het als freelanceklus doen.

Het was ver na drieën voordat iedereen weg was. Toen waren alleen Jo, Dominic, Amber en ik nog over om op te ruimen. Larry moest naar zijn werk en Anita was weer naar haar café teruggegaan. Ten slotte was ik nog alleen over en sloot de winkel af.

Ik bleef op de stoep staan, met mijn jas aan en baret op, en keek naar Munsterglas omhoog, net als een paar maanden geleden toen ik naar Londen was teruggekeerd. Wat was er in die korte tijd veel veranderd.

Ik had mijn vader verloren en mijn moeder gevonden. Ik had meegeholpen aan het herscheppen van een prachtig raam en tijdens dat proces een heel verhaal uit het verleden ontdekt, over mensen die bij me hoorden en over deze winkel die nu van mij was. Wat er ook gebeurde – of Zac nu thuiskwam of niet – ik had mijn plek in de wereld gevonden.

Het was laat in de middag van de dinsdag daarop en ik was in mijn zitkamer bezig dozen te vullen met papieren en boeken ter voorbereiding op de opknapbeurt. De werklui waren met mijn slaapkamer begonnen en hadden het grootste deel van de meubels naar paps kamer verhuisd. Ik had net een oud adresboek van pap gevonden en dat, als bij ingeving, bij de B van Beaumont opengeslagen. In mijn moeders ronde handschrift, dat ik kende van haar inscriptie in het boek van Edward Burne-Jones, stond 'Ken en Sylvia Beaumont' met daarachter een adres in Suffolk. Mijn grootouders waren natuurlijk dood en nu zou daar iemand anders wonen. Met de naam eronder, Gillian Beaumont, zou ik misschien verder kunnen komen. Volgens mij had de dominee gezegd dat mijn moeder een zus had. Het adres, een zusterhuis van een ziekenhuis, zou verouderd zijn en als ze getrouwd was, zou ze nu anders heten. Maar misschien, heel misschien, als ik dat op een bepaald moment zou willen, kon ik uitzoeken wat er met haar was gebeurd. Het was een plezierige gedachte dat ik misschien ergens nog een tante had, misschien zelfs neven en nichten.

Terwijl ik daarover nadacht, keek ik terloops uit het raam. De zon was nu verdwenen en de februarimiddag nestelde zich in een droefgeestige schemering. De kale bomen huiverden in een lichte bries. Een paar mensen liepen door het park. Een vrouw in het zwart met hoge hakken en een aktetas, het hoofd stijf rechtop, een morsige, voortstrompelende, oude man in een duffelse jas en in de verte een lange figuur die met een rugzak op zijn schouders voortsjokte.

Mijn oog werd naar de rugzakdrager getrokken. Hij had slordig, pikzwart haar en een baard, zag ik toen hij dichterbij kwam, en hoewel hij werd gehinderd door het gewicht van zijn last, liep hij snel, gretig. Er was iets aan zijn tred wat me aan Zac deed denken. Maar zo veel dingen deden me aan Zac denken. Ik bekeek hem nog wat langer en begon iets te vermoeden, tot ik het zeker wist: het wás Zac.

Ik weet niet meer hoe ik de trap af en de winkel uit ben gekomen. Misschien vloog ik wel, net als de engelen in de hemel. Het enige wat ik weet was dat ik op de stoep stond, dat het Zac was die was blijven staan, en dat we aan weerskanten van de straat naar elkaar staarden. Toen schudde hij zijn rugzak af, stak zijn armen uit en ik schoot tussen de toeterende auto's door in zijn armen.

'Dus hoe laat landde je vliegtuig en waarom heb je me niet verteld dat je kwam?' vroeg ik nadat ik me uit onze omhelzing had losgemaakt en hem aankeek. Hij was veranderd, daar was geen twijfel over mogelijk. Het waren niet alleen het haar en de baard, en het feit dat zijn bleke huid door de zon bruinverbrand was, er was iets in zijn gezichtsuitdrukking veranderd. Zijn gezicht stond meer open. Hij zag er bevrijd en gelukkig uit.

'Wacht even,' zei hij. 'Geef me even tijd om op adem te komen. Ik probeer dit allemaal tot me door te laten dringen.' We waren nu weer in de winkel en geamuseerd keek ik toe hoe hij letterlijk met open mond om zich heen keek.

'Waarom heb je niet gezegd dat je terugkwam?' Ik moest het hem vragen. 'Dan had ik je opgehaald.'

'Ik wilde je verrassen,' zei hij.

'Dat is je absoluut gelukt.' Waarom heb je me zo lang niet geschreven? wilde ik zeggen. Of gebeld? Maar iets weerhield me daarvan. De oude zenuwachtigheid en angst.

'Sorry. Hé, moet je dat zien! Wauw!' Hij duwde de deur naar de werkplaats open en ik liep achter hem aan. Hij liep regelrecht naar de fonkelende nieuwe oven en maakte alle deurtjes open, trok aan de schuiflades en draaide de nieuwe plafondlichten aan en uit. 'Dit is verbazingwekkend.'

'Er komt ook nog etsgereedschap,' ratelde ik, 'en je moet het zeggen als je verder nog iets nodig hebt. Dat is…' ik zweeg, herinnerde mezelf eraan dat ik niet eens wist wat zijn plannen waren. Misschien wilde hij hier helemaal niet meer komen werken.

'Dat is… wat wou je zeggen?' zei hij direct terwijl hij naar me toe liep en me nogmaals in zijn armen nam. Het duurde even voor ik kon antwoorden.

'Zac,' zei ik en ik duwde hem zachtjes opzij. Ik sloeg mijn armen over elkaar, wierp hem mijn strengste blik toe en zei: 'Laten we naar boven gaan en een fles opentrekken.'

'Sorry dat ik na Melbourne niet zo veel van me heb laten horen,' zei hij, een slok van zijn wijn nemend. We zaten nu midden tussen de rommel in de woonkamer, allebei op de bank, en raakten elkaar niet echt aan. 'Ik zat in een soort crisis, vermoed ik. Het was geweldig om Olivia te zien, echt geweldig, en het ging ook heel goed met Abbie, als je alles in ogenschouw neemt. Weet je, ze denkt erover om Olivia mee hiernaartoe te nemen, misschien volgend jaar, als ze van haar werk zo lang vrij kan krijgen. Dus dan kan ik haar Londen laten zien. Misschien neem ik haar mee naar Glasgow, kan ze met mijn vader kennismaken.'

'Dat is geweldig.'

'In Melbourne raakte ik na een paar weken behoorlijk in de put. Het was alsof daar een gewicht van mijn schouders viel. Ik had gedaan wat ik moest doen en wist niet wat ik daarna moest gaan doen. De vrienden van de Quentins hebben me geholpen, zij stelden voor dat ik wat van het land moest gaan zien, en dat bleek het beste idee te zijn. Maar het was ook raar, helemaal in mijn eentje. Ik was zo druk met het zoeken naar mezelf, met mensen praten die ik ontmoette en alles te zien, dat ik niet veel aan thuis dacht. Nou, wat klinkt dat akelig. Ik heb heel veel aan jou gedacht, maar op een soort vredige manier. Ik moest met mezelf in het reine komen.'

'En is dat gelukt?' Ik moest het weten.

'Ik geloof het wel, ja.'

Ik bestudeerde zijn gezicht, merkte opnieuw op dat hij gelukkiger leek, ontspannener, en zei: 'Weet je, dat denk ik ook.' Ik boog me naar voren, pakte zijn glas uit zijn handen en we kusten elkaar, deze keer wel hartstochtelijk.

We moesten nog zo veel uitzoeken, maar op dit moment deed niets in de wereld ertoe, behalve dat we bij elkaar waren.

*Als ik eindelijk mijn pen neerleg, zie ik dat het buiten donker is. Ik zit alleen in de lichtpoel van paps oude bureaulamp. Zelfs de geesten hebben me nu verlaten, hun fluisteringen sterven in de stilte weg. Mijn verhaal is voltooid.*

*Beneden is Zac de papieren aan het uitzoeken voor het werk van de volgende dag terwijl hij zijn oren openhoudt voor kleine Teddy, die in de voorste slaapkamer slaapt. Hij is nu vijf, Teddy, ons licht en onze vreugde, een ondeugend jong met het donkere voorkomen van zijn vader.*

*Soms vind ik het prettig om als hij slaapt rustig bij hem te zitten en naar hem te kijken.*

*En soms vraag ik me af wat er met dat andere jongetje is gebeurd – een jongetje zonder moeder – dat ruim honderd jaar geleden een volwassen man is geworden.*

# 43

*God heeft daarin voorzien… door zijn engelen aan te wijzen als*
*onze leermeesters en gidsen.*

THOMAS VAN AQUINO

## Johns verhaal

*April 1881*

'Hij wil nog steeds niet praten.'
'Arme dreumes. Zal ik hem gaan onderstoppen?'
'Je kunt het proberen. Maar je krijgt geen woord uit hem.'
'Hij is nog zo klein, Philip.' Vijf pas, maar een jaar ouder dan Ned was
geweest.
'Hij is oud genoeg om te praten wanneer er iets tegen hem gezegd
wordt.'
'Hij heeft zo veel moeten doorstaan.'
'Probeer jij het dan maar.' Philip nestelde zich in een stoel bij het
vuur en ging zijn boek lezen. Laura sloot de zitkamerdeur zachtjes ach-
ter zich, aarzelde, luisterde, haar vingers nog altijd op de deurkruk. Boven was het stil. In de hal tikte de grote klok de seconden weg. De ondergaande zon kroop over de vloer.
Help me, verzuchtte ze.
Ze liep de trap op en duwde de deur van Johns kamer open.
Hij lag in het halfdonker en tilde zijn hoofd op. Maar toen hij haar
zag draaide hij zich op zijn buik en werkte zich onder de dekens tot alleen de kruin van zijn donkere koppie te zien was.
'John,' fluisterde ze. Hij bewoog niet. Ze liep de kamer door en ging
op de rand van het bed zitten. 'John, liefje.' Hij verschoof een beetje. Wat
moest ze nu doen?
Het was de eerste nacht dat hij bij hen was, de derde nacht sinds ze

van hun huwelijksreis terug waren, een eurofisch gelukkige rondreis van drie weken door Italië. Ze had door kerken en galeries gedwaald, naar alles gekeken en nog eens gekeken terwijl Philip schetste en schilderde. En nu waren ze thuis en was het echte huwelijksleven begonnen. Maar ze stuitten al onmiddellijk op een rots, en die rots was het feit dat haar stiefzoon zo ongelukkig was.

Ze had John voor de trouwerij niet veel alleen gezien. Hij was altijd in het gezelschap van zijn nogal ontzagwekkende grootouders geweest, meestal in de woonkamer van hun huis aan Eaton Square. John werd dan in zijn zondagse kleren door zijn kindermeisje de kamer in geloodst, dan moest hij zijn vader een hand geven en een buiging naar Laura maken. Een sluier van verdriet hing over alles wat hij deed. De jongen werd gekoeioneerd.

Maar hoewel hij voorlopig vooral op Eaton Square zou wonen, moest hij nu ook vaak in Lupus Street zijn, of liever gezegd, in het nieuwe huis dat ze binnenkort zouden gaan zoeken.

'John,' probeerde Laura nog een keer. 'Het doet je vader verdriet dat je niet met ons wilt praten. Vertel me alsjeblieft wat er mis is, dan kan ik je helpen.'

Nog steeds niets. Was dat een lichte zucht of huilde hij? Ze stak haar hand uit en streelde voorzichtig over zijn haar, dat zacht, warm en vochtig aanvoelde. Hij trok zijn hoofd met een ruk weg.

'John,' ze ze, nu iets resoluter. Maar toen vriendelijker: 'Wat is er aan de hand?'

Een snik. Hij huilde dus.

'O, liefje,' fluisterde ze machteloos. 'Huil maar niet, huil nou maar niet, alles komt goed.' Weer streelde ze zijn haar en deze keer trok hij zich niet terug, dus ze boog zich over hem heen, wilde zijn ineengekrompen lijfje knuffelen. 'Wat is er aan de hand?' fluisterde ze nogmaals.

Hij mompelde iets.

'Wat zei je, schatje?'

'Ik wil mijn mammie. Haar wil ik.'

Zijn trillende stemmetje doorboorde haar hart.

'O, John, ik vind het zo akelig.'

'Ik wil mijn mammie. Mama.' En nu gierde hij het uit in het matras en kon ze alleen maar de dekens terugslaan en hem in haar armen nemen. 'Mijn mama, mijn mama, mijn mama. Ik wil mijn mama.' Hij begroef zich in haar en ze hield hem stevig vast, wiegde hem, troostte hem met woorden die spontaan in haar opkwamen, troostende, liefdevolle woordjes.

'Ik zal je mama zijn, kleintje,' ze ze tegen hem, 'ik zal je mama zijn.'

'Jij kunt mijn mama niet zijn,' zei hij snikkend. 'Mijn mama is bij de engelen en ze laten haar niet gaan. Ik haat ze, ik haat de engelen.'

'De engelen zorgen voor haar, liefje,' zei ze. Wat hadden zijn grootouders hem in hemelsnaam wijsgemaakt? 'En ze heeft het er heerlijk. Ze kijkt naar je, weet je, kijkt naar haar kleine jongen, wil dat hij zijn best doet. En...' Laura voelde zich nu wanhopig, 'ze wil dat ik help om voor jou te zorgen, dat weet ik zeker.'

De jongen snikte nog een paar keer en lag toen trillend en verhit in haar armen, als een klein gewond dier. Ze streelde zijn haar en voor haar gevoel wiegde ze hem urenlang. Daarna, toen zijn oogleden begonnen dicht te vallen, legde ze hem in bed en stopte ze hem onder de dekens. Zijn ogen trilden nog even open, helder in het halfdonker. Toen gaapte hij plotseling en zei slaperig: 'Ben jij ook een engel?'

Even begreep ze niet wat hij bedoelde. Toen snapte ze het. Ze zou voor hem zorgen zoals de engelen voor zijn moeder zouden zorgen. Ja, dat idee stond haar wel aan. Ze zou over hem waken zolang hij haar nodig had.

'Ja,' zei ze. 'Ik zal jouw engel zijn.'

Zijn ogen met de lange wimpers vielen nu dicht en hij slaakte een zucht. Ze kuste hem zacht en bleef naast hem zitten totdat de kamer in duisternis wegzonk.

# Dankwoord

Ik wil alle mensen bedanken die me tijdens het onderzoek en het schrijven van deze roman hebben geholpen. Susan Mathews, curator van het glas-in-loodmuseum van de Ely Cathedral, stelde genereus haar tijd en expertise ter beschikking. Ian De Arth gaf een levendige en interessante avondcursus over koperfolie en loodwerk. Colin Dowdeswell had bruikbare tips over het spelen op de tuba. De eerwaarde Colin Way, Victoria Hook, Juliet Bamber en dr. Hilary Johnson hebben allemaal met een arendsoog het manuscript gelezen.

Onmetelijke dank gaat uit naar mijn agente Sheila Crowley en haar collega's van AP Watt. Bij Simon and Schuster Publishers ben ik dank verschuldigd aan Suzanne Baboneau en de uitstekende redactie van Libby Vernon, evenals de rest van het team, met name Sue Stephen en Jeff.

En als laatste, maar zeker niet als minste, bedank ik mijn familie. Mijn moeder Phyllis is mijn grootste fan, mijn kinderen hebben verschillende keren mijn usb-stick uit de kaken van hun pup gered, mijn man David helpt me op meer manieren dan hij weet.

Ik heb een groot aantal boeken en websites geraadpleegd. De volgende waren met name een grote hulp: *Victorian Stained Glass* door Martin Harrison, *Stained Glass in England* door June Osborne, *Edward Burne-Jones* door Penelope Fitzgerald, *Perceptions of Angels in History,* door

Henry Mayr-Harting, *A Treasury of Angels* door Jacky Newcomb, *Teen Angel*, door Glennyce S. Eckersley, *Westminster and Pimlico Past* door Isobel Watson, de website van de Canterbury Cathedral Stained Glass Studio en www.williamsandbyrne.co.uk.